ALFREDO COLITTO

DAS GEHEIMNIS DER ALCHIMISTIN

ALFREDO COLITTO

DAS GEHEIMNIS DER ALCHIMISTIN

HISTORISCHER KRIMINALROMAN

AUS DEM ITALIENISCHEN
VON KATHARINA SCHMIDT
UND BARBARA NEEB

PAGE & TURNER

Die Originalausgabe erschien 2009
unter dem Titel »Cuore di ferro«
bei Edizioni Piemme Spa, Casale Monferrato.

MIX
Papier aus verantwortungsvollen Quellen
FSC® C014496

Verlagsgruppe Random House FSC-DEU-0100
Das FSC®-zertifizierte Papier *Munken Premium Cream* für dieses Buch
liefert Arctic Paper Munkedals AB, Schweden.

Page & Turner Bücher erscheinen im
Wilhelm Goldmann Verlag, München,
einem Unternehmen der Verlagsgruppe
Random House GmbH.

1. Auflage 2011

Redaktion: Almut Werner
Gesetzt aus der Janson-Antiqua
Druck und Einband: GGP Media GmbH, Pößneck
Printed in Germany
ISBN: 978-3-442-20367-3

www.pageundturner-verlag.de

MEINER MUTTER

In unendlicher Dankbarkeit

ACQUE CORRENTI.
ACQUE SORGENTI.
ARCHI TRIONFALI.
BAGNI.
I. D'Augusto e di Gordi Imp. publici.
K. di Marino et altri Privati.
BOSCHI.
N. Frassinete, hora Frassinago.
CAMPI.
O. Campo de' Boj, et Arena de' Romani.
P. Campo Martio per le sepolture de' Romani.
COLONNE E STATVE.
EDIFICII PUBLICI.
V. Granari. | X. Molini.
Z. Prodromo.
MONTICELLI.
6. Gianicolo.
7. Belvedere di Porta Frisonea.
9. Martio, dove è hora Porta Castello.
PALAZZI O CASE PRIVATE.
FEL
BON
AN
Describebat
Phil. et

I N A,

N I A

V A.

…ont-Albanus

Tr. P. etc.

PIAZZE.

20. Foro Massimo, o Piazza Pretoria.
21. Foro mezzano, hora il Mercato di mezzo.
22. Foro Olitorio, hora detto Porta.

PONTI.

23. Ponte sero su l' Aposa, dove hora è S. Damiano.
24. 25. Varÿ Ponti sopra i discorsÿ della Citta e dirittura delle Vie.

PORTE DELLA CITTA.

26. Porta Maggiore.
27. Boica, o dell' Arena.
28. Sapinea. | 29. Cimonia.
30. Trionfale e di Galliera.
31. Podiale.
32. Felsinea, e poi Regia.
33. Soteria.
34. Villiana, e poi Cesar' Augusta.
35. Nonorense.
36. Specolare.
37. Bianoria o di Giano.

STRADE PARTICOLARI.

38. Via Apollinea. | 39. Argentaria.
40. Auroria. | 41. Barbata. | 42. Cantoria.
43. Corobia. | 44. Cavalliera. | 45. Calzatura.
46. Fullonia. | 47. Lania. | 48. Lanaria.
49. Linteamaria. | 50. Miola.
51. Paltaria. | 52. Sagaria.
53. Salaria. | 54. Sandalaria.
55. Spadataria, oltre le altre vie col nome delle Porte.

SEPOLCHRI.

56. di Censorino Imperatore.

THEATRI.

57. Teatro Maggiore di M. Marcello.
58. Teatro di Fabio Valente. | 59. Circo Agonale.

TEMPLI.

60. Di Apolline. | 61. Cerere.
62. Ercole. | 63. Esculapio
64. Fortuna sul Fiume Lobius. | 65. Giano.
66. Giove con Minerva e Giunone placata.
67. Giove Soterio. | 68. Giunone pronuba.
69. Iside. | 70. Pace. | 71. Priapo.
72. Venere Genitrice.
73. Vertunno e Voluria.

PROLOG

Messere,
am zwölften Januar im Jahre des Herrn 1305 wart Ihr gemeinsam mit anderen Tempelrittern an einer äußerst grausamen Handlung gegen einen unschuldigen Menschen beteiligt. Dies in der Hoffnung, ihm ein Geheimnis zu entreißen, durch das Ihr neben unendlichen Reichtümern auch Unsterblichkeit erlangen könntet.

Obwohl Ihr nicht einmal sicher wart, dass sich der Mann im Besitz dieses Geheimnisses befand, habt Ihr ihn auf das Grausamste gequält und schließlich getötet, ohne ihn zu einem Geständnis bewegen zu können. Die Tatsache, dass es sich dabei keineswegs um einen sarazenischen Glaubensfeind, sondern um einen Christenmenschen wie Euch selbst handelte, hat Euch nicht genügt, Eure Hand zurückzuhalten.

Eure Tat widert mich an, aber dies ist nicht der Grund für mein Schreiben.

Das von Euch so begehrte Geheimnis befindet sich nun in Italien, in der Stadt Bologna. Auch ich wünsche mich seiner zu bemächtigen, doch dazu benötige ich Hilfe. Und bevor ich versuche, andere Helfer, die sich als unentschlossen und unzuverlässig erweisen könnten, von seiner Existenz zu überzeugen, wende ich mich lieber an Euch, der Ihr bereits ohne Zögern getötet habt, um es in Euren Besitz zu bringen.

Sollte mein Vorschlag Euch interessieren, findet Euch am Sonnabend, den ersten Mai 1311 nach der Vesper vor dem Ölberg des Ortes ein, der hier »Sancta Hierusalem Bononiensis«

genannt wird. Dort werde ich Euch erklären, was ich von Euch im Gegenzug für das, was ich Euch anbiete, haben möchte.

Betrachtet den Gegenstand, den Ihr diesem Brief beigelegt findet, als Beweis meiner Glaubwürdigkeit.

In treuem Glauben
Ein Freund

Im Herbst 1310 erhielten in Neapel, Zypern und Toledo drei Tempelritter je eine Abschrift dieses in fehlerlosem Latein verfassten Briefes. Die Schreiben unterschieden sich lediglich in Bezug auf Ort und Tag der Verabredung.

Sie reagierten erstaunt und besorgt. Jeder der drei wusste, auf welches Ereignis sich der geheimnisvolle »Freund« bezog. Deshalb waren sie geneigt, nicht an seiner Glaubwürdigkeit zu zweifeln – zumal jeder von ihnen mit dem Pergament auch einen in schwarze Seide gewickelten Gegenstand erhielt, der die abstoßende Faszination einer Schlange besaß: ein skelettierter menschlicher Finger, von einem Netz aus Blutgefäßen bedeckt, jedoch ohne Haut oder Nagel.

Die Adern waren kalt, hart und dunkel, ein Geflecht aus Metallfäden.

Der betreffende Gegenstand konnte eigentlich nur die Arbeit eines äußerst geschickten Handwerkers sein, der einen menschlichen Knochen mit Eisen überzogen hatte. Doch seine unglaubliche Originaltreue ließ den Betrachter vermuten, dass es sich um einen echten Finger handelte, der sich in Eisen verwandelt hatte, und nicht um eine kunstreiche Arbeit.

Die drei Ritter konnten nicht wissen, dass sie alle den gleichen Brief erhalten hatten. Doch jeder von ihnen beschloss für sich, dass er unter allen Umständen herausfinden musste, ob der Absender die Wahrheit sagte. Falls jemand in der Lage war, menschliches Blut in Eisen zu verwandeln, konnte er es wahrscheinlich auch in Gold verwandeln.

Und Blut, das sich in Gold verwandelte, war ein entscheidender Schritt auf dem Weg zur Erlangung der unendlichen Macht über Leben und Tod, nach der sie alle strebten.

Dieses Geheimnis, dem sie jahrelang nachgejagt waren und das sie für immer verloren geglaubt hatten, war wie aus dem Nichts wieder aufgetaucht, um sie erneut zu versuchen. Doch es galt, vorsichtig zu sein. In Bologna war wie in den meisten europäischen Städten nach dem Willen von Philipp dem Schönen und bestätigt von Papst Clemens V. ein Prozess gegen die Tempelritter im Gange.

Als Kaufmann, Pilger oder Söldner verkleidet, machten sich die Ritter auf den Weg. Eines war ihnen allen klar: Derjenige, der den Brief geschickt hatte, wusste zu viel und musste auf jeden Fall ausgelöscht werden.

EINS

Mondino de' Liuzzi sah den Brand. Er hörte auch das Prasseln der Flammen und wie ein Dachbalken mit einem dumpfen Knall zusammenstürzte. Auf der Straße war so viel Betrieb, als wäre es heller Tag: Männer, Frauen und Kinder, die sich hastig angezogen hatten. Alle brüllten, um den Lärm zu übertönen. Vom großen Brunnen hinter der Kirche Sant'Antonino und denen der umliegenden Häuser holten die Frauen einen Eimer Wasser nach dem anderen herauf, während die Männer eine Kette bildeten, die bis zum obersten Stockwerk des Gebäudes reichte, aus dem die Flammen hochschlugen. Das unentwegte Quietschen der Brunnenrollen mischte sich in ihr Geschrei.

Mondino blieb nicht stehen, um zu helfen, und vernachlässigte damit gleich zweifach seine Pflicht – einmal als Bürger der Stadt und dann als Nachbar und Bewohner des Viertels. Doch er hatte in dieser Nacht anderes vor. Die Männer, die er erwartete, mussten sich rasch und ungesehen ihrer Last entledigen. Wahrscheinlich hatten sie sich in einem Hauseingang verborgen, aber dort konnten sie nicht lange bleiben, bei all dem Volk auf der Gasse. Er legte hastig die kurze Wegstrecke zurück, die ihn von der Medizinschule trennte, wobei er sich im Schatten der Bogengänge hielt, um nicht erkannt zu werden. Niemand aus seinem Bekanntenkreis hätte es riskiert, nachts ohne Begleitung das Haus zu verlassen. Aber selbst dann hätte er sich in der Straßenmitte gehalten. Ganz gewiss wäre es ihm nie in den Sinn gekommen, durch die abgrundtiefen Schatten der Bogengänge zu laufen. Mondino war groß und kräftiger, als es seine magere Gestalt vermuten ließ, doch Körperkraft zählte wenig gegen zwei oder drei mit Dolchen bewaffnete Schurken. Wie so oft, wenn er an die Gefahren dachte, die er für seine Liebe zur Wissenschaft eingehen musste, stieg Wut in ihm auf, und er ballte die Fäuste.

Während auf der Straße eine ganze Familie vorbeihastete, die mit ihren Eimern löschen helfen wollte, blieb er reglos hinter einer Säule stehen. Der Ehemann lief an ihm vorbei, ohne sich nach ihm umzudrehen, ebenso die drei Söhne, die barfuß durch den tiefen Schlamm stapften. Die Ehefrau, braunhaarig und aufreizend, schien seine Gegenwart jedoch zu spüren – sie wandte sich um und starrte in die Dunkelheit. Als sie ihn bemerkte, öffnete sie den Mund, um zu schreien. Mondino tat das einzig Mögliche: Er trat aus der Dunkelheit in den Halbschatten und legte einen Finger auf den Mund. Seine breite Stirn, der hochaufgeschossene, schlanke Körper, die grünen Augen und die kastanienbraunen gewellten Haare, die er nicht zu lang und nicht zu kurz trug, wirkten meist vertrauenerweckend auf das andere Geschlecht. Und er hoffte, dass es auch dieses Mal funktionieren würde.

Eine kleine, fette Alte – wahrscheinlich ihre Mutter oder Schwiegermutter –, deren runder Kopf in eine graue Haube gehüllt war, eilte an der Braunhaarigen vorbei und packte sie am Arm. Dabei zischte sie so etwas wie »Du liederliche Dirne« und zerrte sie weiter.

Mondino legte noch einen halben Häuserblock zurück, untersuchte forschend jeden Schatten und zog, als er vor der Schule stand, einen großen Schlüssel unter seinem Gewand hervor. Er steckte ihn ins Schloss, trat ein und zog die Tür hinter sich zu.

Im Dunklen hantierte er mit Zünder und Feuerstein, zündete schließlich die Kerze an, die immer auf einem Brett neben der Tür lag. Dann ging er durch die leeren Bankreihen und hielt die Flamme an die Dochte der Öllampen an den vier Ecken des Seziertischs. Für das, was er vorhatte, musste er alles genau erkennen können. Er holte eine Säge aus dem Trog und zwei Chirurgenmesser, ein langes und ein kurzes, und begann, die Klinge des längeren zu wetzen, während er sich bemühte, nicht auf die Schreie und die Geräusche des Brandes zu achten. Mondino versuchte, sich auf das Schaben des Messers über den gut gefetteten Lederriemen zu konzentrieren, aber es gelang ihm nicht. Er hoffte nur, dass es keine Toten oder Verletzten gab.

Plötzlich ertönte ein erregtes Klopfen an der Tür, drei- oder viermal hintereinander. Mondino seufzte erleichtert, legte das Messer weg und ging hin, um zu öffnen.

Als er jedoch seinen Schüler Francesco Salimbene vor sich sah, der vollkommen verstört wirkte, blieb Mondino der Mund vor Überraschung weit offen stehen. Salimbenes Kopf war unbedeckt, die langen schwarzen Haare schmutzig, das Gesicht voller Schweißperlen, und in seinen blauen Augen leuchtete der Wahnsinn. Selbst im schwachen Schein der Öllampen sah man die Blutflecken auf seinem knielangen Gewand und den schwarzen besohlten Beinlingen. Mondino richtete den Blick auf den Mann, den Francesco um die Taille gepackt hielt, und bemerkte, dass es sich um einen Toten handelte. Bevor er irgendeine Reaktion zeigen konnte, stieß ihn der junge Mann jedoch bereits zurück und verschaffte sich mit Gewalt Zutritt ins Innere der Schule. Sobald er eingetreten war, schlug er die Tür mit der freien Hand hinter sich zu.

»Ich bitte Euch, Magister, schreit nicht«, sagte er, während er die Leiche vorsichtig auf dem Marmortisch ablegte. »Ich werde Euch alles erklären.«

Mondino nutzte diesen Moment, um zu dem Pult mit der geneigten Platte zu eilen, auf dem er das Messer abgelegt hatte.

Er packte es entschlossen und stellte sich zwischen den jungen Mann und die Tür. Als er einen Blick auf den Toten auf dem Seziertisch warf, fiel ihm auf, dass dessen Arme verstümmelt waren – jemand hatte die Hände am Gelenk abgetrennt – und dass sein Gewand über der Brust blutgetränkt war.

»Ich habe nicht geschrien«, sagte er. »Aber ich habe auch nicht die Absicht, einen Mord zu decken. Erkläre mir also bitte, was mein schlechtester Schüler hier bei mir mit einer Leiche im Arm zu suchen hat. Dann werden wir die Häscher rufen und die Angelegenheit nach dem Gesetz regeln.«

»Dieser Mann, Angelo da Piczano«, sagte der andere, während er sich umdrehte und furchtlos das auf ihn gerichtete Messer betrachtete, »wurde auf schreckliche Weise getötet. Es scheinen Zauberkünste und ein Pakt mit dem Bösen im Spiel gewesen zu sein.«

»Hast du ihn getötet?«

Der junge Mann breitete entsetzt die Arme aus. »Natürlich nicht. Glaubt Ihr wirklich, dass ich dann zu Euch gekommen wäre, um Euch um Hilfe zu bitten?«

Das schwache Licht der Öllampen ließ seine Augen jetzt eher schwarz als blau aussehen. Mondino befürchtete, Salimbene lauerte nur darauf, dass er einen Moment nicht aufpasste, um dann zu versuchen, ihn zu entwaffnen. Sollte dem tatsächlich so sein, dann würde er aber am eigenen Leib erfahren, dass ein Arzt vielleicht besser als ein Soldat wusste, wie und wo er sein Messer im Fleisch versenken musste.

»Ich habe nicht gesagt, dass ich dir helfen werde«, meinte er ausdruckslos. »Fahr fort.«

»Ich kann Euch nicht alles erklären, Meister«, sagte der junge Mann. »Trotzdem bitte ich Euch, mir zu vertrauen und mir zu helfen, die Leiche dieses Mannes verschwinden zu lassen. Wenn die Inquisitoren sie finden, könnten viele Unschuldige darunter zu leiden haben.«

Mondino konnte kaum glauben, dass jemand so viel Dreistigkeit besaß. »Merkst du eigentlich, was du da von mir verlangst? Beweise für einen Mord verschwinden zu lassen ist ein schweres Vergehen. Und einen Mörder zu decken ein noch schwereres. Wenn du glaubst, ich sei bereit, dir zu helfen, irrst du dich gewaltig.«

»Also glaubt Ihr wirklich, ich hätte ihn getötet?«

In Salimbenes Stimme lag unendliche Traurigkeit, doch Mondino ließ sich davon nicht rühren. »Das ist die logischste Annahme, ja. Und um mich vom Gegenteil zu überzeugen, braucht es etwas mehr als ein einfaches ›Bitte vertraut mir‹.«

Mondino empfand zwar keine Angst vor seinem Schüler, dennoch war es unsinnig, überflüssige Risiken einzugehen. Am besten versuchte er, Zeit zu gewinnen. Bald würden die Totengräber mit der Leiche kommen, die er angefordert hatte. Er würde einen von ihnen schicken, um die Wachen zu holen, und alles käme zu seinem guten Ende. Er musste bis dahin einfach nur immer weiter mit Salimbene reden.

»Ich werde Euch so viel sagen«, meinte der junge Mann nach kurzem Zögern. »Ich heiße nicht Francesco Salimbene, sondern Gerardo da Castelbretone. Und diesem Mann hier schuldete ich Hilfe und Schutz, so wie er mir. Ich hätte ihm niemals etwas angetan.«

»Ist er mit dir verwandt?«

»Nein, warum?«

Der Arzt betrachtete den Toten. Er war um die vierzig, ein kräftiger Mann mit hartem Gesichtsausdruck, der ihn selbst im Tod nicht verlassen hatte. Er war nur mit einer Tunika bekleidet und trug weder einen Gürtel noch ein Obergewand.

»Weil er dir ähnlich sieht. Aber es ist mehr eine Ähnlichkeit des Wesens als der Gesichtszüge.«

Gerardo da Castelbretone, falls er denn wirklich so hieß, schien mit sich zu kämpfen. Dann lächelte er bitter und zuckte mit den Schultern. »Ihr habt ein scharfes Auge, Magister. Nein, er ist nicht mit mir verwandt. Doch zwischen uns herrscht eine ebenso tiefe Bindung, als wären wir Brüder. Ich bin ein Armer Ritter Christi und des salomonischen Tempels zu Jerusalem, genau wie er einer war. Dies muss die Ähnlichkeit sein, die Ihr zwischen uns bemerkt habt.«

Es folgte ein Moment des Schweigens, in dem Mondino die Nachricht in sich aufnahm, bevor er herausplatzte: »Du bist also ein Tempelritter! Deshalb benutzt du einen falschen Namen, lernst nicht und besuchst meine Stunden nur zum Zeitvertreib. Du gibst dich als Student aus, um dich der Verhaftung und dem Prozess gegen deinen Orden zu entziehen!« Mondino war so aufgebracht, dass er, das Messer schwingend, einen halben Schritt auf den jungen Mann zuging. »Und jetzt hast du beschlossen, aufrichtig zu mir zu sein, weil du Hilfe brauchst. Aber da hast du dich verrechnet. Die Streitigkeiten der Kirche interessieren mich nicht.«

Gerardo hob beschwichtigend beide Hände. »Bitte hört mich erst an, bevor Ihr eine Entscheidung trefft.«

»Rede«, sagte Mondino, ohne das Messer zu senken.

Der junge Mann erklärte, Angelo da Piczano sei ein Mitbruder, der sich der Verhaftungswelle durch Papst Clemens V. auf Betreiben des Königs von Frankreich, Philipp des Schönen, hatte entziehen können und nach Neapel geflüchtet war. Sie hatten einander in Ravenna kennen gelernt, wo Gerardo seine Lehrzeit absolvierte, um in den Orden aufgenommen zu werden, und hatten trotz des Altersunterschiedes Freundschaft geschlossen. Vor vier Monaten hatte Angelo ihm geschrieben, dass er wegen dringender Angelegenheiten nach Bologna kommen müsse, natürlich inkognito, und ihn um einige Tage Gastfreundschaft gebeten.

»Ich habe ihm geantwortet, meine Unterkunft stünde ihm zur Verfügung, und so ist er vor fünf Tagen hier eingetroffen.«

»Hat er dir erzählt, welche Angelegenheiten ihn in unsere Stadt führten?«, fragte Mondino. Gegen seinen Willen begann ihn die Angelegenheit zu interessieren. Er hatte zwar nicht verstanden, was der junge Mann mit seiner Bemerkung von einem Pakt mit dem Bösen gemeint hatte, doch allein die verstümmelten Arme der Leiche waren ein deutliches Zeichen dafür, dass der Templer nicht in irgendeiner Wirtshausschlägerei umgekommen war oder bei einem Raubüberfall.

»Nein, und ich habe ihn auch nicht gefragt«, antwortete Gerardo. »Es sind schwierige Zeiten für uns. Und je weniger einer vom anderen weiß, desto besser.«

Mondino nickte, worauf der junge Mann in aller Kürze seine Geschichte zu Ende erzählte. An diesem Abend hatte ihn Angelo gebeten, ihm die Wohnung allein zu überlassen. Er musste sich mit jemandem treffen und wagte es nicht, sich an einem anderen Ort in der Stadt zu verabreden, weil er eine Falle fürchtete. Gerardo hatte ihm erklärt, wie er bei Gefahr über die Dächer fliehen könnte, dann hatte er in einer Schänke beim Mercato di Mezzo zu Abend gegessen und sein Möglichstes versucht, um sich den Angeboten der Dirnen zu entziehen, ohne zu offenbaren, dass er ein Mönch war.

»Angelo hat mir gesagt, dass ihn dieses Treffen nicht lange aufhalten würde und ich nach dem Komplet zurückkehren könne«, fuhr Gerardo fort, wandte sich kurz um und ließ seine Augen über den Toten gleiten. »Als ich in die Wohnung zurückkam, habe ich ihn dort tot auf meinem Bett gefunden. Doch mir blieb nicht einmal die Zeit, Grauen über den Frevel zu empfinden, den man seinem Körper angetan hatte, denn die Schergen der Inquisition klopften bereits an meine Tür. Wahrscheinlich waren sie von der gleichen Person gerufen worden, die Angelo getötet hatte. In diesem Moment wusste ich nur eines: Sie durften ihn nicht in diesem Zustand finden. Also habe ich Feuer gelegt, um sie abzulenken, habe ihn gepackt und bin mit ihm über die Dächer geflohen.«

»Und dann ist dir nichts Besseres eingefallen, als hierherzukommen und mich mit solchen Schwierigkeiten zu beglücken«, meinte Mondino ironisch; er konnte seine Wut kaum zügeln.

Gerardo hatte also den Brand gelegt. Auch dafür würde er sich verantworten müssen. Inzwischen hörte man nur noch vereinzelte Schreie, ein Zeichen, dass die Flammen besiegt waren. Das bedeutete, dass auch die Totengräber gleich kommen mussten.

»Ich dachte eigentlich nicht, Euch zu dieser Stunde hier anzutreffen, Meister«, sagte der Tempelritter. »Aber als ich das Licht unter der Tür sah, beschloss ich anzuklopfen.«

»Du lügst! Jeder meiner Studenten weiß, dass ich oft nachts hierherkomme, um ohne großes Aufsehen meine anatomischen Versuche durchzuführen.«

Der junge Mann nickte und gestand damit ein, dass er gerade gelogen hatte. »Die Häscher der Inquisition suchen nach mir und hätten wohl nicht lange gebraucht, um mich zu finden, wenn ich durch die Leiche meines Freundes behindert durch die Straßen geirrt wäre. Ich brauchte Hilfe.«

Mondino musste an seinen Onkel Liuzzo denken, der ihm seit langem prophezeite, dass ihn seine Gewohnheit, nachts in ihre Medizinschule zu gehen, um dort Leichen zu sezieren, früher oder später ins Unglück stürzen würde. Doch Liuzzo hatte dabei vor allem an die Möglichkeit gedacht, dass ihn irgendein Schurke auf dem Weg dorthin überfallen könnte, weil Mondino darauf beharrte, allein aus dem Haus zu gehen, ohne den roten Talar der Ärzte als Schutz zu tragen oder sich von einem Diener begleiten zu lassen. Dass sein Neffe jedoch in eine solche Situation kommen würde, wäre ihm nie in den Sinn gekommen.

»Warum hast du ihn nicht dort liegen gelassen, als du die

Wohnung in Brand gesteckt hast?«, fragte Mondino misstrauisch. »Dann hätte der Inquisitor nur eine verkohlte unkenntliche Leiche gefunden und du wärst nicht unglaubliche Risiken eingegangen, um ihn mit dir herumzuschleppen.«

Gerardo wandte ihm den Rücken zu und starrte stumm auf den Toten auf dem Marmortisch. Ein Windhauch ließ die Flammen der Lampen flackern, und einen kurzen Moment wirkte es durch die tanzenden Schatten, als hätte Angelo da Piczanos Körper sich bewegt. Unwillkürlich wich Mondino einen Schritt zurück.

»Antworte mir, Templer«, rief er, wütend darüber, dass er sich so erschreckt hatte. Es fiel ihm immer noch schwer, seinen Schüler Gerardo zu nennen. Das Gesicht, die langen Haare, die blauen Augen, der kräftige, gut proportionierte Körperbau, all das verband er in seinem Kopf mit einem Bild, dem er dem Namen Francesco Salimbene aus Imola gegeben hatte. Und nun wehrte er sich gegen die Vorstellung, ihn anders nennen zu müssen.

»Möglicherweise wäre er nicht vollständig verbrannt«, antwortete Gerardo, ohne sich umzudrehen. »Und seine Überreste hätten unserem Orden schweren Schaden zufügen können. Denn durch sie wäre die Beschuldigung, wir würden den Teufel anbeten, die man gegen uns erhebt, gestärkt worden.«

Gerardo deutete zum zweiten Mal an, dass schwarze Magie im Spiel gewesen sein könnte, doch an dem Toten auf dem Tisch fiel bis auf die abgeschnittenen Hände nichts Seltsames auf. Das Gesicht zeigte eher Erstaunen als Todesangst. Ein wenig getrocknetes Blut im Nacken zwischen den kurzen Haaren verriet, dass man ihn von hinten niedergeschlagen hatte.

»Also«, meinte Mondino, »du hast diesen Mann nackt und tot in deiner Wohnung gefunden. Du hast ihm etwas übergezogen, hast Feuer gelegt und bist geflohen. Wie wolltest du dich seiner entledigen?«

Gerardo riss verblüfft den Mund auf. »Woher könnt Ihr wissen, dass er nackt war?« Dann nickte er. »Ach natürlich. Das Gewand.«

Der Umstand, dass der andere sich so schnell von seiner Überraschung erholte, verärgerte den Arzt ein wenig. Doch das war nicht der richtige Zeitpunkt, um über solche Nichtigkeiten nachzudenken. Er musste weiter mit Gerardo reden und darauf hoffen, dass die Totengräber bald kamen.

»Ja, genau, das Gewand«, sagte Mondino. »Es ist zwar blutbefleckt, aber nicht zerrissen, ein Zeichen dafür, dass man ihm die Wunde an der Brust zugefügt hat, nachdem man ihn entkleidet hatte. Und vielleicht«, fuhr er fort und trat ein wenig zur Seite, um die Leiche genauer zu betrachten, »auch nachdem er schon tot oder zumindest durch den Schlag auf den Kopf bewusstlos war.«

»Euer Scharfblick wird Eurem Ruf gerecht«, sagte Gerardo. »Ihr wisst alles, obwohl Ihr selbst nicht dabei wart.«

Gegen seinen Willen empfand Mondino Genugtuung über dieses Kompliment, denn er spürte, dass es ehrlich gemeint war, und tadelte sich gleich darauf stumm. Eitelkeit gehörte zu seinen größten Fehlern.

»Du hast auf einen Pakt mit dem Teufel angespielt«, sagte er. »Was ist so merkwürdig an dieser Verletzung?«

Gerardo drehte sich um und sah ihn an. Sein Blick schwankte zwischen Angst und Entschlossenheit. »Seht selbst, Magister.«

Mit schnellen, aber respektvollen Bewegungen hob er den Oberkörper des Toten an und zog ihm die Tunika über den Kopf. Sobald Mondino die Wunde an der Brust sah, steigerte sich sein Interesse ins Unermessliche. Er bat Gerardo, sich zwischen die Bänke des Hörsaals zurückzuziehen und näherte sich, ihn stets im Auge behaltend, dem Tisch. Über den Toten gebeugt zog er mit dem Finger die Ränder der Wunde auf der kalten Haut nach.

»Wer dies getan hat, weiß genau, wie er Knochen und Fleisch zerteilen muss«, sagte er dann mit Bestimmtheit. »Ich habe tagelange Versuche benötigt, bis mir ein so sauberer Schnitt gelang.«

Das Brustbein war der Länge nach durchgesägt und die Rippen unter der schwarz verfärbten Haut an den Seiten gebrochen. Links befand sich ein kleines dreieckiges Loch. Nachdem er sein Opfer durch den Schlag auf den Kopf betäubt hatte, musste der Mörder ihm mit einem Pfriem oder einem Stilett das Herz durchbohrt haben, bevor er sich ans Werk gemacht hatte. Der Oberkörper des Mannes wirkte wie ein kleiner Schrein, bei dem man nur die Türflügel öffnen musste, um zu sehen, was er enthielt.

»Ich habe seinen Brustkorb geschlossen«, sagte Gerardo und bestätigte damit Mondinos Überlegungen. »Als ich ihn ausgestreckt auf meinem Bett gefunden habe, war er geöffnet und wirkte wie ein obszöner Schlund. Und da drinnen …«

Er verstummte, überwältigt von einem Gefühl, das ebenso gut Schrecken oder Schmerz sein konnte. Mondino vergaß die Totengräber, die gleich kommen mussten und den Umstand, dass Gerardo gefährlich war und gesucht wurde. Jetzt wollte er nur noch eines: das Geheimnis dieses toten Tempelritters ergründen. Er schob die Ärmel seines Gewandes bis zu den Ellenbogen hinauf und zog mit den Fingern die Ränder der Wunde auseinander. In seinem Kopf erschien das Bild eines Tabernakels. Entschieden verjagte er jedoch diesen blasphemischen Gedanken, obwohl ihn eine Eingebung durchzuckte, dass dies genau die Absicht des Mörders gewesen sein könnte: Indem er aus der Brust seines Opfers ein Tabernakel aus Fleisch und Knochen errichtete, wollte er den Glauben an Gott verhöhnen.

Das genügte. Er durfte nicht länger zögern. In diesem unnatürlichen Schweigen, in dem jedes Rascheln der Gewänder so laut wie ein Peitschenhieb zu klingen schien, drückte Mondino die Ränder der Wunde auseinander und öffnete die beiden Flügel aus Fleisch an der Brust.

Als er in den Körper blickte, stieß er einen Schreckensschrei aus, der in dem leeren Hörsaal noch furchterregender klang, und wich instinktiv zurück.

Dann hob er den Blick und starrte zu Gerardo hinüber, der hinter dem Pult stehen geblieben war, als wäre dies eine ganz normale Anatomiestunde. In den blauen Augen seines Schülers lag jedoch kein Spott; er sah seinen Lehrer nur mitfühlend an, als wüsste er genau, was Mondino gerade empfand.

Mondino wollte etwas sagen, doch das Grauen lähmte seine Stimmbänder. Er rang mühsam um Selbstherrschung, näherte sich dem Tisch und sah sich von neuem diesen gemarterten Körper an. Dieses Mal gab er der Versuchung nicht nach, die Augen abzuwenden. Das, was er zwischen dem getrockneten Blut und den zerschmetterten Knochen erblickte, raubte ihm den Atem, doch es beruhigte ihn irgendwie auch. Das Ganze war schrecklich, aber in gewisser Weise erklärbar.

»Jemand hat sich einen grausamen Scherz mit diesem Unglückseligen erlaubt«, sagte er in krampfhaft gelassenem Ton. »Und ich stimme dir zu, dass man unwillkürlich an einen Pakt mit dem Teufel denken muss, wenn ein menschlicher Körper so geschändet wird. Der Mörder hat das Herz des Toten entfernt und den Brustkorb des Toten in ein blasphemisches Tabernakel verwandeln wollen, indem er anstelle des Kelchs mit den geweihten Hostien die eiserne Nachbildung eines Herzens eingesetzt hat.«

»Das ist keine Nachbildung«, sagte Gerardo so leise, dass Mondino schon dachte, er habe sich verhört.

»Wie?«

»Das Herz. Es ist keine Nachbildung. Seht genauer hin.«

Mondino schaute noch einmal in den weit geöffneten Brustkorb, und nun sah er ganz deutlich, was ihm eigentlich schon vorher aufgefallen war, was er aber aus seinem Kopf verbannt hatte, weil er keine Erklärung dafür gefunden hatte: Dieses Herz in der Brust von Angelo da Piczano war ein echtes menschliches Herz, das jemand in einen Metallblock verwandelt hatte.

Es konnte gar nicht anders sein angesichts der Genauigkeit, mit der es sich nahtlos mit den Arterien und Venen zusammenfügte, die es wiederum mit den anderen Organen verbanden. Man sah weder Übergänge noch Verbindungsstücke.

Diese Arbeit spiegelte mehr eine göttliche als eine menschliche Perfektion wider, wenn auch eine abartige, weil sie dem Tod und nicht dem Leben zugewandt war. In diesem Augenblick glaubte Mondino tatsächlich, ein Werk des Bösen vor sich zu haben.

Er wandte sich Gerardo zu. All die Sicherheit, die ihn zuvor durchströmt hatte, war jetzt versiegt; seine ausgetrocknete Kehle hinderte ihn am Sprechen. Mit hastigen Bewegungen stellte er die vier Öllampen näher an den Tisch heran. Er musste besser sehen. Musste wissen. Nachdenken. Dass er eigentlich Gerardo hatte im Auge behalten wollen, vergaß Mondino vollkommen – sein Blick galt nur noch diesem geöffneten Brustkorb mit dem getrockneten Blut, den zum Stillstand gekommenen, leblosen Organen und diesem in eine Ungeheuerlichkeit verwandelten Herzen.

Mondino war sicher, dass diese grässliche Inszenierung von der Hand eines Menschen und nicht von einer überirdischen Macht stammte. Auf den Knochen des Brustkorbs sah man deutlich Spuren von den Zähnen eines Sägeblatts, und soweit er wusste, bediente sich Satan keiner so gewöhnlichen Mittel. Doch der Mörder musste zweifellos vom Teufel zu seiner Tat getrieben worden sein. Warum hatte er dies getan? Was hoffte er damit zu bewirken?

Mondino hob plötzlich den Kopf, weil er fürchtete, Gerardo könnte seine geistige Abwesenheit nutzen, um ihn zu überwältigen. Doch der junge Mann hatte sich nicht von der Stelle bewegt. Er starrte ihn an, die Hände auf das Pult mit der geneigten Platte gestützt, auf dem der Arzt sonst seine Abschriften der Lehrbücher oder Papier für Aufzeichnungen ablegte.

»Ich habe nicht die Absicht, etwas gegen Euch zu unternehmen, Meister«, sagte der junge Mann, als hätte er Mondinos Gedanken gelesen. »Wenn ich dies gewollt hätte, wäret Ihr schon längst entwaffnet und überwältigt.«

»Versuch es nur, und du wirst eine Überraschung erleben«, erwiderte Mondino, aber er klang keineswegs feindselig.

Seine ganze Aufmerksamkeit war von einem Gedanken erfüllt, der seine Seele vor Neugier und Furcht erbeben ließ. Seinem wissenschaftlichen Verstand war klar, dass der Verwandlung von Angelo da Piczanos Herzen nicht irgendein nebulöser Hexenzauber zugrunde lag, sondern die exakten Künste der Alchimie. Einer fehlgeleiteten Alchimie – daran bestand kein Zweifel. In keinem der Traktate, die er während seines Medizinstudiums gelesen hatte, fand sich der Hinweis auf die Möglichkeit, menschliches Blut in Metall zu verwandeln. Während seiner Ausbildung hatte Mondino sich sogar eine Abschrift des *Liber Aneguemis* besorgt, die lateinische Übersetzung eines arabischen Manuskripts, das als Standardwerk über die dunkle Seite der Alchimie galt. Doch nicht einmal dort wurde etwas so Furchtbares erwähnt.

Mondinos Gedanken rasten. Wenn er die Formel finden und sie an einer Leiche anwenden könnte, würde sich ihm der gesamte Verlauf der Blutgefäße durch die Organe und Muskeln des menschlichen Körpers enthüllen wie eine detaillierte Landkarte. Dann würde ihm gelingen, was ihm mit dem Seziermesser bislang nicht gelungen war. Und er könnte die magische Formel in die Abhandlung über Anatomie einfügen, an der er arbeitete, zum Wohl der Medizin und aller lebenden und zukünftigen Ärzte.

Allerdings wäre die Aussicht darauf, sich in eine so finstere, aber gleichzeitig auch faszinierende und bedeutsame Materie zu vertiefen, unwiderruflich dahin, wenn er Gerardo und die Leiche der Inquisition übergab.

Mondino sah wieder den Templer an, der sich immer noch nicht bewegt hatte und ihn jetzt aufmerksam musterte. Der Lehrer spürte ganz deutlich, dass er in dieser Nacht einem völlig anderen Menschen gegenüberstand: Gerardo war nicht mehr der zerstreute Student, wie er ihn bis zum vorigen Tag gekannt hatte.

»Was würdest du tun, wenn ich beschließen würde, dich nicht anzuzeigen?«, fragte ihn Mondino.

Der junge Mann lächelte leicht. Offensichtlich hatte er Mondinos Interesse an der Leiche und ihrem Geheimnis bemerkt und gedachte, dies zu seinem eigenen Vorteil zu nutzen.

»Magister, helft mit, Angelos Leiche verschwinden zu lassen. Ich werde eine Messe für ihn lesen lassen und mich dann mit all meinen Kräften auf die Suche nach seinem Mörder machen«, sagte er so bestimmt, als hätte Mondino bereits die Entscheidung getroffen, sich auf seine Seite zu schlagen.

Und in einem gewissen Sinn, dachte der Arzt erstaunt, war dem genau so. Er sagte sich zwar weiterhin, dass es schändlich und gefährlich war, einen Mord zu decken, aber da Gerardo vorhatte, den Täter zu finden – koste es, was es wolle –, würde letzten Endes doch der Gerechtigkeit Genüge getan. Er dachte an die Gefahren, denen er sich aussetzen würde, für sein Amt als Magister des *Studiums*, das ihm so viele Opfer abverlangt hatte, und vielleicht auch für seine Familie, sollte er entdeckt werden. Doch jeder Einwand schmolz vor dem leidenschaftlichen Feuer jenes Traums wie Schnee in der Sonne dahin. Die

Vision von der Entdeckung der Formel hatte inzwischen von all seinen Gedanken Besitz ergriffen und ließ ihn nicht mehr los.

Mondino sah Gerardo eindringlich an, legte das Messer auf den Tisch und sagte wider besseres Wissen und unvorsichtigerweise: »Ich werde dir helfen.« Dass er diese überstürzten Worte später bereuen würde, ahnte er bereits beim Sprechen.

Bevor er noch etwas hinzufügen konnte, klopfte jemand laut an die Tür, und eine Stimme rief barsch: »Öffnet im Namen der Heiligen Inquisition!«

Gerardo sah Mondino erschrocken an; der junge Mann war wie gelähmt vor Aufregung und der bangen Frage, was der andere jetzt tun würde. Nun war der Augenblick gekommen, wo Mondino das eben gegebene Versprechen halten musste oder sich aus allen Schwierigkeiten befreien konnte.

Während er den Mann auf der gegenüberliegenden Seite des Eichentisches ansah, der den Raum beinahe in der Mitte teilte, fühlte sich Remigio Sensi in eine ferne Zeit zurückversetzt, in der er noch nicht aus Aragon nach Bologna zurückgekehrt und noch kein angesehener Bankier war.

Hugues de Narbonne hatte er in Tortosa kennen gelernt, anlässlich einer Begebenheit, an die er nur ungern zurückdachte.

Damals wie heute zählten die Tempelritter zu seinen besten Kunden. Sie brauchten oft Geld für ein neues Pferd oder ein Geschenk für ihre Geliebte, und konnten natürlich für diese Art Schulden keinen Kreditbrief zu Lasten ihres Ordens zeichnen.

Remigio berechnete ihnen einen ziemlich niedrigen Zinssatz, um sich nicht den Zorn des Erzbischofs von Tarragona zuzuziehen, denn im Grunde galt jeder zinspflichtige Kredit als Wucher. Da die Kirche jedoch wusste, dass sie die Tempelritter dringend brauchte, um Spaniens Süden von den Mauren zu befreien, drückte sie bei den Geldverleihern immer ein Auge zu.

Dennoch hatte Hugues de Narbonne seine Dienste nie in Anspruch nehmen müssen. Er war damals Kommandant von Akkon gewesen, verantwortlich für die Templerflotte und alle Waren, die sie transportierte, und hatte selbst nach dem Fall der Stadt im Jahr 1291 wichtige Aufgaben innerhalb des Ordens behalten. Er hatte reichlich Geld, und auch an Geliebten mangelte es ihm nicht, obwohl er Armut und Keuschheit gelobt hatte. Und was das Gebot des Gehorsams anbetraf, vermutete Remigio, dass der Franzose nur sich selbst gehorchte.

An dem Tag, an dem Hugues de Narbonne ihn aufgesucht hatte, hatte er ihm bewiesen, dass er genau über ihn und seine Geschäfte Bescheid wusste, obwohl sie einander noch nie begegnet waren. Hugues hatte ohne Umstände gefordert, Remigio solle seine berufliche Diskretion verletzen, auf der seine Glaubwürdigkeit als Geldverleiher und -wechsler gründete, und ihm die Namen einiger seiner Kunden und die Höhe ihrer Schulden enthüllen. Selbstredend hatte Remigio sich geweigert, worauf der Ritter ohne zu zögern auf ihn losgegangen war und ihm die Lippe aufgeschlagen hatte. Danach hatte er dem Geldverleiher seelenruhig erklärt, dass er ihn noch diese, spätestens aber nächste Nacht von einem gedungenen Mörder töten lassen würde, wenn er sich weigerte zu reden. Daraufhin würde sein Büro von den Soldaten des Königs durchsucht, um seinen Tod aufzuklären und er, Hugues, fände dann schon einen Weg, den Soldaten bei ihrer Aufgabe zu helfen. So würde er also auf jeden Fall erfahren, was er wissen wollte, und es läge nur an ihm, Remigio, ob er sein Leben verlieren wolle.

Daraufhin hatte Remigio seine Verzeichnisse geholt und sie ihm gezeigt.

Hugues hatte die Informationen benutzt, um die unaufrichtigen Ritter zu überführen. Aufgrund der Beweise wurden sie schwerer Verbrechen für schuldig befunden und aus dem Orden ausgeschlossen, weil man sie für unwürdig befand, ihm weiter zu dienen. Man hatte sie dann zu vielen Jahren als Ruderskaven auf spanischen Galeeren verurteilt.

Vielleicht war dieses Urteil gerecht gewesen. Aber es konnte auch sein, dass Hugues sich einfach nur unbequemer Feinde hatte entledigen wollen. Natürlich erlebten Remigios Geschäfte aufgrund dieser Indiskretionen einen Niedergang, von dem er sich nicht mehr erholte. Der Geldverleiher entschloss sich daraufhin, in seine Heimat zurückzukehren und in Bologna eine Bank zu eröffnen.

Inzwischen zählten vor allem die Scholaren des *Studiums* zu seinen Kunden; seine Beziehungen zu den Tempelrittern hatte er jedoch aufrechterhalten und weiterhin Geschäfte mit ihnen gemacht – selbst nachdem man den Orden öffentlich angeklagt hatte. Die Templer in Bologna, die sich der Verhaftung entzogen hatten, wandten sich an ihn, um Kredite zu erhalten oder um heimlich Land zu verkaufen, das die Kirche noch nicht beschlagnahmt hatte und empfahlen ihn auch Mitbrüdern in anderen Städten weiter.

An jenem Abend – die Klappe zur Straßenseite war schon seit einer Weile geschlossen – kam nach dem Nachtmahl einer der bewaffneten Diener, die der Bankier aus Sicherheitsgründen im Haus hatte, zu ihm und meldete, dass ein Reisender aus Tortosa ihn dringend zu sprechen wünsche. Remigio ging daraufhin ins Erdgeschoss – in der Annahme, dass er einen Templer vorfinden würde. Als er aber sah, dass Hugues de Narbonne auf ihn wartete, wurde ihm schwindelig und er wäre beinahe bewusstlos zu Boden gesunken.

Der Franzose war so elegant gekleidet wie immer. Ein blaues Gewand, das ihm gerade bis über die Knie reichte, ein Tribut an die neue Mode, die die männlichen Gewänder immer kürzer werden ließ, bleigraue Beinlinge und schwarze Halbstiefel. Er war sichtlich gealtert, und seine Locken, die unter dem weich fallenden Barett hervorkamen, wirkten inzwischen eher weiß als blond. Trotz allem war er aber immer noch eine beeindruckende Erscheinung. Hochgewachsen, kräftig, mit kantigem Kopf und einem grausam wirkenden Mund. Seine bloßen Oberarme waren mit einem dichten blonden Flaum bedeckt, und die Hände erinnerten an die Pranken eines Löwen. Remigio entschloss spontan, dass er den Franzosen besser empfing und allein mit ihm sprach, als zu versuchen, ihn mit Gewalt aus dem Haus zu entfernen. Dennoch wies er seine beiden Diener leise an, hinter der Tür zu warten und sofort hereinzustürmen, wenn er sie rief.

Sobald sie allein in seinem Arbeitszimmer waren, ließ der Geldverleiher alle Förmlichkeiten außer Acht und sprach Hugues de Narbonne direkt an: »Was auch immer Euch hierhergeführt haben mag, Messere, ich werde nichts für Euch tun. Absolut nichts.«

Diesmal war er sicher, dass er das Heft in der Hand hielt, aber als der Franzose aufstand, die Hände auf den Tisch stützte und sich ihm zuwandte, fühlte Remigio, wie ihm der Atem stockte.

»Ich muss Euch wohl nicht erinnern, was das letzte Mal geschehen ist, als Ihr mir einen Gefallen verweigert habt«, sagte Hugues de Narbonne und starrte ihn mit seinen grauen Augen gefährlich an.

»Die Zeiten haben sich geändert«, erwiderte Remigio und bemühte sich krampfhaft, keine Angst zu zeigen. »Euer Orden steht unter Anklage, der Großmeister De Molay sitzt im Gefängnis und könnte auf dem Scheiterhaufen enden, und die Häscher der Inquisition suchen nach Euch. Ich müsste nur laut rufen, und sofort hättet Ihr alle Schergen der Stadt auf dem Hals.«

»Und warum tut Ihr es dann nicht?«, forderte ihn der Franzose heraus.

Remigio sah ihn nur stumm an.

»Ich werde Euch sagen, warum«, fuhr Hugues de Narbonne fort. »Selbst wenn der Orden der Tempelritter angeklagt wird, bleiben sie weiterhin Eure besten Kunden, und wenn sich das Gerücht verbreitete, Ihr hättet den Kommandanten von Akkon verraten und verhaften lassen, würdet Ihr sie alle verlieren. Außerdem könnte ich den Dominikanern, solltet Ihr mich an sie verkaufen, verraten, dass Ihr als Mittelsmann für viele Geschäfte von Tempelrittern fungiert, die sich der Verhaftung haben entziehen können, dass Ihr viele ihrer Verstecke kennt und dass Euer Haus für die Mitglieder des Ordens, die auf der Durchreise sind, eine feste Anlaufstation ist. Was meint Ihr wohl, wie sie reagieren würden?«

»So etwas würdet Ihr Euren Mitbrüdern niemals antun«, erwiderte Remigio, doch seine Stimme klang nicht sehr überzeugend.

Jetzt war der Franzose an der Reihe, ihn stumm anzusehen, und sein Blick besagte mehr als eine lange Rede. Hugues de Narbonne war bereit, jeden zu opfern, um seine Ziele zu erreichen.

Es klopfte an der Tür. Auf Remigios »Herein!« betrat Fiamma den Raum. Sie hatte gehört, dass trotz der späten Stunde noch ein Kunde gekommen war, und wollte den Bankier nun unterstützen, indem sie wie immer die Dokumente ausfertigte.

Sie war unauffällig gekleidet, wie es einer jungen Frau ihres Alters geziemte, mit Pantoffeln und einer schlichten Tunika aus leichtem Wollstoff, die ihre weiblichen Formen verhüllte. Allerdings hatte sie ihre Haare wohl schon zum Schlafengehen gelöst und offensichtlich keine Zeit gehabt, sie neu zu frisieren. So flossen ihre blonden Locken, nur von einem Haarreif gehalten, damit sie ihr nicht in die Stirn fielen, ungebändigt über ihre Schultern, ein Anblick, dem nur wenige Männer zu widerstehen vermocht hätten. Sie hielt ihr Gesicht seitlich abgewandt, um dem Gast nur den unversehrten Teil davon zu zeigen. Remigio bemerkte genau den Blick, den Hugues de Narbonne auf sie warf.

»Ich benötige keine Hilfe, mein Kind«, sagte er darauf hastig. »Außerdem sind wir beinahe fertig.«

Fiamma wirkte überrascht. Ihre schwarzen Augen, die im Kontrast mit ihren blonden Haaren noch dunkler wirkten, wandten sich in einer Mischung aus Neugier und Misstrauen ihrem Gast zu. Remigio konnte die Erregung, die dieser unverhüllte Blick in Hugues de Narbonne ausgelöst hatte, beinahe körperlich spüren. In diesem Moment brach seine Abneigung gegen den Franzosen, die sich in den Jahren von dessen Abwesenheit gemildert hatte, erneut durch.

»Ich habe gesagt, du kannst dich zurückziehen«, fuhr Remigio Fiamma an.

»Wie Ihr wünscht«, erwiderte sie gefügig, doch ihre Körperhaltung und ihre Blicke straften den Ton Lügen. Sie knickste kurz vor dem Besucher, wobei sie ihm einen Augenblick lang ihr Gesicht von vorn zeigte, und verließ den Raum. Die Tür zog sie lautlos hinter sich zu.

»Ihr wart Witwer, als ich Euch kennen lernte«, sagte Hugues nachdenklich, sobald sie wieder allein waren. »Selbst wenn Ihr sofort danach wieder geheiratet hättet, könnte das Kind höchstens sechs oder sieben Jahre alt sein, wenn sie Eure Tochter wäre. Und ihr Körper wirkt nicht wie der eines kleinen Mädchens.«

»Fiamma ist neunzehn Jahre alt und meine Adoptivtochter. Ich habe sie zunächst in meine Dienste genommen, als ich noch in Tortosa lebte, nachdem Ihr alles dafür getan habt, um mich zu ruinieren. Dann habe ich sie in mein Herz geschlossen und adoptiert. Aber ich wüsste nicht, was Euch dies anginge.«

Hugues de Narbonne nahm wieder auf einem der drei mit purpurfarbenen Seidenkissen bedeckten Stühle Platz und legte die Hände auf die Oberschenkel. Sein Blick wirkte so kalt und berechnend, dass das Herz des Bankiers schneller zu schlagen begann. Doch wie gut die Informationsquellen auch sein mochten, die dem Franzosen zur Verfügung standen, über Fiamma konnte er nichts wissen. Niemand wusste etwas über sie, nicht einmal Remigios Beichtvater. Es war das bestgehütete Geheimnis seines Lebens.

»Wirklich schade, dass diese Narbe ihr Gesicht entstellt«, fuhr Hugues fort. »Aber ich glaube kaum, dass es Euch schwer fallen wird, einen Ehemann für sie zu finden. Ich kann mir vorstellen, dass viele junge Männer in Bologna gern mit einem angesehenen Bankier verwandt wären.«

Remigio begriff nicht, was für ein Spiel sein Gegenüber spielte. Jedes seiner Worte schien eine versteckte Drohung zu enthalten. Doch was konnte er tun? In seiner jetzigen Lage hatte Hugues keine Möglichkeit, ihm zu schaden, trotzdem fürchtete er ihn. Ein irrationales Gefühl, das möglicherweise auf der ehrfurchtgebietenden Erscheinung dieses Mannes gründete, der so hochgewachsen und stark war, obwohl er die fünfzig bereits überschritten hatte. Gegen seinen Willen musste Remigio zugeben, dass Hugues de Narbonne der geborene Anführer war. Er musste nur etwas sagen, und schon verspürte sein Gesprächspartner den dringenden Wunsch, seinen Befehlen zu gehorchen und für diese Willfährigkeit Anerkennung in seinen hellen Augen zu lesen. Nicht einmal das begrenzte schulmäßige Latein, das er benutzte, wenn jemand nicht seine Muttersprache beherrschte, schmälerte diesen Eindruck von Autorität. Man konnte sich sehr leicht vorstellen, wie ein Heer von Tempelrittern seinen Befehlen auf dem Schlachtfeld bis in den Tod folgte.

Vielleicht, sagte Remigio sich, sollte er sich doch anhören, was Hugues de Narbonne von ihm wollte.

»Sagt mir, was Euch hierhergeführt hat, Messer Hugues«,

sagte Remigio immer noch zitternd und ohne Selbstvertrauen. »Dann werde ich eine Entscheidung treffen.«

Als Mondino die Tür öffnete, sah er sich einem Dominikanermönch gegenüber, dem drei Häscher des Podestà folgten. Jeder von ihnen hielt eine Fackel in der Hand und stand damit in einer Lichtinsel auf der dunklen Straße. Als Mondino Uberto da Rimini erkannte, verwandelte sich seine Sorge beinahe in Angst. Der Inquisitor war bekannt für seine Erbarmungslosigkeit und die Zähigkeit, mit der er jeden verfolgte, der sich ihm in den Weg stellte. Seit er nach Bologna gekommen war, um dort den Prozess gegen die Tempelritter zu führen, hatten sich die Anklagen und Verurteilungen wegen Ketzerei vervielfacht. Bisher war Mondino ihm noch nicht persönlich begegnet, doch er hatte ihn mehrmals bei religiösen Feierlichkeiten aus der Ferne gesehen. Uberto da Rimini war ein schmächtiger Mann, einen ganzen Kopf kleiner als er, dünn und vollkommen kahl. Seine *complexio*, sein Temperament, war warm und trocken, soweit Mondino das beurteilen konnte. Sein Gegenüber beeindruckte durch eine brennende nervöse Energie, die von seinem ganzen, in das schwarzweiße Gewand der Dominikaner gehüllten Körper ausging, die sich aber vor allem in den schwarz funkelnden, eng stehenden Augen spiegelte.

»Friede mit Euch, Vater«, sagte Mondino. »Warum seid Ihr so spät noch unterwegs?«

»Diese Frage könnte ich ebenso gut Euch stellen«, erwiderte der Dominikaner. Er hielt beinahe drei Schritte Abstand zu ihm, ein Trick, den kleine Männer oft anwandten, um einem größeren Gegenüber in die Augen sehen zu können, ohne den Kopf in den Nacken legen zu müssen. »Wenn ein Mann nachts wach ist, anstatt zu schlafen, muss man befürchten, dass ihn unerlaubte Beweggründe dazu veranlassen und nicht das Bedürfnis, dem Willen Gottes zu entsprechen.«

Mondino wusste genau, dass es besser war, nicht auf diese Provokation zu reagieren, sondern stattdessen möglichst ausweichend auf die Fragen zu antworten in der Hoffnung, dass die Sbirren, wie die Häscher im Volksmund hießen, ihn in Ruhe ließen und der Inquisitor bald ging. Doch wieder einmal machte ihm sein impulsives Temperament einen Strich durch die Rechnung.

»In dieser Stadt sind es hauptsächlich die Geistlichen, die zu später Stunde Gottes Willen entsprechen«, sagte er.

Er sah dem Mönch an, dass er die studentische Verwendung dieser Redensart kannte. Gottes Wille war bekanntlich »Gehet hin und mehret Euch!«, und so hatte es sich unter den Scholaren verbreitet, auf diese Weise den Geschlechtsakt zu umschreiben. Mit dieser Aussage hatte der Arzt Uberto in eine Zwickmühle gebracht: Wenn dieser seine Worte bestätigte, würde er damit quasi zugeben, dass die Mönche nachts zu Dirnen gingen. Andererseits konnte er sich und seine Glaubensbrüder aber auch nicht Lügen strafen, die über sich sagten, dass sie die Nacht damit zubrachten, Gott so gut wie möglich zu dienen.

Mondino blieb jedoch nicht genug Zeit, um seine eigene Scharfsinnigkeit auszukosten. Uberto da Rimini sagte nur einen Satz: »Nehmt ihn fest.« Und bevor Mondino sich auch nur rühren konnte, standen bereits zwei Männer neben und einer hinter ihm.

»Was habt Ihr vor, Inquisitor?«, fragte Mondino ganz gelassen. »Ich bin kein Ketzer und habe kein Verbrechen begangen. Ich bin Mondino de' Liuzzi, Arzt des *Studiums*.«

Der Abscheu auf dem Gesicht des Mönches zeigte sich nun noch unverhüllter. »Ich weiß genau, wer Ihr seid. Der Quacksalber, der die Medizin verdorben hat, indem er den Brauch einführte, unter offener Verletzung einer päpstlichen Bulle menschliche Körper zu zerteilen. Kein Wunder, dass Ihr so unverschämt gegen jemanden seid, der das Wort Christi verbreitet.«

»Die Bulle *De sepulturis* verbietet nur, Leichen zu zerstückeln und zu kochen, aber nicht, sie zu Forschungszwecken zu sezieren«, erwiderte Mondino. »Sie wurde vor allem deshalb erlassen, weil der Handel mit falschen Reliquien und Heiligenknochen unterbunden werden sollte.«

Uberto würdigte ihn keiner Antwort. »Wir suchen einen schändlichen Mörder, der seine Wohnung in Brand gesetzt hat und dann über die Dächer geflohen ist. Möglicherweise hat er die Leiche des Mannes, den er getötet hat, mit sich genommen.«

»Und den sucht Ihr in meinem Haus?«

»Nachdem die Nachbarn den Brand gelöscht hatten, haben sie uns erzählt, es handele sich bei dem Mörder um einen Eurer Studenten. Eure Medizinschule ist nur eine Straße von dort entfernt, es wäre also logisch, dass er bei Euch Unterschlupf suchte.«

»Aber es ist nicht logisch anzunehmen, dass ich einem Mörder Zuflucht gewährt hätte«, zischte Mondino durch zusammengebissene Zähne. »Hier ist niemand.«

Jetzt war es heraus. Er hatte gelogen. Als er die Tür geöffnet hatte, war er noch nicht sicher gewesen, ob er dieses Risiko wirklich eingehen wollte, obwohl er es Gerardo versprochen hatte und obwohl er sich so sehr für diese Leiche mit dem eisernen Herzen interessierte. Doch der Hochmut des Inquisitors und die instinktive Abneigung, die er ihm einflößte, hatten ihr Übriges getan, und nun konnte Mondino nicht mehr zurück, selbst wenn er es gewollt hätte: Diese Lüge war unverzeihlich. Ab jetzt bedeutete Gerardo zu retten, sich selbst zu retten.

»Dürfen wir das überprüfen?«

»Nein. Mein Wort muss Euch genügen.«

Uberto da Rimini gab den Häschern einen Wink, woraufhin sie Mondino an den Armen packten. Er versuchte, sich mit einem Ruck zu befreien, doch der Mann hinter ihm umklammerte seine Taille. Mondino hörte, wie etwas in Scherben ging. Eine der Öllampen musste zu Boden gefallen sein.

»Lasst mich sofort los!«

»Wir wollen nur eintreten und selbst nachsehen. Wenn Ihr nichts vor uns verbergt, habt Ihr nichts zu befürchten.«

»Hier in der Nähe wohnen viele meiner Studenten«, sagte Mondino mit kaum verhohlener Wut. »Ich habe zahlreiche von ihnen gesehen, die vor kurzem geholfen haben, den Brand zu löschen. Wollt Ihr wirklich, dass ich sie zu Hilfe rufe?«

Die Wachen lockerten kaum merklich ihren Griff. Sie wussten genau, dass die Studenten freudig jede Gelegenheit nutzten, um Unruhe zu verbreiten, besonders wenn einer von ihnen oder einer ihrer Lehrer bedroht wurde. Das wusste natürlich auch Uberto da Rimini. Er warf Mondino einen so schneidenden Blick zu, dass dieser all seine Selbstachtung aufbieten musste, um die Augen nicht zu senken, und sagte leise: »Lasst ihn los.«

Die Häscher wichen einen Schritt zurück, wobei die Kurzschwerter an ihren Gürteln leise klirrten. Ihre Gesichter verrieten keinerlei Gefühlsregung, so dass Mondino den Eindruck gewann, sie würden ohne zu zögern jedem Befehl des Inquisitors gehorchen, obwohl sie der Stadt und nicht der Kirche unterstanden. Außerdem konnte er sich ausmalen, dass es ziemlich unangenehme Folgen haben könnte, wenn man einem Befehl Uberto da Riminis nicht nachkam.

»Wir werden diesen Mann bald fassen und ihn dazu bringen, alles zu gestehen«, sagte der Dominikaner und sah dem Arzt mit eindringlichem Blick in die Augen. »Ich hoffe für Euch, dass Ihr die Wahrheit gesagt habt.«

Dann wandte er sich so ruckartig um, dass sein schwarzer

Mantel und die gedrehte Leinenkordel, mit der seine weiße Kutte zusammengehalten wurde, herumschwangen, und entfernte sich in Richtung der Kirche Sant'Antonino. Die Wachen folgten ihm wortlos.

Obwohl er ihnen am liebsten eine beißende Bemerkung nachgerufen hätte, neigte Mondino nur den Kopf und sagte: »Friede mit Euch, Vater.«

Sobald er hörte, dass die Tür geschlossen wurde, stieg Gerardo aus der Truhe, in der er sich auf Befehl des Arztes auf die Leiche seines Freundes hatte legen müssen.

»Mir ist beinahe das Herz stehen geblieben«, sagte er und holte tief Luft.

»Genau wie mir«, erwiderte Mondino. »Obwohl ich draußen an der frischen Luft war.«

Schweigen machte sich breit. Während seiner Flucht über die Dächer war Gerardo keine Zeit zum Überlegen geblieben. In der Truhe hatte er mit klopfendem Herzen die Ohren gespitzt, bereit, eine Verzweiflungstat zu begehen, sollte der Inquisitor hereinkommen und den Raum durchsuchen oder Mondino ihn verraten. Doch nun, wo die Gefahr vorüber war, erinnerte sich sein Körper mehr als sein Kopf an das Gefühl von Angelos kalter Haut, diesen engen, direkten Kontakt mit dem Tod. Gerardo erschauerte so heftig, dass er sich auf den Boden setzen musste. Schließlich strömten Tränen aus seinen Augen.

Mitleidslos holte ihn Mondino brüsk in die Gegenwart zurück.

»Die Totengräber, auf die ich warte, müssen gleich hier sein«, sagte er. »Vermutlich haben sie sich vor den Leuten versteckt, die das Feuer gelöscht haben, und vor dem Inquisitor, aber sobald auf der Straße Ruhe eingekehrt ist, werden sie hier klopfen.«

»Ihr erwartet Totengräber?«, fragte Gerardo und wischte sich die Tränen mit dem Handrücken ab. »Um diese Zeit?«

Obwohl der Arzt gerade riskiert hatte, verhaftet und schwer bestraft zu werden, wenn die Häscher den Gesuchten bei ihm gefunden hätten, wirkte er nicht verängstigt. Gerardo betrachtete ihn genauer – und vielleicht weil sie nun nicht mehr Lehrer und Schüler waren, war es für ihn, als sähe er Mondino zum ersten Mal: einen Mann um die vierzig, der aber jünger wirkte. Groß und schlank, mit grünen, durchdringenden Augen unter der hohen Stirn. Wenn er den gestählten Körper unter dem schwarzen, knöchellangen Gewand näher besah, hatte er wohl gut daran getan, dass er erst gar nicht versucht hatte, ihn zu entwaffnen. Trotz seiner Ausbildung und ihres Altersunterschiedes hätte eine tätliche Auseinandersetzung mit dem Arzt einen unerwarteten Ausgang nehmen können.

Während beide Angelos Leiche aus der Truhe holten und ihn wieder auf den Marmortisch legten, erklärte Mondino seinem Schüler, dass er auf die Leiche einer an diesem Tag hingerichteten Frau wartete, an der er eine Sektion vornehmen würde.

»Ich habe die Frage mit dem Magistrat geklärt, also ist alles nach dem Gesetz«, sagte er, öffnete wieder den Brustkorb des Toten und sah sich das Herz aus Eisen an, als wäre es faszinierend und nicht eine solche Abscheulichkeit. »Aber ich muss es trotzdem im Verborgenen tun, weil die Kirche gegen den Fortschritt der Wissenschaft ist und keine Gelegenheit versäumt, sich einzumischen.« Er sah Gerardo an, als wäre dieser direkt für das Verhalten der Kirche ihm gegenüber verantwortlich. »Solange die Priester sich in alles einmischen, anstatt sich nur darum zu kümmern, die Seelen ihrer Schäfchen zu retten, werden wir keinen Fortschritt erleben.«

Es war ein offenes Geheimnis, dass Mondino politisch auf der Seite der Lambertazzi stand, also ein Ghibelline war, der die Herrschaft des Kaisers befürwortete und gegen die des Papstes war. Seine Ansichten hatten ihm sogar Jahre der Verbannung eingetragen, und er hatte Bologna nur nach Zahlung einer empfindlich hohen Geldstrafe wieder betreten dürfen. Gerardo als Mönch war natürlich anderer Meinung und unterstützte die Geremei, aber dies war nicht der richtige Zeitpunkt, um Einwände zu erheben.

Er schwieg, während Mondino ein Messer nahm und die Stellen einzuschneiden begann, an denen das Fleisch dem Metall Platz gemacht hatte. Der Tempelritter beobachtete ihn bei seiner Tätigkeit und konnte seine Bewunderung für seinen Lehrmeister nicht unterdrücken. Mondino arbeitete konzentriert und genau. Seine Bewegungen wirkten nie überstürzt, obwohl er diese Abscheulichkeit aus Fleisch und Eisen in kürzester Zeit aus Angelos Brust entfernte. Er übergab sie ihm, damit er sie in der Truhe versteckte. Als er das, was einmal das Herz seines Freundes gewesen war, in der Hand hielt, konnte Gerardo nur mit Mühe einen Aufschrei unterdrücken, aber er beherrschte sich und folgte widerspruchslos dem Befehl.

»Sag mir, was du jetzt vorhast«, sagte Mondino ohne ihn anzusehen.

Er hatte Angelos Brustkorb wieder geschlossen und wirkte jetzt gelassener.

»Wie meint Ihr das, Meister?«

»Wir wollen doch herausfinden, wer deinen Freund getötet hat, oder?«, erwiderte Mondino ungeduldig. »Dafür müssen wir uns einen Plan ausdenken.«

»Also wollt Ihr mir dabei auch helfen?«

Gerardo konnte den Unmut in seiner Stimme nicht verbergen. Er war natürlich froh, dass der Arzt ihn dabei unterstützen wollte, die Leiche verschwinden zu lassen, aber er schätzte es gar nicht, dass ihn jemand bei der Suche nach dem Täter behinderte.

Mondino stand hinter ihm, vor dem Trog, in dem er seine chirurgischen Instrumente aufbewahrte. Als er sich umdrehte, hielt er in der einen Hand eine Spule mit Seidenfaden und in der anderen eine dicke Nadel.

»Hör mir jetzt gut zu«, sagte er, und sein Blick war hart. »Ich habe den Inquisitor belogen. Ich habe dir geholfen und damit gegen das Gesetz verstoßen – jetzt bin ich genauso in Gefahr wie du. Und ich habe nicht die Absicht, einem jungen, unerfahrenen Mann zuzusehen, wie er einen Fehler begeht, sich verhaften lässt und uns beide in den Abgrund reißt. Du hast meine Hilfe gewollt, und jetzt ist es zu spät für einen Rückzieher. Ich werde über jeden Schritt entscheiden, den wir tun. Ist das klar?«

»Keineswegs«, antwortete Gerardo wütend. »Ich schätze Euch als Arzt und Lehrer und danke Euch dafür, dass Ihr mich nicht verraten habt, aber ich habe keineswegs die Absicht, mich in dem, was ich tun muss, von Euch führen zu lassen.«

Ihm hatte missfallen, dass Mondino ihn als jungen unerfahrenen Mann bezeichnet hatte, und er glaubte nicht im mindesten, dass ein Laie, zudem noch ein Gegner der Kirche, der über keinerlei soldatische Ausbildung verfügte, ihm helfen könnte, einen Mörder zu finden. Außerdem musste er ja auch noch die Interessen der Tempelritter verteidigen.

Mondino näherte sich der Leiche und begann wortlos, den Brustkorb zuzunähen. Er durchbohrte das Fleisch und zog den Faden mit schnellen, geschickten Bewegungen hindurch, eine Kunststopferin hätte es nicht besser machen können. Als er fertig war, ließ er sich von Gerardo helfen, dem Toten wieder das Gewand anzuziehen. Schließlich teilte er ihm seine Überlegungen mit.

»Meine Mitarbeit ist nicht verhandelbar«, sagte er und richtete seine grünen, entschlossenen Augen auf seinen ehemaligen Schüler. »Du willst den Mörder finden, und ich will dieses Rätsel der Alchimie lösen. Also müssen wir uns verbünden, und du solltest das besser nicht ablehnen.«

»Weil Ihr mich sonst anzeigen würdet?«, erwiderte Gerardo aufgebracht.

»Nein, weil wir schneller an unser Ziel gelangen können, wenn wir zwei parallele Strategien verfolgen. Je mehr Zeit wir verlieren, desto leichter könnten wir entdeckt werden.«

»Ihr sprecht, als hättet Ihr schon eine Idee.«

»So ist es. Aber bevor ich weiterspreche, musst du meine Hilfe vorbehaltlos annehmen.«

Gerardo überlegte. Selbst wenn Mondino keine militärische Ausbildung durchlaufen hatte, wirkte er stark und entschlossen, wie ein Mann, den man in einem Kampf nicht unterschätzen sollte. Außerdem hatte er bewiesen, dass er in unvorhergesehenen Situationen schnell und tatkräftig handeln konnte. Und der Gedanke, in zwei Richtungen Nachforschungen anzustellen, war keineswegs dumm. Blieb nur noch der Umstand, dass er nicht wusste, ob er Mondino vertrauen konnte, wenn sie die Leiche erst einmal beseitigt hatten.

»Werdet Ihr mich auch nicht verraten?«, fragte er.

»Jetzt kann ich das nicht mehr, aber so langsam bereue ich meinen Entschluss. Also entscheide dich, wir haben nicht die ganze Nacht Zeit.«

»Na gut, aber wir treffen alle Entscheidungen gemeinsam.«

Mondino überdachte noch einmal alles kurz, dann nickte er. »Nun erkläre ich dir meinen Plan, dann sagst du mir, was du vorhast, und wir werden uns schon einigen.«

Wahrscheinlich wurde sein Handeln von seiner Arbeit als Lehrer bestimmt. Obwohl er gerade eine gleichberechtigte Zusammenarbeit akzeptiert hatte, verhielt er sich, als dozierte er vom Pult aus. Sie begannen von neuem zu streiten, wurden jedoch von einem hastigen Türklopfen unterbrochen. Es waren die Totengräber, die sich, genau, wie Mondino es prophezeit hatte, mit ihrem Karren und der Frauenleiche in einem Hauseingang versteckt und sich erst wieder hervorgewagt hatten, als es auf der Straße wieder ruhig geworden war. Gerardo zog sich eilig in das Nebenzimmer zurück, während Mondino sie hereinließ. Von seinem Lauschposten hinter der Tür hörte Gerardo ihre Entschuldigungen: Sie hätten sich erschreckt, als der Inquisitor aus dem Dominikanerorden zusammen mit drei Sbirren in nächster Nähe an ihnen vorbeigekommen sei, und hätten die Leiche deshalb in einen Abwassergraben geworfen. Mondino empörte sich und sagte, es sei unmöglich, an einem mit Schmutz und unaussprechlichen Stoffen bedeckten Körper anatomische Versuche durchzuführen. Die Totengräber forderten jedoch trotzdem ihren Lohn, und wenn es nur dafür sei, beharrten sie, dass sie die Leiche wieder fortbrächten. Der Arzt handelte mit ihnen eine Summe aus und verdoppelte diese schließlich, damit sie auch den toten Mann vom Seziertisch mitnahmen. Mondino gab an, dass es sich dabei um eine Leiche handele, an der er seine Versuche bereits durchgeführt habe, und wies die Totengräber an, ihn in einem gewöhnlichen Massengrab zu beerdigen. Die beiden nickten und legten Angelo über die Frauenleiche auf ihren Holzkarren, strichen die vereinbarte Summe ein und gingen zufrieden ihrer Wege.

Als die Totengräber außer Hörweite waren, kehrte Gerardo in den Hörsaal zurück. Endlich konnten sie in Ruhe miteinander reden.

»Wie ich schon gesagt habe, gilt es zwei Spuren zu verfolgen«, nahm der Arzt seinen Plan wieder auf und lehnte sich gegen eine Bank. »Zuerst gilt es herauszufinden, wen Angelo heute Abend treffen sollte und wem er seit seiner Ankunft in der Stadt begegnet ist. Die zweite Frage, die wir lösen müssen, ist die mit der Alchimie.«

»Ich begreife Euer Interesse für das Geheimnis, menschliches Blut in Eisen zu verwandeln«, erwiderte Gerardo. Obwohl er vollkommen erschöpft war und sich gern hingesetzt hätte, blieb er respektvoll stehen. »Doch ich sehe nicht, wie uns dies helfen könnte, den Mörder zu finden.«

»Ich habe die Alchimie ein wenig als Teil meiner medizinischen Ausbildung studiert, dennoch habe ich nie etwas Ähnliches gehört«, erklärte Mondino, und seine Augen starrten ins Leere, als versuchte er, in einem einzigen Augenblick alle Bücher, die er jemals gelesen hatte, durchzugehen. »Ein Geheimnis wie dieses kann nur ganz wenigen Menschen bekannt sein. Wenn wir herausfinden, wer es kennt, werden wir dem Mörder sehr nah gekommen sein.«

Gerardo war vom Scharfsinn des Arztes überrascht. Sie hatten keinen Augenblick Ruhe gehabt, seit er an seine Tür geklopft hatte, und trotzdem hatte Mondino die Zeit gefunden, einen Plan auszuarbeiten, dem außer ein paar Einzelheiten nichts hinzuzufügen war. Spontan entschloss er sich, sein Wissen mit ihm zu teilen. Er griff in die kleine Ledertasche, die er am Gürtel trug, und holte ein zerknittertes Stück Papier hervor.

»Das fiel aus Angelos Gewand, als ich ihn angezogen habe. Vielleicht ist es ja nicht wichtig, aber andere Hinweise habe ich nicht.«

Mondino begutachtete den Zettel. Er schien hastig von einem größeren Blatt abgerissen worden zu sein und enthielt nur wenige Worte, die jemand mit einem Griffel ohne Tinte oder vielleicht mit einem Fingernagel eingeritzt haben musste.

»Filomena, Schwemme, Markt«, las Mondino laut. »Das ist die Adresse einer Frau. Eine Dirne?«

»Das habe ich ebenfalls vermutet, Magister. Es könnte sein, dass Angelo sein Keuschheitsgelübde nicht immer eingehalten hat.«

Mondino verzog die Lippen zu einem sarkastischen Lächeln, und Gerardo machte sich schon darauf gefasst, einem

Kommentar über Mönche, die das Leben allzu sehr genossen, widersprechen zu müssen, doch der Arzt schwieg und sah wieder auf den Zettel.

»Es gibt in der Stadt viele Schwemmen, an denen man Tiere waschen und tränken kann. Und einige Märkte«, sagte er dann. »Doch ich möchte wetten, dass es sich um den auf der Piazza Campo del Mercato handelt.«

»Wie könnt Ihr Euch da so sicher sein?«

»Dein Freund war fremd hier. Wenn er sich nur diese Worte notiert hat, ohne nähere Angaben, könnte ich mir vorstellen, dass er den größten Tiermarkt meinte.«

Vermutlich hatte er Recht, aber Gerardo wollte seinen alten Lehrer nicht schon wieder loben. »Dann werde ich dort mit meinen Nachforschungen beginnen«, sagte er nur. »Für heute Nacht ...«

»Heute Nacht kannst du hierbleiben«, unterbrach ihn der Arzt und löste sich von der Bank. »Es gibt zwar kein Bett, aber du kannst die Decken aus der Truhe auf dem Tisch ausbreiten und dort schlafen.«

»Ich werde die Nacht damit verbringen, für Angelos Seele zu beten«, erwiderte Gerardo. Allein bei dem Gedanken, sich auf diese Marmorplatte zu legen, auf der schon so vielen Leichen die Eingeweide entnommen worden waren, schauderte es ihn.

»Wie du willst. Morgen zur dritten Stunde habe ich Unterricht, aber der Pedell kommt schon zur ersten Stunde, um den Hörsaal vorzubereiten. Sorg dafür, dass du dann nicht mehr hier bist.«

»Seid unbesorgt, ich werde in der Morgendämmerung aufbrechen«, antwortete Gerardo. »Und dann werde ich sofort nach der Frau zu suchen beginnen. Was habt Ihr vor?«

»Ich werde mit einigen Alchimisten reden, die ich kenne. Am Nachmittag, kurz vor der Vesper, treffen wir uns in der

Kirche der Heiligen Vitale und Agricola, in der Nähe meiner Wohnung. Du findest mich dort in der Bank meiner Familie.«

»Keine Sorge, ich werde dort sein.«

»Gut«, meinte Mondino und öffnete die Tür. »Dann bis morgen.«

»Bis morgen, Magister«, antwortete Gerardo. »Und ich danke Euch nochmals für alles.«

Der Arzt wandte sich langsam um und betrachtete ihn aufmerksam. »Ich habe meine Entscheidungen immer impulsiv getroffen«, sagte er. »So auch die, dir zu helfen. Ich hoffe, du wirst dein Bestes tun, damit ich sie nicht bereuen muss.«

Mit diesen Worten ging er hinaus auf die dunkle Gasse, nahm nicht einmal eine Laterne mit, um sich den Weg zu leuchten, und machte sich mit sicheren Schritten auf den Heimweg.

Gerardo blieb reglos auf der Schwelle stehen, um den ruhigen Lauten der Nacht zu lauschen. Falls die Nachbarn schon wieder in ihre Betten gegangen waren, bedeutete das, dass der Brand keine schweren Schäden verursacht hatte. Dennoch würde man den Häschern seine Beschreibung gegeben haben, und von morgen an würde nicht nur die Inquisition, sondern auch die Stadtpolizei nach ihm suchen. Er würde eine neue Unterkunft finden, einen anderen Namen annehmen und doppelt so wachsam wie vorher sein müssen.

Gerardo schloss die Tür und sicherte sie mit dem Riegel. Dann fuhr er sich durch die beinahe schulterlangen Haare, mehr um sich zu beruhigen, als um sie zu ordnen, ging zu der Truhe und kniete davor nieder. In Ermangelung der Leiche würde er an Angelos eisernem Herzen wachen, das dort unter zwei Decken begraben in der hölzernen Truhe lag.

Er war sicher, dass Angelos Seele, wo auch immer sie sich jetzt befinden mochte, dringend Trost brauchte.

ZWEI

Unter einem bleigrauen wolkenverhangenen Himmel stand Uberto da Rimini tief gebückt in der schmalen Allee des kleinen Friedhofs, der sich an die Kirche San Domenico anschloss, und jätete rund um die Gräber Unkraut. Er war früh wach geworden und noch immer aufgebracht, dass er die von dem anonymen Informanten gemeldete Leiche nicht gefunden hatte, und seine Wut war keineswegs verraucht, als er sich erinnerte, wie hochmütig ihm dieser Arzt den Zutritt zur Schule verweigert und zudem damit gedroht hatte, einen Aufruhr unter den Studenten auszulösen. In dieser gereizten Stimmung hatte Uberto sich dann über einen Bruder geärgert, der eine Karaffe Wasser auf dem Boden verschüttet hatte, und ihm zur Buße einen Tag mit harter Arbeit auf dem Friedhof auferlegt.

Eigentlich hatte nur der Prior die Macht, Strafen zu verhängen, aber er war zu weichherzig dafür. Seitdem Uberto sich im Kloster einquartiert hatte, war er so gut wie nicht mehr in Erscheinung getreten. So konnte er sich immer, wenn seine Autorität übergangen wurde, herausreden, dass er nicht zugegen gewesen wäre, nichts gesehen hätte oder von nichts wüsste.

So war es dazu gekommen, dass Uberto nun alle Befehle erteilte. Und auch wenn ihm das rechtmäßig erschien, da er dazu befähigt war, bemühte er sich, nicht der Sünde des Hochmuts zu verfallen. Aus diesem Grund hatte er nach einer Weile beschlossen, dem von ihm bestraften Mönch bei der Arbeit des Unkrautzupfens auf dem Friedhof zur Hand zu gehen. Er beglückwünschte sich dazu, dass er gegen sich selbst ebenso unerbittlich war wie gegen jeden anderen. Außerdem war die körperliche Anstrengung das einzige Mittel, seinen Zorn abzureagieren.

Sie arbeiteten schweigend, jeder in seine eigenen Gedanken versunken. Uberto bückte sich, um einen Löwenzahn auszureißen, der in einem Spalt zwischen zwei Ziegelsteinen gewachsen war, aber die lange spitze Wurzel brach kurz unter der Erdoberfläche ab, und in seinen Händen blieben bloß die Blätter zurück. Das bedeutete, dass die Pflanze dort bereits in wenigen Tagen wieder hervorsprießen würde.

Er richtete sich auf und blickte über die Grabreihen, die noch vor ihm lagen. Jedes Jahr gab es mehr Anfragen von Prälaten und hochrangigen Persönlichkeiten, die in der Nähe des Grabes des heiligen Dominikus bestattet werden wollten, und das Kloster konnte sie kaum alle aufnehmen. Der Friedhof war überfüllt, und selbst wenn die Brüder sich nach Leibeskräften bemühten, ihn zu pflegen, wuchs das Unkraut doch immer wieder nach.

Genau wie die Ketzerei, nach jedem Versuch, sie mit Stumpf und Stiel auszumerzen, dachte Uberto, berührt von der schlichten Wahrheit dieser Analogie, die andere in ihrem eifrigen Bemühen um Originalität vielleicht nur als simpel abgetan hätten. Doch der Grund dafür war nicht die Ketzerei. Die Schuld lag bei den Inquisitoren, die es aus Sorge, dass sie sich bei den örtlichen Machthabern unbeliebt machen könnten, bei haarspalterischen Prozessen und milden Strafen bewenden ließen. Wie konnte man einen Ketzer abschrecken, wenn man ihn höchstens dazu verurteilte, eine Pilgerreise zum Heiligen Stuhl anzutreten?

Es gab nur einen einzigen Weg, das Wiedererstarken der Ketzerei zu verhindern: Man musste sie mitsamt der Wurzel ausreißen, egal wie viel Mühe das kosten mochte. Sicher würden dabei auch Fehler begangen werden. Und so mancher Unschuldige würde auf dem Scheiterhaufen enden, aber zumindest wäre seine Seele gerettet, weil er für das Wohl der Kirche gestorben war. So hatte man es mit den Katharern im Languedoc gehalten und in jüngerer Zeit mit Fra Dolcino und seinen Anhängern. Katharer und Dolcinianer gab es mittlerweile nicht mehr.

Und so musste man auch mit den Templern verfahren. Die Aufgabe der Heiligen Inquisition war es dabei nicht, sichere Beweise für Schuld oder Unschuld zu finden, wie es der Erzbischof von Ravenna, Rinaldo da Concorezzo, wollte. Die Anschuldigungen gegen die Tempelritter waren zu schwerwiegend und ihre Macht zu groß, als dass die Kirche das Risiko eingehen konnte, sie freizusprechen. Der Orden musste vernichtet werden und ihre Anführer auf dem Scheiterhaufen brennen. Es war die Aufgabe eines jeden guten Inquisitors, die Kirche bei der Erreichung dieses Ziels zu unterstützen, selbst wenn man dafür schwierige Entscheidungen treffen musste.

Uberto da Rimini setzte sich zum Nachdenken auf die Stufe eines Grabes, während der Bruder mit seiner Arbeit fortfuhr, ohne innezuhalten oder auch nur den Kopf zu heben.

Die Verbrecher scherten sich nicht um die Befolgung von Gesetzen, wenn sie ihre Missetaten begingen. Warum sollte sich also derjenige, der sie bekämpfte, von einer Reihe nutzloser Vorschriften aufhalten lassen? Wenn er die Leiche eines Templers finden wollte, der man ansah, dass hier der Teufel im Spiel war, wie es in dem Schreiben des Informanten hieß, konnte Uberto nicht den legalen Weg beschreiten. Er hatte schon nach einem zuverlässigen Mann geschickt, einem ehemaligen Priester, der am Rande des Gesetzes lebte, und er erwartete ihn jeden Augenblick. Er musste sehr vorsichtig sein, denn das, was er ihm auftragen wollte, würde sicher nicht den Beifall des Erzbischofs finden.

Der junge Mann, der sich letzte Nacht der Verhaftung entzogen hatte, war ein Student von Mondino de' Liuzzi. Und die Tatsache, dass der Arzt ihm keinen Einlass in seine Medizinschule gewährt hatte, erschien dem Inquisitor immer noch verdächtig. Man musste ermitteln, aber im Geheimen. Sobald sich Beweise fänden, würde Uberto nach dem Gesetz verfahren. Er war fest überzeugt, dass dieser Fall entscheidend dazu beitragen konnte, den Niedergang der Templer zu beschleunigen. Sollte er Erfolg haben, würden etliche hohe Kirchenfürsten, vielleicht sogar auch der Papst in Person, seine Schritte gutheißen.

Sollte er hingegen scheitern, würde er alles geheim halten. So bestand für ihn keine Gefahr.

Ein Bruder näherte sich eilig und teilte Uberto mit, dass ein gewisser Guido Arlotti ihn in einer wichtigen Angelegenheit zu sprechen wünschte.

Uberto hatte ihn bereits erwartet. Doch sosehr es ihn drängte, Arlotti zu treffen, so hatte er nicht die Absicht, sich ihm schmutzig und verschwitzt wie ein Bauer zu zeigen.

Er schnitt dem Bruder mit einer brüsken Handbewegung das Wort ab und sagte ihm, dass er den Besucher in sein Arbeitszimmer führen sollte. Dann schritt er zu einem Tor, das in den Gemüsegarten führte, wusch sich hastig am Brunnen, wobei er darauf achtete, die Grasflecken sorgfältig von seinen Händen zu entfernen, und betrat das Kloster durch eine Nebentür. In der Ferne hörte er ein Gewitter aufziehen.

Guido erwartete ihn stehend in seinem Arbeitszimmer. Er war ein untersetzter Mann mit kurzen braunen Haaren und trug eine knielange Tunika. Diese betonte seine kräftigen Arme und stämmigen Waden, über denen sich die Wollstrümpfe spannten. Die Füße steckten in geschlossenen Riemenschuhen, die zwar nicht allzu elegant, aber aus bestem Leder waren. Keiner hätte bei seinem Anblick vermutet, dass er früher Priester gewesen war. Nun verdiente er sich seinen Lebensunterhalt mit dem fragwürdigen Gewerbe der Kuppelei; aber auf seine Art war Arlotti ein Christ geblieben, er fürchtete die Hölle und half der Kirche gegen Geld und Ablass seiner Sünden bei der schwierigen Aufgabe, Personen ausfindig zu machen, die der Ketzerei verdächtigt wurden.

Uberto begrüßte seinen Gast und bot ihm ein Glas Wasser aus dem Krug auf dem Tisch an. Guido lehnte jedoch ab. Sie kamen sofort zum Grund seines Besuchs, ohne sich erst zu setzen. Auf diese Art unterstrichen sie, dass Guido sich gar nicht dort befinden und dass ihr Treffen so kurz wie möglich verlaufen sollte. Uberto war froh, als er bemerkte, dass nicht nur er sich unbehaglich fühlte. Auch der ehemalige Priester empfand sich in einem Gotteshaus fehl am Platz. Das machte es ihm leichter, ihre Beziehungen im richtigen Gleichgewicht zu halten.

»Sobald ich Eure Botschaft erhalten habe, bin ich hierhergeeilt, Vater«, sagte Guido. »Womit kann ich Euch dienlich sein?«

Uberto trat einen Schritt zurück. Guido verströmte zwar keinen Gestank, aber seinem Körper und seinen Kleidern haftete der süßliche Geruch von duftendem Räucherwerk an, das in den Hurenhäusern verbrannt wurde.

»Ich muss dir eine sehr heikle Aufgabe übertragen«, sagte er.

»Ich höre.«

»Ich habe den Verdacht, dass ein Magister des *Studiums* einem gesuchten Verbrecher Unterschlupf gewährt hat, wahrscheinlich einem Tempelritter, der sich als Student ausgibt, und dass er ihm dabei geholfen hat, eine Leiche verschwinden zu lassen. Wie könnte er das bewerkstelligt haben?«

Guido schwieg lange mit finsterer Miene. Er streckte eine Hand zu dem Wasserkrug aus, dann zog er sie wieder zurück. »Da gibt es viele Möglichkeiten«, sagte er schließlich. »Wie heißt der Arzt?«

»Mondino de' Liuzzi.«

Guido nickte. »Ich kenne ihn. Mondino unterhält Kontakte zu allen Totengräbern Bolognas, von denen er Leichen für seine Versuche kauft. Er könnte einen von denen um Hilfe gebeten haben.«

»Könntest du ihn ausfindig machen?«

»Das wird nicht leicht«, antwortete Guido. »Wie Ihr wisst, gibt es in der Stadt viele kleine Friedhöfe und zahllose Totengräber. Wenn einer von ihnen Mondino dabei geholfen hat, eine Leiche verschwinden zu lassen, wird er ganz sicher den Mund halten. Aber wenn man ihm Straffreiheit verspricht und vielleicht eine kleine Belohnung …«

»Handle nach deinem Gutdünken …«, fiel ihm Uberto ins Wort. »Hauptsache, es werden Beweise gefunden, dass Mondino darin verwickelt ist. Und natürlich brauchen wir auch den verschwundenen Leichnam.«

Guidos Miene verfinsterte sich erneut. »Das könnte sich als unmöglich erweisen. Wenn ich der Totengräber wäre, dem man eine solche Aufgabe anvertraut, würde ich die Leiche in ein Massengrab von Lepratoten werfen. So würde er mit ungelöschtem Kalk bedeckt und bald nicht mehr zu identifizieren sein.«

»Wir können immer noch hoffen, dass nicht alle mit so viel Intelligenz gesegnet sind wie du«, sagte Uberto und weigerte sich, ein Scheitern auch nur in Betracht zu ziehen. »Wenn du mir bringst, was ich suche, werde ich deinen Lohn verdoppeln.«

»Ich will auch eine Bescheinigung über Generalablass, und zwar mit Unterschrift des Erzbischofs.«

»Schlag dir das aus dem Kopf. Rinaldo da Concorezzo darf nicht einmal etwas von deiner Existenz ahnen, zumindest solange, bis die Prozesse gegen die Templer abgeschlossen sind.«

Guido verzog verärgert sein Gesicht. »Ich verstehe. Aber

Ihr wisst, dass ich über viele Sünden nicht bei der Beichte sprechen kann. Und inzwischen ist mehr als ein Jahr vergangen, seit ich den letzten Ablass erhalten habe.«

Er bezog sich auf die verschiedenen Gesetzesübertretungen bis hin zu Mord, die er auf eigene Faust oder im Auftrag von Kirchenmännern begangen hatte. Uberto wusste, dass er nicht der Einzige war, der auf Guidos Dienste zurückgriff. Er sollte ihn sich lieber gewogen halten.

»Ich werde sehen, was ich tun kann«, sagte er deshalb. »Sorg du dafür, dass du Ergebnisse erzielst.«

Endlich glitt ein Lächeln über Guido Arlottis breites Gesicht. »Ergebnisse sind meine Spezialität«, sagte er und verließ mit einer leichten Verbeugung das Zimmer.

Als Uberto zum Friedhof der Basilika zurückkehrte, war die dunkle Wolkendecke noch dichter geworden, doch er schätzte, dass man noch etwas arbeiten konnte, ehe es zu regnen anfing. Er schaute zu dem Bruder hinüber, dessen Strafe er geteilt hatte. Seit dem frühen Morgen mühte sich dieser ununterbrochen tief gebückt über den Gräbern. Uberto empfand aufrichtiges Mitgefühl mit ihm, dennoch musste er noch einmal von vorn beginnen.

Er ging zu ihm hinüber und erklärte ihm sanft, wie man vorgehen musste, man musste Unkraut für Unkraut einzeln und im Ganzen ausreißen.

»Aber dann brauchen wir ja Wochen, um alles zu säubern«, protestierte der andere und schaute mit schweißüberströmtem Gesicht zu ihm auf.

Die Güte verschwand so schnell aus den Zügen des Inquisitors, als wäre sie nie dort gewesen, und der Bruder entschuldigte sich hastig für seine Unverschämtheit. Dann kniete er sich auf den Boden und begann, mit der Sichelspitze in die Spalten zwischen den Grabplatten zu fahren.

Das war eine gute Idee. In einem Anfall von Demut beschloss Uberto, es ihm gleichzutun. Er klaubte von der Erde eine spitze Scherbe auf und grub damit das Erdreich rund um die Löwenzahnwurzel auf, bis es ihm gelang, sie im Ganzen herauszureißen, sogar bis zu ihrer dünnen Spitze. Dann warf er sie auf den Haufen zu den anderen Unkräutern und füllte das Loch wieder mit Erde auf, so dass im Boden nichts mehr davon zeugte, dass dort einmal eine Pflanze gewachsen war.

Gerardo lief durch den Regen. Die Kapuze seines Mantels hatte er sich über die Stirn gezogen. Er war müde wegen der durchwachten Nacht und der vielen Aufregungen, und alles Geschehene erschien ihm auf einmal unwirklich. Er hatte nicht nur für Angelos Seele gebetet, sondern Gott auch um Vergebung für die Art und Weise gebeten, wie er sich der Leiche hatte entledigen müssen. Die Vorstellung, dass sein Freund nun in einem Massengrab ruhte, auf dem nicht einmal ein Kreuz an seinen Namen erinnerte, schien ihm fast noch schrecklicher als dessen Tod.

Wie er mit Mondino vereinbart hatte, sollte er die Menschen suchen, mit denen Angelo da Piczano in den wenigen Tagen seines Aufenthalts in Bologna Kontakt gehabt hatte. Aber zunächst brauchte er Geld, da alles, was er besaß, verbrannt war. Ihm blieb nur noch das Geld in seiner Börse.

Sofort bei Anbruch des Tages hatte Gerardo die Medizinschule verlassen und sich auf die Suche nach einer neuen Unterkunft gemacht. Selbstverständlich musste er sich dafür in einen anderen Teil der Stadt begeben. Er hatte das Viertel von Porta Stiera gewählt, genauer gesagt den Borgo del Rondone, der ganz in der Nähe der Kirche der Heiligen Nabor und Felix lag. Dass man in diesem Viertel einen anderen Dialekt sprach als in der Strada Maggiore, wie es Dante Alighieri berichtet hatte, dieser neumodische Dichter aus Florenz, der auch in

Bologna gewohnt hatte, hatte Gerardo allerdings feststellen können, doch er hatte kein Gefühl für Sprachen. Schon das Lateinlernen war ihm schwergefallen. Dialekt hin oder her, es war auf jeden Fall nicht ganz einfach gewesen, ein Zimmer zu finden, denn er brauchte eine Unterkunft, die ihm im Falle böser Überraschungen eine Fluchtmöglichkeit bot. Glücklicherweise schien jede Familie in der Stadt Zimmer an Studenten zu vermieten. Schließlich war er bei einem Bäcker fündig geworden, dessen Haus einen Hintereingang auf der Rückseite hatte. Seine falsche Identität als Francesco Salimbene konnte Gerardo nun nicht mehr benutzen, daher hatte er sich wieder seines eigenen Namens bedient. Seit dem Haftbefehl gegen die Templer waren drei Jahre vergangen, und sicher suchte im Moment keiner nach einem neu ordinierten Mönch wie ihm.

Denn das war die Ironie des Schicksals: Seit er ein kleiner Junge war, hatte Gerardo davon geträumt, Tempelritter zu werden, und als er dann nach den langen Lehrjahren mit geistlichen Studien und soldatischen Übungen endlich das Gelübde abgelegt hatte und darauf wartete, an seinen ersten Bestimmungsort geschickt zu werden, hatte Philipp der Schöne den Feldzug gegen seinen Orden begonnen. Um seiner Verhaftung zu entgehen, hatte Gerardo Ravenna verlassen, war unter falschem Namen nach Bologna gekommen und hatte jeden Kontakt zu seiner Familie abgebrochen. Er hatte sein Aussehen verändert, sich die Haare wachsen lassen und auf Bart und Ordensgewand verzichtet. Dann hatte er sich bei Mondino eingeschrieben, studierte aber nur eben so viel, um seine vorgetäuschte Rolle aufrechtzuerhalten, und erwartete nun das Ende des Prozesses, bevor er entscheiden wollte, was er mit seinem weiteren Leben anfing.

Nun war er schon wieder in Schwierigkeiten und wurde nicht nur als Tempelritter, sondern auch als Brandstifter gesucht.

Er hatte darüber nachgedacht, aus der Stadt fortzugehen, seine Meinung dann jedoch geändert. Fern von Bologna würde er nämlich nicht mehr nach Angelos Mörder suchen können; außerdem war er davon überzeugt, dass er sich leichter unter den vierzigtausend Einwohnern Bolognas verbergen konnte, wie er es bislang getan hatte, als in irgendeinem Städtchen in der Umgebung, wo er bestimmt auffallen würde.

Jetzt musste er sich allerdings ins Stadtzentrum wagen, um sich Geld zu leihen. Dass die Bankiers ihre Geldstuben ausgerechnet in dem Viertel hatten, das für ihn am gefährlichsten war, weil ihn dort viele Leute kannten – unter anderem auch sein ehemaliger Vermieter –, beunruhigte Gerardo sehr. Er hoffte, dass die Kapuze ihn hinreichend schützen würde, musste aber ständig gegen den Wunsch ankämpfen, sich umzudrehen und nachzusehen, ob ihn jemand beobachtete.

Es fiel ein beharrlicher Nieselregen, vor dem alle Schutz unter den Bogengängen suchten. Die Straße überließen sie den Pferdekarren und denjenigen, deren Lasten zu groß waren, als dass sie sich zwischen den Säulen hindurchquetschen konnten. Gerardo blieb stehen, um abzuwarten, bis eine kleine Ziegenherde den gepflasterten Platz vor der Kirche San Francesco überquert hatte. Der kürzeste Weg zum Trebbo dei Banchi führte an Mondinos Schule vorbei, aber natürlich sollte er sich dort nicht blicken lassen. In diesem Augenblick schlüpfte ein Zicklein durch eine offene Tür in eine Taverne. Als der Hirte ihm nachging, war es plötzlich verschwunden. Daraufhin entbrannte eine lautstarke Auseinandersetzung, an der sich auch der Hund des Hirten beteiligte, der wütend kläffte, um die Herde zusammenzuhalten, während sein Herr sich stritt.

Gerardo ging weiter und dachte, dass die Frau des Gastwirts dem armen Zicklein inzwischen bestimmt schon die Gurgel durchgeschnitten hatte, damit es nicht meckerte, und dass der Hirte es gewiss nie wiedersehen würde.

Als er über den Mercato di Mezzo lief, sank er mit den Schuhen tief in den Schmutz ein. Auf den Stufen unter dem Vordach der Kapelle, in der das den heiligen Aposteln geweihte Steinkreuz aufbewahrt wurde, brieten zwei Bauern ein Stück Schwein. Vielleicht wussten sie nicht, dass sie damit ein Bußgeld von den städtischen Wachen riskierten. Gerardo gab vor, sie warnen zu wollen, nutzte jedoch die Gelegenheit, um sich umzusehen.

Die Bauern sagten ihm, er solle sich um seine eigenen Angelegenheiten kümmern, aber da war Gerardo schon weitergegangen. Auf Höhe des Turms der Asinelli bog er rechts ab, und schon befand er sich mitten im Viertel Trebbo dei Banchi. Plötzlich verspürte er erneut den unwiderstehlichen Drang sich umzudrehen, aber er wusste, dass er damit nur die Aufmerksamkeit auf sich gelenkt hätte und sich dadurch die Wahrscheinlichkeit erhöhte, erkannt zu werden. Gerardo versuchte sich zu beruhigen und lief mit gesenktem Kopf weiter.

So erreichte er den Laden von Remigio Sensi, dem Bankier des Vertrauens der Tempelritter. Der Bogengang über der Klappe, die nach dem Öffnen auf zwei Stützen gelegt wurde und so als Ladentheke diente, auf der man das Geld zählen und Schuldscheine unterzeichnen konnte, war zu hoch, um einen wirksamen Schutz gegen das schlechte Wetter abzugeben – vielleicht war die Luke deshalb geschlossen.

Vorsichtig näherte sich Gerardo der geöffneten Tür. Direkt hinter dem Eingang standen in einem düsteren Flur zwei stämmige, in graue Haustuniken gekleidete Wachen. Als Gerardo die kurzen Degen an ihren Gürteln sah, wurde ihm klar, dass sie sich weniger im Inneren des Hauses aufhielten, um sich vor dem Regen zu schützen, sondern um nicht gegen das Verbot zu verstoßen, welches das Tragen von Waffen in der Öffentlichkeit untersagte. Als Gerardo ihnen sagte, dass er Remigio sprechen wolle, traten die beiden zur Seite und gaben ihm den

Weg in den fensterlosen Flur frei, der auch am helllichten Tag von einer Lampe beleuchtet werden musste. Gerardo zog sich den nassen Mantel aus, legte ihn auf einer Bank ab und betrat dann durch eine zweiflügelige Eichentür das Arbeitszimmer des Bankiers.

Überrascht blieb er stehen, als er eine junge Frau vor sich sah, die über den Tisch gebeugt saß. Ihre blonden Haare waren von einem Schleier bedeckt, der in demselben Grünton gehalten war wie ihr reich besticktes Kleid. Mit einem schabenden Geräusch ließ sie die Feder über ein Blatt Pergament gleiten. Es war das erste Mal in seinem Leben, dass er eine Frau schreiben sah. Selbst seine Mutter, die des Lesens kundig war, musste ihre Briefe einem Schreiber diktieren.

»Nur herein mit Euch, Messere«, sagte eine Männerstimme. Erst da bemerkte Gerardo den Bankier. Er stand genau an der Mitte eines Tisches, der den Raum teilte – ein älterer Mann mit spärlichem Haarwuchs, gierigem Blick, platter Nase und einem vorgewölbten Bauch, den auch das lange schwarze, gut geschnittene Gewand nicht völlig verbergen konnte. Hinter ihm an der Wand stand eine Geldtruhe mit zwei Schlössern, die einen höchst sicheren Eindruck machte; rechts und links davon befanden sich Regale voller Dokumente, die von Deckeln aus festem Leder zusammengehalten wurden.

Gerardo ging zu dem Bankier und stellte sich vor, wobei er den Namen des Mitbruders nannte, der ihm geraten hatte, sich an ihn zu wenden. Dass er ebenfalls ein Tempelritter war, verschwieg er jedoch, immerhin wusste er nicht, ob er der jungen Frau vertrauen konnte.

Wie zur Bestätigung seiner Gedanken bat Remigio sie, nach den Frauen in der Küche zu sehen. Sie legte den Gänsekiel hin, blies über die gerade geschriebenen Worte und bedachte den Bankier mit einem verärgerten Blick, der ganz bestimmt nicht der einer Dienerin war. »Ich habe dort erst vor kurzem nach dem Rechten geschaut«, entgegnete sie. »Kann ich zuerst diesen Brief zu Ende schreiben?«

Sie schien es absichtlich zu vermeiden, in Gerardos Richtung zu blicken, stützte sich mit einem Ellenbogen auf den Tisch und hatte sich dem Bankier seitlich zugewandt.

Remigio Sensi seufzte laut. Es war wohl nicht das erste Mal, dass seine Anweisungen in Frage gestellt wurden. »Tu einfach, was ich dir gesagt habe«, meinte er leise.

Die junge Frau blickte ihn an, als wollte sie ihm widersprechen, doch dann schien sie es sich anders zu überlegen. Sie nickte, erhob sich, und als sie hinter dem Tisch hervorkam, musste sie sich ganz zu Gerardo hinüberdrehen, so dass er nun die Narbe sah, die ihre linke Gesichtshälfte verunstaltete. Gerardo war beim Anblick dieser Entstellung tief betroffen, mehr noch aber rührte ihn der Blick aus ihren tiefen, dunklen Augen, die eine unendliche Traurigkeit trübte.

Kurz darauf senkte sie die Lider, wie es sich für eine bescheidene junge Frau gehörte, und lief schnell in ihren gelben Filzpantoffeln, die gut mit dem Blond ihrer Haare harmonierten, aus dem Raum.

»Ich habe noch nie eine Frau als Schreiber gesehen«, sagte Gerardo erstaunt und setzte sich auf den mit einem purpurroten Seidenkissen gepolsterten Stuhl.

Remigio lachte. »Fiamma ist meine Adoptivtochter. Als ich sie bei mir aufgenommen habe, konnte sie bereits lesen und schreiben.«

»Seltsam für eine Frau. Ist sie von vornehmer Herkunft?« Gerardo wollte eigentlich gar nichts über Fiammas Familie wissen, doch etwas in ihm sträubte sich dagegen, dieses Thema zu verlassen.

»Ihr Vater war ein venezianischer Kaufmann, der seine Geschäfte im Königreich von Aragon betrieb, zu nah am Gebiet der Sarazenen«, erklärte Remigio. »Eines Tages wurde die

Stadt angegriffen und Fiammas Familie ausgelöscht. Aber ein Tempelritter sucht mich wohl kaum in meinem Arbeitszimmer auf, um mit mir über das Schicksal meiner Adoptivtochter zu plaudern.«

»Nein, sicherlich nicht.« Gerardo holte tief Luft. »Um es kurz zu machen, Messer Remigio,«, sagte er dann, »wegen eines unglückseligen Zwischenfalls habe ich mein gesamtes Geld verloren und muss mir nun etwas leihen. Bei Ravenna besitze ich Ländereien, die ich verkaufen möchte, und mit einem Teil des Erlöses würde ich die Summe zurückzahlen.«

»Ein Zwischenfall? Welcher Art?«

»Was tut das zur Sache?«

Remigio Sensi stützte sich mit den Handflächen auf den dunklen Tisch und sah ihm direkt in die Augen. »Ihr seid ein Tempelritter. Wenn der Zwischenfall, von dem Ihr sprecht, etwas mit der Inquisition zu tun hat, steigt die Wahrscheinlichkeit, dass man Euch gefangen nimmt. Und ich muss wissen, welches Risiko ich eingehe.«

Gerardo nickte langsam. Er konnte dem Geldverleiher zwar nicht alles sagen, beschloss jedoch, ihm zumindest einen Teil der Wahrheit zu erzählen. »Die Inquisition hat damit nichts zu tun«, log er. »Das Haus, in dem ich wohnte, hat Feuer gefangen, und ich musste fliehen. Ich hatte nicht die Möglichkeit, den Hausherrn zu entschädigen.«

»Ein Brand?«, fragte Remigio und musterte ihn aufmerksam. »Es handelt sich dabei doch nicht etwa um das Haus hinter der Kirche von Sant'Antonio, in dem es letzte Nacht gebrannt hat? Ich kenne den Hausherrn; er wohnt nicht weit von hier.«

Gerardo fühlte sich ertappt. Er wollte eine Ausrede, irgendeine Lüge erfinden, doch er schwieg einen Moment zu lange. Der Bankier machte eine Geste, als wäre es nicht weiter von Bedeutung.

»Seid unbesorgt, bei mir sind Eure Geheimnisse sicher«, sagte er. »Ich werde Euch bestimmt nicht verraten. Aber kommen wir wieder auf unser Geschäft zurück.«

Er blickte auf und starrte ein großes Gemälde an, auf dem der heilige Matthäus, der Schutzpatron der Geldwechsler, abgebildet war, als wollte er dessen Beistand erbitten. Dann erklärte er Gerardo die Bedingungen für die Anleihe.

»Wie Ihr wisst, gestattet die Stadt das Verleihen von Geld, vorausgesetzt, die Zinsen liegen nicht höher als vier Denar pro Monat für eine Lira. Selbstverständlich deckt das bei jemandem, der gesucht wird, keinesfalls die Risiken ab.«

»Was schlagt Ihr also vor?«, fragte Gerardo und wusste, dass auf diese Vorbemerkung ein ungeheuerliches Angebot folgen würde.

»Das hängt von der Gesamtsumme ab, die Ihr benötigt, doch ich denke, dass ich mindestens fünfzehn Denar im Monat pro Lira ansetzen muss, wobei die gesamte Schuld ein Jahr nach Vertragsabschluss abgelöst sein muss.«

Gerardo hatte eine noch unverschämtere Forderung erwartet und war erleichtert. Doch seine Freude war nur von kurzer Dauer.

»Außerdem«, fuhr der Bankier fort, »bedarf es einer *stipulatio poena* für den Fall, dass die Zahlung bei Fälligkeit nicht erfolgt.« Er seufzte tief auf, als ob es ihm leidtäte, ihm dies mitzuteilen, und fügte dann hinzu: »Fünfzig Prozent des Gesamtbetrags.«

Gerardo sprang erbost auf. »Was? Aber das ist Wucher! Das ist eine schwere Sünde, die auf das Höchste verurteilt wird von der …«

»Leise, Messere, beleidigt mich nicht«, unterbrach ihn Remigio, ohne sich aus der Ruhe bringen zu lassen. »Seid Ihr Euch denn der Risiken nicht bewusst, die ich eingehe, wenn ich einem Flüchtling Geld leihe? Noch dazu, wenn dieser Mitglied eines Ordens ist, gegen den Beschuldigungen wegen Ketzerei und unzüchtigen Treibens erhoben werden, und wenn gleichzeitig noch ein Prozess gegen ihn im Gange ist? Und damit Ihr es wisst, ich bin noch nicht fertig.«

»Das genügt«, meinte Gerardo, hielt ihn mit der Hand auf und wandte sich zur Tür. »Ich werde anderswo nach besseren Bedingungen suchen.«

»Ihr werdet sie nicht finden. Wie Ihr auch niemanden absolut Vertrauenswürdigen finden werdet, der Eure Lage kennt und Euch dennoch nicht verrät. Das, was ich neben den bereits genannten Bedingungen von Euch verlangen wollte, waren übrigens keine weiteren Zinsen, sondern lediglich zwei Bürgen, die für Euch einstehen.«

Gerardo hatte sich so sehr erhitzt, dass er sich verstohlen Luft unter das Gewand fächeln musste, um sich ein wenig Abkühlung zu verschaffen. Dann wandte auch er sich dem heiligen Matthäus zu und bat Gott im Geiste um Vergebung, da er der Sünde des Wuchers Vorschub leisten würde, wenn er diese Bedingungen annahm. Mit zusammengepressten Zähnen stieß er hervor: »Ihr wisst sehr gut, dass ich nicht ablehnen kann. Aber ich habe keine Ahnung, wo ich die zwei Bürgen finden soll, die Ihr von mir verlangt.«

»Ihr habt Glück«, sagte der Bankier versöhnlich. »Eigentlich müsst Ihr nur einen finden, den anderen kann ich Euch empfehlen.«

»Und wer ist das?«, fragte Gerardo misstrauisch.

»Ein Templer wie Ihr. Er ist Franzose, überaus vermögend und erst vor kurzem in der Stadt eingetroffen. Aber ich kenne ihn schon lange. Ich werde ihm Eure Situation schildern und bin mir sicher, dass er gern einem in Schwierigkeiten geratenen Mitbruder helfen wird.« Mit diesen Worten erhob sich Remigio Sensi und sagte: »Ich muss mich jetzt weiter um meine Geschäfte kümmern, aber es wäre mir eine Ehre, wenn Ihr meine Gastfreundschaft annehmen würdet. Ich lasse Euch in die Küche bringen, wo Fiamma Euch einen Teller Suppe geben wird. Es ist ja beinahe Zeit für das Mittagsmahl.«

Zweifellos war dieses freundliche Angebot pure Berechnung. Remigio wollte sich die Tempelritter nicht zum Feind machen, denn seit gegen sie prozessiert wurde, bescherten sie ihm noch bessere Geschäfte als zuvor. Als Gerardo den Namen der jungen Frau hörte, antwortete er sofort: »Ich nehme an, um Euch einen Gefallen zu tun, Messer Remigio, aber macht Euch nicht zu viele Umstände. Eine Schüssel mit lauwarmer Milch und etwas Brot genügen völlig. Doch zuerst habe ich noch eine Frage an Euch.«

»Fragt nur.«

Gerardo wollte nichts unversucht lassen – vielleicht wusste der Bankier ja etwas über Angelo da Piczano. Möglicherweise hatte dieser ihn während seines kurzen Aufenthalts in Bologna ebenfalls aufgesucht.

»Ich habe erfahren, dass mein Freund und Mitbruder Angelo da Piczano seit ein paar Tagen in der Stadt ist«, sagte er. »Hat er sich zufällig an Euch gewandt? Ich wäre Euch sehr dankbar, wenn Ihr mir sagen könntet, wo ich ihn finden kann.«

Der Bankier schüttelte schon den Kopf, ehe Gerardo seinen Satz beendet hatte. »Diesen Namen habe ich noch nie gehört«, sagte er. »Und selbst wenn mir der Gesuchte bekannt wäre, würde ich es Euch nicht sagen.« Er hob die Hand, um den Protesten des jungen Mannes zuvorzukommen. »Mein Beruf begründet sich auf Diskretion«, erläuterte er. »Wenn mich jemand nach Euch fragen würde, würde ich ihm ebenso wenig sagen, wo Ihr Euch aufhaltet.«

»Ich weiß aber, dass sich einige Tempelritter, die sich vorübergehend in der Stadt aufhielten, dank Eurer Hilfe getroffen haben«, entgegnete Gerardo aufgebracht.

»Ja, das ist richtig. Doch erst, nachdem ich mich versichert hatte, dass beide Seiten mit einem Treffen einverstanden waren.«

Der Bankier erklärte Gerardo, dass es ein ganz einfaches System gäbe: Wenn ihm jemand sagte, dass er eine bestimmte Person treffen wolle, erkläre er zunächst, er kenne ihn nicht, ging zu dem Gesuchten und überbrachte ihm die Botschaft. Wenn der andere einverstanden war, vereinbarte er ein Treffen. Anderenfalls tat er gar nichts.

»Sollte Euer Freund sich in den nächsten Tagen an mich wenden«, meinte Remigio abschließend, »werde ich ihm ganz sicher Eure Bitte vortragen. Fällt seine Antwort positiv aus, werde ich Euch Bescheid geben. Andernfalls sind Nachfragen zwecklos. Ich bin mir sicher, dass Ihr mich versteht.«

Gerardo nickte müde. Angelo würde nicht aus dem Jenseits zurückkehren, um mit Remigio Sensi oder jemand anderem zu sprechen. Wenn er erfahren wollte, wen sein toter Freund während seines Aufenthalts in Bologna getroffen hatte, musste er anderswo suchen.

Der Bankier ging zur Tür, öffnete sie und gab einem der Diener Anweisungen, Brot und Milch für den Gast vorzubereiten. Dann kehrte er gemessenen Schrittes an den Tisch zurück und setzte sich.

»Gut, dann sagt mir jetzt, wie viel Ihr benötigt.«

Gerardo seufzte tief. »Mindestens vierzig Bolognini.«

»Findet einen Bürgen, und das Geschäft steht«, erwiderte Remigio mit einem Lächeln, das freundlich wirken sollte, aber nur seine Gier erkennen ließ. »Dann werden wir uns auch um den Verkauf der Güter kümmern, die Ihr angesprochen hattet. Ach ja, wo wohnt Ihr eigentlich?«

»Im Moment möchte ich das lieber nicht sagen«, antwortete Gerardo.

»Wie Ihr wünscht.«

Das Lächeln auf dem Gesicht des Bankiers gefror, ein deutliches Zeichen, dass er Gerardos Misstrauen nach den langen Erklärungen über seine Diskretion nicht begriff. Sie verabschiedeten sich kühl. Gerardo verließ das Arbeitszimmer und folgte einem Diener, der ihn in die Küche brachte.

Ein großer Raum, der mehr durch das Feuer im Kamin als durch die spärlichen Sonnenstrahlen erhellt wurde, die durch das einzige, von dicken Gittern geschützte Fenster hereinfielen. Fiamma schimpfte gerade mit einem etwa neunjährigen Mädchen, dem der Rotz aus der Nase lief. Es war barfuß und wirkte völlig verschüchtert. Im Raum war noch ein anderes, etwas älteres Mädchen, das eine graue Haube trug und auf einer Arbeitsfläche aus Terrakottafliesen neben dem Kamin ein Hühnchen rupfte.

»Entschuldigt«, sagte die Hausherrin sofort. Als sie sich zu ihm umdrehte, wehte der zarte grüne Schleier hoch, der ihr Gesicht bedeckte. »Dieses dumme Mädchen hier hat im ersten Laden keine Milch bekommen, und anstatt woanders hinzugehen, ist es mit leeren Händen zurückgekehrt. Ich werde es sogleich wieder losschicken, aber Ihr müsst ein wenig warten.«

»Macht Euch keine Umstände, Madonna«, antwortete Gerardo. Er setzte sich an den Tisch in der Mitte der Küche »Brot und Käse reichen völlig aus, wenn Ihr davon etwas für mich übrig habt.«

Fiamma schickte das Mädchen sofort in die Speisekammer, um den Käse zu holen, und schenkte ihm eigenhändig aus einem Krug auf dem Tisch einen Becher Wein ein.

Das Mädchen lief schniefend los. Wenig später kehrte es mit einem Stück frischem Käse auf einer dicken Scheibe Brot zurück. Gerardo nahm die Speisen entgegen, dankte der Kleinen und machte sich schweigend ans Essen, wobei er versuchte, sich in Anbetracht der Gegenwart einer Dame nicht zu sehr von seinem Appetit überwältigen zu lassen, den der Anblick und der Geruch des Käses in ihm geweckt hatten.

Glücklicherweise war der Wein mit Wasser gestreckt, doch auch so stieg er ihm, vielleicht wegen der durchwachten Nacht, sofort zu Kopf. In seinem gesamten Körper machten sich eine angenehme Wärme und ein Wohlgefühl breit, die keineswegs zu seiner Lage passten. Inzwischen war das ältere Mädchen mit dem Rupfen des Huhns fertig geworden, hatte es über dem Feuer abgeflämmt und entnahm nun die Innereien. Herz, Leber und Magen legte es beiseite, den Rest warf es in einen Holzeimer.

»Ist das Essen zu Eurer Zufriedenheit, Messere?«, fragte Fiamma.

Gerardo hatte seinen Gedanken nachgehangen, und ganz gegen die guten Sitten und die Ordensvorschriften der Tempelritter, denen er Gehorsam geschworen hatte, hob er den Kopf und sah ihr direkt in die Augen. Die junge Frau wandte den Blick nicht ab, und so verharrten sie, bis Gerardo, dem schmerzlich bewusst war, wie unzüchtig sein Blick auf die Dame war, träumerisch hervorbrachte: »Es ist alles vorzüglich, Madonna.«

Als jemand kicherte, drehte er sich ruckartig um. Die Magd neben dem Kamin arbeitete mit dem Rücken zu ihm, doch er war sich sicher, dass sie alles beobachtet hatte. Schnell erhob er sich, als wäre die Stuhlfläche unter ihm plötzlich heiß geworden.

»Jetzt muss ich gehen«, sagte er. »Ich danke Euch für alles. So habe ich mich schon lange nicht mehr gefühlt.«

Nach diesem unbeholfenen Satz, der von einem lauten Niesen des barfüßigen Mädchens begleitet wurde, verließ Gerardo die Küche und überließ es den dreien herauszufinden, was er damit gemeint hatte. Dass es ihnen gelingen würde, glaubte er kaum, denn er wusste es ja selbst nicht.

An der Tür nahm er seinen Mantel, trat auf die Straße und ging hinüber zu den sieben Kirchen, welche zusammen die Benediktinerbasilika Santo Stefano bildeten, den Mittelpunkt dieses architektonischen Komplexes, der vor Jahrhunderten auf Wunsch von Bischof Petronius entstanden war und nun in der gesamten Christenheit als *Sancta Hierusalem Bononiensis* bekannt war.

Aus einem Impuls heraus trat er durch das große Portal der ersten Kirche, die nach der Kreuzigung hieß. Seine Gefühle waren in Aufruhr, und ein kurzer Aufenthalt im Haus Gottes würde ihm nur guttun. Gerardo durchquerte hastig das Schiff und wandte sich dann nach links, um in die Kirche zu gelangen, in der das heilige Grab von Jerusalem nachgebildet war. Rund um das achteckige Sanktuarium, das die sterblichen Überreste des heiligen Petronius beherbergte, des bedeutendsten Schutzpatrons von Bologna, knieten sechs Mönche ins Gebet vertieft. Gerardo blieb kurz stehen und bewunderte dieses kleine, aber so wichtige architektonische Meisterwerk. Es hieß, dass es die Proportionen des Originals im richtigen Maßstab wiedergab und dass unter dem Fußboden eine heilige Quelle sprudelte, die alle Krankheiten heilen konnte. Es gab sogar Gerüchte, unter der Kirche solle sich ein alter unterirdischer Tempel befinden, der schon lange vor der Kirche dort gestanden habe und einst der heidnischen Göttin Isis geweiht war.

Dennoch fand Gerardo an diesem heiligen Ort keinen Trost. Er fühlte sich aufgewühlter denn je. Leise, um die betenden Mönche nicht zu stören, verließ er die Kirche durch eine Tür auf der rechten Seite, lief durch den verlassenen Kreuzgang und betrat die Kirche der Heiligen Dreifaltigkeit. Er wollte gerade wieder gehen, als Gerardo in einer Ecke einen knienden Priester bemerkte. Der Mann hatte seine Schritte gehört und sich wortlos nach ihm umgedreht. Unsicher blieb der Flüchtling stehen. Während er nach einer Ausrede suchte, um seine Anwesenheit zu erklären, kamen ihm die Worte ganz natürlich über seine Lippen, als ob sie das Einzige wären, was an diesem Ort und in diesem Augenblick angebracht wären.

»Vater, ich möchte beichten.«

Der Priester nickte, stand auf und bedeutete ihm, näher zu kommen. Gerardo kniete vor ihm nieder und wartete darauf, dass der Priester die übliche Formel sprach. Dann beichtete er alle Sünden, an die er sich erinnerte. Im Geiste bat er Gott dabei um Verzeihung, dass er nicht die Dinge enthüllen konnte, die ihn wirklich bedrückten. Eigentlich sollten die Lippen eines Priesters versiegelt sein, doch er wusste nur zu gut, dass seine Vorgesetzten einem Priester gewöhnlich die Absolution erteilten, wenn er das Beichtgeheimnis gebrochen hatte, falls diese Verfehlung im Namen des übergeordneten Wohls der Kirche geschehen war. Und zurzeit schien die Kirche die Vernichtung des Templerordens als ihr übergeordnetes Wohl anzusehen. Gerardo durfte also kein Risiko eingehen.

Während er seinen Kopf nach verborgenen Sünden durchforstete, immer noch leicht betäubt vom Wein und der durchwachten Nacht, entschlüpfte ihm plötzlich, er habe darüber nachgedacht, wie gern er eine Familie gründen würde mit einer Frau, Kindern und einer Arbeit nachgehen, die der Ehre des Herrn gewidmet war.

Der Priester unterbrach ihn neugierig: »Und warum denkst du, dass dies eine Sünde sein könnte, mein Sohn?«

Gerardo merkte sofort, dass er einen Fehler begangen hatte. Dieser Gedanke war eine Sünde, weil sie im Widerspruch zu seinem heiligen Gelübde stand, aber das konnte er ihm nicht sagen.

»Die Frau, die diese Wünsche in mir ausgelöst hat, ist verheiratet, Vater«, log er. »Ich habe eine Todsünde begangen.«

Der Priester nickte ernst, als ob er eine solche Antwort erwartet hätte. Dann fragte er Gerardo, ob er noch anderes zu beichten hätte, und als dieser verneinte, erlegte er ihm eine strenge Buße auf und entfernte sich. Gerardo stand auf, verließ die Kirche, und als er wieder im Freien stand, fühlte er auf einmal die ganze Müdigkeit der durchwachten Nacht schwer auf sich lasten, als ob die Beichte ihn völlig erschöpft hätte.

Der Regen hatte zugenommen. Gerardo zog sich wieder die Kapuze über den Kopf, und während er mit unsicheren Schritten den Platz überquerte, traf er zwei Entscheidungen: Bevor er Filomena, die Frau von dem Kärtchen aufsuchte, würde er zu seiner neuen Unterkunft gehen und ein wenig schlafen. Außerdem würde er in Zukunft dafür sorgen, dass er sich niemals mit der Tochter des Bankiers allein in einem Raum befand.

Durch das geöffnete Fenster im Haus der Familie Liuzzi, das an einer Seitenstraße der Via San Vitale lag, drang das graue Licht des Nachmittags hinein, und vom Hof stieg der Geruch von feuchter Erde auf. Der Sommer war nicht mehr fern, doch der Regen hüllte noch alles in die grauen Farben des Winters. Zum dritten Mal nahm Mondino den Gänsekiel in die Hand, tunkte ihn ins Tintenfass und musste ihn zum dritten Mal unverrichteter Dinge wieder sinken lassen. Vor ihm lag ein weißes Blatt, eine neue Kerze und ein ganzes Ries Hadernpapier, das nur darauf wartete, mit weiteren anatomischen Notizen beschrieben zu werden. Aber es war nichts zu machen; er konnte sich einfach nicht konzentrieren.

An diesem Tag hatte er seine Medizinvorlesung abgesagt und den ganzen Morgen damit verbracht, mit drei Alchimisten zu sprechen, die im Viertel Porta Procola wohnten, in der Nähe der »Circla«, wie der Holzzaun im Volksmund genannt wurde. Er bildete vorübergehend noch den dritten Stadtbefestigungsring um Bologna, solange die eigentlichen Maurerarbeiten noch nicht begonnen hatten.

Trotzdem hatte Mondino von keinem der drei etwas Brauchbares erfahren, vor allem auch deshalb, weil er nicht gewagt hatte, in seinen Fragen allzu sehr ins Detail zu gehen. Er glaubte zwar, dass er kein großes Risiko einging, weil die

Alchimisten sich meist nur um ihre eigenen Angelegenheiten kümmerten und sich von Richtern und Anklägern fernhielten, doch man konnte nie vorsichtig genug sein. Man hatte ihm den Namen eines weiteren Alchimisten genannt, der sich erst vor kurzem nach jahrelangen Reisen in Bologna niedergelassen hatte. Er würde ihn so schnell wie möglich aufsuchen und befragen.

Allerdings hegte der Arzt keine große Hoffnungen, denn derjenige, der ihm seinen Namen genannt hatte, hatte auch hinzugefügt, dass es sich bei dem Alchimisten um einen Mann handelte, der dem *aqua vitae* nicht nur zum Zwecke der Alchimie oder Medizin zugetan war.

Mondino nahm all seine Willenskraft zusammen, um eine Zeichnung des Muskels zwischen Arm und Schulter zu beenden, dessen Form an den umgedrehten griechischen Buchstaben Delta erinnerte und den einige Mediziner daher auch Deltoideus oder Deltamuskel nannten. Am Rand der Zeichnung notierte er Ratschläge, wie man ihn vom Knochen lösen konnte, dann fuhr er mit den Brustmuskeln fort. Doch seine Gedanken wanderten automatisch zu dem, was im menschlichen Körper unter diesen Muskeln und dem schützenden Brustkorb lag: das Herz. Von dort war es nur noch ein kleiner Schritt zu dem Geheimnis, auf das er letzte Nacht gestoßen war … Und schon wieder verlor Mondino sich in einem faszinierenden und gefährlichen Tagtraum.

Verzweifelt stand er auf, um den Stapel mit den bereits beschriebenen Blättern zu holen. Als er am Fenster vorbeikam, blieb er stehen, um hinaus auf den Regen zu starren. Nicht einmal das monotone, beinahe einschläfernde Rauschen des Wassers auf den Blättern des Apfelbaums im Garten und auf den Dächern der Nachbarhäuser vermochten ihm beruhigendere Gedanken zu verschaffen. Er schaute zu den Türmen der Caccianemici Piccoli hinüber und zum Campanile der Kirche der heiligen Vitale und Agricola in Arena, die die Häuser der Umgebung überragten; dabei sah er Gerardo bei seiner Flucht über die Dächer vor sich, wie er eine Leiche hinter sich herschleppte, bis es ihm seiner Erzählung nach gelungen war, über eine Reihe sanft absteigender Terrassen in einem eingezäunten Garten den Boden zu erreichen. Mondino kannte den Besitzer dieses Hauses. Er war ein Ghibelline wie er selbst, der – welche Ironie des Schicksals – sich einmal vor den Vergeltungsmaßnahmen einer mit den Geremei eng verbundenen Welfenfamilie retten konnte, indem er Gerardos Weg in genau der umgekehrten Richtung genommen hatte: Er hatte sich von einer Terrasse zur nächsten hochgehangelt und war dann über die Dächer gelaufen, bis er auf Hörweite an die Häuser der Lambertazzi hinter der Piazza Maggiore herangekommen war. Dort hatte er dann angefangen zu schreien, bis Hilfe kam. Die Vergeltungsmaßnahme endete schließlich mit drei Toten und mehreren Verletzten auf beiden Seiten, denen Mondino und sein Onkel Liuzzo unterschiedslos Hilfe leisteten.

Als er an diese Begebenheit zurückdachte, musste Mondino den Kopf schütteln. Bologna würde sich nie mehr zum Ruhm des vorangegangenen Jahrhunderts aufschwingen, wenn sich seine Einwohner weiterhin in Streitigkeiten zwischen Welfen und Ghibellinen verzettelten, angeführt von den Familien der Geremei und der Lambertazzi. Aber gleichzeitig wollte er das Feld nicht kampflos der Kirche überlassen, die der Stadt ihre Vorherrschaft aufzwingen wollte. Am besten wäre es, seine Freiheit zu behalten, ohne dass man dafür dem Papst oder dem Kaiser Rechenschaft ablegen musste. Aber weil dies nicht möglich war, sollte man sich lieber mit Heinrich VII. verbünden, der vor wenigen Monaten in Mailand zum König von Italien gekrönt worden war. Vor ein paar Tagen war Heinrich nach Lodi und Cremona aufgebrochen. Sollte es ihm gelingen, die beiden Städte zu unterwerfen, würde seine Herrschaft dadurch gefestigt. Mondino überlegte, was er wohl tun würde, wenn der Herrscher vor den Toren von Bologna stehen würde wie einst vor so langer Zeit Barbarossa. Seine Treue zu den Ghibellinen legte ihm nahe, einen ehrenvollen Frieden auszuhandeln, aber wenn die Stadt beschließen sollte, zu den Waffen zu greifen und zu kämpfen, würde auch er dies tun. In einer so unsicheren Welt zählte die Freiheit der Stadt mehr als alles andere.

Ein Donner riss ihn aus seinen Gedanken und rief Mondino in Erinnerung, warum er den Schreibtisch verlassen hatte. Er holte den Stapel mit den Notizen zu seinem Buch von einem Regal. Es waren Hunderte von Blättern, mit Fußnoten und Bildern, in denen Punkt für Punkt, Organ um Organ der Aufbau des menschlichen Körpers beschrieben wurde. Mondino stellte sich gern vor, wie aus seiner Abhandlung ein großes, ledergebundenes Buch werden würde, auf dem in goldenen Lettern dann ein schlichter Titel prangen sollte: *Anothomia*. Ein Buch, das die Ärzte der kommenden Jahre mit demselben Respekt studieren würden, wie ihn die Juristen dem Werk des großen Irnerius von Bologna entgegenbrachten. Und das wie dessen Abhandlung mit dem Fortschritt menschlichen Wissens vervollständigt und verbessert werden würde, dabei jedoch immer die Grundlage bleiben würde, an der niemand vorbeikam.

Im Augenblick bestand seine Abhandlung nur aus einer Sammlung von Notizen, die Mondino immer wieder überarbeitete und die er noch nicht in Reinschrift abzufassen wagte. Weitere Studien, weitere Forschungen waren nötig, ehe er der Welt seine Ergebnisse wie eine unfehlbare Landkarte präsentieren konnte, der man blind folgen konnte.

Für sein Werk konnte die Enthüllung des Geheimnisses, wie man Blut in Eisen verwandelte, ein ungeheuer wichtiger Fortschritt sein. Sicher, es war gefährlich, aber es gehörte zu Liuzzos Wesen, nie ein Risiko einzugehen, ihm selbst war diese Eigenschaft fremd. Sein Onkel war ein ausgezeichneter Arzt, aber ihm fehlte völlig der Wunsch sich weiterzuentwickeln. Er beschränkte sich darauf, Regeln anzuwenden, die andere aufgestellt hatten. Vielleicht, dachte Mondino, hatte er es jedoch gerade deshalb so schnell und so weit im *Studium* gebracht.

Er schätzte die Ergebnisse der Forschung, war aber nicht bereit, sich dafür in irgendeiner Weise zu exponieren. Mondino hatte sich daher entschlossen, ihm die ganze Angelegenheit zu verschweigen. Sein Onkel hätte sich nur erschreckt, ihm Knüppel zwischen die Beine geworfen und ihm das Leben schwer gemacht.

Als hätten seine Gedanken ihn herbeigerufen, erschien Liuzzo plötzlich im Türrahmen.

»Guten Abend, Onkel. Ich wusste nicht, dass Ihr schon eingetroffen seid.«

»Du könntest auch ab und zu mal hinunterkommen, um deinem Vater einen Besuch abzustatten«, sagte Liuzzo vorwurfsvoll. »Er hat mir gesagt, dass er dich heute noch gar nicht zu Gesicht bekommen hat.«

»Ihr seid ungerecht. Ich bin erst vor kurzem bei ihm gewesen. Er schlief, und ich wollte ihn nicht wecken.«

Sein Vater war krank. Für Mondino stand fest, dass er in der linken Lunge ein Karzinom hatte oder ein Sarkom, wie Galen es bezeichnete. Wenn er sich auf die rechte Seite drehte, bekam er kaum noch Luft, weil die einzige gesunde Lunge von seinem Körpergewicht zusammengepresst wurde und die linke, in der der Tumor wucherte, sich nicht mehr ausdehnen konnte. Diese Krankheit war unheilbar, und man konnte nicht mehr tun, als dem alten Mann beizustehen und ihm die letzten Monate seines Lebens so angenehm wie möglich zu gestalten. Mondino und seine drei Söhne, Gabardino, Ludovico und Leone, kamen abwechselnd zu ihm ins Zimmer, sobald sie ein wenig freie Zeit hatte.

Liuzzo betrat das Arbeitszimmer und näherte sich den Unterlagen auf dem Schreibtisch. »Diese Aufzeichnungen nehmen deine gesamte Zeit in Anspruch«, sagte er. »Wenn du keine Vorlesungen hältst, schreibst du. Und in der Nacht schläfst du nicht wie jeder andere gute Christenmensch, sondern gehst fort, um Leichen zu sezieren. Nicht nur dein Vater bekommt dich kaum zu Gesicht. Auch deine Söhne wissen inzwischen, dass sie nicht auf dich zählen können. Wenn Leone einen Rat braucht, wendet er sich gleich an Pietro und Lorenza.«

Pietro und Lorenza hieß das Ehepaar, das Mondino nach dem Tod seiner Frau in seine Dienste genommen hatte. Sie waren jung und voller Energie, und ihre kleine Tochter brachte mit ihrem fröhlichen Kreischen Leben ins Haus.

»Hast du nichts dazu zu sagen?«, bohrte Liuzzo nach.

»Was soll ich denn sagen?«, fuhr Mondino zornig auf. »Dass Ihr Recht habt? Nun gut, Ihr habt Recht. Seid Ihr jetzt zufrieden?«

Liuzzo erstarrte. »Ich habe nur vorbeigeschaut, um dich daran zu erinnern, dass du am Sonntag beim Bankett nicht fehlen darfst«, sagte er förmlich. »Ich erwarte, dass du mich zu Hause abholst, wie es deine Pflicht als jüngerer Partner unserer Medizinschule ist.«

Nach diesen Worten drehte er sich um und verließ grußlos den Raum. Mondino lauschte den Schritten seines Onkels auf der Holztreppe, die nach unten ins Erdgeschoss führte. Dann kehrte er zum Regal zurück und legte den Packen Aufzeichnungen fort. Jetzt stand fest, dass er an diesem Nachmittag nicht mehr arbeiten würde.

Als Gerardo am Campo del Mercato ankam, hatte es aufgehört zu regnen. Der Arbeitstag war vorüber, und auf dem Platz waren nur noch Menschen, die ihren Feierabend genossen, sich unterhielten oder miteinander würfelten. Die Folgen der Missernte des Vorjahres, durch die die Getreidepreise gestiegen waren, waren noch nicht vorüber, aber die Leute wollten nur noch eines: die ganze Misere vergessen. Drei kleine Jungen warfen im Spiel Kieselsteine gegen das Mäuerchen der Schwemme. Auf der gegenüberliegenden Seite wusch ein Bauer seinen Esel, indem er ihm aus einem mit Zinn bereiften Holzeimer Wasser über die Kruppe schüttete. Als Gerardo die Kinder fragte, ob sie ihm sagen könnten, wo eine gewisse Filomena wohnte, antworteten sie im Chor: »Die behaarte Frau?« und rannten davon wie die Hasen. Gerardo wollte keine Aufmerksamkeit erregten, indem er Erwachsene nach ihr fragte, daher beschloss er, einen Soldo zu opfern. Er zeigt die Münze den Jungen, die etwas weiter weg stehen geblieben waren. Einer von ihnen schien der Anführer zu sein, ein dürrer, blonder Knabe, dessen aufgeschürfte Knie unter der kurzen, ärmellosen Tunika hervorschauten. Der kam nun ein wenig auf ihn zu und blieb in sicherer Entfernung stehen. Mit einer Handbewegung machte er Gerardo begreiflich, dass er zuerst die Münze wollte, bevor er etwas sagte. Der Templer warf sie ihm vor die Füße. Rasch bückte sich der Junge, hob sie auf und zeigte dann auf eine Gasse ganz in der Nähe der großen Schwemme. »Das vorletzte Haus rechts!«, schrie er. Dann lief er fort, gefolgt von seinen Kameraden, denen er voller Stolz den eben so leicht verdienten Soldo zeigte.

Gerardo folgte den Angaben des Jungen. Er wunderte sich ein wenig über dessen seltsames Verhalten, maß dem aber nicht allzu viel Bedeutung bei. Sollte die Frau, die er suchte, eine Dirne sein, war es nur natürlich, dass die Eltern den Kindern eingeschärft hatten, dass sie sich von ihrem Haus und ihren Freiern fernhalten sollten.

Die Gasse stank wie alle engen Straßen der Stadt, da trotz der Kontrolle durch die *Ministrali di contrada*, den von den Bewohnern des Viertels gewählten Vertretern, überall Unrat und Kot herumlagen. Eigentlich waren die Beamten verpflichtet, jeden anzuzeigen, der erwischt wurde, wie er seinen Abfall auf die Straße warf. Dieses Prinzip funktionierte auf den Hauptstraßen, aber in den Gassen herrschten andere Sitten, denen man nur schwer beikommen konnte.

Gerardo ging bis zum vorletzten Haus und musste dabei über einen verendeten Hund steigen, den jemand glücklicherweise mit etwas Löschkalk bedeckt hatte. Dann klopfte er an der Tür.

Ihm öffnete die hässlichste Frau, die er je in seinem Leben gesehen hatte. Sie war alt – weit über fünfzig –, und ihre Haare unter der dreckigen Haube waren vollkommen grau. Die Alte war nachlässig gekleidet und ihr Blick leer. Man sah sofort, warum die Jungen sie mit diesem Spottnamen belegt hatten. Ihre Handrücken waren mit borstigen, schwarzen Haaren bedeckt wie bei einem Mann. Ihr Gesicht war glatt, aber auf den Wangen konnte man die Spuren eines Rasiermessers erkennen, und ihre Augenbrauen waren so pelzig wie Seidenraupen. Gerardo überlegte schaudernd, wie wohl ihre Beine aussehen mochten, aber zum Glück wurden diese von ihrem knöchellangen Gewand verdeckt.

»Seid Ihr Donna Filomena?«, fragte er ungläubig. Angelo da Piczano konnte unmöglich mit so einer Frau sein Keuschheitsgelübde gebrochen haben.

»Und wer seid Ihr?«

»Mein Name tut nichts zur Sache; mich schickt ein Freund.«

Die Frau fragte, wie dieser Freund hieße, konnte mit dem Namen, den Gerardo nannte, jedoch nichts anfangen. Offenbar hatte sich Angelo ihr unter einem falschen Namen vorgestellt. Erst als Gerardo ihn beschrieb und hinzufügte, dass sein Freund sie vor ein paar Tagen besucht habe und sehr zufrieden gewesen sei, hellte sich die Miene der Frau auf.

»Kommt nur herein«, sagte sie mit rauer Stimme. »Aber Ihr müsst im Voraus bezahlen.«

Gerardo versuchte, sein Anliegen zu erklären, aber die Frau wollte nicht ein Wort mehr hören, ehe sie nicht Geld gesehen hatte. Also gab er ihr drei Soldi und versprach ihr den Rest für danach. Er hatte nicht die Absicht, mit ihr zu sündigen, aber er hoffte, dass die Geldgier sie dazu verleiten würde, seine Fragen zu beantworten.

Die Frau ließ ihn in eine Küche eintreten, deren Wände rauchgeschwärzt waren, schloss die Tür zur Straße und ging gleich darauf in einen kleinen Flur, um dort eine andere Tür zu öffnen. Gerardo trat in das Zimmer in der Annahme, dass sie ihm folgen würde; stattdessen schloss die Megäre aber die Tür hinter ihm und ließ ihn allein.

Beziehungsweise *nicht* allein, denn es kam noch schlimmer.

Als er einen halbnackten Knaben von etwa sechs oder sieben Jahren vor sich sah, der ihn auf einem einigermaßen sauberen Strohlager erwartete, begriff Gerardo. Der Raum war fensterlos und wurde nur von einem Kerzenstumpen beleuchtet, den die Alte wahrscheinlich in einer Kirche gestohlen hatte. Wortlos stand der Junge auf, ging auf ihn zu, ließ seine Hände unter seinen Überrock gleiten und machte sich an seinen Beinlingen zu schaffen.

Erst da reagierte Gerardo und stieß den Jungen heftiger zurück, als es notwendig gewesen wäre. Der Kleine fiel nach hinten auf das Bett, stand aber sofort wieder auf und machte sich erneut ans Werk. Während sein Blick anfangs leer und fast stumpf gewesen war, wirkte er jetzt vollkommen verängstigt.

Gerardo wies ihn erneut ab, diesmal etwas freundlicher, doch der Knabe ließ nicht locker. Jetzt war er kurz davor loszuheulen.

Einer plötzlichen Eingebung folgend, fragte Gerardo so sanft wie möglich: »Hast du Angst, dass man dich schlägt, wenn du deine Aufgabe nicht erledigst?«

Der Junge hielt unvermittelt inne, starrte ihn lange an und nickte dann zweimal.

»Nur keine Angst, das wird nicht geschehen. Aber jetzt lass das bitte. Ich bin keiner von diesen bösen Männern, die sonst zu dir kommen. Wie heißt du?«

Der Kleine schaute ihn wieder misstrauisch an, als wollte er herausfinden, ob Gerardo tatsächlich die Wahrheit sagte oder ob dies nur ein Trick war. Schließlich wies er mit einem Finger auf seinen Mund und breitete die Arme in einer Geste der Ohnmacht aus.

»Bist du stumm?«

Kopfnicken. *Ja.*

»Hat man dich entführt?«

Noch ein wortloses Nicken.

Gerardo hatte von diesen schändlichen Vergnügungen gehört, aber es war das erste Mal, dass er unmittelbar damit in Berührung kam. Spontan beschloss er, dass er den Jungen auf keinen Fall in den Händen dieser schrecklichen Alten zurücklassen würde.

»Nur keine Sorge«, sagte er leise und setzte sich zu ihm aufs Bett. »Ich werde dich von hier fortbringen.«

Als er sah, wie sich das Misstrauen in den Augen des Jungen in Hoffnung verwandelte, war das mehr, als er ertragen konnte. Er stand so abrupt auf, dass die Kerzenflamme flackerte, und er versuchte, den Raum zu verlassen. Doch die Tür war von außen verriegelt. Er fing an zu klopfen und zu schreien, woraufhin die Frau sofort herbeieilte und ihm öffnete.

»Warum habt Ihr mich eingeschlossen?«, fragte Gerardo mit hochrotem Kopf.

»Das tue ich immer«, erklärte Filomena. Ihr Atem stank nach Wein. Mit ihren haarigen Händen und den buschigen Augenbrauen sah sie im Halbdunkel aus wie eine Ausgeburt der Hölle. »Um zu verhindern, dass der Kleine davonläuft. Ich habe viel

Geld für ihn bezahlt und möchte nichts riskieren. Wenn er abhaut, wer rennt ihm dann hinterher? Für so was bin ich zu alt.«

Sie wagte es sogar zu lachen und entblößte dabei ihre gelblichen Zähne. Gerardo verließ wortlos das Zimmer, sie verriegelte die Tür wieder mit einer Holzlatte und folgte ihm überrascht, aber auch ein wenig besorgt in die Küche.

»Was ist, gefällt Euch Masino nicht? Ich muss sagen, da seid Ihr aber der Erste. Also Euer Freund …«

»Was ist mit meinem Freund?«, fragte Gerardo sofort und zwang sich, seinen Zorn zu bezähmen. Im Moment war das Wichtigste, dass er etwas über Angelo erfuhr.

»Ihm hat es sehr gefallen. Er hat auch gesagt, dass er bald wiederkommen würde.«

Gerardo packte sie an der Kehle. »Du lügst!«, sagte er zornig. »Angelo würde niemals so etwas tun!«

Die Megäre antwortete nicht. In ihren Augen las Gerardo Trotz und Schläue. Inzwischen wusste sie, dass sie einen Fehler begangen hatte, als sie ihn eingelassen hatte. Sie schien beschlossen zu haben, dass sie von jetzt an gar nichts mehr sagen würde. Ihm blieb keine Zeit zum Nachdenken. Wenn sie um Hilfe schrie und jemand vorbeikam, konnte es für ihn sehr gefährlich werden. Es widersprach all seinen Instinkten, eine Frau zu schlagen, aber Gerardo überwand sich und versetzte ihr zwei saftige Ohrfeigen, wobei er mit der freien Hand immer noch ihre Kehle gepackt hielt, um sie am Schreien zu hindern. Sie knurrte einen Fluch und versuchte, mit der Faust nach ihm zu schlagen, doch Gerardo hielt sie am Handgelenk fest und drückte ihren Hals zu. Ihre raue Haut, die starke Körperbehaarung und ihr männliches Aussehen machten es ihm leichter, nicht seinem Mitleid nachzugeben.

Filomena begann zu jammern. »Was wollt Ihr von mir?«, röchelte sie. »Ich bitte Euch …«

»Du musst mir sagen, was du über Angelo weißt«, antwortete Gerardo hart. »Dann lasse ich dich gehen. Wenn du versuchst zu schreien oder ich merke, dass du lügst, bringe ich dich um.«

Sie nickte, und diesmal stand echte Angst in ihren Augen. »Das ist gar kein Freund von Euch, oder?«, fragte sie. »Ihr wollt ihm schaden, ihn der Sodomie bezichtigen.«

Ohne die Hand von ihrer Kehle zu nehmen, überlegte Gerardo schnell. Wenn er das bestätigte, würde die Frau ihm nicht helfen, denn bei einem Prozess wegen Sodomie gegen einen ihrer Kunden würde auch sie zum Tode verurteilt. Andererseits wollte er ihr aber auch nicht sagen, dass Angelo tot war.

»Ich möchte ihm nur deutlich machen, dass er mir aus dem Weg gehen soll«, log er. »Jetzt, wo ich sein Geheimnis kenne, wird er vorsichtiger sein. Also los, rede.«

Er lockerte seinen Griff, und tatsächlich redete die Frau. Sie sagte, dass sein Freund eines Tages zu ihr gekommen sei und dabei den Namen eines Mannes genannt hätte, den sie gut kannte, daher hätte sie ihn eingelassen.

»Wie hieß dieser Mann?«

Sie schüttelte den Kopf und warf ihm einen misstrauischen Blick zu. Gerardo drückte wieder fester zu, und nach kurzem Zaudern schlug er ihr mit der Faust ins Gesicht. Ehe er ihr jedoch noch einen Schlag versetzen konnte, gab Filomena nach.

»Er heißt Francesco«, stammelte sie, »ein Mönch aus dem Augustinerkloster.«

Bei diesen Worten schwindelte es Gerardo. Noch ein Mönch, der das eigene Gelübde auf die niederträchtigste Art und Weise brach.

»Und was hat Angelo mit dem Jungen gemacht?«, fragte er. Er empfand eine Mischung aus Zorn, Ekel und Scham, aber er musste alles wissen.

»Das, was alle machen«, antwortete die Frau und zuckte mit den Schultern.

Gerardo beschloss noch einmal, dass er diesen armen Jungen nicht hierlassen würde, und wenn er dafür dieses Mannweib töten musste.

Er bat sie, ihm alles zu wiederholen, was Angelo an diesem Abend gesagt hatte, aber sie zuckte wieder nur mit den Schultern. »Er hat nichts gesagt. Die Leute kommen nicht zum Plaudern zu mir.«

Gerardo drückte wieder kräftig ihre Kehle zu. Filomena riss die Augen auf. Sie machte ein Zeichen, dass sie reden wollte, und sobald sie wieder atmen konnte, hustete sie heftig.

Als der Hustenanfall vorüber war, stützte sie sich mit einer Hand auf den Tisch, als ob sie Halt bräuchte, und krächzte: »An etwas erinnere ich mich.«

»Woran?«

»An diesem Abend taten mir die Beine weh, wie jedes Mal, wenn in der Stadt Nebel aufkommt, denn als er gehen wollte, bin ich nicht aufgestanden, um ihm die Tür zu öffnen. Ich habe ihm gesagt, dass das die Gebrechen des Alters seien und habe ihm gewünscht, dass er seine Jugend genießen solle, solange es ging.«

»Und dann?«, fuhr Gerardo sie ungeduldig an.

»Er hat mich so seltsam angesehen und hat gesagt …«

»Was hat er gesagt?« Gerardo konnte sich nicht mehr zurückhalten.

»Er hat gesagt: ›Ich werde nicht alt. Und doch werde ich immer noch da sein, selbst wenn dein Haus schon unter der Last der Jahrhunderte eingestürzt ist.‹ Ich erinnere mich nicht nur wegen dieser Worte daran, sondern wegen seines Blicks. Er sah beinahe aus, als wäre er verrückt.«

Gerardo ließ ihre Kehle los. Er war überrascht. Wusste Angelo vielleicht, dass er in ein paar Tagen sterben würde und hatte deswegen gesagt, dass er nicht alt werden würde? Aber was für einen Sinn ergab dann der zweite Satz?

Filomena nutzte den kurzen Moment, in dem er abgelenkt war, um sich loszureißen. Sie warf den Weinkrug um, als sie zu dem Vorsprung aus Ziegelsteinen neben dem Kamin eilte, um das dort liegende Messer zu holen. Ehe Gerardo sie erreicht hatte, war sie bereits auf die andere Seite des Tisches gelaufen und schrie wie eine Besessene. »Zu Hilfe! Geremia! Bernardo! Kommt schnell!«

Gerardo begriff, dass die Alte noch Komplizen haben musste, die den Auftrag hatten, ihr bei eventuellen Problemen mit den Freiern zu helfen. Er konnte nicht rufen, dass jemand aus der Nachbarschaft den Häschern Bescheid sagen sollte, denn das war das Letzte, was er sich wünschte. Ihm blieb nur eine Möglichkeit: Er musste fliehen. Mit einem Satz war er an der Tür, riss sie auf und lief dann hinaus auf das Gässchen, genau im gleichen Moment, als aus dem Haus gegenüber zwei plumpe Gestalten erschienen. Er blieb nicht stehen, um zu sehen, ob sie ihn verfolgten oder zu der Alten liefen. In seiner Panik rannte Gerardo einfach los, so schnell er konnte. Als er endlich wagte, sich umzudrehen, stellte er fest, dass ihm niemand auf den Fersen war. Erst jetzt bemerkte er ein unangenehmes feuchtes Gefühl an seinen Beinen. Als er an sich herunterblickte, sah er, dass er von Wein durchnässt war.

Es war beinahe Abend, aber in diesem Zustand konnte er sich nicht mit Mondino treffen, daher beschloss er, erst in seine Herberge zu gehen, um sich umzuziehen. Während er lief, wurde er immer wieder von nervösem Zittern durchgeschüttelt, vollkommen erschöpft von der Müdigkeit und den schrecklichen Dingen, die er über seinen Mitbruder und Freund herausgefunden hatte. Er konnte sich erst wieder beruhigen, als er endlich seine Unterkunft erreicht hatte, und dort schwor er sich, dass er den armen Masino befreien würde, selbst wenn es ihn das Leben kosten sollte.

DREI

Während er sich auf dem belebten Platz vor der Basilika Santo Stefano umsah, dachte Wilhelm von Trier, dass dieser Anblick die lange Reise, die er hinter sich gebracht hatte, nicht lohnte. Natürlich hatte der Gedanke, dass Bologna ein getreues Abbild der heiligen Stätten von Jerusalem schaffen wollte, etwas Interessantes, und der Name *Sancta Hierusalem Bononiensis* war in der ganzen Christenheit bekannt. Dennoch fand er, der das echte Jerusalem mit eigenen Augen gesehen hatte, es übertrieben und geradezu gotteslästerlich, dass man hier heilige Namen wie »Tal Josaphat«, »Golgatha« und »Ölberg« an Plätze und Hügel der Stadt vergab. Einer Stadt, die von Kaufleuten, Gasthäusern und Hurenhäusern geschändet wurde, selbst wenn ihre Anwesenheit auf gewisse Weise von den dort erbauten Kirchen geadelt wurde.

Die »Grabeskirche« wollte er aber trotz allem besuchen. Doch zunächst musste er eine Unterkunft finden, sich ausruhen und stärken in der Hoffnung, am Nachmittag würde es nicht mehr so feucht sein. Das Alter forderte seinen Tribut: Wilhelm von Trier war ein betagter Mann und hätte nie die Insel Zypern verlassen, wo er eine sichere Zuflucht vor der Welle von Beschuldigungen und Prozessen gefunden hatte, die über seinen Orden hereingebrochen waren. Es gab jedoch einen triftigen Grund, der ihn trotz aller Gebrechen und der Notwendigkeit, unerkannt zu bleiben, zu dieser Reise bewogen hatte. Instinktiv fuhr seine Hand unter das Gewand, um nach der in die Beinlinge eingenähten Tasche zu tasten, wo er die

Landkarte verwahrte. Beinahe hätte er sie auf Zypern zurückgelassen, und erst im letzten Moment hatte er sich doch dazu entschlossen, sie mitzunehmen. Diese Karte, die sie dem Mann unter der Folter abgepresst hatten, hatte sich als vollkommen nutzlos erwiesen. Dennoch war sie zu genau gezeichnet, als dass es sich um eine Fälschung handeln konnte. Während all der Jahre hatte Wilhelm sich gefragt, ob sie nicht ein Geheimnis verbarg, das zu entschlüsseln sie nur nicht in der Lage gewesen waren. Vielleicht würde er nun endlich eine Antwort auf diese Frage bekommen.

Er bog gemächlich in eine Gasse links des Platzes ein, weil er dachte, dass dort der ideale Ort für ein Gasthaus wäre, in dem man ihm nicht zu viele Fragen stellen würde. Auf seiner Reise hatte er sich als Pilger nach Santiago de Compostela ausgegeben. Sein unscheinbares Äußeres und die ärmliche Kleidung hatten ihn zwar vor Dieben und Räubern beschützt, aber sie hatten ihn auch gezwungen, stets in elenden Absteigen zu übernachten. So konnte er es kaum erwarten, dass endlich alles vorüber war und er nach Zypern zurückkehren konnte.

Doch zunächst musste er herausfinden, was der mysteriöse »Freund«, der ihm den Brief geschrieben hatte, für das versprochene Geheimnis haben wollte. Und dann musste er eine Möglichkeit finden, es ihm zu entreißen und ihn zum Schweigen zu bringen. Das musste jedoch alles bis zum Abend warten. Wenn in dem Brief die Wahrheit gestanden hatte, würde er nach der Vesper alles erfahren.

Er fand ein Gasthaus, das seinen Vorstellungen entsprach, trat ein und wunderte sich, dass der Wirt einigermaßen Latein konnte. Während seiner gesamten Reise durch das Gebiet von Italien hatte Wilhelm Schwierigkeiten gehabt, sich zu verständigen: In der Verkleidung eines Pilgers hielt er sich vor allem an bescheidenen Orten auf, und die armen Leute dort sprachen nur *Volgare*.

Der Gastwirt erklärte ihm, in Bologna sei man an Gäste aus aller Herren Länder gewöhnt, Männer der Kirche, Studenten und Pilger, und da brauchte man fürs Geschäft schon ein wenig Latein. »Als ich ein kleiner Junge war, hat mein Vater mich zu einem Benediktinermönch aus der Basilika hier zum Lernen geschickt«, erzählte er. »Und jetzt weiß ich, dass er recht daran getan hat.«

Wilhelm fragte nach einem Zimmer nur für sich allein und erklärte, er würde an Schlaflosigkeit leiden und es deshalb nicht ertragen, in Gemeinschaftsräumen zu übernachten. Der Wirt hatte noch ein kleines Zimmer mit einem Bett für zwei Personen, und der Tempelritter willigte ein, für zwei zu zahlen, obwohl er den Raum allein benutzte. Er stieg über eine enge Holztreppe in den ersten Stock hinauf, betrat das Zimmer, ließ die beiden Quersäcke – sein einziges Gepäck – auf den Boden fallen, zog die Schuhe aus und legte sich mit einem Seufzer der Erleichterung auf den mit Stroh gefüllten Stoffsack.

Auf Zypern schlief er auf einer Matratze aus feiner Wolle. Die unbequemen Schlafplätze während seiner Reise hatten ihn an seine Jugend erinnert. Auch jetzt, während er es genoss, endlich seine Glieder entspannt ausstrecken zu können, in diesem angenehmen Augenblick, der dem Schlaf vorausgeht, dachte Wilhelm von Trier an die ferne Zeit zurück, in der die Suche ihren Anfang genommen hatte.

Er war blutjung gewesen, als er mehr aus Abenteuerlust denn aus religiöser Berufung in den Orden der Tempelritter eintrat und sofort ins Heilige Land aufgebrochen war. Man hatte ihn der Komturei von Tyros zugeteilt. Dort hatte ihm ein Gefährte von dem Geheimnis erzählt, nach dem zu suchen sein Lebensinhalt werden sollte.

Al iksir, so hatte er es genannt. Ein Geheimnis, das arabische Alchimisten schon vor Christi Geburt kannten und das vermutlich aus dem fernen Indien stammte. Die abendländischen

Wissenschafter nannten es »Lebenselixier«, ein trockenes Pulver, welches das Leben auf unbestimmte Zeit verlängern und jede Wunde, jedes körperliche Gebrechen heilen konnte.

Der Mönch, der ihm davon erzählt hatte, behauptete, in Alexandretta, einer Stadt, die seit langem in der Hand der Sarazenen war, lebe ein Alchimist, der dieses Geheimnis kannte. Sein Mitbruder versuchte schon längere Zeit, unter falschem Namen dorthin zu gelangen, doch es war ihm nicht gelungen. Nun hatte er erfahren, dass der Mann, den er suchte, sich zu den Mauren nach Spanien geflüchtet hatte.

»Und aus diesem Grunde spreche ich davon zu Euch, Bruder«, hatte er Wilhelm erklärt. »Ich brauche Eure Hilfe. Dafür biete ich Euch an, an den Nachforschungen teilzunehmen. Ich hatte Gelegenheit, Euch in diesen Monaten zu beobachten, und ich weiß, dass Ihr der Richtige seid: mutig, klug und entschlossen.«

Wilhelm hatte die Schmeicheleien zurückgewiesen und ihn direkt gefragt, was genau er von ihm wolle. Das war schnell gesagt. Wilhelm hatte den Rang eines Sergeanten und arbeitete auch in der Schreibstube. Über seinen Tisch gingen alle Versetzungsbefehle der Komturei. Der Mitbruder brauchte seine Hilfe, um sich nach Spanien schicken zu lassen, wo er seine Nachforschungen fortsetzen wollte.

So waren beide wenige Monate vor dem Fall von Akkon, der den endgültigen Verlust des Heiligen Landes für die christlichen Mächte besiegelte, in den Dienst der Komturei von Tortosa übergewechselt, wo ein weiterer Tempelritter ihrer Gruppe beigetreten war. Die drei hatten einen Pakt geschlossen, um das Elixier in ihren Besitz zu bringen. Dann war Wilhelms Freund am Fieber gestorben, und sie waren nur noch zu zweit. Inzwischen war der türkische Alchimist, den sie suchten, getötet worden; man hatte seine Leiche vor den Toren Granadas gefunden. Dem Toten fehlte das Herz. Dieser Umstand hatte die Feindseligkeiten zwischen Granada, das in der Hand der Sarazenen war, und Tortosa, der Festung des Königreiches Aragon, noch verschärft. Wilhelm und sein Gefährte hatten schon die Hoffnung aufgegeben, ihre Nachforschungen mit Erfolg beenden zu können, da der Alchimist tot war. Doch unerwartet war ein neuer Verbündeter aufgetaucht, ebenfalls ein Tempelritter, der sie auf eine weitere Spur brachte – und zwar in Tortosa …

Wilhelm von Trier war nicht mehr in der Lage, die Vergangenheit weiter heraufzubeschwören. Seine bewussten Gedanken vermischten sich mit seltsamen Bildern, die in seinem Kopf ohne logische Verbindung entstanden, und einen Moment später schlief der alte Tempelritter bereits.

Mondino trat auf Zehenspitzen in die Tür des Zimmers, das sein Vater im Erdgeschoss des Hauses bewohnte, und beobachtete ihn verstohlen. Rainerio lag mit dem Kopf zum Fenster und betrachtete die kleinen leuchtend grünen Früchte, die sich nach der Blüte an dem Apfelbaum gebildet hatten. Der alte Mann war abgemagert und blass, seine Haut glänzte merkwürdig, und sein Blick wurde jeden Tag abwesender. Mondino unterdrückte seinen Schmerz, betrat den Raum und setzte sich auf einen Schemel neben dem Bett.

»Guten Abend, Vater.«

Er fragte ihn nie, wie es ihm ging. Alle, die das Zimmer betraten, taten dies unveränderlich. Er nicht. Was für einen Sinn sollte es auch haben, einen Sterbenden nach seinem Befinden zu fragen, das zwang ihn doch nur zu lügen und mit krampfhaftem Lächeln und abgedroschenen Phrasen zu antworten. Denn wenn er die Wahrheit gesagt hätte, hätten sich die Leute unwohl gefühlt, ihn mit freundlichen Ermahnungen überhäuft und einen heuchlerischen Optimismus zur Schau getragen. Selbst Mondino war nicht ehrlich zu ihm, denn jedes

Mal, wenn er den Raum betrat, legte sich eine Maske über sein Gesicht, um seine wahren Gefühle vor seinem Vater zu verbergen. Es war keine Heuchelei, sondern Mitgefühl. Für sie beide.

Rainerio drehte sich um und lächelte. »Mondino. Inzwischen lässt du dich hier nur noch selten sehen.«

Der Arzt nickte, wieder lenkte ihn der Gedanke ab, der ihn seit dem vergangenen Abend nicht losließ. Gerardo war nicht zu ihrer Verabredung erschienen. Und sosehr er sich auch bemühte, alle harmlosen Möglichkeiten für seine Abwesenheit in Betracht zu ziehen, drehte sich sein Kopf nur um eine einzige Befürchtung: Wenn er verhaftet worden war, würden die Häscher auch bald an seine Tür klopfen.

»Genau darüber wollte ich mit Euch reden, Vater«, sagte er und verjagte diese düsteren Gedanken. »Es kann sein, dass ich in nächster Zeit noch häufiger von zu Hause abwesend sein werde.« Er wandte den Blick ab und suchte nach den passenden Worten. »Ich möchte Euch sagen, dass dies keineswegs Gleichgültigkeit Euch gegenüber ist.«

Trotz seiner Selbstbeherrschung hatte seine Stimme einen Moment geschwankt. Er hoffte nur, dass sein Vater es nicht bemerkt hatte.

»Ist dir wieder ein Rätsel untergekommen?«

»Woher wisst Ihr das?«, platzte Mondino aufs Höchste überrascht heraus.

Rainerio lächelte nicht, aber in seinen Augen blitzte ein Fünkchen Heiterkeit auf. »Muss ich dich an die Geschichte mit den Äpfeln erinnern? Sie ging mir gerade durch den Kopf.«

Mondino erinnerte sich ganz genau an diese Episode, auch weil sie ihm eine kräftige Tracht Riemenhiebe eingebracht hatte. Als kleiner Junge hatte er einmal alle Äpfel vom Baum gestohlen und sie auf dem Dachboden in einer mit Ölpapier ausgelegten Holzkiste versteckt, die er dann mit einem Deckel zugenagelt hatte. Er hatte gehört, was sein Onkel Liuzzo über das spontane Entstehen von Würmern gesagt hatte und beschlossen, dies zu überprüfen. Sollte er nach zwei oder drei Wochen bei Öffnen der Truhe Würmer in den Äpfeln finden, würde er daran glauben, dass sie von selbst entstanden.

»Das müsst Ihr nicht«, erwiderte er lächelnd. »Ich frage mich noch heute, wie es Euch gelungen ist, mich zu erwischen.«

»Weil ich dich kenne«, antwortete Rainerio. »Dich fasziniert alles, was du dir nicht erklären kannst, und du findest keine Ruhe, bis du eine befriedigende Antwort gefunden hast. Nicht einmal der göttliche Aristoteles entgeht deinen Nachforschungen. Und nun hast du anscheinend wieder etwas gefunden, das deine Fantasie beschäftigt. Deshalb sieht man dich kaum noch zu Hause.«

Mondino und sein Vater hatten nie viel miteinander geredet. Beide hatten den für Choleriker typischen schwierigen Charakter, der von den Säften der gelben Galle beherrscht wird. Zwischen ihnen hatte es selten Umarmungen und oft Streit gegeben. Mondino war davon überzeugt, dass sein Vater dem, was er tat, keine Beachtung schenkte. Und nun zeigte ihm Rainerio, dass er ihn viel genauer kannte, als er erwartet hätte.

Es stimmte, er liebte es, Geheimnissen auf den Grund zu gehen. Aus diesem Grund war er auch Arzt geworden. Noch mehr als der Gedanke, die Leiden seiner Mitmenschen zu lindern, hatte ihn der Drang, die Funktionsweise des menschlichen Körpers zu erschließen, dazu getrieben, diesen Beruf zu ergreifen. Und aus dem gleichen Grund hatte er sich für die Anatomie begeistert. Aber es war besser, wenn sein Vater nicht einmal ahnte, welcher Art das Geheimnis war, das ihn nun beschäftigte.

»Richtig, Vater«, gab er zu und senkte den Blick. »Ich studiere eine neue Technik, um …«

»Lass nur«, unterbrach ihn sein Vater knapp. »Wenn du

nicht darüber reden willst, schon gut. Du bist nicht verpflichtet mich anzulügen.«

Mondino merkte, wie er errötete. Er überlegte kurz, ob er alles abstreiten sollte, aber dann sagte er sich, dass es schändlich wäre, die wenige Zeit, die ihm noch mit seinem Vater blieb, damit zu verbringen, ihm Lügen zu erzählen. »Verzeiht mir«, sagte er leise. Dann fügte er ein wenig lauter hinzu: »Die Angelegenheit ist gefährlich. Je weniger Ihr wisst, desto besser. Ich bitte Euch auch, Liuzzo gegenüber nichts zu erwähnen.«

»Betrifft die Gefahr die Inquisition?«, fragte Rainerio.

»Ja«, erwiderte Mondino und vermied es zu erklären, dass das Verschwinden der Leiche und die Unterstützung eines Brandstifters auch ein weltliches Gericht angingen. In einer einzigen Nacht hatte er eine ansehnliche Palette an Verbrechen angehäuft. »Aber es besteht die Möglichkeit, dadurch etwas wirklich Großartiges zum Wohle der ganzen Menschheit zu erreichen.«

Sein Vater wandte sich wieder dem Apfelbaum zu. Die jungen grünen Früchte schauten zwischen den Zweigen hervor und ahnten nichts davon, dass sie eines schönen Tages auf den Boden fallen und im Schlamm verrotten würden.

»Ich bitte dich, sei sehr vorsichtig«, sagte Rainerio in einem prophetischen Ton, der seinem Sohn einen langen Schauer den Rücken hinunterjagte. »Mir schwant Böses.«

Mit schwerem Herzen verließ Mondino das Zimmer. Und das nicht nur wegen des Schicksals seines Vaters.

Als er unter dem großen Schild am Turm der Garisendi vorbeikam, auf dem das Verbot, in der Stadt Waffen zu tragen, verkündet wurde, fiel Gerardo ein, dass er selbst unbewaffnet war. Und er konnte sich nicht entscheiden, ob dies für sein Vorhaben von Vor- oder Nachteil war.

Sein Waffenlehrer, den sein Vater dreimal die Woche auf

ihre kleine Burg hatte kommen lassen, nachdem Gerardo seinen Entschluss verkündet hatte, dem Orden beitreten zu wollen, hatte ihn gelehrt, dass das Schwert für einen Templer wie das heilige Kreuz sei. Eine Waffe gegen das Böse, aber eben eine geweihte Waffe, die man mit Verstand einsetzen musste. »Sie wird nur im Kampf benutzt«, hatte der erfahrene bärtige Mönch gesagt. »Wir sind keine gemeinen Söldner. Wir sind Soldaten Christi und dürfen nur gegen die Feinde des Glaubens kämpfen.« Und er wiederholte oft, die einzige Möglichkeit sicherzugehen, dass man niemanden aus nichtigen Gründen in einer Rauferei auf der Straße oder im Wirtshaus tötete, wäre, keine Waffen zu tragen außer im Krieg. »Wenn ich kein Schwert bei mir trage, kann ich sicher sein, dass ich es nicht benutze«, pflegte er zu sagen.

Während Gerardo unter den Bogengängen entlangging und abwesend Handwerker, Stoffverkäufer und Käsehändler dabei beobachtete, wie sie ihre Waren verstauten und die Stände abbauten, packte ihn die Wut wegen dieses Lebens, von dem er geträumt hatte und das ihm verwehrt worden war. Er hatte das Kettenhemd und das weiße Gewand mit dem Kreuz auf der Brust nur ein einziges Mal getragen, und zwar an dem Tag, als man ihn zum Mönch geweiht hatte. Er erinnerte sich noch genau, wie schwer Helm, Schild und Schwert gewesen waren, erinnerte sich an seinen Stolz, ein mächtiges Werkzeug in den Händen des Herrn zu sein, Mitglied eines der wichtigsten und legendärsten Orden in der Geschichte der Kirche. Er hatte erst vor kurzem das Haus verlassen, in dem er geboren und aufgewachsen war, und sich in die Komturei der Templer nach Ravenna begeben, wo er nun darauf wartete, dass man ihm seinen ersten Einsatzort nannte. Just da fuhr der von Papst Clemens V. höchstpersönlich unterzeichnete Haftbefehl gegen alle Mitglieder des Ordens wie ein Blitz aus heiterem Himmel auf sie nieder.

Viele der Soldaten Christi hatten zunächst an einen Irrtum geglaubt und gelassen auf die Inquisitoren gewartet, überzeugt davon, dass sie nichts zu befürchten hätten. Gerardo war dem Rat seines Waffenlehrers gefolgt, der eilig nach Zypern aufgebrochen war. »Rückzug ist keine Flucht«, hatte er gesagt. »Verbirg dich, beobachte von einem sicheren Ort aus, was geschieht, und dann, wenn es angebracht ist, gib dich zu erkennen.«

Gerardo hatte es nie bereut, dass er diesem Rat gefolgt war. Er war nach Bologna geflohen, hatte einen anderen Namen angenommen, mehr zu ihrem als zu seinem eigenen Besten den Kontakt zu seiner Familie abgebrochen und ihnen in drei Jahren nur einen einzigen Brief geschickt, um sie zu unterrichten, dass es ihm gut gehe und er zu ihnen zurückkehren werde, sobald sich der Sturm gelegt habe. Er hoffte tatsächlich, dass mit dem Ende des Prozesses, mit dem in wenigen Wochen gerechnet wurde, seine Lage eine deutliche Wendung nehmen würde.

Trotzdem hätte er sich mit einem Dolch am Gürtel sicherer gefühlt. Er hatte keineswegs die Absicht, die alte Frau zu töten, obwohl sie dieses Schicksal tausendfach verdient hätte für das, was sie Masino und sicherlich auch anderen Kindern angetan hatte. Aber mit einer Waffe hätte er sie bestimmt schneller dazu gebracht, seinen Forderungen zu entsprechen, und er hätte sich verteidigen können, falls die beiden Kerle, die er das letzte Mal gesehen hatte, hinzukommen würden.

Gerardo verfolgte keinen bestimmten Plan. Er wollte einfach dort anklopfen und baute darauf, dass man ihm öffnen würde, wenn er seine Stimme verstellte. Sobald er der Frau gegenüberstand, würde er sie in den Raum zurückdrängen und dafür sorgen, dass sie keinen Schaden anrichtete, während er den Jungen befreite und ihn wegbrachte. Am vergangenen Abend war er todmüde und nicht in der Lage gewesen, einen klaren Gedanken zu fassen. Er war nicht einmal zu seiner Verabredung mit Mondino gegangen, weil er, kaum dass er sein Zimmer betreten hatte, auf seinem Strohsack zusammengesunken war und die ganze Nacht, den Vormittag und einen Teil des Nachmittags durchgeschlafen hatte. Er war erst aufgewacht, als die Sonne bereits im Westen unterging. Jetzt fühlte er sich erfrischt und ausgeruht und zweifelte nicht daran, dass er seinen Plan erfolgreich würde umsetzen können.

Wie schon am vorigen Abend vermied er es, über die Piazza del Mercato zu gehen. Er hielt sich dicht an den Mauern, bog zwei Straßen vor dem Platz ab, betrat die Gasse von der entgegengesetzten Seite und stand schließlich vor Filomenas Haustür.

Der Moment war gekommen. Er klopfte, wartete und machte sich bereit, seine Stimme zu verstellen.

Doch niemand kam, um zu öffnen. Er klopfte noch einmal, kräftiger, und rief die Frau beim Namen.

Nichts.

Gerardo hangelte sich an der Mauer bis zum Fenster hoch, das nur zwei Armlängen vom Boden entfernt war, und versuchte, durch einen Schlitz der geschlossenen Fensterläden hineinzusehen, aber dort war alles finster. Trotz der Dunkelheit brannte im Haus kein Licht. Es konnte sehr gut sein, dass Filomena es wegen einer Erledigung verlassen hatte und der Junge sich jetzt allein dort aufhielt, aber Gerardo hatte das unbestimmte Gefühl, dass dies nicht der Fall war. Schweren Herzens hielt er sich mit einer Hand fest und brach mit der anderen den Fensterladen auf, rief Masino zu, er sollte sich melden und etwas auf den Boden werfen, wenn er dort im Zimmer eingesperrt wäre.

Nichts geschah. Die Küche hinter dem Fensterladen schien verlassen zu sein. Das Herdfeuer war erloschen, Bretter und Borde waren leergeräumt, kein Topf, keine Kelle und kein einziges Messer waren mehr zu sehen. Unter dem Tisch glaubte er die Scherben des Kruges auszumachen, den er am Vorabend zerbrochen hatte.

Diese Hexe hatte vielleicht befürchtet, dass er ihr die Häscher ins Haus schicken würde, und war deshalb in aller Eile umgezogen. Ihren kleinen Gefangenen hatte sie wahrscheinlich mitgenommen. Es wäre zu gefährlich gewesen, die Nachbarn zu fragen, wohin sie gegangen war, und er zweifelte auch, ob sie es wussten. Gerardo wollte gerade gehen, da packte ihn jemand an den Knöcheln. Es gelang ihm, den Angreifer mit einem Fuß im Gesicht zu treffen, der ihn daraufhin fluchend losließ. Gerardo sprang hinunter und fand sich einem klapperdürren Mann mit einem ungepflegten Bart und ohne Vorderzähne gegenüber, unter dessen zu kurzer Tunika geflickte Beinlinge hervorschauten. Doch am meisten wurde sein Blick von dem langen Dolch gefesselt, den der andere mit einer schnellen Bewegung unter seinem Gewand hervorzog.

»Bernardo! Komm her, um Gottes willen!«

Als er diesen Namen hörte, erinnerte sich Gerardo, was Filomena am vergangenen Abend gerufen hatte. Das waren also ihre Spießgesellen, die sie zurückgelassen hatte, um die Wohnung zu bewachen, vielleicht in Erwartung seiner Rückkehr. Er hörte ein Geräusch hinter sich, ungefähr vier oder fünf Schritte entfernt, sah sich aber gar nicht erst um, sondern griff gleich den Mann vor sich an und überraschte ihn damit. Mit einer Hand packte er den Arm, der den Dolch hielt, drehte das Handgelenk seines Angreifers um, bis dieser die Waffe fallen ließ, und mit der anderen versetzte er ihm einen Schlag gegen die Kehle, dass der Mann keuchend auf dem Boden zusammenbrach.

Gerardo bückte sich, um die Waffe aufzuheben, und rollte sofort zur Seite, um dem Angriff des zweiten Mannes auszuweichen, der sich auf ihn gestürzt, doch ins Leere gegriffen hatte. Gerardo versetzte ihm einen Fußtritt gegen den Kopf und schleuderte ihn auf seinen Kumpan. Noch während seine Angreifer sich mühsam aufrappelten, drehte er sich um und rannte so schnell er konnte auf den Platz zu. Er kam in der Nähe der Schwemme aus der Gasse heraus, wo die gleichen Jungen wie am Vorabend mit einem Ball aus Lumpen spielten. Bevor sie ihn wiedererkennen konnten, verbarg Gerardo den Dolch unter seinem Arm und wandte sich nach links, wo er etwa zwanzig Schritte normal weiterlief, bis er den nächsten Bogengang erreicht hatte. Dort versteckte er sich hinter einer Säule und wartete auf die beiden Mörder, die auch gleich darauf vorn an der Gasse auftauchten. Sie sahen sich kurz um, um festzustellen, wohin er verschwunden war, dann entschieden sie sich, nach rechts zu gehen und entfernten sich eilig.

Gerardo beruhigte sich endlich, wenn auch nur für kurze Zeit: Schlagartig kam all die Angst, die er im Augenblick des Geschehens unterdrückt hatte, in ihm hoch, so dass seine Hände und Beine zitterten. Zum ersten Mal außerhalb der Stunden mit seinem Waffenlehrer hatte er einem echten Feind gegenübergestanden. Sein Leben war wirklich in Gefahr gewesen, und dieses Wissen ließ ihn nun nicht mehr los. Nur ein Umstand milderte seine Angst: dass seine militärische Ausbildung ihn gerettet hatte. All die Stunden, in denen er gelernt hatte zu kämpfen, ohne sich von Gefühlen und Gedanken hemmen zu lassen, hatten sich als nützlich erwiesen. Er ging im Kopf noch einmal den kurzen Kampf auf der Gasse durch und musste dann grinsen. Diese beiden Galgenstricke hätte sein Waffenlehrer ganz sicher nicht als »Feinde des Glaubens« bezeichnet, aber wenn es die eigene Haut zu retten galt, verloren diese theoretischen Definitionen ihre Bedeutung.

Gerardo sah sich den Dolch genauer an, den er seinem Angreifer entrissen hatte. Ein Holzgriff und eine billige, aber widerstandsfähige und scharf geschliffene Eisenklinge. Gerardo verbarg die Waffe unter seinem Gewand und steckte sie in den Stoffgürtel, der seine Beinlinge hielt. Dann machte er sich auf den Weg zu seinem gemieteten Zimmer.

Er hatte den kleinen Jungen nicht retten können, und der Schmerz darüber lastete wie ein Klumpen auf seiner Brust. Doch zumindest besaß er jetzt eine Waffe.

Gegen eine Hauswand gelehnt, von der aus er die gesamte Kirche San Giovanni in Monte im Blick hatte, sah sich Wilhelm von Trier ruhelos um. In dieser Nachbildung der heiligen Stätten in Bologna sollte die Kirche den Ölberg darstellen, den Ort, zu dessen Füßen Jesus Christus sich vor seinem Leidensweg in den Garten von Gethsemane zurückgezogen hatte. Der alte Tempelritter fragte sich, warum der anonyme »Freund«, der ihm den Brief geschrieben hatte, gerade diesen Ort als Treffpunkt ausgesucht hatte. Er war zu genau in seiner Beschreibung gewesen, als dass es sich um einen zufällig gewählten Ort handeln konnte. Es hatte schon vor einiger Zeit zum Vespergebet geläutet, und obwohl viele Leute an ihm vorübergekommen waren, hatte sich keiner von ihnen ihm genähert. Wilhelm fragte sich weiter, wie der andere ihn erkennen wollte, doch er war überzeugt, dass seine Sorge unbegründet war. Vermutlich wusste der sogenannte Freund, wie er aussah. Schließlich hatte er schon bewiesen, dass er zu viel über ihn wusste.

Nach Sonnenuntergang wurde es auf dem Platz immer ruhiger, bis sich kaum noch ein Mensch auf der Straße zeigte. Außer ihm war nun nur noch ein Bettler dort, der zwanzig Schritt von ihm entfernt unter einem Bogengang saß und den Passanten seinen verstümmelten rechten Arm und die offene linke Hand entgegenstreckte, um Almosen einzusammeln. Statt der üblichen groben Tunika aus Sackleinen, mit der viele arme Leute sich kleideten, trug der Mann ein schwarzes, schmutziges und schmieriges Gewand, das ursprünglich aus einem guten Stoff geschneidert worden sein musste – vermutlich eine milde Gabe.

Nun läutete die Kirchenglocke zur Komplet. Als hätte der Bettler auf dieses Zeichen gewartet, stand er auf und lief schnell auf ihn zu.

Wilhelm musterte ihn aufmerksam und versuchte herauszufinden, ob es sich um einen echten Bettler handelte oder um diesen »Freund«, der sich so verkleidet hatte. Doch als der Mann näher kam, wich jeder Zweifel: Dieser Gestank und der Schmutz konnten keine Verkleidung sein. Wilhelm bereitete sich schon darauf vor, seine Bitte um ein Almosen zurückzuweisen, doch der Mann wandte sich mit einem Satz in holprigem Latein an ihn, in dem der Templer das Wort »amicus« heraushörte.

Sofort forderte Wilhelm ihn auf, den Satz zu wiederholen, und nach einigen Versuchen gelang es ihm, die Botschaft zu entschlüsseln: Der Freund, mit dem er verabredet war, konnte nicht kommen. Er bat ihn, in sein Gasthaus zurückzukehren und dort auf ihn zu warten.

Der Mann streckte seine unverletzte Hand fordernd aus, und Wilhelm ließ widerwillig eine Münze hineinfallen. Woher wusste der Freund, wo er wohnte? Nachdem er gegessen und sich ausgeruht hatte, war er an diesem Nachmittag nur noch im Büro eines bei den Tempelrittern als vertrauenswürdig geltenden Bankiers gewesen, bei dem er einige große Silbermünzen in Bologneser Lire eingewechselt hatte. Doch dem hatte er natürlich nicht erzählt, dass er in einem billigen Gasthaus Quartier bezogen hatte.

Besorgt und misstrauisch kehrte er in die Herberge zurück und stellte erstaunt fest, dass der Wirt nicht in der Eingangstür stand und das Kommen und Gehen der Gäste überprüfte. Aus dem Garten hörte man wilde Flüche und heftiges Gegacker.

Er ging hin, um nachzuschauen, und sah den Mann mit einem streunenden Hund kämpfen, der in das Hühnergehege eingedrungen war und zwei Hennen getötet hatte, bevor er erwischt wurde. Kopfschüttelnd stieg Wilhelm die Treppen hinauf und betrat sein Zimmer.

Kurz darauf spürte er einen entsetzlichen Schmerz im Nacken und ihm schwanden die Sinne.

Als er wieder zu sich kam, stellte Wilhelm von Trier fest, dass er gelähmt war und nicht sprechen konnte. Er spürte einen bitteren Geschmack im Mund. Während er ohnmächtig gewesen war, musste ihm jemand einen Trank eingeflößt haben. Er begriff, dass er in eine Falle getappt war. Der Jäger war zur Beute geworden.

Er hörte eine leichte Bewegung im Raum und ein metallisches Klirren, als würde jemand Messer schärfen. Wilhelm gab noch eine Zeitlang vor, ohnmächtig zu sein, und versuchte inzwischen anhand der Geräusche herauszufinden, was geschah und ob es für ihn eine Möglichkeit gab, sich zu retten. Doch es gelang ihm nicht. Schließlich öffnete er furchterfüllt die Augen.

Vor dem Bett stand sein Tod und sah ihm lächelnd ins Gesicht. Für ihn begann jetzt die Passion.

VIER

Mondino betrat schweren Herzens den Bankettsaal. Bei einem solchen traditionellen Fest, zu dem ein frischgebackener Doktor seine Lehrer einlud, um den Erwerb der *licentia docendi* zu feiern, legten selbst die ältesten und angesehensten Professoren ihre übliche Ernsthaftigkeit ab und gönnten sich ein Lächeln und Gaumenfreuden. Mondino, der seinen Schülern altersmäßig näher war als den anderen Dozenten, nutzte diese freudigen Anlässe sonst mit Vergnügen, genoss die Musik und die Lieder und ließ sich nie lange bitten, um eine Estampie oder eine Farandole zu tanzen. Dass er kein Gefühl für Rhythmus hatte und häufig aus dem Takt kam, störte ihn dabei wenig.

Er glaubte fest daran, dass es ein Gewinn für die Menschheit war, wenn ein neuer Doktor in die Welt der Medizin, der Jurisprudenz oder der freien Künste eintrat. Deshalb war es nur recht und billig, diesen Anlass zu feiern. Ganz zu schweigen von der Tatsache, dass dieses Bankett von einem wohlhabenden Studenten aus Syrakus ausgerichtet wurde, der keine Kosten gescheut hatte. Die Dozenten der medizinischen Fakultät sprachen schon seit Wochen von nichts anderem.

Dennoch, als er über die Florentiner Terrakottafliesen durch den großen Saal mit dem Kreuzgewölbe lief, in dem man drei lange, mit blendend weißen Tischtüchern bedeckte Tafeln hufeisenförmig aufgestellt hatte, verspürte Mondino beim Anblick der Diener, die Schüsseln, Bretter und Löffel verteilten, nicht das leiseste Ziehen im Magen. Er hatte noch immer keine Nachricht von Gerardo, und die Freude an dem Fest wurde ihm von der Vorstellung verdorben, dass dies sein letztes Bankett sein würde, wenn der junge Mann verhaftet worden war.

»Magister, welche Freude, Euch an meiner bescheidenen Tafel begrüßen zu dürfen«, empfing ihn der frischgebackene Doktor und kam ihm entgegen. Er war ein Riese, groß und breit, Mitte dreißig, mit hängenden Wangen. Mondino war davon überzeugt, dass er in seiner fernen Heimat Syrakus ein guter Arzt sein würde.

»Wie könnte ich den Doktorschmaus eines meiner besten Schüler versäumen«, antwortete Mondino freundlich. »Ganz abgesehen davon, dass viele meiner Kollegen schon beim Gedanken an dieses Fest die Fastenregeln gebrochen haben.«

Der Student erwiderte lachend, Mondino wäre zu gütig und er hoffe, die Erwartungen der Gäste nicht zu enttäuschen. Dann geleitete er ihn zu seinem Platz und entfernte sich wieder, um die letzten Vorbereitungen zu überwachen.

Mondino bemerkte zufrieden, dass man ihn an die Haupttafel gesetzt hatte, nah an den Platz, an dem man die Braten aufschneiden würde, eine deutliche Respektsbekundung. Dort saßen die Rektoren der Universitäten für die einheimischen und die fremden Studenten und die beiden Generalpedelle. Mondino ging zu ihnen und begrüßte sie, bevor er sich auf den ihm angewiesenen Platz neben Liuzzo setzte. Die schwarzen oder braunen Gewänder der Notabeln des *Studiums* hoben sich gegen die roten Talare der Ärzte ab. Die anderen Gäste hatten bei der Wahl der Kleidung Fantasie bewiesen – der Saal war eine einzige Farbenpracht. Niemand war barhäuptig erschienen; selbst in den Kopfbedeckungen entdeckte man eine gewisse Vielfalt, obwohl alle leichte Stoffe gewählt hatten, da sich langsam die warme Jahreszeit näherte und der Wein und das Tanzen einen schon genug ins Schwitzen bringen würden.

»Onkel, ich wollte euch abholen, wie wir es vereinbart hatten, aber Ihr wart schon aufgebrochen«, sagte Mondino, sobald er sich gesetzt hatte.

»Ich musste aufgrund einer seltsamen Angelegenheit aus dem Haus«, erwiderte Liuzzo. Er schien nicht so verärgert wie am gestrigen Tag. »Ein Mord in einem Gasthaus in der Nähe der Basilika Santo Stefano.«

»Man hat Euch wegen eines Ermordeten bemüht?«

Der Onkel sah ihn an, als wüsste er nicht, ob er darüber reden sollte. Dann seufzte er und meinte: »Es war nun einmal so, dass der Getötete, ein Deutscher, der erst kürzlich in die Stadt gekommen ist, eine schreckliche Besonderheit aufwies. Die Frau, die die Leiche entdeckt hat, ist schreiend aus dem Wirtshaus geflohen. Einige Passanten haben sie aufgehalten und nachgesehen. Dann hat jemand den Richter benachrichtigt. Aufgrund ihrer wirren Erzählungen von einem Brustkorb, der aussah, als hätte ihn ein Anatom geöffnet und von einem Herzen, das in einen Eisenblock verwandelt worden war, hat der Richter gemeint, er sollte besser einen Arzt mitnehmen, und hat mich holen lassen, bevor er dieses Haus betrat. Aber was ist mit dir, Neffe?«

Mondino bot seine gesamte Geistesgegenwart auf, um ein gezwungenes Lächeln aufzusetzen. »Nichts, Onkel. Nur dass solche Erzählungen nicht gerade appetitanregend wirken. Aber, das, was Ihr erzählt, klingt wirklich interessant. Fahrt also ruhig fort.«

»Ich weiß nicht, Mondino. Du bist ganz blass geworden. Bist du sicher, dass es dir gut geht?«

»Ja, ja, mir geht es ausgezeichnet. Ihr sagtet, das Herz sei in einen Eisenblock verwandelt worden? Das erscheint mir völlig unglaublich.«

»Mir ebenfalls«, gab Liuzzo zu. »Auf jeden Fall haben wir es nicht mit eigenen Augen sehen können. Der Besitzer des Gasthauses hatte den Vorfall den Mönchen gemeldet, und als wir ankamen, hat uns die Inquisition nicht hereingelassen. Ich war bereits zu spät für dieses Bankett, deshalb habe ich mich beim Richter entschuldigt und bin gegangen. Anscheinend war der Tote ein Tempelritter, der unter falschem Namen reiste, und die Dominikaner haben die Absicht, diesen Mord als Beweis zu nutzen, dass die Templer satanische Rituale ausüben. Denk dir, sie haben nicht einmal zugelassen, dass man den Leichnam von dort fortschaffte. Sie verlangen, dass Uberto da Rimini ihn vorher zu Gesicht bekommt. Heute Abend wird er aus Argenta von seinem Besuch beim Erzbischof zurückerwartet.«

»Ihr wollt wirklich sagen, dass der Tote noch da liegt?«, fragte Mondino. »Und wie lange wird er dort bleiben?«

»Das weiß ich nicht. Jedenfalls steht fest, dass niemand sich traut, in der Abwesenheit des Inquisitors eine Entscheidung zu treffen. Alle scheinen furchtbare Angst zu haben, sie könnten einen Fehler begehen.«

Mondino nickte. Während ihrer kurzen Begegnung war ihm der Inquisitor bestimmt nicht wie jemand vorgekommen, der bereitwillig verzieh. Er wollte gerade noch weitere Fragen stellen, als der Gastgeber um Ruhe bat, damit er das Bankett eröffnen konnte. Inzwischen hatten alle Gäste Platz genommen, und auf den Tafeln dampften schon die Suppenschüsseln mit den Ravioli in Brühe, dem ersten Gang.

Die Dankesrede des frischgebackenen Doktors war angenehm kurz. Dann äußerte der Rektor der Universität der fremden Studenten, an der der neue Doktor studiert hatte, seinerseits einen kurzen Dank, an den sich ein Gebet anschloss, und danach begann das Mahl. Glücklicherweise teilten sich nur je zwei Tischgäste eine Schale und jeder hatte seinen eigenen Löffel, so dass es nicht zu abstoßenden Szenen kam, die Mondino schon bei weniger prunkvollen Banketten erlebt hatte: Die unbedeutenderen Gäste, die oft weder eine Schale noch Besteck bekamen, stürzten sich nicht selten ohne Anstand auf die gemeinschaftlichen Schüsseln und befleckten sich die Ärmel bis zu den Ellenbogen, wenn sie die Suppe mit ihren zu Kellen geformten Händen tranken.

Die Diener füllten die Schalen mit dampfender Brühe, in der köstliche Ravioli ungefähr von der Größe einer halben Kastanie schwammen, und die Versammlung von würdigen Professoren widmete sich mit der gebührenden Aufmerksamkeit dem Essen. Mondino dagegen überließ die Schale beinahe ganz seinem Onkel, er kostete nur ein wenig Brühe und einige Ravioli. Er wusste nicht, wie er Liuzzo weiter befragen konnte, ohne ihn misstrauisch zu machen, schließlich durfte er ihm nicht entdecken, was er gemeinsam mit Gerardo getan hatte: Der Onkel hätte einen Wutausbruch bekommen.

Dennoch musste etwas geschehen. Wenn in der Stadt eine weitere Leiche aufgetaucht war, die ähnliche Verletzungen aufwies wie die von Angelo da Piczano, musste er sie unbedingt sehen. Vielleicht würde er nützliche Hinweise finden, um den Mörder ausfindig zu machen, bevor die Inquisition ihn gefangen nahm. Sollten die Priester ihn zuerst in ihre Finger bekommen, würde der Mann unter der Folter sicher gestehen, dass er einen anderen Tempelritter auf dieselbe Art und Weise getötet hatte – und dieses Geständnis würde sehr bald zu Gerardos Verhaftung führen. Zurzeit, so hoffte Mondino zumindest, hatte die Stadtverwaltung anderes zu tun, als nach einem Studenten zu suchen, den man verdächtigte, einen Brand gelegt zu haben, bei dem nicht einmal schwerer Schaden entstanden war. Aber wenn es um die Morde an Angelo da Piczano und an dem Deutschen in Santo Stefano ging, würde eine Jagd auf den Täter beginnen, der Gerardo nicht entgehen konnte. Und sobald sie ihn hatten, würden sie auch Mondino verhaften.

Während die Diener die inzwischen leeren Suppenschüsseln wegtrugen und große Platten mit Hasen nach französischer Art brachten, wurde die allgemeine Unterhaltung wieder aufgenommen. Liuzzo machte nicht einmal Anstalten, sich selbst zu bedienen; er erwartete, dass sein Neffe sie beide versorgte. Mondino fischte drei schöne, mit einer dunklen Soße bedeckte Stücke Fleisch von der Platte, packte sie auf eine dicke Scheibe Brot und legte die auf das Tischtuch zwischen ihnen.

»Mondino, irgendetwas beunruhigt dich doch«, sagte Liuzzo.

Er fügte nichts mehr hinzu, aber offensichtlich erwartete er eine Erklärung.

»Ja, es stimmt, Onkel«, erwiderte Mondino, nahm ein Stück Hase in die Finger und biss hinein, mehr aus Anstand als aus Appetit. »Wenn Ihr es genau wissen wollt: Mir gefällt die Vorstellung überhaupt nicht, dass die Mönche sich jetzt anmaßen, die Justiz unter unseren Dächern übernehmen zu wollen. Der Tote, von dem Ihr spracht, war ein Tempelritter? Ausgezeichnet, dann sollten die Richter der Stadt hinzugezogen werden, und niemand wird der Inquisition die Erlaubnis verweigern, eigene Ermittlungen zu dem Mord anzustellen. Aber dieser Machtmissbrauch, diese Anmaßung gefallen mir überhaupt nicht.«

Er hatte das Thema vor allem deswegen angeschnitten, weil er die Aufmerksamkeit seines Onkels ablenken wollte, aber dann hatte Mondino sich wirklich echauffiert, wie jedes Mal, wenn er auf die Einmischung des Papsttums in das städtische Leben zu sprechen kam. Er verstummte plötzlich, da auf einmal eben aufgrund seiner Worte eine Idee in seinem Kopf Gestalt angenommen hatte.

Liuzzo schluckte seinen Bissen hinunter und leckte sich sorgfältig die Finger ab, bevor er zu sprechen begann. »Ich weiß, dass dir dieses missfällt, Mondino«, sagte er bedächtig, als müsse er jedes seiner Worte genau abwägen. »Und ich weiß auch, wohin dich deine Abneigung gegen den Papst gebracht hat. Ich fordere ja nicht von dir, dass du deine Prinzipien verleugnest. Das würde ich von niemandem verlangen: Was bleibt von einem Mann, wenn man ihm das nimmt, woran er glaubt?«

»Nichts als eine leere Hülle, die sich nach dem Wind dreht und sich mal bläht, mal in sich zusammenfällt«, erwiderte Mondino scharf. Liuzzo hatte eine rhetorische Frage gestellt und verlangte eigentlich keine Antwort – aber ihm hatte dessen Anspielung auf seine Verbannung so sehr missfallen, dass er sich einfach nicht zurückhalten konnte. Denn genau dorthin – in die Verbannung – hatte ihn seine Abneigung gegen den Papst vor mehr als zehn Jahren gebracht.

Liuzzo wischte ein wenig Soße mit zwei Fingern auf, leckte sie ab und meinte: »Ich weiß, du würdest es wieder tun. Und das bewundere ich an dir. Diese Fähigkeit, konsequent bis zum Ende zu gehen. Aber«, sagte er und wehrte mit einer Hand schon im Voraus die Einwände seines Neffen ab, »jetzt bist du ein Magister des *Studiums* von Bologna, der ersten und besten Universität Europas. Du bist Familienvater, hast keine Frau mehr an deiner Seite und bist nicht mehr so jung wie vor zehn Jahren.«

»Ja und? Ich bin immer noch ich«, erwiderte Mondino schärfer als beabsichtigt auf die ruhigen Ausführungen seines Onkels. »Ich weiß, was es euch alle gekostet hat«, fügte er hinzu. »Euch, meinen Vater. Und ich habe schon mehrmals vorgeschlagen, dass ich meine Schulden bezahle.«

Diesmal verlor Liuzzo seine Ruhe. Er sprach noch leiser, damit ihn die ihnen gegenübersitzenden Tischgäste nicht hörten, aber seine Worte klangen so schneidend wie das Geräusch von einer Klinge auf einem Schleifstein. »Die tausend Lire, die dein Vater und ich für deine Rückkehr bezahlen mussten, bedeuteten ein Opfer für uns, weil wir nicht reich sind, aber wir haben sie nie als eine Schuld betrachtet. Wenn du so engherzig bist, dass du die uneigennützige Hilfe deiner Familie nicht annehmen kannst, ist das dein Problem. Ich meinte nicht das Geld, sondern dass du deinen Kindern gegenüber eine Verantwortung hast. Wenn du dich in Schwierigkeiten bringst, werden sie wiederum für deinen Stolz büßen müssen. Und öffentlich die Kirche des Machtmissbrauchs und der Anmaßung zu beschuldigen bedeutet, Schwierigkeiten anzuziehen.«

Er wandte sich dem Tischnachbarn zu seiner Linken zu, einem alten Arzt, der sich vor zwei Jahren aus der Lehre zurückgezogen hatte, den aber alle aus Respekt weiterhin zu den Banketten einluden, und unterhielt sich mit ihm darüber, wie doch das Innere von genau richtig gerösteten Brotscheiben die Soße kräftig und geschmackvoll machte. Mondino grübelte schweigend. Stimmte es denn, dass er uneigennützige Hilfe nicht annehmen konnte? Dieser Satz hatte ihn verletzt. Aber ihm blieb keine Zeit, darüber nachzudenken.

Er kehrte zu seinen vorigen Überlegungen zurück. Der Mensch, der für die beiden Morde verantwortlich war, durfte nicht in die Hände der Inquisition gelangen. Denn eines musste man den Dominikanern lassen: Sie beherrschten es wirklich, Gefangenen Geständnisse abzupressen. Manchmal genügte schon die *territio verbalis*, also die Androhung von Folter, andere Male musste man zur wirklichen Folter greifen. Doch das Ergebnis stand bereits im Vorhinein fest.

Jetzt, da die Vorstellung, im Gefängnis zu enden, für ihn immer wahrscheinlicher zu werden drohte, fühlte Mondino blanke Angst. Selbst für den Fall, dass seine Strafe mild ausfiele – und daran glaubte er keineswegs –, würde man ihm die Lehrerlaubnis entziehen und ihm vielleicht sogar verbieten, seinen Beruf als Arzt auszuüben. Wie sein Onkel richtig gesagt hatte, trug er nicht nur für sich die Verantwortung, sondern auch für seine Kinder. Und wenn man ihn verhaftete, würden gerade sie am meisten darunter leiden.

Es gab nur eine Möglichkeit, dem zu entgehen. Eine Möglichkeit, die ihn zwang, selbst etwas zu riskieren, wie bei einer Partie Würfel alles aufs Spiel zu setzen, und das mit höchst ungewissem Ausgang. Er musste seinem Schicksal zuvorkommen. Einfach nur darauf zu warten, dass das Schicksal unerbittlich zuschlug, entsprach nicht seinem Charakter.

»Ist alles nach Eurem Geschmack, Meister Mondino?«

Die Stimme des Mannes aus Syrakus schreckte ihn auf. Der frischgebackene Doktor machte seine Runde zwischen den Tischen, um sich davon zu überzeugen, dass seine Gäste auch zufrieden waren. Mondino hob den Blick vom Teller und meinte lächelnd: »Gewiss, dieser Hase schmeckt wirklich ausgezeichnet, und die Ravioli waren ebenfalls köstlich.«

Der Student dankte ihm und versicherte, dass die Braten noch besser sein würden, danach ging er weiter und fragte Liuzzo und die anderen Tischgäste. Mondino versank wieder in seinen Gedanken, während sich die Platten um ihn herum leerten, die Hasen in den gierigen Mündern verschwanden und man die Soße mit Brotstücken auftunkte.

Darauf wurde der Braten gereicht, der im ganzen Raum ein zustimmendes Raunen auslösten. Mondino bemerkte die üppig gefüllten Platten jedoch kaum. Er fühlte sich wie in einer unwirklichen Dimension, wie in einem Traum gefangen, in dem ihn keinerlei Sinneseindrücke erreichen konnten. Es tat ihm leid, dass er seinen Onkel gekränkt hatte, und er wusste, dass Liuzzo eine Entschuldigung erwartete, aber es gelang ihm nicht, sich so weit von seinen Gedanken zu lösen, dass er dazu imstande war.

Er nahm ein Stück Ziege, legte es auf eine Scheibe Brot vor sich und begann zu essen, vor allem, weil er nicht auffallen wollte. Sein ohnehin spärlicher Appetit war ihm nun vollends vergangen.

Sobald es zwischen den Gängen eine Pause gab, in der Musiker heitere und ein wenig frivole Lieder anstimmten, nutzten die Gäste die Gelegenheit, um aufzustehen, sich die Beine zu vertreten und in den Garten zu gehen, damit sie sich dort erleichtern konnten. Auf diesen Moment hatte Mondino gewartet.

»Onkel, kann ich bitte mit Euch reden?«, fragte er.

Liuzzo drehte sich um, und als er sah, dass sein Neffe sich schon erhoben hatte, stand er ebenfalls auf. »Nur wenn du dich bei mir entschuldigen willst«, erwiderte er trocken.

Sie entfernten sich einige Schritte von der Tafel, die gerade abgeräumt wurde, damit die Tische für das Dessert und den Käse vorbereitet werden konnten.

»Bitte verzeiht mir«, sagte Mondino. »Es war dumm und kleinlich von mir, so mit Euch zu sprechen.« Er hob den Blick und sah seinem Onkel in die Augen. »Nun muss ich das Bankett verlassen, und ich bitte Euch mir zu helfen, dass ich dies möglichst mit Anstand tun kann.«

»Das Bankett verlassen?«, fragte Liuzzo nach, den dieser Verstoß gegen die guten Sitten erschreckte. »Aber das kannst du nicht tun! Du würdest unseren Gastgeber beleidigen, der sich monatelang bemüht hat, alles so vorzubereiten, wie es sich gehört.«

Mondino gab ihm ein Zeichen, dass er leiser sprechen sollte. Er schwieg solange, bis zwei Gäste auf ihrem Weg in den Garten an ihnen vorübergegangen waren, dann sagte er: »Ich möchte zum Capitano del Popolo gehen und ihn um die Erlaubnis bitten, mir diese Leiche ansehen zu dürfen. Und ich muss gleich zu ihm, bevor sie den Toten wegbringen. Ich habe nicht die Absicht, dem Papst zu gestatten, sich bei uns als Herr im Haus aufzuspielen.«

Liuzzo blieb stehen und sah ihn an. Sein Schweigen war beredter als viele Worte. Mondino fügte nichts mehr hinzu, und schließlich stieß sein Onkel mit zusammengepressten Zähnen hervor: »Ich werde sagen, man hätte dich an das Bett eines Kranken gerufen, und dich bei unserem Gastgeber entschuldigen. Aber wisse, dass ich das nur für das Wohl unserer Familie tue und keineswegs für dich. Jetzt geh, wenn du das wirklich tun musst. Und wenn wir uns wiedersehen, möchte ich mit dir noch einmal ernsthaft über die Bedingungen unserer Zusammenarbeit sprechen. Ich habe mehr als fünfzehn Jahre darangesetzt, um meine Medizinschule auf den Weg zu bringen. Und ich werde nicht zulassen, dass du dies alles nur für deine Ideen wegwirfst.«

Nach diesen Worten drehte er ihm den Rücken zu und ging zum Tisch zurück. Obwohl er aufgebracht war, lächelte er den Gästen links und rechts zu und tauschte mit ihnen heitere Bemerkungen über die Musik und die Akrobaten aus, die sie in der Pause erfreuten. Mondino beneidete seinen Onkel um diese Gabe, sich in Gesellschaft angemessen benehmen zu können, ein Talent, über das er nur in geringem Maße verfügte. Es war kein Zufall gewesen, dass die acht Weisen der Welfen gerade ihn ausgewählt hatten und nicht seinen Onkel oder seinen Vater, als sie im Jahr 1299 die Liste mit den zweihundert Ghibellinen zusammenstellten, die sie in die Verbannung schicken wollten.

Wegen seiner Ideen hatte man Mondino auf drei Jahre nach Faenza verbannt. Während dieser Zeit hatten sein Vater und sein Onkel für die Familie gesorgt. Um die Strafe zu bezahlen und zurückkehren zu dürfen, hatte Mondino alles aufgewandt, was er besaß, und selbst das hatte noch nicht genügt. In den letzten Jahren war es ihm leidlich gelungen, sich erneut ein bescheidenes kleines Vermögen aufzubauen, weil er ein guter Arzt war; und ausgerechnet jetzt musste Gerardo kommen und ihn erneut in Schwierigkeiten bringen.

Nein, nicht einmal das stimmte. Gerardo war gekommen und hatte ihn um Hilfe gebeten, aber er hätte sie ihm verweigern können. Liuzzo an seiner Stelle hätte die Wachen gerufen und der Gerechtigkeit ihren Lauf gelassen.

Und ganz bestimmt hätte sich Liuzzo nicht von dem Traum verführen lassen, hinter das Geheimnis zu kommen, wie man Blut in Eisen verwandelte.

Mondino verließ mit schweren Schritten den Raum, bevor die Pause zwischen den Gängen endete und jemandem seine Abwesenheit auffiel. Er wollte sich weder verabschieden noch Erklärungen abgeben müssen. Es war besser so. Sein Onkel würde ihn schon entschuldigen.

Kaum dass er das Haus verlassen hatte, trat er in einen Pferdehaufen, weil Mondino so in Gedanken versunken war, dass er nicht darauf achtete, wohin er seine Füße setzte. Er musste stehen bleiben und seinen Lederschuh mit einem Stöckchen säubern. Liuzzos Worte gingen ihm nicht aus dem Kopf.

Er hatte ihn belügen müssen, da er ihm keinesfalls die Wahrheit offenbaren konnte. Jetzt, da eine zweite Leiche aufgetaucht war, wuchs die Gefahr noch, in die er sich und seine Familie gebracht hatte, indem er Gerardo geholfen hatte. Er wusste, dass Liuzzo ihn hart kritisiert hätte, wenn er ihm alles erzählt hätte. Er hätte ihm an den Kopf geworfen, dass er ein unverantwortlicher, impulsiver Dummkopf sei, wie schon in der Vergangenheit. Und das hätte Mondino diesmal nicht ertragen können.

Vor allem, weil er mittlerweile selbst dachte, dass es stimmte.

Das Gespräch begann, sich in die falsche Richtung zu entwickeln. Uberto da Rimini hatte sich die Mühe gemacht, durch unsichere und sumpfige Gebiete bis nach Argenta zu reisen, um sich mit einer wichtigen Bitte an den Erzbischof von Ravenna, Rinaldo da Concorezzo, zu wenden. Er war sicher, dass er die nötigen Argumente zur Hand hatte, um ihn zu überzeugen. Stattdessen hatte der kirchliche Würdenträger sofort sein Vorgehen wegen des Brandes vom vergangenen Donnerstag kritisiert, das keinen Leichnam zutage gefördert hatte.

»Monsignore, verzeiht meinen Eifer«, sagte Uberto mit zusammengebissenen Zähnen und bemühte sich krampfhaft, möglichst demütig zu blicken. »Aber die Person, die uns dies mitgeteilt hat, hat sich bisher stets als verlässlich erwiesen.«

»Das bezweifele ich nicht«, erwiderte der Erzbischof. »Doch es bleibt bestehen, dass Ihr keine Beweise gefunden habt.«

Genau diese Mentalität eines Winkeladvokaten hatte Rinaldos Karriere in der Kurie begünstigt. Doch Uberto konnte nicht begreifen, wie der Papst einen so schwachen Menschen damit beauftragen konnte, den Prozess gegen die Tempelritter in Norditalien zu leiten, eine Aufgabe, die ganz andere Leute erfordert hätte. Personen, die in Ausnahmesituationen schon einmal bereit waren, die Normen des üblichen Handelns zu überschreiten. Leute wie ihn zum Beispiel.

»Wir haben keine Beweise gefunden, weil sich noch jemand in der Wohnung aufgehalten hat. Anstatt die Tür zu öffnen, hat die Person Feuer gelegt und ist mit der Leiche über die Dächer geflohen.«

»Gibt es wenigstens dafür Beweise?«, fragte Rinaldo gleichmütig.

Sie befanden sich in dem Saal, in dem der Erzbischof wichtige Gäste empfing, und Uberto hatte dieses Zeichen von Respekt zufrieden bemerkt. Doch Rinaldo da Concorezzo machte keine Anstalten sich zu setzen, also musste auch er in diesem großen zugigen Raum stehen bleiben und frieren. Er hatte den Verdacht, dass der Erzbischof dies mit Absicht tat, und fühlte, wie die Röte in seine Wangen stieg.

»Nein, Monsignore, wir haben keine absolute Sicherheit, dass sich jemand in der Wohnung aufgehalten hat, aber dennoch …«

»Wie könnt Ihr dann von Mord sprechen, von einem Pakt mit dem Bösen, einer Flucht über die Dächer mit einer Leiche auf dem Rücken? Das sind schwerwiegende Anschuldigungen, und ich bin nicht bereit, sie einfach so zu akzeptieren, solange konkrete Beweise fehlen, um sie zu untermauern.«

Uberto musste sichtbar an sich halten, antwortete dann aber gleichmütig, dass es vermutlich einfacher wäre, wenn der Erzbischof ihm erlaubte, alles von Anfang an zu erzählen.

Rinaldo da Concorezzo ging zum offenstehenden Fenster und drehte sich dann so, dass ihm die warme Sonne des frühen Nachmittags auf den Rücken scheinen konnte.

»Erzählt denn, Vater«, sagte er.

Uberto begann mit dem anonymen Brief, der vor drei Abenden die Basilika San Domenico erreicht hatte. Der Verfasser hatte ihn unter der Tür des Konvents hindurchgeschoben, kräftig geklopft und war danach verschwunden. Es war nicht zum ersten Mal, dass sie auf diese Weise Informationen erhielten – immer von derselben Person verfasst, wie die Schrift der Briefe zeigte, und immer hatten sie sich als äußerst nützlich erwiesen. Einige Tempelritter, die der ersten Verhaftungswelle entkommen waren, hatte man dank dieses geheimnisvollen Informanten festnehmen können.

»Habt Ihr nie herauszufinden versucht, um wen es sich handelte?«, fragte Rinaldo da Concorezzo.

»Wenn jemand uns tatkräftig unterstützt, es aber vorzieht, dabei anonym zu bleiben, Monsignore, sehe ich keinen Grund, Zeit und Mittel darauf zu verschwenden zu entdecken, wie er heißt.«

Uberto bereute seine Worte umgehend. Hätte sich einer seiner Mönche in diesem Ton an ihn gewandt, würde er dafür sorgen, dass dieser demnächst in den entlegensten Winkeln der Christenheit das Wort des Herrn verbreiten konnte. Er musterte das Gesicht des Erzbischofs aufmerksam, um dort zu entdecken, welchen Preis er für seine Unverschämtheit wohl bezahlen musste, und bemerkte, dass Rinaldo da Concorezzo so im Licht stand, dass man seine Augen nicht erkennen konnte. Er fragte sich noch einmal, ob der Erzbischof dies bewusst tat.

»Ich hingegen sehe sehr wohl einen Grund, keine anonymen Anzeigen oder Beschuldigungen entgegenzunehmen, Vater Uberto«, erwiderte Rinaldo kühl. »Und damit auch Ihr ihn entdecken könnt, fordere ich Euch auf, darüber nachzudenken, während Ihr auf dem Friedhof Eurer Abtei Unkraut ausreißt, und zwar einen ganzen Tag lang von Sonnenaufgang bis Sonnenuntergang und ohne eine Pause, um zu essen, zu trinken oder Euch auszuruhen. Jetzt fahrt mit Eurer Erzählung fort und wagt es nicht noch einmal, es am gebührenden Respekt fehlen zu lassen.«

Uberto schluckte die Demütigung, froh, so billig davongekommen zu sein. Und nahm gleichzeitig eine wichtige Information auf. Die Strafe, die Rinaldo ihm auferlegt hatte, konnte kein Zufall sein. Jemand musste ihn über die Säuberungsaktion auf dem Friedhof informiert haben. Offenbar hatte der Erzbischof Spione in seinem Konvent. Er musste also demnächst vorsichtiger vorgehen.

Inzwischen erzählte er mit möglichst demütigen Worten, dass er sofort nach dem Erhalt dieses Briefs zum Podestà gegangen war, um bewaffneten Begleitschutz anzufordern, dann hatte er sich zu dem Haus begeben, in dem er nach Aussage des Briefes ein schreckliches Verbrechen vorfinden sollte. Angeblich war dort ein Tempelritter während eines Rituals getötet worden, mit dem man Baphomet gnädig stimmen wollte, jenen heidnischen Götzen, den die Templer anbeteten. Doch kaum hatten die Wachen an die Haustür geklopft, hatten sie Flammen aus einem Fenster im obersten Stockwerk schlagen sehen. Die Wachen hatten versucht, die Tür niederzurammen, aber dann war ein Nachbar, der im Erdgeschoss wohnte, herbeigeeilt und hatte ihnen geöffnet. Inzwischen war der Brand jedoch vollends ausgebrochen und der Weg nach oben versperrt. Als das Feuer unter Kontrolle war, hatte man in den Überresten der Wohnung nichts gefunden.

»Wem gehört dieses Haus?«, fragte Rinaldo.

»Einem Wollhändler, der über jeden Verdacht erhaben ist, Monsignore«, antwortete Uberto. »Aber er hatte die Wohnung im obersten Stockwerk an einen Medizinstudenten vermietet, einen gewissen Francesco Salimbene aus Imola. Wir vermuten, dass es sich um einen Templer handelt.«

»Ihr vermutet es? Steht sein Name denn nicht in den von Euch beschlagnahmten Listen?«

»Offensichtlich handelt es sich um einen falschen Namen, Monsignore«, sagte Uberto. »Außerdem könnte er auch ein Fremder sein, dann würde er in den Listen von Bolognas Komturei nicht aufgeführt.« Er atmete tief durch und fügte hinzu: »Aber vielleicht kennt ihn ja einer der verhafteten Templer. Und dies ist der Grund für meinen Besuch.«

»Wirklich? Werdet deutlicher, Vater.«

Uberto war überzeugt, in der Stimme des Kirchenfürsten einen Hauch Ironie ausgemacht zu haben, doch als er ihm forschend ins Gesicht blickte, konnte er wieder seine Augen im Gegenlicht nicht erkennen. Konnte es sein, dass ein Erzbischof der Kirche Christi sich über einen Mönch der Inquisition lustig machte?

»Ich bin gekommen, um demütig eine Bitte an Euch zu richten, derentwegen ich mich schon früher an Euch gewandt habe und der Ihr bisher Eure Zustimmung versagt habt. Möglicherweise werdet Ihr aber …«

»Sagt mir jetzt nicht, dass Ihr den weiten Weg nur deshalb gemacht habt, um wieder von mir zu verlangen, ich sollte die Folter zulassen!«, polterte Rinaldo aufgebracht. »Was bringt

Euch zu der Annahme, dass ich zustimmen könnte, wenn ich Euch doch schon einmal erklärt habe, dass ich ganz und gar gegen diese Verhörmethode bin?«

Nun, da der Erzbischof sein gutmütiges Verhalten abgelegt hatte, war seinen Worten die ganze Autorität seines Amtes anzuhören. Uberto da Rimini glaubte dennoch fest daran, dass er über die richtigen Argumente verfügte, um ihn zu überzeugen.

»Monsignore, der Prozess wird in weniger als einem Monat abgeschlossen sein, und bis jetzt ist noch kein Beweis gegen die Templer ans Licht gekommen. Ich bin überzeugt, unser Papst, Clemens V. …«

»Wagt es nicht, mit Eurem kleinen Geist den Willen des Stellvertreters Christi auf Erden auszulegen!«, donnerte Rinaldo, wandte sich vom Fenster ab und richtete sich zu seiner vollen Größe auf. »Solange ich für diesen Prozess verantwortlich bin, werde ich niemals zulassen, dass man mit Folter Geständnisse erpresst. Ihr habt die Reise hierher vergeblich gemacht, Vater Uberto. Geht jetzt und vergesst Eure Buße nicht. Ich werde mir vom Prior berichten lassen, ob Ihr sie hinter Euch gebracht habt.«

Nach diesen Worten wandte er ihm den Rücken zu und nahm endlich auf einem der bequemen Stühle im Saal Platz.

»Es wird alles nach Eurem Willen geschehen, Monsignore«, sagte Uberto mit zusammengebissenen Zähnen. Dann verneigte er sich leicht und ging. Nachdem er den Raum verlassen hatte, schloss er die Tür hinter sich.

Hastig lief er die Treppe hinunter, rief im Vorübergehen einen Novizen zu sich und befahl ihm, die beiden Soldaten seiner Eskorte zu holen, die sicher in der Küche herumlungerten. Als die beiden Männer erschienen, war er schon im Sattel. Sie stellten ihm lieber keine Fragen und saßen ebenfalls auf.

Kurz darauf verließ die kleine Gesellschaft die Burg durch

das Tor und machte sich in leichtem Trab auf den Rückweg nach Bologna.

Die Sonne war hinter einer grauen Wolkendecke verschwunden, die genau zu Ubertos düsterer Laune passte. Dieses Gespräch war ein vollkommener Fehlschlag gewesen.

Nur ein Gedanke hob seine Laune ein wenig: Vielleicht konnte Guido Arlotti, der Mann, den er damit beauftragt hatte, Nachforschungen über Mondino anzustellen, etwas Interessantes herausfinden, wenn er die Totengräber befragte. Falls er konkrete Beweise gegen den Arzt bekäme, würde er ihn verhaften lassen und ihn mit allen Mitteln dazu bringen, ihm den Aufenthaltsort dieses Tempelritters zu verraten, der sich als Student ausgab. Dann würde er den Erzbischof eben vor vollendete Tatsachen stellen.

Uberto war kein Dummkopf, obwohl Rinaldo sich darauf versteifte, ihn wie einen solchen zu behandeln. Er wusste genau, dass man Beweise brauchte, um jemanden anzuklagen. Doch Beweise offenbarten sich nur dem, der wusste, wie er danach suchen sollte, dachte er und zog hart an den Zügeln, um sein Pferd daran zu hindern, dass es am Straßenrand graste.

Gerardo lag auf dem Bett und starrte die Decke an, als die Erkenntnis, dass er unglaublich dumm gewesen war, ihn traf wie ein Hammerschlag. Die alte Filomena hatte ihm eine wichtige Information gegeben, und er hatte es nicht bemerkt.

Er stand sofort auf, streifte hastig seine Beinlinge und das Obergewand über und vergaß auch das üppige Barett mit der Falte nicht, das ihm in die Stirn fiel und so sein Gesicht verbarg. Er verließ sein Zimmer und ging leisen Schrittes in Richtung Eingangstür, damit die Hauswirtin nicht auf ihn aufmerksam wurde, die ihm gegenüber sehr freundlich und mütterlich geworden war, seit sie einen Monat Miete im Voraus erhalten hatte.

Dennoch fing ihn die Hauswirtin im Flur ab und hielt ihn auf, um mit ihm über die Unterwerfung von Lodi und Cremona durch Heinrich den Siebten und die kürzlich begonnene Belagerung von Brescia zu sprechen.

»Glaubt Ihr, dass er bis zu uns kommen wird?«, fragte ihn die Frau. »Ich zittre schon bei dem Gedanken, dass sich die Ereignisse unter Barbarossa wiederholen könnten.«

»Das wird nicht geschehen. Ich glaube kaum, dass Heinrich, selbst wenn es ihm gelingen sollte, Brescia zu unterwerfen, dann auch nach Bologna kommen würde. Aber selbst wenn er es täte, würden wir ihm schon den passenden Empfang bereiten.«

Gerardo ließ dieses Gespräch eigentlich vollkommen gleichgültig, dennoch hatte er mit Inbrunst geantwortet. Die Vorstellung, Bologna in die Hände eines ausländischen Kaisers geben zu müssen, ließ ihn erschaudern. Die Frau strahlte und dankte ihm mit einem lauten Lachen, das ihr Doppelkinn zum Zittern brachte. »So sprechen tapfere Männer. Solange wir auf junge Leute wie Euch zählen können, wird Bologna nie fallen.«

Plötzlich hörte man eines ihrer kleinen Kinder in einem anderen Raum weinen. Das lenkte die Bäckersfrau ab, und Gerardo nutzte die günstige Gelegenheit, um mit einem hastigen Gruß und einem flüchtigen Lächeln zu verschwinden. Eilig machte er sich auf den Weg zu der Kirche der Heiligen Filippo und Giacomo di Savena im Viertel San Giacomo. Dort hatten sich die Augustiner auf einem Platz, der an die Via San Donato angrenzte, niedergelassen, während sie darauf warteten, dass ihre neue Basilika, die nicht weit von dort entfernt gebaut wurde, bald fertiggestellt würde.

Während er über die beinahe menschenleeren, in das weiche Nachmittagslicht getauchten Straßen lief, überkam Gerardo eine altvertraute Traurigkeit. Er hätte niemals zugegeben, dass er den Sonntag, den Tag des Herrn nicht mochte, aber es war so. Seit seiner Kindheit war dies für ihn immer ein unausgefüllter, langweiliger Tag gewesen, an dem man nichts Interessantes unternehmen konnte und von zu vielen Erwachsenen umgeben war. An den Werktagen konnte man sich viel freier und leichter fühlen. Und dieser seltsame Eindruck hatte ihn auch nicht verlassen, seit er ein Mann geworden war.

Als er an der Fischhandlung der Familie Asinelli an der Porta Ravegnana vorbeikam, hielt er sich wegen des Geruchs nach verdorbenem Fisch die Nase zu, der die Luft verpestete, obwohl der Laden geschlossen war. Er erreichte die Pforte des Konvents, klopfte, und als ein Novize am Fenster erschien, sagte er, er wolle mit Pater Francesco sprechen. Der junge Mann wies ihn an zu warten und schloss das Fenster wieder.

Während er vor der verschlossenen Tür stand, wurde Gerardo bewusst, dass er sich gar keinen Plan zurechtgelegt hatte. Er war sofort zum Konvent geeilt, sobald ihm seine eigene Unachtsamkeit aufgefallen war, um den Priester zu zwingen, ihm alles zu sagen, was er über Angelo da Piczano wusste. Wenn Angelo sich wirklich bei der Alten auf ihn berufen hatte, mussten sie sich offensichtlich getroffen haben. Vielleicht konnte ihm Pater Francesco eine nützliche Spur entdecken, um diesen Mord aufzuklären. Aber der Mönch würde sicher nicht reden, da er eine Leidenschaft mit Angelo teilte, die ihn auf den Scheiterhaufen bringen konnte. Er konnte nur eines versuchen, überlegte Gerardo, und das war, ihn in einen einsamen Teil des Konventes zu locken und ihn dort unter Einsatz seines Dolches und des Umstands, dass er sein Geheimnis kannte, zu Tode zu erschrecken.

Je länger er warten musste, desto besorgter wurde er. Was war, wenn dieses Weibsstück den Mönch gewarnt hatte? Vielleicht hatte sich der Priester nun eilig auf eine Pilgerfahrt begeben oder in ein anderes Kloster, um Schwierigkeiten aus dem Weg zu gehen. Nein, das konnte nicht sein. Gerardo konnte sich nicht vorstellen, dass diese Frau, die so hässlich war wie die Sünde und behaart wie ein Tier, zu einem ihrer Stammkunden ging, um ihm zu gestehen, dass sie ihn verraten hatte. Was hätte sie denn davon? Es war wesentlich wahrscheinlicher, dass sie beschlossen hatte, unbemerkt zu verschwinden. Vermutlich war sie bereits irgendwo an einem sicheren Ort, um jenes Geld auszugeben, das sie mit ihrem schändlichen Handel verdient hatte, und vielleicht, was Gott verhindern möge, ihn von neuem zu beginnen.

Endlich öffnete sich das Fensterchen wieder, und in der Öffnung erschien das bartlose Gesicht des Novizen. »Leider geht es Bruder Francesco nicht gut«, sagte er. »Er schläft, und mir wurde gesagt, dass er nicht geweckt werden dürfe.«

»Was ist denn mit ihm?«

»Nichts Außergewöhnliches«, erwiderte der junge Mann, »sein Hodenbruch hat ihm heute Nacht wieder starke Schmerzen bereitet. Man hat ihn deshalb in die Krankenstation gebracht, wo unser Apotheker ihm einen Schlaftrunk verabreicht hat.« Er lächelte Gerardo entschuldigend an. »Deshalb habe ich Euch so lange warten lassen. Ich habe ihn nirgendwo gefunden.«

»Das verstehe ich«, meinte Gerardo. »Ich werde an einem der nächsten Tage wiederkommen.«

»Soll ich ihm sagen, dass Ihr nach ihm gefragt habt, wenn er aufwacht?«

Gerardo versuchte seinen Worten einen festen Klang zu verleihen. »Nein danke. Er soll sich besser in Frieden erholen, wenn er kann.«

Das Gasthaus lag direkt hinter der Basilika Santo Stefano, in einer kurzen, dunklen, schlammigen Gasse. Mondino zeigte mit unbewegtem Gesicht dem Soldaten, der auf einer Türstufe saß, seine Erlaubnis vor.

»Ich muss die Leiche des Deutschen sehen«, sagte er. »Befehl des Capitano del Popolo.«

Alles war einfacher gewesen als gedacht. Er war zum Palazzo des Podestà gegangen, wo er einen befreundeten Richter gefunden hatte, der ihn sofort zu Pantaleone Buzacarini, dem Capitano del Popolo, geführt hatte, ohne dass er erst im Vorzimmer warten musste. Mondino hatte erklärt, dass es ihm für seine anatomischen Studien nützlich sei, wenn er diesen seltsamen Toten sehen könnte, und der Capitano, ein Ghibelline wie er, hatte ihm auf der Stelle die Genehmigung erteilt. »Wir können uns nicht mit der Inquisition anlegen«, hatte er gesagt. »Deshalb werden wir keine Untersuchungen von Amts wegen über diesen Fall anstellen, solange sie uns nicht darum bitten. Aber ein Arzt ist kein Richter, und gegen wissenschaftliche Neugier können sie nichts sagen.«

Es war klar, was er damit meinte: Ihm waren die Hände gebunden, aber es freute ihn, wenn ein weltlicher Bürger sich dort einmal umsah. Und so hatte er ihm eine Erlaubnis ausgestellt, sie unterschrieben und mit zweierlei Siegeln versehen: seinem persönlichen und dem des Volkes mit einem Brustbild des heiligen Petrus.

Der Soldat tat nicht einmal so, als könne er das Dokument lesen, aber er sah sich beide Siegel sorgfältig an. Schließlich meinte er zufrieden: »Meinetwegen geht hinein. Aber Ihr müsst erst noch die beiden Mönche überzeugen, die das Zimmer bewachen.«

»Weißt du, wie der Tote heißt?«, fragte Mondino.

»Wilhelm von Trier, hat man mir gesagt.«

»Wie hat man herausgefunden, dass er Tempelritter ist?«

Der Mann zuckte die Achseln. »Ich glaube, er trug einen Brief bei sich. Der Wirt kann Latein, und als er ihn in seinem Gepäck gefunden hat, ist er schnurstracks zu den Mönchen gelaufen.«

Mondino nickte und ging die Holztreppe in den ersten Stock hinauf. Er begriff sofort, um welches Zimmer es sich handelte, weil zwei blutjunge, ziemlich verängstigt wirkende Dominikaner vor der Tür standen. Sie sagten ihm, dass sie den Befehl hätten, niemanden vorbeizulassen, aber Mondino tat so, als hätten sie nichts gesagt, drückte die Tür auf und betrat den Raum. Die beiden Mönchlein zögerten einen Augenblick zu lang, was Mondino nutzte, um die Tür hinter sich zu schließen und den Riegel vorzulegen. Dann holte er eine mit getrockneten Lavendelblüten gespickte halbe Orange aus der Tasche, die er benutzte, um den Gestank nach Krankheit und Tod zu bekämpfen, und drückte sie unter seine Nase, ohne auf die Schreie der beiden jungen Männer zu achten, die ihm befahlen, er solle sofort den Raum verlassen.

Liuzzos Beschreibung hatte ihn nicht auf das vorbereitet, was er jetzt vor sich sah. Er hatte erwartet, etwas in der Art vorzufinden wie das, was er bereits kannte. Natürlich gab es Ähnlichkeiten – aber diesmal war der Mörder wesentlich brutaler vorgegangen: Der Leichnam saß aufrecht im Bett, den Rücken an die Wand gelehnt. Es handelte sich um einen alten, dürren Mann mit vorspringendem Kinn. Er trug kein Hemd, so dass sein geöffneter Brustkorb die obszöne Verwandlung seines Herzens enthüllte. Doch damit hatte sich der geheimnisvolle Mörder dieses Mal nicht begnügt. Er hatte auch das Gesicht seines Opfers verunstaltet, indem er ihm von der Stirn bis zum Kinn und über die Nase von einer Wange zur anderen ein Kreuz in die Haut geschnitten hatte. Ein entsetzlicher Anblick.

Überall klebte Blut: auf den Armen, dem Gesicht des Toten, auf seinen Haaren, auf dem weißen Bart, den Leinenbeinlingen, den Wänden und natürlich auf dem Strohsack, der damit durchtränkt war.

Etwas fiel Mondino sofort ins Auge: Obwohl man anhand der Fußspuren im blutigen Staub erkennen konnte, dass etliche Menschen den Raum betreten haben mussten, hatte offensichtlich keiner von ihnen den Toten angefasst. Die Frau, die ihn entdeckt hatte, die Passanten, die ihr zu Hilfe geeilt waren, als sie auf die Straße gelaufen war, und die Mönche, die gekommen waren, um sich alles anzuschauen – niemand hatte gewagt, diese makabre Inszenierung zu zerstören. Weshalb, konnte Mondino nicht genau sagen – wohl aus Angst vor dem Satan oder weil sie dachten, dass sie eine bestimmte Bedeutung haben musste.

Ganz offensichtlich verbarg sich hinter dem Verbrechen wie auch dem Mord an Angelo da Piczano eine symbolische Bedeutung. Das in Eisen verwandelte Herz sollte wohl etwas sagen, genau wie die abgeschnittenen Hände von Angelo und das Kreuz auf Wilhelm von Triers Gesicht.

Den Sinn dieser Verstümmelungen zu enträtseln könnte Mondino und Gerardo helfen, den Täter zu finden.

Der Gedanke an Gerardo brachte ihn auf. Wo war der unglückselige Kerl jetzt, wo er ihn brauchte?

Mondino befahl sich, keinen sinnlosen Gedanken nachzuhängen. Er spitzte die Ohren. Von der anderen Seite der Tür war nichts zu hören. Falls die beiden losgerannt waren, um Hilfe zu holen, blieb ihm wenig Zeit.

Er sah sich rasch den ganzen Raum an und musterte aufmerksam jeden einzelnen Gegenstand. Er machte sich nicht erst die Mühe, die Quersäcke des Toten zu durchsuchen. Es war anzunehmen, dass der Wirt dies schon getan hatte, und sollte er außer dem Brief noch etwas Wichtiges entdeckt haben, befand es sich nun entweder in seinem Besitz oder in den Händen der Dominikaner.

Da durchzuckte Mondino eine Eingebung, und er entschloss sich, den Toten selbst zu durchsuchen. Wenn es noch etwas zu entdecken gab, irgendetwas, das ihn auf die Spur des Mörders und seines alchimistischen Rätsels führen konnte, konnte es sich nur direkt am Körper des Toten befinden. Und es wäre auch noch da, weil bisher niemand den Mut gehabt hatte, ihn zu berühren.

Dank seiner langen Erfahrung mit dem Tod empfand Mondino keinen Ekel, als er die Leiche des Deutschen sorgfältig abtastete. Kurz darauf fühlte er eine Ausbeulung auf Höhe des Gürtels. Er schob eine Hand zwischen Stoff und Haut und fand so in einer innen in den Leinenbeinlingen angenähten Tasche ein hochwertiges, weiches und sorgsam zusammengerolltes Stück Pergament und etwas Hartes, das sich, als er es herausholte, als skelettierter, menschlicher Finger erwies, dessen Adern wie das Herz in der Brust des Toten in Eisen verwandelt worden waren. Doch der Finger gehörte nicht zu ihm. Ein rascher Blick auf die Hände der Leiche bestätigte, dass keiner fehlte.

Mondino überlegte, dass er vielleicht von Angelo da Piczano stammen könnte, dem die Hände gefehlt hatten. Aber ihm blieb keine Zeit, sich in Vermutungen zu verlieren. Jeden Moment konnte jemand erscheinen.

Er entrollte das Pergament und stellte fest, dass es sich um eine Landkarte handelte mit Zeichen, die wohl Wälder und Berge darstellen sollten. Neben der Karte selbst gab es eine Reihe von Symbolen, wie er sie noch nie gesehen hatte, und einen mit roter Tinte gezeichneten, von einigen arabischen Buchstaben umgebenen Punkt. Im genauen Bewusstsein, dass er sich damit eines weiteren Verbrechens schuldig machte, steckte Mondino die Karte und den eisernen Finger in seine Tasche, dann riss er plötzlich die Tür auf und erschreckte damit die beiden Mönche, die reglos im Flur stehen geblieben waren, steckte die halbe Orange wieder in seine Tasche und lief die Treppen hinunter.

Möglicherweise war er auf etwas Wichtiges gestoßen, aber das konnte er zum jetzigen Zeitpunkt noch nicht sagen. Mehr als je zuvor wünschte er sich brennend, das Geheimnis zu erfahren, mit dem man Blut in Metall verwandeln konnte; aber jetzt war es am vordringlichsten, den Mörder zu entdecken, bevor die Kirche ihn fand. Dieser Mann – falls es sich wirklich um einen einzelnen Täter handelte – stellte eine ernstzunehmende Gefahr dar, und es gab nur einen sicheren Weg, ihn am Reden zu hindern …

Mondino fand den Gedanken allerdings unerträglich, kaltblütig einen Mann zu töten, selbst wenn es sich dabei um einen Mörder handelte, der bereits zwei Menschen auf eine gelinde gesagt schreckliche Weise umgebracht hatte.

Er grüßte die Wache mit einem Nicken, ging mit schnellen Schritten durch die Haustür und prallte unter den Arkaden so heftig gegen einen Obstverkäufer, dass der beinahe hinfiel. Dennoch entschuldigte sich der Mann bei ihm, eingeschüchtert durch den roten Talar und den mit Eichhörnchenfell besetzten Umhang, den Mondino für das Bankett angezogen hatte.

Während er sich mit hastigen Schritten in der Menge verlor, die den Platz füllte, ermahnte sich Mondino, nicht daran zu denken, was sie tun würden, wenn sie den Mörder erst einmal hatten. Zuerst musste er gefunden werden. Dann würde er gemeinsam mit Gerardo eine Entscheidung fällen.

In seinem Leben hatte es noch nie so viele Dinge auf einmal gegeben, über die er besser nicht nachdachte.

FÜNF

Mondino war früh aus dem Haus gegangen. An diesem Tag hätte er eigentlich Vorlesung halten müssen, aber er wollte vorher noch mit einem anderen Alchimisten sprechen. Es gelang ihm, sich nicht von den fliegenden Händlern aufhalten zu lassen, die die Straßen verstopften und Waren aller Art feilboten. Stattdessen lief er zielstrebig unter dem Bogengang die gesamte Via San Donato hindurch, bis er schließlich zu dem frei stehenden Haus kam, das sich an die Pfähle der *Circla* anschloss, wo der gesuchte Mann angeblich lebte. Mondino fand ihn im Hof, wo er die Hühner mit den Schalen von Saubohnen fütterte. Er war eine beeindruckende Erscheinung mit dichtem schwarzem Haar und großen kastanienbraunen Augen. Man hatte Mondino gesagt, dass er sich gern dem Alkohol ergab. Um dieses Problem zu umgehen, war der Arzt so zeitig am Morgen zu ihm gegangen – aber offensichtlich war er trotzdem zu spät gekommen. Die Augen des Alchimisten wirkten getrübt, und er musste sich bemühen, ihm sein Anliegen verständlich zu machen. Als der Alchimist endlich nickte und Mondino in sein Laboratorium führte, hingen dort trotz des geöffneten Fensters dichte Schwaden von frisch destilliertem Alkohol in der Luft. Auch die Hühner schienen unter der Wirkung zu leiden, denn sie scharrten mit reichlich unsicheren Krallen in einem furchtbaren Durcheinander aus Zangen, Hämmern und verschiedenerlei Werkzeugen. Oben im Kamin hing an einem Haken ein Topf, in dem Bohneneintopf brodelte. Auf einer Steinplatte brannte ein kleines Kohlefeuer, und darüber erhob sich ein merkwürdig geformter Destillierapparat. Mondino hatte so etwas noch nie gesehen. Die verschiedenen Teile, also der genietete Kupferkessel, das Steigrohr und das Kühlgefäß, waren hier übereinander und nicht wie sonst nebeneinander angeordnet. Der Gegenstand wirkte gedrungener als die normalen Destillierapparate mit Schlangenkühler, sah aber äußerst funktionell aus.

»Er heißt *alquitara*«, sagte der Alchimist, als er Mondinos Interesse bemerkte. »Weil der Kühler direkt über dem Steigrohr sitzt, kann der Dampf sofort kondensieren und in das Sammelgefäß tropfen.«

»Dem Namen nach scheint es eine arabische Erfindung zu sein«, meinte Mondino. »Ich habe schon Destillierapparate aus diesen Ländern gesehen, aber noch keinen wie den hier.«

»Mir ging es ebenso, aber ich versichere Euch, dass er besser arbeitet als die herkömmlichen. Ich habe ihn von einer Kräuterhexe, einer konvertierten Araberin, die sich mit ihren Liebestränken und anderen magischen Gebräuen ihren Lebensunterhalt verdient. Sie hat ihn mir im Tausch gegen ein Buch überlassen. Doch sagt mir, was ist der Grund Eures Besuchs?«

Der Alchimist starrte ihn aus seinen großen, leicht getrübten Augen an und rülpste laut. Jetzt stand zweifelsfrei fest, dass er das *aquae vitae*, welches er in dem Destillierapparat brannte, nicht zu alchimistischen Zwecken nutzte. Mondino fiel ein, dass er nun wenigstens eindeutigere Fragen nach dem Tod des deutschen Tempelritters stellen konnte, ohne gleich Verdacht zu erregen.

»Ihr habt bestimmt schon von dem seltsamen Tod dieses Mannes in Santo Stefano gehört«, sagte er.

»Wer hat das nicht? Die Nachricht hat in der gesamten Stadt die Runde gemacht. Aber ich halte das für völligen Unsinn.«

»Weshalb denn?«

»Weil ich ein Alchimist bin, Messere, und daher sehr genau weiß, dass man das Herz eines menschlichen Wesens nicht in ein Stück Eisen verwandeln kann.«

»Seid Ihr Euch da absolut sicher?«

Der Mann richtete sich auf, und es gelang ihm sogar, ihn mit fast klarem Blick anzusehen, ehe er antwortete. »Absolut. Aber Ihr habt mir immer noch nicht den Grund Eures Besuchs genannt.«

Der Mann wusste nichts. Nun war es nicht mehr notwendig, etwas preiszugeben. Mondino sah sich auf der Suche nach einer Ausrede um, dabei fiel sein Blick wieder auf die *alquitara*. »Ich würde gerne einen Destillierapparat wie diesen hier kaufen«, sagte er. »An wen kann ich mich deswegen wenden?«

»Vielleicht an dieselbe Person, von der ich ihn erworben habe. Aber ich muss Euch warnen, das ist eine seltsame Frau.«

»Die Kräuterhexe?« Mondino hatte noch nie eine persönlich getroffen, aber er konnte sich sehr gut vorstellen, dass gewiss alle Kräuterhexen merkwürdige Frauen waren.

»Hmm. Aber seid Ihr wirklich deswegen gekommen?«

Mondino nickte nur, ohne weiter ins Detail zu gehen. Ihm war gerade etwas eingefallen. »Diese Frau spricht Arabisch, nicht wahr?«, fragte er nach.

»Mit mir hat sie in *Volgare* geredet«, sagte der Mann achselzuckend. Er ging zum Kamin und rührte mit einem langen Löffel die Suppe um.

»Aber Arabisch spricht sie auch.«

»Ich denke schon«, antwortete der Alchimist verkniffen. »Sie ist Araberin.«

»Und sie kann lesen, schließlich habt Ihr ihr ein Buch gegeben«, sagte Mondino mehr zu sich selbst. Dann etwas lauter: »Wisst Ihr, wo sie wohnt?«

Der Mann konnte sich nicht konzentrieren und ließ seinen Blick ständig zwischen dem Kessel und dem Destillierapparat hin- und herwandern. »Sie wohnt an der Bova«, sagte er. »Ich weiß nicht genau wo, aber dort in der Gegend müsste man sie kennen. Sie heißt Adia Bintaba. Wenn Ihr mich jetzt entschuldigen wollt ...«

Mondino verließ das Haus und machte sich mit einem Lächeln auf den Lippen auf den Weg zur Medizinschule. Er würde diese Frau bitten, ihm die arabischen Sätze auf der Karte zu übersetzen. Und er war überzeugt, dass sie wertvolle Informationen enthielten.

Gerardo kam gegen Ende der Vorlesung. Er näherte sich von außen einem Fenster, schlug das Tuch zur Seite, das die nützliche Aufgabe erfüllte, Luft ins Zimmer hereinzulassen und gleichzeitig den Studenten den Blick nach draußen zu verwehren, damit sie nicht vom Geschehen auf der Straße abgelenkt würden, und winkte Mondino einen Gruß zu, unbemerkt von den Studenten, die über Abschriften aus Avicennas Kanon der Medizin gebeugt saßen.

Mondino starrte ihn einen Augenblick mit einer Mischung aus Überraschung, Wut und Erleichterung an, dann dozierte er weiter. Er hatte die *lectio* schon beendet, jetzt war die Zeit der *quaestiones* gekommen, der Fragestunde. Gerardo ließ das Tuch wieder sinken und wartete. Obwohl er nie wirklich studiert hatte, fehlte ihm die Universitätswelt auf einmal. Seine ersten Vorlesungen lagen schon Jahre zurück, aber er erinnerte sich noch ganz genau daran, wie ihm Mondino mit der gleichförmigen Stimme eines Mannes, der das, was er gerade erklärt, schon viele Male wiederholt hat, erläuterte, wie man Fragen nach den aristotelischen Ursachen stellt, dem Schema, dem schon sein Lehrer, Taddeo Alderotti, gefolgt war: »Ihr müsst zuerst an die Stoffursache, beziehungsweise den Stoff der Untersuchung denken, dann an die Formursache oder die Form, in der sich der Gegenstand zeigt, danach an die Wirkursache, oder den Urheber des Werkes, und schließlich an die Zweckursache, also das Ziel oder der Zweck des gewählten Themas. Hierauf werde ich eine Reihe von *dubita* formulieren, auf die dann die *disputatio* folgt und schließlich die *solutio*.«

Die Erinnerung an diese bestimmt nicht glücklichen, aber im Vergleich zur Gegenwart gewiss nicht so schwierigen Tage half Gerardo dabei, sich die Zeit zu vertreiben, und plötzlich ging die Vorlesung zu Ende.

Mondino kam als Letzter heraus, eine ganze Weile nach den Studenten, als der Pedell bereits begonnen hatte, den Hörsaal aufzuräumen, und schlug, ohne sich umzusehen, den Weg Richtung Piazza Maggiore ein. Gerardo ließ ihn etwa ein Dutzend Schritte vorausgehen, ehe er sich zu ihm gesellte. Er wollte ihn gerade begrüßen, als der Arzt sich ruckartig zu ihm umdrehte.

»Du hast dir ja Zeit gelassen«, sagte er, und man hörte ihm seine Wut an. »Ich habe inzwischen schon das Schlimmste befürchtet.«

»Ich bitte Euch, mir zu verzeihen, Meister. Gehen wir an einen Ort, wo es etwas ruhiger ist, dann erkläre ich Euch alles. Ich muss dringend mit Euch sprechen.«

»Auch ich muss mit dir reden«, erwiderte Mondino in einem Ton, als ob nichts ihm unangenehmer wäre. »Aber ich muss jetzt beim Schmied eine chirurgische Gabel abholen, die ich dringend benötige. Begleite mich, wir werden uns auf dem Weg dorthin unterhalten.«

»Wie Ihr wünscht, Magister«, antwortete Gerardo.

»Und lass diese alberne Ehrerbietung und nenn mich nicht Magister, zumindest wenn wir unter uns sind. Ich bin nie dein Lehrer gewesen, denn du bist nicht in meine Vorlesungen gekommen, um etwas zu lernen, sondern nur, um dich zu verstecken.«

»Magister«, sagte Gerardo ruhig, »Ich schulde Euch sehr

viel, weil Ihr mir geholfen habt, und allein aus diesem Grund verdient Ihr allen Respekt, den ich Euch entbieten kann. Außerdem sollten wir weiter vorgeben, Lehrer und Student zu sein, denn das ist der beste Weg, nicht zu viel Aufmerksamkeit zu erregen, selbst wenn ich Eure Vorlesungen nicht mehr besuche.«

Mondino schwieg kurz, schließlich nickte er beinahe widerwillig. Gerardo folgte ihm, während er die Straße überquerte, wobei er darauf achtete, sich die Füße nicht mit Kot zu beschmutzen. Kurz darauf erreichten sie den Bogengang vor ihnen, der Meister ging voran, der Student dahinter hielt einen halben Schritt Abstand.

Mondino fragte ihn, was er in diesen Tagen getan hatte, und der junge Mann erzählte ihm von dem Zimmer, das er im Borgo del Rondone gemietet hatte und von seinem Besuch beim Bankier, aber nichts von dem Gefallen, um den er ihn bitten wollte, denn dies war nicht der passende Zeitpunkt. Stattdessen sprach er von Filomena und von Masino, von seinem Besuch im Haus der Frau und dem Grauen, das er empfunden hatte.

»So langsam glaube ich, dass Angelo da Piczano diesen schrecklichen Tod verdient hat«, meinte er abschließend. »Aber am meisten quält mich jetzt, dass ich nicht weiß, wie ich den Jungen retten könnte. Filomena hat es mit der Angst zu tun bekommen und ist an einen unbekannten Ort geflohen.«

»Und was ist mit dem Mönch, von dem du mir erzählt hast?«, fragte Mondino, während er vor Gerardo herlief, ohne sich umzudrehen. »Ich glaube, ich weiß, um wen es sich handelt. Wenn ich mich nicht irre, ist sein Vetter der Baumeister, der die Arbeiten an der neuen Basilika San Giacomo Maggiore in der Via San Donato leitet.«

»Pater Francesco.« Gerardo sprach den Namen verächtlich

aus. »Ich habe gestern versucht, ihn aufzusuchen, aber er lag in der Krankenstation des Klosters, und man hat mich nicht zu ihm gelassen.«

Als sie die Piazza Maggiore überquerten, kamen sie am Palazzo des *Podestà* vorbei. Rechts von ihnen standen einige Häuser, die man schon seit längerem abreißen wollte, um an ihrer statt eine große Basilika zu Ehren des heiligen Petronius zu errichten.

»Was hat er?«, fragte Mondino.

»Soweit ich verstanden habe, leidet er an einem Hodenbruch. Eine zu milde Strafe für seine Sünden. Auch deswegen wollte ich mit Euch sprechen.«

»Über seinen Bruch?« Mondino blieb stehen und drehte sich zu seinem ehemaligen Schüler um. Sein Blick war alles andere als wohlwollend.

Gerardo fasste sich ein Herz. »Nun ja«, antwortete er leise, damit die Passanten und die fliegenden Händler, die sich auf dem Platz drängten, ihn nicht hören konnten. »Meiner Meinung nach könnte die Untersuchung durch einen berühmten Arzt, wie Ihr es seid, ein guter Weg sein, ihn unter vier Augen zu sprechen und zum Reden zu bringen. Er könnte etwas Wichtiges über Angelo da Piczano wissen. Und vielleicht auch über Filomena.«

»Deiner Meinung nach!«, fuhr der Arzt auf. »Und wer bist du, dass du mir sagen willst, was ich tun soll?«

Gerardo schaute sich um und bemerkte, dass einige Leute sich nach ihnen umgedreht hatten.

»Wir erregen Aufmerksamkeit«, sagte er und schenkte den Neugierigen ein besänftigendes Lächeln. »Nun gut, wenn Ihr mir nicht helfen wollt, werde ich einen anderen Weg finden, um mit diesem verkommenen Mönch zu reden.«

Mondino setzte sich wieder in Bewegung, Gerardo folgte ihm, und nach ein paar Schritten achtete niemand mehr auf sie. Auf der anderen Seite des Platzes bogen sie in die Via delle Pescherie mit ihren Fischläden ein, und ließen den Seidenmarkt und den Cornacchina-Turm rechter Hand liegen. Erst dann richtete der Arzt wieder das Wort an ihn.

»Das mit der Untersuchung ist eine gute Idee«, sagte er, noch immer stur geradeaus schauend. Er schien nicht mehr wütend zu sein.

»Dann werdet Ihr dorthin gehen?«, fragte Gerardo. Der Gestank von verfaultem Fisch, der hinter den Verkaufstheken der Händler aufstieg, war so durchdringend, dass er ihn beinahe vor sich zu sehen glaubte.

»Ja. Aber jetzt gibt es Wichtigeres, über das wir uns unterhalten müssen. Hast du von dem zweiten ermordeten Templer gehört?«

Gerardo zuckte zusammen. »Noch ein Tempelritter? Davon weiß ich nichts.«

Vor einem der berühmtesten Fischläden der Stadt grüßte Mondino mit einer höflichen Verbeugung die Ehefrau eines Lambertazzi, eine seltsame Frau, die sich persönlich auf den Markt begab, um die Mägde beim Einkaufen zu überwachen, dann informierte er Gerardo über den Tod Wilhelms von Trier und darüber, dass er seine Leiche vor den Inquisitoren untersuchen konnte, wobei er es ihm gelungen war, eine Karte mit alchimistischen Symbolen an sich zu bringen.

»Eine Karte? Wovon?«

»Das weiß ich noch nicht. Wir werden später darüber sprechen, wenn ich sie dir zeige. Seit gestern trage ich sie mit mir herum, weil ich darauf rechnete, dich zu treffen. Jetzt ist viel wichtiger, dass unser Mörder ein weiteres Opfer getötet hat. Zahlreiche Bürger haben den Leichnam des Deutschen gesehen, und die Geschichte, dass er einen Eisenblock anstelle des Herzens in der Brust hatte, ist mittlerweile in aller Munde.«

»Hat man ihm ebenfalls die Hände abgetrennt?«

»Nein. Aber in sein Gesicht war ein blutiges Kreuz eingeschnitten. Sagt dir das etwas?«

»Nein, nichts, abgesehen von der Tatsache, dass diese Morde uns etwas mitteilen sollen. Die Hände, das Kreuz, das eiserne Herz ... Das sind alles Symbole. Aber wofür?«

»Wenn wir das herausfinden«, antwortete Mondino düster, »lernen wir vielleicht auch den Mörder kennen.«

Ein Holzfäller, dessen Rücken unter der Last des für seine Schultern viel zu schweren Stapels tief gebeugt war, schob sich zwischen sie. Gerardo musste um ihn herumgehen und holte Mondino auf Höhe eines Bäckerladens ein, aus dem ein Duft nach Brot und Gewürzen aufstieg. Er war davon überzeugt, dass diese Unterhaltung, die immer wieder von der Menge und dem Lärm um sie herum unterbrochen wurde, Mondinos Art war, sich an ihm zu rächen, weil er sich nicht wie vereinbart bei ihm gemeldet hatte.

»Meister«, versuchte er zu sagen. »Es ist unklug, von diesen Dingen in aller Öffentlichkeit zu sprechen.«

»Ganz im Gegenteil«, antwortete der Arzt, der weiterhin einen halben Schritt voraus ging. »Wir würden mehr Aufmerksamkeit erregen, wenn wir uns in irgendeine Taverne zurückzögen, um dort zu reden.«

Gerardo teilte seine Meinung nicht, aber er wollte nicht weiter in seinen Meister dringen. Mondino hatte einen schwierigen Charakter, und er brachte ihn besser nicht gegen sich auf, vor allem, weil er ihn noch um diesen einen Gefallen bitten wollte.

Sie bogen in eine ruhigere Seitenstraße ab, und kurz darauf betraten sie einen weitläufigen, sauberen Hauseingang, in dem man nur das metallische Geräusch einer Feile hörte.

Gerardo nutzte diesen Moment der Ruhe, um die Unterhaltung wieder aufzunehmen. »Ist er Eurer Meinung nach heimtückisch ermordet worden?«

Mondino nickte. »Als ich ihn untersuchte, habe ich gesehen, dass er ein Hämatom am Hinterkopf hatte, wie dein Freund Angelo. Das ist der zweite Mord, der auf diese Art und Weise begangen wurde, und das verrät uns etwas über den Täter.«

»Ihr wollt sagen, dass es sich um einen Menschen mit eher geringen Körperkräften handelt, nicht wahr?«

»Genau«, erwiderte der Arzt. Man sah ihm deutlich an, wie verärgert er war, dass man seine Schlussfolgerungen vorweggenommen hatte, und Gerardo musste sich zusammenreißen, um nicht zu grinsen. »Nicht sehr stark, aber ganz sicher schlau genug, um seine Opfer davon zu überzeugen, ihm so weit zu vertrauen, dass sie ihn in ihre Unterkunft einlassen.«

Das Schaben der Feile kam aus dem Laden eines Messerschmieds, wo ein Junge mit einer Lederschürze auf der Eingangsstufe saß und eine Klinge nachbearbeitete. Sobald er sie entdeckte, lief er hinein, und einen Augenblick später kam ein Mann heraus, der sein Vater zu sein schien. In der Hand hatte er eine Gabel mit einem dünnen Griff und zwei Zinken, die in Haken ausliefen, von der Art, wie sie Chirurgen benutzten, um damit während der Operationen Hautlappen und Muskelenden anzuheben. »Sie ist seit gestern fertig, Meister«, sagte er nur. Mondino begutachtete sie zufrieden und zahlte, ohne um den Preis zu feilschen. Danach wandten sie sich wieder der Straße zu, wo gerade zwei Frauen mit Holzbottichen voller schmutziger Wäsche auf dem Kopf vorübergingen. Sie traten aus dem Toreingang heraus, und Mondino wollte gerade den Weg nach Hause einschlagen, als Gerardo ihm am Arm berührte, um ihn aufzuhalten.

»Meister, ich möchte Euch um einen Gefallen bitten.«

»Noch einen? Habe ich dir nicht schon genügend Gefallen erwiesen?«

Gerardo blieb so lange schweigend mit gesenktem Kopf stehen, bis der Arzt ihn endlich fragte, worum es sich handelte.

»Ich habe Euch doch erzählt, dass ich zu einem Bankier gegangen bin und ihn um eine Anleihe gebeten habe, doch er verlangt zwei Bürgen. Einer steht schon bereit, der andere …«

»Soll ich sein«, ergänzte Mondino.

»Ich weiß, dass es ungebührlich ist, Euch darum zu bitten, doch ich kenne niemanden sonst, an den ich mich wenden könnte«, gestand Gerardo. »Ich verspreche Euch, dass Ihr dabei kein Risiko eingeht, ich habe die Mittel, um meine Verbindlichkeiten einzulösen.«

»Wo wohnt dieser Bankier?«, fragte Mondino knapp.

»Nicht weit von hier«, antwortete Gerardo sofort. »Wir sollten möglichst gleich zu ihm gehen, ehe er seinen Laden schließt.«

Ein Diener klopfte an die Tür, steckte den Kopf ins Zimmer und meldete, dass Gerardo da Castelbretone mit einem Bürgen für den Kredit gekommen war. Remigio Sensi nickte und sagte ihm, er solle sofort gehen und den bewussten Edelmann bitten, so schnell wie möglich zu kommen. Dann entließ er ihn mit einer Handbewegung und nahm die Unterhaltung mit dem Klienten, der vor ihm saß, wieder auf.

»Also, dann ist alles in Ordnung, Messere. Meine Tochter hat hier die Dokumente zur Unterschrift bereit.«

Der Klient, ein beleibter Grundbesitzer aus Casalecchio di Reno, las sich die Dokumente aufmerksam durch, wobei er Zeile für Zeile mit dem Finger verfolgte. Schließlich nahm er den Gänsekiel, tauchte ihn in die Tinte und unterschrieb jedes Blatt.

»Sehr gut«, sagte Remigio glücklich, weil das Geschäft nun endlich abgeschlossen war. Er übergab das Geld, der Mann verbeugte sich leicht vor ihm, und Fiamma und ging dann hinaus auf die Straße, wo eine Eskorte auf ihn wartete. Gleich danach befahl Remigio den beiden Dienern, die Ladenluke zu schließen und Gerardo und seinen Bürgen einzulassen.

Gerardo stellte Mondino vor, und Remigio schmeichelte ihm, als er ihm sagte, natürlich sei ihm der große Mondino de' Liuzzi bekannt. Fiamma erhob sich und knickste erst vor Mondino, dann vor Gerardo, indem sie einen Fuß nach hinten setzte und leicht das Knie beugte. Doch während sie den Arzt mit gesenktem Kopf begrüßte, wechselte sie mit Gerardo einen Blick, der Remigio überhaupt nicht behagte.

»Wir werden wohl noch etwas warten müssen«, sagte der Bankier zu seinen Gästen. Er schlug einen Zünder gegen einen Feuerstein und entzündete drei Lampen, denn wenn die Ladenluke geschlossen wurde, war es im Geschäftsraum selbst am helllichten Tag dunkel. »Und du, meine Tochter, kannst dich jetzt zurückziehen. Mit diesen Edelmännern hier komme ich allein zurecht.«

»Mit Verlaub, ich muss den Brief beenden, den Ihr mir heute Morgen zu schreiben aufgetragen habt«, erwiderte Fiamma entschlossen. »Falls ich das noch länger aufschiebe, könnten wir ihn heute Abend vielleicht nicht mehr überbringen lassen.«

Mit diesen Worten setzte sie sich schnell wieder hinter den Tisch, als wolle sie die Diskussion damit beenden. Sie nahm ein Blatt Pergament, tauchte die Feder in die Tinte und begann, etwas von einem Notizzettel aus Papier abzuschreiben.

Remigio presste die Lippen zusammen und wandte sich an Mondino. »Ihr müsst ein wenig Geduld haben, Magister«, sagte er. »Ich habe gerade erst nach dem zweiten Bürgen geschickt, es wird wohl noch ein Weilchen dauern, ehe er hier eintrifft.«

Misstrauisch fuhr Gerardo auf. »Ihr habt mich doch nicht verraten, oder, Messer Remigio?«

Er fuhr mit einer Hand unter sein Gewand, dann schaute er zu Fiamma hinüber, und der Bankier hatte den Eindruck, dass einzig die Anwesenheit der jungen Frau ihn davon abhielt, seinen Dolch zu ziehen.

Beschwichtigend hob er die Hände. »Beruhigt Euch, Ich weiß nicht, ob ich frei reden kann …«

»Der Magister weiß alles über meine derzeitige Lage«, entgegnete Gerardo, der sich immer noch misstrauisch umsah, als fürchtete er, jeden Moment die Inquisition ins Zimmer stürmen zu sehen. »Vor ihm könnt Ihr offen sprechen.«

»Umso besser«, meinte Remigio. »Sonst hätte ich Euch bitten müssen, ihn über alles in Kenntnis zu setzen. Ich kann keinen Bürgen annehmen, dem die möglichen Risiken nicht bekannt sind.«

»Weiß etwa auch der Mann, von dem Ihr mir berichtet habt, darum?«, fragte Gerardo.

»Selbstverständlich. Ich habe Euch bereits gesagt, dass er ein Tempelritter ist wie Ihr.«

Remigio wies auf einige mit Seidenkissen gepolsterte Stühle, und sie setzten sich alle drei. Eine der Lampen stand neben Fiamma auf dem Tisch, damit sie beim Schreiben gut sehen konnte, und beleuchtete ihr Gesicht. Mondino musterte sie mit professionellem Blick.

»Eine Kauterisation mit dem Brenneisen«, sagte er mehr zu sich selbst und schüttelte den Kopf. »Vor fünf oder sechs Jahren, der Dicke des Gewebes nach zu urteilen.« Dann wandte er sich an Remigio. »War der graue Star wirklich so schlimm, dass man bei einem Kind bereits den Kauter einsetzen musste?«

Der Bankier wollte gerade seine Frage beantworten, doch Fiamma schaute auf und kam ihm zuvor. »Ich litt an Katarakt und hatte in der gesamten linken Gesichtshälfte schreckliche Schmerzen«, erklärte sie mit einem düsteren Blick, der genau zeigte, wie sehr sie gelitten hatte. »Die Ärzte sagten, dass die Kauterisation die einzige Methode wäre, um eine Heilung zu gewährleisten.«

Mondino zuckte mit den Schultern. »Für mich ist der Kauter ein barbarisches Instrument, das sicher bald nicht mehr in der Medizin eingesetzt werden wird.«

»Und was verwendet Ihr stattdessen, Magister?« fragte Remigio. Das Thema interessierte ihn eigentlich nicht, doch er ließ seine Klienten immer ein wenig von der Arbeit erzählen. Dadurch fühlten sie sich wohler und sicherer, entspannten sich und waren zugänglicher. Mondino erläuterte mit wenigen Worten, dass die Kauterisation eine schwierige Heilmethode sei, die mit Bedacht eingesetzt werden sollte, da sie äußerst schmerzhaft für die Patienten war und in vielen Fällen doch nicht zu den gewünschten Ergebnissen führte. Die Ärzte setzten sie immer noch häufig ein, aber bei einem Katarakt griffe er lieber auf eine Behandlung zurück, die vor allem aus einer heiß-trockenen Diät bestand, kombiniert mit Wickeln aus Harz, Nelke, Kubebenpfeffer und Galgant.

»Ich bitte Euch, mich zu entschuldigen«, sagte Fiamma und stand auf, sobald der Arzt seine Ausführungen beendet hatte. »Ich muss nachschauen, ob die Frauen in der Küche alles richtig machen.«

Sie verließ den Raum so schnell, dass die Flammen der Öllampen flackerten, und Remigio war froh, dass Mondinos Interesse an ihrer Narbe sie letztlich doch aus dem Raum vertrieben hatte. Pflichtschuldig erklärte er, dass diese Narbe ein sehr heikles Thema für sie sei. Die beiden anderen nickten wortlos.

»Sagt mir zumindest den Namen des Mannes, auf den wir warten«, meinte Gerardo und kehrte wieder zum Anlass ihres Besuchs zurück.

»Er heißt Hugues de Narbonne«, antwortete Remigio. »Er war Kommandant der Komturei von Akkon, vielleicht habt Ihr von ihm gehört.«

Stumm vor Verwirrung riss Gerardo Augen und Mund auf.

Die Überraschung stand ihm ins Gesicht geschrieben. Er tat Remigio fast ein wenig leid, und er wandte sich hastig ab, um den Deckel der Geldtruhe zu schließen, damit er ihm nicht ins Gesicht schauen musste. Sicher glaubte der junge Mann, ein Mann, der so weit oben in der Hierarchie der Templer rangierte, müsse eine Art Heiliger sei. Dabei war Hugues Interesse an ihm sicher nicht von Großherzigkeit bestimmt.

Nachdem ihn Gerardo zum ersten Mal aufgesucht hatte, hatte Remigio Hugues de Narbonne unverzüglich davon in Kenntnis gesetzt. Der Franzose hatte von ihm gefordert, er solle ihm sofort jeden Besuch eines Tempelritters melden, vor allem, wenn er erst vor kurzem in die Stadt gekommen war. Als der Bankier ihm mitteilte, dass ein Tempelritter zu ihm gekommen war, der dringend Geld benötigte, weil er seinen gesamten Besitz bei einem Brand verloren hatte, war Hugues sehr interessiert gewesen. Er hatte auch sofort zugestimmt, für dessen Kredit zu bürgen.

Ein Diener trat ein und meldete die Ankunft des Franzosen. Remigio sagte ihm, er möge ihn vorlassen, und sobald Hugues de Narbonne das Arbeitszimmer betrat, stellte er alle der Form halber auf Latein vor. Man machte sich sofort an die Abwicklung des Kredits, aber ohne Fiamma dauerte die Erstellung der Dokumente ein wenig. Während Remigio schrieb, unterhielt sich Hugues angeregt mit den anderen beiden. Sie sprachen über Schlösser und Garnisonen, von Seereisen und von der arabischen Medizin, die Hugues für die fortschrittlichste in ganz Europa hielt. Worauf Mondino entgegnete: »Nicht mehr lange.«

Alle lasen dann mit der gebotenen Aufmerksamkeit die Vertragsklauseln durch und verhandelten darüber. Am Ende war Remigio mit dem Geschäft weniger zufrieden als ursprünglich gedacht. Sein Unmut steigerte sich noch, als Gerardo ihn fragte, ob er ihnen einen Raum zur Verfügung stellen könnte, um vertrauliche Dinge zu besprechen. Remigio entging nicht, wie zornig Mondino bei diesen Worten wurde. Offensichtlich war dies so nicht vereinbart. Allerdings hatte er keineswegs vor, dieser Bitte zu entsprechen.

»Mein Haus ist kein öffentlicher Ort«, antwortete er kurz angebunden. »Wenn Ihr etwas zu bereden habt, geht in ein Gasthaus.«

Gerardo und Mondino nickten und erhoben sich, aber Hugues de Narbonne blieb sitzen. »Wie Ihr verstehen werdet, Messer Remigio«, sagte er mit einem kalten Lächeln, »müssen wir sehr vorsichtig sein in Bezug auf das, was wir sagen und wo wir es sagen. Dieser junge Mann hier hatte eine ausgezeichnete Idee. Euer Haus ist der einzige Ort, an dem wir sicher sein können, dass uns niemand verrät.« Er griff nach dem Lederbeutel, den er am Gürtel trug, und zog einige Münzen hervor, die er barsch auf den Tisch warf. »Wir werden Euch für die Unannehmlichkeit entschädigen.«

Trotz der Wachen vor der Tür wagte es Remigio nicht, sie einfach davonzujagen, wie er es gerne getan hätte. Hugues hatte ihm schon gezeigt, wie gefährlich es sein konnte, ihn herauszufordern. Außerdem könnte es auch ganz nützlich sein, seiner Bitte zu entsprechen. Vielleicht würde er dabei etwas erfahren, was er gegen ihn verwenden könnte. Und könnte ihn sich dadurch ein für alle Mal vom Hals schaffen.

»Mein Arbeitszimmer steht Euch zur Verfügung«, sagte er und stand auf, ohne die Münzen anzuschauen oder gar zu berühren. »Ich werde Euch Wein und Nüsse bringen lassen, doch fasst Euch bitte kurz. Ich muss heute im Laufe des Tages noch andere Geschäfte abschließen.«

Sobald sie allein waren, entschuldigte sich Hugues de Narbonne für seine unhöfliche Art und fügte hinzu, dies sei leider unumgänglich gewesen. »Ich kenne Messer Remigio seit langem«, erklärte er, »und weiß, wie man ihn behandeln muss.« Dann wandte er sich an Gerardo. »Worüber wolltet Ihr mit mir sprechen?«

Mondino betrachtete ihn genauer. Das azurblaue Gewand, das bestickte Hemd und die Strümpfe aus feiner Wolle, die er trug, konnten nicht über sein wildes, fast animalisches Wesen hinwegtäuschen. Doch seine hellen Augen blickten keinesfalls stumpf drein wie bei einem Tier. Ganz im Gegenteil zeugten sie von einer gefährlichen Intelligenz, die allzeit bereit schien, jede Situation zum eigenen Vorteil zu nutzen.

Gerardo schien nichts dergleichen zu sehen. Er war glücklich wie ein Kind über die Beachtung, die ihm eine bedeutsame Persönlichkeit seines Ordens schenkte, die, machten die Templer nicht so schwierige Zeiten durch, bestimmt nicht ein Wort an ihn gerichtet hätte. Ohne sich lange bitten zu lassen, erzählte der junge Mann ihm von seiner Befürchtung, die kürzlich in der Stadt geschehenen Morde könnten sich auf den laufenden Prozess auswirken.

»Warum sprecht Ihr im Plural?«, fragte Hugues sofort nach. »Soweit ich weiß, gab es nur einen Mord.«

Mondino versuchte, Gerardo ein Zeichen zu geben, doch der junge Mann achtete nicht darauf. Er erläuterte, dass es zwei Morde gegeben hatte: Den ersten habe er verheimlichen können, weil er in seiner Wohnung geschehen sei, doch beim zweiten sei er machtlos gewesen. Seine Absicht sei es, den Mörder vor der Inquisition zu finden, und er wolle mit Hugues die Informationen, über die er verfüge, teilen. Sicher wisse der Kommandant von Akkon Dinge, die einem einfachen Ritter des Ordens unbekannt seien.

An diesem Wortschwall fand Mondino nur ein Gutes: Gerardo hatte ihn nicht mit hineingezogen, er hatte mit keiner Silbe erwähnt, welchen Anteil sein Meister am Verbergen der Leiche Angelos da Piczano hatte. Dennoch beunruhigte ihn das blinde Vertrauen, das der junge Mann diesem Franzosen mit den kalten Augen entgegenbrachte.

Mondino traute ihm nicht im Geringsten. Ihr Treffen im Haus von Remigio Sensi schien abgesprochen gewesen zu sein, und ganz offensichtlich verbarg sich hinter Hugues de Narbonnes Interesse für Gerardo mehr als der bloße Wunsch, einem Mitbruder in Schwierigkeiten zu helfen.

Ihm fiel nur eine Möglichkeit ein, um zu verhindern, dass der junge Mann die Karte erwähnte, und das war, ihm zuvorzukommen. So erzählte er, dass er für die Stadt den Leichnam Wilhelms von Trier vor dem Eintreffen des Inquisitors untersucht hatte.

Sie wurden unterbrochen, als die beiden Diener Remigios hereinkamen und einen Krug Wein, Zinnbecher und eine Olivenholzschale mit Nüssen brachten, dazu zwei ausgehöhlte Marmorblöcke zum Knacken der Schalen. Aus ihrem Benehmen sprach Verwunderung und Misstrauen gegenüber diesen Klienten, die ihren Herrn davon überzeugt hatten, sich aus dem eigenen Arbeitszimmer zu entfernen. Vielleicht war dies noch nie vorgekommen.

Als sie sich entfernt hatten, stand Hugues auf, um nachzusehen, ob die Tür auch wirklich fest geschlossen war, dann stellte er Mondino knapp und sachlich eine Reihe Fragen über Wilhelm von Trier. Mondino befand sich auf einmal in der Rolle des Antwortenden, ohne genau begriffen zu haben, wie es dem Franzosen gelungen war, das Kommando an sich zu reißen. Dies schien für ihn ganz normal zu sein. Hugues wollte genau wissen, welche Wunden der Körper aufwies, ob Schwefelgeruch in der Luft gelegen habe und ob das Material, in das sich das Herz verwandelt hatte, wirklich Eisen war oder etwas anderes.

Ganz allgemein verrieten die Fragen, dass Hugues mit Morden vertraut war, und er gab auch offen zu, dass er sich für seine

Komturei im Königreich von Aragon damit befasst hatte, aber nicht mit Alchimie. Seine Vorstellungen von alchimistischen Prozessen waren verworren und wunderlich, und Mondino, der im Gegensatz zu ihm Arnold von Villanova, Ramon Llull und vor allem Albertus Magnus und Roger Bacon studiert hatte, erklärte ihm, dass das alchimistische Werk, das in diesem schmutzigen Gasthaus hinter Santo Stefano vollbracht worden war, kein kanonisches Verfahren sei. Dort war nicht genügend Zeit gewesen für das Durchlaufen der vier Schritte und der drei Phasen der Transmutation, was Wochen oder auch Monate dauern konnte.

»Ein Alchimist ist kein Zauberer, wie das gemeine Volk denkt«, erläuterte er, nahm sich eine Nuss und legte sie auf die kleine ausgehöhlte Marmorplatte. »Es reicht nicht, ein Feuerchen anzuzünden, einige magische Worte zu murmeln und dann mit den Fingern zu schnipsen, um ein derartiges Ergebnis zu erzielen.«

»Wie erklärt Ihr Euch dann, was Ihr gesehen habt?«, fragte Hugues de Narbonne.

Mondino knackte die Nuss, indem er mit der anderen Marmorplatte die Schale zerbrach. »Ich kann es nicht erklären. Ich weiß nur, wie es nicht passiert sein kann.«

»Auch ich habe lange darüber nachgedacht«, mischte sich Gerardo ein. »Kann es nicht sein, dass der Mörder seine Opfer gezwungen hat, eine Substanz zu trinken, die das Herz von innen verwandelt hat, und dass er erst danach den Brustkorb geöffnet hat, um der Welt sein Werk zu zeigen?«

Die Augen des Franzosen leuchteten bei dieser Frage auf und bekundeten ein Interesse, das Mondinos Meinung nach über den Wunsch hinausging, Gerechtigkeit für seinen Orden und die armen Opfer zu erlangen. »Ich habe noch nie von einem ähnlichen Gift gehört«, entgegnete Mondino. »Aber vielleicht handelt es sich ja auch gar nicht um Gift …«

Die beiden anderen starrten ihn an und erwarteten, dass er weitersprach. Doch der Arzt ließ sich Zeit, löste den Nusskern aus der Schale und kaute ihn sorgfältig, ehe er antwortete. »Wenn Ihr glaubt, dass es sich hier um irgendein alchimistisches Präparat handelt«, sagte er schließlich zu dem Franzosen, »kann ich dem nur zustimmen. Aber ich habe noch nie von einer Substanz gehört, die so etwas bewirken könnte. Außerdem gibt es noch andere Auffälligkeiten.«

»Welche?«

Mondino trank einen Schluck Wein, und die anderen beiden taten es ihm gleich. »Wie ist es möglich, dass ein Mann Gift trinkt und dieses Gift von der Kehle nicht in den Magen geht, sondern direkt ins Herz? Wie ist es dorthin gekommen? Wie ist es möglich, dass es beim Durchlaufen des übrigen Körpers keine Spuren hinterlassen hat? Und vor allem, wenn das Opfer zuerst betäubt und dann mit einem Pfriem erstochen wurde, wie die Hämatome im Nacken und das Loch in der Brust bei beiden Leichen beweisen, wie konnte dann die Flüssigkeit in den Körper gelangen? Sobald die Lebensprozesse aufhören, funktioniert das ganze Kreislaufsystem, das auch das Herz in Gang hält, nicht mehr.«

»Und wie lautet die Antwort auf diese Fragen?«, fragte Gerardo.

Mondino sah das erwartungsvolle Leuchten in seinen Augen und es tat ihm leid, dass er ihn enttäuschen musste. »Ich habe keine Antworten«, gestand er verärgert. »Nur Fragen.«

»Ihr habt über beide Leichen gesprochen«, sagte Hugues de Narbonne und starrte ihn mit seinen grauen Augen an. »Warum habt Ihr mir nicht vorher gesagt, dass Ihr auch den anderen Toten gesehen habt?«

Mondino bemerkte, dass er bereits zu viel gesagt hatte, weil er sich von seinem wissenschaftlichen Interesse an dem Fall hatte abgelenken lassen. Doch die unterschwellige Drohung in Hugues' Stimme bewog ihn, dem mit einem Angriff zu begegnen.

»Messere, ich kenne Euch nicht, und ich schulde Euch keine Erklärungen«, sagte er. »Gerardo ist Euch vielleicht zum Gehorsam verpflichtet, ich nicht.«

Der Franzose ließ nun jeden Anschein von Liebenswürdigkeit fallen. Er sprang unglaublich schnell auf und packte ihn am Kragen, hob ihn vom Stuhl und drückte ihn gegen die Wand.

»Messere, vielleicht bedeutet es für Euch nur eine intellektuelle Herausforderung, diese Mordfälle zu lösen«, sagte er mit zusammengepressten Kiefern. »Für mich ist das jedoch anders.«

Mondino packte seine Handgelenke, um sich zu befreien, aber erst als Gerardo eingriff, entspannte sich die Lage wieder.

»Kommandant, ich bitte Euch«, sagte er entschieden. »Lasst ihn los, oder ich muss ihn verteidigen.«

Hugues de Narbonne drehte den Kopf zu ihm hinüber und starrte ihn an, höchst erstaunt über diesen Ungehorsam. Dann änderte er seine Taktik. »Also gut«, sagte er mit leiser, rauer Stimme und lockerte seinen Griff. »Entschuldigt meine Heftigkeit, Messer Mondino. Es ist nur so: Sollte dem König von Frankreich sein Vorhaben gelingen, meinen Orden aufzulösen, wird die Mehrzahl der Templer zu einfachen *purgationes* oder höchstens einigen Jahren Kerkerhaft verurteilt werden. Doch diejenigen, die höhere Ämter bekleiden, und zu denen gehöre auch ich, werden auf dem Scheiterhaufen enden. Selbst wenn ihnen die Flucht gelingt, müssen sie den Rest ihres Lebens unauffällig im Verborgenen und in Armut fristen. Sicher werdet Ihr verstehen, dass ich alles daransetzen werde, damit dies nicht geschieht.«

»Ich habe nur eines verstanden«, antwortete Mondino erhitzt und ziemlich laut, »und zwar, dass ich Euch nicht mag und dass ich Gerardos Entschluss nicht teile, Euch alles zu enthüllen, was er über diese Morde weiß.«

»Bitte, beruhigt Euch«, sagte Gerardo wieder, stellte sich zwischen sie und breitete die Arme aus. Dann wandte er sich an Hugues de Narbonne. »Es ist meine Schuld, dass der Magister in diese Sache hineingezogen wurde. Ich bitte Euch, nicht mehr zu fragen, als wir Euch sagen dürfen, Kommandant, aber Ihr könnt gewiss sein, dass wir Euch nichts Wichtiges verschweigen.«

Hugues de Narbonne nickte und trat einen Schritt zurück, als ob nichts gewesen wäre. Mondino spürte sein Herz heftig schlagen, versuchte jedoch, eine möglichst gleichmütige Miene aufzusetzen. Er entschuldigte sich und sagte, dass er sie nun verlassen müsse; es sei Zeit, zum Mittagessen zu seiner Familie zu gehen. Schließlich hatte ihm der Franzose mit seinem aufbrausenden Verhalten den besten Vorwand geliefert, um sich dieser Unterredung zu entziehen.

Gerardo sah ihn empört an. »Ich habe gerade gesagt, dass wir dem Kommandanten nichts Wichtiges verschweigen werden«, sagte er. »Zeigt bitte auch ihm die Karte, von der Ihr vorhin gesprochen habt, Meister.«

Mondino warf ihm einen wütenden Blick zu, aber nun war es zu spät. Gerardo hatte offensichtlich vor, sein ganzes Wissen mit diesem Hugues de Narbonne zu teilen, und wenn er jetzt die Karte hervorholte, würde das die bestehenden Probleme auch nicht schlimmer machen. Vielleicht konnte der Franzose sogar etwas Nützliches dazu beitragen.

Mit einem resignierten Seufzer griff er mit einer Hand unter sein Obergewand. »Ich habe in einer Geheimtasche in den Beinlingen Wilhelms von Trier diese Karte gefunden«, erläuterte er und zog die kleine Pergamentrolle hervor. »Ich habe weder begriffen, was sie darstellen soll, noch, ob sie überhaupt mit seinem Tod in Verbindung steht, obwohl ich geneigt bin, das zu glauben, da ich dort auch noch dies gefunden habe.«

Mit einer raschen Bewegung öffnete er die Faust und zeigte den Fingerknochen, den er zusammen mit der Karte gefunden hatte. Die beiden Tempelritter starrten ihn mit großen Augen an. Mondino packte ihn sogleich wieder weg, ehe Hugues versuchen würde, ihm den Finger abzunehmen.

»Ihr habt recht gesehen«, sagte er. »Die Adern am Finger sind in Eisen verwandelt worden, genau wie das Herz der beiden Leichen. Der Finger gehörte übrigens nicht Wilhelm von Trier, und ich kenne seine Herkunft nicht.«

»Meister, aber das bedeutet ja …«, meinte Gerardo, ohne seinen Satz zu vollenden.

»Was?«, fragte Mondino. »Dass unser Mann in eine Falle getappt ist? Vielleicht. Genau darüber wollte ich mit Euch sprechen.«

»Schauen wir uns die Karte an«, unterbrach sie Hugues.

Mondino stellte den Weinkrug und die Schale mit den Nüssen beiseite und schob die Lampe näher, bevor er das Pergament auf dem Tisch entrollte. Es handelte sich um ein kleines Blatt von bester Qualität, weich und fleckenlos, aus der Innenseite einer Tierhaut. Die Zeichnungen waren mit großer Sorgfalt ausgeführt worden, zuerst mit einer Bleispitze, dann hatte man Pigmente von drei verschiedenen Farben aufgetragen: weiß für die Straßen, rot für die Berge und schwarz für die Felder und Wälder. In den beiden oberen Ecken waren Sonne und Mond abgebildet. In den unteren Ecken befanden sich ein grüner und ein roter Löwe, die einander anstarrten. Zwischen den beiden Tieren sah man einen roten Kreis, unter den mit einer inzwischen grünlich verblassten Tinte auf Kupfersalzbasis die arabischen Buchstaben الحمراء geschrieben waren. Mit derselben Tinte hatte jemand andere Wortgruppen in noch kleineren Buchstaben gekritzelt, die beinahe den gesamten freien Raum auf der Karte ausfüllten. Oben in der Mitte zwischen den Bildern von Sonne und Mond war ein weiterer roter, allerdings unbeschrifteter Kreis. Der von der Karte beschriebene Weg verband die beiden Kreise, wobei er durch Wälder und Berge führte. Mondino hatte jede Einzelheit der Karte studiert, aber da er nicht wusste, um welche Gegend es sich handelte, und er auch nicht Arabisch lesen konnte, hatte er sich keinen Reim darauf machen können.

»Sagt Euch das etwas?«, fragte er Hugues.

Der Franzose starrte aufmerksam auf die Karte. »Nichts«, meinte er dann. »Außer dass ein Ort in Spanien beschrieben wird.«

»Woher wisst Ihr das?«, fragte Gerardo überrascht.

»Unter dem unteren Kreis steht *al-ḥamrā*, oder alhambra, wie die Spanier sagen. Das bedeutet ›die Rote‹ und bezeichnet die Festung der Stadt Granada im Süden Spaniens. Ein Stützpunkt der Mauren. Das muss der Ausgangspunkt des Weges sein.«

»Da Ihr des Arabischen mächtig seid«, meinte Mondino fragend, »könnt Ihr uns sagen, was die anderen Worte bedeuten?«

»Es scheinen Verse zu einer Hochzeit zu sein«, antwortete Hugues de Narbonne, ohne auf die Karte zu schauen. »Sie preisen die Brautleute, doch sie ergeben wenig Sinn, und es scheinen auch einige Verse zu fehlen. Vielleicht sind sie nur dorthin geschrieben worden, um die leeren Stellen auszufüllen.«

Mondino kannte diese Angewohnheit von den Notaren Bolognas, Verse auf die Ränder von Urkunden und Dokumenten zu kopieren, damit man dort nichts unberechtigt hinzufügen konnte. Vielleicht hielten es die Araber ja genauso.

»Das ist möglich«, sagte er kurzangebunden und rollte das Pergament wieder zusammen. »Wie dem auch sei, wenn der tote Templer sich so viel Mühe gemacht hat, diese Karte zu verbergen und sie zusammen mit dem Finger aufbewahrte, den ich Euch soeben gezeigt habe, könnte es uns helfen, etwas mehr über sie zu erfahren.«

Hugues leerte seinen Zinnbecher und knallte ihn so hart auf den Tisch, dass die Flamme in der Lampe flackerte. »Damit verschwenden wir nur unsere Zeit«, sagte er, den Becher immer noch umklammert. »Wir müssen den Mörder vor der Inquisition finden. Und da bringt uns eine Karte voller sinnloser Symbole nicht weiter. Wir müssen vielmehr herausfinden, wen diese beiden Männer seit ihrer Ankunft in Bologna getroffen haben. Wir müssen uns aufteilen und unauffällig alle befragen, die sie gesehen haben, angefangen bei den Leuten in ihrer Unterkunft. Von dort erweitern wir unseren Wirkungskreis dann stetig. Vor allem müsst Ihr, Gerardo, uns jetzt alles erzählen, was Angelo da Piczano in Eurer Gegenwart gesagt oder getan hat.«

Hugues hatte wieder das Heft in die Hand genommen und entschied allein über die Vorgehensweise. Mit seiner rauen Stimme, den kalten grauen Augen und der mächtigen Statur verfügte er über eine so natürliche Autorität, dass man sich nicht mit ihm anlegen wollte.

Mondino zwang sich, ihm dennoch zu widersprechen.

»Ich stimme Euch nicht zu, Messere. Wie ich bereits gesagt habe, bin ich Euch gegenüber nicht zu Gehorsam verpflichtet und werde nach meinem eigenen Plan handeln, während Ihr und Gerardo die Treffen und Wege Eurer beiden toten Mitbrüder nachverfolgen solltet.«

Hugues wurde rot, als ob der andere ihn geohrfeigt hätte. Er war es nicht gewohnt, dass man seine Entscheidungen in Frage stellte. Schweigend starrte er Mondino an und umklammerte den leeren Becher weiter mit seiner großen, mit dichtem blondem Flaum behaarten Hand. Der Arzt hielt seinem Blick stand, und schließlich stieß der Franzose durch die zusammengepressten Zähne hervor: »Und was habt Ihr für einen Plan?«

»Das Geheimnis, wie man menschliches Blut in Eisen verwandeln kann, ist in meinen Augen nur wenigen bekannt. Ich selbst habe noch nie davon gehört, und dabei habe ich für meine medizinische Ausbildung auch Alchimie studiert. Ich befrage die Alchimisten hier in der Stadt, ob sie jemanden wissen, der ein derartiges Geheimnis kennen könnte. Findet man denjenigen, hat man höchstwahrscheinlich auch gleich den Mörder gefunden.«

Hugues schenkte ihm ein verächtliches Lächeln. »Die Alchimisten zu befragen ist wohl das Erste, was der Inquisition in den Sinn gekommen ist. Ihren Schritten zu folgen ist ein Fehler. Dies ist ein Wettlauf, bei dem wir es uns nicht erlauben können, als Zweite im Ziel anzukommen.«

Obwohl dem Franzosen weiterhin seine Bewunderung galt, kam Gerardo Mondino zu Hilfe. »Verzeiht, Kommandant, aber gewiss haben die Alchimisten den Mönchen der Inquisition nur so wenig wie möglich gesagt. Jemandem gegenüber, der nicht der Kirche angehört und darüber hinaus die Materie mindestens ebenso gut, wenn nicht besser kennt als sie, werden sie bestimmt zugänglicher sein.«

Hugues überlegte kurz, ehe er sprach, dann senkte er zustimmend seinen großen, lockigen Schopf. »Gut, dann teilen wir uns die Arbeit. Wir werden mit dem gemeinen Volk sprechen, Ihr mit den Alchimisten. Und wir werden uns gegenseitig auf dem Laufenden halten.«

So wie er das sagte, wirkte es noch einmal, als hätte er über Mondinos Aufgabe entschieden. Doch der Arzt beschloss, dass er nicht zu sehr auf seiner Unabhängigkeit beharren sollte. Im Grunde hatte er Recht, den Mörder der Tempelritter zu finden lag im Interesse von ihnen dreien, und da Hugues nun einmal mit von der Partie war, schien es das Klügste zu sein, mit ihm zusammenzuarbeiten.

»Ja, gut. Nun sollten wir gehen. Ich möchte nicht, dass diesem armen Bankier noch die Galle überläuft«, beschied der Arzt.

Sie erhoben sich alle drei gemeinsam. Hugues de Narbonne ließ die Münzen auf dem Tisch liegen, die er dem Bankier zuvor so brüsk hingeworfen hatte, und sie verließen das Arbeitszimmer. Remigio war nicht geblieben, um sie zu verabschieden, und daher gingen sie, ohne dass sie jemand zur Tür begleitete.

Sobald sie auf der Straße standen, sagte Mondino: »Jetzt muss ich Euch verlassen. Ich erwarte dann Nachrichten über Gerardo.«

Mit diesem Satz hatte er klargestellt, dass er Hugues de Narbonne nur wiedersehen wollte, wenn es unbedingt notwendig war. Er drehte ihnen den Rücken zu und entfernte sich unter den Arkaden.

SECHS

Remigio Sensi entfernte sein Gesicht von den beiden kleinen Löchern im Gemälde des heiligen Matthäus, durch die er alles, was in seinem Arbeitszimmer vorging, hören und sehen konnte, und wischte sich mit dem Ärmel seines Gewandes den Schweiß von der Stirn.

Meist benutzte er dieses Versteck, um das Verhalten jener Kunden auszuspionieren, denen er nicht sonderlich vertraute. Er fand dann einen Vorwand, um sie allein zu lassen, und zog sich in die kleine Kammer zurück, die sich in der Mauer hinter dem Bild befand. Wenn die Kunden nun in seinen Unterlagen wühlten, sich übermäßig froh oder eingeschüchtert zeigten, sich der Geldtruhe näherten oder sogar – wie schon einige Male geschehen, wenn sie zu zweit waren – leise über ihre betrügerischen Absichten sprachen, fand Remigio bei seiner Rückkehr einen freundlichen, aber unabänderlichen Vorwand, um das Geschäft nicht abzuschließen, ohne die Ehrbarkeit von jemandem in Zweifel zu ziehen.

Doch diesmal handelte es sich nicht um einen Kreditbrief oder einen An- oder Verkauf, sondern um etwas viel Ernsteres. Und das, was er erfahren hatte, erforderte sofortige Maßnahmen.

Er verließ die Kammer, rief einen der Diener von der Tür und schickte ihn los, um eine Nachricht zu überbringen. Kurz darauf betrat ein junger, auffallend gekleideter Mann den Raum, der ein gelbes Obergewand und rote Beinlinge mit orangefarbenen Streifen trug. Die langen, kastanienbraunen

Haare unter dem braunen goldbestickten Barett fielen ihm bis auf die Schultern.

»Ich wollte mich gerade zu Tisch setzen, als mich Eure Botschaft erreichte«, sagte er statt einer Begrüßung und setzte sich Remigio gegenüber, ohne erst eine Aufforderung abzuwarten. »Ich hoffe, Ihr habt mich so eilig rufen lassen, weil Ihr eine gute Nachricht für mich habt.«

»Genauso ist es«, erwiderte Remigio und sah ihm in die Augen. »Ich schlage Euch vor, dass ich Euch Eure Schulden erlasse. Damit würde Euer Vater nie erfahren, in welche Schwierigkeiten Ihr Euch mit dem Würfelspiel gebracht habt.«

Der junge Mann sah ihn lange an, ohne irgendeine Erleichterung darüber erkennen zu lassen. »Was wollt Ihr dafür?«, fragte er dann.

Remigio erklärte es ihm. Der junge Mann hörte ihm aufmerksam zu und sagte schließlich: »Seid Ihr wirklich sicher, dass es so einfach ist?«

»Man muss nur sorgfältig Zeit und Ort wählen«, erwiderte Remigio. »Darum kümmere ich mich, und ich werde Euch Bescheid geben.«

»Und danach schulde ich Euch nichts mehr?«

»Dann zerreißen wir gemeinsam den Kreditbrief, darauf gebe ich Euch mein Wort.«

»Der Handel gilt«, sagte der junge Mann und stand mit einer Gelenkigkeit auf, die verriet, dass er an körperliche Ertüchtigung und den Umgang mit Waffen gewöhnt war. »Ich erwarte Eure Nachricht.«

Mit federndem Schritt verließ er das Arbeitszimmer, und als der Diener die Tür hinter ihm geschlossen hatte, gestattete sich Remigio ein Lächeln. Bald würde er ein mögliches Problem aus seinem Leben geschafft haben und außerdem seine Rache bekommen.

Mondino ließ sich in einer Kalesche zur Porta Lame bringen und ging dann zu Fuß weiter bis zur Bova, wo die Kanäle delle Moline und Cavadizzo in den Navile-Kanal flossen. Dort befragte er einige Bauern, bog dann nach rechts von der Hauptstraße ab und nahm den Weg zwischen zwei Weizenfeldern hindurch, deren Halme noch kurz und grün waren. Auch außerhalb der Stadtmauern begann Bologna sich zu bevölkern, doch es gab hier erst wenige vereinzelte Häuser, zwischen denen Weinberge und Äcker lagen.

Die Weizenpflänzchen wirkten schwächlich, da der kürzlich gefallene Regen das Erdreich zu stark durchnässt hatte. Eine weitere längere Schlechtwetterperiode würde die Ernte ernsthaft gefährden. Mondino war müde, und seine Füße schmerzten. Er hatte die Kalesche lieber fortgeschickt, um nicht aufzufallen, doch allmählich bereute er seinen Entschluss.

Schließlich sah er ein bescheidenes einstöckiges Haus mit einem Strohdach vor sich. Die Brandschutzgesetze galten nur innerhalb der Stadtmauern. Doch bald, wenn sich die Häuser noch weiter ausbreiteten und es immer weniger Felder geben würde, würde auch die Kräuterhexe ihr Dach mit Ziegeln decken müssen.

»Da ist es«, sagte er zu sich, als er den Ort nach der Beschreibung der Bauern erkannte.

Stabile, aber windschiefe Mauern, ein mit ungleichen Steinen umzäuntes Beet, ein gesattelter Esel, der an einem Pfahl festgebunden war. Ein Hühnerstall aus Schilfrohr, der keinen sicheren Schutz vor Füchsen bot. Aus dem Schornstein drang ein feiner Rauchfaden, den der Wind in einem beinahe rechten Winkel abdrängte. Der Garten war zwar bepflanzt, aber von Unkraut überwuchert. Das alles vermittelte einen seltsamen Eindruck, als lebte hier jemand, der genau wusste, wie man etwas tun musste, aber keine Zeit dafür hatte. Was vollkommen absurd war, denn wenn man in einem so abgelegenen Winkel eines hatte, dann war es Zeit.

»He, Ihr da im Haus!«, rief Mondino aus Leibeskräften. Er wartete, aber niemand erschien. Nur der Esel drehte sich um und sah ihn an. Der Holzsattel auf seinem Rücken wackelte dabei hin und her.

»Ich möchte mit Madonna Adia sprechen«, schrie Mondino.

Er ging auf das Haus zu, kam aber nur einige Schritte weit, weil zwei riesige Hunde hinter dem Haus hervorkamen. Ihr Fell war eisengrau, und um die Augen und die Schnauze hing die Haut in Falten herunter. Sie beobachteten ihn stumm und beinahe traurig. Während seiner Verbannung nach Faenza hatte Mondino solche Hunde gesehen, und ihr Besitzer hatte ihm ihre Herkunft erklärt: Es handelte sich um eine alte von den Molossern abstammende Rasse, die Columella in seiner *De re Rustica* beschrieben hatte und die sich durch die römischen Legionen in ganz Europa verbreitete, denn diese Hunde hatten Seite an Seite mit ihren Herren gekämpft. Mondino verwechselte daher ihr friedliches Verhalten nicht mit Sanftheit und wagte sich nicht weiter vor. Er war sicher, dass sich jemand im Haus aufhielt, denn es stieg nicht nur Rauch aus dem Schornstein – die Fenster standen sperrangelweit offen, und die Tür war nur angelehnt. Jemand musste seine Rufe gehört haben.

Während er noch überlegte, was er tun sollte, hörte er einen schrillen Pfiff, zwei Worte in einer ihm unbekannten Sprache, und die Hunde verschwanden wieder gemächlich hinter dem Haus.

»Kommt nur, es besteht keine Gefahr«, sagte eine weibliche Stimme in fehlerlosem Italienisch.

Mondino näherte sich misstrauisch. Eine Frau kam mit zwei leeren Körben aus dem Haus und hängte sie links und rechts an den Sattel des Esels, dann wandte sie sich lächelnd an Mondino.

»Ich will gerade los. Was wünscht Ihr?«

Mondino hatte eine runzelige Alte erwartet, aber diese Frau war das genaue Gegenteil. Sie war jung, hatte eine bernsteinfarbene Haut und einen schlanken Körper. Auf dem Kopf trug sie einen Schleier aus weißer Seide, der ihre glänzenden dunklen Haare eher betonte als verbarg. Das lange indigoblaue Kleid unterstrich ihre weiblichen Formen, und ihre Augen wirkten so tief und dunkel wie Brunnen.

»Ein Alchimist hat mir Euren Namen genannt«, sagte er und versuchte seine Überraschung zu verbergen. »Ich weiß, dass Ihr Araberin seid und lesen könnt.«

»Ja und?«

Ihre Stimme hatte plötzlich eine gewisse Härte angenommen. Mondino beeilte sich zu lächeln, um sie zu beruhigen. »Ich möchte Euch eine Landkarte zeigen, auf der einige Sätze in Eurer Sprache geschrieben sind«, erklärte er. »Und Euch bitten, sie mir zu übersetzen.«

»Seid Ihr sicher, dass Ihr keinen Zaubertrank braucht, um den Widerstand Eurer Liebsten zu brechen oder die Kraft Eurer Lenden zu mehren? Fast alle Männer kommen deswegen in mein Haus.«

»Ich nicht«, erwiderte Mondino. »Ich bin gekommen, um Euch …«

»Um mir die Landkarte zu zeigen, Ihr braucht es nicht zu wiederholen, ich bin ja nicht taub.«

»Tatsächlich?«, sagte Mondino, der allmählich ärgerlich wurde. »Wenn ich daran denke, wie lange Ihr mich habt schreien lassen, müsst Ihr wirklich ein wenig schwerhörig sein.«

Die Frau lachte lauthals los, ein heiseres melodiöses Lachen. »Ich habe Euch nicht gleich geantwortet, weil ich gerade eine schwierige Passage las«, sagte sie. »Und ich wollte sie beenden, bevor ich das Haus verlasse.«

Mondino verdross die Tatsache, dass sie nicht einmal in Erwägung zu ziehen schien, zu Hause zu bleiben, um seiner Bitte nachzukommen. »Natürlich werde ich Euch für die Unannehmlichkeiten bezahlen, Madonna«, sagte er. »Ich erwarte selbstverständlich nicht, dass Ihr es umsonst und um reinen Gotteslohn tut.«

»Ich verstehe«, erwiderte Adia. »Aber ich muss dringend nach Corticella, und ich bin bereits zu spät. Könnt Ihr nicht morgen wiederkommen?«

Mondino hatte noch nie eine Kräuterhexe kennen gelernt, aber er wusste genau, dass diese Frauen für gewöhnlich sehr empfänglich für die Verlockungen des Geldes waren. Vielleicht versuchte die Araberin aber auch nur, den Preis in die Höhe zu treiben.

»Habt Ihr es so eilig, dass Ihr nicht einmal Eure Haustür abschließt?«, fragte er ironisch. Er legte eine Hand an die Börse, die er am Gürtel trug. »Also, ich werde Euch zwei Soldi geben, aber nicht mehr. Würdet Ihr jetzt bitte einen Blick auf diese Landkarte werfen?«

Adia Bintaba erstarrte merklich. Sie schlüpfte mit einem Fuß in den Steigbügel und schwang sich geschickt in den Sattel des Esels. Dann rief sie ihm von oben zu: »Bei mir zu Hause gibt es kaum etwas zu stehlen, dennoch rate ich Euch von dem Versuch ab, in meiner Abwesenheit dort einzutreten«, sagte sie. »Meine Hunde sind gute Wächter. Was Eure Bitte angeht, kommt wieder, sobald Ihr ein wenig gutes Benehmen gelernt habt.«

Dann trat sie dem Esel mit ihrem Lederpantoffel leicht in die Flanke und ritt davon, ohne sich noch einmal umzudrehen.

Mondino blieb stehen und sah ungläubig zu, wie sie sich entfernte. Aufrecht im Sattel des Esels sah sie noch schöner aus, aber er war sicherlich nicht hierhergekommen, um einer Frau hinterherzuschauen. Wieder vergeudete Zeit, eine weitere Sackgasse. Vielleicht stimmte, was Hugues de Narbonne gesagt hatte, und die Spur der Alchimie führte wirklich nirgendwohin. Doch jetzt war es die einzige, die er verfolgen konnte.

Gerardo sah Hugues de Narbonne an und wusste nicht, was er tun oder sagen sollte. Am nächstliegenden wäre es gewesen, sich zu verabschieden und zu gehen, aber das wollte er nicht. Außer einem Tempelritter der Komturei von Ravenna, wo er sein Gelübde abgelegt hatte, war er noch nie jemandem begegnet, der im Heiligen Land gelebt und gekämpft hatte. Sein Kopf war voll von Geschichten und Legenden darüber, und jetzt hatte er niemand Geringeren vor sich als den Kommandanten von Akkon. Aber was konnte er ihn fragen? Sollte er ihn etwa zu sich nach Hause einladen und ihn auffordern, von alten Kämpfen zu erzählen? Hugues de Narbonne hätte ihn nur ausgelacht – und das zu Recht.

Der Franzose erlöste ihn aus seiner Verlegenheit, als hätte er gerade seine Gedanken gelesen. »Warum gehen wir nicht zu mir nach Hause und essen etwas?«, schlug er vor. »Dabei könnten wir uns ein wenig unterhalten. Ich kann mir vorstellen, dass du mir viele Fragen stellen möchtest.«

Während ihres Gesprächs im Haus des Bankiers hatte er ihn stets mit »Ihr« angeredet, und nun war er zum »Du« übergegangen. Seine Stellung im Orden gab ihm jedes Recht dazu, aber Gerardo gefiel die Vorstellung, dass dies ein Vertrauensbeweis war und kein Privileg seines höheren Ranges. Er nahm die Einladung begeistert an, und sie machten sich sofort auf den Weg in den Borgo dei Cartolai. Das Viertel war nach den Papiermachern benannt, die hier ihre Werkstätten hatten. Die beiden Männer folgten ein kurzes Stück dem Kanal, der die Wasser der Savenna in die Stadt leitete. Unterwegs zeigte sich Hugues de Narbonne äußerst umgänglich und sehr gesprächig. Als sie sein Haus betraten, lachte er herzlich, als er sah, wie verwirrt Gerardo über die Unordnung in seiner Küche war.

»Als ich die Wohnung mietete, wollte ich keine Dienerschaft«, sagte er. »Aus Gründen der Geheimhaltung. Einige Male habe ich versucht, mir selbst ein Mahl zu kochen, dann habe ich es jedoch aufgegeben. Ich gehe zum Essen in die Taverne oder ich lasse mir die Speisen bringen.«

Er nahm einen Soldo aus der Tasche, stellte sich an die Tür und pfiff zwei Kinder heran, die sich damit vergnügten, über die Pfützen am Straßenrand zu hüpfen. Der Ältere der beiden kam sofort zu ihm und kassierte mit einem breiten Lächeln die Münze.

»Sag deiner Mutter, sie soll uns etwas Gutes zu essen bringen«, erklärte Hugues in holprigem *Volgare*, das den kleinen Jungen und selbst Gerardo zum Lachen brachte.

Der Kleine rannte davon, während sein Bruder in die Pfütze pinkelte, über die er gerade gehüpft war. Hugues schloss die Tür. »Seine Mutter ist mit dem Wirt der Taverne an der Ecke verheiratet«, sagte er und ging Gerardo in einen kleinen Raum voraus, der mit einem Tisch, Stühlen und einer langen, schwarzen Anrichte mit zwei Kerzenleuchtern darauf ausgestattet war. »Sie ist nicht nur eine schöne Frau, sondern auch sehr entgegenkommend.«

Gerardo kommentierte dies lieber nicht und setzte sich auf den Platz, den Hugues de Narbonne ihm zuwies. Als er sich gesetzt hatte, fuhr der Franzose fort: »Du denkst jetzt bestimmt: ›Wie kann dieser Mann nur so schamlos seine Gelübde brechen?‹ Habe ich Recht?«

»Kommandant, ich habe nicht …«

»Gib es auf, es steht dir ins Gesicht geschrieben. Doch die entscheidende Frage lautet anders: Was ist ein Gelübde? Antworte.«

»Nun, eine heilige Verpflichtung, die wir vor Christus annehmen …«

»Vor der Heiligsten Maria.«

Gerardo stockte der Atem. Unter den Dutzenden Anklagepunkten gegen seinen Orden erinnerte er sich nur zu gut an denjenigen, der ihnen zur Last legte, dass die Templer die Muttergottes Jesus Christus gleichstellen wollten. Obwohl er Maria die schuldige Verehrung entgegenbrachte, hatte Gerardo diese Aufwertung der Jungfrau Maria weder praktiziert noch angenommen, diese Anschuldigung sei etwas anderes als ein Hirngespinst der krankhaften Fantasie Philipps des Schönen. Und dass dieser ein begründetes Interesse daran hatte, die Tempelritter zu beseitigen, damit er seine enormen Schulden bei ihnen nicht bezahlen musste, lag auf der Hand.

Hugues de Narbonne schien sich angesichts von Gerardos Bestürzung zu amüsieren. »Jetzt denkst du gerade, dass die Anschuldigungen gegen uns, die du für falsch gehalten hast, der Wahrheit entsprechen.«

Gerardo schüttelte verwirrt den Kopf: »Sagt Ihr mir, was ich denken soll, Kommandant. Die Jungfrau Maria Christus gleichzustellen, ist Häresie.«

»Ich sprach nicht von der Jungfrau Maria. Und ich stelle sie ihm nicht gleich, sondern vielmehr sogar über ihn«, erwiderte der Franzose gelassen.

Nach diesen Worten hatte Gerardo jetzt nur noch einen Wunsch: dieses Haus zu verlassen und den Kommandanten seinen Ketzereien zu überlassen. Das Amt, das er bekleidete oder besser bekleidet hatte, da Akkon nun seit über zwanzig Jahren in den Händen der Sarazenen war, verbot es ihm, den Mann offen zu kritisieren, aber Gerardo wollte nichts mehr mit ihm zu tun haben.

Hugues de Narbonne brach in herzliches Gelächter aus. »Entschuldige, dass ich ein wenig meinen Spaß mit dir getrieben habe«, sagte er. »Dein Gesichtsausdruck ist einfach unsagbar komisch.«

Gerardo seufzte erleichtert auf. »Ich wusste doch, dass Ihr das nicht ernst meinen konntet, aber einen Augenblick lang habe ich wirklich geglaubt ...«

»Ich habe das ganz ernst gemeint. Ich bat dich nicht um Verzeihung für das, was ich gesagt habe, sondern dafür, wie ich es gesagt habe. Ich hätte das Thema in kleinen Schritten angehen, erst die Lage sondieren und dich darauf vorbereiten sollen ... Stattdessen wollte ich wiederholen, was mein Meister vor langer Zeit mit mir getan hat. Jetzt verstehe ich, warum er damals so gelacht hat.«

Gerardo begriff seine eigene Reaktion nicht. Er wusste, dass er nun hätte aufstehen und gehen müssen, stattdessen blieb er jedoch sitzen, wie gelähmt von den vielen Fragen, die sich in seinem Kopf häuften. Wenn er nicht die Muttergottes meinte, für wen benutzte der Kommandant dann die Anrede Heiligste Maria? Und warum sprach er von einem Meister, als wären diese Ketzereien eine im Orden anerkannte Praxis? Während seiner Lehrzeit und der Vorbereitung auf das Gelübde hatte Gerardo nie etwas Derartiges gehört. Handelte es sich etwa um geheimes Wissen, das da vor ihm ausgebreitet wurde? Und wenn dem so war, warum hatte sich Hugues de Narbonne entschlossen, ausgerechnet ihm davon zu erzählen, wo er ihn doch gar nicht kannte? Eine Frage war aber am drängendsten: Beging er gerade eine Todsünde, wenn er hier war und dem Franzosen nicht widersprach?

»Zuhören ist keine Sünde«, sagte Hugues und bewies ihm noch einmal, dass er in ihm lesen konnte wie in einem offenen Buch. »Wenn dir das, was ich sagen werde, als Ketzerei erscheint und du es für unvereinbar mit den Wahrheiten des christlichen Glaubens hältst, kannst du gehen und nie mehr zurückkommen. Ich werde nicht von der Bürgschaft zurücktreten und werde dich als von der Gehorsamspflicht befreit betrachten, die du mir als deinem Vorgesetzten gegenüber schuldig bist. Also: Was wirst du tun?«

Gerardo hatte sich schon entschieden, und Hugues' Worte waren wie Öl, das ins Feuer gegossen wurde: Sie fachten seinen brennenden Wissensdurst noch weiter an.

»Sprecht«, brachte er endlich heraus.

»Ich nehme an, du hast schon von Baphomet gehört, dem Götzenbild, das zu verehren wir beschuldigt werden«, begann der Franzose.

»Ihr wollt mir doch nicht sagen, dass auch dies wahr ist?«, flüsterte Gerardo kaum hörbar. All seine Überzeugungen wurden innerhalb eines einzigen Tages in den Grundfesten erschüttert.

Hugues machte eine Handbewegung, als wollte er ein nervöses Pferd beruhigen. »Ja, es stimmt, dass einige von uns, ich würde sogar behaupten, der bessere, wenngleich kleinere Teil unserer Brüder, etwas verehren, das wir Baphomet nennen. Doch es ist falsch, dass es sich um ein Götzenbild handelt, und teuflisch ist es auch nicht. Alles liegt im Sinn der Worte verborgen.«

Er stand auf, ging in die Küche und kam mit einem Krug Weißwein zurück, allerdings ohne Becher. Er trank einen langen Schluck, bevor er ihn Gerardo anbot. »Trink, das brauchst du jetzt.«

Der junge Mann gehorchte mechanisch, dann stellte er den Krug wortlos zwischen sie auf den Tisch.

»Kennst du die Sprache der Juden?«, fragte ihn Hugues.

»Natürlich nicht!«, erwiderte Gerardo empört. Allein der Gedanke, etwas mit den Mördern Christi gemeinsam zu haben, war ihm ein Grauen.

»Ich auch nicht. Aber ich kenne ihr Alphabet. Die Juden lehnen wie die Sarazenen die Botschaft Christi ab und werden dafür auf ewig verdammt sein. Aber das bedeutet nicht, dass sie dumm oder unwissend sind. Die Weisheit von Ungläubigen kann tief sein.«

»Und was hat das hebräische Alphabet damit zu tun?«

Hugues belächelte seine Ungeduld. »Ich komme gleich dazu.« Er streckte eine Hand aus und öffnete die Anrichte hinter sich. Er entnahm ein Blatt Konzeptpapier und was er zum Schreiben brauchte. Dann füllte er das Blatt mit zwei Reihen geheimnisvoller Zeichen; Gerardo sah ihm schweigend dabei zu.

Als er damit fertig war, drehte er das Blatt zu ihm und zeigte ihm die beiden Zeichenfolgen:

אבגדהוזחטיכלמנסעפצקרשת
תשרקצפעסנמלכיטחזוהדגבא

»Die untere Zeile ist in entgegengesetzter Reihenfolge geschrieben«, sagte Gerardo, nachdem er sich Zeichen angesehen hatte.

»Richtig. Es handelt sich um eine hebräische Geheimsprache, die nach den ersten und letzten beiden Buchstaben ihres Alphabets Atbash genannt wird. Die Buchstaben werden erst von rechts nach links geschrieben, dann von links nach rechts. Danach nimmt man ein Wort und ersetzt jeden Buchstaben darin mit dem aus der untenstehenden Reihe.«

»Das Ergebnis ist ein ganz anderes Wort«, meinte Gerardo, »und nur für den verständlich, der den Code kennt.«

»Was für ein heller Kopf du bist«, sagte Hugues lächelnd und nickte zustimmend. »Tatsächlich ist sie sehr einfach zu entschlüsseln, aber man muss die Ausgangssprache kennen. Und das ist ein Geheimnis, das niemand von uns den Inquisitoren enthüllen wird, nicht einmal unter den schlimmsten Folterqualen.«

»Warum?«

»Nehmen wir das Wort Baphomet«, sagte Hugues und deutete auf einige Zeichen aus der oberen Reihe. »Im Hebräischen besteht es aus fünf Buchstaben: Taw, Mem, Vaw, Pe, Beth.«

Er zeigte auf die Buchstaben und übertrug sie darunter.

ת מ ו פ ב

»Von rechts nach links gelesen, wie bei den Juden üblich, ergibt das BA.PH.O.ME.T. Jetzt nehmen wir diese Buchstaben und tauschen sie mit denen aus der Zeile darunter aus.« Er deutete immer kurz mit der Feder auf die entsprechenden Buchstaben, dann übertrug er sie unter die ersten fünf.

א י פ ו ש

Er betrachtete sie einen Moment lang mit seltsamer Ehrfurcht, bevor er las: »Aleph, Jod, Pe, Waw, Schin. Oder von rechts nach links gelesen: S.O.P.H.I.A.«

»Die Göttin der Weisheit!«, rief Gerardo überrascht aus.

»Genau. Und jetzt sag mir, wie es Ketzerei sein könnte, der Weisheit zu huldigen?«

»Aber das muss man dann doch auch dazusagen!«, rief Gerardo noch einmal laut. Er war erregt, und sein Gesicht brannte wie im Fieber. »Man muss den Inquisitoren die Geheimschrift entdecken und zeigen, dass kein Übel darin ist.«

Hugues de Narbonne schüttelte den Kopf. Seine grauen Augen sahen ihn traurig an: »Unser Orden ist bereits verurteilt, gib dich keinen Illusionen hin. Wir sind sogar für unser eigenes Wohl zu mächtig geworden. Wir können nichts sagen oder tun, um dieses Schicksal abzuwenden. Alles, was uns zu tun bleibt, ist, das Wissen in Sicherheit zu bringen, das uns anvertraut wurde.«

Gerardo griff instinktiv nach dem Krug und trank einen großen Schluck Wein. Hugues tat es ihm nach; dann setzte er zu einer langen Erklärung an, die von eindringlichen Blicken und schnellen Schlucken aus dem Krug begleitet wurde. Er erzählte über die griechische Göttin Sophia, ihren Ursprung in der *Anima Mundi*, der Weltseele der Gnostiker, über die Große Mutter, die der Welt das Leben schenkt und die größer ist als der Erlöser selbst, denn ohne sie gäbe es nicht einmal eine Welt, um sie zu erlösen, und also auch keinen Erlöser. Er schloss mit den Worten, dieses göttliche weibliche Prinzip würde in der christlichen Religion von Maria Magdalena, der Ehefrau Christi, verkörpert.

»Christus war unverheiratet!«, schrie Gerardo, schlug mit der Hand auf den Tisch und sprang völlig außer sich auf. »Und die Magdalena war eine …«

»Sprich es nicht aus!« Hugues schnellte hoch, beugte sich über den Tisch und packte ihn am Hals. »Schmähe die Heilige Mutter nicht.«

Gerardo war vollkommen überrascht – nicht, weil die Reaktion des Franzosen so schnell war und heftig ausfiel, sondern wegen der unerwarteten Leidenschaftlichkeit in den Worten des Franzosen, der sich sonst so abgeklärt äußerte.

In diesem Moment klopfte es. Hugues ließ Gerardos Hals los, richtete sich auf und ging zur Tür. Aus der Küche waren Worte und unterdrücktes Kichern zu hören, dann kehrte der Kommandant in Begleitung einer etwa dreißigjährigen Frau zurück, die ein ärmelloses graues Übergewand über einer tief ausgeschnittenen Leinentunika trug und ihre kupferroten Haare unter einer Haube zusammengenommen hatte. Sie hielt eine Tonschüssel in Händen, der ein angenehmer Geruch nach Schmorfleisch entströmte. Obenauf lagen zwei dicke Scheiben Brot. Als sie das Fleisch auf den Tisch stellte, beugte sie sich so weit vor, dass man ihren Busen sah, und schenkte Gerardo ein anzügliches Lächeln.

»Gianna bleibt nur wenig Zeit, bis ihr Mann Verdacht schöpft und nach ihr sucht«, erklärte Hugues. »Ich habe ihr erzählt, dass ich einen Gast habe, und sie ist bereit, uns beide für einen Soldo zusätzlich zu befriedigen, aber nur gemeinsam, nicht nacheinander.«

Offensichtlich konnte er sich auch bei Leuten verständlich machen, die kein Latein sprachen, wenn er wollte. Gerardo beschränkte sich darauf, den Kopf zu schütteln. Die beiden lachten, weil er errötet war, und gingen ins Schlafzimmer. Auf der Schwelle drehte die Frau sich um, sah ihn fast ein wenig sehnsuchtsvoll an und hauchte ihm mit den Fingerspitzen einen Kuss zu.

»Wenn du es dir überlegst, kannst du noch nachkommen«, sagte sie.

Hugues flüsterte ihr etwas ins Ohr, worauf sie schallend lachte, dann schlossen sie die Tür.

Gerardo blieb wie gelähmt am Tisch sitzen und fragte sich, warum er nicht ging. Ein Teil in ihm, den er krampfhaft zu unterdrücken suchte, flüsterte ihm zu, dass er bereits gesündigt hätte, indem er sich hatte erregen lassen, und dass er damit auch gleich in das Zimmer nebenan gehen und sich mit der Frau vergnügen könnte.

Er suchte nach einem Mittel, um sich von diesen Gedanken abzulenken, deshalb sah er sich erneut das Blatt mit dem hebräischen Alphabet an, das auf dem Tisch lag. Und bald war Gerardos Kopf wieder mit den vielen Enthüllungen beschäftigt, die er in so kurzer Zeit und alle auf einmal erhalten hatte. Christus war verheiratet, und das mit Maria Magdalena, einer Frau von üblem Ruf, obwohl sie später erlöst und heiliggesprochen worden war. Das konnte einfach nicht wahr sein. Vielleicht, dachte Gerardo, enthielten die gegen seinen Orden erhobenen Anschuldigungen wegen Ketzerei, die er immer für falsch und vorsätzlich ersonnen gehalten hatte, doch einen wahren Kern.

Aber sosehr er sich auch bemühte, klar zu denken – er war zu nichts anderem in der Lage, als im Kopf immer wieder die gleichen Satzfetzen zu wiederholen, die keinen logischen Zusammenhang hatten. Zuerst dachte er, er wüsste zu wenig, um es beurteilen zu können. Dann, dass es eine Sünde sei, sich hinter dieser vorgetäuschten Unwissenheit zu verstecken. Was war denn nun seine Pflicht? Sich selbst anzuzeigen und sich in die Hände der Inquisition zu begeben, um dort zu erklären, er habe in gutem Glauben gehandelt? Nein, das war zu gefährlich. So lief er Gefahr, unter der Folter befragt zu werden. Und selbst wenn man ihm schließlich Glauben schenken und ihn freilassen würde, wäre er für den Rest seines Lebens als Krüppel gezeichnet. Nachdem er eingehend sein Gewissen erforscht hatte, kam Gerardo zu dem Schluss, dass er sich nicht zum Märtyrer berufen fühlte.

Außerdem bestand immer noch die Möglichkeit, dass Hugues' Worte der Wahrheit entsprachen. Vielleicht stimmten die verbreiteten Gerüchte, dass die Tempelritter im Heiligen Land Geheimnisse entdeckt hatten, die im Widerspruch zur offiziellen Lehre der Kirche standen. Er sah sich das hebräische Wort an, das Baphomet hieß, und darunter seine Transkription in Sophia, die Göttin der Weisheit. Wie viele Geheimnisse er wohl entdecken mochte, wenn er Hugues de Narbonne folgte?

Schnell verjagte Gerardo diesen gotteslästerlichen Gedanken, doch bevor er seine Aufregung auch nur so weit kontrollieren konnte, dass er in der Lage war, eine klare Entscheidung zu treffen, und sei es auch nur der Entschluss, einfach aufzustehen und zu gehen, kam Gianna bereits wieder aus dem Schlafzimmer. Sie richtete hastig ihre Haube.

»Komm an einem anderen Tag wieder«, flüsterte sie ihm zu, als sie an ihm vorbeiging. »Bei dir werde ich schon dafür sorgen, dass ich mehr Zeit habe.«

Die Tür zur Straße fiel mit einem trockenen Laut ins Schloss, und gleich darauf erschien Hugues de Narbonne im

Arbeitszimmer. Er blickte ernst, aber Gerardo beging nicht den Irrtum, dies darauf zurückzuführen, dass der Franzose sich bewusst war, welch schwere Sünde er soeben begangen hatte. Offensichtlich betrachtete sich der Kommandant als jemanden, der über den Gesetzen der Kirche stand. Damit musste es einen anderen Grund für diese Ernsthaftigkeit geben. Vielleicht hielt er ja noch mehr Enthüllungen bereit. Gerardo beendete seinen inneren Kampf und bereitete sich darauf vor, weiter zuzuhören. Damit verschob er jede Entscheidung auf den Zeitpunkt, an dem er endlich dieses Haus verlassen würde.

»Als ich in den Orden eingetreten bin«, sagte der Franzose und setzte sich vor die Schüssel mit dem Schmorfleisch, »habe ich das gleiche Gelübde abgelegt wie du, obwohl ich es von Anfang an als sinnlose Einschränkung empfunden habe. Dann hat mich jedoch jemand einer höheren Weisheit teilhaftig werden lassen, und damit waren die Gelübde überholt. Das, was du hier erlebt hast, war keine gewöhnliche Verletzung des Keuschheitsgelübdes, so wie du es definieren würdest. Ich meine damit, dass das, was wir gerade getan haben, keine Sünde war und daher auch keiner Beichte bedarf, um vergeben zu werden.«

Gerardo begriff den Gedankengang, obwohl er ihn als entsetzliche Gotteslästerung empfand. Im Grunde sagte der Kommandant damit, dass für die in das geheime Wissen der Templer Eingeweihten die üblichen Verhaltensvorschriften nicht mehr galten. Und dass nur die Nichteingeweihten den Ordensregeln unterworfen waren. Doch er begriff immer noch nicht, aus welchem Grund Hugues sich entschlossen hatte, ihm solche Geheimnisse anzuvertrauen, die er doch, wie er kurz zuvor behauptet hatte, nicht einmal unter der Folter enthüllt hätte.

»Kommandant«, sagte er, als es ihm gelungen war, den Reigen der wild durch seinen Kopf tanzenden Gedanken ein wenig zu beruhigen. »Warum gerade ich?«

Hugues lachte und schlug mit der Hand auf den Tisch. »Das ist endlich die richtige Frage!«, sagte er und nickte. »Hast du dich denn nicht gefragt, warum ich bereit war, für einen völlig Fremden eine Bürgschaft zu unterschreiben?«

»Remigio hatte mir gesagt …«

»Lass den Bankier aus dem Spiel, er weiß nichts. Die Wahrheit ist, dass ich dich seit dem Abend treffen wollte, an dem ich erfahren habe, was du mit Angelo da Piczanos Leiche getan hast.«

»Ihr wusstet es schon, bevor ich es Euch erzählte!«, brach es aus Gerardo heraus. »Aber wie konntet Ihr …«

»Das ist einfacher als du denkst. Ich kannte Angelo, und wir haben uns getroffen, als er nach Bologna kam.«

Hugues nahm das Brot vom Topf, warf einen kritischen Blick hinein, holte sich einen mit fetter Soße bedeckten Brocken Fleisch heraus und legte ihn auf eine der Scheiben.

»Also wart Ihr derjenige, den Angelo in der Nacht treffen sollte, als er ermordet wurde!«, rief Gerardo aus.

Hugues schüttelte nur stumm den Kopf und tauchte die Finger wieder in die Soße, dann strich er mit ihnen über das Brot, damit es sie aufsaugte. »Nein. Er hatte mir gesagt, dieses Treffen fände erst einen Tag später statt. Sonst wäre er noch am Leben.« Er verstummte, und seine grauen Augen verfinsterten sich. »Nun gut, sobald ich von dem Brand hörte, bin ich dorthin gerannt. Die Inquisition war bereits vor Ort, aber sie hatten nichts gefunden. Als ich mich umhörte, ist mir klar geworden, dass der dort verschwundene Student, über den alle redeten, auch ein Tempelritter sein musste. Und er musste eine schwierige, gefährliche Aufgabe gemeistert haben, indem er floh und Angelos Leiche nicht in den Händen der Dominikaner zurückließ.«

»Dann seid Ihr also zu Remigio gegangen und habt ihm gesagt, dass er Euch benachrichtigen sollte, falls ich mich an ihn wenden würde«, sagte Gerardo. »Deshalb hat er so aufgehorcht, als ich ihm sagte, mir wäre ein Unglück zugestoßen.«

»So ungefähr hat es sich abgespielt. Ich muss Euch loben. Ein wacher Verstand ist eine wichtige Voraussetzung für einen zukünftigen Eingeweihten.«

»Ihr habt mir noch nicht geantwortet, Kommandant. Warum wünscht Ihr, dass ich dieses geheime Wissen teile?«

Hugues forderte ihn auf, sich aus dem Topf zu bedienen, doch Gerardo schüttelte den Kopf, ohne den Blick von dem Franzosen abzuwenden. Achselzuckend biss dieser in ein Stück Fleisch, das er dann wieder auf die fettige Brotscheibe legte.

»Gott spricht zu uns und bringt uns so auf den Weg, den wir gehen müssen«, sagte er mit vollem Mund. »Bisweilen finden wir dort Prüfungen und Hindernisse vor, die den Charakter stählen. Manchmal auch kleine oder größere Glücksfälle, auf die wir uns aber nichts einbilden sollten. Und manchmal richtet er es so ein, dass wir zur rechten Zeit dem richtigen Menschen begegnen.« Er unterbrach sich kurz und spülte einen Bissen mit einem Schluck Wein aus dem Krug hinunter. »Wir, die wir noch die wahre Weisheit im Heiligen Land erfahren haben, werden alt«, fuhr er fort. »Viele von uns sind inzwischen gestorben. Wir brauchen frisches Blut, damit die Fackel nicht verlöscht. Deshalb werde ich, wenn das alles hier beendet ist, mein ganzes Wissen mit dir teilen, falls du das möchtest.« Er nahm sein Stück Fleisch wieder auf und deutete auf den Topf. »Aber nun iss. Für die Aufgabe, die ich dir übertragen will, wirst du deine ganze Kraft benötigen.«

Als er an die Baustelle der Basilika von San Giacomo Maggiore kam, die an der Straße nach San Donato errichtet wurde, blieb Mondino neben einer Reihe von Steinmetzen stehen, die auf dem Boden saßen und an den Kapitellen der Säulen arbeiteten. Er machte mühelos den Baumeister aus, einen kräftigen Augustinermönch mit einem langen grauen Bart, der auf einem Steinquader stand und die Arbeiten überwachte.

Als er ihn rief, wandte sich der Mönch ruckartig um, sprang hinab und lief ihm zwischen den Steinquadern und den Balken entgegen, die den kleinen Platz vor der Kirche ausfüllten.

»*Pax vobiscum*, Magister«, sagte er und schüttelte den Staub von der Kutte. »Bitte entschuldigt meine nachlässige Kleidung.«

»*Et cum spiritu tuo*«, erwiderte Mondino. »Ich sehe, dass Ihr gut vorwärtsgekommen seid, Pater Paolo. Wann wird das Dach gedeckt?«

Der Mönch wandte sich mit beinahe väterlichem Stolz wieder der Baustelle zu. Die vier äußeren Ecken waren bereits fertiggestellt und wurden durch Mauerabschnitte verbunden, zwischen denen Maurer und andere Handwerker ihrer Arbeit nachgingen.

»Bevor ich auch nur an das Dach denken kann, werden noch mindestens zwei Jahre vergehen«, sagte er versonnen, als würde er schon die vollendete Basilika vor sich sehen. »Aber sagt, womit kann ich Euch dienen?«

»Eigentlich dachte ich, dass ich Euch nützlich sein könnte. Oder besser gesagt Eurem Vetter Francesco.«

Der Mund des Mönches öffnete sich zu einem fast perfekten O. »Meinem Vetter. Aber woher ...«

Mondino lächelte wohlwollend. »Einer meiner Schüler kennt ihn und hat mir seinen Namen genannt. Wie Ihr wisst, können bei einem Hodenbruch jederzeit wichtige Organe abgeklemmt werden, und das kann für den Patienten lebensbedrohlich werden. Deshalb sollte man ihn besser so schnell wie möglich entfernen, als dieses Risiko weiter einzugehen.«

Der Baumeister sah überrascht aus, doch auf seinem jung gebliebenen Gesicht zeigte sich kindliche Freude. »Meint Ihr damit wirklich, dass Ihr selbst die Operation durchführen würdet? Francesco wird sehr glücklich darüber sein. In letzter Zeit bereitet ihm sein Bruch große Schmerzen.« Auf einmal verfinsterte sich seine Miene jedoch, und er fasste sich verlegen an den Bart. »Aber ich fürchte, dass wir uns das nicht leisten können ...« Er unterbrach sich, um zwei Arbeitern, die unter einem dicken Balken standen, der von einem Flaschenzug in die Höhe gehievt wurde, zuzurufen, sie sollten sich aus der Gefahrenzone begeben. Die beiden gingen gemächlich ein paar Schritte zur Seite.

»Vor drei Wochen ist ein Seil gerissen, und einer von ihnen ist dabei umgekommen, dennoch lernen sie nicht daraus«, sagte er kopfschüttelnd. »Aber um auf meinen Vetter zurückzukommen ...«

»Macht Euch keine Sorgen wegen des Geldes«, sagte Mondino, der diese Frage vorhergesehen hatte. »Da mir aus Forschungszwecken an dieser Operation liegt, werde ich von Eurem Vetter nur ein Drittel meines üblichen Honorars verlangen.«

Das Gesicht des bärtigen Mönches erstrahlte. »Danke, Magister. Das ist wirklich ein Geschenk des Himmels.«

»Wir wollen nicht übertreiben.«

»Das meine ich ernst. Francesco hatte wirklich an Euch gedacht, als man ihm sagte, dass man den Hodenbruch operieren sollte. Aber da er wusste, das er sich Euer Honorar nicht leisten konnte, wollte er sich an Bertruccio oder Ottone wenden, die nach Eurer Methode vorgehen.«

Bertruccio Lombardo und Ottone da Lustrulano waren die einzigen Schüler Mondinos, die diese Operation durchzuführen in der Lage waren, ohne dass der Patient dabei an Sepsis oder Blutverlust starb. Mondino war überrascht, dass der Baumeister von der Neuerung wusste, die er in der Behandlung von Hodenbrüchen eingeführt hatte, aber dann fiel ihm ein, dass dies nicht so überraschend war: Die Männer der Kirche kämpften zwar beharrlich gegen den Fortschritt der Wissenschaft, aber sie war gern bereit, davon Gebrauch zu machen, wenn er ihnen nutzen konnte. Die frühere Methode, einen Hodenbruch zu operieren, die sein Lehrer Taddeo Alderotti praktizierte, sah eine Kauterisierung des Skrotums vor, wonach das verbrannte Fleisch in Schichten abgetragen wurde. Dabei war eine Kastration des Patienten unvermeidlich. Mondino begriff sehr genau, warum es einem verdorbenen Mönch wie dem Vetter des Baumeisters so wichtig war, dass er nach seiner Methode operiert wurde, welche fast immer die Zeugungsfähigkeit erhielt.

»Ich bin ebenfalls froh, dass er mich bevorzugt«, sagte er, doch er brachte kein Lächeln hervor. »Das macht alles viel einfacher. Obwohl ich, um der Wahrheit die Ehre zu geben, sagen muss, dass beide Ärzte, die Ihr genannt habt, ebenfalls in der Lage sind, diese Operation durchzuführen.«

»Das bezweifele ich nicht. Dennoch, wenn man die Wahl hat, ist der Lehrer trotz allem immer besser als die Schüler, meint Ihr nicht auch?«

Die Freude des Mönches für seinen Vetter war rührend, und Mondino hatte ein paar Gewissensbisse, weil er ihn benutzte.

»Selbstverständlich, Vater«, sagte er und mied den Blick des Baumeisters. »Wenn es Euch recht ist, werde ich morgen Nachmittag ins Kloster kommen, um einen Blick auf den Patienten zu werfen.«

»Das passt ausgezeichnet. Wir werden Euch erwarten. Und nochmals vielen Dank.«

Der Mönch wandte sich ab und kehrte an seine Arbeit zurück. Auf dem lauten, mit Steinen, Karren, Steinmetzen und Maurern angefüllten Platz erhob sich die im Bau befindliche Kirche San Giacomo. Ohne Dach sah sie noch aus wie eine Ruine aus fernen Zeiten.

SIEBEN

Während er mit gesenktem Kopf zwischen zwei Häuserreihen eine kleine Straße entlanglief, hielt sich Gerardo mit einer Hand Mund und Nase zu, um den Gestank nicht einatmen zu müssen. Er hoffte nur, dass nicht irgendeine Hausfrau an einem Fenster über ihm genau in diesem Moment den Inhalt ihrer Nachttöpfe nach draußen kippte. Vorsichtig schaute er kurz nach oben, und als er sah, dass alle Läden geschlossen waren, schritt er schnell vorwärts. Er hätte zwar die Hauptstraße benutzen können, um zu dem Gasthaus zu gelangen, in dem der Deutsche getötet worden war, aber diese mied er aus zweierlei Gründen: Erstens fürchtete er, erkannt zu werden. Vor drei Tagen hatte Hugues de Narbonne ihm befohlen, alles herauszufinden, was Wilhelm von Trier von seiner Ankunft in der Stadt an bis zu seinem Tod getan hatte. Dass der Besitzer des Hauses, das Gerardo angezündet hatte, genau in dieser Gegend wohnte, hatte ihn nicht weiter gekümmert; er hatte darauf beharrt, dass Gerardo tat, wie geheißen, und Gerardo hatte nicht gewagt, etwas einzuwenden. Obwohl er immer noch bestürzt war über die Enthüllungen des Franzosen, so war er doch ein Tempelritter, und ihre Ordensregeln schrieben unbedingten Gehorsam gegenüber Ranghöheren vor.

Der zweite Grund, warum er nicht die Hauptstraße benutzte, war, dass die Gegend um Santo Stefano an das Viertel Trebbo dei Banchi angrenzte, was bedeutete, dass er mehrmals am Tag an Remigios Haus vorbeimusste. Und er wollte nicht, dass der Bankier ihn fragte, warum er so oft hier vorbeikam.

Vor allem aber wollte er Fiamma nicht begegnen, die stets an dem langen Tisch hinter ihrem Adoptivvater saß und Dokumente ausfertigte.

Remigio war sehr diskret gewesen; er hatte ihn nur mit einem Kopfnicken gegrüßt und ihn nicht angesprochen. Fiamma hingegen schien seine Gegenwart im Voraus zu ahnen, und jedes Mal, wenn der junge Mann an ihrem Geschäft vorbeikam, schaute sie von den Papieren auf und sah ihn unergründlich an.

Trotz seiner Vorsätze hatte Gerardo die Augen nicht abwenden können und fühlte, wie sein Herz schneller schlug. In diesen Tagen hatte er ständig an das denken müssen, was ihm Hugues de Narbonne gesagt hatte: dass ihm erlaubt sein würde, Geheimnisse zu erfahren, die nur einer kleinen Minderheit der Tempelritter bekannt waren. Geheimnisse, die sein Leben auf unerwartete Weise verändern würden und dies vielleicht sogar bereits taten.

Gerardo ging nicht aus dem Kopf, was Hugues und diese Frau im Schlafzimmer getan hatten. Vor einigen Jahren, als er noch in der kleinen Burg seiner Eltern wohnte, hatte ihn eine Magd namens Assunta, eine verheiratete Frau mit zwei Kindern, in die Freuden der körperlichen Liebe eingeführt. Sie hatten sich oft in den Mittagsstunden des Sommers im dämmrigen Pferdestall getroffen oder unter freiem Himmel im Weinberg. Diese Erinnerungen waren das schlimmste Hindernis gewesen, das er nach seinem Gelübde überwinden musste. Er hatte Monate voller Gebete und geistiger Exerzitien gebraucht, bevor er das unterdrücken konnte, woran sein Körper ihn hartnäckig erinnerte. Schließlich und endlich war es ihm jedoch gelungen.

Hatte er jedenfalls geglaubt. Nun aber musste er feststellen, dass dem nicht so war.

Allein der Gedanke, man könnte die Ordensregeln im Namen einer höheren Weisheit, die den meisten verwehrt blieb, brechen, ohne damit eine Sünde zu begehen, hatte genügt, dass sein Kopf sich beharrlich damit beschäftigte. In diesen Tagen hatte Gerardo sich oftmals die Frage gestellt, was er eigentlich vom Leben wollte. Dabei hatte er zum ersten Mal angezweifelt, dass er wirklich zu einem Mönchssoldaten bestimmt war, der die Christenheit verteidigen sollte. Aber noch hatte er keine Antwort darauf gefunden, was er dann anstrebte.

Nun lief er schon die kompliziertesten Umwege durch mit Schlamm, Exkrementen und Unrat bedeckte Gässchen, nur um nicht an Fiamma vorbeikommen zu müssen. Zugleich ersehnte er sich nichts anderes, und wenigstens einmal am Tag gab er diesem Verlangen nach und ging die Hauptstraße entlang, die von der Porta Ravegnana in das Viertel um *Sancta Hierusalem* führte.

Als er die Gasse verließ, nahm er die Hand von Mund und Nase und konnte endlich wieder frei atmen. Er vermied es, noch einmal in dem Gasthaus vorbeizuschauen, um keinen Verdacht zu erregen. Am ersten Tag war er dort hineingegangen, hatte sich als einer der vielen Schaulustigen ausgegeben und Fragen über den Mord an Wilhelm von Trier gestellt. Der Wirt wurde von einem Haufen Leuten bedrängt, die alles über den Templer und das Herz aus Eisen wissen wollten; deshalb hatte er auch nicht bemerkt, dass Gerardos Fragen zielgerichteter waren als die der anderen Neugierigen. Bereitwillig hatte er Gerardo und fünf oder sechs anderen Personen um ihn herum, die ihm gespannt zuhörten, erzählt, wie der Deutsche angekommen war und ein Zimmer für sich allein verlangt hatte, dass er am Nachmittag das Wirtshaus verließ, dass er aber nicht gesehen hatte, dass er zurückgekommen war.

»Ein streunender Hund war in den Hühnerstall eingedrungen«, berichtete der Wirt, hocherfreut, dass er noch einmal sein Abenteuer erzählen konnte. »Ich habe gehört, wie die Hennen gegackert haben und bin schnell raus, um nachzuschauen. Ich bin mir sicher, dass der Mörder den Hund da reingeschickt hat, damit er ungesehen in das Zimmer des Deutschen schlüpfen konnte. Genau in der Zeit, die ich bei den Hennen verbrachte, muss auch mein Gast zurückgekommen und ins obere Stockwerk hinaufgegangen sein.«

»Wer hat die Leiche entdeckt?«, fragte ein pickeliger junger Mann.

»Eine Frau, die bei mir sauber gemacht hat.«

»Vielleicht können wir uns auch noch von ihr erzählen lassen, was sie gesehen hat?«, fragte Gerardo.

»Sie arbeitet nicht mehr hier. Sie hatte zu viel Angst.«

»Wo wohnt sie?«

»Irgendwo an der Via Galliera, hinter dem Campo del Mercato.«

Gerardo hatte sich den Namen der Frau nennen lassen und war noch am gleichen Nachmittag zu ihr gegangen. Mit ein wenig Geld hatte er sie dazu gebracht, ihm alles zu erzählen, was sie bereits den Männern des Capitano del Popolo gesagt hatte. Leider erfuhr Gerardo nicht viel mehr, als dass sie nach dem Vespergeläut einer Erledigung wegen aus dem Haus musste und dass sie sich vom Stallknecht des Gasthauses hatte begleiten lassen, einem kräftigen jungen Mann, der sie zur Not beschützen konnte. Sie habe den Deutschen vor der Kirche San Giovanni in Monte gesehen, wie er mit einem Bettler sprach, dem eine Hand fehlte, sagte sie weiter, und dass dieser Bettler sich meistens in dieser Gegend aufhielt.

Sie erinnerte sich auch, wie der Mann, der trotz seines fortgeschrittenen Alters groß war, sich zu dem Bettler hinunterbeugte, als wollte er ihm zuhören. Sonst wurden Bettler mit wenigen Worten, einem Almosen oder einem Fußtritt abgefertigt, und sie habe sich gewundert, dass dieser Deutsche sich so viel Mühe gab, den Klagen des Krüppels zu lauschen.

Gleich darauf sei dieser in Richtung Wirtshaus zurückgegangen.

Als sie am nächsten Morgen die Tür zu seinem Zimmer öffnete, um dort den Boden zu fegen, sah sie ihn auf dem Strohlager liegen, mit geöffnetem Brustkorb und einem Herzen, das sich in einen Block Eisen verwandelt hatte.

Vermutlich hatte die Begegnung zwischen Wilhelm von Trier und dem Bettler keine Bedeutung, aber man konnte nie wissen. Gerardo hatte ihn sich von der Frau beschreiben lassen und dann rund um *Sancta Hierusalem* nach ihm gesucht.

Er umrundete zweimal die Kirchen und erkundete sorgfältig den Platz und die Gassen um San Giovanni in Monte, doch er fand keine Spur von dem Krüppel, den ihm die Frau beschrieben hatte. Er wäre leicht zu erkennen, wusste Gerardo, denn er trug eine übel verschmutzte schwarze Kutte, die früher einmal einem Mönch gehört haben musste, hatte lange Haare und einen langen Bart und stützte sich beim Laufen auf einen Pilgerstab aus Eschenholz.

Gerardo hatte für seine Nachforschungen die Zeit kurz vor dem None-Läuten gewählt, weil dann der Arbeitstag zu Ende ging, die Läden in Kürze schließen würden und jede Menge Volk auf dem Heimweg durch die Straßen strömte. Das war der beste Zeitpunkt für jemanden, der von Almosen lebte.

Im Zweifel, ob er eine falsche Beschreibung bekommen hatte, hielt Gerardo andere Bettler an, bekam von allen jedoch die gleiche Antwort: Der Krüppel stammte aus Ferrara – weshalb sie ihn nur den Ferrareser nannten. Sie hatten ihn seit einiger Zeit nicht mehr gesehen und nahmen aus diesem Grund an, er sei in seine Vaterstadt zurückgekehrt. Gerardo stellte noch mehr Fragen, und nach und nach brachte er in Erfahrung, dass der Ferrareser genau an dem Tag verschwunden war, an dem man die Leiche des Deutschen gefunden hatte. Ebenso gut konnte er aber auch zufällig an diesem Tag weggegangen sein, wusste Gerardo – Vagabunden wechselten häufig den Ort. Inzwischen häuften sich die Zufälle jedoch zu sehr, als dass er noch länger an sie glauben wollte.

Wenn der Mann es für nötig gehalten hatte, nach dem Mord zu verschwinden, konnte es wirklich sein, dass er etwas wusste und deswegen kein Risiko eingehen wollte. Er musste ihn also unbedingt finden. Doch Gerardo erschien die Idee unsinnig, sich auf den Weg nach Ferrara zu machen, um einen Bettler zu suchen, dem eine Hand fehlte.

Ein gelähmter Junge, der ungefähr fünfzig Schritt von Remigio Sensis Wechselstube entfernt auf einem mit eisenbeschlagenen Rädern versehenen Brett saß und um Almosen bettelte, hatte ihm als Einziger eine andere Auskunft gegeben. Er gab zu bedenken, dass der Krüppel möglicherweise ja gar nicht weggegangen war, sondern einfach nur krank. In diesem Fall würde er sich vermutlich in dem unterirdischen Gewölbe aufhalten, sagte der Junge.

»Welches Gewölbe?«, fragte Gerardo.

»Für eine Lira zeig ich es Euch«, antwortete der Junge.

»Eine Lira?« Gerardo lachte über diese absurde Forderung. »Scheint dir das nicht ein wenig übertrieben?«

»Überhaupt nicht. Jemand anders, dem ich es gezeigt habe, hat sie mir klaglos gegeben.«

»Wirklich?«, meinte Gerardo lächelnd. »Sag mir seinen Namen, und ich werde dir glauben.«

Das Gesicht des Jungen verfinsterte sich. »Auf keinen Fall. Er hat mir ja gerade deshalb so viel Geld gegeben, damit ich mit niemandem darüber rede.«

»Wie passend«, erwiderte Gerardo, den ihr Gespräch langsam belustigte. »Du kannst nicht sagen, um wen es sich handelt, aber du darfst sagen, wie viel Geld er dir gegeben hat.«

»Ich lüge nicht«, beharrte der Junge. »Was meint Ihr, warum hat Euch noch niemand von dem unterirdischen Gewölbe erzählt?«

»Weil sie nicht daran gedacht haben, dass der Ferrareser krank sein könnte.«

Der Junge schüttelte ernst den Kopf. Er konnte höchstens elf oder zwölf Jahre alt sein, aber er versuchte, sich wie ein Erwachsener zu verhalten. Der obere Teil seines Körpers war normal ausgebildet, die Beine dagegen nur zwei dürre Stecken, die gekrümmt auf dem fahrbaren Brett lagen.

»Man hat es Euch nicht gesagt, weil es ein Geheimnis der Bettler ist.«

Gerardo ging in die Knie, bis sein Gesicht auf gleicher Höhe mit dem des Jungen war. »Und du bist bereit, mir dieses Geheimnis zu verraten, wo du das Wort, das du einem Unbekannten gegeben hast, so streng hältst. Warum?«

Der Junge sah ihn wütend an. »Weil ich nie jemandem versprochen habe, es nicht zu verraten!« Er stützte sich mit den Händen auf dem Straßenpflaster ab, um das Brett zu drehen und sich zu entfernen. »Wenn es Euch also interessiert zu erfahren, wo das unterirdische Gewölbe ist, kostet das eine Lira.«

Als Gerardo aufstand, sah er, wie Remigio aufrecht hinter seiner Luke saß und ihn von fern beobachtete. Als sein Blick dem des Bankiers begegnete, grüßte der ihn wie gewohnt mit einem Neigen des Kopfes. Gerardo erwiderte den Gruß auf gleiche Weise, dann lief er dem Jungen nach und hielt ihn an der Schulter fest, als er ihn eingeholt hatte. »Ich bin interessiert. Aber ich kann dir nicht so viel bezahlen. Ich habe mir gerade Geld geliehen, weil ich nichts mehr besaß.«

»Das glaube ich Euch nicht. Lasst mich gehen.«

Der Krüppel schien entschlossen zu verschwinden, ohne über den Preis zu verhandeln. Gerardo nutzte die letzte Chance, doch noch ein Geschäft mit dem Jungen zu machen, und griff in seine Börse. Als dieser das Klingeln der Münzen hörte, hielt er an. Schließlich einigten sie sich auf zehn Soldi, was zwei Wochenlöhnen von vielen ehrlichen Arbeitern entsprach.

»Fünf sofort«, sagte Gerardo und legte ihm die Münzen in die Hand, die so schmutzig und schwielig war, dass sie sich kaum mehr schließen wollte, »und fünf, wenn ich dieses berühmte unterirdische Gewölbe gesehen habe.«

»Der Handel gilt«, sagte der Junge. »Kommt mit.«

Er steckte das Geld in die kleinere der beiden Umhängetaschen über seinem zerrissenen Gewand und stieß seinen Karren mit den Händen vorwärts.

Gerardo kam nicht umhin, ihn zu mögen. Er beschloss, dass er ihm die fünf Soldi, die er ihm bereits gegeben hatte, selbst dann lassen würde, wenn sich das Geheimnis des unterirdischen Gewölbes als Lüge herausstellen sollte.

»Wie heißt du?«, fragte er ihn.

»Bonagrazia, zu Euren Diensten«, erwiderte der Junge ohne sich umzudrehen. »Aber alle nennen mich nur Bonaga.«

Sie verließen den Platz, kamen an dem Wirtshaus vorbei, in dem Wilhelm von Trier getötet worden war, und tauchten in das Labyrinth aus Gassen zwischen Santo Stefano und der Strada Maggiore ein. Bonaga lenkte seinen Karren geübt, doch an einigen Stellen versperrten ihm Trümmerhaufen und Unrat den Weg. Damit sie nicht zu viel Zeit verloren, nahm Gerardo ihn dann auf den Arm, ohne sich um den Schmutzgestank zu kümmern, den der Junge ausströmte, und hob ihn und seinen Karren über die Hindernisse.

Irgendwann blieb der Junge vor den Resten eines eingestürzten Hauses stehen. »Wir sind da«, sagte er. Er fuhr um einen Haufen Steinquader herum, hielt dann jedoch plötzlich an und gab Gerardo ein Zeichen zu schweigen. Aus der größeren Tasche holte er eine zusammengerollte Schleuder, legte einen Stein in das gewölbte Lederstück in der Mitte und steckte einen Finger in den Ring am äußeren Ende einer der beiden

Schnüre. Dann ließ er blitzschnell die Schleuder zweimal über seinem Kopf wirbeln und ließ los. Gerardo war sofort bei ihm. Er hatte die Hand bereits an den Griff seines Dolches gelegt, aber als er das zufriedene Grinsen des Jungen sah, entspannte er sich. Er folgte seinem Blick und entdeckte auf einem Grasfleck zwischen den Trümmern, etwa acht Schritt von ihnen entfernt, eine Amsel mit zerschmettertem Kopf.

»Das ist mein Abendessen«, sagte Bonaga. »Ein echter Glückstreffer.«

»Stimmt. Schließlich war es für einen Treffer gleich beim ersten Mal ziemlich weit.«

Der Junge wirkte gekränkt. »Ich hätte sie auch auf die doppelte Entfernung erwischt. Mit dem Glückstreffer meinte ich eigentlich, dass ich überhaupt eine Amsel gefunden habe. Die Gastwirte schlachten sie in Mengen ab, um sie ihren Gästen geschmort zu servieren. Es gibt fast keine mehr in der Stadt.«

Gerardo ging zu dem toten Vogel, packte ihn am Schwanz und hielt ihn dann dem Jungen hin. Bonaga ließ ihn sofort in der größeren Tasche verschwinden, die zur Hälfte mit Flusskieseln gefüllt zu sein schien. Dann drehte er das Brett so, dass er durch den Eingang, an dem die Tür fehlte, in das Haus fahren konnte. Er schien sich trotz des Halbdunkels gut auszukennen.

»Kommt, hier entlang.«

Aus Vorsicht wartete Gerardo, bis sich seine Augen an das spärliche Licht gewöhnt hatten, bevor er ihm folgte. In dem eingestürzten Haus herrschte eine seltsame Stille, vielleicht bedingt durch den Umstand, dass der Lärm von den Hauptstraßen diesen abgelegenen Ort nicht erreichte. Sobald Gerardo ihn eingeholt hatte, zeigte Bonaga ihm eine breite Spalte, die unter einer Mauer klaffte.

»Das da ist das unterirdische Gewölbe«, sagte er und hielt die Hand auf, um auch den Rest seines Geldes zu erhalten.

»Einen Moment«, bremste ihn Gerardo. »Du musst mir

noch sagen, was genau dieser Ort ist und warum sich der Mann, den ich suche, deiner Meinung nach dort unten aufhalten soll.«

Der Junge zögerte einen Moment, bevor er etwas sagte, dann flüsterte er: »Dies ist der geheime Zufluchtsort der Bettler. Ich habe gehört, das Gewölbe soll sehr alt sein und sich meilenweit unter der Stadt erstrecken. Viele kommen jeden Abend zum Schlafen her. Andere bleiben auch tagsüber hier, wenn sie zu krank sind, um hinauszugehen.«

»Wie ist es möglich, dass niemand davon weiß?«, fragte Gerardo.

Bonaga erklärte ihm, jemand habe einst, lange vor seiner Geburt, ein neues Stockwerk auf das Haus über ihnen bauen wollen, dabei sei es jedoch zusammengestürzt, weil der Hohlraum darunter das Gewicht nicht trug. So hatte man die unterirdischen Räume entdeckt. Das Haus war verlassen worden, weil es sich nicht lohnte, es wieder aufzubauen – schließlich war das Erdreich darunter ausgehöhlt. Die Bettler hatten das unterirdische Gewölbe erkundet, für tauglich befunden und besiedelt. Die Bürger dagegen hatten mit der Zeit vergessen, dass es überhaupt existierte.

»Ich bin nie dort gewesen«, meinte Bonaga traurig. »Allein kann ich nicht dort hinunter, und niemand hat mich je dorthin bringen wollen.«

Seine Stimme war hart geworden. Vielleicht war er deswegen bereit gewesen, das Geheimnis zu verraten – nicht so sehr des Geldes wegen, sondern weil er sich ausgeschlossen fühlte.

»Hast du keine Freunde?«

Der Junge schüttelte den Kopf und sah Gerardo in die Augen. »Wir Armen sind untereinander alle Feinde. Ich muss jedes Almosen, das ich bekomme, immer sofort ausgeben, sonst stehlen es mir die anderen und nutzen aus, dass ich nicht fliehen kann.« Er schwieg einen Moment, dann fügte er hinzu:

»Aber wenn mir genug Zeit bleibt, meine Schleuder zu greifen und mich mit dem Rücken zu einer Wand zu stellen, halten sie sich von mir fern.«

»Möchtest du gern sehen, wie es da unten ist?«, fragte ihn Gerardo, einer Eingebung folgend.

Der Junge zuckte mit den Schultern und schaute stumm zu Boden. Gerardo bückte sich und hob ihn von dem Brett hoch. Dann begann er, mit dem Jungen in den Armen zwischen den Trümmern hinunterzugehen.

Als sie den Gang erreichten, setzte er Bonaga auf einem Steinquader ab und schaute sich um. In dem spärlichen Licht, das von oben hereinfiel, entdeckte Gerardo eine Fackel, und als er genauer hinsah, auch einen Zünder und einen Feuerstein. Er schlug den Zünder auf den Stein. Die mit ranzigem Öl getränkte Fackel fing sofort Feuer und brachte außer Licht auch einen dichten schwarzen Qualm hervor.

Der Junge schrie verwundert auf. Sie befanden sich in einem alten Gang, der vor langer Zeit einmal Teil der römischen Kanalisation gewesen sein musste: In der Mitte verlief ein Abwasserkanal, der jedoch ausgetrocknet war, und auf der linken Seite gab es leicht erhöht einen schmalen Weg. Im Gang wehte ein leichter Wind. Offensichtlich gab es weitere Ausgänge, so dass die Luft zirkulieren konnte; allerdings brachte der Wind keinen sehr angenehmen Geruch mit. Der nun seit Jahrhunderten ausgetrocknete Boden des Kanals war mit Unrat übersät, in dem Ratten herumhuschten.

»Dort entlang kommt man unter die Kirche Santo Sepolcro«, sagte Bonaga und zeigte auf den Abschnitt des Ganges zu ihrer Rechten. »Jetzt geht niemand mehr dorthin, sie sagen, der Platz sei verflucht.«

Gerardo starrte in den dunklen Gang. Dieser Ort machte es leicht, an jede Art von übernatürlichen Erscheinungen zu glauben. »Verflucht? Inwiefern?«

»Das weiß ich nicht. Wie ich Euch schon gesagt habe, redet kaum jemand mit mir. Ich habe nur gehört, dass einige Bettler verschwunden sind und dann dort unten gefunden wurden. Tot.«

»Ich verstehe. Und wohin geht es auf der anderen Seite?«

»Folgt man dem Gang, kommt man irgendwann in einem großen Raum heraus«, antwortete Bonaga. Er betrachtete diesen düsteren Ort wie eines der sieben Weltwunder. »Man hat mir erzählt, dort wären die Wände bemalt wie in einer Kirche. Ich weiß, dass der Ferrareser dort seinen Schlafplatz hat.«

»Ich werde ihn suchen gehen«, sagte Gerardo. »Warte hier auf mich. Ich bringe dich hinauf, wenn ich zurückkomme.«

»Nein!«, rief der Junge ängstlich aus. »Wir müssen sofort von hier verschwinden!«

Mit erregter Stimme erklärte er ihm, dass Gerardo, wenn er so gekleidet, wie er jetzt war, dort hingehen würde, sicher nicht mehr lebend aus dem unterirdischen Gewölbe herauskäme. Und er, Bonaga, würde dann dort auf dem Stein keine Möglichkeit haben, je wieder hinaufzukommen, und sicher schnell das gleiche Schicksal erleiden.

Gerardo zögerte. Er wollte die Sache endlich hinter sich bringen und mit dem Ferrareser sprechen, damit er erfuhr, ob der etwas mehr oder weniger Nützliches über den Mord an dem deutschen Tempelritter wusste. Doch der schrille Klang in Bonagas Stimme und vor allem sein drängender Blick veranlassten ihn, die Bedrohung ernst zu nehmen. Er löschte die Fackel, nahm den kleinen Bettler wieder in die Arme und kehrte mit ihm an die Oberfläche zurück.

Wortlos setzte er ihn auf seinen Karren, gab ihm die anderen versprochenen fünf Soldi, und sie traten den Rückweg an. Sobald sie den Platz vor Santo Stefano wieder erreicht hatten, verabschiedete sich Gerardo von dem Jungen und ging in Richtung Via San Vitale, wo er sich mit Mondino verabredet hatte. Er schaute zum Himmel hoch. Die Sonne war hinter einer dichten Wolkendecke verborgen. Es sah nach Regen aus.

Weil Gerardo es eilig hatte, nahm er die Hauptstraße und fand sich plötzlich, ohne dass er es bemerkt hatte, direkt vor Remigios Luke wieder. Der Bankier hatte seinen Dienern bereits befohlen, die Holzklappe hochzuziehen, und wartete darauf, dass sie seine Anweisung ausführten, damit er sie von innen verriegeln konnte. In den wenigen Sekunden, bevor ihm die Sicht versperrt wurde, sah Gerardo, wie Fiamma den Kopf hob und ihn ansah.

Unfähig einfach weiterzugehen, erwiderte er den Blick und hob instinktiv die Hand zum Gruß. Die Klappe schloss sich mit einem trockenen Laut, und Gerardo hatte den Eindruck, dass Fiamma ihm kurz zuvor zugelächelt hatte.

Uberto da Rimini war ziemlich verärgert, als er das Haus verließ und sich Richtung Trebbo dei Banchi aufmachte. Die beiden jungen Mönche, die er mitgenommen hatte, gingen gesenkten Hauptes einen Schritt hinter ihm und wagten nicht, ihn in seinen Gedanken zu stören.

Er war eben bei dem Hauswirt des Studenten gewesen, der den Brand gelegt hatte. Doch der Wollhändler hatte sich nicht etwa zufrieden gezeigt, dass die Inquisition sich seiner Interessen annahm – immerhin hatten die Häscher der Stadt noch nichts erreicht –, vielmehr verhehlte er seinen Unwillen nicht, dass er mit ihm zusammenarbeiten musste. Uberto hatte nicht herausgefunden, ob es daran lag, dass der Mann nur ein dummer Ghibelline war oder ob er sich so verhielt, weil er etwas zu verbergen hatte. Vielleicht stimmte ja beides.

Wenigstens hatte er sich bei allen Begegnungen respektvoll verhalten, weniger ihm als seinem Amt gegenüber. Das gehörte zu den Dingen, die Uberto an seiner Mission als Inquisitor schätzte. Er hätte ungern einem im Guten wie im Schlechten unbedeutenden Orden angehört wie den Augustinern oder den Eremitanern von San Girolamo zum Beispiel. Ihm gefiel die Angst, die die schwarz-weiße Kutte der Dominikaner in den Menschen auslöste. Das Volk war von Natur aus nicht fromm, und das Einzige, was es in Zaum hielt, war eine gesunde Gottesfurcht. Die von der Inquisition mit ihrer Arbeit ständig genährt wurde. Uberto war überzeugt, dass der Heilige Vater das Privileg, gegen Ketzerei und Glaubensverstöße vorzugehen, früher oder später nur noch seinem Orden anvertrauen und die Franziskaner, die sich oft als zu weich erwiesen hatten, entmachten würde.

Nachdem seine Nachforschungen über den Studenten unter dem Namen Francesco Salimbene nicht erfolgreich waren, hatte Uberto von dem Händler wenigstens eine Personenbeschreibung des Gesuchten bekommen. Inzwischen war er überzeugt, dass Francesco Salimbene nicht dessen richtiger Name war. Dass er unter einem falschen Namen reiste, zeigte mehr als alles andere, dass dieser Mann schuldig war. Das zählte zwar vor Gericht noch nicht als Beweis, dachte Uberto verärgert, als er sich an sein letztes Gespräch mit dem Erzbischof erinnerte, doch für ihn war es Grund genug, dass er diese Spur verfolgte.

Wenn sie den verschwundenen jungen Mann fanden, der höchstwahrscheinlich ein Tempelritter war und sich nur zum Schein als Student ausgegeben hatte, würde sich vieles klären. Dann würde Rinaldo da Concorezzo nicht mehr umhin können, die längst fälligen Entscheidungen zu treffen, an denen seine Feigheit ihn bisher gehindert hatte.

Außerdem musste er gegen Mondino de' Liuzzi ermitteln. Uberto war bleich vor Zorn geworden, als er erfahren hatte, dass der Arzt als Erster die Leiche des deutschen Tempelritters bei Santo Stefano untersucht hatte. Doch dann hatte er begriffen, dass auch dies ein wichtiges Indiz war. Seine Anwesenheit am Tatort war verdächtig. Wie er seit dem Abend des Brandes in Sant'Antonino vermutete, hatte Mondino etwas zu verbergen.

Uberto hoffte sehr, dass Guido Arlotti mittlerweile etwas über ihn herausgefunden hatte. Der ehemalige Priester war noch nicht bei ihm erschienen, um Bericht zu erstatten, doch die Zeit drängte, und Uberto hatte nicht vor zu warten, bis es jenem genehm war. Deshalb hatte er beschlossen, ihn in der Taverne aufzusuchen, die er als Stützpunkt für seine Geschäfte benutzte. Guido hatte ihm Ergebnisse versprochen. Und nun war der Moment gekommen, ihn daran zu erinnern, dass man keine leeren Versprechungen machen sollte.

Mit eiligen Schritten erreichte er Porta Ravegnana, folgte der Straße des Mercato di Mezzo bis zur Brücke über die Aposa, dann bog er nach rechts in die Straße der Schmiede ein, immer gefolgt von den beiden Mönchen, die miteinander sprachen. Das laute Geräusch der Hämmer auf den Ambossen und der scharfe Geruch nach Eisen, das im Wasser gehärtet wurde, umfing sie wie eine Decke. Sie bahnten sich ihren Weg über den getrockneten Schlamm in der Mitte der Straße, zwischen Schwertern, Eisenkesseln, Messern und anderen Waren in den Auslagen der Werkstätten.

Die Leute aus dem Volk, die ihnen begegneten, senkten abweisend den Blick. Uberto kannte auch den Grund: Durch die Straßen ging das Gerücht, dass die Kirche an der Erhöhung des Brotpreises schuld sei.

Ein Lehrling mit blonden Haaren so dick wie Strohhalme, der gerade dabei war, mit einem Tuch einen Harnisch zu polieren, spuckte auf den Boden, als sie vorüberkamen. Uberto blieb stehen, drehte sich um und starrte ihn wortlos an, bis der Junge auf die Knie fiel und in einem beinahe unverständlichen Dialekt einen Haufen Entschuldigungen hervorbrachte. Sein Spucken sei keine Verachtung gegen sie gewesen, sagte er, sondern nur ein Zufall, er habe sie nicht gesehen, wer würde sich schon einfallen lassen auszuspucken, wenn ein Inquisitor der Dominikaner vorüberging …

Uberto, der zufrieden die Angst in den Augen des jungen Mannes sah und glücklich war, dass ihn sogar ein Dummkopf wie dieser Bursche erkannt hatte, herrschte ihn an, dass er in Zukunft gut aufpassen solle, was er tue, und ging seines Weges. Seine Begleiter hatten die Szene mit ausdruckslosen Gesichtern beobachtet und folgten ihm nun wieder wortlos. Es waren zwei tüchtige junge Männer, die Uberto als seine persönlichen Assistenten ausgewählt hatte, um sie in die Aufgaben eines Inquisitors einzuführen. Besonders den kleineren von beiden, ein Mönch namens Antonio, der wusste, was Gehorsam war.

Deshalb hatte er beschlossen, die beiden in Guido Arlottis Schlupfwinkel mitzunehmen. Sie sollten endlich lernen, dass man nicht immer ganz nach den Regeln handeln konnte und dass es zuweilen nötig war, sich die Hände schmutzig zu machen, wenn man den Teufel besiegen wollte.

Als sie das Viertel der Schmiede verließen, dröhnten ihnen die Ohren so vom Lärm der Hämmer, dass sie eine Weile brauchten, bis sie wieder die normalen Straßengeräusche hörten. Uberto drehte sich um und sah nach, ob die beiden Novizen immer noch hinter ihm liefen. Er führte sie auf einem komplizierten Weg, der von der Notwendigkeit bestimmt war, unsichere Straßen zu meiden, dabei aber gleichzeitig von möglichst wenigen Menschen bemerkt zu werden. Endlich erreichten sie den Torbogen des Torre de Galliera. Nur ein kleines Stück weiter blieben sie in einem namenlosen Gässchen vor der Tür einer Taverne stehen.

Uberto befahl Bruder Antonio, dort drinnen nach Guido zu suchen und ihn hinauszubringen. Wenn es möglich war, wollte er sich den Anblick der Szenen ersparen, die sich seiner

Vorstellung nach dort abspielten: halbnackte Weiber, verrohte Männer, Schmutz und dazu dumpfer Schweißgeruch. Der junge Mann nickte und ging ohne zu zögern mit einem entschlossenen Gesichtsausdruck und zusammengebissenen Zähnen hinein. Wenige Augenblicke später kam er jedoch sichtlich aufgelöst wieder heraus. Er erklärte, Guido Arlotti sei nicht in der Lage hinauszukommen und könne vielleicht nicht einmal reden. Der Wirt hatte ihm gesagt, er läge noch von der vergangenen Nacht vollkommen betrunken in seinem Zimmer im oberen Stockwerk.

Uberto überlegte, was er tun sollte. Da er so weit gelaufen war, wollte er Antworten. Es blieb ihm nichts anderes übrig: Er sagte den beiden, sie sollten ihm folgen, und betrat die Taverne.

Der Schmutz und der Gestank entsprachen genau seiner Vorstellung. Die Dirnen und Säufer mussten die kurze Zeit jedoch genutzt haben, um zu verschwinden: Die Taverne war verlassen bis auf drei Männer mit unstetem Blick, die schweigend um einen quadratischen Tisch saßen. Uberto schritt mit seinen Sandalen über das feuchte Stroh, das den Boden bedeckte, und ging auf den Wirt zu, einen Mann mit breiten Schultern und Schenkeln wie Baumstämme. Er ließ sich von ihm erklären, wo Guidos Zimmer war, und stieg, gefolgt von den beiden Mönchen, die Treppe hinauf.

Er wies sie an, vor der Tür auf ihn zu warten, und betrat allein den Raum. Angeblich, um ihnen den Anblick eines zum Tier verkommenen Mannes zu ersparen. Doch eigentlich wollte er, obwohl er beiden vertraute, lieber keine Zeugen bei seiner Unterredung mit Guido haben.

Als Erstes öffnete Uberto das schmale Fenster und ließ Luft und Licht herein. Der untersetzte Mann, der auf dem breiten Bett unter einem Tuch aus dünnem Seidenstoff lag, protestierte laut fluchend.

»Ich bin es, Guido«, sagte der Inquisitor nur.

Die Wirkung war verblüffend: Guido Arlotti setzte sich schlagartig auf, riss die Augen auf und stotterte mit rauer Stimme: »Ihr? Aber wie …«

»Ich kann nicht länger warten, Guido«, fertigte ihn Uberto ab. »Enttäusch mich nicht. Hast du etwas Nützliches herausgefunden?«

»Mein Kopf schmerzt«, jammerte Arlotti. Er fuhr sich mit der Hand über das Gesicht in dem krampfhaften Bemühen, seinen klaren Verstand wiederzufinden, den der Wein ihm geraubt hatte. Als er den Inquisitor wieder ansah, lächelte er. Möglicherweise zog er aber auch nur eine Grimasse wegen seiner Kopfschmerzen.

»Ich habe die Totengräber gefunden«, sagte er dann. »Sie haben die Leiche in einem Massengrab beerdigt. Ich habe sie dafür bezahlt, dass sie sie wieder ausgraben, und dabei etwas sehr Interessantes entdeckt.«

»Was?«

»Der Tote hatte eine Naht auf der Brust. Ich habe sie geöffnet und nur einen Hohlraum gefunden. Dieser Mann hatte kein Herz mehr.«

Uberto musste sich zwingen, um äußerlich gleichgültig zu bleiben. Nach dem Auffinden des deutschen Tempelritters mit einem Herz aus Eisen in der Brust kam ein solches Detail beinahe einer Anklage gleich. Mondino würde vieles erklären müssen. Auf die eine oder andere Weise war sein Schicksal besiegelt.

»Weißt du, was passieren kann, wenn dich jemand erkennt?«, fragte Mondino wohl zum hundertsten Mal.

Gerardo zuckte nur wortlos mit den Schultern. An dem Ort, zu dem sie unterwegs waren, war das ziemlich unwahrscheinlich, und der Arzt wusste das auch.

Gerardo respektierte seinen Lehrer, aber er nahm keine Anweisungen von ihm entgegen. Als Mondino versucht hatte, ihn davon zu überzeugen, er solle nach Hause zurückkehren, und versprochen hatte, ihm am folgenden Tag alles zu erzählen, hatte Gerardo erwidert, er denke gar nicht daran und war mit ihm zusammen losgezogen.

»Versprich mir zumindest, dass du dich nicht vom Zorn fortreißen lässt«, fing Mondino wieder an.

»Ich kann nichts versprechen.«

Mondino blieb auf der Stelle stehen, drehte sich um und betrachtete seinen ehemaligen Schüler im Dämmerlicht des Sonnenuntergangs. Er ließ vier Frauen aus dem Volk vorbei, die eng aneinendergedrängt, mit gesenktem Kopf und zusammengepressten Lippen vorwärtsliefen, um jeden männlichen Annäherungsversuch zu vermeiden. Als die Passantinnen außer Hörweite waren, sagte er wütend: »Dann lassen wir es sein. Ich bin ja durchaus bereit, Risiken einzugehen, aber nur unter der Bedingung, dass sie nicht dumm sind.«

Gerardo seufzte tief. Dennoch musste er zugeben, dass der Arzt nicht ganz Unrecht hatte. Es war nicht angebracht, die Risiken, die eine an sich bereits gefährliche Situation mit sich brachte, noch zu erhöhen. Nur weil er diesen Kerl am liebsten würgen würde, bis er bereute, jemals geboren zu sein, durfte er seiner Wut noch lange nicht Luft machen.

»Ich verspreche es«, sagte Gerardo seufzend. »Ich werde nur tun, was Ihr mir sagt, und werde mich nicht vom Zorn mitreißen lassen. Können wir nun weitergehen?«

Sie bogen in das Viertel San Giacomo ein. Kurz darauf standen sie vor dem Tor des Konvents. Mondino klopfte, nannte seinen Namen und erklärte, Pater Francesco erwarte ihn. Der Mönch schloss das Fensterchen und öffnete die Tür, um sie einzulassen. Im Flur erwartete sie schon Vater Paolo, der Baumeister von San Giacomo Maggiore, und lächelte breit hinter seinem langen grauen Bart. Er teilte ihnen mit, dass die Mönche jetzt leider beim Abendessen säßen und der Prior deshalb nicht selbst kommen könnte, um einen so bedeutenden Arzt wie Mondino zu begrüßen.

»Wenn Ihr Euch uns anschließen wollt, würden wir uns glücklich schätzen«, fügte er hinzu.

Gerardo lächelte insgeheim. Mondino hatte ihm genau das vorhergesagt. Er wusste sehr gut, dass er beim Prior der Augustiner nicht gern gesehen war, und dieses eine Mal erwies sich die Abneigung der Kirche ihm gegenüber als vorteilhaft. Aus diesem Grunde hat er auch die Essenszeit für seinen Besuch im Konvent gewählt. Damit war beiden Parteien gedient: Die Mönche hatten einen Vorwand, um sich nicht zeigen zu müssen, und sie beide waren froh darüber, möglichst wenig gesehen zu werden.

»Leider muss ich so schnell wie möglich zu einem anderen Kranken«, erwiderte Mondino. »Aber sorgt Euch nicht wegen des Abendessens. Ich arbeite besser mit leerem Magen. Bitte bringt mich jetzt zu Eurem Vetter.«

Sichtlich erleichtert führte sie Pater Paolo durch lange, menschenleere Flure, in denen es beinahe dunkel war, weil noch niemand Fackeln und Kerzen angezündet hatte. Als sie an dem leeren Dormitorium vorbeigingen, blieb er nicht stehen und erklärte, man habe Pater Francesco in eine einzelne Zelle verlegt, die sogar über eine Tür verfügte.

»Seine Schmerzensschreie haben alle wachgehalten, und morgens beim Matutin schliefen die Mönche schließlich im Stehen vor Erschöpfung«, erklärte er lächelnd. »Deswegen hat ihm der Prior diese Ausnahme zugestanden und ihn in das Zimmer für wichtige Gäste verlegen lassen.« Sie gingen bis zu einer schmucklosen, aber geräumigen Zelle. In ein Laken gehüllt, lag Pater Francesco auf dem Strohsack, auf einem aus rohem Holz gezimmerten Bettrahmen.

Pater Paolo stellte sie einander vor und fragte, ob Mondino ein Kohlebecken benötige. Freundlich, aber bestimmt erklärte der Arzt, er habe alles Nötige dabei.

»Wie schließt Ihr die Wunde?«, fragte der Mönch.

»Ich werde sie nicht kauterisieren, wenn Ihr das wissen wollt. Ich benutze einen Seidenfaden.«

»Ich verstehe« sagte Pater Paolo, wirkte jedoch, als hätte er kein Wort verstanden.

»Ich benötige lediglich eine Schüssel mit Wasser, aber ich sehe dort schon eine«, sagte Mondino und zeigte auf eine Schüssel und einen Krug, die auf einem Tisch vor dem Fenster standen. »Für alles Übrige wird mein Assistent sorgen. Setzt Euch ruhig wieder zu Tisch, Pater. Wenn Ihr Euer Mahl beendet habt, werdet Ihr uns noch hier finden.«

Der Pater neigte den Kopf, bedankte sich noch einmal, verließ den Raum und schloss die Tür hinter sich. Mondino bat Gerardo, den Patienten vorzubereiten, und begleitete seine Worte mit einem mahnenden Blick. Dann machte er sich daran, seine Instrumente aus der Tasche zu holen und sie auf dem Tisch aufzureihen.

Gerardo war so überrascht, dass er seinen Zorn ganz vergaß. Er hatte sich einen Menschen erwartet, der brutal wirkte, niederträchtig oder zumindest unzuverlässig – stattdessen war Pater Francesco ein Bild der Sanftmut: helle Augen, kurzgeschnittene Haare, ein bartloses Gesicht und ein aufrichtiges Lächeln, trotz der Schmerzen, die ihm sein Hodenbruch bereitete. Er war der Typus Geistlicher, an den man sich instinktiv wenden würde, wenn man eines Rates oder tröstender Worte bedurfte.

Wortlos hob Gerardo das Laken an und half dem Pater, sich im Bett aufzusetzen; dann ließ er ihn sich wieder hinlegen, aber quer, mit dem Rücken auf der Matratze und den Füßen auf dem Boden. Er erklärte ihm, dass er ihn festbinden müsse, um auszuschließen, dass er sich während der Operation unkontrolliert bewegte. Pater Francesco stimmte bereitwillig zu.

»Tut, was Ihr tun müsst«, sagte er und breitete lächelnd die Arme aus.

Gerardo band seine Hände an einem Seitenteil des Bettes fest, dann holte er zwei weitere Stücke Seil aus der Tasche. Während er Pater Francescos Knöchel anhob und die Beine spreizte, sagte er sich, dass er sich nicht wundern sollte. Auch Angelo da Piczano hatte wie ein Tempelritter ohne Fehl und Tadel gewirkt, der sich ganz den Ordensregeln und der Verteidigung des Glaubens verschrieben hatte. Und dennoch hatte er schändliche Dinge mit unschuldigen Kindern getrieben, denselben Kindern, die Christus über alles liebte. *Lasset die Kindlein zu mir kommen*. Die Art, wie Leute wie Angelo und Pater Francesco diese Worte in den Schmutz zogen, ließ wieder Wut in ihm aufkommen. Im Aufruhr seiner Gefühle zog Gerardo das Seil zu fest, woraufhin Pater Francesco schmerzerfüllt stöhnte.

»Pass auf!«, fuhr ihn Mondino sofort an.

»Das macht nichts, Magister«, sagte Francesco mit einem engelsgleichen Lächeln. »Es ist meine Schuld, ich bin zu empfindlich.«

Gerardo befestigte das Seil mit einem Doppelknoten, dann hob er das Hemd an und legte die Geschlechtsteile frei. Während er sich umdrehte, damit er den Anblick dieses erwachsenen Mannes, der dort mit gespreizten Beinen wie eine Dirne dalag, nicht sehen musste, sagte er: »Der Patient ist bereit, Meister.«

Mondino nickte, sagte ihm, er solle die Schüssel mit dem Wasser am Fuß des Bettes auf den Boden stellen, dann setzte er sich auf einen Schemel vor Francescos gespreizte Beine und begann mit geübten Bewegungen, dessen Schamhaare abzurasieren; dabei legte er das Glied mit der freien Hand mal nach links und rechts, um die Klinge besser führen zu können, und wusch ab und an das Rasiermesser in der Schüssel ab.

Während er diese Szene beobachtete, dachte Gerardo, dass er gut daran getan hatte, in den Jahren, in denen er sich als Student ausgegeben hatte, nicht ernsthaft zu studieren. Er hätte nie als Chirurg arbeiten können.

Als die Genitalien vollkommen haarlos waren, steckte Gerardo dem Mönch einen Lappen zwischen die Zähne, auf den er beißen konnte, um den Schmerz zu ertragen. Sie hatten beschlossen, keine schmerzlindernden Mittel einzusetzen, denn falls Pater Francesco danach eingeschlafen wäre, hätten sie ihn nicht befragen können. Während Mondino das Rasiermesser hinlegte, das Chirurgenmesser nahm und zu schneiden begann, wandte Gerardo wieder den Blick ab. Er konnte den Anblick von Blut eigentlich gut ertragen – hatte er gedacht. Nun musste er jedoch feststellen, dass ein Schwerthieb eine Sache war, dass es jedoch etwas ganz anderes war zuzusehen, wie jemand mit einem Chirurgenmesser, das Guglielmo da Saliceto erfunden hatte, an den intimsten Teilen eines Mannes herumschnippelte und bohrte. Die Operation dauerte kürzer als er gedacht hatte. Francesco stöhnte vor Schmerz, biss die Zähne zusammen, während sein Strohsack sich mit Blut tränkte und etwas nicht genau zu Erkennendes mitsamt Blut, Wasser und Haaren in der Schüssel landete. Mondino wusch die Wunde mehrfach mit Essig aus, strich eine Wundsalbe darauf und wartete ab, dass der Blutfluss nachließ. Dann ließ er sich die Nadel und den Seidenfaden geben und vernähte den Schnitt.

»Alles in Ordnung«, sagte er dann, hob den Kopf und sah seinem Patienten in die Augen. »Die Operation ist gelungen.«

Francesco spuckte den Lappen aus und versuchte zu lächeln, indem er eine schmerzliche Grimasse unterdrückte. »Ich weiß nicht, wie ich Euch danken soll«, brachte er mühsam heraus.

»Oh, ich weiß schon, wie«, sagte Mondino und erwiderte sein Lächeln nicht. »Ihr kanntet einen Tempelritter namens Angelo da Piczano. Ich muss einige Dinge über ihn wissen.«

»Wie bitte?«, fragte Francesco noch vom Schmerz betäubt. Dann riss er seine hellen Augen weit auf. »Nein, ich kenne niemanden mit diesem Namen. Warum fragt Ihr mich nach ihm?«

»Weil Angelo da Piczano tot ist«, erwiderte Mondino genauso kühl wie vorher. »Und wir versuchen herauszufinden, wer ihn getötet hat. Wir wissen, dass Ihr einer der Letzten gewesen seid, die ihn lebend gesehen haben, deshalb macht Euch nicht die Mühe, uns zu belügen, und sagt uns alles, was Ihr über ihn wisst, das uns auf die Spur seines Mörders führen könnte.« Der Mönch öffnete den Mund, um etwas zu sagen, doch Mondino fuhr fort, wobei er dessen Glied fest mit der linken Hand nahm und die Rechte mit dem Messer erhob. »Ich brauche Euch wohl nicht erst zu sagen, dass das Ergebnis dieser schönen Operation darunter leiden könnte, sollte ich Euch beim Lügen ertappen. Es ist bedauerlich, aber manchmal wird es notwendig, auch die Geschlechtsteile zu entfernen. Niemand würde mir die Schuld dafür geben.«

Er klang ruhig, doch sein Blick wirkte entschlossen. Pater Francesco begriff, dass er in der Falle saß. »Ihr seid deswegen hier«, zischte er wütend. »Ihr habt Euch das Vertrauen meines Cousins mit der Geschichte von der Operation zu Studienzwecken erschlichen, nur um mich über diesen Angelo da Piczano zu befragen. Gut, es tut mir leid, Euch zu enttäuschen, aber ich kenne ihn nicht. Ich habe nicht einmal von ihm gehört. Und Ihr werdet es nicht wagen, mir etwas anzutun. Ich werde schreien, wenn Ihr es versucht, und einen Augenblick später werden meine Ordensbrüder hier sein.«

Seine blauen Augen blitzten jetzt herausfordernd, von

Schmerz war dort im Moment nichts zu sehen. Nun wirkte er nicht mehr wie die Verkörperung des Guten. Gerardo machte einen Schritt auf ihn zu, um ihn am Hals zu packen, doch Mondino hielt ihn zurück.

»Halt«, sagte er, ohne den Mönch aus den Augen zu lassen.

Dann näherte er langsam das Rasiermesser dem Glied des Mannes, wobei er darauf achtete, dass dieser alles genau durch seine gespreizten Beine beobachten konnte.

»Das werdet Ihr nicht tun«, sagte der Mönch.

»Ihr kennt mich nicht«, erwiderte Mondino und senkte die Klinge, bereit zum Schnitt.

Pater Francesco schrie aus Leibeskräften, aber er musste aufhören, weil die Anstrengung den Schmerz in seinem Unterleib wiederaufleben ließ.

Gerardo wandte sich beunruhigt zur Tür, doch Mondino ließ sich nicht beeindrucken.

»Eure Mitbrüder sitzen beim Abendessen im Refektorium«, erklärte er ruhig. »Außerdem wissen sie, dass es schmerzhaft ist, einen Hodenbruch zu beheben, und erwarten sogar ein wenig Geschrei. Niemand wird kommen.«

Gerardo sah, wie in den Augen des Mönches plötzlich Zweifel erschien, dann blickten sie wieder hochmütig

»Wenn Ihr mich nicht auf der Stelle losbindet, werde ich um Hilfe rufen«, drohte Francesco. »Ich werde Hilfe, Mörder schreien. Und Ihr könnt sicher sein, dass dann jemand kommt.«

»In diesem Fall«, erwiderte Mondino, »werde ich Eure Mitbrüder davon in Kenntnis setzen, was ihr mit den Jungen in der Absteige dieses Weibes treibt. Dann werden sie Euch gleich selbst in Stücke reißen. Vielleicht wird dem Prior aber auch gelingen, sie rechtzeitig aufzuhalten, und dann werdet Ihr dem Henker übergeben, für einen demütigenden Prozess, der auf dem Scheiterhaufen endet.«

Gerardo zitterte buchstäblich vor Angst. Sollte Francesco tatsächlich um Hilfe rufen und sollten dann die Mönche kommen, würde jemand die Sbirren holen, man würde ihn erkennen und verhaften. Mondino als sein Komplize würde sein Schicksal teilen. Zu wissen, dass Francesco auf dem Scheiterhaufen enden würde, wäre da nur ein schwacher Trost. Die Täuschung Mondinos gründete auf der Annahme, dass der Mönch nicht wissen konnte, dass Gerardo gesucht wurde, aber das Risiko war dennoch sehr groß. Der junge Mann begriff nicht, wie der Arzt so ruhig bleiben konnte.

In Pater Francescos leidenden Augen zuckte ehrliche Furcht auf. Er starrte Mondino an, und das, was er dort erblickte, bewog ihn, nicht zu schreien.

»Welches Weib?«, versuchte er hervorzustoßen.

»Sie heißt Filomena«, antwortete Mondino. »Vergeudet Eure Zeit nicht mit Lügen, sie selbst hat Euch verraten. Wir wissen alles, aber aus diesem Grund sind wir nicht hier.«

Francesco rüttelte an den Seilen, die seine Arme hielten, und wieder entlockte ihm die Anstrengung einen leisen Schmerzenslaut.

»Wenn Ihr nicht aufhört, Euch so zu winden und zu schreien«, sagte Mondino immer noch ganz ruhig, »werdet Ihr nur eines erreichen: nämlich dass sich Eure Wunde wieder öffnet. Und in diesem Fall gelingt es mir vielleicht nicht, sie rechtzeitig zu schließen. Der erneute Blutverlust könnte tödlich für Euch sein.«

Diesmal nahm der Mann die Drohung ernst. Er nickte und sagte: »Was würdet Ihr tun, wenn ich zugebe, Angelo da Piczano zu kennen?«

Seine Lage war verzweifelt, aber dennoch versuchte er noch zu handeln. Gerardo war froh, dass er vor drei Tagen nicht mit ihm hatte sprechen können. Er hätte nichts aus ihm herausgebracht und ihn nur vorgewarnt.

»In diesem Fall«, sagte Mondino, »werden wir Euch einige Fragen stellen und gehen, sobald Ihr sie uns beantwortet habt. Wir sind nicht daran interessiert, Euch anzuzeigen, sonst hätten wir das bereits getan. Diese Drohung würden wir nur im äußersten Notfall umsetzen. Übrigens wäre es ziemlich ungünstig für Euch, wenn Ihr über das reden würdet, was wir hier in diesem Raum besprochen haben.«

Francesco schien über seinen Vorschlag nachzudenken. Seine Selbstbeherrschung war beängstigend.

»Zuerst bindet meine Beine los«, sagte er nach einer Weile.

»Zuerst redet!«, mischte sich Gerardo ein, der sich nicht mehr beherrschen konnte.

»Ihr habt gehört, was mein Assistent gesagt hat«, meinte Mondino. »Sagt uns, was wir wissen wollen. Dann entkommen wir alle schneller dieser unangenehmen Situation.«

Der Mönch gab seufzend auf. »Na gut. Aber ich sage Euch gleich, ich weiß nur sehr wenig.«

Sein Geständnis war enttäuschend. Er hatte Angelo da Piczano einige Tage vor seinem Ableben in den öffentlichen Bädern nahe der Porta Genovese getroffen. Angelo war aufgefallen, wie er die jungen Männer anstarrte, und er hatte ihn angesprochen. Nach einer kurzen Unterredung hatte Francesco ihm Filomenas Adresse gegeben und dafür fünf Soldi bekommen.

»Seitdem habe ich ihn nicht wiedergesehen, und ich wusste nicht einmal, dass er tot ist«, sagte er mit schmerzerstickter Stimme. »Ich weiß nicht, was ich tun soll, wenn Ihr mir nicht glaubt.«

Gerardo war überzeugt, dass er die Wahrheit sagte. Inzwischen hatte er ihnen Dinge gestanden, die für ein Todesurteil ausreichten, und er hatte keine Veranlassung, etwas zu verschweigen, nur um einen Toten zu schützen. Er dachte schon, dass sie umsonst ein großes Risiko eingegangen waren, als Mondino von seinem Schemel aufstand und sagte: »Noch ein Letztes. Die Adresse des Hauses, in das Filomena umgezogen ist und wir verlassen Euch. Ich weiß, dass Ihr sie kennt.«

Francesco nickte. Inzwischen fehlte ihm die Kraft, sich zu widersetzen.

»Im Borgo del Pratello«, flüsterte er. »Ein Haus mit einer grünen Tür, in der ersten Gasse rechts hinter dem Gasthaus zum Wildschwein.«

Dann schloss er die Augen und stöhnte leise, überwältigt vom Schmerz und der Erschöpfung durch den Blutverlust. Mondino packte seine Instrumente ein, während Gerardo den Patienten losband und ihn in der richtigen Haltung ins Bett legte. Kaum hatten sie den Raum verlassen, standen sie Pater Paolo gegenüber, der im Flur auf sie wartete.

»Das Abendessen ist gerade beendet«, sagte er verlegen. »Leider kann der Prior …«

»Das macht nichts«, unterbrach ihn Mondino. »Wie ich Euch gesagt habe, müssen wir dringend weiter. Was mein Honorar betrifft, werde ich in den nächsten Tagen einen Diener schicken.«

»Wie Ihr wünscht«, antwortete der Mönch. »Ist alles gut verlaufen?«

Mondino wirkte plötzlich bestürzt, was Gerardo erstaunte.

»Ja und nein, Pater, ja und nein.«

»Bitte spannt mich nicht auf die Folter.«

Der Arzt erklärte, die Operation sei gelungen und Francesco ginge es gut. Man musste jetzt nur das Laken und den Strohsack wechseln und ihn ausruhen lassen. Außerdem sollte man den Bruder Apotheker bitten, ihm zweimal am Tag einen beruhigenden Sud zu verabreichen.

»In längstens einer Woche wird Pater Francesco wieder auf den Beinen sein.«

»Und was ist dann das Problem?«

Mondino seufzte. »Der Hodenbruch war an einer schwierigen Stelle«, antwortete er. »Ich habe das abschneiden müssen, was dem Chirurgenmesser im Weg war, um nicht zu riskieren, dass ich das Bauchfell verletze.«

»Drückt Euch bitte klar aus.«

»Genauer gesagt, Pater, ich konnte eine Kastration nicht vermeiden. Ich rate Euch aber, es Eurem Vetter erst zu sagen, wenn er sich vollständig erholt hat.«

Das angespannte Gesicht des Mönches glättete sich bei diesen Worten. »Macht Euch deswegen keine Sorgen, Magister«, sagte er mit einem feinen Lächeln. »Das einzige Wichtige ist, dass es Francesco gut geht. Und was den Rest betrifft ... Für einen Mönch ist der Umstand, dass er den Versuchungen des Fleisches nicht mehr erliegen kann, eher eine Hilfe als ein Problem.«

Es war dunkel geworden. Während sie in der Straßenmitte liefen, um böse Überraschungen zu vermeiden, die sich hinter den Säulen der Bogengänge verbergen konnten, dachte Mondino über das nach, was er gerade getan hatte. Er hatte sich das Vorrecht angemaßt, über einen anderen Menschen zu richten und ihn zu bestrafen.

»Es war nicht nötig, ihn zu kastrieren, oder?«, fragte Gerardo leise, als würde er in seinen Gedanken lesen.

Mondino zögerte ein wenig mit der Antwort, aber als er sie gab, waren alle seine Zweifel verschwunden. »Ja, so ist es. Wir können ihn nicht anzeigen, aber so kann er wenigstens niemandem mehr wehtun.«

»Nein, ich meinte eigentlich ...«

Mondino blieb stehen und sah ihn an. »Hast du wirklich geglaubt, die Erklärung, die ich Pater Paolo gegeben habe, entspräche der Wahrheit?«, sagte er beleidigt von dem Gedanken, der junge Mann könnte seine Fähigkeiten in Zweifel ziehen. »Ich bin sehr wohl in der Lage, einen Hodenbruch zu operieren, ohne die Manneskraft zu beeinträchtigen.«

Gerardo nickte stumm, und sie setzten ihren Weg in Richtung Pratello fort. Diesmal liefen sie Seite an Seite, ohne sich um die Förmlichkeiten zu kümmern. Der Mond war noch nicht aufgegangen, und auf diese Entfernung konnte man im schwachen Licht der wenigen Laternen über den Hauseingängen nur mühsam etwas erkennen.

»Meister«, nahm Gerardo nach einigen Schritten das Gespräch wieder auf, »woher wusstet Ihr, dass Filomena in der Stadt geblieben ist und dass er ihre Adresse kannte? Ich hatte Euch doch erzählt, dass sie Angst bekommen hat und abgehauen ist.«

Mondino zuckte mit den Schultern. Obwohl er keine Lust hatte zu reden, antwortete er seinem Schüler. »Frauen wie sie fürchten sich vor nichts«, sagte er. »Sie hat nur geglaubt, dass dieses Haus nicht mehr sicher sei, und ist woandershin gezogen, in einen Schlupfwinkel, den sie vermutlich schon seit längerem in der Hinterhand hatte.«

»Ich verstehe, aber woher wusste Francesco davon?«

»Weil sie es ihm gesagt hat. Sobald sie sich in ihrer neuen Wohnung eingerichtet hatte, wird sie all ihren Stammkunden Bescheid gesagt haben. Wem sollte sie sonst diesen armen Jungen verkaufen?«

Diese Worte beschlossen ihre Unterhaltung. Die beiden Männer liefen weiter durch fast menschenleere Straßen. Nur ab und zu trafen sie auf eine Gruppe Studenten, die in Tavernen gingen oder aus ihnen herauskamen und Dirnen, die ihnen aus den Fenstern zuzwinkerten. Die Männer wirkten nicht allzu vertrauenerweckend, fand Gerardo. Als sie das Wirtshaus zum Wildschwein erreichten, bogen sie in die Gasse ab, die verlassen wirkte, schlammig und dunkel war. Nach wenigen

Schritten standen sie vor dem Haus mit der grünen Tür. Es hatte noch nicht zur Komplet geläutet.

»Lass mich hineingehen«, sagte Mondino leise. »Selbst wenn du versuchst, deine Stimme zu verstellen, wird sie dich erkennen.«

»Meister, das ist meine Angelegenheit. Ich habe Masino versprochen, dass ich ihn befreie, und ich will dieses Versprechen halten, aber ich möchte nicht, dass Ihr unnötige Risiken eingeht.«

Mondino hatte sich aus verschiedenen Gründen entschlossen, ihm zu helfen. Einmal war ihm der Gedanke unerträglich, den Jungen in den Händen dieses schrecklichen alten Weibes zu lassen. Dann wollte er Gerardo beschützen, und zwar nicht nur, weil der junge Mann seine Hilfe unbedingt brauchte, um das Geheimnis zu lüften, mit dessen Entdeckung sie sich beide befassten, sondern auch wegen eines merkwürdigen Gefühls von Loyalität, das er lieber nicht weiter ergründen wollte. Dennoch, dies war nicht der Zeitpunkt für lange und peinliche Erklärungen.

Er packte Gerardo am Kragen seines Gewandes und stieß ihn gegen eine Mauer. »Wenn du glaubst, ich bleibe hier draußen im Dunklen stehen und warte darauf, dass du mir irgendwann einmal erzählst, was dort drinnen passiert ist, dann irrst du dich gewaltig« sagte er und reckte das Kinn auffordernd nach oben. »Wir gehen dort gemeinsam hinein, ob es dir nun gefällt oder nicht.«

Dann ließ er ihn unvermittelt los, und bevor Gerardo sich von seiner Überraschung erholen konnte, hatte Mondino schon an die Tür geklopft.

Was danach geschah, lief mit der Schnelligkeit und der verqueren Logik eines Traums ab. Die Frau öffnete die Tür, und Mondino packte sie am Hals, um sie am Schreien zu hindern. Gemeinsam betraten Gerardo und er das Haus und schlossen die Tür sofort wieder sorgfältig. Diesmal war Filomena nicht allein. Am Tisch saß einer ihrer Komplizen, der sogleich aufsprang und sich mit einer Eisenstange bewaffnet auf sie stürzte. Gerardo bohrte ohne Vorwarnung seinen Dolch in dessen Brust kurz oberhalb des Solarplexus, und während der Mann auf dem Boden zusammensank, drang er weiter ins Innere des Hauses vor, um Masino zu suchen. Mondino stieß Filomena von sich, die auf einer Bank zu sitzen kam, und holte sein Chirurgenmesser aus der Tasche, um sie damit in Schach zu halten. Vielleicht war es nicht notwendig, aber angesichts dieser Frau mit den struppigen Haaren und den behaarten Händen fühlte er sich mit einer Waffe in der Hand sicherer.

Gerardo kehrte kurz darauf mit dem Jungen im Arm zurück. Der Kleine trug eine Tunika und eine Mütze, aber weder Beinlinge noch Schuhe. Masino hatte sein Gesicht gegen Gerardos Hals gepresst, und seine Hände umklammerten ein kleines Kruzifix aus Holz, wahrscheinlich das Einzige, das er von hier mitnehmen wollte.

Die Alte nutzte den Moment, in dem Mondino das Kind ansah, um sich schreiend auf ihn zu werfen. Sie hatte unter ihrem Kleid ein langes Stilett hervorgezogen und stach damit auf ihn ein. Hätte sie ihn dabei getroffen, hätte sie ihn aufgespießt wie eine Drossel.

Mondino gelang es nicht, ihr ganz auszuweichen, das Stilett schnitt durch sein Gewand und ritzte die Haut an seiner linken Hüfte. Instinktiv versenkte er sein Messer in ihrer Kehle. Ein Strahl warmen, sprudelnden Blutes schoss aus ihrem Hals.

Gerardo rief etwas, das er nicht verstand, aber er sah, wie der andere die Tür öffnete, und folgte ihm, während er sich mit dem Ärmel das Blut aus dem Gesicht wischte. Zum Glück war es draußen stockdunkel. Mondino folgte dem Tempelritter, der den Jungen trug, durch die menschenleeren Straßen. Sie kamen an der Kirche Sant'Antonino vorbei und an dem Haus, in dem Gerardo den Brand gelegt hatte, aber sie blieben nicht stehen, um sich die rauchgeschwärzten Balken im obersten Stockwerk und das Holzgerüst anzusehen, wo sicher schon in der nächsten Woche gearbeitet werden würde. Mondino war an diesen Anblick gewohnt, da er jeden Tag auf seinem Weg von der Medizinschule nach Hause hier vorbeikam. Sie gingen weiter bis zu den Häusern der Galluzzi und dann bis zum Kloster San Procolo, wo sie Masino hinbringen wollten. Die Mönche kümmerten sich vor allem darum, Waisenkindern ein neues Zuhause zu geben. An der Tür gab Gerardo dem Jungen ein wenig Geld und redete lange leise mit ihm. Dann klopften sie, ließen Masino dort und entfernten sich durch die Dunkelheit in verschiedene Richtungen.

Er kehrte mit zerrissenem Gewand und blutbeschmiert nach Hause zurück. Den ganzen Weg überlegte er angestrengt, was er seiner Familie erzählen würde, um sein Aussehen zu rechtfertigen, als könnte er dadurch verhindern, darüber nachzudenken, dass er gerade einen Menschen getötet hatte. In diesem Moment begriff Mondino, warum Mörder die Nacht liebten.

Sie bot Schutz, und man konnte sich darin verstecken, sogar vor sich selbst.

ACHT

Während Mondino zum Kloster der Dominikaner lief, konnte er noch so oft wiederholen, dass er nichts zu befürchten hatte: Es stimmte einfach nicht. Ihm war stets bewusst, was er in jener Nacht vor acht Tagen getan hatte; in jener Nacht, die ihm mittlerweile so entfernt schien wie ein anderes Leben, als er beschloss, Gerardo zu helfen. Und nun hatte diese Sorge aufgrund der dringlichen Vorladung des Inquisitors beinahe unerträgliche Ausmaße angenommen.

Im Gehen spürte er unter seinem Gewand den störenden Verband an der Seite. Zu Hause hatte er lügen müssen und erzählt, er sei wie durch ein Wunder dem Angriff eines Strauchdiebs entkommen, der sich damit begnügt hätte, ihm seine Börse zu entreißen, bevor er im Dunkel der Nacht verschwunden sei. Selbstverständlich hatte er sich vor dem Heimkommen vorsorglich seinen Gürtel abgeschnitten und die Börse in einen Kanal geworfen.

Alle hatten diese Erklärung ohne weitere Fragen akzeptiert, doch er war überhaupt nicht stolz darauf, dass er so überzeugend lügen konnte.

Es war der letzte Tag im April, und obwohl es schon später Nachmittag war, wirkte die Luft immer noch mild. Die Leute waren alle deutlich leichter gekleidet als noch vor einer Woche, und so allmählich bekam man das Gefühl, dass der Sommer vor der Tür stand. Auch er hätte gerne auf den mit Eichhörnchenfell verbrämten Umhang über dem roten Talar verzichtet, durch den er ins Schwitzen kam, wenn er schneller ausschritt, aber er hatte ihn ganz bewusst für das bevorstehende Gespräch angelegt. Wenn er vor den Inquisitor trat, wollte er sich von den Insignien seines Berufs beschützt wissen.

Mondino zwang sich, eine ruhigere Gangart einzuschlagen. Er beneidete Gerardo, der zu dieser Stunde selig schlief, um für seine nächtliche Unternehmung mit Hugues de Narbonne gerüstet zu sein. Mondino gefiel es nicht, dass der Franzose sich an ihrer Suche beteiligte, doch er konnte nichts dagegen tun. Außerdem war er ganz froh, dass sich ein anderer mit Gerardo auf ein so gefahrvolles Abenteuer begab.

Heute Nacht hatte er kaum geschlafen, gequält von Alpträumen, in denen er immer wieder auf die unterschiedlichste Art das Gefühl durchlebte, das ihn überwältigt hatte, als er Filomena das Messer in die Kehle rammte. Und als er schließlich aufgestanden war, hatte ihm Lorenza berichtet, dass ein Dominikanermönch gekommen war, um ihn gegen die zehnte Stunde zu einer dringlichen Unterredung mit dem Inquisitor einzubestellen.

Um diese Zeit waren weniger Leute auf den Straßen. Nach der Arbeit wirkten alle entspannter. Nur einige heimarbeitende Wollkämmer, die im Innenhof eines Hauses Matratzen auseinandergenommen hatten, waren immer noch eifrig damit beschäftigt, die Fasern zu trennen.

Sonst liebte Mondino den Anblick, den das Alltagsleben in seiner Stadt ihm bot, aber in diesem Moment bemerkte er es kaum. Er hatte sich schon einen Vorwand ausgedacht, um dem Inquisitor zu erklären, warum er in den Fall des Deutschen verwickelt war, und auf seinem Weg zu ihm versuchte er, die Schwachstellen darin zu finden. Sicher hatte der Inquisitor ihn aus diesem Grund zu sich bestellt. Wäre es zum Beispiel um die Unterschlagung von Angelo da Piczanos Leichnam gegangen, hätte man ihn schon längst mit bewaffneten Wachen abholen lassen.

Oder auch nicht, grübelte Mondino, damit es unter seinen Studenten keinen Aufruhr gab. Vielleicht war der Inquisitor so schlau gewesen, ihn dem Schein nach nur zu einer freundschaftlichen Unterredung einzuladen, und sobald er das Kloster betrat, würde er ihn verhaften lassen. Dann würden vielleicht auch Proteste aufflammen, aber da die Verhaftung nicht in aller Öffentlichkeit geschah, würden sie deutlich gemäßigter ausfallen.

So oder so: Mondino wusste, dass seine Lage hoffnungslos war, sollte man Beweise für das finden, was er getan hatte. In diesem Fall konnten ihn auch seine Studenten nicht mehr schützen.

Daher blieb ihm nichts anderes übrig, als im Falle des Deutschen seine Rolle als Abgesandter der Stadt weiterzuspielen. Die Kirche musste sehr verärgert darüber sein, dass er sich angemaßt hatte, die Leiche vor den Inquisitoren zu untersuchen. Aber warum hatte man dann nicht auf offiziellem Weg protestiert, beim Podestà oder dem Capitano del Popolo? Mondino hatte dieses Gasthaus mit einer offiziellen Genehmigung betreten.

Es hatte keinen Sinn, sich weiter das Hirn zu zermartern. Inzwischen war er angekommen und würde bald wissen, warum man ihn einbestellt hatte. Er lief quer über den Platz, vorbei an den stattlichen Grabmalen von Egidio Foscarari und Rolandino de' Passaggeri, dem großen Rechtsgelehrten, der selbst Kaiser Friedrich II. die Stirn geboten und sich im Namen der Einwohner Bolognas geweigert hatte, ihm seinen gefangen gehaltenen Sohn Enzo zu übergeben. Auch Mondino wäre gern seiner medizinischen Verdienste wegen einmal so bestattet worden. Vielleicht, dachte er weiter, sollte er sich darauf beschränken, seine Abhandlung zu schreiben, und aufhören, davon zu träumen, jenes Geheimnis zu lüften, wie man Adern in Eisen verwandeln könnte, damit er auf diese Weise herausfand, wie der Blutkreislauf im menschlichen Körper verlief. Doch nun gab es kein Zurück mehr.

Er klopfte an das Tor des Klosters, stellte sich beim Bruder Pförtner vor und sagte, dass er vom Inquisitor Uberto da Rimini erwartet würde. Der Bruder ließ ihn sofort ein und befahl einem Novizen, ihn zu begleiten.

Mondino lief durch Säle und Gänge, immer dem leisen patschenden Geräusch hinterher, das die nackten Füße des Mönchs auf dem Fußboden machten. Schließlich klopfte der Bruder an eine Tür, und auf eine Antwort hin, die Mondino nicht hören konnte, betrat er das Zimmer und kam fast unverzüglich wieder heraus. Mit einem ehrerbietigen Lächeln trat er zur Seite, ließ Mondino vorbei und schloss die Tür hinter ihm. Mondino stellte sich vor, wie die nackten Füße sich wieder auf dem Gang entfernten, und verspürte den unwiderstehlichen Drang, ihnen zu folgen. In diesem Kloster hatte er bereits jetzt das Gefühl zu ersticken.

Er betrat ein geräumiges Zimmer, das geschmackvoll, aber ohne übermäßigen Luxus eingerichtet war. Ganz hinten saß der Inquisitor Uberto da Rimini an einem Tisch aus Walnussholz, auf den Licht durch ein offenes Fenster fiel. Er schaute mit einem beinahe wohlwollenden Blick von einem Band mit Miniaturen auf.

»Mondino de' Liuzzi«, sagte er trocken. »Ich danke Euch, dass Ihr gekommen seid.«

»Es ist mir ein Vergnügen, Vater«, antwortete Mondino. »Ich dachte mir schon, dass Ihr mich sprechen wolltet, und hatte eigentlich selbst vor, Euch heute um eine Unterredung zu bitten. Ihr seid mir mit Eurer Aufforderung knapp zuvorgekommen.«

Der kleine magere Körper des Inquisitors wirkte durch den mächtigen Tisch, hinter dem er saß, und den großen Kodex, in dem er las, noch schmächtiger. »Umso besser«, sagte er, »umso besser.« Danach verharrte er eine lange Zeit schweigend und starrte dem Arzt in die Augen.

»Warum habt Ihr nach mir geschickt?«, fragte schließlich Mondino.

»Oh«, antwortete der Dominikaner und machte eine weitschweifige Geste, bei der seine fast kindlich kleine Hand aus dem Ärmel seiner weißen Kutte hervorkam. »Es geht um den Mord an diesem deutschen Tempelritter, Wilhelm von Trier. Man hat mir berichtet, dass Ihr die Leiche untersucht habt.«

»Ich verstehe«, sagte Mondino. Da der Prälat ihm bislang keinen Platz angeboten hatte, näherte er sich nun unaufgefordert dem Tisch und setzte sich auf einen Stuhl, von dem aus er durch das Fenster den Himmel sehen konnte. »Fragt mich bitte alles, was Ihr wollt.«

Diese Unterredung war ein heikles Wortgefecht, bei dem man erst einmal die Themen einkreisen musste, ohne sie direkt anzusprechen, ehe man zum Angriff überging. Mondino bestätigte alles, was der Inquisitor bereits wusste. Der stellte zunächst ein paar allgemeine Fragen und erhielt ebenso allgemein gehaltene Antworten, dann fragte Uberto den Arzt, ob er festgestellt habe, welche und wie viele Verletzungen zum Tode geführt hatten.

»Eine, Vater.«

»Eine einzige?«

Uberto wirkte beinahe enttäuscht, und Mondino konnte sich auch den Grund dafür denken: Für einen Mord konnte man nur so viele Leute zum Tode verurteilen, wie die Leiche Wunden aufwies. Der Inquisitor hatte wohl gehofft, auf einen Streich gleich mehrere Feinde loswerden zu können.

»Das überrascht mich allerdings nicht«, sagt Uberto.

»Warum?«, fragte Mondino.

»Bei diesen satanischen Ritualen stirbt das Opfer häufig erst nach langen Qualen durch einen einzigen Stoß.«

Endlich kam er zur Sache. Mondino überlegte, was er sagen konnte, ohne sich zu verraten, doch ihm fiel nichts Besseres ein, als die Worte des Priesters noch einmal fragend zu wiederholen.

»Satanische Rituale?«

»Ihr wollt doch hoffentlich nicht leugnen, dass es sich um so etwas handelt.« Die Stimme des Inquisitors klang plötzlich hart. »Dieser Tempelritter ist ihrem Götzenbild, dem Baphomet geopfert worden. Und ich glaube auch zu wissen, warum.«

»Warum?«

Mondino wusste, dass er nicht mehr lange einfach nur die Worte des Priesters wiederholen konnte. Doch er war fest entschlossen, nichts von Bedeutung zu äußern, solange der andere nicht gesagt hatte, was genau er von ihm wollte.

Uberto da Rimini ließ die höfliche Maske fallen. Sein Gesicht wurde hart, jetzt sah man nur noch schroffe Kanten und gerade Linien. »Weil gerade ein Prozess gegen die Templer stattfindet«, sagte er. »Und mit schändlichen Handlungen wie diesen hoffen sie, sich des Schutzes der dämonischen Kräfte versichern zu können. Oh, wenn ich nur daran denke, dass diese Schlangenbrut am Busen der Kirche genährt worden ist …« Uberto schüttelte den Kopf und verstummte.

Hätte Mondino nun seine Worte wiederholt, wäre das einer Provokation gleichgekommen, daher zog er es vor zu schweigen. Er blieb reglos und stumm vor dem Inquisitor sitzen und wartete darauf, dass dieser fortfuhr.

»Also«, sagte Uberto und fuhr mit dem Zeigefinger eine Holzmaserung in der Tischplatte nach, »bestätigt Ihr mir, dass Ihr in der Art und Weise, wie der Mord ausgeführt wurde, unzweifelhafte Anzeichen für Teufelsanbetung und moralischer Verkommenheit gesehen habt?«

»Das kann ich nicht bestätigen«, erwiderte Mondino. »So etwas habe ich nicht gesehen.«

Nun hatte er sich offen dem Willen des Inquisitors entgegengestellt. Damit waren die Grenzen abgesteckt. Jeder hatte Stellung bezogen. Jetzt war der Moment zum Angriff gekommen.

Uberto da Rimini schien über seine Worte nachzudenken. Fast wollte es erscheinen, als erwäge er ernsthaft, ob er sich in seiner Beurteilung womöglich geirrt haben könnte und der Tod des Deutschen doch kein Ritualmord war.

»Und doch«, sagte er dann, fast als würde er eine innere Überlegung abschließen. »Das Herz dieses Mannes war in ein Stück Eisen verwandelt.«

Mondino wählte seine Worte mit Bedacht, ehe er sie aussprach. »Dies habe ich gesehen«, sagte er mit ruhiger Stimme. »Das kann ich nicht leugnen ...«

»Und?«

»Ein ungewöhnliches Phänomen, ich habe von Derartigem noch nie zuvor gehört oder gelesen. Aber das allein genügt nicht, um mit Sicherheit zu wissen, dass der Teufel mit im Spiel war. Ein Alchimist hätte das ...«

»Ein Alchimist!«

»Vater«, sagte Mondino und hob beschwichtigend die Arme. »Ich weiß, dass das merkwürdig klingt, aber Ihr wisst besser als ich, dass das metallische Prinzip, das in der Materie enthalten ist, wie es *Geber* in seinem Trakat *von der Zusammensetzung der Alchimie* erklärt ...«

Mondino verstummte, als er das grimmige Lächeln bemerkte, das sich auf den Lippen des Inquisitors breit machte. Er begriff sofort, dass er einen Fehler begangen hatte, doch nun war es zu spät. Instinktiv machte er den Rücken krumm und bereitete sich darauf vor, den Schlag zu empfangen.

»Ich verfüge nicht über Euer Wissen, Magister«, sagte Uberto honigsüß. »Und ich weiß nicht viel über das metallische Prinzip und das Brennbare in der Materie. Aber ich weiß sehr gut, dass dieser Geber, von dem Ihr sprecht, ein Ungläubiger ist, ein Sarazene, ein Teil dieser Rasse, die wir in unseren Kreuzzügen bekämpft haben und gegen die wir immer noch an unseren Küsten Krieg führen. Wollt Ihr mir etwa sagen, dass Ihr Euch, um die Behauptung zu untermauern, bei dem fraglichen Mord habe kein Pakt mit dem Teufel stattgefunden, auf die Worte eines Gottlosen beruft?«

»Die Religion der Araber ist zweifelsohne ein Irrglaube«, beeilte sich Mondino zu versichern. »Sie verfügen jedoch über profundes Wissen. Der *Kanon der Medizin* von Avicenna ist, wie Ihr wisst, einer der Texte über Medizin, der in der Christenheit am meisten genutzt wird, und auch wir im *Studium* schätzen …«

»Das *Studium*!«, sagte Uberto und schaffte es, dieses Wort klingen zu lassen, als handele es sich um Abschaum. »Dieser Haufen von sittenlosem Volk, das über die Stadt hereinbricht, ehrbaren Frauen nachstellt und mit Dirnen Unzucht treibt. Dieses Pack, das seine Zeit in den Tavernen bei Wein und Würfelspiel und anderen Schändlichkeiten verbringt, die ich gar nicht aussprechen möchte. Menschen, die, wie Maurizio da San Vittore gesagt hat, ›das Wissen nicht um seiner selbst willen suchen, sondern um es aus Eitelkeit oder für Geld zu Markte zu tragen‹. Sollte ich mich da etwa wundern, wenn die Texte, die die Grundlage ihrer Studien bilden, aus dem Land der Ungläubigen kommen?«

Eine direktere Beleidigung hätte Mondino nicht erwarten können. Ganz offensichtlich beabsichtigte Uberto, ihn zu treffen, wenn er verächtlich über seine Studenten sprach – denn dass die Lehrmeister dieses »sittenlosen Volks« nicht besser als ihre Schüler seien, schwang zweifelsfrei in seiner Rede mit. Ihr Gespräch nahm eine gefährliche Wendung. Mondino wusste, dass er diese boshafte Bemerkung besser ignoriert und dem Priester beigepflichtet hätte. Aber er konnte nicht schweigen –

weniger weil er selbst beleidigt worden war, sondern weil man die Wissenschaft verunglimpft hatte.

»Und doch haben sich hervorragende christliche Wissenschaftler mit Alchimie beschäftigt«, beharrte er. »Albertus Magnus selbst, der *doctor universalis*, der im Übrigen ein Dominikaner war wie Ihr, hat an der Universität vor den Studenten von Paris gelehrt ...«

»Genug!«, schrie Uberto, schlug mit der flachen Hand auf den Tisch und sprang auf. »Ich lasse nicht zu, dass Ihr einen hervorragenden Christen, einen Bischof der Kirche, mit dem Pack vergleicht, von dem ich zuvor gesprochen habe. Albertus wurde *doctor universalis* oder auch *doctor expertus* genannt, eben weil er sich zu geistigen Höhen aufschwang, die für dieses Gesindel unerreichbar sind. Und ich erinnere Euch daran, dass er zwar in Paris lehrte, doch er unterrichtete dort ein ehrbares Fach – die Theologie! Er erkannte das Bedürfnis so vieler junger Leute, die ihr Seelenheil gefährdeten, eben weil sie weltlichen Vergnügungen und profanen Wissenschaften nachgingen, und ist zu ihnen gegangen. Und die jungen Leute schätzten ihn. Um seine Vorlesungen besuchen zu können, verließen sie die Hörsäle der Rechtswissenschaft und der Medizin. Sie versammelten sich so zahlreich, dass Albertus auf öffentlichen Plätzen sprechen musste, denn es gab keine Säle, die groß genug waren, um alle seine Schüler aufzunehmen.«

Auch Mondino hatte sich erhoben, weil es die Höflichkeit gebot, aber auch, weil der andere ihn nicht überragen sollte. Jetzt stand der Inquisitor vor ihm. So schmächtig der gut einen Kopf kleinere Uberto war, so gelang es ihm doch, Mondino Angst einzujagen.

Ein Schweigen legte sich über sie, das niemand von ihnen brechen wollte. Das Licht, das zum Fenster hereinfiel, wurde immer schwächer; bald würde die Sonne untergehen. Eigentlich hätte man im Raum eine Lampe entzünden müssen, aber Uberto schien es nicht zu bekümmern. Sichtlich befriedigt darüber, dass er seinen Gegner endlich zum Verstummen gebracht hatte, gestattete er sich ein Lächeln, in dem noch ein Anflug von Wut mitschwang.

»Die Alchimie«, sagte er, nun wieder gelassen, »wird bald von der christlichen Wissenschaft verworfen werden. Sie wird der Hexerei gleichgestellt und verfolgt werden, wie es sein soll. Wenn diese Zeit anbricht, werden Wissenschaftler, Ärzte und Philosophen gut daran tun, wenn sie ihr Wissen vorher von den Einflüssen der Ungläubigen reinigen. Allerdings«, fügte er an, und sein Lächeln bekam wieder diese grimmige Note, »wollte ich nicht nur über den Tod dieses deutschen Tempelritters mit Euch reden.«

Mondino spürte, wie ihm das Herz nach unten sackte. Er tat sein Bestes, um möglichst gleichgültig zu wirken, und fragte: »Benötigt Ihr vielleicht meine Dienste als Arzt? Eure *complexio* scheint mir etwas zu hitzig, wahrscheinlich leidet Ihr an einem Überschuss an gelber Galle. Darin könnte ich Euch sicher helfen.«

Uberto ging um ihn herum und zwang ihn dadurch, sich ebenfalls zu drehen. Der Inquisitor bewegte sich mit beinahe weiblicher Anmut, doch nichts an seinem Gesicht wirkte anziehend. Mondino kam spontan der Vergleich mit einem Kater in den Sinn, der darauf lauert, gleich der Maus den tödlichen Hieb zu versetzen. »Wenn Eure Dienste als Arzt, wie ich erfahren habe, darin bestehen«, sagte er, »Toten das Herz herauszureißen und ihre Leichen verschwinden zu lassen, nein danke, dann habe ich keinen Bedarf dafür.« Seine Augen funkelten boshaft, während er ihn anstarrte und hinzufügte: »Magister, Ihr seid entdeckt.«

Gerardo fühlte sich extrem unwohl in diesen Kleidern. Ein verschwitztes Hemd, das vor Schmutz starrte und an mehreren Stellen eingerissen war, keine Strümpfe oder Beinlinge und um sich zu bedecken nur ein Leinensack, den man keinesfalls als Gewand bezeichnen konnte. Vielleicht lag es an seiner schlechten Laune, dass er sich nicht mit dem gebotenen Respekt an seinen Kommandanten wandte.

»Mondino meint, dass Ihr die Karte schon einmal gesehen habt, die er Euch beim Bankier gezeigt hat«, sagte er plötzlich. »Ist das wahr?«

Hugues de Narbonne verblüffte ihn mit einer ehrlichen Antwort. »Ja, das ist wahr.«

»Und warum habt Ihr das nicht gesagt?«

Der Franzose hielt mitten auf der Straße an. Auch in Lumpen und als Bettler gekleidet, verfügte er immer noch über die Autorität eines Anführers. »Ich entscheide, was ich sage oder nicht, Gerardo«, antwortete er in einem Ton, der keine Widerrede duldete. »Mondino ist keiner von uns, und ich weiß nicht, wie sehr wir ihm trauen können. Du musst nicht mehr wissen als dass diese Karte nutzlos ist. Einige Leute glauben, dass sie an einen geheimen Ort führt, an dem das Geheimnis der Unsterblichkeit bewahrt wird, aber nach vielen Jahren voller nutzloser Versuche mussten sie feststellen, dass es eine Fälschung war.«

»Das Geheimnis der Unsterblichkeit«, wiederholte Gerardo ungläubig.

Sie redeten wie immer auf Latein, doch sehr leise, um sich nicht zu verraten, da Bettler dieser Sprache nicht mächtig waren.

»Kannst du dir vorstellen, was Menschen von Format bewirken könnten, wenn sie nicht mehr dem Tod unterworfen wären? Sie könnten den Glauben wirksamer verteidigen und das menschliche Wissen weiter vertiefen, als dies bislang geschehen ist. In den richtigen Händen wäre dieses Geheimnis eine unermesslich wertvolle Gabe.«

»Aber die Karte ist eine Fälschung, das habt Ihr selbst gesagt.«

»Ganz genau. Und doch hütet sie ihr Rätsel nur zu gut. Aber vielleicht gibt es einen anderen Weg, um dorthin zu gelangen.«

»Welchen?«

»Genug jetzt, Gerardo. Falls ich es für angebracht halte, werde ich dir davon erzählen, wenn wir zurück sind.« Er zeigte nach vorne. »Dort ist das eingestürzte Haus. Wir sind da, oder?«

»Ja.«

Sie betraten die Ruine, und Gerardo näherte sich lauschend dem Eingang zu dem unterirdischen Gewölbe. Von unten drang schwaches Licht herauf. Nachdem er sich versichert hatte, dass kein Laut in den eingestürzten Mauern zu hören war, wandte er sich an Hugues de Narbonne. »Der Weg ist frei«, sagte er nur.

Hugues bedeutete ihm, er solle hinabsteigen. Barfuß und als Bettler verkleidet, war der Franzose nicht wiederzuerkennen. Gerardo hoffte, dass seine eigene Verkleidung genauso gut war. Der Geruch, der von ihrer beider Kleidung ausging, war kaum zu ertragen, aber inzwischen hatte er sich daran gewöhnt.

Er begann, sich zwischen den Trümmern und Ziegelsteinen hindurchzuwinden und dankte dem Himmel, dass er wenigstens Schuhe an den Füßen hatte. Das war Hugues' Idee gewesen. Seiner Meinung nach gab es nur einen Weg, an die gewünschten Informationen zu kommen und das unterirdische Gewölbe wieder lebend zu verlassen, und zwar indem sie sich selbst als Vagabunden ausgaben. Um möglichst echt auszusehen, hatten sie heute Morgen zwei Bettler mit einem Hieb auf den Kopf bewusstlos geschlagen und ihnen ihre Beutel für die Almosen und die vor Schmutz starrenden Kleider abgenommen. Ihre eigenen Gewänder hatten sie in der Unterkunft des Franzosen gelassen und sich noch vor Sonnenuntergang auf den Weg gemacht.

Hugues fiel es nicht schwer, ohne Schuhe herumzulaufen, und er bewegte sich barfuß vollkommen natürlich. Gerardo hingegen kam ohne Schuhe nicht zurecht – er hüpfte und stolperte so unsicher herum, dass sie beschlossen, ihn seine Schuhe tragen zu lassen. Man hatte zwar sicher noch nie einen Bettler mit fast neuen Schuhen gesehen, aber Gerardo hatte sie, bevor sie aufbrachen, noch rasch mit Staub und Fett eingeschmiert. Im Vertrauen darauf, dass es niemand in der Dunkelheit bemerken würde, begaben sie sich auf ihre Mission.

Bevor die beiden Männer den Gang betraten, sahen sie einander noch einmal an. Die Fackel, die Gerardo am Vortag benutzt hatte, war verschwunden. Wahrscheinlich hatte der erste Bettler, der am Abend zurückgekehrt war, sie genommen, um mit ihr die anderen Fackeln entlang des Wegs anzuzünden.

»Hast du alles begriffen?«, fragte Hugues. »Denk daran, dass nur du sprechen kannst, ich bin stumm.«

»Natürlich weiß ich das«, antwortete Gerardo etwas verärgert, da der Franzose ihm diese Frage bereits zum dritten Mal stellte. »Und jetzt versucht bitte, so wenig wie möglich Latein zu sprechen. Jemand könnte uns hören.«

Hugues schien nicht daran gewöhnt, jemand anderem das Kommando zu überlassen, aber in diesem Fall war es unvermeidlich. Er sprach nur Französisch und Latein, daher musste er so tun, als wäre er stumm. Gerardo konnte in der Mundart von Ravenna sprechen, die ihm vertraut war, weil er sie als kleiner Junge von den Dienern bei sich zu Hause gelernt hatte.

Um glaubwürdig zu wirken und die Suche nach dem Ferrareser zu rechtfertigen, hatten Hugues und Gerardo sich eine Geschichte ausgedacht. Gefährlich war das Unterfangen jedoch so oder so. Gerardo hoffte inständig, dass der Bettler wenigstens etwas Brauchbares zum Tod von Wilhelm von Trier sagen konnte. Er wusste nicht genau, wie er unauffällig darauf zu sprechen kommen konnte, aber das war ein Problem, dem er sich zu gegebener Zeit stellen würde. Erst einmal mussten sie den Saal mit den Wandfresken finden, von dem der Junge gesprochen hatte.

Sie liefen, die Almosenbeutel über der Schulter, den schmalen, erhöhten Weg entlang, Gerardo voraus und dahinter Hugues. Von dem ausgetrockneten Kanal stieg Verwesungsgestank auf; er stammte zweifellos von Überresten, die sich im Laufe vieler Jahre dort angesammelt hatten. Es hingen nur wenige Fackeln an der Wand, in einem Abstand von ungefähr zwanzig oder dreißig Schritten; sie verströmten ein spärliches Licht, das gerade ausreichte, um nicht zu stolpern. Während sie sich ihren Weg durch das Halbdunkel bahnten, überlegte Gerardo, ob der Tunnel, durch den sie schritten, vielleicht gar kein Abwasserkanal war, sondern ein uralter Geheimgang. Wenn man beide Arme ausstreckte, konnte man die Wände berühren. Kurz über ihren Köpfen erhob sich ein Spitzbogengewölbe aus Ziegelsteinen, das trotz seines Alters äußerst robust wirkte.

Nur an einer Stelle, an einer Verbreiterung, wo der Gang nach links abbog, drohte ein Teilstück der Mauer einzustürzen, doch sie wurde von einem Balken zwischen den Wänden abgestützt. Die beiden Tempelritter mussten sich bücken, um unter der Stütze hindurchzutauchen, und kurz darauf erreichten sie einen großen runden Saal, der von kleinen Feuern beleuchtet wurde. Gerardo zählte etwa fünfzehn Leute, doch hinter ihnen im Gang waren bereits die Schritte von anderen Bettlern zu hören. Es musste schon zur Komplet geläutet haben.

»Wir sind da«, flüsterte er.

Hugues nickte stumm.

Der Rauch der Feuer und Fackeln hatte die Wände mit einer

schwärzlichen Schicht bedeckt, unter der man Überreste von Fresken ausmachen konnte, die einst den Raum geschmückt hatten. Der Fußboden war nicht eben, sondern fiel zum Gang hin in einer Reihe flacher Stufen ab. Gerardo war immer mehr davon überzeugt, dass es sich um ein altes römisches Haus oder eine Therme handelte, die unter den nachfolgenden Bauten begraben worden war.

Aber sie waren nicht gekommen, um die Werke antiker Baukunst zu bestaunen, sondern um eine Mission zu erfüllen. Die beiden Tempelritter näherten sich einem der Feuer und begannen, die Leute nach dem Mann aus Ferrara zu fragen.

Der erste Bettler, den Gerardo ansprach, war ein junger schmächtiger Bursche, der seine Blöße nur mit einem Sack bedeckte und der an Stirn und Händen blutige Verbände trug. Er schaute nicht einmal zu ihnen auf, als er sagte, dass er den Krüppel, den sie suchten, nicht kannte, und nahm die Verbände ab, unter denen schmutzige, aber absolut gesunde Hände zum Vorschein kamen. Danach kramte er in seinem Almosenbeutel und zog eine tote Katze hervor, die von seinen beiden Gefährten mit Lachen und zufriedenen Rufen kommentiert wurde.

Während Gerardo sich dem nächsten Feuer zuwandte, berührte ihn Hugues an der Schulter.

»Rechts von dir. Dreh dich nicht zu schnell um«, flüsterte er in heiserem Latein.

Gerardo spürte zunächst Verärgerung. Doch dann sagte er sich, dass Hugues bestimmt nicht riskierte, dass seine Tarnung als stummer, ungebildeter Bettler aufflog, wenn er nicht einen triftigen Grund dafür hatte. Lächelnd, als wollte er jemanden begrüßen, drehte er sich in die angegebene Richtung und ihm gefror das Blut in den Adern: Wenige Schritte neben ihnen war ein stämmiger Mann, der nichts als einen Lumpen um die Taille gewickelt hatte. Er hatte eine auffällige Beule und verkrustetes Blut mitten auf seinem kahlen Schädel. Gerardo erkannte in ihm voller Schrecken den ersten Bettler, den sie niedergeschlagen hatten, um ihm die Kleider zu stehlen. Wenn er sie erkannte, war ihr Leben in Gefahr.

In diesem Moment schaute der Mann auf, und ihre Blicke begegneten sich.

Der Inquisitor hatte ganz leise, keineswegs bedrohlich geklungen, was die Beschuldigung noch deutlicher und vernichtender erscheinen ließ. In diesem Tonfall stellte man unbezweifelbare Tatsachen fest.

Mondino begriff, dass seine Laufbahn als Arzt und wahrscheinlich auch sein Leben zu Ende waren. Absurderweise dachte er in diesem Augenblick weder an seine Lieben noch an die Strafe, die er zu erwarten hatte. Ihn beschäftigte nur ein Gedanke, nur eines bedauerte er: dass er seine Abhandlung über die Anatomie niemals vollenden würde.

»Ich weiß nicht, wovon Ihr sprecht, Vater«, sagte er wenig überzeugend. »Es ist richtig, ich seziere Leichen zu Studienzwecken, aber …«

»Aber vor kurzem ist Euch ein Toter untergekommen, der einen ähnlichen Anblick bot wie der Deutsche, der bei Santo Stefano gefunden wurde: die Brust geöffnet, die Rippen gebrochen und nach außen gebogen. Und auch zu Lebzeiten gingen beide derselben Bestimmung nach: Sie waren beide Tempelritter. Ist das nicht merkwürdig?«

Offensichtlich wusste der Inquisitor alles. Leugnen war sinnlos, aber es zuzugeben kam einem Selbstmord gleich. Wenn Uberto seinen Kopf wollte, überlegte Mondino, musste er schon kommen und ihn sich selbst holen. Er würde sich ihm nicht auf einem Silbertablett servieren.

»Worauf wollt Ihr hinaus?«, fragte er.

»Das ist ganz einfach. Die beiden Leichname unterschieden

sich nur in einem einzigen Punkt: Das Herz des einen war in einen Eisenblock verwandelt, während das Herz des anderen herausgerissen war. Und da könnte man zu Recht annehmen, dass dem ersten das Gleiche angetan wurde wie dem zweiten Toten. Man könnte Euch anklagen, dass Ihr für beide Verbrechen verantwortlich seid, aber das entspricht wahrscheinlich nicht der Wahrheit, und die Kirche ist nur an der Wahrheit interessiert.«

Mondino zwang sich, ruhig zu atmen. Er wünschte sich nichts sehnlicher, als sich wieder zu setzen. Er durchschaute das Spiel des Inquisitors nur zum Teil. Der meinte wohl, dass die Kirche nichts gewann, wenn sie ihn des Mordes an den beiden Tempelrittern beschuldigte. Das war zwar eine gute Nachricht, aber dennoch hatte Mondino den begründeten Verdacht, dass ihm das Schlimmste noch bevorstand.

»Es entspricht tatsächlich nicht der Wahrheit, Vater. Ich kannte die beiden Männer nicht, von denen Ihr sprecht, und ich hätte keinen Grund gehabt, sie umzubringen. Außerdem verfüge ich nicht über die nötigen Kenntnisse, um das zu tun, was ihnen angetan wurde.«

»Ihr seid kein Zauberer, wollt Ihr damit sagen.«

»Vater, ich weiß nicht, ob wir es hier mit dem Werk eines …«

»Aber natürlich, Magister! Selbstverständlich haben wir es hier mit dem Werk eines Zauberers zu tun, der seine dunkle Macht durch einen Pakt mit dem Teufel erhalten hat. Dies ist unbestreitbar.«

Mondino sagte nichts dazu. Sollte Uberto da Rimini doch glauben, was er wollte. Hauptsache, er war geneigt, jemand anderen wegen Götzenverehrung zu beschuldigen.

»Stimmt Ihr mir zu, dass die Verwandlung eines Menschenherzens in einen Metallblock das Werk von Zauberei ist?«, fragte der Priester.

Diese Frage klang sehr präzise. Offensichtlich verfolgte er

ein Ziel, aber sosehr Mondino sich auch den Kopf zermarterte, er begriff nicht, was der Inquisitor beabsichtigte. Er hatte den unangenehmen Eindruck, dass er sich im Dunkeln am Rande eines Abgrundes vorwärtsbewegte.

»Das könnte sein.«

Auf Ubertos Gesicht erstrahlte ein echtes, beinahe freundliches Lächeln. Mondino spürte, dass er alles tun würde, um diesen wohlwollenden Ausdruck auf dem Gesicht des Inquisitors zu erhalten, und er hasste sich für seine Feigheit. Draußen hörte man eine Kurbelrolle quietschen. Obwohl es schon dunkel war, holte noch jemand Wasser vom Brunnen des Gartens.

»Gut, ich sehe, dass wir uns allmählich verstehen«, sagte Uberto. »Ich will Euch nicht länger im Ungewissen lassen, Magister: Die Totengräber haben Euch verraten.«

Mondino schwitzte; er hatte das Gefühl, dass ihm heiß und kalt zugleich war. All diese Worte zielten darauf ab, ihn einzuschüchtern, ihn zu Wachs in den Händen des Inquisitors zu machen. Doch er durfte sich noch nicht ergeben. Das ließ sein Stolz nicht zu.

»Ich habe gar nicht vor abzustreiten, dass ich diesen Leichnam für meine Anatomiestudien verwendet habe«, sagte er. »Aber …«

»Schweigt!«, unterbrach ihn Uberto heftig. Das gütige Lächeln war verschwunden. »Begreift Ihr denn nicht, dass Euch kein Ausweg bleibt? Im Quersack des Deutschen ist ein Brief gefunden worden, der ihn als Tempelritter identifizierte. Außerdem wurde er darin eines brutalen Mordes an einem armen Christenmenschen bezichtigt, den er zusammen mit einigen seiner Mitbrüder begangen haben soll. Der Absender forderte ihn auf, nach Bologna zu kommen, um sich eines dunklen Geheimnisses zu bemächtigen. Seid Ihr Euch eigentlich darüber im Klaren, wer diese Tempelritter wirklich sind, die Ihr zu verteidigen scheint?«

»Ich verteidige niemanden, Vater. Über die Templer weiß ich im Übrigen wenig oder gar nichts.«

»Umso besser, obwohl Eure Taten eine andere Sprache zu sprechen scheinen. Nun denn, ich gehe davon aus, dass Ihr nicht ernsthaft daran zweifelt, dass es für uns ein Einfaches wäre, einen Prozess gegen Euch anzustrengen, in dem Ihr als der Mörder des ersten Templers und wegen der Ähnlichkeit des *modus operandi* auch des zweiten erscheinen werdet, und dann ein Urteil gegen Euch zu erwirken, das für Euch den Tod und die Beschlagnahme sämtlicher Güter Eurer Familie bedeutet? Antwortet: Glaubt Ihr das oder nicht?«

Der Inquisitor hatte die Stimme erhoben, bis er schließlich die letzten Worte herausgeschrien hatte. In seinen Mundwinkel hatte sich ein wenig Schaum gebildet, den er jetzt mit dem Handrücken fortwischte, ohne den Blick von Mondino abzuwenden. Dieser senkte den Kopf, starrte die Terrakottafliesen des Fußbodens an und merkte, dass er überhaupt keine Lust hatte, jemals wieder aufzuschauen. Dennoch zwang er sich, dem Inquisitor wieder in die Augen zu sehen, ehe er die Niederlage eingestand.

»Das glaube ich, Vater.«

»Und Ihr tut gut daran. Ihr habt noch die Möglichkeit, Euch zu retten, vergeudet sie nicht. Wie ich Euch bereits sagte, ist die Kirche trotz der Beweise, die gegen Euch vorliegen, zumindest im Moment geneigt, an Eure Unschuld zu glauben, und Ihr werdet nicht angeklagt.«

»Ich danke Euch.«

Im Garten hörte man Stimmengemurmel. Der Inquisitor ging ans Fenster und starrte hinaus in die Dunkelheit. Die Stimmen verstummten unvermittelt, und Uberto wandte sich wieder ihm zu.

»Wir vertrauen darauf, dass Ihr Eure Dankbarkeit nicht nur in Worten ausdrückt, Magister«, sagte er. »Wenn das Kollegium der Inquisitoren Euch bitten würde, in Eurer Funktion als Arzt und Lehrer des *Studiums* auszusagen, dass das Herz dieses deutschen Mönches durch Hexenwerk in Metall verwandelt wurde, würdet Ihr das tun? Antwortet nur mit Ja oder Nein.«

Endlich hatte er offen erklärt, was er wollte, so dass Mondino eine ungefähre Vorstellung davon bekam, wie die Verhandlungen weitergehen würden und was Uberto von ihm wollte: Die Kirche hatte die Möglichkeit erkannt, diesen mysteriösen Mord als Beweis im Prozess gegen die Templer zu benutzen. Mondino dafür zu verurteilen, war nicht von Vorteil, weil dadurch die öffentliche Aufmerksamkeit von denen abgelenkt würde, die die Inquisition als die wahren Schuldigen hinstellen wollte, selbst wenn die beiden ermordeten Templer die Opfer waren und nicht die Täter. Daher bot der Inquisitor ihm Straffreiheit an im Austausch gegen seine Zeugenaussage. Mondino saß in der Falle, und er hatte keine Wahl. Alles in ihm wollte laut zustimmen, doch aus seinem Mund kam das genaue Gegenteil.

»Nein.«

Daraufhin schlug Uberto seine kleine Faust mit solcher Gewalt auf den Tisch, dass das Tintenfass umkippte und die Tinte über die gewachste Holzplatte floss. Gedankenverloren nahm der Inquisitor ein Blatt feinstes Pergamentpapier und drückte es auf den Fleck; dabei ließ er Mondino nicht einen Moment lang aus den Augen.

»Versucht nicht, dieses Zimmer zu verlassen, Ihr würdet hinter der Tür festgenommen werden«, sagte er und streckte die freie Hand nach einem Silberglöckchen aus. »Bald werden die Wachen da sein und sich Eurer annehmen.«

»Einen Augenblick noch«, sagte Mondino und hob beide Hände in einer demütigen Geste, die ihn einen schrecklichen Kampf mit sich selbst kostete. »Können wir nicht noch einmal darüber reden?«

»Es gibt nichts weiter zu sagen«, erwiderte Uberto, knüllte das Pergament zusammen und warf es auf den Fußboden. »Es gibt nur Ja oder Nein.«

»Was Ihr da von mir verlangt, ist schwierig«, sagte Mondino. »Vielleicht könnte ich es tun, aber ich brauche ein paar Tage Bedenkzeit.«

Er hatte dies gesagt, um Zeit zu gewinnen und die Ankunft der Wachen hinauszuzögern, aber gleichzeitig wurde ihm klar, dass diese Worte der Wahrheit entsprachen. In wenigen Augenblicken drohte sich sein gesamtes Leben zu verändern; er stand an einem Scheideweg, und aus verschiedenen Gründen behagte ihm keine der Möglichkeiten, die vor ihm lagen. Er war verwirrt und hatte das Bedürfnis, allein zu sein und in Ruhe über alles nachzudenken.

Uberto da Rimini verzog die Lippen zu einem schmalen Lächeln. »Jetzt seid Ihr nicht mehr so hochmütig, Magister«, sagte er. »Die Aussicht darauf, im Gefängnis zu enden, ist oft sehr wirksam. Gut, ich gewähre Euch zwei Tage Bedenkzeit. Wenn Ihr Euch aber bei Sonnenuntergang am Sonntag nicht zu einer Aussage entschlossen habt, werdet Ihr verhaftet. Ich vertraue darauf, dass Ihr nicht flieht. Falls Ihr das versucht, werde ich die Anklage gegen Euch öffentlich machen. Ihr würdet verfolgt werden, egal, wohin Ihr Euch wendet, und könntet nicht mehr an Eurer geliebten Universität unterrichten.«

Mondino nickte wortlos. Der Inquisitor läutete das Silberglöckchen, woraufhin in der Tür zwei äußerst kräftige Mönche erschienen.

»Geleitet diesen Mann hinaus«, sagte Uberto. »Im Augenblick ist er noch frei.«

Mondino verneigte sich leicht und ging dann zur Tür. Noch bevor er die Schwelle erreichte, rief ihn der Inquisitor zurück.

»Da ist noch etwas. Im Prozess müsst Ihr nicht nur die besprochene Aussage machen, sondern auch enthüllen, wo sich derjenige befindet, der Euch die Leiche gebracht hat.«

Mondino drehte sich um, um zu antworten, aber Uberto gebot ihm mit einer Handbewegung Einhalt. »Überlegt es Euch gut, bevor Ihr in diesem Punkt lügt. Ich weiß, dass der Mann zu Euren Studenten gehört, und ich denke, dass er ein Tempelritter ist, der sich als Euer Schüler ausgibt. Ich bin mir sicher, dass er diese Männer auf so schändliche Weise getötet hat.«

»Das glaube ich keineswegs«, gab Mondino entschieden zurück. »Er ist ein junger Mann, der in etwas verwickelt wurde, das größer ist als er selbst.«

»Wenn er es nicht war, dann müsst Ihr es gewesen sein«, sagte der Inquisitor rätselhaft. »Es muss einen Schuldigen geben. Und Ihr entscheidet, wer das sein soll.«

Sobald Mondino das Zimmer verlassen hatte, ließ Uberto Guido Arlotti rufen. Der ehemalige Priester wartete in einem Nebenzimmer und kam sofort zu ihm.

»Von nun an musst du Mondino wie ein Schatten folgen«, befahl ihm der Inquisitor. »Ich möchte wissen, wohin er geht, was er tut, mit wem er sich trifft. Und vor allem muss ich erfahren, wo sich dieser angebliche Student versteckt, der in dem Haus wohnte, in dem der Brand ausgebrochen ist. Er nannte sich Francesco Salimbene, aber das ist nicht sein richtiger Name. Nun wird er einen anderen angenommen haben. Mondino sucht ihn gewiss auf, um ihn zu warnen.«

»Wie Ihr wünscht, Vater«, antwortete Guido. »Aber befürchtet Ihr nicht, dass Mondino ebenfalls flüchtet?«

»Nein, sein Leben ist hier, er wird nicht fliehen. Er nützt uns, solange er frei ist, und das weiß er.«

Guido Arlotti nickte. »Ich mache mich sofort an die Arbeit.”

Er verließ umgehend das Zimmer.

Gerardo drehte dem Bettler den Rücken zu, dem sie die Kleider geraubt hatten, und bewegte sich langsam zu der gegenüberliegenden Seite des unterirdischen Gewölbes. Hugues de Narbonne folgte ihm. Der Mann konnte ihn nicht erkannt haben, denn sie hatten ihn von hinten angegriffen, doch sie durften das Risiko, dass er sie entdeckte, nicht unterschätzen. Falls sie den Mann aus Ferrara nicht auf dieser Seite des Raumes fanden, wäre es besser für sie, den Raum zu verlassen, ohne noch einmal an dem Bettler vorüberzugehen, der halbnackt mit lauten Worten sein Schicksal beklagte, ohne die Silbermünze zu erwähnen, die Gerardo ihm als Entschädigung für Beutel und Gewand in die Hand gelegt hatte.

Die beiden bewegten sich langsam vorwärts und achteten darauf, nicht auf die Habseligkeiten zu treten, die überall auf dem Boden verstreut lagen. Allmählich füllte sich das Gewölbe immer weiter mit Männern und Frauen. Zum Glück schienen viele sich untereinander nicht zu kennen, so dass die Anwesenheit der beiden verkleideten Templer nicht auffiel. Gerardo fragte jeden, an dem er vorbeikam, wo er den Mann aus Ferrara finden könnte, doch ohne Erfolg. Einige kannten ihn nicht einmal, andere erzählten ihm, dass er in letzter Zeit immer hier unten geblieben war, aber wo er jetzt war, konnten sie ihm nicht sagen. Mittlerweile hatten Gerardo und Hugues schon den höchsten Punkt auf den Treppen erreicht, wo zwei Männer und eine Frau unreife Äpfel in einem Tontopf kochten. Als Gerardo sie nach dem Krüppel fragte, beäugte ihn die Frau misstrauisch. Sie war ungefähr zwanzig Jahre alt und hätte schön sein können, wäre sie nicht so überaus mager gewesen und hätten ihr nicht zwei Schneidezähne und ein Eckzahn gefehlt.

»Warum sucht ihr ihn?«, fragte sie.

Gerardo erzählte die Geschichte, die sie sich ausgedacht hatten: Sie seien von Ravenna vertrieben worden, gab er an, und auf dem Weg hierher hätte ihnen ein anderer Bettler empfohlen, nach ihrer Ankunft in Bologna einen Krüppel aufzusuchen, der der Ferrareser genannt wurde. Er wäre ein guter Mensch und würde ihnen dabei helfen, sich in der Stadt zurechtzufinden.

»Der Ferrareser soll ein guter Mensch sein?«, lachte der ältere der beiden Männer, ein rundlicher Typ mit grauen Locken. »War der, der euch das gesagt hat, vielleicht blind und taub?«

Die anderen beiden lachten dreckig, und als die Frau sich etwas ungeschickt bewegte, entblößte sie ihre Beine weit oberhalb der Knie. Gerardo schaute zur Seite.

»Hier gibt es keine guten Menschen«, sagte der Ältere. »Nur Hurensöhne, die zu jeder Schandtat bereit sind, wenn sie dafür einen Tag länger leben können.«

»In Ravenna war es genauso«, erwiderte Gerardo und setzte sich neben sie, dabei versuchte er den Dialekt nachzuahmen, den die Dienerschaft bei ihm zu Hause gesprochen hatte. »Wie auch immer, ich möchte den Mann aus Ferrara finden.«

Die drei Bettler schwiegen plötzlich. Der Ältere rührte mit einem Holzstück die Äpfel in dem kleinen Tontopf um. Der Jüngere, ein Blondschopf mit einem langen Bart, der die ganze Zeit still gewesen war, zischte: »Niemand hat euch eingeladen, euch zu setzen. Ihr braucht gar nicht darauf zu zählen, dass ihr euch mit eurer Geschichte ein Abendessen ergattern könnt, verstanden?«

Die Frau schaute Gerardo auf eine Art an, dass er errötete, und sagte: »Wir haben nur diese Äpfel, und die sind für uns.«

»Unreife Äpfel«, knurrte der grauhaarige Bettler. »Wir müssen sie zu Brei verkochen, sonst bekommen wir davon heftige Bauchschmerzen.«

»Aber wenn ihr auch etwas habt«, meinte die Frau weiter, »bleibt ruhig. Der Ferrareser wird bald kommen.«

»Du Schlampe!«, rief der bärtige junge Mann. »Ich weiß genau, warum du willst, dass sie bleiben.«

»Lass mich in Ruhe«, antwortete sie böse. Von einem Moment auf den anderen hatte sie eine spitze Tonscherbe in der Hand. »Oder ich schneide ihn dir ab, du brauchst ihn sowieso nicht mehr.«

Der Alte lachte. Gerardo und Hugues fielen in sein Gelächter ein und hofften, die Situation dadurch etwas zu entschärfen. Der Blonde schaute sie misstrauisch an.

»Hast du nicht gesagt, dass dein Freund taubstumm ist?«

»Und?«

»Warum hat er dann gelacht, wenn er uns nicht hören kann?«

Gerardo seufzte. »Weil er nicht blind ist.«

»Was zum Teufel tut das jetzt zur Sache?«

»Er hat gesehen, dass wir alle gelacht haben, und da hat er eben eingestimmt.« Gerardo stand auf. Diese Unterhaltung wurde allmählich gefährlich. »Wir gehen schon.«

»Wolltet ihr nicht etwas über den Ferrareser erfahren?«, fragte die Frau.

Der Blonde warf ihr einen bösen Blick zu, dann starrte er Gerardo feindselig an, während er Anstalten machte aufzustehen. Hugues stellte sich kampfbereit hin. Der junge Bettler schaute zwischen ihnen beiden hin und her, dann ließ er sich wieder neben sein erbärmliches Feuer fallen.

»Wenn Ihr wisst, wo wir ihn finden können, Madonna«, sagte Gerardo, »sagt es uns bitte.«

»Ach was Madonna!«, lachte der Blonde bitter und packte die Frau am Arm. »Sie ist eine Dirne, sonst nichts.«

»Lass mich!«, schrie die Frau, sprang plötzlich auf und suchte hinter den Templern Schutz. »Wenn du mich anrührst, werden die beiden mich schon beschützen.« Dann wandte sie sich an Gerardo: »Also, hast du jetzt was zu essen oder nicht?«

Ihnen blieb keine Wahl. Gerardo wollte eigentlich nur noch fort, aber damit hätte er sich zu verdächtig gemacht. »Sicher«, sagte er und griff in den Beutel, den er um den Hals trug. Er beglückwünschte sich im Stillen dafür, dass er noch nachgesehen hatte, was darin war, ehe sie in das unterirdische Gewölbe hinabgestiegen waren. »Fünf Spatzen und ein Stück Brot. Das ist viel besser als eure Äpfel.«

Bei diesen Worten beruhigten sich die Männer sofort. Der Ältere mit den grauen Haaren sagte: »Spatzen in Apfelsoße, was für ein Schmaus. Setzt euch nur zu uns.«

»Erst will ich alles über den Ferrareser wissen«, beharrte Gerardo.

»Ach, du kannst es wohl nicht lassen«, sagte die Frau lächelnd. »Der Ferrareser war in letzter Zeit merkwürdig. Er war eine ganze Woche nur hier unten. Warum, hat er nicht gesagt. Vielleicht hat ihn jemand beim Klauen erwischt, und er hat sich vorsichtshalber versteckt. Gestern ist er wieder rausgegangen, und als er wiederkam, hat er geplappert wie ein Wasserfall. Er hat gesagt, dass er bald reich sein würde, dass ihm jemand einen Gefallen getan hat und dass es ihn einen Dreck kümmern würde, ob das die Heilige Jungfrau Maria oder der Teufel höchstpersönlich gewesen wäre. Heute ist er in aller Frühe losgezogen, aber er ist noch nicht zurückgekehrt. Normalerweise schläft er hier«, sagte sie und zeigte auf die Wand wenige Schritte von ihnen entfernt. Dann seufzte sie. »Das ist alles. Jetzt lass uns essen. Ich kann es nicht erwarten, endlich Fleisch zwischen meinen Lippen zu spüren.«

Gerardo entging nicht, dass dieser Satz doppeldeutig war, denn die Frau presste dabei eine Hand auf seinen Schenkel. Er wusste nicht mehr, wie er sich aus dieser schwierigen Situation befreien sollte, und Hugues als Taubstummer konnte ihm dabei auch nicht helfen.

»Fünf Spatzen und ein Stück Brot?«, sagte hinter ihnen jemand heiser und drohend.

Gerardo drehte sich um und stand auf einmal dem Bettler mit dem Lumpen um die Taille gegenüber.

»Ja und?«, meinte er herausfordernd und wunderte sich selbst über seine Schlagfertigkeit. »Für dich ist hier kein Platz. Wir sind fünf, und wenn du nicht sofort verschwindest, werden wir dir heimleuchten!«

Die anderen nickten bestätigend. Sie hätten auch jemanden umgebracht, um ihr Abendessen zu verteidigen, daran bestand kein Zweifel.

»Fünf Spatzen und ein Stück Brot«, wiederholte der Mann, der zu wütend war, um sich einschüchtern zu lassen, »das war genau in meinem Beutel. Den du mir gestohlen hast«, sagte er und zeigte darauf. »Und das Gewand, das du am Leib trägst, ist auch meins.« Er drehte sich zu seinen Freunden um. »Der da hat mich bestohlen!«, schrie er. »Helft mir, dass ich meine Sachen wiederbekomme!«

NEUN

Als Mondino die Kirche San Domenico verließ, war es schon fast dunkel. Es hatte vor kurzem zur Vesper geläutet. Gedankenverloren machte er sich auf den Heimweg, aber als er das Schild einer Taverne sah, beschloss er, hineinzugehen und einen Becher Wein zu trinken. Es gab vieles, über das er nachdenken musste, und dazu hielt er sich lieber allein zwischen Fremden auf als nach Hause zu gehen, wo ihn all jene Probleme erwarteten, um die er sich inzwischen nicht gekümmert hatte.

Er setzte sich an einen Tisch, der so schwer war, dass nicht einmal zwei Männer ihn hätten umwerfen können, beobachtete das verstohlene Laufen der Mäuse im Stroh und trank dazu einen Weißwein aus den Colli Bolognesi.

In der Taverne wimmelte es von Studenten des Rechts und der Medizin aus verschiedenen *Nationes*, deren Flüche und witzige Bemerkungen in ihrem mit fremden Sprachen durchsetzten Latein die Luft erfüllten. Mondino erkannte die kehligen Laute der Deutschen und der Dänen, die endsilbenbetonte Sprechweise der Franzosen, die markante Sprachmelodie der Spanier. Bologna war dank der Universität eine der lebendigsten Städte überhaupt. Die Vorstellung, die kommenden Jahre in einem dunklen Verlies verbringen zu müssen, ließ ihn jeden Blick, jedes Wort noch intensiver in sich aufnehmen. Mondino betrachtete aufmerksam jede noch so kleine Einzelheit. Vielleicht fiel ihm deshalb auch ein Mann in der Menge auf, der gleich ihm die allgemeine Hochstimmung nicht zu teilen schien. Der Mann war untersetzt und muskulös. Sein breites Gesicht zeigte deutlich, wie sehr ihn dieses babylonische Sprachengewirr störte, und dennoch tat er nichts, um seinen Wein und die Schale mit Oliven möglichst schnell zu verzehren. Einige Male war es Mondino so vorgekommen, als hätte er in seine Richtung geschaut. Vielleicht fragte der Mann sich ja, was ein Arzt inmitten dieser Menge verloren hatte. Er trank noch einen Schluck Wein direkt aus dem Krug, da es in der Taverne keine Gläser gab, und wandte sich dann wieder seinen Gedanken zu.

Diese drehten sich nur um zwei Überlegungen: Sollte er gegen die Templer aussagen? Und sollte er Gerardo verraten? Jemanden zu verraten, der ihm vertraute und dem er allmählich selbst zu vertrauen lernte, war undenkbar, dennoch konnte er unmöglich sich selbst und seine Familie opfern, um Gerardo zu retten. Was den anderen Punkt betraf: Seinetwegen konnten die Tempelritter ruhig alle auf dem Scheiterhaufen enden, dann würde es eben einen Orden weniger geben.

Doch das eigentliche Problem blieb bestehen. Unter Eid etwas im Widerspruch zur Lehre zu erklären bedeutete, einen Meineid zu leisten. Wegen dieser Sünde konnte er aber in der Kirche die Absolution erbitten und Buße tun. Schlimmer war, dass seine italienischen und vor allem die französischen Kollegen den Respekt vor ihm verlieren würden. In der Medizinschule von Montpellier würde man lauthals über ihn lachen. Ganz zu schweigen von der Tatsache, dass ein gefährlicher Mörder straffrei ausgehen würde und weiter ungehindert Morde begehen könnte.

Als er von der falschen Klarsichtigkeit des Weines beseelt das Für und Wider abwog, sah Mondino, dass die Waagschale sich nur nach einer Seite senkte. Und schließlich hatte er sich entschieden.

Die beiden folgenden Tage würde er darauf verwenden, den

Mörder zu finden. Er war überzeugt, dass er der Lösung schon sehr nahe gekommen war, und wenn er ganz sicher herausfand, wer die beiden Tempelritter ermordet hatte, würden die Anklagen und Drohungen Ubertos von selbst in sich zusammenfallen.

Sollte er sein Ziel nicht erreichen, würde er Gerardo genug Zeit geben, um aus Bologna zu fliehen und ihn dann anzeigen, wie es der Inquisitor von ihm verlangt hatte. Es tat ihm leid, aber seine Nächstenliebe reichte nicht so weit, dass er dafür die Folter auf sich nahm.

Vielleicht würde es aber gar nicht dazu kommen müssen. Gegen seinen Willen hatte ihm Uberto da Rimini etwas Wichtiges verraten, indem er ihm den Inhalt des Briefes eröffnete, der sich unter den persönlichen Sachen Wilhelms von Trier gefunden hatte. So hatte sich Mondinos Überlegung bestätigt, dass jemand die beiden ermordeten Tempelritter in eine Falle gelockt hatte. Jetzt musste er nur noch herausfinden, wer den Köder ausgelegt hatte.

Er musste zu der Kräuterhexe zurückkehren. Vielleicht war der Mörder ja ein Sarazene, da die Landkarte, die sich nun in seinem Besitz befand, arabisch beschriftet war. Und es gab nicht gerade viele Araber in Bologna. Vielleicht kannten sie einander. Wenn er sich geschickt anstellte, überlegte Mondino, würde ihm die Frau nicht nur das Geschriebene übersetzen, sondern ihn darüber hinaus noch auf eine wichtige Spur bringen.

In diesem Moment kamen zwei deutsche Studenten auf ihn zu. Keiner von beiden gehörte zu seinen Schülern, sie hatten ihn jedoch erkannt und erklärten ihm, dass sie seine Arbeit und seinen Mut bewunderten, mit den anatomischen Studien den Widerspruch der Kirche herauszufordern.

Mondino war nicht gerade in der besten Stimmung, um Lobeshymnen auf seinen eigenen Mut entgegenzunehmen, aber er zwang sich zu einem Lächeln: »Ich tue nichts anderes als im menschlichen Körper die Dinge zu suchen, die es mir eines Tages erlauben werden, ihn wirklich zu kennen.«

Um nicht geizig zu wirken, bot er beiden jungen Männern Wein aus seinem Krug an, die in großen Schlucken daraus tranken und es ihm mit einem frechen Lied dankten, in dem es um einen Quacksalber ging und in dem nach jeder Strophe der berühmte Satz Avicennas wiederholt wurde: »Ein unwissender Arzt ist der Statthalter des Todes.«

Kurz darauf zahlte Mondino seinen Wein und machte sich auf den Heimweg. Mit Einbruch der Dunkelheit war es kälter geworden, und sein pelzverbrämter Umhang kam ihm jetzt sogar zu dünn vor. Die Straßen waren menschenleer, und seine Schritte erzeugten auf dem schlammigen Untergrund der Straße ein leises, schmatzendes Geräusch. Plötzlich warf Mondino die Kapuze des Umhangs zurück und drehte sich um. Er hatte geglaubt, Schritte hinter sich zu hören, aber er musste sich wohl geirrt haben. Hinter ihm war niemand.

Er blieb eine Weile stehen und lauschte, während sein Herz unwillkürlich aufgeregt zu schlagen begann; dann setzte er seinen Weg fort, wobei er auf die Straßenmitte wechselte und die Schatten unter den Arkaden im Auge behielt.

Die ausgestandene Angst und die Dunkelheit riefen ihm in Erinnerung, was er am vergangenen Abend getan hatte. Das Bewusstsein, Filomena getötet zu haben, hatte ihn die ganze Zeit über nie völlig verlassen, aber während und nach dem Gespräch mit dem Inquisitor war er zu sehr von anderen Sorgen abgelenkt, um daran zu denken.

Als er so durch die Dunkelheit schritt, hatte Mondino plötzlich wieder vor Augen, wie er das Chirurgenmesser in der Kehle der alten Frau versenkte, und er durchlebte noch einmal das Gefühl, wie die Klinge das Fleisch durchteilte, ein Fleisch, das wesentlich widerstandsfähiger und elastischer war als das von Leichen.

Diese Frau war böse gewesen und hatte den Tod verdient, aber er wäre lieber nicht ihr Henker gewesen. Andererseits wäre er selbst umgekommen, wenn er nicht den ersten Schritt gemacht hätte, und Filomena hätte bestimmt keine Gewissensbisse gehabt, seinen Körper zu zerstückeln und ihn den Hunden zum Fraß vorzuwerfen, um die Spuren des Mordes zu beseitigen.

Seufzend machte sich Mondino daran, ganz leise ein *requiescat in pace* für Filomenas Seele zu beten, obwohl er bezweifelte, dass dieses Gebet an dem Ort, wo sie sich nun befand, irgendetwas ausrichten konnte.

Als er von der Via San Vitale in die Seitenstraße einbog, in der er wohnte, und die erleuchteten Fenster sah, dachte der Arzt erst, er hätte sich geirrt. Um diese Zeit brannten hier sonst keine Lampen; sein Vater und seine Kinder hätten eigentlich längst zu Bett gegangen sein müssen. Er näherte sich der Haustür und bemerkte, dass sie nicht verriegelt war. Besorgt nahm er sich vor, Pietro und Lorenza zu ermahnen, die vor dem Schlafengehen die Aufgabe hatten, die Lichter zu löschen und alle Türen zu verriegeln. Dann durchquerte er den kleinen Hof, der zur Küche führte. Das Herdfeuer brannte, aber dort war niemand.

Mondino betrat das große Zimmer und entdeckte dort die beiden Dienstboten über das unter dem Fenster stehende große Kohlebecken gebeugt. Bevor er jedoch etwas sagen konnte, betrat Liuzzo durch eine zweite Tür den Raum und ließ ihn nicht einmal zu Wort kommen: »Wo bist du, wenn man dich braucht? Wir haben überall nach dir suchen lassen. Deinem Vater ging es schlecht, und deine Kinder wussten nicht, was sie tun sollten. Gabardino ist schließlich zu mir nach Hause gekommen, um mich zu holen, und ich bin sofort hierhergeeilt.«

Mondino bemerkte, wie er blass wurde. »Oh Gott, ist es ernst? Ich will ihn sehen.«

Gefolgt von seinem Onkel ging er ins Zimmer seines Vaters. Die Vorhänge am Himmelbett waren geöffnet, und seine drei Söhne umstanden ihren Großvater schweigend. Mondino nickte ihnen kurz zu und erntete feindliche Blicke. Der alte Rainerio schlief, und er wollte ihn nicht aufwecken. Doch die gelbliche Hautfarbe und der leichte Schweißfilm auf seinem Gesicht zeigten deutlich, dass sein Zustand sich verschlechtert hatte. Er atmete mühsam, und der unter dem Laken verborgene Körper wirkte noch magerer. Mondino kniete sich neben das Bett, legte den Kopf auf die Matratze und weinte stumm, mit geschlossenen Augen. Niemand sagte etwas, und für eine Weile war im Zimmer nichts als der rasselnde Atem des alten Mannes zu hören.

Als er sich beruhigt hatte, sprach Mondino ein Gebet, dann öffnete er die Augen und stand auf. Mit einer Kopfbewegung forderte er Liuzzo auf, ihm zu folgen, und verließ den Raum. Die beiden jüngeren Söhne kamen ihm nach; nur Gabardino blieb zurück, um über seinen Großvater zu wachen. Im Flur hielt Mondino kurz vor dem aufrecht stehenden Hochwebstuhl inne, der seit dem Tod seiner Frau mit einem Leinentuch verdeckt war, da ihn niemand mehr benutzte. Nun holte sich der Tod also sein zweites Opfer in diesem Haus. Mondino schüttelte stumm den Kopf und setzte seinen Weg fort.

Sie kehrten in das große Zimmer zurück. Mondino schickte die beiden Kinder zu Bett. Ludovico wies er an, zur Matutin aufzustehen und Gabardino am Bett des alten Mannes abzulösen. Und Leone mahnte er, den Bruder ab den Laudes zu ersetzen.

Er lehnte Lorenzas Angebot ab, ihm etwas zu essen zu machen, und schickte sie und ihren Mann ebenfalls schlafen. Wenigstens war ihre kleine Tochter durch die Unruhe im Haus nicht aufgewacht.

Als sie allein waren, fragte er Liuzzo, was er seinem Vater gegeben hätte.

Der alte Arzt sagte achselzuckend: »Den üblichen Aufguss aus Ysop und Bilsenkraut, um das Abhusten zu erleichtern und die Schmerzen zu lindern. Nur habe ich diesmal die Dosis Bilsenkraut verdoppelt, damit er ein wenig Schlaf findet.«

»Habt Ihr die Auflage mit den heißen Steinen ausgesetzt?«

»Nur, solange er schläft. Danach sollen sie die Therapie fortsetzen. Ich weiß, dass sie eigentlich sinnlos ist, doch Rainerio scheint dadurch Erleichterung zu verspüren, und deine Kinder haben das Gefühl, dass sie sich nützlich machen können.«

Mondino nickte. Die Auflage von heißen Steinen trocknete manchmal den Überschuss an schwarzer Galle aus, der zu Tumoren führte, und brachte die Körpersäfte ins Gleichgewicht, was eine Heilung des Patienten ermöglichte. Doch dies gelang nur im Anfangsstadium einer Krankheit. Inzwischen war Rainerio in Gottes Hand.

»Glaubt Ihr, es ist an der Zeit, den Pfarrer zu rufen?«

»Nein. Die Kirche Sant' Antonino ist gleich nebenan, und sollten sich die Ereignisse überstürzen, würde es nicht lange dauern, bis jemand von ihnen hier wäre. Doch du kannst nicht einfach weiterhin verschwinden, ohne dass jemand weiß, wo du bist.« Liuzzos Blick war streng, während er sich dem großen Esstisch in der Mitte des Raumes näherte. Er machte allerdings keine Anstalten, sich zu setzen, sondern stützte sich mit zu Fäusten geballten Händen auf die Holzplatte und sagte: »Jetzt sag mir endlich, wo du heute den ganzen Tag gewesen bist.«

Nun war der Moment, den Mondino gefürchtet hatte, gekommen. Liuzzo würde sich nicht mit vagen Erklärungen abspeisen lassen, doch er konnte ihn auf keinen Fall in seine Schwierigkeiten hineinziehen.

»Das kann ich nicht sagen«, antwortete Mondino seufzend. Er hatte weder Lust noch die Kraft, sich eine Lüge auszudenken.

Liuzzo machte zwei schnelle Schritte auf das Kohlenbecken zu, das an der Wand unter dem Fenster mit den verriegelten Läden stand, und beugte sich hinunter, als wollte er es hochheben und gegen ihn schleudern. Doch dies war natürlich nicht seine Absicht. Er sah nach, ob der Ziegelstein, den die beiden Dienstboten dort zum Erhitzen hineingelegt hatten, ausreichend mit Glut bedeckt war; dann richtete er sich auf und sagte: »Ich habe nicht vor, in meiner Medizinschule einen Teilhaber zu behalten, der ständig etwas vor mir verbirgt.« Er hob die Hand, um den Widerspruch seines Neffen zu unterbinden. »Leugne das nicht«, meinte er gereizt. »Zuerst verlässt du unter fadenscheinigen Ausreden den Doktorschmaus. Dann verschwindest du jeden Tag über mehrere Stunden, ohne dass irgendjemand weiß, wo du zu finden bist. Und jetzt kommst du erst nachts nach Haus. Hältst du mich etwa für dumm?«

»Nein Onkel, das tue ich keineswegs. Ihr habt Recht zu denken, dass ich etwas vor Euch verheimliche, aber ich kann wirklich nicht mit Euch darüber sprechen.«

Liuzzo seufzte und kehrte zum Tisch zurück. Er sah ihn teils besorgt, teils verzweifelt an. »Während wir heute Abend nach dir suchen ließen«, sagte er, »hat uns jemand gesagt, er habe einen Mann mit einem Ärztetalar aus der Kirche San Domenico kommen sehen. Einen großen, dünnen Mann, der ziemlich beunruhigt wirkte. Warst du das?«

»Ja.«

»Was zum Teufel hattest du bei den Dominikanern zu suchen? Und erzähl mir jetzt bitte nicht, du hättest dort einen Kranken besucht.«

»Nein, Onkel, ich habe dort keinen Kranken besucht.«

»Warst du dort, um mit dem Inquisitor zu sprechen?«

»Ja.«

»Warum?«

»Ich hatte als Erster die Leiche dieses deutschen Tempelritters untersucht, der vergangenen Sonnabend in Santo Stefano getötet wurde. Uberto da Rimini hat von mir gefordert, im Prozess gegen die Tempelritter auszusagen. Ich soll unter Eid erklären, dass es sich um einen Akt von Hexerei handelt.«

»Ich hoffe, du hast ihm das zugesagt.«

Wieder zeigte sich die Unterschiedlichkeit ihrer Charaktere. Liuzzo hätte an seiner Stelle keine Sekunde gezögert.

»Ich habe Nein gesagt. Onkel, Ihr wisst doch genau, dass Hexerei …«

Liuzzo verlor die Geduld und schlug mit der Faust auf den Tisch. »Lass aus dem Spiel, was ich weiß und was ich nicht weiß!«, brüllte er, und sein Gesicht rötete sich vor Zorn. »Bist du dir eigentlich bewusst, dass wir gleich doppelt Anlass haben, gute Beziehungen zur Kirche zu pflegen? Einmal, weil wir Ärzte sind, und dann, weil wir auf der Seite der Lambertazzi stehen. Weißt du, was es heißt, wenn die Inquisition uns einen Gefallen schuldet? Und was bedeutet es schon, ob du glaubst oder nicht, dass es Hexerei gewesen sein soll? Die Kirche will den Orden der Tempelritter auflösen und versucht, dafür wirksame Vorwände anzuhäufen. Seit wann kümmert dich das Schicksal von Mönchen?«

Mondino, der auf der anderen Seite des Tisches stand, antwortete nicht. Sein Onkel hatte dank seiner diplomatischen Fähigkeiten, zwischen den Worten zu lesen und darauf zu reagieren, die Situation genau beschrieben. Ihm selbst ging dieses Talent vollkommen ab. Seine Beharrlichkeit, die Wahrheit zum Vorschein bringen zu wollen, verursachte stets nur Schwierigkeiten.

Doch er entschloss sich, Liuzzo lieber nicht zu erzählen, dass er der Kirche einen Gefallen schuldete, selbst wenn er aussagte, und nicht umgekehrt. Und dass man ihn, falls er nicht aussagte, verhaften und verurteilen würde, was auch für die Familie und die Medizinschule schwere Nachteile mit sich brächte.

Mondino verließ der Mut. Er konnte dieses Problem unmöglich in nur zwei Tagen lösen. Er verfiel in beharrliches Schweigen. Als Liuzzo begriff, dass er von Mondino keine Antwort erhalten würde, sagte er: »Ich habe mir ein Bett im Zimmer neben dem deines Vaters herrichten lassen. Heute Nacht werde ich in eurem Haus bleiben, damit ich mich um ihn kümmern kann. Ich möchte nicht, dass er, wenn du noch einmal aus einem deiner mysteriösen Gründe das Haus verlassen müsstest, ohne Pflege hier allein bleibt.«

Dann drehte er ihm den Rücken zu und verließ das Zimmer.

Von den Freunden des halbnackten Bettlers stand nur einer auf, ein kleiner Mann, der ziemlich angriffslustig wirkte. Gerardo schätzte die Lage blitzschnell ein: Niemand schien sehr geneigt zu sein, den Mann zu unterstützen, der sie beschuldigte. Ihm widerstrebte der Gedanke, ihn zu verprügeln, nachdem er ihn schon niedergeschlagen und seiner kümmerlichen Habe beraubt hatte, aber jetzt war das die einzige Möglichkeit, ihn zum Schweigen zu bringen.

Hugues de Narbonne kam ihm zuvor, indem er einen Schritt vortrat und dem Bettler einen Faustschlag ins Gesicht versetzte, so dass dieser nach hinten umkippte. Er wollte noch einmal zuschlagen, als er aus dem Augenwinkel eine Bewegung sah und sich zu Gerardo umdrehte.

»Heus! Post tergum«, rief er.

Gerardo wandte sich daraufhin um, gerade noch rechtzeitig, um dem blonden bärtigen Mann auszuweichen, der versuchte, ihn mit einem Stein aus der Feuerstelle zu treffen. Er stieß ihn zurück, doch der Kerl fing an zu schreien: »Habt ihr gehört?

Der Stumme redet Latein. Entweder ist das ein Wunder, oder die zwei gehören nicht zu uns!«

»Fliehen wir!«, sagte Hugues leise. Und ohne abzuwarten rannte er auf die Einmündung des Ganges zu, wobei er mit seinen nackten Füßen geschickt den Feuern und auf dem Boden liegenden Körpern auswich. Gerardo folgte ihm umgehend. Inzwischen hatte sich der unterirdische Raum in ein wahres Inferno verwandelt: Überall zwischen den Feuern und dem Rauch sprangen Bettler auf, schrien und versuchten, die allgemeine Verwirrung zu nutzen, um einander zu bestehlen. Schlägereien brachen aus, und die meisten waren mit sich selbst beschäftigt. Doch eine größere Gruppe unter Führung des Blonden und des Bettlers, dem sie die Kleider gestohlen hatten, stürzte sich auf ihre Verfolgung.

Hugues rannte in der Mitte des Abwasserkanals, zwischen Abfall und Ratten hindurch. Er war zwar doppelt so alt wie Gerardo und barfuß, aber dennoch hatte Gerardo Mühe, ihm zu folgen. Hinter ihnen hallten die Schreie der wütenden Bettler.

Schließlich erreichte Hugues die Stelle, an der der Gang eine Biegung machte. Der Franzose keuchte, aber er war nicht stehen geblieben, weil er erschöpft war. Nun versuchte er mit aller Macht, den Balken wegzudrücken, der die Mauer stützte.

»Hilf mir!«, rief er.

»Aber so werden alle sterben«, sagte Gerardo. Der Gedanke, sich um diesen Preis zu retten, stieß ihn ab.

Hugues warf ihm einen harten Blick zu. »Ich glaube nicht, dass sie sterben werden, und ich versichere dir, dass mir das nicht leidtäte«, knurrte er keuchend, während er sich gegen den Balken stemmte. »Jetzt benimm dich nicht wie ein kleines Kind und hilf mir. Die da werden uns töten und auffressen, wenn sie uns kriegen.«

Diese Drohung schien der Wahrheit beunruhigend nahe

zu kommen. Die Gerüchte über die Angewohnheit von Bettlern, alles zu essen, auch Menschenfleisch, wirkten in diesem Augenblick nicht übertrieben. Und die Schreie ihrer Verfolger schienen bereits ganz aus der Nähe zu kommen. Gerardo sprang dem Franzosen zur Seite und begann, mit aller Kraft den Balken wegzuschieben.

Er sah den Blonden in vier oder fünf Schritten Entfernung auftauchen. Auf dessen bärtigem Gesicht zeigte sich zunächst eine boshafte Freude, dann jedoch Furcht, als er begriff, was die beiden Eindringlinge gerade taten. Er lief schneller, um sich auf sie zu stürzen, doch im selben Augenblick gab der Balken endlich nach: Ihrer Stütze beraubt, fiel die einsturzgefährdete Mauer einfach in sich zusammen, riss dabei einen Teil der Decke mit und versperrte den Gang.

»Rennen wir«, sagte Hugues. »Ich weiß nicht, wie lange sie brauchen werden, um den Durchgang wieder zu öffnen.«

Sie beeilten sich, bis sie an den Trümmerhaufen kamen, durch den man den Gang verlassen konnte. Draußen war es inzwischen dunkel geworden, doch der beinahe volle Mond beleuchtete hell die Steine.

Hugues kletterte geschickt über die Trümmer, und diesmal fiel Gerardo nicht zurück. Als sie durch die Spalte in dem eingestürzten Haus nach draußen gestiegen waren, blieben sie beide stehen und atmeten tief durch. Erst jetzt, in der kühlen Nachtluft, fiel ihnen auf, wie verräuchert und stickig es in dem unterirdischen Gewölbe gewesen war. Jäh fuhr der Franzose herum – sein in jahrelangen Kämpfen geschärfter Instinkt hatte ihn gewarnt.

»Runter!«, schrie er und sprang wieder zurück in die Spalte.

Gerardo folgte ihm instinktiv, ohne nachzudenken. Sie stolperten mehr über die Trümmer, als dass sie hinunterkletterten, während drei Pfeile aus einer Armbrust über ihre Köpfe hinweg zischten. Von oben hörte man jemanden unterdrückt fluchen.

»Ein Hinterhalt«, sagte Gerardo leise, stand mühsam auf und massierte sich seine geprellte Schulter.

Hugues de Narbonne nickte, immer noch keuchend. »Sie haben uns erwartet.«

»Ich verdanke Euch mein Leben, Kommandant.«

Hugues schüttelte den Kopf. »Das verdankst du deiner Geistesgegenwart.«

»Wer, glaubt Ihr, sind die?«, fragte Gerardo und deutete mit dem Kopf nach oben.

»Ich habe keine Ahnung. Zuerst müssen wir aber lebend hier herauskommen, dann können wir uns das alles fragen.«

Ganz offensichtlich hatten diese Männer nur auf sie gewartet und waren daran gewöhnt, stumm zu töten. Bis auf das Zischen der Pfeile und den unterdrückten Fluch hatte kein Geräusch ihre Anwesenheit verraten. Nun hörte Gerardo, wie sie sich hinter den Pfeilern des eingestürzten Hauses leise miteinander berieten.

»Ergebt euch und kommt mit erhobenen Händen heraus«, sagte schließlich eine heisere Stimme. »Wir werden euch kein Haar krümmen.«

Hugues antwortete auf Französisch mit einem Satz, den Gerardo nicht ganz verstand, der ihm jedoch aus dem Mund eines Mönchs äußerst vulgär erschien, vor allem aus dem eines Mönchssoldaten. Es klang wie: »Schert euch zum Teufel und lasst es euch von hinten besorgen!«

Auf der anderen Seite des Spalts herrschte Schweigen, das vielleicht auf diese Antwort in einer fremden Sprache zurückzuführen war. Aus dem Gang hinter ihnen waren inzwischen wieder die wütenden Stimmen der Bettler zu vernehmen. Anscheinend war es ihnen mittlerweile gelungen, einen Durchlass an der Einsturzstelle frei zu räumen, und sie würden es bald so verbreitert haben, dass sie hindurchkamen.

Auf der einen Seite die Bettler, auf der anderen die Armbrustschützen. Gerardo drehte sich um und sah Hugues de Narbonne an. Erst da bemerkte er im Schein des Mondes das dunkle Blut in seinen Haaren.

»Ihr seid verwundet«, sagte er.

»Das ist nichts«, antwortete der Franzose. »Ich habe mir den Kopf an einem Stein gestoßen.«

Dann sackten ihm die Knie weg, und er wurde bewusstlos.

Gerardo konnte ihn gerade noch auffangen, damit Hugues nicht mit dem Gesicht auf den Boden fiel und lehnte ihn gegen einen großen Stein. Die Stimmen aus dem Gang waren jetzt deutlicher zu hören. Schon bald würden die wütenden Bettler über sie herfallen.

Ihm brach der Schweiß aus. Er war allein und musste jetzt entscheiden, ob er von der Hand der Bettler sterben oder sich in einer Verzweiflungstat den Pfeilen stellen wollte. Leise kletterte er wieder nach oben bis zur Spalte. Sobald sein Kopf dort im Halbdunkel auftauchte, zischte jedoch ein Pfeil an seinem Ohr vorbei, und er duckte sich sofort wieder.

Ein Schmerzensschrei ertönte. Einer der Schützen war getroffen worden. Aber von wem? Als Gerardo vorsichtig den Kopf hob, sah er, wie zwei dunkle Gestalten aus dem Schutz einer Säule hervorkamen, um etwas hinter ihnen anzugreifen. Das war der Moment. Er würde keine zweite Gelegenheit bekommen. Zitternd zog Gerardo seinen Dolch und warf sich nach vorn.

Mondino blieb lange am Tisch des großen Raumes sitzen. Plötzlich hörte er ein Geräusch aus dem Zimmer seines Vaters, und da er glaubte, der alte Mann sei aufgewacht, schlich er auf Zehenspitzen hin. Als er sah, was dort vorging, konnte er seinen Ärger nicht unterdrücken.

»Lorenza!«, zischte er drohend.

Die Frau tuschelte mit Gabardino und hielt eine Holztasse

mit Milch in der Hand. Als sie ihren Namen hörte, drehte sie sich ruckartig um. Ihr Gesicht unter der weißen Haube, die ihre Haare bedeckte, war hochrot geworden. Mondino bedeutete ihr, sie solle zu ihm in die Küche kommen, und dort machte er ihr schwere Vorwürfe, dass sie seine Anordnungen missachtet hatte. Lorenza brach in Tränen aus, die Tasse noch in Händen. Daraufhin legte sich Mondinos Wut ganz plötzlich wieder und wich einer tiefen Traurigkeit.

»Ich habe dir doch gesagt, du sollst meinem Vater niemals Milch geben«, sagte er. »Milch regt die feuchten Säfte an, von denen er schon zu viel hat.« Vielleicht würde die Frau seine Anordnungen eher befolgen, wenn er ihr den Grund dafür mit einfachen Worten erklärte. »Kurz gesagt, wenn man ihm warme Milch zu trinken gibt, könnte das seinen Tod beschleunigen.«

»Diese Milch ist anders«, flüsterte sie mit gesenktem Kopf. »Und sie schmeckt ihm doch so gut.«

Nun klang Mondinos Stimme verärgert. »Ich diskutiere nicht mit dir über meine Anordnungen. Wenn ich dich noch einmal dabei sehe, dass du meinem Vater Milch gibst, wirst du aus diesem Haus gejagt. Hast du verstanden?«

Lorenza nickte zweimal mit gesenktem Kopf, dann fragte sie ihn, ob er etwas essen wolle. Mondino entließ sie mit einem barschen Wink und blieb allein in der Küche zurück. Ehrlich gesagt hatte er schon ein flaues Gefühl im Magen, doch er wusste genau, dass dies kein Hunger war. Nur eine nervöse Reaktion auf seine Angst. Statt etwas zu essen oder zu versuchen, sich ein wenig auszuruhen, zog er es vor, über den Schlaf seines Vaters zu wachen, und schickte seinen ältesten Sohn zu Bett.

Als er dort auf einem unbequemen Stuhl saß, den er sich aus dem großen Zimmer geholt hatte, stellte Mondino erstaunt fest, dass er trotz all der Anstrengungen dieses Tages nicht müde war. Schuldgefühle quälten ihn. Sein Vater lag im Sterben, und er konnte nicht an seiner Seite sein. Seine Söhne brauchten in dieser schwierigen Zeit jemanden, der sie anleitete, eine Autorität, die ihnen dabei half, das Rätsel und die Realität des Todes anzunehmen – doch er war nie da. Und das Schlimmste war, dass er ihnen nicht einmal die Gründe für seine Abwesenheit erklären konnte.

Ob er sich dem Schmerz auf diese Weise entziehen wollte oder weil der wissenschaftliche Teil seines Verstandes stets die Oberhand gewann, konnte er selbst nicht genau sagen, jedenfalls begann Mondino, über die Krankheit seines Vaters nachzudenken. In den Leichen, die er studierte, hatte er zahlreiche Tumore gesehen. Zusammenballungen aus organischem Material, die tatsächlich wie sich an die Organe oder Knochen klammernde Krebse aussahen und so den Namen »Karzinom« rechtfertigten, den Hippokrates vom griechischen *karkinos*, Krebs, abgeleitet hatte. Manchmal waren diese Karzinome eine feste, kompakte Masse. Andere breiteten sich mit Fisteln oder Metastasen bis zu den Organen in ihrer Umgebung aus und wirkten eher wie eine bösartige Krake. In diesem Fall konnte man nur noch um ein Wunder beten. Hatten sich noch keine Metastasen gebildet, glaubte Mondino, dass man die Krankheit durch einen chirurgischen Eingriff behandeln konnte. Er hatte diese Operation an Leichen ausprobiert, oft mit Erfolg, es war ihm gelungen, das Karzinom zu isolieren und ohne Schaden für das lebende Gewebe zu entnehmen.

Das Problem an der Sache war, dass man den Körper eines lebenden Menschen nicht so wie den einer Leiche öffnen konnte, da diese Operation den Patienten getötet hätte. Mondino glaubte fest daran, dass es eines Tages möglich sein würde, chirurgische Eingriffe im Inneren des Körpers durchzuführen. Dafür musste man die Abläufe im Körper jedoch noch genauer verstehen – zum Beispiel das Blut. Laut Galens Lehre gab es zwei verschiedene Blutkreisläufe, den der Venen und den der Arterien. Diese Idee wurde durch Beobachtungen bestätigt:

Das Blut aus den Venen und das aus den Arterien wies zwei unterschiedliche Rotfärbungen auf. Doch was Galens Theorie anging, dass die linke Herzkammer vom Blut der rechten versorgt würde, konnte Mondino nicht bestätigen: Bei seinen Sektionen hatte er keine Spur von kleinen Löchern im Bereich zwischen den Kammern oder von dem bei Galen beschriebenen »rete mirabile« gefunden.

Und wenn Arterien und Venen auf irgendeine Weise durch haarfeine Gefäße verbunden waren, so dünn, dass sie bisher allen Beobachtungen entgangen waren? Was wäre, wenn eine solche Verbindung es zuließe, eine oder mehrere Venen zu verschließen, ohne den Blutkreislauf anzuhalten?

Vielleicht würde die Enthüllung dieses Geheimnisses der Schlüssel dazu sein, sich in Zukunft an die Durchführung von inneren chirurgischen Eingriffen zu wagen. Diese Hoffnung hatte ihn dazu getrieben, Gerardo zu helfen, ohne an die Folgen zu denken. Doch jetzt waren die Folgen über ihn hereingebrochen, und ihm blieb keine Möglichkeit, sich ihnen zu entziehen.

Mondino steckte eine Hand in die Innentasche seines Gewandes, in der er seit dem Tag, als er sie dem toten Deutschen abgenommen hatte, die Karte mit sich trug. Er war keineswegs überzeugt, dass sie nichts mit dem Geheimnis des eisernen Herzens zu tun hatte, wie Hugues de Narbonne behauptete. Er holte das kleine viereckige Pergament heraus, faltete es auseinander und betrachtete es lange. Die drei Farben der verwendeten Tinten, Schwarz, Weiß und Rot spielten auf die drei Phasen des Opus Magnum der Alchimie an, Auflösung, Gerinnung und Vereinigung. Der grüne und der rote Löwe in den beiden unteren Ecken standen für den Anfang und das Ende des Opus Magnum. Die Sonne und der Mond in den beiden oberen Ecken waren Symbole für Gold und Silber, die edlen Metalle, aber auch die Sublimate von Quecksilber und Schwefel. Dies hatte Mondino begriffen, seit er das erste Mal einen Blick auf die Karte geworfen hatte. Dennoch verstand er die Botschaft nicht, sosehr er sich auch bemühte. Er war überzeugt, dass der Schlüssel dafür in den arabischen Sätzen zu finden war, doch er vertraute der Übersetzung nicht, die ihm Hugues de Narbonne gegeben hatte. Mondino kannte einige Mönche, die aus dem Arabischen übersetzen konnten, aber im Augenblick hatte er ganz bestimmt nicht den Wunsch, diese Karte einem Mann der Kirche zu zeigen, der später gegen ihn aussagen konnte. Der einzige Mensch, den er noch nach einer Übersetzung fragen konnte, war Adia Bintaba, die Kräuterhexe. Ihm hatte die Art, wie sie gewagt hatte, ihn zu behandeln, nicht gefallen, doch wenn er dieser Sache auf den Grund gehen wollte, musste er seinen Stolz vergessen und zu ihr zurückkehren in der Hoffnung, dass sie dann nicht gerade wieder das Haus verließ.

Überwältigt von Müdigkeit steckte Mondino die Karte in die Tasche und schloss die Augen. Er wollte nicht einschlafen, doch seine Gedanken begannen sich zu verwirren, wurden von Bildern durchsetzt, die nichts mit der Karte oder der Drohung des Inquisitors zu tun hatten. Eines der letzten Dinge, an die er sich erinnerte, bevor er auf dem Stuhl eindämmerte, während der alte Rainerio sich im Schlaf unruhig hin und her warf, war der ironische Blick aus den dunklen Augen dieser Kräuterhexe …

Das durch den Eingang und die Risse im eingestürzten Haus fallende Mondlicht half Gerardo, jedem Hindernis auszuweichen, bis er seine Angreifer erreicht hatte.

Sie waren zu dritt. Einer lag auf dem Boden, die anderen beiden trugen Schwerter an der Seite und hielten die Armbrüste. Sie wandten ihm den Rücken zu.

Seinem Instinkt folgend, stürzte sich Gerardo auf den Mann,

der ihm am nächsten stand, und packte ihn mit einer Hand am Hals, wie er es so oft bei seinen Waffenübungen getan hatte. Diesmal tat er jedoch nicht nur so, als würde er jemandem die Kehle durchschneiden, sondern er versenkte seinen Dolch tatsächlich im Fleisch des Angreifers.

Als der Mann mit einem schrecklichen Schrei in sich zusammensank, wandte sich sein Komplize um. Er hatte gerade einen Pfeil auf eine Gestalt abgeschossen, die etwa ein Dutzend Schritt entfernt in der Dunkelheit kauerte. Als er Gerardo sah, begriff er augenblicklich, dass ihm nicht genug Zeit blieb, um die Armbrust wieder zu laden. Deshalb schlug er sie Gerardo blitzschnell ins Gesicht und zog das Schwert an seiner Seite.

Gerardo wich rechtzeitig aus, deshalb streifte ihn die Armbrust nur an der Schulter. Trotzdem begriff er, dass er sterben würde: Sein Gegner war kräftiger, größer und hatte ein Schwert, er nur einen Dolch.

Andererseits hatte er jedoch nichts mehr zu verlieren. Deshalb brauchte er keine Angst mehr zu haben.

Er beobachtete seinen Feind, ohne sich von einem vagen Geräusch hinter ihm ablenken zu lassen, das er im Moment nicht zuordnen konnte.

Plötzlich setzte sein Gegner einen Fuß auf einen lockeren Stein. Er verlor nicht das Gleichgewicht, verlagerte aber seinen Arm mit dem Schwert nach außen, und das auch nur für einen Augenblick.

Noch bevor er die mangelnde Deckung wirklich sah, hatte Gerardo seine Bewegung bereits erahnt, war vorgestoßen und rammte ihm den Dolch unterhalb der Rippen in den Körper, während er mit der freien Hand das Gelenk seines Schwertarms festhielt. Der Mann fiel auf die Knie. Noch bevor Gerardo sich fragen konnte, ob er ihn töten oder am Leben lassen sollte, fuhr ein Schwert auf die Stirn des Armbrustschützen nieder und spaltete sie in zwei Teile.

Gerardo drehte sich ruckartig um und sah Hugues de Narbonne vor sich. Blut klebte in seinen lockigen Haaren, und sein Blick wirkte verwirrt. Er hielt das Schwert des Mannes in der Hand, dem er gerade die Kehle durchgeschnitten hatte.

»Sehr gut, mein Junge«, sagte er, »ausgezeichnete Arbeit.«

Doch seine Stimme klang nicht wie sonst, sondern als käme sie aus weiter Ferne.

»Geht es Euch gut, Kommandant?«, fragte Gerardo, während Hugues das Schwert ablegte und sich hinunterbeugte, um die Armbrust und die Pfeile des Toten aufzuheben.

»Nein, ganz und gar nicht«, antwortete er. »Schau nach, wer da unten ist«, sagte er und zeigte auf eine undeutliche Gestalt, die dort stöhnend im Dunkel lag, »Und dann erledige ihn. Ich werde inzwischen unsere Freunde gebührend empfangen.«

Erst da bemerkte Gerardo, dass die Geräusche hinter ihm von den Bettlern ausgingen, die gerade aus dem Gang kamen. Hugues lud die Armbrust. Vor Anstrengung biss er die Zähne zusammen. Endlich schoss er einen Pfeil ab, und der erste Bettler, der durch den Spalt im Boden kam, fiel mit einem Schrei nach hinten.

In dem eingestürzten Haus wurde es wieder still.

Gerardo eilte zu der Gestalt im Dunklen neben dem Eingang des Hauses zu. Das mit Rädern versehene Brett und die gelähmten Beine erkannte er sofort. Es war der verkrüppelte Junge, Bonaga. In seiner Schulter steckte ein Pfeil und ein zweiter in seinem Bauch. Er lebte zwar noch, aber es sprach nicht viel dafür, dass er durchkam. Der Kleine weinte und stöhnte unterdrückt, dabei hielt er die Schleuder immer noch fest in seiner Hand. Als er Gerardo sah, versuchte er krampfhaft, etwas zu sagen, aber Gerardo legte ihm den Finger auf die Lippen.

»Danke für deine Hilfe«, meinte er. »Keine Sorge, wir bringen dich von hier weg.«

Er holte den Karren aus der Dunkelheit und überlegte, ob er den Jungen bis zu Mondinos Haus auf den Armen tragen konnte, ohne dass ihn die Bettler einholten.

»Ich habe dich verraten«, stammelte Bonaga schließlich ganz leise. Er lächelte schwach. »Aber dann habe ich es bereut. Ich wusste doch nicht, dass sie dich töten wollten.«

Er wollte noch etwas hinzufügen, als sein Lächeln in einen Ausdruck des Entsetzens überging. Gerardo drehte sich ruckartig um, aber nicht schnell genug, um die Klinge aufzuhalten, die auf die Stirn des Jungen niederfuhr und ihm den Kopf spaltete wie eben noch dem Armbrustschützen.

»Nein, Kommandant!«, schrie er beinahe unter Tränen. »Er hat uns gerettet.«

»Und was hattest du vor, wolltest du ihn etwa lebend der Rotte überlassen, die sich hier gleich tummeln wird?«, erwiderte Hugues immer noch teilnahmslos. »Oder wolltest du ihn und seinen Karren auf der Flucht mitschleppen?«

Gerardo war entsetzt. Er betrachtete die Leiche des armen Jungen, der ihm für zehn Soldi das Versteck der Bettler gezeigt hatte, und fühlte, wie sich sein Herz zusammenkrampfte. Aus dem Schnitt, der die kastanienbraunen Haare teilte, quoll das Blut in Strömen hervor. Bonaga war auf der Stelle tot gewesen. Wäre er einfach still in seiner Ecke sitzen geblieben, hätte ihn niemand bemerkt. Stattdessen hatte er ihnen helfen wollen, war entdeckt worden und hatte dann dabei sein eigenes Leben durch einen der Menschen verloren, die er gerettet hatte.

Gerardo schüttelte den Kopf, unfähig, die eigenen Tränen zu unterdrücken. Einen Feind zu töten war eine Sache. Doch Freunde zu töten war Verrat. Und kein noch so geheimes Wissen konnte eine solche Tat rechtfertigen. Zum ersten Mal dachte er, dass es ein großer Fehler gewesen war, Hugues de Narbonne zu vertrauen.

»Der Junge wollte uns gerade etwas Wichtiges entdecken«,

sagte er hart. »Er hat erklärt, dass er mich verraten hatte, aber dies bald bereute.«

Der Franzose schien Gerardos Worten keinerlei Bedeutung zuzumessen. »Jetzt ist es zu spät, um ihn zu fragen«, erklärte er zynisch. Als er Gerardos Gesichtsausdruck sah, fügte er hinzu: »Er war verloren, begreifst du das nicht? Ich habe nur seine Leiden verkürzt.« Er presste die Kiefer aufeinander, ließ das Schwert fallen und legte die Hände an den Kopf. Als er schwankte, stützte Gerardo ihn nicht. Hugues tastete unsicher nach seiner Schulter, als sähe er nicht gut. »Begleite mich nach Hause«, sagte er dann schnell. »Ich kann mich nicht mehr auf den Beinen halten, und die da« – er deutete auf den Spalt zwischen den Trümmern – »werden auf uns losstürmen, sobald sie begreifen, dass sie niemand mehr mit einer Armbrust bedroht.«

ZEHN

Mondino wurde wach und wusste zunächst nicht, woher das Geräusch kam. Dann begriff er, dass jemand an der rückwärtigen Tür zur Straße geklopft hatte, und beeilte sich, nachzusehen, wer das war. Er ging zur Küche hinaus und über den Hof. Ehe er öffnete, fragte er, wer da sei, aber im Grunde wusste er es bereits.

»Magister, ich bin's, Gerardo. Macht bitte auf.«

Mondino öffnete die große Haustür. Die Straße lag still und verlassen da. Keine Glocke hatte bislang zu den Laudes geläutet, aber die Dunkelheit der Nacht wurde bereits heller. In diesem Dämmerlicht stand sein ehemaliger Schüler vor ihm: müde, mit zerzausten Haaren und geröteten Augen. Ein übler Geruch umgab ihn, als hätte er sich im Unrat gewälzt.

»Was gibt es?«, fragte Mondino finster. »Weißt du eigentlich, wie spät es ist?«

»Meister, Ihr müsst mit mir kommen. Der Kommandant ist verletzt und fantasiert.«

»Verletzt? Wer war das?«

»Er hat sich den Kopf angestoßen.«

Mondino fragte nach, was passiert sei, doch Gerardo drängte ihn zur Eile und sagte, dass Hugues in einen tiefen Schlaf gefallen sei, aus dem er ihn nicht mehr aufwecken konnte.

»Mein Vater liegt im Sterben«, erwiderte der Arzt. »Ich werde doch nicht sein Lager verlassen, nur um diesen Franzosen zu behandeln.«

Gerardo seufzte. »Das verstehe ich, Magister. Aber im

Fieberwahn hat der Kommandant etwas von Blut und Eisen erzählt. Und von einem Toten …«

Mondino musste sich an der Tür abstützen, während die Bedeutung dieser Worte zu seinem immer noch ein wenig schlaftrunkenen Verstand vordrang. »Willst du mir etwa sagen«, sagte er langsam, »dass Hugues de Narbonne der gesuchte Mörder ist?«

Gerardo machte eine Kopfbewegung, die die Frage weder bestätigte noch verneinte. »Genau das möchte ich wissen. Aber dafür müsste man ihn wachbekommen.«

Mondino ließ ihn auf der Straße vor der offenen Tür stehen. Er ging zurück ins Haus, begab sich nach oben in sein Zimmer, packte die Instrumente, die ihm möglicherweise nutzen könnten, in eine Tasche, nahm eine Salbe und einige Stücke Seide und Leinen, dann zog er sich um. Für ihr Vorhaben war es besser, wenn man ihn nicht erkannte. Er legte den Umhang und den roten Talar ab, schlüpfte in ein Paar grauer Beinlinge und Lederstiefeletten; über das Hemd zog er sich schließlich eine knielange, braune Tunika, die viel mehr Bewegungsfreiheit ließ als die beinahe bodenlangen Gewänder, die er für gewöhnlich trug.

Dann setzte er sich ein Barett aus leichtem Stoff auf, in demselben Grau wie die Beinlinge, schaute flüchtig in den Silberspiegel an der Wand und ging wieder in die Küche.

Gerade als er in den Hof hinaustreten wollte, bemerkte Mondino, dass jemand hinter ihm stand. Er drehte sich hastig um und sah Liuzzo in der Tür des großen Raums stehen, in Nachthemd und Schlafmütze und Filzpantoffeln an den Füßen. Er starrte ihn nur stumm an.

»Onkel, ich muss gehen. Ein Mann ist verletzt und braucht dringend meine Hilfe.«

»Dann werde ich gehen. Bleib bei deinem Vater. Heute könnte sein letzter Tag sein.«

Mondino spürte, wie dieser Satz ihn bedrückte. Liuzzo hatte Recht, und dennoch konnte er nicht gehen. Es stand zu viel auf dem Spiel: seine Freiheit und die seiner Familie. In diesem Moment hasste er seinen Onkel, der ihn so bedrängte.

»Ich muss gehen«, brachte er durch die zusammengepressten Zähne hervor. »Ich kann es Euch nicht erklären, aber …«

»Ich bin diese Dinge leid, die du nicht erklären kannst!«, rief Liuzzo aus, ohne die Türschwelle freizugeben. »Sag mir, was wichtiger sein kann, als deinem Vater in den letzten Stunden seines Lebens beizustehen, zum Teufel noch mal!«

Dieser Fluch aus dem Mund seines Onkels klang so unangemessen, dass es Mondino die Sprache verschlug. Er schüttelte langsam den Kopf und meinte dann: »Heute werde ich meine Vorlesung nicht halten können. Ich bitte Euch, mich zu ersetzen, Onkel.«

»Aber sicher werde ich dich ersetzen, mach dir keine Sorgen. Allerdings nicht nur heute, sondern für immer! Wenn du dieses Haus verlässt, ohne mir zu sagen, wohin und warum du gehst, sind wir geschiedene Leute!«

Mondino ließ die Schultern hängen, wandte sich Gerardo zu, der auf der Straße wartete, und verließ schweigend das Haus. Er zog die Tür hinter sich zu.

Ein Abschnitt seines Lebens war beendet. Alles um ihn herum brach zusammen.

Guido Arlotti beglückwünschte sich dazu, dass er nicht der Müdigkeit nachgegeben hatte und schlafen gegangen war – sonst hätte er diese günstige Gelegenheit verpasst. Ein Arzt von Mondinos Ruf verließ nicht im Morgengrauen das Haus, um einen Patienten zu besuchen, wenn es sich nicht um einen äußerst schweren Fall handelte.

Oder um etwas, das gegen das Gesetz verstieß.

Er folgte den beiden Gestalten höchst vorsichtig in einem Abstand von zwanzig Schritten. Der Arzt hatte sehr gute Ohren und hätte ihn am Vorabend beinahe entdeckt. Auch dieses Mal schien er zu spüren, dass er verfolgt wurde, denn auf dem Weg durch die Stadt drehte er sich mehrmals um. Da Guido nun wusste, mit wem er es zu tun hatte, lief er keine Gefahr, entdeckt zu werden. Er hielt sich an die noch im Dunklen liegenden Bogengänge und hastete von einer Säule zur nächsten.

Als er ein Geräusch hörte, drehte er sich ruckartig um und hob die Fäuste angriffsbereit vor die Brust. Nachts tat man gut daran, in der Straßenmitte zu laufen wie Mondino und sein Begleiter. Dort musste man zwar auf Schlammpfützen, Pferdemist und den unebenen Boden achten, aber zumindest vermied man unangenehme Überraschungen, die einen aus dem Schatten eines Hauseingangs oder hinter der Säule einer Arkade überfallen konnten. Zwischen zwei Säulen hatte Guido dieses Geräusch gehört: das Rascheln von Stoff und keuchendes Atmen. Er zückte seinen Dolch, den er unter dem Gewand verborgen trug, und beugte sich vor, um besser sehen zu können. Da bemerkte er im Dunkeln eine unförmige Masse, die sich als zwei ineinander verschlungene Körper entpuppte: ein Mann und eine Frau in Lumpen, zwei Herumtreiber, die kein Dach über dem Kopf besaßen, wohin sie nachts heimkehren konnten, die aber dennoch die Zeit und die Lust hatten, sich den Vergnügungen des Fleisches hinzugeben.

Guido entspannte sich und nahm seine hastige Verfolgung wieder auf. Im Straßengewirr der Stadtmitte wählten die beiden Männer immer schmalere und schlechter beleuchtete Wege. Sie unterhielten sich erregt, und Guido hätte einen Goldflorentiner gegeben, um zu verstehen, was sie sagten, denn er war sich sicher, dass er vom Inquisitor das Doppelte dafür erhalten hätte. Doch leider konnte er nicht noch näher an die beiden herankommen, und so musste er sich damit begnügen, sich in den wenigen verbliebenen dunklen Winkeln herumzudrücken. Die Morgenröte färbte die Mauern bereits rosa. Mondino und sein Begleiter gingen durch die Arkaden, in denen die Seidenhändler ihren Sitz hatten, betraten das Viertel mit den Fischhandlungen und bogen schließlich in die Via delle Clavature ein, die ihren Namen von den hier ansässigen Schlüsselmachern hatte. Die ersten Handwerker öffneten bereits ihre Läden und trugen in aller Ruhe ihre Waren nach draußen. Die Ärmsten der Armen, die hier im Schutz der Bogengänge geschlafen hatten, standen eilig auf, ehe jemand kommen und sie verscheuchen konnte. Guido jagte mit einem Fußtritt einen Jungen fort, der ihn an einem Ärmel gepackt und um ein Almosen gebettelt hatte, dann verbarg er sich schnell hinter einer Säule. Bestimmt hatte Mondino den unterdrückten Schrei des Bettlers nicht gehört, und wenn doch, hatte er es gewiss für einen Streit unter Obdachlosen gehalten.

Guido verließ sein Versteck erst wieder, als die beiden schon um die Ecke gebogen waren, und eilte ihnen hastig nach. Sie gingen nach Süden, in Richtung San Niccolò delle Vigne, wo sich die Basilika San Domenico erhob. Dann wandten sie sich nach Osten, überquerten den Savena und bogen in das Viertel der Papiermacher ein. Dort trugen die Geschäftsleute bereits große Packen Hadernpapier heraus, das sie als Notizpapier an Studenten und Notare verkaufen wollten, außerdem einige Stapel mit Pergamentblättern, die nach dem Grad ihrer Qualität und der Helligkeit unterschieden wurden. Die Stapel beschwerten sie mit großen Flusskieseln, damit der Wind die Blätter nicht fortwehte.

Das war nun wirklich der ungünstigste Zeitpunkt für eine Verfolgung, dachte Guido zornig. Es war nicht mehr Nacht, andererseits waren aber auch noch nicht genügend Leute unterwegs, dass er in der Menge untertauchen konnte. Ganz im Gegenteil würde den wenigen Menschen, die um diese Tageszeit schon unterwegs waren, ein Mann auffallen, der hastig von einer Säule zur nächsten schlüpfte. Und genau diese Leute konnten ihm Schwierigkeiten bereiten. Er beschloss daher, seine Taktik zu ändern, und lief jetzt entspannt vorwärts, blieb ab und zu an einer Ladentheke stehen, wechselte hin und wieder ein Wort mit einem Handwerker oder Händler und kehrte Mondino dabei so oft wie möglich den Rücken zu.

Schließlich blieben die beiden vor dem bescheidenen, aber recht gepflegten Haus eines Kleinhändlers oder tüchtigen Handwerkers stehen. Der jüngere Mann öffnete die Tür mit einem großen Schlüssel, den er aus einer Tasche seines Gewandes gezogen hatte; dann traten sie ein.

Guido bemerkte schnell, dass alle Läden geschlossen waren, daher brauchte er gar nicht erst zu versuchen, durch die bespannten Fenster zu spähen. Er fand einen geschützten Platz, von dem aus er den Eingang beobachten konnte, und richtete sich auf eine längere Wartezeit ein. Sobald sie ein Fenster öffneten, würde er näher kommen, um die beiden Männer zu belauschen, doch sonst war es sinnlos, ein solches Risiko einzugehen.

Das Haus lag völlig im Dunkeln. Mondino wartete im Eingang, bis Gerardo eine Kerze in einem Halter aus Ton angezündet hatte, ehe er weiterging. Im flackernden Licht des Dochts sah er, dass in der Küche ein heilloses Durcheinander herrschte: Jeder einzelne Gegenstand – Teller, Krüge, Pfannen, Töpfe, Stühle, Lumpen zum Abtrocknen – war nicht an seinem Platz. Es sah beinahe so aus, als hätte sich jemand einen Spaß erlaubt und alles ausgeräumt, ohne die Gegenstände zu benutzen.

Gerardo stellte die Kerze auf den Kaminsims.

»Das war ich«, sagte er, als er den verwirrten Blick Mondinos bemerkte. »Nachdem ich den Kommandanten ins Bett gebracht habe, habe ich etwas zu essen gesucht, aber ich habe nicht einmal einen Kanten trockenes Brot gefunden. Ach, übrigens, hier gibt es keine Diener, wir können frei reden.«

Mondino nickte. »Bring mich zu ihm. Ist er im Schlafzimmer?«

»Ja. Aber erst müssen wir unser Gespräch zu Ende führen.«

»Welches Gespräch?«

In Wirklichkeit wusste er nur zu gut, worauf Gerardo sich bezog. Auf dem Weg hierher hatte er ihn über seine Unterredung mit dem Inquisitor unterrichtet und ihm genau erklärt, was das für ihn bedeutete.

»Magister«, sagte Gerardo ernst. »Das könnt Ihr mir nicht antun.«

Mondino fühlte, wie blinde Wut in ihm aufstieg. »Was kann ich dir nicht antun? Wer hat denn in der Nacht mit einer Leiche im Arm an meine Tür geklopft? Nur deinetwegen bin ich überhaupt in diese Lage geraten. Außerdem rede ich ja gar nicht davon, dich in den Tod zu schicken. Sollte ich gezwungen sein, dich anzuzeigen, werde ich dich vorher warnen, damit dir genügend Zeit zur Flucht bleibt. Im Grunde ändert sich für dich dadurch nichts. Denn es wird jetzt schon nach dir gesucht.«

Gerardo stand neben dem Eichentisch, auf dem eine große kupferne Abwaschschüssel thronte, umgeben von einem Gefolge aus Tellern und anderem Geschirr. Bei Mondinos Worten packte er eine Schöpfkelle aus Holz und schwang sie wie eine Waffe. Einen Moment lang fürchtete Mondino, dass er ihn angreifen wollte, aber der junge Mann schlug sie nur heftig in die eigene Handfläche, während er sprach.

»Ich werde als Tempelritter und wegen Brandstiftung gesucht«, sagte er. »Das mit dem Brand ist schwer zu beweisen, und wenn der Prozess mit einem Freispruch für den Orden endet, könnte ich in weniger als einem Monat schon wieder ein freier Mann sein. Nach Eurer Aussage bin ich dagegen ein flüchtiger Mörder. Ich werde weder Land noch Freunde besitzen, in die weite Ferne ziehen, einen anderen Namen annehmen und mir ein ganz neues Leben aufbauen müssen.«

»Das hättest du dir überlegen müssen, bevor du mich da mit hineingezogen hast.«

»Das dürft Ihr nicht sagen!«, sagte Gerardo erregt und schlug mit der Kelle auf einen Zinnteller. Ein durchdringendes Geräusch von Metall auf Metall dröhnte in ihren Ohren. »Ihr hättet mir gleich in jener Nacht sagen müssen, dass Ihr mir nicht helfen wollt. Wenn Ihr mich jetzt anzeigt, seid Ihr genauso ein Verräter wie Hugues de Narbonne!«

Mondino sprang auf ihn zu, stieß dabei mit der umgehängten Tasche gegen das aufgetürmte Geschirr und warf dadurch zwei Holznäpfe herunter. »Wag es ja nicht, mich mit diesem mörderischen Hurensohn zu vergleichen, der imstande ist, einen armen Krüppel umzubringen, dessen einzige Schuld darin bestand, euch helfen zu wollen«, rief er und packte Gerardo bei den Falten seines Gewandes. »Du hast Recht, ich habe in jener Nacht beschlossen, dir zu helfen. Und weil ich dir helfen wollte, habe ich dieses schreckliche Weib umgebracht, ja, ich bin dir selbst jetzt gefolgt und habe meinen Vater, der im Sterben liegt, im Stich gelassen. Ich weiß genau, dass ich das nicht hätte tun müssen, und glaube mir, ich übernehme die volle Verantwortung für meinen Entschluss.«

Der Arzt starrte Gerardo in die Augen, der wortlos nickte, ohne sich gegen den Griff zu wehren. Mondino holte tief Luft und meinte: »Der Inquisitor hat sich unmissverständlich ausgedrückt: Er braucht dringend einen Schuldigen, um ihn als Druckmittel im Prozess gegen deinen Orden zu verwenden. Wenn ich dich nicht dieser Morde bezichtige, wird er sie mir anlasten. Ich habe die Totengräber bezahlt, die den Leichnam deines Mitbruders weggebracht haben. Sie haben nur mich gesehen, nicht dich. Und ich habe als Erster die Leiche des Deutschen untersucht. Man könnte daraus schnell den Schluss ziehen, dass ich dies nur getan hätte, um die Beweise für meine Schuld verschwinden zu lassen. Wenn du aber tatsächlich annimmst, ich sei bereit, auf dem Scheiterhaufen zu brennen, nur um dir zu ersparen, dass du an einen fernen Ort fliehen und dir deinen Lebensunterhalt selbst verdienen musst, dann irrst du dich gewaltig. Und jetzt bring mich zu deinem Kommandanten.«

Gerardo legte die Schöpfkelle vorsichtig in die Kupferschüssel, nahm die Kerze vom Brett und ging wortlos voran. Sobald sie die Küche verlassen hatten, drehte er sich noch einmal um und sagte: »Versprecht mir zumindest, dass Ihr mich nur anzeigt, wenn es uns nicht gelingt, den wahren Mörder zu finden.«

Dies konnte ihm Mondino leicht zusagen. »Das verspreche ich dir. Wenn der wahre Mörder Hugues de Narbonne ist, fällt die Schuld zwar immer noch auf deinen Orden, aber wir beide wären gerettet.«

Gerardo nickte ernst. »Ich verstehe Euch, Magister«, sagte er. »Wenn man für die anderen nichts mehr tun kann, dann wäre es dumm, nicht an die eigene Rettung zu denken.«

»Also vorwärts. Vergiss nicht, dass wir nur bis morgen Abend Zeit haben.«

Im flackernden Schein der Kerzen durchquerten sie ein mit Tisch und Stühlen möbliertes kleines Arbeitszimmer. Im Haus war es absolut still, aber nicht nur in der Küche, überall in der Wohnung herrschte Unordnung.

Sie betraten einen Raum, der zum großen Teil von einem breiten, ein wenig schäbigen Himmelbett ohne Vorhänge eingenommen wurde. Gerardo stellte die Kerze auf eine Weidentruhe und ging zum Fenster, um Licht hereinzulassen. Sobald er das Leinentuch weggezogen und den Holzladen geöffnet hatte, strömte milchiges Licht ins Zimmer.

Hugues lag mit offenen Augen auf dem Bett und starrte die beiden Männer schweigend an. Dabei verzog er keine Miene. Mondino bemerkte seinen glasigen Blick, trat ans Bett heran und schwenkte eine Hand vor seinen Augen. Der Tempelritter zuckte mit den Lidern, sonst bewegte sich jedoch kein Muskel. Mondino sprach ihn an, berührte und schüttelte ihn, doch er konnte ihn nicht aus diesem Dämmerzustand reißen. Als er versuchte, ihn mit der Spitze eines Chirurgenmessers in den Arm zu stechen, zog Hugues den Arm ruckartig fort, doch selbst jetzt blieb sein Gesicht unverändert. Er reagierte auf äußere Reize, war aber nicht bei Bewusstsein.

»Er hat sich den Kopf angeschlagen, hast du gesagt?«, fragte Mondino, ohne sich zu Gerardo umzudrehen.

»Ja. Am Anfang ist sehr viel Blut ausgetreten. Zunächst hat er die Besinnung verloren, doch dann ist er wieder zu sich gekommen. Er konnte bis hierher laufen, allerdings redete er dabei wirres Zeug. Da hat er die Dinge gesagt, die ich Euch berichtet habe.«

»Und was ist dann geschehen?«, fragte Mondino und bedeutete ihm, er solle helfen, Hugues in eine sitzende Position aufzurichten, damit er ihn mit dem Rücken an das Betthaupt lehnen konnte.

»Das habe ich Euch bereits gesagt. Plötzlich ist er ohnmächtig geworden und hat sich seitdem nicht wieder erholt. Ich habe es mit Ohrfeigen versucht und ihm Wasser ins Gesicht gespritzt … Es war nichts zu machen. Er atmete, aber sonst wirkte er wie tot.«

»Jetzt ist er wach, aber nicht bei klarem Bewusstsein«, sagte Mondino fast zu sich selbst. »Schauen wir uns also die Wunde an.«

Der Arzt schob die blutverkrusteten Haare beiseite und entdeckte dort eine Schwellung und eine etwa vier Finger lange, klaffende Wunde. Er schor ihm die Haare rund um die geschwollene Stelle mit einem Rasiermesser, tastete die Verletzung mit den Fingern ab, wie es Rogerius in seinem Buch über die Chirurgie empfahl, und fand seine Vermutung bestätigt, dass der Knochen gebrochen war. Gewiss war auf diese Weise Eiter ins Innere gelangt, in die Höhle, die das Gehirn enthielt.

»Der Schädel muss aufgebohrt werden«, sagte er. »Hilf mir, ihn festzubinden.«

Gerardo suchte nach Seilen, und sie fesselten ihn an Händen und Füßen an die Pfosten, die den Baldachin trugen, ließen ihn allerdings in der aufrechten Position. Leider hatte Mondino keine *spongia somnifera* mitgenommen, den Schwamm, der mit einem schmerzstillenden Mittel getränkt wurde, wodurch der Patient betäubt wurde und den Schmerz besser ertragen konnte. Daher mussten sie den Franzosen knebeln, um ihn am Schreien zu hindern. Dieser ließ alles widerstandslos über sich ergehen, wahrscheinlich bemerkte er nichts von dem, was um ihn herum geschah. Mondino zog einen kleinen Bohrer aus der Tasche und bat Gerardo, den Kopf des Patienten zu halten.

Obwohl Hugues beinahe bewusstlos war, bäumte er sich beim Anblick des Bohrers auf, zerrte an den Seilen und versuchte, trotz des Knebels zu schreien.

Mondino vermied es, ihm in die Augen zu sehen, atmete einmal tief durch und wandte sich mit einem kurzen Gebet an Gott, in dem er ihn bat, ihm die Hand zu lenken. Er hatte schon ähnliche Operationen durchgeführt und wusste um die hohe Wahrscheinlichkeit, dass sie tödlich oder mit einer unheilbaren Lähmung des Patienten endeten. Nur die kleinste Unachtsamkeit, und es konnte geschehen, dass die Spitze des Bohrers, nachdem sie die letzte dünne Knochenschicht durchstoßen hatte, plötzlich weit in das Innere des Schädels drang. Oder dass man die Ränder des Bruchs zu weit auseinanderzog, und sie danach nicht mehr zusammenwuchsen. In diesem Fall lebte der Patient zwar weiter, aber nur im Bett und unter vielen tausend Vorsichtsmaßnahmen, um zu verhindern, dass die giftigen Dämpfe in der Luft in sein Gehirn eindrangen. Früher oder später bekam er sehr hohes Fieber und starb unter starken Schmerzen.

Hugues de Narbonne mochte ein Mörder sein, aber Mondino würde ihn ebenso sorgfältig operieren, als müsste er Heinrich VII. höchstpersönlich den Schädel öffnen. Und das nicht nur, weil Hugues am Leben bleiben musste, um ihnen alle die Geheimnisse zu enthüllen, die er bislang verschwiegen hatte, sondern vor allem aus Respekt sich selbst und seiner Kunst gegenüber. Der Eid des Hippokrates schien zwar in dieser entarteten Zeit zu einer reinen Formalität verkommen zu sein, doch für ihn gründete sich die gesamte Medizin darauf.

Schließlich wandte er sich wieder dem Franzosen zu. Für den unwahrscheinlichen Fall, dass er ihn trotz seines Zustands hören oder verstehen konnte, sagte Mondino so ruhig und bestimmt wie möglich: »Wir müssen den Schädel aufbohren, damit der Eiter herausfließen kann. Es wird schmerzhaft sein, aber danach wird es Euch besser gehen.«

Hugues ließ nicht erkennen, ob er ihn verstanden hatte. Sein Blick war wieder gläsern geworden, und er wehrte sich nicht gegen Gerardo, der seinen Kopf festhielt. Als der Bohrer sich in den Knochen fraß, bäumte er sich auf und knurrte vor Schmerzen, dann verlor er das Bewusstsein, und sein Kopf sank auf die Brust, womit er Mondino die Arbeit erleichterte.

Der Arzt brachte vier dünne Kanäle an, führte den Spatel zwischen die Ränder des Bruchs ein und erweiterte den Spalt so weit, dass er einen Seidenstreifen einführen konnte, der sich unverzüglich mit Eiter vollsog. Er wiederholte diesen Schritt mehrmals mit einem sauberen Stoffstreifen, bis kein Eiter mehr zu sehen war. Die Kopfhaut hatte wieder zu bluten begonnen, aber nun war die Operation beendet. Mondino säuberte die Wunde sorgfältig mit einem Stück Leinen und bestrich sie mit einer Salbe aus Myrrhe und Kräutern.

»Ich habe mein Möglichstes getan«, sagte er schließlich. »Doch er ist schwer verletzt, ich weiß nicht, ob er sich wieder erholt.«

»Wollt Ihr sagen, dass er sterben könnte?«, fragte Gerardo.

»Das kommt darauf an. Wenn er hohes Fieber bekommt, wird er sich nicht wieder erholen. Sonst könnte er es schaffen, aber es ist noch zu früh, um zu sagen, ob er je wieder sprechen oder vernünftig denken kann.«

»Wie lange wird es dauern, bis wir das wissen?«

Mondino zuckte mit den Schultern. »Eine Stunde, einen Tag, eine Woche … Bei Verletzungen des Gehirns kann man nichts vorhersagen, das müsstest du eigentlich wissen, da ich erst vor ein paar Monaten darüber eine Vorlesung gehalten habe.«

Der junge Mann schaute ihn reuig an, und Mondino lächelte bitter. Es war erst neun Tage her, dass er Gerardos wahre Identität herausgefunden und sich darangemacht hatte, hinter das Geheimnis des Eisenherzens zum kommen – dennoch schien ihm die Zeit, in der er nur seine Vorlesungen gehalten hatte, so weit entfernt wie ein Traum, der beim Wachwerden immer mehr verblasste.

»Was sollen wir tun?«, fragte Gerardo erschöpft.

Mondino wandte sich ihm zu und betrachtete ihn genauer im Licht des anbrechenden Tages, der die Kerze auf der Truhe überflüssig machte. Der junge Mann war am Ende seiner Kräfte. Diese Nacht wäre er beinahe umgebracht worden, er hatte selbst jemanden getötet, hatte bei einem Verwundeten gewacht und noch kein Auge zugetan. Wie er selbst übrigens auch nicht.

Mondino hätte sich nichts Schöneres vorstellen können, als

sich auf dem dreckigen Strohlager auszustrecken, das er im Nebenzimmer gesehen hatte, in einen erholsamen Schlaf zu versinken und zumindest für ein paar Stunden all jene Probleme zu vergessen, die auf ihn einstürmten.

Doch diese Zeit hatten sie nicht.

»Ich gehe und spreche mit dieser arabischen Kräuterhexe«, sagte er. »Sie wohnt auf dem Land, nicht weit von der Bova. Ich möchte sie bitten, die Worte auf der Karte zu übersetzen.« Er deutete auf Hugues, der immer noch bewusstlos ans Bett gefesselt dalag. »Ich traue den Worten deines Kommandanten nicht.«

»Ehemaligen Kommandanten«, erwiderte Gerardo. »Dass er diesen armen Jungen getötet hat, widersprach unserem Gelübde, und damit schulde ich ihm keinen Gehorsam mehr.«

Mondino nickte. »Du solltest weiterhin versuchen, diesen verkrüppelten Bettler zu finden«, sagte er. »Wenn er seinen Freunden erzählt hat, er würde bald reich sein, weiß er gewiss etwas. Aber zunächst möchte ich dich bitten, noch einmal zu Remigio Sensi zurückzukehren und dir die Namen von allen Tempelrittern geben zu lassen, die erst seit kurzem in der Stadt sind.«

»Warum?«

Mondino war erstaunt, dass er fragte. Gerardo begriff sonst sehr schnell, aber die Müdigkeit musste sein Intuitionsvermögen geschwächt haben.

»Falls die getöteten Templer wirklich in eine Falle gelockt wurden, könnte es sein, dass sie nicht nur zwei Leuten gilt.«

»Einer der Neuankömmlinge könnte das nächste Opfer sein«, schloss Gerardo.

»Sehr richtig. Wir müssen erfahren, wer sie sind und wie viele es sind. Und wir müssen sie warnen. Außerdem sollten wir versuchen herauszufinden, wer das nächste Opfer sein könnte und ihm heimlich folgen. Dabei kann ich dir nach meiner Rückkehr helfen, während du weiter nach dem Bettler suchst.«

»Das ist eine gute Idee«, sagte Gerardo. »Ich werde sofort aufbrechen.«

»Willst du vorher nicht ein wenig schlafen? Es ist noch früh, du kannst dich bis zur dritten Stunde ausruhen.«

»Lieber nicht. Wenn ich Zeit finde, werde ich am Nachmittag schlafen.« Er schaute zu Hugues de Narbonne, der vermutlich schlief; möglicherweise war er aber auch nur ohnmächtig. Oder stellte sich schlafend. »Was machen wir mit ihm?«

All die Bewunderung und der Respekt, die Gerardo in den letzten Tagen für seinen ehemaligen Kommandanten gezeigt hatte, waren aus seiner Stimme gewichen.

»Ich werde ihm einen schmerzstillenden Trank geben, damit er schläft«, antwortete Mondino. »Später kannst du nachsehen, wie es ihm geht, doch bitte warte bis zu meiner Rückkehr, ehe du ihn befragst. Einverstanden?«

»Einverstanden.«

Einem Mann mit einer Schädelverletzung ein Schlafmittel zu verabreichen, war sicher nicht die beste Therapie. Aber es war der einzige Weg sicherzugehen, dass er den ganzen Morgen über ruhiggestellt war und dass Gerardo, sollte er seiner Anordnung zuwiderhandeln wollen, nicht allein mit dem Verhör beginnen konnte. Mondino fürchtete, dass der junge Mann nicht die notwendige Unvoreingenommenheit besaß, um seinen Kommandanten zu zwingen, die ganze Wahrheit zu sagen oder herauszufinden, ob er log.

Sie gingen in die Küche. Gerardo zündete das Feuer aus der Glut des Vortags an, und Mondino mischte in einem tönernen Gefäß einen Trank aus Lavendel, Passionsblume und Baldrian. Als der Sud fertig war, flößten sie ihn Hugues ein, der in der Zwischenzeit die Augen geöffnet hatte, aber immer noch abwesend wirkte. Dann verabredeten sie, dass sie einander an der gleichen Stelle am Nachmittag irgendwann zwischen Sext und Non treffen würden, und verließen den Mann, der wie ein sitzender Gekreuzigter mit weit ausgebreiteten Armen und dem Kopf auf der Brust aussah.

Mondino lief sogleich Richtung Piazza Maggiore. Gerardo blieb zurück und schloss sorgfältig ab. Bevor er sich auf den Weg ins Trebbo dei Banchi machte, versteckte er noch den Schlüssel in einer Spalte im Holz unter dem Fenster.

Guido Arlotti beobachtete, wie der junge Mann den Schlüssel versteckte, und zögerte einen Moment. Der Inquisitor hatte ihm aufgetragen, Mondino wie ein zweiter Schatten zu folgen, aber er sollte auch herausfinden, wo sich der als Brandstifter gesuchte Student verbarg. Nun wusste er, dass dieser Student und der junge Mann, den Mondino immer mit Gerardo angesprochen hatte, ein und dieselbe Person waren. Wem der beiden sollte er also folgen?

Außerdem hätte er sich gern ein wenig in dem Haus umgesehen. Nach dem, was er auf seinem Lauschposten am Fenster mitbekommen hatte, musste dort etwas Ungewöhnliches vorgefallen sein.

Guido bereute, dass er aus reinem Geiz, weil er seinen Lohn mit niemandem teilen wollte, nicht ein paar Männer mitgenommen hatte. Wären seine Kumpane jetzt bei ihm gewesen, hätten sie sich die Aufgaben teilen und er von Uberto da Rimini das Doppelte verlangen können und nicht nur den Generalablass für all die Sünden, die er seit einem Jahr angehäuft hatte.

Guido war Mönch gewesen, er glaubte an die Hölle und die ewige Verdammnis. Aber er hatte seit langem akzeptiert, dass er zu schwach war, um seinen Leidenschaften zu widerstehen. Wenn er also Aufträge für mächtige Männer der Kirche erledigte, nutzte er die Gelegenheit und forderte Vergebung und den Erlass aller Sünden gegen milde Bußen. Einmal hatte er nur eine Nacht auf einem Lager aus Brennnesseln verbringen müssen, damit ihm ein Mord vergeben wurde, den er auf Anordnung desselben Prälaten begangen hatte, der ihm dann die Absolution erteilte. Guido war überzeugt, dass er ein Leben ganz nach seinem Belieben führen konnte, ohne dafür büßen zu müssen. Nur eine Vorstellung jagte ihm Angst ein, und zwar im Zustand der Todsünde zu sterben, ehe er Vergebung erlangen und rechtzeitig bereuen konnte. Doch im Augenblick erschien ihm der Tod sehr weit entfernt.

Schließlich entschied er sich, Mondino zu folgen, so wie er es ursprünglich vorgehabt hatte. Die beiden würden einander bestimmt am Nachmittag erneut treffen, und bis dahin hatte er ein paar zuverlässige Männer benachrichtigt, die er dann auf den Templer und Mondino ansetzen könnte. Das würde ihm Zeit geben, das Haus zu betreten. Sobald er dann alle Informationen gesammelt hatte, würde er sich unverzüglich zum Inquisitor begeben.

Während der junge Mann Richtung Santo Stefano lief, kam Guido hinter der Säule des Bogengangs hervor, in dem er sich versteckt hatte, und machte sich an Mondinos Verfolgung. Er sah ihn zwar nicht mehr, weil er vorhin aber gehört hatte, wohin er unterwegs war, war er nicht weiter beunruhigt.

ELF

Gerardo lief mehr schlafend als wach durch die Straßen, die das Viertel der Papierhändler von der Basilika Santo Stefano und dem Trebbo dei Banchi trennten. Er konnte nicht mehr logisch denken, und immer wieder kehrten Erinnerungsfetzen zu den Ereignissen der gerade vergangenen Nacht zurück: das unterirdische Gewölbe, die Bettler, die Flucht … Plötzlich sah er wieder Bonagas schmerzerfülltes Lächeln vor sich, das sich zu einer Grimasse des Schreckens verzerrte, kurz bevor ihm Hugues de Narbonne den Schädel wie eine reife Melone spaltete.

Er spürte einen heftigen Schlag und hörte einen empörten Aufschrei und eine ganze Reihe von Flüchen. Erst da wurde ihm bewusst, dass er wie ein Schlafwandler mit geschlossenen Augen durch die Gegend lief und gegen das Rad eines Gemüsekarrens gestoßen war, wodurch er den Bauern, der ihn zog, aus dem Tritt brachte. Er entschuldigte sich und ging schnell weiter, ehe die Schreie des Mannes zu viele Leute zusammenriefen. Er war müde, aber mit dem Schlafen musste er sich bis zum Nachmittag gedulden. Noch gab es zu viele ungelöste Fragen – und der Geheimnisse wurden immer mehr –, und die Zeit war knapp. Hugues de Narbonne war möglicherweise ein Mörder und Verräter seines Ordens – das herauszufinden, war seine vordringliche Mission. Und dann musste er auch den Bettler mit der verstümmelten Hand finden. Gerardo hoffte inständig, dass die langwierige Suche auch wirklich die Mühe wert war. Außerdem musste er erfahren, welche Tempelritter kürzlich in die Stadt gekommen waren, und herausfinden, wer von ihnen das nächste Opfer sein könnte.

Und als ob das nicht genügte, gab es da eine beunruhigende Frage, über die Mondino und er kaum gesprochen hatten, weil sie nicht genügend in der Hand hatten, um darüber auch nur eine vage Vermutung anstellen zu können. Wer waren die Armbrustschützen, die ihm und Hugues de Narbonne aufgelauert hatten? Warum wollten sie sie töten? Wer hatte sie geschickt?

Gerardo wusste es nicht. Er nahm an, dass Bonaga ihnen Bescheid gesagt hatte, als Hugues und er sich in das unterirdische Gewölbe hinabbegeben hatten. Wahrscheinlich meinte der Junge deshalb, er habe sie verraten. Schade, dass er ihnen nicht mehr hatte sagen können.

Höchstwahrscheinlich würde derjenige, der die drei Männer geschickt hatte, weitere Mörder entsenden, um ihr Werk zu vollenden, sobald er vom Fehlschlag der ersten Mission erfuhr. Mondino und ihm blieb nichts weiter übrig, als tatenlos zuzusehen und sich zu fragen, wo und wann es zum nächsten Angriff kommen würde.

Als er die Piazza Santo Stefano erreichte, blieb Gerardo unvermittelt stehen, weil er einige Häscher aus einer der übelriechenden Gassen kommen sah, die zu dem unterirdischen Gewölbe der Bettler führten. Hinter ihnen gingen zwei Totengräber, die einen Karren mit Leichen hinter sich herzogen. Obwohl er wusste, dass er am besten so schnell wie möglich verschwand, blieb Gerardo wie angewurzelt stehen und beobachtete, wie der kleine Trauerzug ganz nah an ihm vorüberzog.

Die Armbrustschützen waren recht gut gekleidet gewesen, sie trugen kurze Wolltuniken über den Hemden, gestrickte Beinlinge, gutes Schuhwerk und leichte Umhänge, die offensichtlich dazu dienten, ihre Waffen zu verbergen. Einer der drei, ein junger Mann mit langen braunen Haaren, war eleganter gekleidet als die anderen beiden und trug unter seinem Umhang eine Weste aus versteiftem Leder. Sie hatte ihn jedoch nicht vor Bonagas Steinen und vor Hugues' Klinge schützen können: Seine Nase war gebrochen und der Kopf fast vollständig von den Schultern abgetrennt. Die Passanten zeigten verwundert mit dem Finger auf seine übel zugerichtete Leiche, als ob sie ihn kannten, doch Gerardo wagte es nicht, sie zu fragen, wie der tote Mann hieß.

Als er Bonagas kleinen Körper und dürre Beine unter einer der Leichen hervorragen sah, schüttelte er gerührt den Kopf. Einer der Neugierigen neben ihm deutete seine Geste falsch und meinte: »Diese Stadt ist nicht mehr sicher. Das liegt nur an den vielen fremden Studenten, die hierherkommen und sich als Herren aufspielen.«

»Ach ja«, sagte Gerardo kurz angebunden, ohne den anderen anzusehen.

»Ihr seid doch nicht etwa auch so ein Student, oder?«, fragte der Mann, als bereute er seine Bemerkung. »Ich wollte Euch nicht beleidigen, es ist nur so, dass …«

Gerardo hob beschwichtigend die Hände und machte sich wieder auf den Weg. Bei all seiner Verwirrung fragte er sich, ob das, was ihn antrieb, schneller zu gehen, wirklich nur die Eile war, seine Aufgabe so bald wie möglich hinter sich zu bringen, um dann endlich schlafen zu können, oder ob da nicht auch ein Funken Hoffnung mitspielte, Fiamma wiederzusehen, wenn er mit dem Bankier sprach.

Als er Remigio Sensis Haus erreichte, merkte Gerardo sofort, dass dort etwas nicht stimmte. Die Luke zur Straße stand offen – wie immer um diese Tageszeit –, aber dass die weit geöffnete Haustür unbewacht war, schien Gerardo ungewöhnlich. Dann sah er einen der Diener, die sonst immer für Schutz sorgten, aus einem schmalen Gässchen kommen, das am Innenhof des Hauses vorbeiführte, unmittelbar gefolgt von seinem Kameraden. Beide wirkten sehr besorgt.

Gerardo hielt sie auf und fragte sie, was passiert sei.

»Dahinten liegt ein Toter«, sagte einer.

»Ein Landstreicher«, meinte der andere. »Die Frauen sind sehr beunruhigt. Aber das ist nicht das Problem.«

»Was denn dann?«

Der Mann wollte schon antworten, doch sein Kamerad stieß ihn mit dem Ellenbogen in die Seite und deutete mit dem Kinn zum Eingang des Gässchens. Der andere schwieg sofort, als Fiamma in einem Hauskleid aus der kleinen Straße kam. Unter der Haube quoll ihr dichtes Haar hervor.

»Messer Gerardo, Euch schickt der Himmel«, rief sie aus. »Ich bin völlig verzweifelt.«

»Was ist passiert? Ich habe gehört, es hat einen Toten gegeben.«

In der Aufregung des Moments legte Gerardo ihr eine Hand auf die Schulter, um sie zu beruhigen. Fiamma errötete und starrte ihn an, während sie einen Schritt zurückwich.

»Kommt mit und seht selbst«, sagte sie und ging zurück in die Gasse.

Gerardo folgte ihr sofort. Die Gasse war nicht gepflastert, und auf dem trockenen Schlamm türmten sich Berge von Unrat, den jemand gegen die Mauer gekehrt hatte, um den Weg freizumachen. Auf einem dieser Haufen lag die Leiche eines Mannes.

Gerardo näherte sich ihm, während Fiamma zur Seite trat, um ihn vorbeizulassen. Er bemerkte sofort den Pilgerstab aus Birkenholz und die schwarze Mönchskutte, die schmutzig und ein wenig zerrissen war. Als sein Blick auf das linke Handgelenk fiel, das in einem Stummel endete, gab es keine Zweifel mehr: Dieser Tote war der Ferrareser. Er hatte seine blutverschmierten Hände vor die Bauchwunde gepresst, die ihm jemand mit einem Dolch oder einem schmalen Schwert geschlagen hatte. Seine Augen standen weit offen, und die Lippen waren zu einer schmerzerfüllten Grimasse verzogen.

»Wer hat ihn getötet?«, fragte Gerardo.

Fiamma schaute ihn an, als wollte sie abwägen, ob man ihm trauen könne. »Ich weiß es nicht«, sagte sie dann und senkte den Blick.

»Habt Ihr schon die Sbirren gerufen?«

»Wegen eines toten Bettlers? Sie würden nicht kommen. Ich habe stattdessen nach den Totengräbern geschickt. Warum macht Ihr Euch so viele Sorgen um diesen Mann?«

»Ich? Eher scheint Ihr Euch Sorgen um ihn zu machen. Ich sehe, dass in Eurem Haus große Aufregung herrscht.«

Fiamma schlug verzweifelt die Hände vors Gesicht, als erinnerte sie sich gerade an etwas sehr Schlimmes. Als sie sie wieder fortnahm, wirkte sie äußerst entschieden. Vielleicht hatte sie gerade beschlossen, ihm zu trauen.

»Das Durcheinander, das Ihr bemerkt habt, hat nichts mit dem Tod dieses Mannes zu tun«, sagte die junge Frau mit tränenerstickter Stimme.

»Sondern?«

»Remigio ist verschwunden.«

Um zur Bova zu gelangen, wollte Mondino ein Boot auf dem Cavadizzo, einem städtischen Kanal, nehmen; das würde ihm eine Strecke Weges sparen. Seine Hand glitt über die Tasche, in der sich die Karte befand. Er hoffte ernsthaft, dass sich die Unterredung mit der Kräuterhexe nicht als Zeitverschwendung herausstellte. Mondino versuchte, nicht den Mut zu verlieren, dennoch drängte sich der Gedanke auf, dass sein Leben direkt auf einen Abgrund zusteuerte. Das Schlimmste aber war, dass er nicht einmal auf die Unterstützung seiner Familie rechnen konnte – im Gegenteil: Er musste schweigend ihre Missbilligung erdulden, in dem Bewusstsein, dass er sie auch verdiente.

Es musste gerade zur Prim geläutet haben, denn die Stadt erwachte allmählich, und in den Straßen erklangen die typischen Geräusche des beginnenden Tages: sich räuspernde Kehlen und lautes Ausspucken, was Mondino immer leichte Übelkeit bescherte, ihm heute aber ganz besonders den qualvollen Zustand seines Vaters in Erinnerung brachte. Dieser hatte immer wieder heftige Hustenanfälle, bei denen er solche Unmengen von Schleim ausspuckte, dass die Tücher neben seinem Bett sie gar nicht aufsaugen konnten.

Als er das Eisentor vor der Kapelle erreichte, in der das Kreuz der heiligen Apostel aufbewahrt wurde, blieb Mondino stehen. Dieses Gotteshaus war eines von vieren, die der heilige Ambrosius vor fast tausend Jahren zum Schutz der Stadt hatte errichten lassen. Aus einer plötzlichen Eingebung betrat der Arzt die Kapelle. In diesem Moment sah er ungefähr ein Dutzend Schritte entfernt eine schattenhafte Gestalt, die ihn an jemanden erinnerte, hinter eine Säule huschen. Mondino maß dem wenig Bedeutung bei und begann zu beten. Er wandte sich an die heiligen Apostel Christi, denen das Kreuz geweiht war, bat sie, seinem Vater in der Stunde seines Todes beizustehen und ihm zu vergeben, dass er nicht an seinem Sterbelager weilte. Dann bat er den heiligen Ambrosius, ihm die nötige Kraft zu verleihen, um diesen Kampf siegreich zu bestehen und ihn vor seinen Feinden zu beschützen.

Mondino kannte und liebte die Kraft des inbrünstigen Gebetes, aber er hätte sich eine Kirche gewünscht, die den Lehren Christi näher stand und nicht so sehr von der weltlichen Macht besessen war. Auch dies war vermutlich eine Illusion, wie seine Idee, das Geheimnis des Blutkreislaufs zu entdecken. Vielleicht war ein Wissenschaftler auch immer ein Träumer: Man musste seine Träume nur in die richtige Richtung lenken. Doch er hatte sich von einem falschen Traum verführen lassen, und nun waren ihm die Dinge entglitten und drohten ihn zu überrollen. Er musste den Mörder der beiden Templer finden – nur so würde er zumindest teilweise das Unheil abwenden können, das sich über ihm zusammenbraute.

Dafür blieb ihm jedoch nur noch sehr wenig Zeit.

Um die Sorgen, die ihn nicht losließen, zu mildern, stimmte er leise das Lied *Te lucis ante terminum* an, das üblicherweise zur Komplet nach Sonnenuntergang gesungen wurde. Aber es war das einzige Lied aus der Feder des heiligen Ambrosius, das er kannte, außerdem fand er, dass es sehr gut zu seiner gegenwärtigen Situation passte. Über ihm drohte eine dunkle Nacht voller Alpträume hereinzubrechen, selbst wenn es erst früh am Morgen war.

Als Mondino aus der Kapelle in den Sonnenschein trat, fühlte er sich sofort besser. Helligkeit überflutete die Straße, und von der Düsternis, die eben noch so schwer auf seiner Seele gelastet hatte, war nichts mehr zu spüren. Mondino stützte sich auf einen der steinernen Greife an den Seiten des Tores, atmete tief durch und dankte dem heiligen Ambrosius und den Aposteln. In diesem Moment fiel ihm ein Mann auf, der mit dem Rücken zu ihm vor einem Obsthändler stand und den Preis für einen Korb Kirschen auszuhandeln schien. Er war von stämmiger, kräftiger Statur und erinnerte ihn an den Mann, den er am Vorabend allein in der Taverne hatte trinken sehen. Plötzlich erinnerte er sich, dass er hinter sich eine Gestalt bemerkt hatte, als er das Wirtshaus verlassen hatte, und ein Mann schnell hinter einer Säule verschwunden war, als er die Kapelle mit dem steinernen Kreuz betreten hatte. Immer derselbe Mann!

Er zwang sich, gleichmütig zu wirken, und lief durch den Torbogen der Porta Govese weiter. Doch er war bestürzt. Dieser Mann verfolgte ihn. Sicher auf Anordnung des Inquisitors. Vielleicht hatte er ihn mit Gerardo sprechen sehen, und das, nachdem Mondino Uberto da Rimini erklärt hatte, er kenne ihn nicht. Jetzt durfte er ihn nicht auch noch dabei beobachten, wie er mit einer Kräuterhexe redete.

Was sollte er tun?

Mondino sah sich im Gehen um und suchte nach einer Möglichkeit, seinen Verfolger abzuschütteln. Sobald er erst einmal den Kanal delle Moline kurz hinter der Porta Govese erreicht hatte, musste er nach links zum Cavadizzo abbiegen, doch nun war es sinnlos geworden, ein Boot zu nehmen. So hätte man ihn allzu leicht verfolgen können. Instinktiv wandte er sich nach rechts und folgte dem Kanal in die entgegengesetzte Richtung auf die Mühlen zu, von denen er seinen Namen hatte.

Je näher er dem Campo del Mercato kam, desto mehr Volk drängte sich auf den Straßen rund um den Platz: Männer, Frauen, Kinder und Tiere verstopften die Durchgänge. Es war Sonnabend, und der wöchentliche Viehmarkt war bereits in vollem Gange. Viele Bauern und Hirten hatten Bologna bereits am Vorabend erreicht und neben ihren Tieren geschlafen, um sie vor Dieben zu beschützen. Nun, da sie wach waren, sahen sie die Notwendigkeit nicht ein, erst abzuwarten, dass der Markt offiziell eröffnet wurde, und begannen mit kleineren An- und Verkäufen. Nur für die größeren Abschlüsse benötigte man Notare und Bankiers – bei einem oder zwei Stück Vieh konnte man das Ganze einfach mit einem Handschlag besiegeln.

Mondino sah einen Rechtsgelehrten vorbeikommen, den er kannte, ihm folgte eine ganze Schar Assistenten in Seminaristentracht. Er blieb stehen, um ein paar Worte mit ihm zu wechseln und sich bei dieser Gelegenheit noch einmal nach seinem Verfolger umzusehen. Dieses Mal konnte er ihn nicht entdecken, aber er wusste, dass er sich irgendwo verbarg. Ohne Eile verabschiedete Mondino sich von dem Rechtsgelehrten und mischte sich unter das Volk. Mittlerweile wich seine Angst einer aufsteigenden Wut.

Flucht war nicht die einzige Möglichkeit, um seine Spuren zu verwischen. Er hatte zwar nicht die Zeit gehabt, sich seinen Verfolger genauer anzusehen, aber er war sicher, dass dieser kleiner, wenn auch kräftiger als er selbst war. Vielleicht konnte er ihn überwältigen.

Mondino begann, sich nach einem geeigneten Platz für sein Vorhaben umzusehen. Er verließ die überfüllte Straße und näherte sich immer weiter dem beinahe menschenleeren Kanaldamm, wo die Holzbohlen, die die Getreidemühlen antrieben, laut klapperten und quietschten. Bei der fünften Mühle, die Fantulino genannt wurde, entdeckte er hinter einer Ziegelsteinmauer eine breite Nische. Er trat einen Schritt zur Seite und verbarg sich dort im Schatten. Nun hörte er nichts mehr außer dem Rauschen des Rades, das sich in der Mitte des Kanals auf einem Balken drehte, der in zwei gleichen Gehäusen auf beiden Uferseiten verankert war. Mit klopfendem Herzen wartete Mondino eine Zeitlang, die ihm endlos erschien, aber in Wirklichkeit wohl nicht einmal für das Aufsagen eines Vaterunsers gereicht hätte. Dann hörte er schlurfende Schritte, und kurz darauf tauchte sein Verfolger auf. Der Arzt ließ ihm keine Zeit, irgendetwas zu unternehmen, sondern streckte blitzschnell einen Fuß vor und brachte ihn ins Straucheln. Während der Mann mit den Händen ruderte, um nicht das Gleichgewicht zu verlieren, packte er ihn an der Schulter und zog ihn in den schützenden Schatten der Mauer. Ehe er ihn befragen konnte, musste er ihn irgendwie fesseln, aber der andere wehrte sich, und Mondino stellte fest, dass er ihn unterschätzt hatte. Sein Gegner war klein, aber äußerst kräftig.

Zum Glück schien auch der andere kein Interesse zu haben, die Aufmerksamkeit des Volkes auf sich zu lenken. Er schrie nicht und rief auch nicht um Hilfe. Er keuchte nur wie ein

Stier, stützte sich auf einem Bein ab, befreite sich aus Mondinos Griff und ging dann mit dem Kopf voran auf ihn los. Der Arzt wurde an der Brust getroffen und schlug mit dem Rücken gegen die Ziegelmauer. Er konnte sich allerdings befreien, ehe der andere ihn an der Taille zu fassen bekam, und versetzte ihm einen Faustschlag in den Nacken. Beide kämpften schweigend und schlugen nach Leibeskräften zu, denn ihnen war klar, dass sie sich beeilen mussten, um den Kampf für sich zu entscheiden, ehe jemand sie bemerkte. Plötzlich spürte Mondino, wie der andere ihm die Kehle zudrückte und ihm die Luft wegblieb. In der Hitze des Gefechts überlegte er nicht lange und bohrte einen Finger in ein Auge des Mannes, der daraufhin leise aufschrie, ihn losließ und sich die Hände vors Gesicht schlug. Mondino nahm Anlauf und schob den Mann wie einen Sack an den Rand des Kanals.

Dieser versuchte, sich mit den Füßen abzustützen, aber er konnte ihm nicht mehr genügend Widerstand entgegensetzen. Er griff nach Mondinos Haaren, aber in seiner Hand blieb nur dessen Barett zurück. Als er gegen die niedrige Brüstung stolperte, knickten seine Beine weg, und einen Augenblick später fiel er mit einem dumpfen Klatschen ins Wasser. Gleich darauf gelang es ihm, wieder aufzustehen, er war triefend nass, schäumte vor Wut und sah wild entschlossen zur Uferböschung hinauf.

Zwei Männer am anderen Ufer stürzten sich schreiend ins Wasser – nicht so sehr, um dem Mann zu helfen, sondern um Mondino zu packen, den sie offensichtlich für einen Räuber hielten. Zwei weitere Männer liefen zu der nahen Brücke, um ihm den Weg abzuschneiden. Wenn sie ihn erwischten, würden sie ihn möglicherweise töten. Es kam häufiger vor, dass Diebe, die der Menge in die Hände fielen, bereits tot oder so gut wie tot waren, wenn sie beim Richter abgeliefert wurden. Mondino drehte sich um und rannte zwischen Häusern, Weinbergen und Gärten davon, aber er wusste, dass er dieses Tempo nicht allzu lange durchhalten konnte.

Als Guido Arlotti aus dem Kanal gestiegen war, konnte er gerade noch die schlanke Gestalt Mondinos hinter einer Hausmauer verschwinden sehen. Der Abstand zwischen ihm und seinen Verfolgern war schon recht groß geworden. Er hoffte, dass sie ihn, falls sie ihn schnappten, erst ordentlich verprügeln würden, ehe sie ihn zur Mühle zurückbrachten.

Wütend erzählte er den Männern, die ihm zu Hilfe geeilt waren, dass dieser Mann versucht hätte, ihn auszurauben, was ihm jedoch glücklicherweise nicht gelungen war. Falls seine Helfer erwähnen sollten, dass Mondino nicht wie ein gewöhnlicher Strauchdieb gekleidet war, würde er sagen, dass es sich seiner Ansicht nach um einen verschuldeten Studenten handelte, der in seiner Verzweiflung wohl versuchte, auf verbrecherische Weise zu Geld zu kommen. Doch die anderen schienen sich überhaupt nicht dafür zu interessieren. Sie versicherten sich lediglich, dass es ihm gut ging, und wollten dann weiter ihren eigenen Geschäften nachgehen. Guido dankte ihnen und nahm das Angebot an, in die Mühle zu gehen, um sich dort abzutrocknen und auf weitere Nachrichten zu warten. Doch zunächst gab er einem Jungen einen Soldo und bat ihn, zu einer Taverne im Borgo di Galliera zu laufen, die er als Stützpunkt für seine Geschäfte benutzte und die zum Glück nicht weit entfernt war. Dort sollte er zwei Männer holen. Er versprach ihm eine weitere Münze, wenn er diese beiden so schnell wie möglich herschaffte.

Die Mühle war klein, aber es wimmelte dort von Menschen: Kunden brachten Getreidesäcke zum Mahlen, andere kauften Mehl bei der Frau des Müllers, und wieder andere schauten nur zum Zeitvertreib vorbei und unterhielten sich über die ständig steigenden Getreidepreise. Der Müller borgte Guido eine weiße Tunika, und seine Frau, eine rundliche Blondine mit einem üppigen Busen, hängte seine Kleider in der Sonne zum Trocknen auf. Guido musste unzählige Male die Geschichte erzählen, wie er angegriffen worden war und gekämpft hatte, wie er ins Wasser gefallen und der Schurke dann geflüchtet war.

Er dankte lächelnd für die Hilfe, aber innerlich schäumte er vor Wut. Als die Menge endlich genug von seiner Geschichte hatte, zog er sich in eine Ecke zurück, wartete auf seine Gefährten und sann auf Rache. Falls die Männer, die Mondino verfolgten, ihn nicht erwischten, er würde ihn schon wiederfinden und es ihm heimzahlen. Insgeheim hoffte er sogar, dass es ihnen nicht gelang. Schließlich wusste er ja, wo er ihn finden konnte.

Jetzt betraf ihn die Angelegenheit persönlich.

Als Mondino sicher war, dass seine Verfolger die Jagd nach ihm aufgegeben hatten, verlangsamte er sein Tempo und blieb schließlich stehen. Mit einem Arm stützte er sich an einer Mauer ab, um wieder zu Atem zu kommen. Er war vollkommen erschöpft. Diese Art der körperlichen Bewegung brachte das Blut viel zu stark in Wallung und brannte in den Lungen, aber sie erzeugte auch eine angenehme Empfindung, beinahe eine Euphorie. Möglicherweise war jedoch gar nicht die körperliche Anstrengung dafür verantwortlich, sondern die Befriedigung darüber, dass er gekämpft und gewonnen hatte. Andererseits war Mondino überzeugt, dass der andere ihn wiederfinden würde, wenn er ihn tatsächlich seit geraumer Zeit verfolgte, musste er wissen, wo er wohnte. Aber das spielte keine Rolle. Morgen Abend würde die Frist ablaufen, die ihm der Inquisitor gewährt hatte, und das Problem würde sich auf die eine oder andere Art lösen. Der Spitzel würde wahrscheinlich zu seinem Auftraggeber zurückkehren, doch im Moment zählte nur, dass er ihm entkommen war. Mondino wollte schleunigst die Übersetzung der Karte überprüfen und dann sofort zu Hugues de Narbonne zurückkehren, um nach ihm zu sehen und ihn, falls es ihm besser ging, zu befragen, noch bevor Gerardo dazukam.

Er durchschritt die *Circla* beim Tor zum Viertel San Pietro, kam an der Walkmühle für Wolle vorbei und bog dann nach rechts in die Felder ab, wobei er immer dem Kanal folgte, der parallel zur Stadtbefestigung in Richtung der Porta delle Lame verlief.

Dieses Mal waren mehr Menschen unterwegs, vielleicht weil Sonnabend war. Im Grunde kam ihm das sogar gelegen, weil er dadurch nicht auffiel. Am frühen Morgen zogen fast alle in Richtung Stadt, überwiegend Bauern und Handwerker, die zu Fuß oder mit Handkarren zum Markt wollten. Hin und wieder kam auch ein Reiter vorbei.

Da Mondino nun den Weg kannte, erreichte er das Haus der Kräuterhexe schneller, als er vermutet hatte. Auch diesmal kam niemand heraus, um ihn zu begrüßen, doch sobald er die Frau gerufen hatte, ertönte von drinnen die Aufforderung, er solle eintreten. Misstrauisch ging Mondino näher auf das Anwesen zu, doch die Hunde ließen sich diesmal nicht blicken. Er drückte die Tür auf und blieb gleich regungslos, wie gelähmt vor Erstaunen im Rahmen stehen. Das Haus bestand nur aus einem einzigen Raum, der gleichzeitig als Küche, Arbeitszimmer und Schlafgemach diente. Er war wesentlich geräumiger, als es die Außenmauern vermuten ließen, und sehr hell. Obwohl er mit zahllosen Dingen angefüllt war, herrschte eine gewisse Ordnung. Keine der üblichen Art, wie Mondino schnell feststellte, als er die Bücher sah, die auf dem Boden zu Türmen und Säulen gestapelt waren, die Heilkräuter, die in einer Ecke zum Trocknen hingen, die Regale voller Ton- und Glasgefäße, den arabischen Destillierapparat und zahlreiche Gegenstände aus Kupfer und Holz, von denen er nicht die leiseste Ahnung hatte, wozu man sie verwendete. Doch er hatte den Eindruck, dass die Frau, die am Tisch in der Mitte des Raumes über die Seiten eines großen Buches gebeugt saß, sofort mit sicherem Griff jeden Gegenstand finden konnte. Mondino hatte zwar noch nie das Haus einer Kräuterhexe gesehen, aber er hatte es sich deutlich anders vorgestellt.

»Kommt nur herein«, sagte die Frau und wandte sich zu ihm um. »Ihr seid also zurückgekehrt. Ich nehme an, dass Ihr dieses Mal etwas höflicher sein werdet.«

Mondino verbeugte sich leicht in ihre Richtung, was man als Begrüßung oder als eine Art Bestätigung deuten konnte. Er trat ein und blieb in der Mitte des Raumes stehen. Die Frau klappte das Buch zu und lächelte. Dann schien sie sich doch noch auf ihre guten Manieren zu besinnen, deutete mit königlicher Geste auf die einzige Bank des Hauses an einer Längsseite des Tisches und meinte: »Setzt Euch bitte. Ihr habt mir noch nicht gesagt, wer Ihr seid.«

Mondino erklärte, dass er ein Scholar des *Studiums* sei, wobei er den Namen eines seiner Schüler nannte. Die Frau sah ihn durchdringend an und stellte sich ihrerseits vor: »Hadiya Bint Aabi Bakr, zu Euren Diensten. Aber nennt mich ruhig Adia Bintaba wie jeder hier.« Sie setzte sich in geziemendem Abstand neben ihn auf die Bank und erklärte, als wären sie erst einen Moment vorher auseinandergegangen: »Erzählt mir von der Karte.«

Mondino zog das Pergament eilig aus der Tasche; diesmal sprach er nicht von Geld. Wenn diese Frau für die Übersetzung einen Lohn wollte, würde sie ihn danach fragen müssen.

Adia nahm die Karte und studierte sie aufmerksam. »In den Versen auf Arabisch geht es um eine Hochzeit«, sagte sie und bestätigte damit die Version von Hugues de Narbonne. »Aber sie sind nicht vollständig. Es scheint, als ob einige Worte fehlen würden, denn so, wie er hier steht, ergibt der Text keinen

Sinn. Was die Karte an sich betrifft, so scheinen die Buchstaben zwischen den Löwen etwas Rotes zu bezeichnen, was mir seltsam vorkommt.«

»Warum?«

»Weil es überflüssig ist, das Wort ›rot‹ unter einen roten Punkt zu schreiben. Der Text muss noch eine andere Bedeutung haben.«

»Könnte damit vielleicht ein Ort in Spanien gemeint sein?«

Adias Gesicht erhellte sich. »Aber natürlich. Die rote Festung der Stadt Gharnata, die Ihr Granada nennt. Wahrscheinlich ist sie der Ausgangspunkt, während der nicht näher bezeichnete Punkt oben das Ziel darstellen soll.«

Hugues de Narbonne hatte die Wahrheit gesagt. Mondino ließ die Schultern hängen und sank in sich zusammen. Enttäuschung war gar kein Ausdruck für seinen Gemütszustand. Erst in diesem Moment wurde ihm klar, dass er dem Franzosen allzu bereitwillig Unlauterkeit unterstellt hatte, weil er sich wünschte, dass sich in diesen Versen eine wichtige Botschaft fand. Stattdessen war es nur eine Aneinanderreihung sinnloser Worte, und wenn sich doch etwas darin verbarg, dann höchstens Angaben, wie man einen Ort in Spanien erreichte.

»Seid Ihr ganz sicher? Ich meine, wisst Ihr, diese Karte könnte auch etwas mit Alchimie zu tun haben …«

»Wirklich?«, unterbrach Adia den Arzt, dabei leuchteten ihre Augen unergründlich. »Wollt Ihr mir vielleicht andeuten, dass es sich bei der Hochzeit in den Versen um die Vereinigung von Quecksilber mit Schwefel handelt, um das metallische Prinzip und das unentzündliche der Materie? Habe ich richtig geraten?«

»Und woher wisst Ihr all das?«, stotterte Mondino. Nun war er vollkommen verwirrt.

Eine Überraschung jagte die nächste. Diese Frau klang

nicht wie irgendeine Kräuterhexe vom Lande, ja nicht einmal wie eine Frau.

Adia stützte einen Ellenbogen auf den Tisch, öffnete den Mund zu einem Lächeln und ließ weiße regelmäßige Zähne sehen. »Ich stamme aus einer Familie von Alchimisten. Mein Vater hatte keine männlichen Nachfahren, daher hat er seine Kenntnisse an mich weitergegeben. Das ist zwar nicht gerade üblich, aber manchmal kommt es vor.«

»Der Mann, der mir Euren Namen genannt hat, hat gesagt, Ihr wärt eine Kräuterhexe«, sagte Mondino.

Adia neigte sich zu ihm hinüber und Mondino bemerkte, dass sie nicht mehr so jung war, wie er bisher angenommen hatte. Sie musste ungefähr fünfundzwanzig Jahre alt sein, und doch sah er in diesem Haus keine Anzeichen, dass sie einen Mann oder Kinder hatte. Hatte eine so schöne Frau wirklich niemanden gefunden, der sie ehelichen wollte? Oder wollte sie vielleicht gar nicht heiraten? Das schien zwar abwegig, aber sie war solch eine erstaunliche Persönlichkeit, dass er sich das bei ihr durchaus vorstellen konnte.

»Die Leute misstrauen einer Kräuterhexe«, sagte Adia ernst. »Aber noch mehr misstrauen sie einer Frau, die sich mit Wissenschaften beschäftigt. Ich habe das geringere Übel gewählt.« Sie lächelte wieder, und Mondino meinte, in ihren Augen einen Hauch von Traurigkeit zu entdecken. »Außerdem hält es die Männer im Zaum, wenn man als Kräuterhexe gilt«, fügte sie an, »die guten wie die schlechten.«

»Ich verstehe«, stotterte Mondino verlegen, nur um irgendetwas zu sagen. »Wenn Ihr also meint, dass diese Verse nichts mit Alchimie zu tun haben, kann ich Euch vertrauen.«

Adia Bintaba setzte sich auf. »Ich habe nichts dergleichen gesagt. Die Tatsache, dass auf einer Karte voller alchimistischer Symbole von einer Hochzeit die Rede ist, kann kein Zufall sein. Ich habe nur gesagt, dass diese Verse unvollständig sind. Wenn wir wüssten, welche Worte fehlen, wäre alles klarer. Habt Ihr sonst nichts? Was weiß ich, einen Brief, ein Buch … Seid ehrlich zu mir, wenn Ihr wollt, dass ich Euch helfe.«

»Diese Karte ist alles, was ich habe«, sagte Mondino achselzuckend.

»Und wie seid Ihr in ihren Besitz gekommen?«

»Das kann ich Euch nicht sagen.«

Adias Blick sagte ihm auch ohne Worte überdeutlich, was sie von diesem Mangel an Vertrauen hielt. »Das könnt Ihr also nicht sagen«, wiederholte sie nachdenklich. »Könnt Ihr mir zumindest schildern, welches Geheimnis Ihr mit dieser Karte zu entdecken hofft?«

Mondino hatte diese Frage nicht erwartet und war einen Moment sprachlos. Er wollte sie auf die richtige Spur führen in der Hoffnung, dass die Frau eine Verbindung entdeckte, die ihm entgangen war. Aber er konnte ihr gewiss nicht erzählen, was er getan hatte. Also versuchte er krampfhaft, etwas zu erfinden.

»Wie ich Euch gesagt habe, studiere ich Medizin. Ich und einige Kommilitonen stellen Forschungen über den Blutkreislauf an. Einer hatte die Idee, dass wir uns eine viel genauere Vorstellung vom Kreislaufsystem machen könnten, wenn es uns gelänge, Blut in festes Metall zu verwandeln. Nun ist diese Karte …«

»Wer hat diese Idee gehabt?«

Von dieser Bemerkung überrumpelt, sagte Mondino ohne nachzudenken: »Mein Lehrmeister, Mondino de' Liuzzi.«

»Mondino«, wiederholte Adia. »Der Schüler von Taddeo?«

»Genau der«, bestätigte der Arzt und konnte sein Erstaunen kaum verhehlen, dass dieser Frau sowohl sein Name als auch der von Taddeo Alderotti vertraut war. »Kennt Ihr ihn?«

»Nur dem Namen nach. Er ist ein Dummkopf.«

Mondinos Gesicht verfinsterte sich. »Mein Meister gilt als einer der besten lebenden Ärzte«, erwiderte er verkniffen.

Adia schien sich sehr beherrschen zu müssen, dass sie nicht laut lachte. Sie hob beschwichtigend beide Hände und sagte dann: »Ich streite seine Verdienste ja gar nicht ab. Ich habe sogar große Hochachtung vor Mondinos anatomischen Forschungen und warte mit Ungeduld auf die Abhandlung, an der er schreibt. Aber für mich bleibt er ein Dummkopf, weil er nur das Äußere betrachtet.«

»Ich kann Euch nicht folgen.«

Adia sah ihn mitleidig an. »Die Wissenschaft muss den Menschen entwickeln, so wie der Mensch die Wissenschaft entwickelt«, sagte sie dann, als ob damit alles erklärt wäre.

»Wie meint Ihr das? Erläutert mir das genauer.«

»Ich werde es in einfache Worte kleiden, damit Ihr es verstehen könnt«, erwiderte sie. Offensichtlich machte sie sich über ihn lustig. Auf einmal fühlte Mondino sich unbehaglich, als wäre er der Einzige, der einen Scherz nicht verstand. »Aber sagt mir zuerst noch eines: Warum hat Euer Lehrmeister Euch geschickt und ist nicht selbst gekommen?«

»Er hatte keine Ahnung, dass Ihr eine gelehrte Alchimistin seid«, antwortete Mondino und rutschte unruhig auf der Bank hin und her. »Und er meinte, ich wüsste genug für ein Gespräch mit einer Kräuterhexe.«

Adia starrte ihn an, doch sie lächelte jetzt nicht mehr. »Zufälligerweise habe ich als Mann verkleidet einmal eine Anatomievorlesung von Mondino de' Liuzzi besucht. Und jetzt erklärt mir, warum Ihr unter falschem Namen in mein Haus gekommen seid, Magister, und was Ihr für Erklärungen von mir erhofft.«

ZWÖLF

Als der Junge in Begleitung der beiden Helfer auftauchte, die Guido hatte rufen lassen, trug dieser schon wieder seine getrockneten Kleider und gab dem Müller mit einem Dank die geliehene Tunika zurück. Der Junge streckte die Hand aus und forderte die versprochene Münze ein.

»Ich hatte gesagt, ich würde sie dir geben, wenn du *schnell* mit meinen Freunden zurückkämst«, fertigte ihn Guido ab. »Verschwinde, ehe du meine Füße zu spüren bekommst, weil du mich so lange hast warten lassen.«

Die Kunden und Schaulustigen, die vor der Mühle standen, lachten angesichts des enttäuschten Gesichtsausdrucks des Jungen, und ein alter Mann drückte ihm zum Trost einen Kanten Brot in die Hand. Guido hatte sich indessen bereits im Laufschritt auf den Weg zur Porta Galliera gemacht – schließlich wusste er nicht, wie lange sich der Arzt bei der Kräuterhexe aufhalten würde, und er wollte die beiden unter allen Umständen überraschen.

»Wohin gehen wir?«, fragte einer der beiden Komplizen.

»Vor die Stadt«, antwortete Guido, ohne langsamer zu werden. »Wir müssen den Mann finden, der mich in den Kanal gestoßen hat.«

Durch das Fenster, unter dem er gelauscht hatte, hatte er Mondino von einer konvertierten Araberin reden hören, die eine Kräuterhexe war. Er lachte laut auf. Was wollte es schon heißen, dass sie konvertiert war, wenn die Frau Rituale vollzog, die im Widerspruch zum christlichen Glauben standen? Aber darüber würde man zu gegebener Zeit noch befinden. Im Augenblick war nur wichtig, dass er sich genau erinnerte, wo sie wohnte: irgendwo an der Bova, hatte Mondino gesagt. Dort dürfte es nicht viele Araber geben.

»Sollen wir ihn töten?«

»Nein. Derjenige, der mich bezahlt, braucht ihn lebend. Allerdings hat er nicht genau gesagt, *wie* lebendig er sein muss.«

Die andern beiden lachten. Guido bediente sich oft ihrer, wenn er Unterstützung benötigte. Sie waren zuverlässig, schreckten vor nichts zurück und wussten, wie wichtig Verschwiegenheit war.

»Seid ihr bewaffnet?«

Sein Nebenmann schob einen Zipfel seiner Tunika aus grobem Hanf zur Seite und zeigte ihm ein schmales Schwert, das er zwischen Haut und Hemd verbarg. Der andere nickte nur.

»Bei ihm wird auch eine Frau sein«, informierte Guido die beiden. »Sie ist eine Hexe.«

Das hatte er gesagt, um zu sehen, wie sie reagierten. Denn er wollte nicht, dass die Männer im entscheidenden Moment flüchteten, weil sie sich vor einem Hexenfluch fürchteten. Die beiden schwiegen einen Augenblick, dann fragte der erste: »Wie ist sie?«

»Das weiß ich nicht.«

Der andere, der bisher geschwiegen hatte, grinste: »Hoffen wir mal, dass sie jung und zart ist und keine alte vertrocknete Schlampe. Muss sie auch am Leben bleiben?«

Guido glaubte nicht, dass der Inquisitor etwas dagegen einzuwenden hätte, wenn sie sich ein wenig mit der Hexe vergnügten.

»Nein«, erwiderte er. »Die braucht niemand.«

Bei näherer Überlegung stellte Mondino allerdings ebenfalls ein Problem dar, wenn er am Leben blieb. Er war ein bedeutender Mann, ein Magister des *Studiums*, der ihn anzeigen und verhaften lassen könnte. Guido wusste genau, dass der Inquisitor sich, falls es Probleme gab, niemals gegen die Richter der Stadt stellen würde, um ihn zu verteidigen. Er musste schon selbst dafür sorgen, dass er nicht zu Schaden kam.

Guido überlegte noch ein wenig, doch als sie Porta Galliera erreichten, hatte er seine Entscheidung getroffen. Er würde Mondino ebenfalls töten. Danach würde er dem Inquisitor berichten, man hätte ihn entdeckt, und er hätte sich verteidigen müssen, um sein Leben zu retten. Uberto da Rimini wäre bestimmt aufgebracht, aber ihm würde nichts anderes übrig bleiben, als sich den Tatsachen zu beugen.

Endlich erschien ein Lächeln auf Guidos Lippen. Dieser Morgen würde doch noch ein erfreuliches Ende finden.

Adia Bintaba ging zum Kamin im Hintergrund des Zimmers, nahm einen seltsam geformten Topf hoch, der dort neben der Glut stand, und meinte: »Ich vergesse meine Pflichten als Hausherrin. Bitte, nehmt ein Getränk aus meiner Heimat an.«

Sie goss aus dem kleinen Topf eine bernsteinfarbene Flüssigkeit in zwei Zinntassen und kam zum Tisch zurück. »Es heißt *atay*«, sagte sie. »Man sagt, es sei vor Jahrhunderten aus dem fernen China nach Arabien gekommen. Es ist außerordentlich gesund, es klärt den Kopf und bekämpft Vergiftungserscheinungen.«

Mondino führte die Tasse an seine Lippen und kostete einen Schluck. »Und es schmeckt auch gut«, sagte er überrascht. »Danke. Aber ich bitte Euch, lasst uns zum Thema zurückkommen. Ich möchte ja nicht unhöflich erscheinen, aber es ist nun einmal so, dass meine Zeit aus Gründen, die ich Euch nicht erklären kann, knapp bemessen ist.«

Inzwischen hatte er ihr alles enthüllt. Unter ihrem eindringlichen Blick hatte er zugegeben, dass er wirklich Mondino de' Liuzzi war und ihr ohne etwas zu verheimlichen erklärt, warum er zu ihr gekommen war und wonach er genau suchte. Er hatte ihr auch von Wilhelm von Trier erzählt, ohne allzu sehr in die Einzelheiten zu gehen, und hatte es vermieden zu erwähnen, wie oft er in diesen Tagen gegen das Gesetz verstoßen hatte. Er vertraute dieser Frau instinktiv, doch seine Vorsicht lehrte ihn, darin nicht zu weit zu gehen.

Adia trank einen Schluck von diesem *atay*, dann noch einen, und genoss ihn sichtlich. »Zeit müssen wir nutzen und sollten uns nicht von ihr benutzen lassen«, sagte sie. »Sonst wird sie für uns zum Gefängnis. Beruhigt Euch also und hört mir bitte zu.«

»Sprecht!«

»Ihr wollt wissen, wem es gelungen ist, das Herz dieses Tempelritters in einen Eisenblock zu verwandeln«, sagte Adia. »Ich kann Euch nur eins dazu sagen, und zwar, dass es sich um eine verzerrte Anwendung der alchimistischen Prinzipien handelt. Dieser Weg führt zu nichts Gutem. Ihr solltet ihn verlassen.«

Mondino spürte, wie sein Gesicht vor Zorn errötete. Ihr belehrender Ton behagte ihm gar nicht. »Das glaube ich nicht«, sagte er, stützte sich energisch mit den Ellenbogen auf den Tisch und sah sie an. »Die Anwendung ist abwegig, weil man sie benutzt hat, um einen Mord zu begehen, aber die wissenschaftlichen Kenntnisse, durch die man diese Verwandlung bewirken kann, sind an und für sich weder gut noch schlecht.«

Adia seufzte, als hätte sie ein störrisches Kind vor sich.

»Ich gebe Euch ein Beispiel. Stellen wir uns vor, Euer Lebensziel wäre es, den Gipfel eines Berges zu erobern, gut?«

»Sicher. Fahrt fort.«

»Ihr macht Euch an den Aufstieg, leidet unter Kälte und Hunger. Wilde Tiere und Räuber bedrohen Euch. Auf Eurem Weg kommt Ihr an den Hütten von Schäfern und Holzfällern vorbei, die Euch Gastfreundschaft und Stärkung bieten. Ihr zeigt Euch erkenntlich, indem Ihr ihnen ein wenig bei ihrer

Arbeit helft, sie von Krankheiten heilt – schließlich seid Ihr ja Arzt –, dann verabschiedet Ihr Euch und wandert weiter. Bis Ihr eines Tages entdeckt, dass Ihr wirklich auf dem Gipfel angekommen seid. Wie fühlt Ihr Euch?«

»Ich nehme an, zufrieden. Aber ich verstehe den Sinn dieses Beispiels nicht, und wie ich Euch gerade gesagt …

»Ich bin noch nicht fertig. Auf der anderen Seite des Berges gibt es einen Mann, der das gleiche Ziel wie Ihr verfolgt. Er macht sich an den Aufstieg, und um sich gegen die Kälte zu schützen, stiehlt er dem ersten Holzfäller, dem er begegnet, Kleider und Decken. Um zu essen zu haben, tötet er die Tiere eines Schäfers und als der ihn ertappt, auch den Hirten. Um nicht allein zu sein, entführt er dessen Witwe, schleppt sie einige Tage mit sich, ungeachtet ihrer Tränen. Als er ihrer überdrüssig ist, lässt er sie allein im Wald zurück und steigt weiter hinauf. Er trifft auf andere Schäfer und Holzfäller, und allen nimmt er etwas, oft sogar ihr Leben, ohne etwas zurückzugeben. Eines Tages erreicht auch er den Gipfel des Berges, und zwar genau in dem Moment, als Ihr dort angekommen seid.« Adia unterbrach sich und sah ihm direkt in die Augen. »Das Ergebnis ist das Gleiche, sogar zum gleichen Zeitpunkt. Aber wollt Ihr wirklich behaupten, dass es keine Rolle spielt, mit welchen Mitteln es erreicht wurde und dass für beide das Ziel an und für sich weder gut noch schlecht ist?«

Ein Teil seines Verstandes bewunderte die Klarheit, mit der Adia ihren Gedanken erläutert hatte. Dennoch ertrug er es nicht, dass sie es auf seine Kosten getan hatte. Er, der bekannte *magister medicinae*, den man in Italien und sogar in Frankreich ehrte, wurde von einer Frau in Bedrängnis gebracht. Aus reiner Arroganz beschloss er, nicht darauf zu antworten.

»Ich bin nicht hierhergekommen, um mit Euch philosophische Diskurse zu führen, Madonna«, sagte er. »Ich hatte Euch ursprünglich eine andere Frage gestellt. Könnt Ihr mir sagen, wie es möglich ist, das Blut und die Adern eines menschlichen Herzens in Eisen zu verwandeln? Und wer so etwas erreicht haben könnte?«

Adia seufzte noch einmal betont laut. Wie es schien, amüsierte sie sich immer noch auf seine Kosten.

»Abu Ali al-Husain Ibn Sina, den Ihr unter dem Namen Avicenna kennt«, sagte sie, »würde jetzt anführen, dass die Kenntnis von etwas nicht vollkommen ist, solange man ihre Ursachen nicht kennt. Stimmt Ihr dem zu?«

»Ja, aber was hat das mit meinen Fragen zu tun?«

»Ich kann Euch nicht viel über den Vorgang sagen, der nötig ist, um menschliches Blut erst in Eisen und dann in Gold zu verwandeln, aber …«

»In Gold?«, unterbrach sie Mondino zweifelnd.

»Ja, in Gold. Ihr seid doch ein Arzt? Dann müsst Ihr die Werke von Jabir ibn Hayyan kennen, den Ihr Geber nennt, von Michele Scoto, Arnaldo da Villanova, Albertus Magnus …«

»Die kenne ich«, erwiderte Mondino gereizt. »Doch an der Universität lehren die moderneren Magister, dass man aus der Alchimie nur das für die Medizin Nützliche nehmen und den Rest verwerfen soll. Ich habe selbst die Rezeptur von Michele Scoto zur Verwandlung von Blei in Gold ausprobiert, jedoch ohne brauchbare Ergebnisse.«

»Tatsächlich?«, sagte Adia. »Und was genau habt Ihr getan?«

»Ich bin Schritt für Schritt seinen Anweisungen gefolgt. Ich habe das Blei genommen, es dreimal mit Kalk, rotem Arsen, sublimiertem Vitriol und Alaunzucker geschmolzen, es dann in den Saft von Meermelde und wilder Gurke gelegt. Danach …«

»… hat sich das Blei nicht in Gold verwandelt«, unterbrach sie ihn wieder, »und Ihr habt daraus geschlossen, die Rezeptur sei falsch.«

»Genau.«

»Nun, Ihr irrt Euch.«

Mondino wurde allmählich wütend. Adia Bintaba mochte sich mit Wissenschaft befassen, dennoch zeigte sie die übliche weibliche Neigung, nicht die Tatsachen zu berücksichtigen, sondern nur den eigenen Ideen anzuhängen.

»Etwas kann nicht wahr sein, wenn die Erfahrung lehrt, dass es falsch ist«, erwiderte er trocken.

»Will Euch denn wirklich nicht in den Kopf, dass das Ergebnis nicht nur von der Rezeptur abhängt, sondern auch von demjenigen, der sie anwendet?«, antwortete sie aufgebracht. »Ihr weigert Euch, diese Grundwahrheit zu akzeptieren – und das, obwohl Ihr ein kluger Mann seid. In der Alchimie ist der wissenschaftliche Fortschritt der Spiegel des inneren Fortschritts. Ein Alchimist, der seine persönlichen Eigenschaften nicht vervollkommnet hat, kann lange den Formeln und Verfahren aus den Büchern folgen. Er wird erfolglos bleiben.«

Mondino beschloss, dass dieses Spiel nun schon zu lange währte. »Hört, Madonna Adia«, sagte er streng. »Ich würde ja gern hier bei Euch bleiben und mit Euch diskutieren, aber wie ich Euch bereits gesagt habe, ist meine Zeit knapp bemessen. Habt Ihr nun eine Vorstellung, wie jemand diesen deutschen Tempelritter auf so unmenschliche Weise getötet haben kann, ja oder nein?«

Adia brach in herzliches Gelächter aus, und Mondino spürte, wie er glühend rot wurde. Er hatte den Weg umsonst gemacht: Nun hatte er beinahe einen ganzen Vormittag der beiden Tage, die ihm blieben, verloren. Er konnte es sich nicht leisten, länger hier zu verweilen und sich von dieser Frau zum Narren machen zu lassen.

»Natürlich habe ich davon eine Vorstellung«, sagte Adia, als sie aufgehört hatte zu lachen. »Und ich versuche schon eine Weile, sie Euch darzulegen, aber Ihr lasst mich ja nicht zu Wort kommen.«

»Ich lasse Euch nicht zu Wort kommen? Das ist die Höhe!«

Die Frau wurde ernst. »Das genügt. Ich habe nicht den ganzen Tag für Euch Zeit. Entweder Ihr schweigt jetzt und hört mir zu oder Ihr geht.«

Mondinos Meinung über Frauen in der Wissenschaft verschlechterte sich zusehends. Am liebsten hätte er ihr den Rücken gekehrt und umgehend das Haus verlassen. Dennoch zwang er sich dazu, Ruhe zu bewahren. Da er schon einmal hier war, konnte er ebenso gut bis zum Ende zuhören.

»Sprecht«, sagte er.

Adia warf ihm einen ironischen Blick zu. »Wie ich bereits sagte: Ihr begreift nichts von diesem Rätsel, wenn Ihr Euch nicht bemüht, seine Ursachen zu verstehen. Ihr müsst wissen, dass der Weg zum Haus Gottes, also zur Vervollkommnung der Seele und der Materie, die die Alchimie verfolgt, nicht festgelegt ist. Das Ziel bleibt immer gleich, doch die Wege dorthin können unterschiedlich sein, wie in dem Beispiel mit dem Berg, das ich Euch vorhin gegeben habe. Der bekannteste ist der, unedle Metalle in Gold zu verwandeln.« Mondino wollte etwas erwidern, doch sie hielt ihn mit einer Handbewegung auf. »Um solch ein Ergebnis zu erreichen, genügt es nicht, eine Abhandlung zu lesen oder eine Rezeptur anzuwenden, wie Ihr es getan habt. Die Verwandlung von Metallen ist wie ein Gradmesser. Je höher die Vollkommenheit ist, die die Seele erreicht hat, desto mehr nähert sich die Verwandlung der Vollendung. Könnt Ihr mir bis hierhin folgen?«

Mondino nickte, und sie fuhr fort: » Wie ich Euch gesagt habe, kann eine unreine Seele unmöglich die vollkommene Verwandlung erreichen. Dennoch gibt es Menschen, die dies nicht akzeptieren wollen, die nach der Macht um der Macht willen streben; Menschen, die das *al-iksir* – bei Euch nennt man es ›Lebenselixier‹ – erschaffen wollen, indem sie die Übergänge erzwingen. Sie paktieren mit dunklen Mächten, und selbst wenn sie niemals die Vollkommenheit erreichen können, erlangen sie doch manchmal auf diesem Weg gewisse Kräfte. Sie genießen für einen kurzen Augenblick die Illusion eines Sieges, doch dann wenden sich die gleichen Kräfte unausweichlich gegen sie und töten sie. Um die Mächte der Natur zu kontrollieren, muss die Seele im Einklang mit dem Universum sein. Ist die Seele allerdings verschlossen, zerquetschen diese Mächte sie wie eine Nuss, wenn sie erst einmal geweckt sind. Dies geschieht jedoch nicht etwa aus Bosheit, nein, sondern einzig und allein deshalb, weil es in ihrer Natur liegt.«

»Kommt bitte zum Wesentlichen«, sagte Mondino.

»Ich bin überzeugt«, sagte Adia, »dass der Mann, nach dem Ihr sucht, das Verfahren gefunden hat, menschliches Blut in *Materia prima*, also die Ursubstanz, und erst danach in Eisen umzuwandeln. Und dann ist es ihm vielleicht gelungen, aus diesem alchimistischen Eisen, einem Stoff, der sich übrigens grundlegend von gewöhnlichem Eisen unterscheidet, Gold zu gewinnen.«

»Aber habt Ihr nicht gesagt, dass es einer unreinen Seele nicht möglich ist, diese Umwandlung durchzuführen?«, fragte Mondino, der gegen seinen Willen neugierig geworden war.

»In der Tat. Wenn er sich nicht von dunklen Mächten helfen lässt, wie ich gerade sagte. Ich glaube, dass der Templer aus diesem Grund getötet wurde. In einer so abwegigen Verwandlung ist Mord wahrscheinlich ein unverzichtbarer Bestandteil.«

Adia sprach von mit schwarzer Magie verbundener Alchimie und dies mit genaueren Begründungen als Uberto da Rimini sie ihm gegeben hatte. Im Kern unterschied sie sich jedoch nicht von ihm. Mondino lauschte stumm. Sein wissenschaftlicher Verstand wehrte sich gegen die Vorstellung, dass so etwas möglich sein könnte, doch hier ging es nicht darum, ob er daran glaubte oder nicht. Sondern ob vielleicht jemand anders daran geglaubt hatte. Wenn dies stimmte, waren die beiden getöteten Tempelritter nichts anderes als die Versuche eines verdorbenen Alchimisten, die Verwandlung von Metallen zu erreichen. In diesem Fall brach die These, es hätte sich um eine Falle oder Rache gehandelt, in sich zusammen. Dies würde wiederum bedeuten, dass Gerardo sich vergeblich bemühte, wenn er nach den Templern suchte, die erst vor kurzer Zeit nach Bologna gekommen waren.

Also war noch mehr kostbare Zeit verschwendet. Er musste sofort gehen.

Gerade als Mondino sich verabschieden wollte, wurde die Tür mit einem Fußtritt weit aufgestoßen, und drei Männer betraten den Raum. Mondino erkannte sogleich den untersetzten Mann, den er in den Kanal geworfen hatte. Die anderen beiden waren zwei Galgenstricke, in deren Augen ein obszönes Funkeln aufleuchtete, als sie Adias ansichtig wurden. Alle drei waren mit langen Dolchen bewaffnet.

»Keiner rührt sich!«, sagte der untersetzte Mann, der ihr Anführer zu sein schien. »Ihr und die Hexe seid verhaftet.«

Gerardo stand vom Küchentisch auf und begann unter den besorgten Blicken Fiammas und der Mägde auf und ab zu laufen. Er hatte gerade von dem Becher Milch genippt, den ihm die Herrin des Hauses angeboten hatte, während er ihr zuhörte. Nun wusste er nicht mehr, was er denken sollte.

An diesem Morgen war Fiamma wie jeden Tag zu ihrem Adoptivvater gegangen, um ihn zu wecken. Sie hatte einige Male geklopft und schließlich, als sie keine Antwort bekam, die Tür zu seinem Zimmer geöffnet. Das Bett war unberührt gewesen und ihr Vater nicht dort. Sie hatte ihn im ganzen Haus gesucht, ihn jedoch nicht gefunden. Niemand hatte ihn das Haus verlassen sehen, und die Vordertür war von innen verriegelt. Falls Remigio hinausgegangen war, hatte er dies nur durch die Tür hinter der Küche tun können, die auf den Hof ging, in dem sie Hühner und Schweine hielten. Fiamma und die beiden jungen Mägde hatten dort nachgeschaut und beim Öffnen der Tür in der Hofmauer zur Gasse hin die Leiche des Bettlers entdeckt. Sie waren noch damit beschäftigt zu begreifen, was geschehen war, als Gerardo auftauchte.

»Glaubt Ihr, dass Euer Vater ihn getötet hat?«, fragte der junge Mann.

Fiamma sah ihn misstrauisch an. »Wenn er es getan hat, dann nur, um sich zu verteidigen. Vielleicht hat der Mann ihn ja angegriffen, um ihn zu berauben, als er ihn herauskommen sah. Das Verschwinden meines Vaters und der Tod des Bettlers können aber genauso gut nichts miteinander zu tun haben.«

Gerardo schüttelte den Kopf. Die Wahrscheinlichkeit, dass das mysteriöse Verschwinden Remigio Sensis und die Leiche des verkrüppelten Bettlers hinter seinem Haus nichts miteinander zu tun hatten und nur eine Laune des Schicksals waren, ging praktisch gegen null.

Gerardo lief weiter zwischen Tisch und Kamin auf und ab. Fiamma erteilte den beiden jungen Mädchen in harschem Ton Anweisungen für das Mittagessen. Vielleicht wollte sie sie beschäftigen oder sie versuchte, sich damit selbst zu überzeugen, dass alles bald wieder seinen normalen Gang gehen würde. Doch Gerardo glaubte nicht daran.

Der Krüppel hatte den anderen Bettlern gesagt, er würde bald reich sein. Offensichtlich wusste er etwas über den Mord an dem deutschen Tempelritter und hatte versucht, sich für sein Schweigen bezahlen zu lassen – was ihm jedoch übel bekommen war. Falls Remigio ihn getötet hatte, wofür alles sprach, bedeutete dies, dass der Bankier in das Geheimnis um das Herz aus Eisen verwickelt war. Vielleicht war er ja der Mörder der beiden Tempelritter und nicht Hugues de Narbonne, wie Gerardo bis zu diesem Moment geglaubt hatte. Doch warum hatte der Bankier sein Haus dann heimlich wie ein Dieb durch die Hintertür verlassen?

Es war ungeheuer wichtig, ihn schnell zu finden, und das nicht nur, um Fiammas Sorgen zu lindern. Und wenn Remigio Hugues de Narbonnes Komplize war? Vielleicht war er ja zu ihm gegangen, nachdem er den Bettler getötet hatte. Das konnte sein … Schließlich hatte Remigio ihm Hugues vorgestellt, was wiederum bedeutete, dass die beiden einander bereits kannten. Sollte sich der Tempelritter inzwischen erholt und der Bankier ihn vom Bett losgebunden haben, liefen Gerardo und Mondino Gefahr, auf einen Schlag jede Möglichkeit zu verlieren, sich gegen die Beschuldigungen zu rechtfertigen.

Gerardo blieb ruckartig stehen und schlug mit der Faust auf den Tisch. Die drei Frauen drehten sich gleichzeitig erschrocken um.

»Verzeiht mir«, sagte er. »Aber mir ist etwas eingefallen, was ich überprüfen muss. Madonna Fiamma, ich werde alles tun, was in meiner Macht steht, um Euch dabei zu helfen, Euren Vater zu finden. Ich muss jetzt gehen, aber ich werde so bald wie möglich zurückkommen.«

Fiamma stellte ihm keine Fragen und begleitete ihn zur Vordertür. Die beiden Diener lungerten draußen herum und wussten nicht genau, was sie tun sollten. Gerardo wollte sich gerade verabschieden, als die junge Frau impulsiv seine Hände ergriff. »Remigio Sensi ist nicht mein Vater«, sagte sie ernst.

»Ich weiß, Madonna, das habe ich nur der Kürze wegen gesagt.«

Fiamma schüttelte heftig den Kopf, wobei noch mehr blonde Haare unter der Haube hervorquollen. »Darum geht es nicht. Ich wollte Euch nur sagen, dass Ihr keine Angst haben braucht, mich zu verletzen oder zu erschüttern, wenn Ihr mir die Wahrheit sagt. Glaubt Ihr wirklich, dass er diesen Bettler getötet hat?«

In einem Augenblick gingen Gerardo mehrere mögliche Antworten durch den Kopf, doch schließlich beschloss er, aufrichtig zu sein.

»Alles deutet darauf hin, dass es so ist, Madonna. Dennoch sollte man keine vorschnellen Urteile äußern, bevor wir ihn nicht gefunden haben.«

Beide bemerkten in diesem Augenblick, dass sie ihre Hände noch ineinander verschlungen hielten. Verlegen lösten sie sie, und Gerardo entfernte sich ohne ein weiteres Wort, doch mit klopfendem Herzen.

Er spürte Fiammas Augen auf seinem Rücken, dennoch widerstand er der Versuchung, sich noch einmal umzudrehen. Verwirrt dachte er an sein Gelübde, erwog die Möglichkeit, das Mönchshabit aufzugeben und sich zu verheiraten, erinnerte sich an die Tatsache, dass er diese wunderschöne junge Frau mit der Narbe im Gesicht niemals um ihre Hand bitten konnte, nachdem er ihren Vater als Mörder entlarvt hatte. In diese Gedanken versunken, prallte er gegen einen Passanten, der in die entgegengesetzte Richtung lief. Der Mann, seiner Kleidung nach ein Edelmann, ließ einen Hagel von Beschimpfungen gegen ihn hören. Er hatte bereits den Befehl auf den Lippen, dass seine beiden Diener dem Tagträumer eine Lektion erteilen sollten, als ein paar Schritte weiter jemand losschrie.

»Das ist er!«, brüllte Gerardos ehemaliger Hauswirt und zeigte anklagend mit dem Finger auf ihn. »Der hat mein Haus angezündet! Packt ihn! Brandstifter!«

Gerardo wich der ersten Wache aus, die versuchte, ihn zu packen, und rannte los. Aus dem Augenwinkel sah er noch, wie Fiamma auf die Straße lief und versuchte, sich zwischen ihn und seine Verfolger zu stellen, doch erfolglos. Plötzlich packte ihn jemand an der Schulter, er fiel zu Boden und erkannte einen der beiden Diener des Edelmanns über sich. Kurz danach hatte der andere ihn ebenfalls eingeholt und versetzte ihm einen Fußtritt in die Seite, dann noch einen und einen dritten.

Unter Schmerzen hörte Gerardo Fiamma schreien und dachte, dass nun alles verloren war. Er würde nicht zwischen der göttlichen oder der irdischen Liebe wählen müssen, sondern am Galgen enden.

»Verhaftet? Und in wessen Namen bitte?«, fragte Mondino und stellte sich schützend vor Adia. »Es ist mir nicht bekannt, dass der Capitano del Popolo sich Halunken bedient, um Gerechtigkeit zu üben.«

Der Mann warf sich in die Brust und drückte den Rücken durch. »Ich bin Guido Arlotti, Beamter für besondere Aufgaben in Diensten von Pater Uberto da Rimini, Inquisitor von Bologna. Lasst Euch widerstandslos die Hände binden; dann wird auch niemand verletzt.«

Einer seiner Begleiter nahm ein Stück Schnur, das er statt eines Gürtels um sein Gewand gebunden hatte, aber er wartete erst auf Befehle und rührte sich nicht. Mondino sah sich nach einem Fluchtweg um. Guido Arlotti stand zwar in den Diensten des Inquisitors, doch ob es sich hier um einen offiziellen Auftrag handelte, war sehr fraglich. Die Kirche exponierte sich nicht gern in solchen Angelegenheiten und würde nicht offen die Justiz der Stadt übergehen, indem sie einen Beamten schickte, um ihn zu verhaften. Guido Arlotti musste diese List ausgeheckt haben, um ihn gefahrlos fesseln zu können. Dann wollte er ihn für das Bad im Kanal büßen lassen und würde Adia etwas antun. Seine beiden Begleiter verschlangen sie bereits mit den Augen.

Sichtlich unbeeindruckt und nicht im Geringsten verängstigt, trat die Alchimistin einen Schritt vor und sagte gelassen: »Verschwindet sofort, dann geschieht euch kein Leid.«

Die beiden Schergen lachten lauthals, schienen sich aber doch etwas unwohl in ihrer Haut zu fühlen und sahen zu ihrem Anführer hinüber.

»Glaubt Ihr wirklich, Ihr könntet uns mit Euren Hexenkünsten erschrecken?«, sagte Guido Arlotti verächtlich. Dann ging er entschlossen auf Mondino zu.

Statt einer Antwort stieß Adia einen langen Pfiff aus und rief etwas auf Arabisch. Die drei schauten sich verblüfft an, aber ihre Verwirrung währte nur kurz, denn hinter ihnen drängten sich die zwei grauen Molosser nebeneinander durch die Tür. Ohne ein Jaulen oder ein Knurren stürzten sie sich auf die Männer und packten sie mit ihren Zähnen an den Schultern.

In einem Augenblick füllte sich der Raum mit Schreien und Lärm. Guido Arlotti, der vor seinen Komplizen stand, drehte sich um, um zu sehen, was da vorging. Mondino nutzte diese Gelegenheit, um sich auf ihn zu stürzen und seinen Arm, mit dem er die Waffe hielt, festzuhalten. Der andere führte einen Hieb gegen ihn, aber Mondino gelang es, Guido ein Knie in den Unterleib zu rammen, so dass diesem der Dolch entglitt. Beide gingen zu Boden und rollten ineinander verschlungen durch den Raum.

Mondino wusste weder, was um ihn herum geschah, noch, wo Adia war. Ob die Hunde oder die Männer die Oberhand behalten hatten, vermochte er nicht zu sagen. Er sah nur die großen Hände von Guido, die versuchten, ihn zu schlagen, ihm ein Auge auszukratzen oder ihn an der Kehle zu packen, und er konzentrierte seine ganze Aufmerksamkeit darauf, ihn daran zu hindern. Es gelang ihm, seinen Gegner mit dem Ellenbogen unterhalb des Wangenknochens zu treffen und ihm ein wütendes Knurren zu entlocken. Doch Mondinos Triumph währte nur kurz, da Guido ihm einen heftigen Kopfstoß versetzte, durch den er beinahe die Besinnung verlor, doch seltsamerweise war es Arlotti, der nun vor Schmerz schrie und von ihm abließ. Während er keuchend auf dem Boden lag und versuchte aufzustehen, spürte Mondino die Klinge des Dolchs unter seiner Hand. Er packte ihn und setzte sich auf, benommen, aber bereit, sich zu verteidigen.

Mit grimmig zusammengepressten Kiefern und dem Dolch in der Hand sah er sich um. Guido Arlottis Spießgesellen lagen blutend und verletzt auf dem Boden. Ihre Kleidung war zerfetzt, und sie hatten auch ihre Dolche nicht mehr, die nun auf dem Tisch hinter Adia lagen. Die beiden Molosser bewachten sie lautlos mit ihren roten Augen und dem traurig hängenden Maul. Sie schienen bereit, bei der kleinsten Bewegung von ihnen sofort loszuspringen. Guido Arlotti saß auf dem Boden und massierte sich zitternd vor Wut den Nacken. Adia Bintaba hatte ihm einen Stock über den Kopf gezogen und sah ihn nun herausfordernd an.

Trotz ihrer Lage konnte Mondino nicht umhin, sie in dieser kriegerischen Pose wunderschön zu finden. Er stand mühsam auf, klopfte sich den Staub vom Gewand und ging zu Guido. »Werdet Ihr uns jetzt sagen, wer Euch schickt und warum?«, sagte er drohend.

Der Mann spuckte ihm vor die Füße. »Zur Hölle mit Euch und dieser Hure!«

Mondino beugte sich hinunter und wollte ihn am Hals packen, doch Adia hielt ihn auf, indem sie mit dem Stock seine Brust berührte.

»Das reicht«, sagte sie. »Ihr habt schon genügend Unruhe in mein Haus gebracht.«

Mondino hatte nicht die Absicht, in dieser angespannten Situation Befehle von ihr entgegenzunehmen. »Verzeiht«, sagte er und beherrschte sich nur mühsam. »Ich muss aber unter allen Umständen wissen, warum mir dieser Mann seit gestern

Abend wie ein Schatten folgt. Es ist außerordentlich wichtig.«

»Was in meinem Hause wichtig ist, entscheide ich«, erwiderte Adia. »Ihr drei, raus mit euch. Sonst sage ich meinen Mastinos, sie sollen euch angreifen.«

Sie hob gebieterisch den Stock, worauf die beiden Männer auf der anderen Seite des Zimmers vorsichtig und unter Schmerzen aufstanden. Einem war der halbe Arm zerfleischt worden, der andere verlor Blut aus dem Oberschenkel. Guido Arlotti hatte als einziger keine Bisswunden, dafür jedoch zahllose Blutergüsse im Gesicht und auf den Armen. Mondino konnte sich denken, dass er selbst keinen Deut besser aussah.

»Madonna«, sagte er etwas höflicher. »Die Informationen, über die dieser Mann verfügt, sind überaus wichtig für mich. Es kann sogar eine Frage von Leben und Tod sein.«

Adia sagte zwei Worte auf Arabisch, daraufhin kamen die Hunde zu ihr und legten sich zu ihren Füßen hin. »Geht«, sagte sie dann zu den drei Angreifern. »Und zwar schnell, bevor ich es mir anders überlege.«

Die drei schwankten hastig zur Tür, und im Nu waren sie unter den wachsamen Blicken Adias und der Hunde draußen. Als sie so weit entfernt waren, dass sie sich sicher fühlte, schrie Guido Arlotti: »Wir sehen uns wieder, Hexe! Du wirst auf dem Scheiterhaufen brennen mitsamt deinen Höllenhunden!«

Dann drehte er sich um und schloss zu den anderen auf, die zu übel zugerichtet waren, um laut Rache zu schwören.

»Es war ein Fehler, sie gehen zu lassen«, sagte Mondino, während er die drei Männer beobachtete, wie sie sich entfernten. »Jetzt seid Ihr ebenfalls in Gefahr.«

»Und was hätte ich Eurer Meinung nach tun sollen?«, erwiderte Adia. Sie legte den Stock auf den Boden und beugte sich über ihre beiden Mastinos, um sie auf Verletzungen zu untersuchen. »Sie töten?«

»Nein, aber …«

»Was aber? Wie hätte ich sie sonst daran hindern können, dem Inquisitor von mir zu erzählen? Die korrekte Anwendung von Alchimie sieht keine Morde vor, Magister. Ich dachte, ich hätte mich klar genug ausgedrückt.«

»Und was werdet Ihr nun tun?«

Adia schaute sich traurig im Zimmer um. Zahlreiche Bücher waren zu Boden gefallen und die Bank war umgeworfen, doch die seltsame Ordnung, die Mondino bei seiner Ankunft aufgefallen war, schien durch den Angriff der Fremden nicht weiter gestört worden zu sein.

»Ich habe mich hier wohl gefühlt«, sagte sie mit einem Hauch von Wehmut in der Stimme. »Aber jetzt ist der Moment gekommen, unverzüglich von hier wegzugehen.«

»Ihr wollt sofort gehen?«, fragte Mondino überrascht. »Für immer?«

»Ein Mann, der offenbar im Dienste der Inquisition steht, hat mich gerade beschuldigt, eine Hexe zu sein. Das sollte man nicht auf die leichte Schulter nehmen, meint Ihr nicht auch?«

Sie hatte Recht, obwohl die Gefahr vielleicht nicht so unmittelbar bevorstand, wie sie zu glauben schien. Uberto da Rimini hatte im Augenblick nichts als den Prozess gegen die Tempelritter im Kopf, und bevor er Lust haben würde, sich mit einer Frau vom Land zu beschäftigen, die er für eine einfache Kräuterhexe halten musste, würde einige Zeit vergehen.

»Und Ihr lasst alles hier zurück? All dieses … Wissen.« Mondino hatte kein besseres Wort gefunden, um das zu beschreiben, was er sah.

Adia lächelte. »Ich werde so viel wie möglich mit mir nehmen. Das Übrige hinterlasse ich den Besitzern des Hauses zum Ausgleich für das, was ich ihnen noch schulde. Mir bleibt keine Zeit, zu ihnen zu gehen und abzurechnen.«

»Und wohin wollt Ihr jetzt?«

»Zum Hafen von Corticella. Jemand, dem ich vertraue, wird mich dort aufnehmen, bis ich einen Platz auf einem Schiff nach Venedig gefunden habe. Und was ist mit Euch?«

»Wie meint Ihr das?«

»Der Rückweg nach Bologna ist nicht sicher. Diese Männer schienen zwar zu übel zugerichtet, um etwas zu unternehmen, aber sie könnten Euch dennoch an einer einsamen Stelle auflauern. Und Ihr allein hättet nur geringe Chancen gegen sie, selbst wenn sie unbewaffnet sind.«

Mondino hatte eine seltsame Traurigkeit bei der Nachricht beschlichen, dass Adia für immer fortgehen würde. Doch bei diesen Worten flammte seine Wut erneut auf.

»Wenn mir diese Gefahr droht, verdanke ich das nur Euch, weil Ihr sie habt gehen lassen«, sagte er trocken.

»Genau das wollte ich Euch gerade sagen«, erwiderte Adia gelassen. »Ich fühle mich in gewisser Weise für Eure Sicherheit verantwortlich, deshalb biete ich Euch an, mit mir gemeinsam zu gehen. Zu zweit und mit den Hunden wird uns nichts geschehen.«

»Aber ich muss in die entgegengesetzte Richtung.«

Sie seufzte ungeduldig. »Seid Ihr wirklich so begriffsstutzig oder tut Ihr das absichtlich, um mich zu ärgern? Es stimmt, Ihr macht einen Umweg, aber dafür bringt Ihr nicht Euer Leben in Gefahr. Von Corticella aus könnt Ihr ein Boot auf dem Navile-Kanal nehmen, um nach Bologna zurückzukehren. Insgesamt werdet Ihr höchstens eine Stunde verlieren. Habt Ihr es denn so eilig?«

»Nein, Euer Entschluss hat mich nur überrascht. Wenn ich an mein Heim, an meine Bücher denke … Kann man das alles wirklich so einfach zurücklassen?«, fragte Mondino eindringlich. »Ohne Trauer, ohne weiter daran zu denken?«

Adias Blick verlor sich. »Das war nicht das erste Mal, dass ich fliehen und alles zurücklassen musste. Obwohl ich zum christlichen Glauben konvertiert bin, bin ich überall, wohin ich gehe, nur geduldet«, fuhr sie mit einem verkrampften Lächeln fort. »Wenigstens sehe ich so immer wieder neue Orte, lerne die Welt kennen und begegne vielen Menschen, die wie ich nach der Wahrheit suchen.«

Mondino wollte sie eigentlich fragen, welche Wahrheit sie meinte, aber dies war weder der richtige Ort noch der richtige Zeitpunkt dafür.

»Ich nehme Euer Angebot an, Madonna«, sagte er und gab sich einen Ruck. »Wenn Ihr erlaubt, werde ich Euch beim Packen helfen.«

Adias Lippen öffneten sich zu einem Lächeln. »Das ist das erste freundliche Wort, seit Ihr hierhergekommen seid.«

DREIZEHN

Gerardo hörte in der Ferne einen Riegel im Schloss und öffnete die Augen. In der Zelle war es jedoch stockfinster. Sein Gesicht war von den Fausthieben und Fußtritten stark angeschwollen, und bei jeder Bewegung spürte er starke Schmerzen.

Er wusste nicht, wie viel Zeit vergangen war. Jetzt bemerkte er wieder den stechenden Kotgeruch, der von einer Schicht fauligem Stroh in der Ecke aufstieg. Er war ihm bereits aufgefallen, als er die Zelle betreten hatte. Gerardo hatte sich auf den nackten Boden gelegt, möglichst weit von diesem Haufen Unrat entfernt, und nach einer Weile hatte nicht einmal die Sorge um die eigene verzweifelte Lage ihn vom Schlafen abhalten können.

Bei dem Versuch aufzustehen stieß er sich den Kopf. Er hatte nicht bedacht, dass die Decke weniger als fünf Fuß hoch war und man dort nicht stehen konnte. Luft kam durch eine kleine Öffnung neben der Tür, die auch dazu diente, dem Gefangenen das Essen durchzureichen. Zumindest nahm Gerardo das an, denn seit seinem Eintreffen hatte man ihm weder Trank noch Speise gegeben.

Zunächst hatte man ihn zusammen mit vier oder fünf anderen Leuten in einer gewöhnlichen Zelle untergebracht. Später hatten ihn zwei riesige Häscher abgeholt und ohne weitere Erklärungen in diese winzige Kammer gesperrt, die früher wohl als Abstellraum gedient hatte und in eine Einzelzelle umgewandelt worden war, als man im Palazzo des Podestà die städtischen Gefängnisse eingerichtet hatte.

Von diesem Moment an blieb Gerardo allein und wartete im Dunkeln darauf, dass man ihn verhörte.

Die Tür öffnete sich, und auf der Schwelle erschienen zwei Wachen, die so groß waren, dass sie den kleinen Raum nicht gemeinsam betreten konnten. Einer von ihnen packte ihn bei den Handgelenken und zerrte ihn nach draußen. Die plötzliche Helligkeit blendete den Templer schmerzhaft, und Gerardo kniff die Augen fest zusammen. Die beiden packten ihn unter den Achseln, hoben ihn an und schleiften ihn mit solcher Brutalität mit sich, dass seine Füße kaum den Boden berührten. Sie kamen an einigen Gemeinschaftszellen vorbei, aus denen es intensiv nach Schweiß und Ausscheidungen stank, aus einer roch es sogar nach Verwesung. Gerardo fragte lieber nicht, wohin sie gingen. Er wusste, dass er statt einer Antwort nur Schläge erhalten hätte. Sie gingen eine kurze Holzstiege hinab und danach eine Steintreppe. Als der Gefangene merkte, dass das Licht schwächer wurde, wagte er es, wieder die Augen zu öffnen: Sie waren in einem unterirdischen Gelass angekommen, offensichtlich die Folterkammer.

Er war sehr überrascht, als er den Podestà höchstpersönlich vor sich sah und neben ihm den Capitano del Popolo. Gerardo kannte sich im Prozesswesen nicht sonderlich aus, aber selbst ihm war bewusst, dass daran etwas merkwürdig war. Die Verhaftung eines der Brandstiftung angeklagten Studenten war eigentlich nicht so wichtig, dass man dafür den Podestà persönlich bemühen musste.

Dennoch war Gerardo entschlossen, sich nicht einschüchtern zu lassen. Obwohl er von den Schlägen noch halb betäubt gewesen war, hatte er sich in den vorangegangenen Stunden eine Verteidigungsstrategie ausgedacht, die zwar sehr simpel, andererseits aber auch schwer zu widerlegen war: Er würde alles leugnen.

Den Brand konnte er nicht abstreiten. Aber es gab andererseits auch keine Beweise dafür, dass er ihn gelegt hatte. Niemand hatte gesehen, wie er das Haus betreten hatte, niemand hatte seine Flucht über die Dächer beobachtet. Gegen ihn sprach einzig und allein der Umstand, dass er nach dem Brand verschwunden war und sich danach nicht mehr beim Hausherrn gemeldet hatte, um von ihm eine Erklärung zu verlangen, oder bei einem Richter, um eine Entschädigung einzufordern, da seine gesamte Habe den Flammen zum Opfer gefallen war. Warum hatte er sich so verhalten, würde man ihn fragen, wenn er doch unschuldig war?

Gerardo hatte vor zu behaupten, er sei an diesem Abend nicht zu Hause gewesen und hätte, nachdem er von dem Brand erfahren hatte, beschlossen, sich zu verstecken, aus Angst, man könnte ihn zu Unrecht beschuldigen.

Keine sonderlich gute Verteidigung, aber es war auch nicht leicht, ihm das Gegenteil zu beweisen. Er musste auf jeden Fall einer Verurteilung entgehen. Brandstiftung wurde als gegen die Stadt gerichtetes Verbrechen angesehen und streng bestraft. Erst vor wenigen Monaten hatte man einen Brandstifter geblendet, nachdem man ihm heißes Blei über die Schultern gegossen hatte.

Gerardos gesamter Plan beruhte auf der These, dass man ihn nicht foltern würde – doch der Ort, an dem er sich nun befand, sprach gegen diese Annahme.

Er schwieg, wie es sich für einen Gefangenen gehörte, doch insgeheim beobachtete er Enrico Bernadazzi aus Lucca, der dieses Halbjahr das Amt des Podestà bekleidete. Der bärtige Mann mit dem ovalen Gesicht starrte auf irgendeinen Punkt oberhalb seines Kopfes, als wäre er in tiefsinnige Gedanken versunken. Über dem knöchellangen, gelben Gewand aus feiner Wolle trug er einen blauen ärmellosen Überrock und eine Kopfbedeckung aus Stoff, die durch ihre graue Farbe entfernt an einen Helm erinnerte. Seine elegante Erscheinung passte eindeutig nicht zu diesem feuchten, schmutzigen Raum, der mit lauter furchterregenden Maschinen und Gegenständen angefüllt war.

Allmählich wurde das Schweigen immer belastender, aber Gerardo wartete geduldig mit gesenktem Haupt, bis ihn der Podestà mit seinem toskanischen Tonfall ansprach: »Seid Ihr Francesco Salimbene aus Imola, Student der Medizin?«

Gerardo versuchte, sich seine Erleichterung nicht anmerken zu lassen. Sie hatten also noch nicht herausgefunden, wie er wirklich hieß.

»Ja, Exzellenz.«

»Wisst Ihr, warum Ihr verhaftet worden seid?«

»Ja, Exzellenz. Für einen Brand, den ich gelegt haben soll, aber ich bin unschuldig.«

Der Capitano del Popolo Pantaleone Buzacarini wechselte einen schnellen Blick mit dem Podestà, dann übernahm er das Reden.

»Ihr seid nicht unschuldig. Ein Zeuge hat beobachtet, wie Ihr in der Brandnacht das Haus betreten habt, aber keiner hat Euch wieder herauskommen sehen.« Er seufzte, als wäre er es leid, immer wieder Verbrecher davon überzeugen zu müssen, dass ihre Lage ausweglos war. »Euer Schicksal ist besiegelt, Messere. Wir können leicht andere Zeugen finden, die Euch belasten, und darüber hinaus sind wir überzeugt, dass Ihr unter Folter schon gestehen werdet.« Der Mann hatte ein kantiges Gesicht und einen kräftigen Körper und war ungefähr so groß wie Gerardo. Sein dunkler Überrock, der die kurze, soldatisch anmutende Tunika und die Beinlinge mit den schwarz-roten Längsstreifen bedeckte, raschelte, als er mit einer ausholenden Geste auf die im Raum verteilten Folterinstrumente deutete. Das Seil zum Aufhängen – dies war die am meisten angewandte Folter; sie zählte zu den leichteren

Martern, denn durch sie wurden nur die Glieder ausgerenkt. Aus dem Augenwinkel erkannte Gerardo auch das Rad und das Glutbecken für Eisen und Zangen, in dem zum Glück jedoch kein Feuer brannte. Der Gefangene erschauerte unwillkürlich, was dem aufmerksamen Auge des Capitano nicht entging.

»Aber dies ist ein Zivilprozess!«, protestierte er. »Der Einsatz von Folter ist gegen das Gesetz.«

»Der Brand des Hauses aus der Kirchengemeinde von Sant'Antonino ist Eure geringste Sorge, glaubt mir«, sagte der Podestà und strich sich über den Bart. »Der Inquisitor Uberto da Rimini, der über Eure Verhaftung unterrichtet wurde, verlangt, dass Ihr ins Dominikanerkloster überführt werdet, aber die Gründe für diese Anfrage sind äußerst mysteriös. Bevor wir ihr entsprechen, wollen wir wissen, wessen Euch die Inquisition genau beschuldigt. Ihr könnt es uns freiwillig sagen oder unter der Folter. Das bleibt Eure Entscheidung.«

Gerardo schwieg. Sein Verstand arbeitete fieberhaft, aber sosehr er sich auch bemühte, er konnte sich nicht entscheiden, was er darauf antworten sollte. Mondino hatte ihm bereits erklärt, wessen ihn der Inquisitor beschuldigen wollte: des Mordes an Wilhelm von Trier und an Angelo da Piczano, mit der Hilfe von schwarzer Magie und eines Teufelspaktes. Aber das sollte er lieber nicht sagen, selbst wenn er unschuldig war, denn diese Anklage wog deutlich schwerer als die wegen Brandstiftung. Außerdem würde er mit jedem derartigen Geständnis Mondino mit hineinziehen, und das wollte er unter allen Umständen vermeiden: Abgesehen von den moralischen Erwägungen war der Arzt nun seine einzige Hoffnung auf Rettung. Nur wenn Mondino den wahren Mörder fand, würde Gerardo entlastet werden. Denn eines war sicher: Allzu lange würde Gerardo den Podestà oder den Capitano del Popolo kaum von seiner Unschuld überzeugen können.

Zunächst musste er auf Zeit spielen und weiter alles abstreiten.

»Ich habe nichts zu sagen«, erklärte er mit fester Stimme und sah erst dem Podestà und dann dem Capitano del Popolo in die Augen, »außer, dass ich mich des Verbrechens für unschuldig erkläre, dessen Ihr mich anklagt.«

Die beiden schauten sich an. Pantaleone Buzacarini kratzte mit dem Finger an einem kleinen weißen Fleck auf einem der schwarzen Streifen seiner Beinlinge.

»Wie Ihr bemerkt haben werdet, Messere«, erwiderte der Capitano dann und sah ihm direkt ins Gesicht, »haben wir Euch hierherbringen lassen, ohne dass ein Richter oder Henker zugegen ist. Wir hofften, die Angelegenheit im Guten lösen zu können. Ihr sagt uns, was wir wissen wollen, und wir bieten Euch die Sicherheit auf einen gerechten Prozess und eine eher milde Strafe. Ich frage Euch jetzt zum letzten Mal: Warum ist der Inquisitor so an Euch interessiert?«

Gerardo begann zu verstehen. Die Stadtregierung von Bologna, die zwar zum Teil welfisch und damit dem Papsttum wohlgesinnt war, konnte es nur schwer ertragen, dass die Inquisition sich in die Rechtssprechung einmischte. Der Mord an dem deutschen Tempelritter unterlag zunächst dem üblichen Strafrecht und fiel damit in den Zuständigkeitsbereich des Podestà. Der Capitano del Popolo hatte Mondino die Erlaubnis erteilt, die Leiche des Deutschen zu untersuchen, weil er sich darüber geärgert hatte, dass die Inquisition sich anmaßte, in diesem Mord zu ermitteln.

Man hatte ihn hierhergebracht, um ihm mit dem Anblick der Folterinstrumente Angst einzujagen, und jetzt wollten sie ihn mit der Aussicht auf eine milde Strafe ködern, weil sie ahnten, dass hinter seiner Anklage mehr als eine einfache Brandstiftung steckte, sonst wäre das Interesse des Inquisitors an ihm nicht so groß. Sie wollten unter allen Umständen in

Erfahrung bringen, was die Inquisition ihm vorwarf, damit sie geeignete Gegenmaßnahmen ergreifen konnten und verhindern, dass man ihnen vielleicht vorwarf, sie wären ihren Amtspflichten nicht nachgekommen.

Allerdings konnte Gerardo sich nicht auf ein schlichtes mündliches Versprechen verlassen, das die beiden Edelleute ohne weiteres leugnen konnten, sobald sie das Gewünschte erfahren hatten. Zu viel stand auf dem Spiel. Es ging nicht nur um sein eigenes Wohl, sondern um das Überleben eines der ruhmreichsten kirchlichen Orden. Würde er dem Handel des Capitano del Popolo zustimmen, gäbe es keine Rechtfertigung mehr für alles, was er bisher getan hatte. Die Brandstiftung, das Verbergen der Leiche von Angelo da Piczano, der Tod des armen verkrüppelten Jungen, die Lügen, die Flucht … Vor allem aber würde Gerardo sich selbst nicht mehr in die Augen sehen können, denn er könnte sich dann nur noch als gemeiner Verbrecher ohne ein höheres Ziel sehen.

»Ich habe nichts zu sagen«, wiederholte er.

Pantaleone Buzacarini machte einen Schritt nach vorn und versetzte ihm einen Faustschlag ins Gesicht. Gerardo, der schon durch die Prügel vor seiner Verhaftung und von dem Aufenthalt in der Zelle geschwächt war, schlug die Hände vors Gesicht und sank wie ein nasser Sack zu Boden. Er spürte, wie warmes Blut aus seiner Nase durch seine Finger rann und sein ohnehin schon schmutziges Gewand befleckte.

»Habt Ihr denn immer noch nicht begriffen, dass Euch gar keine Wahl bleibt?«, fuhr ihn Pantaleone wütend an. »Gleich werdet Ihr es aber gewisslich verstehen. Ich werde den Henker und den Notar holen lassen. Dann werdet Ihr uns schon sagen, was wir wissen wollen, das garantiere ich Euch.«

Er wandte sich zum Gehen, doch der Podestà hielt ihn mit einer Handbewegung zurück. Einen Moment lang bewegte sich niemand und in dem unterirdischen Raum herrschte Stille, so dass, wenn auch nur gedämpft, die Alltagsgeräusche aus den Stockwerken über ihnen zu hören waren. Rufe, Türenschlagen, Riegel, die auf- oder zugeschoben wurden.

»Wir können es uns nicht erlauben, den Inquisitor offen herauszufordern«, sagte Enrico Bernadazzi und lächelte verschlagen. »Aber mir ist eben eingefallen, wie wir erfahren können, was wir wissen wollen, ohne mit der Kirche in Konflikt zu geraten. Lasst den Gefangenen wieder in seine Zelle bringen.«

Der Capitano del Popolo öffnete eine Tür, und kurz darauf betraten die beiden riesigen Wachen den Raum. Gerardo wurde wieder fortgeschleift und erfuhr so nicht mehr, was dem Podestà eingefallen war. Aber es machte kaum einen Unterschied, ob er von einem weltlichen oder einem kirchlichen Henker gefoltert würde.

Gleich nach dem Mittagessen gesellte sich Uberto da Rimini zum Prior vor die Basilika und gab sich leutselig, während er mit ihm die Arbeiten am neuen Glockenturm beobachtete, die in diesen Tagen nach über einem Monat Stillstand aufgrund finanzieller Probleme wieder aufgenommen wurden. Damit schienen alle Hindernisse aus dem Weg geräumt, und der Prior war davon überzeugt, dass der Campanile in einigen Jahren, und zwar im Jahre des Herrn 1313, geweiht werden könnte.

Zwischen den Gesteinsblöcken auf der Baustelle wimmelte es nur so von in Sackleinen gekleideten Tagelöhnern und Hilfsarbeitern, unter denen die Maurermeister in ihren bequemen, aber eleganten Gewändern und die schwarz-weißen Kutten einiger Dominikaner hervorstachen.

»Er wird wunderschön«, sagte der Prior mit einem kindlichen Lächeln. Der Mann war groß und kräftig – er überragte Uberto um einen ganzen Kopf –, aber ausgesprochen einfältig. Sein einziges Lebensziel, so schien es, war, dass er einmal in den Kirchenbüchern als Erbauer des neuen Campanile genannt würde. »Genau dies hat unserer Kirche zu ihrer Vollendung noch gefehlt.«, sagte er begeistert.

»Ich stimme Euch zu«, erwiderte Uberto. Um nicht schmutzig zu werden, hatten sie sich in sicherer Entfernung von der Baustelle an eine niedrige Mauer gestellt, die den mit Flusskieseln gepflasterten Kirchplatz vom Friedhof hinter der Basilika trennte. »Ich bin davon überzeugt, dass der Erzbischof bei seiner Ankunft beeindruckt sein wird.«

Der Prior errötete sofort. »Wie habt Ihr davon erfahren?«, fragte er schuldbewusst, ohne den Versuch zu machen, es zu leugnen.

Uberto hatte Teile eines Gesprächs zwischen dem Verwalter und dem Küchenbruder belauscht, die sich über einige zusätzliche Gäste beim Abendbrot unterhalten hatten. Doch er verlor keine Zeit mit Erklärungen und beantwortete die Frage mit einer Gegenfrage.

»Warum habt Ihr mich nicht darüber unterrichtet?«

»Der Bote ist erst heute Morgen eingetroffen«, erwiderte der große Mann und wich seinem Blick aus, »wir waren selbst überrascht. In der Eile der Vorbereitungen muss es mir wohl entgangen sein, Euch zu benachrichtigen.«

Vielleicht entsprach das der Wahrheit, aber es war nicht gesagt. Uberto vermutete, dass der Erzbischof ihm einen Überraschungsbesuch abstatten wollte und daher den Befehl gegeben hatte, sein Kommen nicht vorher anzukündigen. In jedem Fall hätte er sich keinen unpassenderen Moment aussuchen können, um Ubertos Pläne zu durchkreuzen.

Er sah hinüber zur Zelle des heiligen Dominikus, die inzwischen zu einer Kapelle umgebaut war. »Das macht nichts«, sagte er und täuschte Gleichgültigkeit vor. »Ich hätte nur gern die Zeit gehabt, mich auf den Besuch vorzubereiten.«

Der Prior nickte und entschuldigte sich erneut, um zu beobachten, wie das, was er als seine »Schöpfung« bezeichnete, langsam Gestalt annahm. Uberto sann inzwischen eifrig nach einem Weg, wie er diesem schlimmen Schicksalsschlag begegnen konnte. Er hatte darum gebeten, dass der der Brandstiftung beschuldigte Student in die Haft des Klosters überführt würde, damit er ihn in Ruhe befragen und ihm mit allen Mitteln ein Geständnis entreißen konnte. Er hatte zwar damit gerechnet, dass irgendjemand dem Erzbischof sein Vorgehen hinterbringen würde, aber einkalkuliert, dass dies einige Zeit dauern würde. Und wenn Rinaldo erst einmal vor vollendeten Tatsachen stand, würde er sich ihm kaum mehr in den Weg stellen können, ohne mit Clemens V. selbst in Konflikt zu geraten. Doch nun musste Uberto erfahren, dass der Erzbischof bereits heute Abend in Bologna eintreffen würde. Und dass er nicht im Palazzo des Bischofs Quartier beziehen würde oder in der Komturei des Templerordens, wo er vor drei Jahren gemeinsam mit den Erzbischöfen von Pisa und Cremona den Prozess eröffnet hatte, sondern im Dominikanerkloster. Selbstverständlich hatte dies den Prior nicht erstaunt, er war nur glücklich, ein weiteres denkwürdiges Ereignis in die Register eintragen zu können. Welche Ehre: ein Besuch des Erzbischofs von Ravenna während seines Priorats!

Rinaldo bestand sicher darauf, dass das Verhör nach dem Gesetz durchgeführt würde – damit würde er jedoch nichts Brauchbares herausfinden. Uberto sah nur einen Ausweg: Er musste seine Bitte um Herausgabe des Gefangenen auf die Zeit nach dem Besuch des Erzbischofs verschieben. Allerdings barg auch diese Möglichkeit Schwierigkeiten. Zunächst einmal wusste er nicht, wie lange der Erzbischof zu bleiben gedachte. Einen Tag, vielleicht aber auch eine Woche. Und Uberto wollte den Gefangenen nicht zu lange in den Händen des Podestà lassen. Wenn er wegen Brandstiftung verurteilt würde, konnte er bald tot sein oder zumindest nicht mehr in der Lage zu sprechen.

Glücklicherweise wusste im Konvent niemand außer ihm von der Verhaftung des jungen Mannes. Dadurch gewann er etwas Zeit zum Nachdenken, dennoch musste er schnell eine Entscheidung treffen.

Uberto wollte sich schon vom Prior verabschieden, als auf dem Kirchplatz ein junger Amtsdiener erschien, der sich, als er sie entdeckte, gleich in ihre Richtung wandte. Uberto nahm an, dass er Neuigkeiten vom Podestà für ihn brachte. Was immer er ihm zu sagen hatte, der Prior durfte nichts davon erfahren. Uberto wollte dem Amtsdiener entgegengehen, doch der Prior hielt ihn am Arm zurück und lächelte milde. »Lasst ihn zu uns kommen, Pater«, sagte er. »Ich kenne Eure Bescheidenheit, doch die Hierarchie muss eingehalten werden.«

Ehe Uberto etwas erwidern konnte, hatte der Amtsdiener sie schon erreicht. Er verneigte sich, übergab dem Inquisitor ein zusammengerolltes Pergament mit dem Siegel des Podestà und zog sich unverzüglich respektvoll zurück, damit dieser es in Ruhe lesen konnte.

»Ich habe den Befehl, gleich eine Antwort mitzunehmen«, sagte er. »Wenn Ihr Euch zum Schreiben ins Kloster begeben wollt, kann ich hier darauf warten.«

Uberto nickte und unterbrach den Mann mit einer Handbewegung, dankbar für den Vorwand, unter dem er sich entfernen konnte. »Es geht schneller, wenn Ihr gleich mit mir kommt«, sagte er. Dann wandte er sich an den Prior. »Ich bitte Euch, mich zu entschuldigen«, sagte der Inquisitor schnell und wandte ihm den Rücken zu, ohne ihm die Möglichkeit für eine Antwort zu geben.

Während sie zum Tor des Klosters liefen, erbrach er das Siegel und begann, den Brief zu lesen. Der Podestà von Bologna, Enrico Bernadazzi, stimmte seiner Bitte zu, Francesco Salimbene zu verhören. Da der verhaftete Student jedoch eines Verbrechens gegen die Stadt beschuldigt wurde, konnte er der Bitte um Verlegung in die Kerker des Dominikanerklosters nicht entsprechen. Der Inquisitor müsste sich schon ins Stadtgefängnis begeben, wenn er ihn verhören wolle, und das ausschließlich in Anwesenheit des Podestà, des Capitano del Popolo und eines Notars.

Auf den schmalen Lippen Ubertos erschien ein Lächeln. Sicher glaubte der Podestà, ihn mit diesem Brief zu verärgern – und unter normalen Umständen wäre das auch der Fall gewesen. Doch im Augenblick schien ihm die Möglichkeit, den Gefangenen ohne den Erzbischof zu verhören, wie eine Antwort des Himmels auf seine Gebete. Und vielleicht war dem ja auch so.

Nun hing jedoch alles davon ab, dass die Gefangensetzung Salimbenes geheim blieb und schnell etwas geschah. Er musste unverzüglich handeln.

»Ich werde dem Podestà meine Antwort persönlich geben«, sagte er dem Boten. »Ich begleite Euch in den Palazzo.«

Er bedeutete dem Mann, er solle vorangehen, und folgte ihm. Aus dem Augenwinkel bemerkte er den neugierigen Blick des Priors, der aufzuhorchen schien. Konnte es sein, dass er der mysteriöse Spion Rinaldos war, der ihn über jede seiner Bewegungen auf dem Laufenden hielt? Er konnte es sich nicht vorstellen, doch inzwischen war dies unwichtig geworden. Wenn er den Gefangenen zu einem Geständnis brachte, würde ihm Rinaldo da Concorezzo keine Knüppel mehr zwischen die Beine werfen können.

Unterwegs riss der Inquisitor das Pergament in kleine Fetzen, und als sie über eine der zahlreichen Brücken den Savena überquerten, warf er sie ins Wasser. Er sah, wie die Schnipsel vom Strom fortgetragen wurden, kleine weiße Flecken voller schwarzer Tintenschnörkel.

Wie eine winzige Flotte von Dominikanern, die zur Verteidigung des Glaubens herbeieilte.

Als Gerardo hörte, wie sich die Tür öffnete, dachte er, die Wachen wären gekommen, um ihn zu holen, und stellte sich innerlich schon auf die Folter ein. Er wusste nicht, ob und wie lange er ihr widerstehen würde, und wünschte sich nur, dass er nicht beim ersten Schmerz zusammenbrechen würde wie ein kleiner Junge.

Er hatte die Augen geschlossen, damit ihn das plötzliche Licht in seiner Zelle nicht blendete. Da hörte er eine Männerstimme sagen: »Ihr könnt eintreten, aber bleibt nicht zu lange.« Als Nächstes nahm Gerardo einen für diesen Ort ungewöhnlichen Geruch wahr: den Duft von sauberer Wäsche und duftenden Haaren. Den Duft einer Frau.

Überrascht riss er die Augen auf und musste sie geblendet sofort wieder schließen. Was er in dem kurzen Moment gesehen hatte, ergab keinen Sinn.

»Schmerzt Euch das Licht in den Augen?«, fragte Fiamma. »Wenn Ihr wollt, lösche ich die Lampe.«

Sie musste sie mit etwas abgedeckt haben, denn jetzt war der Schein schwächer. Gerardo öffnete erneut seine Augen und sah, wie sie mit einem schlichten weißen Gewand und einem Schleier auf dem Kopf über dem schmutzigen Fußboden auf ihren Fersen hockte. Sie hatte die Lampe hinter sich neben die Tür gestellt. Gerardo schämte sich entsetzlich für sein Aussehen und den beißenden Gestank, der die Zelle erfüllte. Er bemerkte ihn kaum noch, aber Fiamma schon, denn sie presste sich ein Taschentuch aus Leinen vor den Mund.

»Das Licht ist jetzt gut so, danke, Madonna«, brachte er stammelnd zwischen den geschwollenen Lippen hervor. »Warum seid Ihr gekommen?«

»Freut Ihr Euch denn nicht, mich zu sehen?«, fragte sie ihn.

Gerardo schüttelte den Kopf. »So ist es nicht. Selbstverständlich freue ich mich. Aber jetzt weiß man, dass Ihr mich kennt, und man könnte Euch befragen, um von Euch etwas über mich zu erfahren. Ich würde es nicht ertragen, wenn man Euch meinetwegen ein Leid zufügen würde.«

Instinktiv streckte Fiamma eine Hand aus, um ihm über das Gesicht zu streicheln, dann zog sie sie sofort wieder zurück. In dieser winzigen Zelle waren sie zu einer unschicklichen Nähe gezwungen, und trotz der Schmerzen in seinen Knochen und Muskeln regten sich in Gerardo Gefühle, die ihn in Verlegenheit brachten.

Die junge Frau hatte auf den Boden einen kleinen Korb gestellt, aus dem sie ein Leinentuch und einen Krug Wasser holte. Sie tauchte einen Zipfel ins Wasser und begann, Gerardos Gesicht vorsichtig von Schmutz und verkrustetem Blut zu säubern.

»Sie werden mir nichts tun, nur keine Sorge«, sagte sie. »Der Capitano del Popolo hat bei Remigio hohe Schulden und war sehr erfreut, mir diesen Besuch bei Euch im Austausch für einen Brief zu gestatten, der ihm den Erlass dieser Schuld bestätigt.«

»Das durftet Ihr nicht tun!«, rief Gerardo. »Euer Vater …«

»Remigio ist nicht mein Vater«, unterbrach ihn Fiamma heftig. »Das habe ich Euch bereits gesagt. Und außerdem ist er verschwunden, wie Ihr wisst. Wenn er wiederkehrt, *falls* er je wiederkehrt, kann er meine Entscheidung nur noch zur Kenntnis nehmen. Ich habe seine Unterschrift so gut gefälscht, dass nicht einmal er es bemerken würde.« Nach einer kurzen Pause fügte sie hinzu: »Ich hätte alles getan, um Euch besuchen zu können.«

Gerardo spürte, wie sein Herz bei diesen Worten schneller schlug, doch er blieb stumm. Überrascht bemerkte er, dass die Vorstellung, sein Gelübde zu brechen, ihm auf einmal gar nicht mehr so schrecklich erschien. Vielleicht lag es daran, dass ihm der Tod drohte. Fiamma hatte die Säuberung seines Gesichts beendet, zog ihre Hand zurück und legte das schmutzige Tuch auf den Boden. Nur bei ihrer heftigen Bemerkung über Remigio hatte sie das Taschentuch vom Mund genommen, sonst hielt sie es sich weiter vors Gesicht.

»Ich habe Euch etwas zu essen und frisches Wasser zum Trinken mitgebracht«, sagte sie und stellte den Korb vor ihn hin. »Bitte, bedient Euch.«

Gerardo holte eine abgedeckte Schüssel hervor, in der sich eine noch lauwarme Suppe befand. Er stürzte sie gierig hinunter und genoss ihren reichhaltigen, würzigen Geschmack. Dann nahm er das große Stück Fleisch am Boden der Schüssel in die Hand und verschlang auch dieses zusammen mit einer Scheibe Brot. Fiamma beobachtete ihn hinter ihrem Tuch beim Essen mit einem Ausdruck, der ihn an seine Mutter erinnerte. Schließlich trank Gerardo die Hälfte des Wassers im Krug und sparte sich den Rest für später auf.

»Danke«, sagte er. »Das tat gut.«

»Kann ich noch etwas für Euch tun?«

Gerardo wollte schon ablehnen, doch jetzt, wo er sich gestärkt hatte, fühlte er sich wacher und kräftiger, und zum ersten Mal kam ihm in den Sinn, in welcher Lage er Hugues de Narbonne zurückgelassen hatte.

»Eines gäbe es da schon, Madonna.«

»Sprecht nur.«

Gerardo erklärte ihr in wenigen Worten, ohne zu sehr auf Einzelheiten einzugehen, dass Hugues in der vergangenen Nacht am Kopf verletzt worden war, Mondino ihn operiert hatte und sie ihn ans Bett fesseln und knebeln mussten, um ihn ruhigzustellen.

»Dann haben wir ihn genau so zurückgelassen, aus Gründen, die ich Euch nicht erklären werde«, sagte er. »Ich gedachte, ihn am Nachmittag zu befreien, nachdem ich mit Eurem Vater gesprochen hatte. Dann wurde ich verhaftet und hatte ihn bis zu diesem Moment vergessen.«

»Wünscht Ihr, dass ich nach ihm sehe?«

Gerardo zögerte. »Wenn keiner zu ihm geht, könnte er sterben. Ich habe mich dort mit meinem Magister verabredet, aber allein kommt er nicht herein. Da ich überzeugt war, ich würde vor ihm dort eintreffen, habe ich ihm nicht gesagt, wo der Schlüssel versteckt ist.«

»Sorgt Euch nicht, ich werde dort auf ihn warten.«

Gerardo erinnerte sich an die Blicke, die Hugues in Remigios Haus auf die junge Frau geworfen hatte, und plötzlich erschien ihm die Vorstellung, sie in die Höhle des Löwen zu schicken, keine so gute Idee, selbst wenn der Franzose jetzt schwach und verletzt war.

»Aber denkt daran«, ermahnte er sie mit ernstem Blick, »wartet, bis Mondino eintrifft, ehe Ihr ihn losbindet. Wir haben Grund zu der Annahme, dass Hugues de Narbonne nicht der ist, der zu sein er vorgibt.«

»Nur keine Angst, ich werde aufpassen«, versicherte Fiamma ihm. »Ich werde mich von den beiden Dienern meines Vaters begleiten lassen. In diesen Tagen bleibt die Bank geschlossen.«

Gerardo erklärte ihr daraufhin, wo das Haus lag und wo er den Schlüssel versteckt hatte. »Ich danke Euch von Herzen für Eure Freundlichkeit, Madonna«, sagte er und bemühte sich zu lächeln. »Gott weiß, wie ich diese im Moment brauchen kann.«

Fiamma nickte, doch sie blieb ernst und schien an etwas anderes zu denken. Sie schwieg einen Moment, als müsste sie einen inneren Kampf mit sich selbst ausfechten. »Nun, ich bin nicht nur deshalb gekommen«, sagte sie dann. »Ich muss mit Euch reden.«

»Worüber?«

»Über mich.«

Überrascht brachte Gerardo nur heraus: »Ich höre.«

Fiamma schwieg lange, dann holte sie tief Luft. »Das hier hat mir kein Arzt zugefügt, der einen Katarakt entfernen wollte«, sagte sie, nahm das Taschentuch vom Mund und zeigte ihm ihre linke Gesichtshälfte. Im flackernden Schein der Öllampe schien die Narbe wie eine weißliche Schlange vom Auge bis zum Kinn zu zucken. Gerardo war bestürzt. Doch was für eine Rolle spielte die Narbe in diesem Moment? Die junge Frau schien zu aufgewühlt, um sich in zusammenhängenden Sätzen auszudrücken.

»Das habe ich allen erzählt, auch Remigio«, fuhr Fiamma fort. So zusammengekauert, die Hände auf den Knien gefaltet, wirkte sie fast wie ein kleines Mädchen. »Ich musste es vergessen.«

Die junge Frau schüttelte den Kopf, als könnte sie nicht fortfahren, dann drückte sie sich wieder das Taschentuch vor den Mund. Sie schien in Tränen ausbrechen zu wollen, doch sie konnte nicht weinen. Ihre Brust hob und senkte sich unter dem dünnen Gewand.

»Madonna, ich bitte Euch, beruhigt Euch!«, sagte Gerardo. Seinem Gefühl folgend beugte er sich zu ihr hinüber und nahm sie in den Arm.

Fiamma stieß einen Schrei aus, als hätte jemand sie gebissen. Sie wich zurück und steckte eine Hand in den Gürtel, den sie um die Taille trug, während Gerardo sie erschrocken beobachtete und schon glaubte, sie wolle einen Dolch hervorziehen. Stattdessen holte die Frau einen bestickten kleinen Beutel hervor, der drei Dinge enthielt: ein Blatt Hadernpapier, einen Bogen Pergament und eine Art Heft, das kleinste, das Gerardo je gesehen hatte. Sie wollte es ihm erst in die Hand drücken, doch dann entschied sie sich anders und legte alles auf den schmutzstarrenden Boden zwischen sie beide.

»Das erste Blatt ist ein Brief für Euch«, sagte sie. »Das Heft ist mein Tagebuch aus längst vergangener Zeit, und das Pergament ist nutzlos, aber ich weiß, dass Ihr danach gesucht habt. Lest bitte den Brief und das Tagebuch. Ich möchte, dass Ihr mich versteht und mir vielleicht sogar verzeiht.«

Dann rief sie die Wachen, um sich die Tür öffnen zu lassen, nahm den Korb mit dem Geschirr und verließ sichtlich aufgewühlt und ohne ein Wort des Abschieds die Zelle. Sie wandte sich nicht einmal mehr um.

Gerardo war wieder allein. All der Trost, dass er endlich etwas gegessen und getrunken hatte, war dahin, und er fühlte ein schweres Gewicht auf seinem Magen lasten. Er nahm den Brief, der sehr kurz war. Als er ihn gerade zu Ende gelesen hatte, hörte er wieder das Geräusch von Schritten auf dem Gang. Hastig befeuchtete er die Finger mit Speichel, löschte die Lampe und versteckte alles an dem einzig möglichen Platz: unter dem dreckigen Stroh.

»Komm von selbst heraus, ohne dass wir dich holen müssen«, sagte einer der Wachen, als er den Riegel zurückschob. »Der Inquisitor erwartet dich.«

Gerardo kroch auf allen vieren aus der Zelle und richtete sich langsam auf. Die beiden ließen ihn dieses Mal zwischen sich laufen, ohne ihn mit Gewalt fortzuschleifen.

Hugues de Narbonne starrte mit weit geöffneten Augen in die Dunkelheit und machte sich allmählich Sorgen. Als er wieder erwacht war, hatte er sich an alles erinnert, wenn auch etwas verworren, als hätte er es nur geträumt: Gerardo hatte ihn nach Hause begleitet, dann hatte er ihn allein gelassen und war mit dem Arzt zurückgekehrt. Hugues erinnerte sich an schreckliche Kopfschmerzen und ein merkwürdiges Gefühl, wie von Luft im Gehirn. Der Arzt musste ihm den Schädel aufgebohrt haben und dabei war er sicher ohnmächtig geworden.

Die Operation war offenbar geglückt, da er jetzt wieder bei klarem Verstand war, auch wenn er immer noch ständig stechende Kopfschmerzen hatte. Aber warum hatten sie ihn nicht losgebunden, als sie das Haus verließen? War es möglich, dass sie hinter sein Geheimnis gekommen waren?

Hugues war im Geiste jeden Winkel des Hauses auf Beweise durchgegangen, die Gerardo und Mondino gefunden haben konnten, aber er war überzeugt, dass es keine gab. Überhaupt nichts. Sämtliche Bücher, Dokumente und Gegenstände, die ihn hätten verraten können, waren sicher in Toledo versteckt, wohin er umgezogen war, nachdem er die Komturei der Tempelritter in Tortosa verlassen hatte.

Leider hatte er in der Zwischenzeit einem menschlichen Bedürfnis nachgeben müssen, und der Gestank seines eigenen Kots widerte ihn an.

Dem schwächeren Licht nach, das durch die geschlossenen Fenster hereinfiel, musste es bereits Nachmittag sein. Warum kam niemand? Wollten sie ihn hier etwa an Hunger und Durst sterben lassen? Nein, das ergab keinen Sinn. Sie hatten keinen Grund, ihn umzubringen – und wäre dem doch so, hätten sie längst kurzen Prozess mit ihm gemacht und bestimmt keine Zeit damit vergeudet, ihn am Kopf zu operieren. Nein, offensichtlich hatten sie vor zurückzukehren, aber es musste ihnen etwas dazwischengekommen sein.

Er versuchte, an den Seilen zu ziehen, mit denen er an die vier Bettpfosten gefesselt war; es war jedoch nichts zu machen, die Knoten waren genau gebunden. Auch der Knebel war so sorgfältig an seinem Kopf befestigt, dass er sich bei Hugues' Versuch, sich davon zu befreien, noch tiefer in seinen Mund geschoben hatte. Hugues konnte nur ein leises Winseln hervorbringen, das durch die geschlossenen Fensterläden draußen wohl kaum zu hören war.

Außerdem wurden die Kopfschmerzen unerträglich, sobald er sich bewegte oder zu schreien versuchte.

Erschöpft ließ er sich gegen das Betthaupt sinken. Er versuchte zu schlafen, um wieder zu Kräften zu kommen, aber in dieser Haltung war das fast unmöglich. Zu dem ständigen Pochen im Kopf gesellten sich Schmerzen an den Handgelenken, den Knöcheln und den Schultern. Sobald sein Kopf nach vorn auf die Brust sank, wachte er auf, fiel dann wieder in einen leichten, unruhigen Schlaf und erwachte von neuem.

In einem dieser Momente, als er halbwach vor sich hin dämmerte, glaubte er, ein Geräusch zu hören. Auf einen Schlag war er hellwach. All seine Sinne spannten sich an.

Noch ein Geräusch. Eine Tür, die sich schloss.

Jemand hatte das Haus betreten. Gerardo oder Mondino oder vielleicht alle beide. Auf diesen Moment hatte Hugues gewartet, aber es war noch zu früh, um zu erkennen zu geben, dass er wach war. Als Erstes musste er die beiden dazu bringen, ihn loszubinden. Wenn sie sahen, dass er noch schlief, würden sie vielleicht die Knoten lösen, zumindest hoffte er das. Und solange er nicht wusste, was sie vorhatten, würde er vorgeben, bewusstlos zu sein. Als Hugues Schritte hörte, schloss er die Augen und ließ den Kopf nach vorn auf die Brust sinken.

»Guten Tag, Herr Ritter«, sagte eine Frauenstimme.

Überrascht vergaß Hugues seine Vorsätze und öffnete schlagartig die Augen. Vor ihm stand Fiamma, die Tochter des Bankiers, mit einer Kerze in der einen und einer Stofftasche in der anderen Hand. Die beiden hatten sie geschickt, damit sie ihm half. Hugues de Narbonne fühlte Erleichterung in sich aufsteigen.

»Als ich hörte, dass Ihr verletzt seid, bin ich so schnell wie möglich gekommen«, sagte die junge Frau. »Zum Glück seid Ihr noch am Leben.«

Es war sehr freundlich von ihr, sich um ihn zu sorgen. Als er sie so betrachtete, hatte Hugues den Eindruck, dass sie ihn an jemanden erinnerte. Vielleicht hatte er ihre Mutter in Tortosa kennen gelernt – im Königreich von Aragon hatte er zahllose galante Abenteuer erlebt. Obwohl er sich an eine so schöne Frau, wie sie Fiammas Mutter gewesen sein musste, sicher erinnert hätte.

Die junge Frau zündete mit der Flamme eine zweite Kerze an, die in einer Tonschale auf einer Truhe stand. Dann ließ sie ein paar Tropfen Wachs auf das Holz tropfen und drückte ihre Kerze dort neben der anderen fest. Schließlich schob sie die Truhe neben das Bett.

»So kann ich besser sehen«, erklärte sie. »Ich möchte nicht danebenschneiden.«

Als er in dem helleren Licht die Kotflecken auf der Matratze sah, schämte sich Hugues auf einmal. Das war sicher nicht die beste Situation für die Begegnung mit einer jungen Frau. Sobald sie ihn befreit hatte, würde er ein Fenster öffnen, um den Gestank hinauszulassen, und dann würde er sich waschen gehen.

Fiamma nahm ein Messer aus der Stofftasche und näherte sich ihm. Hugues war etwas verwirrt, als er sah, dass sie es auf seine Brust gerichtet hielt und sich nicht den Seilen zuwandte, die seine Handgelenke fesselten, doch als sie begann, sein Gewand zu zerschneiden, entspannte er sich. Natürlich, sie wollte nicht diese blut- und kotverschmierten Kleider berühren. Sie schnitt sie lieber auf und ließ sie auf das Bett fallen. So würde sie ihn zwar nackt sehen, aber wenn es ihr nichts ausmachte, hatte Hugues nichts dagegen. Trotz seines Alters war sein Körper immer noch fest und muskulös, und nichts, dessen er sich schämen musste. Zu schade, dass er das Bett verschmutzt und immer noch diese schrecklichen Kopfschmerzen hatte. Sonst hätte er sie sofort an sich gezogen, sobald sie ihn losgebunden hatte. Aber das konnte er ja immer noch tun, sobald er sich gewaschen und gestärkt hatte, dachte er mit dem Anflug eines Lächelns.

Fiamma legte seinen kräftigen Oberkörper frei, den ein

dichter blonder Pelz bedeckte, in dem nur ein paar wenige weiße Haare zu finden waren. Dann fuhr sie mit dem Messer weiter nach unten und schnitt das ganze Gewand auseinander. Nur die Beinlinge ließ sie unberührt. Sie war wirklich eine Schönheit mit diesen seidigen Haaren, dem intensiven Blick und den vollen Brüsten, die sich unter der weißen Tunika abzeichneten. Selbst die Narbe, die ihr Gesicht verunstaltete, konnte ihre Schönheit nicht mindern.

Die junge Frau entfernte sich von ihm und leerte den Inhalt der Stofftasche auf der Truhe aus. Sie holte verschiedene Metallgegenstände hervor, die auf der Holzplatte klirrten. Warum schnitt sie nicht endlich die Fesseln an seinen Handgelenken durch? Hugues versuchte zu sprechen, aber der Knebel verwandelte seine Worte in unverständliches Jammern.

Fiamma wandte sich ihm zu und starrte ihm lange wortlos in die Augen. Dann sagte sie: »Die anderen musste ich erst niederschlagen und dann mit einem Lähmungstrank bewegungsunfähig machen. Ihr seid freundlicherweise bereits geknebelt und gefesselt.«

Da endlich begriff Hugues. Mit dieser Klarheit des Geistes, die oft dem Tode vorausgeht, kam ihm auf einmal wieder eine tief verschüttete Erinnerung an ein entstelltes Mädchen in den Sinn. Er hatte sie bislang nicht wiedererkannt, weil er sie für tot gehalten hatte und weil die Frau, die vor ihm stand, nicht mehr das zierliche kleine Mädchen von damals war. Nun wusste er: Sie hatte Angelo da Piczano und Wilhelm von Trier getötet. Und jetzt war er an der Reihe.

Während Fiamma wieder mit dem Messer näher kam und seine Haut aufschnitt, schrie er aus Leibeskräften, bis er keine Luft mehr in den Lungen hatte. Doch hinter dem Knebel kam nur ein erbärmliches Winseln heraus.

Nachdem Fiamma ihr Werk vollendet hatte, ging sie in die Küche, zog die blutverschmierten Kleider aus und wusch sich sorgfältig in der Schüssel, die sie schon mit Wasser gefüllt hatte, als sie gekommen war. Obwohl ihre Rache nun beinahe vollzogen war, empfand sie keine Befriedigung. Sie war müde und viel trauriger, als sie es sich in all den Jahren vorgestellt hatte, in denen sie jede Einzelheit geplant hatte.

Sie trocknete sich mit einem Hanflumpen ab, der an einem Haken neben dem Ofen hing, holte saubere Kleider aus ihrer Tasche und zog sie über: ein dunkelbraunes Gewand, eine Bluse und eine weiße Haube. Unauffällige Kleider, mit denen sie sich unter die Menge mischen konnte, sobald die Leute von dem Mord erfahren hatten. Ehe sie ging, kehrte sie noch einmal zur Tür des Schlafzimmers zurück und bewunderte ihr Werk. Hugues de Narbonne war der Anführer gewesen, ohne den die anderen vielleicht gar nicht so weit gegangen wären. Er hatte es verdient, am meisten zu leiden. Ehe sie ihn getötet hatte, hatte sie ihm erzählt, wer sie war, und hatte sich an der Panik in seinen Augen geweidet, während sie seine Haut mit dem Messer einritzte und die Konturen der Schnitte zog, die sie dann mit der Säge ausführen wollte. Sie hatte ihm sogar die Maden gezeigt, die später von seinem Gehirn fressen würden. Hugues war immer noch ans Bett gefesselt, in derselben Position, in der sie ihn vorgefunden hatte. Das Zimmer war über und über mit Blut bedeckt. Das eiserne Herz erblühte in seiner Brust wie eine Blume des Bösen, und die Schädeldecke mit dem, was von seinen blonden Locken übrig geblieben war, ruhte auf seinen Geschlechtsteilen. Der geöffnete Kopf, den sie kurz über den Augen aufgesägt hatte, war voller weißlicher Larven, wie sie in den Kadavern streunender Hunde entstehen.

Fiamma hatte jahrelang Zeit gehabt, darüber nachzudenken, wie sie die Männer töten würde. Allen sollte das Herz in Eisen verwandelt werden, als Zeichen, dass sie keine Gnade oder Mitleid kannten, und darüber hinaus sollte jeder ein anderes Zeichen für seine ganz besondere Schuld erhalten. Angelo, der die Gewalttat eigentlich verhindern wollte und dann doch nicht eingeschritten war, wurden die Hände abgetrennt dafür, dass er tatenlos zugeschaut hatte. Wilhelm, dem alten Mann, der ihr Gesicht entstellt hatte, hatte sie es mit derselben Münze heimgezahlt und ihm ein Kreuz ins Gesicht geritzt. Und Hugues, dessen krankes Hirn Tod und Folter angeordnet hatte, hatte nun den Kopf voller Maden.

In Gedanken hatte sie die drei Männer Pilatus, Longinus und Kaiphas getauft, wie die Mörder Christi. Der erste hatte sich die Hände vom Blut des Erlösers reingewaschen, der zweite hatte ihm eine Seite mit der Lanze durchbohrt und der dritte war die treibende Kraft für seine Ermordung. Und obwohl sie wusste, dass sie sich nicht mit Gottes Sohn vergleichen durfte, fühlte sie sich ihm doch ähnlich in ihrer vergewaltigten Unschuld. Fiamma sah sich als ein Opferlamm, das seinem Schicksal hilflos ausgeliefert war.

Ohne zu zögern kehrte sie nun der Leiche den Rücken und verließ das Haus. Die Tür ließ sie offen. Die Straße war voller Leute, und die Nachmittagssonne überflutete alles mit einem warmen Goldton. Fiamma holte tief Luft und stieß einen schrecklichen Schrei aus. Dann lief sie los und rief laut, dort läge ein Toter mit aufgeschnittenem Brustkorb und einem Herzen, das in einen Eisenblock verwandelt war. Sogleich machte sich auf der Straße eine Aufregung breit, und die Menge wuselte durcheinander wie ein Ameisenhaufen, in dem man mit einem Stecken herumgestochert hatte: Alle liefen ziellos umher, viele rannten nach Haus, die Händler schlossen ihre Läden, die Papierhändler versuchten, ihre Stapel Papier und Hefte in Sicherheit zu bringen, ehe die Menge darauf herumtrampelte, die Frauen schrien, und die Nachricht von dem neuen Toten mit einem eisernen Herzen verbreitete sich wie ein Lauffeuer.

Fiamma ging ungestört davon, die Tasche über der Schulter. Jetzt musste sie noch einen Menschen töten, doch für diesen Tag hatte sie genug getan.

VIERZEHN

Uberto da Rimini betrachtete den jungen Mann vor sich mit unverhüllter Befriedigung. Zuerst hatte er die verschwundene Leiche gefunden und jetzt auch noch denjenigen, der sie weggebracht hatte, nachdem er den Mann getötet und Feuer im Haus gelegt hatte. Schon bald würde der Erzbischof alle Beweise bekommen, die er wollte.

Er brauchte nur noch ein Geständnis.

Mit einem Anflug von Wut stellte sich Uberto das asketische Gesicht von Rinaldo di Concorezzo vor, wenn er sagte: *»Wir haben eine Leiche und einen Brandstifter. Doch wo sind die Beweise, dass die Leiche sich wirklich in dem Haus befand und dass der Brandstifter auch der Mörder ist?«*

Rinaldos Besessenheit, das Gesetz zu beachten, grenzte an Naivität, um nichts Schlimmeres zu sagen. Wer würde schon freiwillig gestehen, ein Verbrechen verübt zu haben, das ihn direkt auf den Scheiterhaufen brachte?

»Ihr seid also Francesco Salimbene«, sagte Uberto ruhig. »Der Tempelritter, der in der Wohnung in der Kirchengemeinde von Sant'Antonino lebte, die vor zwei Wochen niedergebrannt ist. Gebt Ihr das zu?«

»Ich gebe zu, dass ich in dieser Wohnung gelebt habe, Vater, aber ich bin ein Medizinstudent, kein Tempelritter.«

»Aber Angelo da Piczano, den Ihr bei Euch aufgenommen hattet, war ein Templer. Wo hätte ein von der Inquisition gesuchter Tempelritter Unterschlupf gesucht, wenn nicht bei einem Mitbruder?«

»Er wäre zu einem Freund gegangen. Ich kannte Angelo und seine Lage, und ich glaubte nicht, das Gesetz zu brechen, wenn ich ihn für einige Tage bei mir aufnahm. Für die weltliche Gerichtsbarkeit hatte er kein Verbrechen begangen.«

»Tempelritter haben keine Freunde unter dem normalen Volk.«

»Dies kann ich nicht wissen, aber wenn Ihr es sagt, muss es stimmen. Ich weiß nur, dass er und ich Freunde waren und ich keinen Grund hatte, ihm ein Obdach zu verweigern.«

Es legte sich eine Stille über den Raum, die nur von der kratzenden Feder des Notars zu seiner Linken gebrochen wurde. Dieser schrieb die Fragen und Antworten auf ein Blatt Pergament, das auf der geneigten Fläche eines Pultes von zwei Eisenwürfeln gehalten wurde. Uberto erkannte, dass sie auf diese Weise zu keinem Ergebnis kommen würden. Er hatte gehofft, den Angeklagten in eine Reihe von kleinen Geständnissen verwickeln zu können, die ihn langsam und unerbittlich festnageln würden. Deshalb hatte er ihn nicht gleich beschuldigt, einen falschen Namen benutzt zu haben. Francesco Salimbene erwies sich jedoch als schlauer, als er gedacht hatte, obwohl er noch so jung war. Es gab nur ein Mittel, um ihn schnell dazu zu bringen, seine Verbrechen zu gestehen … In diesem Palazzo waren Uberto jedoch die Hände gebunden.

»Könntet Ihr uns genau erklären, wessen Ihr diesen jungen Mann beschuldigt, Vater?«

Die Stimme, der man anhörte, dass er aus Lucca kam, gehörte dem Podestà Enrico Bernadazzi. Uberto drehte sich um und sah ihn tatsächlich in der Tür stehen, so elegant gekleidet wie immer. Ihm auf den Fuß folgte Pantaleone Buzacarini, der Capitano del Popolo.

»So hatten wir das nicht vereinbart, Eure Exzellenz«, wehrte sich der Dominikaner. »Ich habe mich nur deshalb einverstanden erklärt, zur Befragung des Gefangenen hierherzukommen, weil man mir versichert hat, ich hätte dabei alle Freiheiten.«

»Das habt Ihr nur akzeptiert, weil es keine andere Möglichkeit gab«, sagte der Capitano del Popolo. »Aber unsere Vereinbarungen gelten unverändert. Haltet Ihr es wirklich für eine Einschränkung Eurer Freiheit, uns zu sagen, welcher Vergehen Ihr den Gefangenen beschuldigt?«

Pantaleone Buzacarini war bekanntermaßen ein Ghibelline, der diese Stellung aufgrund der neuen Politik der Welfen bekleidete, die Gegner in die Lenkung der Geschicke der Stadt einzubeziehen, sie aber in der Minderheit zu halten. Bei ihm musste er doppelt vorsichtig sein.

»Darum geht es nicht«, antwortete Uberto und wählte den Weg der Vernunft. »Ich möchte sie nur lieber nicht erwähnen, bevor ich etwas Greifbares in Händen habe. Ich beschuldige ungern jemanden ohne Beweise.«

»Ich hatte genau das Gegenteil angenommen«, stieß Pantaleone leise zwischen den Zähnen hervor, woraufhin auf den Lippen des Podestà ein Lächeln erschien – und dies, obwohl der ein unversöhnlicher Welfe war.

»Was meintet Ihr gerade?«, fragte Uberto, der es in Wirklichkeit genau gehört hatte.

»Nichts von Bedeutung. Doch sagt mir eins, wenn Ihr nicht einmal dem Gefangenen mitteilt, welches Verbrechens Ihr ihn beschuldigt, wie soll er sich da schuldig bekennen?«

Uberto hätte den Capitano del Popolo liebend gern selbst auf das Rad gespannt und gefoltert. Solche respektlosen Verhaltensweisen waren die direkte Folge der Schwäche von Kirchenfürsten wie dem Erzbischof von Ravenna.

Er verschränkte die Arme vor der Brust seiner weißen Kutte, die er unter dem schwarzen Umhang mit der Kapuze seines Ordens trug; diese Geste löste bei seinen Untergebenen und den Befragten sonst Angst und Schrecken aus.

»Wie und wann ich es ihm mitteilen werde, entscheide ich, Capitano. Und jetzt, wenn Ihr erlaubt, möchte ich das Verhör fortsetzen.«

Der Notar schrieb nicht mehr mit und beobachtete alle drei von seinem Tisch aus, wobei er sich mit der Gänsefeder am Ohr kitzelte.

Francesco Salimbene verfolgte seinerseits aufmerksam jedes Wort. Über sein Gesicht glitten abwechselnd Hoffnung und Enttäuschung wie beim Spiel von Licht und Schatten, das die zwischen Blättern durchscheinende Sonne hervorbringt.

»Fahrt ruhig fort«, sagte der Podestà und stellte sich hinter dem Notar auf. Pantaleone folgte ihm sogleich. »Wir werden Euch nicht stören.«

Nun machte sich wieder ausschließlich Schatten auf dem Gesicht des jungen Mannes breit – Uberto war jedoch zu aufgebracht, um darüber Befriedigung zu empfinden. Leider hatte der unverschämte Capitano Recht. Unter diesen Umständen blieb ihm keine andere Möglichkeit, als den Gefangenen zu ihren Bedingungen zu befragen. Und dann musste man auch noch schnell zu einem Ergebnis kommen.

Doch vielleicht konnte er die Lage ja noch zu seinem Vorteil wenden.

»Soweit ich weiß«, sagte er, an den Podestà gewandt, und ignorierte den Capitano del Popolo vollkommen, »gibt es schwerwiegende Beweise gegen diesen Mann, dass er ein Brandstifter ist. Dennoch behauptet er, der Brand wäre in seiner Abwesenheit ausgebrochen.«

»Das ist richtig, aber dieses Verbrechen fällt in den Zuständigkeitsbereich der Stadt.«

»Und wie wollt Ihr nachweisen, dass er schuldig ist, wo der Angeklagte nicht gesteht?«

Der Podestà warf ihm einen verblüfften Blick zu. »Die Beweise gegen ihn sind so belastend, dass sie den Einsatz der Folter rechtfertigen. Aber das wisst Ihr selbst sehr genau.«

»Dann fahrt doch Ihr mit dem Verhör fort.«

»Wollt Ihr damit sagen, dass Ihr lieber darauf verzichtet, ihn zu befragen, als uns zu erklären, wessen Ihr ihn beschuldigen werdet?«

»Keineswegs«, erwiderte Uberto. »Doch ich habe mich entschieden, aufrichtig zu Euch zu sein. Bei dem Verbrechen, dessen ich ihn beschuldigen werde, handelt es sich um Mord, bei dem auf Hexenkünste zurückgegriffen wurde. Mord, von einem Tempelritter verübt, der nach dem Brand in der Gemeinde Sant'Antonino verschwunden ist und dessen Namen ich noch nicht kenne …« Er bemerkte, dass der Capitano del Popolo ihn unterbrechen wollte, und brachte ihn durch einen Blick zum Schweigen. »Ich weiß, dass es dort wirklich einen Mord gegeben hat«, sagte er, um seinem Einwand zuvorzukommen, »da ich die Leiche ausfindig gemacht habe. Kann ich jetzt fortfahren?«

»Tut das«, mischte sich der Podestà ein.

»Ich habe die Absicht, diesen jungen Mann, der aller Wahrscheinlichkeit nach nicht Francesco Salimbene heißt, außerdem des Mordes an Wilhelm von Trier anzuklagen. Der deutsche Tempelritter wurde tot in einem Wirtshaus in der Nähe der Basilika Santo Stefano aufgefunden; sein Herz war in einen Eisenblock verwandelt. Doch um meine Anklagen zu beweisen, muss der Gefangene sich erst schuldig bekennen, den Brand gelegt zu haben. Allerdings werde ich mich jetzt zurückziehen, wenn Ihr das für angebracht haltet, während Ihr ihn dazu befragt, und mit anderen Beschuldigungen folgen, wenn er diese Tat gestanden hat.«

Der Capitano del Popolo klatschte langsam in die Hände, eine vulgäre Geste, mit der sonst das gemeine Volk seinen Beifall für die Darbietungen der Gaukler und Bänkelsänger ausdrückte. Uberto, der Podestà, der Notar und sogar der Gefangene drehten sich zu ihm hin und starrten ihn an.

»Meine Hochachtung, Inquisitor«, sagte Pantaleone. »Ich hätte Euch nicht für so schlau gehalten.«

»Was meint Ihr damit? Erklärt Euch näher«, griff der Podestà in strengem Ton ein.

»Jeder weiß doch, dass Erzbischof Rinaldo da Concorezzo den Einsatz von Folter verabscheut«, erklärte der Capitano. »Und wie Euch bekannt ist, benötigt ein Inquisitor die Erlaubnis des Bischofs, um einen Angeklagten zu foltern. Da der Angeklagte nicht *cospectu tormentorum*, also bereits beim puren Anblick der Folterinstrumente gestanden hat, will der gute Inquisitor nun uns die Aufgabe überlassen, ihn zu foltern, um dann die Ergebnisse für sich zu nutzen.«

»Nun und?«, entgegnete Uberto heftig. »Ihr habt mich doch aufgefordert, meine Befragung hier durchzuführen, statt mir den Beschuldigten zu überlassen. Jetzt schlage ich Euch eine Zusammenarbeit vor, die sich sowohl für die Kirche als auch für die Stadt als Segen erweisen kann. Welche Gründe könnt Ihr vorbringen, um sie abzulehnen?«

Der Capitano del Popolo wollte etwas sagen, doch der Podestà hielt ihn auf. »Das genügt, Pantaleone. Lasst nicht zu, dass Euer Herz eines Ghibellinen in Konflikt mit der Vernunft gerät. Sollte der junge Mann tatsächlich dieser Verbrechen gegen die Stadt und gegen die Kirche schuldig sein, wäre es wohl das Beste, im allgemeinen Interesse vereint vorzugehen und alle wechselseitigen Rivalitäten aus dem Spiel zu lassen. Lasst bitte den Henker rufen.«

Diesmal konnte sich Uberto selbst nur mühsam zurückhalten, um nicht zu applaudieren. »Wohl gesprochen!«, rief er, während der Capitano den Raum verließ.

Auf seine Worte folgte eine angespannte Stille, die andauerte, bis Pantaleone Buzacarini mit dem Henker zurückkam.

Uberto zog sich neben den Podestà zurück und überließ dem Capitano die Aufgabe, den Gefangenen peinlich zu befragen, der seine Version wiederholte und daraufhin sofort mit Zugseilen gefoltert wurde. Der Henker band ihm die Hände hinter dem Rücken zusammen, befestigte sie an einem Seil, das von einer an der Decke angebrachten Laufrolle herunterhing, und hievte ihn über einen Mechanismus von weiteren Laufrollen zwei Arm hoch über den Boden. Er gab ihm die Zeit, den Schmerz in den Schultern zu spüren, die so einer unnatürlichen Spannung ausgesetzt waren, dann ließ er auf einen Wink des Capitano hin Seil ab und hielt es kurz darauf abrupt an. Der junge Mann schrie laut vor Schmerzen, als seine hinter dem Rücken gefesselten Arme nach oben gerissen wurden und auszukugeln drohten.

»Das ist nur der erste Grad«, erklärte Pantaleone Buzacarini. »Gesteht lieber gleich, dann bleibt Euch der zweite erspart. Beim dritten gesteht fast jeder.«

»Nein … Ich habe den Brand nicht gelegt, glaubt mir doch«, antwortete Gerardo mit gepresster Stimme. »Als ich nach Hause kam, habe ich die Flammen gesehen. Da habe ich befürchtet, man könnte mir die Schuld geben, und ich bin geflohen.«

Der Notar schrieb Frage und Antwort auf. Der Capitano wandte sich an den Podestà, und als der ihm zunickte, befahl er dem Henker, den Gefangenen noch einmal hochzuziehen. Als das Seil ihn diesmal nach oben zog und über dem Boden baumeln ließ, entlockte ihm der Schmerz einige Tränen und heftiges Stöhnen.

»Noch könnt Ihr Euch den größten Schmerz ersparen«, ermahnte ihn der Capitano. »Gesteht Ihr?«

»Nein, ich war es nicht«, brachte der junge Mann mühsam hervor. »Ich bitte Euch, ich bin unschuldig.«

Der Henker ließ Seil ab und hielt es wieder an. Diesmal endete der Schrei des Gefangenen in einem erstickten Schluchzen.

»Habt Ihr den Brand in jenem Haus in der Gemeinde Sant' Antonino vor zwei Wochen gelegt?«, fragte der Capitano ungerührt.

Uberto, der neben dem Podestà stand, ließ das Gesicht des jungen Mannes keinen Moment aus den Augen und suchte darin nach Anzeichen, dass er aufgeben würde. Allmählich schien sein Widerstand zu schwinden. Er würde bald gestehen. Wenn die Zugfolter ihn erst einmal gebrochen hatte, würde er keine Kraft mehr haben, beim Verhör wegen des zweifachen Mordes Widerstand zu leisten. Und selbst wenn, erreichte er damit nur eines: dass er wieder gefoltert würde, bis er ein Geständnis ablegte. Danach konnte man ihn sicher dazu zu bringen, seine Bekenntnisse auch *sponte non vi*, also ohne die Anwendung der Folter, zu wiederholen. Uberto wusste aus Erfahrung, dass ein Angeklagter – wenn er erst einmal nachgab – nicht mehr die Kraft hatte, sich zu widersetzen. Er tat dann alles, was man von ihm verlangte.

»Ich bin unschuldig«, bestand der junge Mann und bewies eine ungewöhnliche Beharrlichkeit. »Was diese Anklage betrifft und auch all die anderen, derer mich der Inquisitor beschuldigen will.«

Der Capitano gab dem Henker einen Wink, der daraufhin erneut das Seil hochzog. In diesem Moment hörte man hinten auf dem Flur Stimmen und das Geräusch von Schritten. Ein Wachmann betrat den Raum und meldete, dass jemand dringend nach dem Capitano del Popolo und dem Inquisitor verlangte.

»Wer?«, fragte Uberto.

»Ein Dominikaner und ein Papierhändler. Der Mönch sagte, er hätte eine Nachricht des Erzbischofs, der andere will mit Messere Pantaleone sprechen, um ihm ein schreckliches Verbrechen zu eröffnen.«

Einen feindseligen Blick wechselnd, verließen Uberto und Pantaleone Buzacarini den Raum und folgten der Wache nach draußen. Die beiden Männer, die sie dort erwarteten, wirkten ziemlich verängstigt. Als Erster ergriff der Papierhändler das Wort. Noch während sie einige Schritte entfernt waren, konnte er sich nicht mehr zurückhalten und rief ihnen zu: »Capitano, im Viertel der Papiermacher hat man einen Mann gefunden, der in seiner eigenen Wohnung an das Bett gebunden war, sein Kopf war voller Würmer, und anstatt des Herzens hatte er einen Block aus Eisen.«

Bei diesen Worten blieb Uberto schlagartig stehen. Noch ein Mensch, der auf diese Weise getötet worden war! Dies entlastete zwangsläufig Mondinos Studenten, der diesen Mord nicht begangen haben konnte, da er im Gefängnis war. Das ganze Kartenhaus der Anschuldigungen, das er vorbereitet hatte, schien in sich zusammenzubrechen.

Doch ihm blieb keine Zeit, darüber nachzudenken, denn hinter ihm erschien sein Assistent Bruder Antonio. Der junge Mann, der noch ein wenig kleiner war als er, musste gerannt sein, denn er keuchte und schwitzte. Dennoch verbeugte er sich in gebührender Form: »Verzeiht die Störung, Vater«, sagte er leise. »Der Erzbischof ist hier und verlangt dringend nach Euch.«

»Hat er wirklich ›dringend‹ gesagt?«

Der Mönch nickte. »Er hat sich schon in Eurem Arbeitszimmer eingerichtet und sieht alle Akten des Prozesses durch, um sich zu versichern, dass es keine Unregelmäßigkeiten gibt.«

Uberto da Rimini hatte noch nie in seinem Leben geflucht, und er tat es nicht einmal in diesem Augenblick. Doch er musste jedes Quäntchen Selbstbeherrschung einsetzen, um Gott nicht zu fragen, warum er ständig all seine Mühen vereitelte. Es hätte keine Stunde mehr gedauert, um dem falschen Studenten ein Geständnis zu entreißen, aber er wagte es nicht, noch länger zu verweilen. Nun ging es vor allem darum, sein Vorgehen geheim zu halten, er hatte ja nicht einmal mit Bruder Antonio über die Verhaftung gesprochen. Wenn es Gott gefiel, würde er morgen zurückkehren und die unterbrochene Befragung wiederaufnehmen.

»Dringende Probleme rufen mich, wie Ihr gehört habt«, sagte er deshalb zum Capitano del Popolo, der sich gerade leise mit dem Papierhändler unterhielt. »Ich verlange, dass die Befragung unterbrochen und nur in meiner Anwesenheit wiederaufgenommen wird, im Namen der Zusammenarbeit, die uns in diesem Fall vereint.«

»Das sei Euch gewährt« erwiderte der Podestà, der sich zu ihnen gesellte. »Doch ich werde nur bis morgen zur sechsten Stunde auf Euch warten. Dann werde ich alleine fortfahren.« Er drehte sich zum Verhörraum um, in dem nur noch der Notar und der Henker zurückgeblieben waren, und rief: »Man soll dem Gefangenen die Seile abnehmen und ihn wieder in seine Zelle bringen. Wir fahren morgen fort.«

Uberto verneigte sich kurz vor ihm und eilte im Gefolge von Bruder Antonio davon.

»Da ist noch etwas«, fügte der Dominikaner leise hinzu, während sie aus dem Gebäude in das Gewirr der Läden eintauchten, die einen guten Teil des Platzes unterhalb des Durchganges ausfüllten und den Fußgängern und Handkarren gerade genügend Platz zum Durchkommen ließen. »Ich wollte nicht vor Fremden mit Euch darüber reden.«

»Worum geht es?«

»Dieser ehemalige Priester, Guido Arlotti. Er wollte Euch im Kloster aufsuchen und sagte, er hätte wichtige Neuigkeiten für Euch. Er war voller blauer Flecke und seine Kleider waren zerrissen. Weil er Euch nicht angetroffen hat, ist er gegangen, um sich umzuziehen und seine Wunden zu versorgen, aber er hat gesagt, er würde später wiederkommen.«

Uberto nickte seufzend. Das war zu viel auf einmal; er musste sich einen Moment Zeit nehmen, um sich Klarheit zu verschaffen und zu entscheiden, wie er weiter vorgehen würde. Doch dafür musste er ungehindert handeln können. Und er hoffte, dass der Erzbischof so schnell wie möglich dahin zurückkehren würde, woher er gekommen war.

Ihr Weg bis zum Hafen von Porticella verlief ruhig und angenehm. Sie folgten dem Ufer des Navile-Kanals zu Land, unter den Schreien der Maultiertreiber, die ihre Tiere antrieben, die Boote stromaufwärts zu ziehen, und den Pfiffen der Bootsführer, mit denen sie sich warnten, wenn sie einander entgegenkamen. Dass so viele Menschen unterwegs waren, bedeutete an sich schon einen ausreichenden Schutz vor Guido Arlotti und seinen Kumpanen, falls diese vorhatten, sich an ihnen zu rächen. Doch Adia zweifelte, dass sie in ihrem ramponierten Zustand die Kraft hatten, irgendetwas zu unternehmen, und Mondino stimmte ihr zu.

Sie liefen hintereinander: zuerst der Esel, vollbeladen mit Gepäck, das mit festen Netzen aus Seil zusammengeschnürt war. Dann Adia und Mondino, die das Tier abwechselnd mit einem Klaps auf den Rücken antrieben, wenn es stehen blieb, und dahinter die Hunde, die ständig hin und her liefen; sie keuchten, und die Zunge hing ihnen aus dem Maul, doch sie verfolgten jede Bewegung aufmerksam.

Adia und Mondino redeten wieder über den Mord an dem deutschen Tempelritter. Die Alchimistin fragte, ob die Leiche zufällig eine kreisförmige Wunde wie von einem Pfriem in der Brust hätte.

Mondino sah sie an; in seinem Blick mischten sich Verwunderung und Misstrauen: »Woher wisst Ihr das?«

Während die allgemeinen Informationen über die Leiche inzwischen in aller Munde waren, war dieses Detail nicht durchgesickert. Es konnte sogar sein, dass es Mondino als Einzigem aufgefallen war – und das auch nur, weil Angelo da Piczanos Leiche die gleiche Wunde aufwies.

Adia lächelte geheimnisvoll. »Natürlich dank meiner Hexenkünste. Haben Euch die Leute, die Euch von mir erzählt haben, denn nicht erwähnt, dass ich die Vergangenheit und die Zukunft zu deuten weiß?«

»Treibt bitte keinen Scherz mit mir und antwortet auf meine Frage.«

Adia schlug auf die Kruppe des Esels und schnalzte dazu mit der Zunge. Daraufhin trottete das Tier, das einen Augenblick lang stehen geblieben war und den Kanal zu ihrer Rechten betrachtet hatte, folgsam weiter.

»Ich habe nur eine Vermutung geäußert, hochgeschätzter Herr Doktor«, sagte Adia mit einer gewissen Heiterkeit in der Stimme. »Wenn dieser Mann mit einem Pulver getötet wurde, das Blut in Eisen verwandelt, kann er es nicht in Flüssigkeit aufgelöst getrunken haben, das seht Ihr doch genauso, oder?«

»Das habe ich mir auch schon überlegt«, sagte Mondino. »Sonst hätten sich alle Blutgefäße in Eisen verwandeln müssen, sobald das Gift durch sie hindurchfloss. Stattdessen waren nur das Herz und die benachbarten Blutgefäße von der Verwandlung betroffen.«

Dieses Problem hatte ihn aus wissenschaftlicher Sicht am meisten beschäftigt, und er hatte auch keine Antwort gefunden, als er mit Gerardo und Hugues de Narbonne darüber gesprochen hatte.

»Das bedeutet«, fuhr Adia fort, »dieses Gift, wie Ihr es nennt, wurde direkt ins Herz injiziert. Mit einem hohlen Stilett oder etwas Ähnlichem.«

»Doch so etwas gibt es nicht!« rief Mondino aus. »Ich halte mich über alle Neuerungen der Wissenschaft auf dem Laufenden und habe noch nie etwas von einer dünnen Hohlklinge gehört, die fest genug wäre, um ein menschliches Herz zu durchstoßen, ohne sich zu verbiegen.«

Aus einem Seitenweg zu ihrer Linken kam ihnen ein Bauer entgegen, der einen Karren voller Gemüse hinter sich her zog. Sein Hund, ein kräftiger Mischling mit hängenden Ohren, fing an, zu knurren und die beiden Molosser anzubellen. Mondino befürchtete schon, dass es zu einem Kampf kommen würde, doch Adia rief einen kurzen Befehl auf Arabisch, und die Tiere blieben starr am Straßenrand stehen, ohne die geringste feindliche Regung gegen den Hund des Bauern zu zeigen. Der knurrte und sabberte munter weiter, wagte es jedoch nicht, sich ihnen zu nähern. Nachdem der Bauer sich vergeblich heiser geschrien hatte, um ihn zu sich zu rufen, ließ er die Stangen des Karrens los und zwang seinen Hund mit Fußtritten, mit ihm weiterzuziehen. Während sie sich entfernten, bemerkte Mondino, wie er mit der linken Hand eine Geste machte, um Schaden von sich abzuwehren.

»Die Leute hier glauben, meine Hunde seien vom Teufel besessen, und das nur, weil sie sich vernünftig verhalten«, erklärte Adia schulterzuckend.

»Dass sie Euren Befehlen aufs Wort gehorchen, überrascht sogar mich«, entgegnete Mondino.

»In meiner Heimat hat das Abrichten von Hunden, Pferden und Falken eine tausendjährige Tradition«, sagte Adia. »Mein Volk hat vor Jahrhunderten entdeckt, dass sich Gehorsam leichter durch Sanftmut als durch Schläge erreichen lässt.«

Mondino konnte sich gerade noch zurückhalten, dass er nicht etwas Bissiges über die islamischen Horden sagte, die über das Heilige Land herfielen und wie grausam sie dort gegen die Christen kämpften.

»Ihr habt etwas über dieses Instrument gesagt«, wechselte er das Thema.

»Darüber gibt es nichts mehr zu sagen««, erwiderte Adia

und schien plötzlich übel gelaunt. Diese beschwörende Geste des Aberglaubens musste sie stärker verletzt haben, als sie zugeben wollte. »Eine Sache gibt es so lange nicht, bis jemand sie braucht. Und wenn dann der Bedarf dafür da ist, wird sie früher oder später geschaffen.«

Mondino dachte nach und kam zu dem Schluss, dass sie Recht haben könnte. Kein Arzt hatte bisher eine Arznei direkt ins Blut injizieren müssen, doch die Vorstellung war faszinierend. Bestimmt würden Heilmittel auf diese Weise wesentlich schneller wirken. Aber um dieses Verfahren anwenden zu können, musste man erst mehr darüber wissen, wie der Blutkreislauf überhaupt funktionierte. Dieser Gedanke brachte ihn zu seinen gegenwärtigen Problemen zurück und ließ auch ihn verstummen.

Das nächste Stück Weges legten sie schweigend zurück. Erst als sie Corticella vor sich sahen, ein kleines, aber ausgesprochen lebhaftes Dorf, unterhielten sie sich wieder. Mondino hätte das erste Boot nach Bologna nehmen müssen, aber es fiel ihm merkwürdig schwer, sich von dieser Frau mit der bernsteinfarbenen Haut und der heiseren Stimme zu trennen, und nicht einmal der Gedanke an den Inquisitor und sein Ultimatum konnten ihn davon abhalten, Adia zu der Familie zu begleiten, die sie aufnehmen würde.

Der Hafen wimmelte von Wasserfahrzeugen aller Arten: von den einfachen Stakkähnen, die sich geschickt sogar durch die flachsten Gewässer bewegten und zum Transport von kleinen Lasten dienten, über die imposanteren, »Rascona« genannten Kähne mit ihren trapezförmigen Segeln, mit denen man den breiten Po und sogar das offene Meer befahren konnte. Mondino beobachtete gebannt die Schiffe und die Verkaufsverhandlungen, die praktisch überall stattfanden: auf den Kaimauern, an hastig aufgebauten Ständen, in den großen, fest gemauerten Lagerhäusern an den Ufern. Eines der Lagerhäuser erregte seine Aufmerksamkeit, denn es hatte ein vorgelagertes eigenes Landungsbecken, so dass die kleineren Boote unter einem Bogen hindurch direkt in das Gebäude fahren und dort ihre Waren entladen konnten. Dieser Anblick erinnerte Mondino an Beschreibungen, die er über Venedig gehört hatte, und auf einmal, vielleicht durch all diese Boote um ihn herum, erfasste ihn eine große Reiselust. Er spürte den Wunsch, neue Orte zu sehen und sein Leben nicht mehr länger nur auf eine einzige Stadt zu beschränken.

Adia schien sich sehr gut mit Booten, Segeln und Bemastungen auszukennen und erklärte ihm auf ihrem Weg ihre unterschiedlichen Funktionen. Auf Mondinos Frage, ob sie sehr viel gereist sei, antwortete die Frau, dass sie stundenlang über all die Orte reden könnte, an denen sie gewesen sei.

Endlich erreichten sie das Gasthaus, das sie anstrebte, ein für dieses Dorf eigentlich viel zu großes Gebäude, in dessen unterem Teil die Taverne lag und darüber zwei Stockwerke mit zahlreichen Gastzimmern. Der Wirt empfing Adia sehr herzlich, sagte ihr, sie könne so lange bleiben, wie sie wünschte, und wollte nichts von Bezahlung hören.

»Ich habe seine Tochter von einer schlimmen Gürtelrose geheilt«, erklärte Adia, während sie ihre Tiere im Hof hinter dem Haus unterbrachte.

»Was habt Ihr dazu benutzt?«, fragte Mondino neugierig.

»Blätter vom Holunderstrauch, als Sud, und Umschläge. Aber wenn ich ehrlich sein soll«, fügte sie lächelnd hinzu, »habe ich den Eindruck, dass die Krankheit von selbst zurückgegangen ist, nachdem sie ihren üblichen Verlauf genommen hatte.«

Nachdem beide sich frisch gemacht hatten, Adia in ihrem Zimmer und Mondino am Brunnen im Hof, schlug sie ihm vor, etwas zu essen, bevor sich ihre Wege trennten.

»Bei all der Aufregung, die Eurer Ankunft in meinem Haus

gefolgt ist, erinnert mich mein Magen erst jetzt daran, dass ich nichts zu Mittag gegessen habe. Und hier gibt es ein ausgezeichnetes, in Wein geschmortes Kaninchen.«

Mondino nahm ihren Vorschlag sofort an und das mit einer Begeisterung, die die Umstände keineswegs rechtfertigten. Als sie den Schankraum betraten, fanden sie ihn voller Menschen. Der Wirt erklärte ihnen, er hätte im Augenblick keinen Platz für sie, und bat sie, im oberen Stockwerk zu essen, er versicherte, er würde ihnen das Essen möglichst schnell dorthin bringen lassen. Mondino glaubte, dass er sie für ein Paar hielt, und wollte schon protestieren, doch Adia zupfte ihn am Ärmel seines Gewandes und gab ihm zu verstehen, er solle es lassen.

Während sie die Stufen hinaufgingen, erklärte sie: »Er ist zu höflich, um es zu sagen, aber hier kennen mich viele Leute, und er möchte nicht, dass seine Gäste sich erschrecken, wenn sie eine Hexe im Schankraum sehen.«

Sie aßen in einem privaten Raum neben Adias Zimmer, der mit einem niedrigen Tisch und zwei kleinen roten Samtsofas ausgestattet war. Eigentlich war es eher Zeit für ein Abend- als für ein Mittagsmahl, und die Sonne, die sich schon ziemlich weit nach Westen in Richtung Modena abgesenkt hatte, tauchte den Raum in einen warmen rötlichen Schein.

Während sie das Kaninchen aßen, mit Brotstücken die Soße auftunkten und einen kühlen und trügerisch leichten Trebbiano dazu tranken, unterhielten sie sich weiter über Alchimie und all die Orte, an welche Adias Wissensdurst sie geführt hatte. Sie war in Griechenland gewesen, wo sie die Ruinen des Parthenon und die Burg von Athen gesehen hatte. Von Sizilien aus hatte sie sich nach Barcelona eingeschifft, war zu Fuß zur Basilika von Santiago de Compostela gewandert und hatte von dort aus die Pyrenäen überquert, um schließlich südwärts nach Bologna zu reisen.

Nun würde sie nach Venedig gehen, war ihr Plan, wo sie einen jüdischen Gelehrten besuchen wollte, von dem sie sehr viel gehört hatte, und danach würde sie nach Frankreich weiterziehen.

Mondino erzählte, dass er sehr gern eines Tages die Medizinschule von Montpellier besuchen würde, fügte jedoch hinzu, dass er kaum Zeit für eine so lange Reise finden würde, in seinem Alter und bei all den Verpflichtungen, die seine Familie und sein Beruf mit sich brachten.

»Unsere Verpflichtungen liegen da, wo wir sie haben wollen«, erwiderte Adia und sah ihm in die Augen. »Und was das Alter betrifft, weiß ich wirklich nicht, was Ihr meint.«

»Macht Euch nicht lustig über mich, Madonna Adia«, sagte Mondino ein wenig beleidigt, weil sie das Gespräch auf diesen Punkt gebracht hatte. »Ich weiß genau, dass ich nicht mehr in der Blüte meiner Jahre stehe, und …«

»Erzählt bitte keinen Unsinn«, unterbrach sie ihn. »Seht Ihr nicht selbst, dass Ihr bei jedem Eurer Wünsche gleich eine Entschuldigung findet, warum Ihr ihn nicht verwirklichen könnt? Begreift Ihr denn nicht, dass alles nur von Euch selbst abhängt?«

»Das verstehe ich nicht, und ich bitte Euch, nicht weiterzureden, damit dieser schöne Moment nicht durch einen Streit verdorben wird. Sagen wir einfach, dass ich vielleicht zu schwach und faul bin, um eine Reise bis Montpellier zu unternehmen.«

»Schwach?«, gab sie lachend zurück. »So, wie Ihr mit diesen Schurken gekämpft habt, hätte ich mich bei Euch auch ohne meine Mastinos sicher gefühlt.«

Mondino spürte, wie ihm bei ihren Worten das Blut ins Gesicht stieg, doch er versuchte sein Bestes, um sich unbeeindruckt zu geben, und sagte nichts dazu.

Adia sah ihn an und lachte lauthals los. »Ihr seid gerade sehr komisch, wisst Ihr das? Ihr zwingt Euch dazu, so gleichgültig wie eine Statue zu erscheinen, aber Ihr seid es keineswegs.«

»Ihr scheint sehr viel darüber zu wissen, wie ich bin und wonach ich mich sehne.«

»So ist es«, erwiderte sie mit einer gewissen Dreistigkeit, aber Mondino blieb nicht die Zeit, sie verwirrend zu finden, weil Adia ihm unverwandt mit leicht geöffneten Lippen in die Augen schaute. »Ich weiß übrigens auch, wonach ich mich sehne«, fügte sie leise hinzu.

In der durch den Wein gelösten Stimmung wusste Mondino nicht, wie ihm geschah, aber plötzlich umarmten sie einander, und ihre Lippen suchten gierig die des anderen. Adia flüsterte ihm ins Ohr, er solle sie in ihr Zimmer tragen, und er gehorchte ihr aufs Wort, hob sie auf seine Arme, ohne dabei aufzuhören sie zu küssen, und fühlte sich ein wenig, als entweihe er die Tradition der Hochzeit, während er mit ihr die Schwelle überschritt.

Mondino verlor keine Zeit damit, erst nach einer Kerze zu suchen, ihm genügte der Lichtstreif, der unter dem Laden des geschlossenen Fensters hereinfiel. Er legte Adia sanft auf das ärmliche, aber mit einem sauberen Laken überzogene Strohlager. Sie half ihm mit schnellen und erfahrenen Bewegungen, die ihm vor Eifersucht einen Stich versetzten, Gewand und Beinlinge im Stehen auszuziehen, dann war auch sie nackt und saß vor ihm.

Sie verweilten kurz und schauten einander schweigend in die Augen. Ihr Verlangen sprach für sie, und das, was Adia danach tat, wirkte auf Mondino nicht vulgär, sondern wie ein echter Ausdruck von Liebe, zärtlich und ungeheuer erregend. Er streichelte ihren dunklen Schopf, flüsterte sinnlose Worte, versuchte zweimal, sich diesen gierigen Lippen zu entziehen, um sich mit ihr zu vereinigen, und beide Male brachte Adia ihn mit der Hand davon ab, bis Mondino sich von ihr leiten ließ.

Irgendwann legte sich Adia, ohne den Blick von ihm zu lösen, mit verführerischen Bewegungen nach hinten auf das Strohlager. Mondino beherrschte seinen Drang, sich wie ein Tier auf sie zu stürzen, er blieb stehen und betrachtete sie bewundernd im Halbdunkel des Zimmers, denn er ahnte, dass sie genau dies wollte.

»Komm«, sagte Adia mit heiserer Stimme und streckte einladend die Hand aus.

Mondino kniete sich auf die Matratze und streichelte sie langsam, von den Knien hinauf bis zu den Brüsten. Adia stöhnte und versuchte, ihn an sich zu ziehen, aber diesmal wehrte er ab. Jeder Blick, jede Berührung bereitete ihm eine Lust, wie er es bis zu diesem Moment nie für möglich gehalten hätte.

»Du lernst schnell«, lachte sie leise.

Als sie ihn wieder am Handgelenk zog, war Mondino sofort über ihr, voller Ungestüm wie ein reißender Fluss.

Sie liebten einander erst wild und leidenschaftlich, und nach einer kurzen Ruhepause, in der es keiner Worte bedurfte, taten sie es noch einmal, mit mehr Ruhe, aber und dem gleichen Vergnügen. Danach schlief Mondino mit dem Gedanken ein, dass er das letzte Boot nach Bologna versäumt hatte, und versank dann in wirre Träume, in denen auf irgendeine Weise alle Ereignisse dieses langen Tages vorkamen: die Gehirnoperation an Hugues de Narbonne, die drei bewaffneten Männer, die in Adias Haus eingedrungen waren, ihre traurigen Hunde und der Duft ihrer warmen Haut.

Uberto da Rimini versuchte vergeblich, seinen Zorn zu verbergen. Er konnte sich vor dem Erzbischof von Ravenna keinen Wutausbruch erlauben. Und dennoch schien es Rinaldo da Concorezzo darauf anzulegen, dass er seine Selbstbeherrschung verlor. Kaum war er angekommen, hatte er sich in Ubertos Arbeitszimmer eingerichtet und sich alle Unterlagen zum Prozess gegen die Tempelritter bringen lassen. Erst als ihm alles vorlag, hatte er nach ihm geschickt. Jetzt, nach einem kargen Mahl, unterzog er ihn einem regelrechten Verhör. Uberto betete nur stumm, dass er nicht aus Versehen zwischen seinen Papieren irgendeine verräterische Notiz zurückgelassen hatte.

Doch Rinaldo schien sich am meisten für den Mord an dem Deutschen zu interessieren.

»Monsignore«, sagte Uberto und bemühte sich, nicht herausfordernd zu klingen, »ich bin sicher, dass der Mord an dem Tempelritter Wilhelm von Trier, der in Santo Stefano tot aufgefunden wurde, der zweite seiner Art in Bologna ist. Wie ich Euch bereits das letzte Mal gesagt habe, wurde der erste nur nicht entdeckt, weil die Leiche zusammen mit dem Mörder verschwunden ist.«

»Ich bezweifele ja nicht, dass Ihr davon überzeugt seid«, antwortete der Erzbischof. »Und ich bin auch bereit zu glauben, dass es sich wirklich so abgespielt hat, wie Ihr sagt, Pater Uberto.« Er schwieg kurz und starrte auf die über den Tisch verstreuten Papiere und Pergamente, als suche er dort eine Eingebung. »Aber in einem Punkt verstehen wir uns weiterhin nicht: Persönliche Überzeugungen müssen von Beweisen bestätigt werden, um in einem Prozess von Bedeutung zu sein.«

Uberto hätte dem Erzbischof gerne erzählt, dass es Beweise gab, und zwar genug: einen Toten, in dessen Brust anstelle des Herzens ein Loch klaffte, und einen Mann, der ihn erst umgebracht und dann zwei Totengräber bezahlt hatte, um ihn in einem namenlosen Massengrab verschwinden zu lassen. Aber er wusste, dass er auf der Hut sein musste. Wenn er der Versuchung nachgab und dem Erzbischof die Wahrheit enthüllte, würde Rinaldo da Concorezzo alles zum Scheitern bringen. Sein Wahn, dass alles genau nach dem Gesetz zuzugehen habe, und seine beharrliche Ablehnung, die Folter anzuwenden, um

Geständnisse zu erhalten, würden seine Pläne vereiteln. Womöglich würde der Erzbischof ihm sogar Strafen auferlegen, wenn er erführe, dass Uberto Mondino de' Liuzzi erpresste, um ihn zu einer Zeugenaussage im Prozess zu zwingen.

»Ich bin ganz Eurer Meinung, Monsignore«, sagte der Inquisitor deshalb nur. »Und ich tue mein Möglichstes, um die notwendigen Beweise zusammenzutragen.«

Er fühlte sich seltsam, wie er da in seinem eigenen Arbeitszimmer auf der anderen Seite des Schreibtischs auf einem unbequemen Stuhl saß. Am liebsten wäre er aufgestanden und hätte seine Unterlagen geordnet, nur um sich wieder als Herr in seinem eigenen Haus zu fühlen, doch die Etikette ließ dies nicht zu.

»Was gedenkt Ihr, in diesem Fall genau zu tun?«, fragte Rinaldo.

Jetzt war der Moment der Entscheidung gekommen. Bisher hatte sich Uberto mit Halbwahrheiten und Auslassungen durchlavieren können. Doch nun musste er den entscheidenden Schritt tun und den Erzbischof bewusst anlügen. Eine Lüge im Namen des Glaubens war keine eigentliche Sünde, doch sicher sah Rinaldo das anders. Sollte er hinter das falsche Spiel seines Inquisitors kommen, würde er ihn seines Amtes entheben. Während er die Decke betrachtete, als würde er sich sammeln, fühlte Uberto Hass in sich aufsteigen. Warum war der Erzbischof nicht noch einige Tage in seiner Burg von Argenta geblieben, inmitten der ferraresischen Sümpfe? Wenn er erst einmal das Geständnis des jungen Gefangenen im Palazzo des Podestà in Händen und eine schriftliche Aussage von Mondino de' Liuzzi hatte, wäre es zweitrangig, auf welche Weise er sie erhalten hatte. Dann zählte nur noch das Ergebnis. Und falls es Schwierigkeiten gäbe, könnte Uberto sogar den Erzbischof übergehen und eine Nachricht direkt an den Papst schicken.

Stattdessen hatte Rinaldo sich jedoch ausgerechnet diesen fatalsten aller Augenblicke ausgesucht, um ihnen einen Besuch abzustatten und alles durcheinanderzubringen. Uberto blieb nichts anderes übrig, als gute Miene zum bösen Spiel zu machen.

Während der Inquisitor sich geistig darauf vorbereitete, gleich eine Unmenge von Lügen von sich zu geben, klopfte es, und ein Novize steckte den Kopf zur Tür herein. Nachdem er sich tief vor dem Erzbischof verneigt hatte, verkündete er mit hochrotem Kopf, im Erdgeschoss warte ein gewisser Guido Arlotti dringend auf Pater Uberto und er habe ihm nicht begreiflich machen können, dass der Inquisitor nicht gestört werden dürfe. Was er nun tun solle, fragte er demütig.

Uberto zögerte einen Moment. Wenn Guido es wagte, in einem Augenblick wie diesem so hartnäckig darauf zu bestehen, ihn zu sehen, musste etwas Schwerwiegendes geschehen sein. Doch sosehr er auch darauf brannte zu erfahren, worum es sich handelte, konnte er das Gespräch mit dem Erzbischof nicht dafür unterbrechen.

»Sag ihm, er soll später wiederkommen«, erklärte er dem Novizen. »Jetzt habe ich zu tun.«

»Aus welchem Grund will dieser Mensch Euch so dringend sprechen?«, mischte sich Rinaldo da Concorezzo ein.

»Es handelt sich um einen ehemaligen Ordensbruder, der seit Jahren auf dem Weg der Verdammnis ist«, sagte Uberto und nahm seine Strategie der Halbwahrheiten wieder auf. »In letzter Zeit nähert er sich wieder dem Glauben an, doch seine Gewissenskrisen können sehr gut bis zum Ende unseres Gespräches warten.«

»Erlaubt, dass ich Euch berichtige, Pater«, sagte Rinaldo. »Nichts ist wichtiger als die Rückkehr des verlorenen Sohnes. Geht ruhig, ich warte hier auf Euch.«

Uberto schluckte den Vorwurf, dankte dem Erzbischof für

seine Großmut und folgte dem Novizen hastig in das untere Stockwerk, beunruhigt über die Nachrichten, aber froh über das unerwartete Glück, Guido doch so schnell sprechen zu können.

Arlotti stand wartend in der Eingangshalle. Er trug eine Tunika und saubere Beinlinge in mattem Grün. Seine Kopfbedeckung aus weichem Stoff reichte ihm bis über die Ohren, aber selbst sie konnte die Blutergüsse und Kratzer in seinem Gesicht nicht verbergen. Seine Lippen waren geschwollen und aufgeplatzt, und er hatte ein blaues Auge. Uberto führte ihn in einen kleinen, spärlich möblierten Raum mit einem auf die Wand aufgemalten Kruzifix. Das Zimmer wurde nur von einer Kerze unterhalb des Kruzifixes spärlich erhellt, doch der Inquisitor machte keinerlei Anstalten, die auf einem rechteckigen Schränkchen neben dem Tisch stehende Öllampe anzuzünden oder sich auf eine der beiden Bänke zu setzen. Er gab Guido zu verstehen, er solle leise reden, und fragte ihn, was geschehen sei. Der ehemalige Mönch unterrichtete ihn über seinen unglücklich verlaufenen Zusammenstoß mit Mondino, Adia und den Mastinos.

»Und was habt Ihr getan, als die Frau Euch weggeschickt hat?«

»Wir benötigten erst einmal alle die Hilfe eines Wundarztes, deshalb sind wir in die Stadt zurückgekehrt.« Bevor der Inquisitor etwas einwenden konnte, sah Guido hoch, starrte ihn an und fügte hinzu: »Die Hexe wird mir früher oder später dafür büßen, und Mondino finde ich wieder, wann ich will. Aber deswegen bin ich nicht hier. Wisst Ihr über den neuen Mord Bescheid?«

Uberto breitete die Arme aus. »Ich habe vor kurzem davon erfahren, als ich mich im Palazzo des Podestà aufhielt. Das ist ein großes Problem, denn der junge Mann, den ich der ersten beiden Morde anklagen wollte, kann den dritten nicht begangen haben, da er sich seit heute Morgen im Kerker befindet.«

»Genau darüber wollte ich mit Euch sprechen«, erwiderte Guido, und auf seinem Gesicht breitete sich ein triumphierendes Lächeln aus. »Mondino und ein junger Mann namens Gerardo sind die Mörder. Ich bin beinahe sicher, dass dieser Gerardo der falsche Student ist, von dem Ihr mir erzählt habt. Der, der jetzt im Gefängnis sitzt.«

Das war beinahe zu schön, um wahr zu sein. Jetzt kannte Uberto Francesco Salimbenes richtigen Namen und würde ihn am nächsten Tag einsetzen können, um den Widerstand des Gefangenen endgültig zu brechen. Allerdings würde er die Informationen vorher sorgfältig überprüfen müssen. Er konnte sich keinen falschen Schritt erlauben.

»Bist du dir vollkommen sicher?«, fragte er.

»Ja«, erwiderte Guido, ohne zu zögern. »Die Leiche wurde zur Vesper entdeckt, aber der Mann ist zwischen den Laudes und der Stunde davor getötet worden. Ich habe alles gesehen.«

Uberto da Rimini sah ihn lange an, bevor er etwas sagte. Falls Guido wirklich Zeuge des Mordes geworden war, konnte man den Fall als abgeschlossen betrachten. Und der Prozess gegen die Templer würde trotz der sonderbaren Empfindlichkeit des Erzbischofs mit einer exemplarischen Strafe enden. Was sollte Rinaldo gegen diese erdrückende Wahrheit auch sagen? Ein Mönch, der sich als Student ausgab und auf teuflische Weise drei Mitbrüder umbrachte, und das im Verein mit einem Arzt, der schon immer gegen die Kirche war. Dieser Umstand würde sogar die Inquisitoren der Franziskaner beeindrucken, die mit ihrem falsch verstandenen Mitleid das letzte Hindernis bildeten, das es zu überwinden galt, um dieses Unkraut Templerorden aus dem Garten der Kirche auszumerzen.

»Wenn du alles gesehen hast, warum hast du nicht sofort die Sbirren gerufen, damit sie sie auf frischer Tat ertappen?«, fragte er plötzlich misstrauisch. »Und gesetzt den Fall, dass du es aus irgendeinem Grund, den du mir noch erklären wirst, nicht gleich tun konntest, warum bist du dann nicht sofort danach zu mir gekommen? Bei so einer Neuigkeit muss alles zurückstehen.«

Guido hatte offenbar erfasst, wie wichtig seine Antwort war, denn er wog seine Worte wohl ab. »Eigentlich habe ich es nicht gesehen«, berichtigte er sich. »Ich hatte mich außerhalb des Hauses versteckt und habe *gehört*, was sie taten. Sie sprachen von einer Operation am Gehirn, aber ich hätte nie gedacht, dass sie seinen Kopf öffnen würden, um ihn mit Würmern zu füllen. Als sie das Haus verließen, glaubte ich noch, der Mann sei am Leben, und hatte vor, später nach ihm zu sehen. Erst als ich in die Stadtmauern zurückkehrte, habe ich die Nachricht gehört und begriffen, was geschehen war.«

»Haben sie auch vom Herzen gesprochen?«

Wieder zögerte Guido Arlotti einen Augenblick, bevor er antwortete: » Nein, aber wenn es dem Wohl der Kirche dient, kann ich das vor einem Notar beschwören. Natürlich für den Generalablass, um den ich Euch gebeten hatte. Wenn ich einen Meineid schwöre, begehe ich eine Todsünde.«

Uberto lief in dem engen Raum zwischen der Tür und der Wand mit dem Kruzifix auf und ab. Zunächst musste Mondino verhaftet werden. Es hatte keinen Sinn mehr, ihn zu einer Aussage gegen die Tempelritter zu zwingen, da auch er ein Mörder war. Allzu schwer dürfte das Unterfangen, ihn zu fassen, nicht werden, nahm Uberto an, denn der Arzt wusste noch nicht, dass er entdeckt war. Man musste ihn jedoch der Justiz überantworten, bevor er versuchen konnte zu fliehen.

Uberto öffnete das rechteckige Schränkchen und holte seine Schreibutensilien heraus: dickes Papier, eine Feder, ein halbvolles Tintenfass und eine Stange roten Siegellack. Im Stehen verfasste er, über den Tisch gebeugt, eine kurze Nachricht an den Podestà und wedelte danach hektisch mit dem Blatt, um die Tinte zu trocknen. Nachdem er den Brief gefaltet hatte, nahm er die Kerze auf, die zu Füßen des gemalten Christus stand, und hielt sie an das Siegelwachs, um zwei große Tropfen auf das Papier zu träufeln. Auf das weiche Wachs drückte er seinen Ring und übergab Guido die Botschaft.

»Hier steht, dass ich die umgehende Verhaftung von Mondino de' Liuzzi, dem bekannten Magister des *Studiums*, fordere, da er gemeinsam mit Francesco Salimbene, der bereits gefangen gesetzt ist, unter Zuhilfenahme von Zauberkräften einen dreifachen Mord begangen hat«, sagte er. »Bring das dem Podestà und wiederhole ihm, was du gesehen und gehört hast, genau wie du es mir erzählt hast, aber erwähne nicht, dass der junge Mann eigentlich Gerardo heißt. Dieses Wissen möchte ich im Augenblick noch geheim halten. Hast du mich verstanden?«

»Ja, Vater.«

»Dann geh. Komm so bald wie möglich zurück und berichte mir.«

Guido verließ den Konvent, und Uberto ging langsam die Stufen hinauf, um zum Erzbischof zurückzukehren. Angesichts dieser Entwicklungen war er bereit, rückhaltlos zu lügen. Das Spiel näherte sich seinem Ende, und wenn Mondino erst einmal verhaftet war, würde Rinaldo da Concorezzo kaum noch etwas tun können, um ihm Knüppel zwischen die Beine zu werfen.

Es musste ihm nur gelingen, das Ganze noch einige Tage geheim zu halten.

Mein lieber Gerardo,
während ich Dir diesen Brief schreibe, bist du in einer Zelle gefangen. Wenn Du die Wahrheit erfährst, wirst Du glauben, ich sei ein Scheusal – und vielleicht bin ich das auch. Die Nar-

be, die mein Gesicht verunstaltet, ist nichts im Vergleich zu der, die ich in meiner Seele trage. Ich weiß, dass das, was ich getan habe, unverzeihlich ist, und ich begehre auch von niemandem Vergebung.

Bald werde ich in meinem Grab liegen, beschützt von dem, der Bologna beschützt. Wir sind einander begegnet, als der Verlauf unserer Lebenswege nicht mehr zu ändern war. Gott ist nicht gerecht, einigen gibt er mit vollen Händen und anderen nimmt er alles.

Aber ich möchte wenigstens ausschließen, dass Du für ein Verbrechen verurteilt wirst, das Du nicht begangen hast.

Lies meine Geschichte, mehr verlange ich nicht von Dir.

Fiamma

Diese Worte hatten sich in Gerardos Kopf eingebrannt. Er hatte nur diesen Brief lesen können, bevor ihn die Sbirren ergriffen hatten, um ihn zum Inquisitor zu bringen. Sobald er erschöpft, mit Schmerzen und einem ausgekugelten linken Arm in seine Zelle zurückkehrte, galt sein erster Gedanke jedoch dem Rest, den er dringend lesen wollte.

Im Dunkeln steckte er die Hand unter das feuchte Stroh und stieß einen Seufzer der Erleichterung aus, als er feststellte, dass das Tagebuch noch an seinem Platz war. Er fand auch die Öllampe, musste allerdings erst wieder ausruhen, weil ihn selbst diese leichten Aufgaben übermäßig erschöpft hatten. Als er sich erholt hatte, erkundete er auf allen vieren die gesamte Zelle, tastete den Boden ab und fuhr mit den Händen sogar an den Wänden und der Decke entlang, auf der Suche nach etwas, das er als Feuerstein benutzen konnte.

In einem Winkel fühlte er eine Ritze, schob die Fingernägel darunter und presste, bis es ihm gelang, einen Splitter des Ziegelsteins abzubrechen.

Arme und Schultern schmerzten ihn so sehr, dass es ihm unmöglich war, den Splitter kräftig genug über den Boden zu ziehen, um eine Flamme zu erzeugen. Nach einigen vergeblichen Versuchen ließ sich Gerardo ermattet bäuchlings auf den eiskalten Boden fallen.

Trotz des Verhörs und der Aussicht, am nächsten Tag wieder gefoltert zu werden, drehten sich seine Gedanken ausschließlich um Fiammas Brief. Die Tatsache, dass sie ihm so vertraulich geschrieben hatte, löste in ihm ein schwer zu erklärendes Gefühl aus. Doch die Bedeutung dieser Sätze hatte ihm Angst eingejagt. Was konnte sie so Furchtbares getan haben, dass sie es für unverzeihlich hielt? Warum war sie so sicher, dass sie bald im Grab enden würde? Und worauf spielte sie an, wenn sie von einem Verbrechen schrieb, das er nicht begangen hatte? Auf Angelo da Piczano? Doch woher wusste sie das? Die Antworten auf diese Fragen mussten sich in dem Heft befinden, aber um es zu lesen, brauchte er Licht.

Gerardo versuchte vergeblich aufzustehen. Die Ruhe und die Feuchtigkeit schienen seine Glieder noch weiter versteift zu haben. Schließlich schlief er auf dem Boden ein, auf einer Seite zusammengerollt wie ein Hund, den Kopf auf einem Arm abgelegt.

FÜNFZEHN

Als sich Bilder von Rainerio auf dem Totenbett in seinen Halbschlaf mischten, riss Mondino schuldbewusst die Augen auf. Wie hatte er nur seinen Vater vergessen können?

Er stand hastig auf, zog sich leise an und verließ das Zimmer, ohne den Mut zu haben, Adia zu wecken. Vielleicht würden sie einander nie wiedersehen – doch in diesem Moment fühlte er sich nicht stark genug für einen schmerzlichen Abschied.

Draußen war es noch dunkel, aber in den unteren Räumen war der Gastwirt bereits auf den Beinen und verteilte schniefend, hustend und spuckend mit einer Heugabel sauberes Stroh auf dem Boden. Trotz der Hitze hatte er sich wohl eine Erkältung zugezogen. Mondino brummte einen Gruß, ohne ihn anzusehen, zahlte das Essen vom vergangenen Abend und trat auf die Straße hinaus. Am Hafen bestieg er das erste Boot, das er fand, akzeptierte den Wucherpreis des Schiffers, ohne Zeit mit Verhandeln zu vergeuden, und ertrug nur ungeduldig die langsame Fahrt stromaufwärts auf dem Boot, das von einem Maulesel auf dem Treidelpfad längs des Ufers gezogen wurde. Als er in Bologna ankam, war die Sonne gerade aufgegangen und ließ die roten Ziegel der Stadt aufleuchten. Er stieg aus, sobald sie die *Circla* erreicht hatten, und vor den großen Salzlagern fand er sofort jemanden, der ihn auf einem Eselskarren mitnahm. Kurz darauf betrat er sein Heim verstohlen wie ein Dieb und flehte Gott inständig an, dass sein Vater inzwischen nicht gestorben war, ohne dass er ihn noch einmal hätte wiedersehen können.

Uberto war früh aufgestanden, weil er von Guido die letzten Neuigkeiten erfahren wollte, bevor der Erzbischof ihn den ganzen Tag mit Beschlag belegen würde, um noch einmal mit ihm die Akten durchzugehen. Weit kamen die beiden Verbündeten jedoch nicht, denn der Kirchenfürst stürmte in sein Zimmer, noch während der ehemalige Priester Uberto Bericht erstattete.

»Was ist das für eine Geschichte mit einem Studenten und einem Arzt, die des Mordes und der Hexerei angeklagt werden?«, fragte Rinaldo scharf. Guidos Anwesenheit ignorierte er genauso wie dessen unauffälliges Verschwinden. »Warum bin ich nicht darüber in Kenntnis gesetzt worden, dass der Student, der in Verdacht steht, die Morde begangen zu haben, im Amtsgebäude des Podestà gefangen ist?«

»Ich hätte Euch noch heute Vormittag darüber informiert, Monsignore«, log Uberto und fragte sich, durch wen der Erzbischof davon erfahren haben konnte. »Ich wollte nur solange warten, bis Ihr aufgestanden seid. Es erstaunt mich, dass mir jemand zuvorgekommen ist.«

Rinaldo da Concorezzo warf ihm einen kühlen Blick zu. »Unterlasst Eure unbeholfenen Versuche herauszufinden, aus welchen Quellen ich meine Informationen beziehe. Ihr braucht nicht mehr wissen, als dass ich in jedem Konvent meiner Diözese Leute meines Vertrauens habe, die mich über alles auf dem Laufenden halten. Deshalb versucht gar nicht erst, weiter etwas vor mir zu verbergen, sonst werde ich dafür sorgen, dass Ihr es bereut.« Uberto neigte ergeben den Kopf, ohne etwas zu erwidern, und der Erzbischof fuhr fort: »Setzt Euch umgehend mit dem Podestà in Verbindung. Ich will diesen jungen Mann persönlich befragen.«

»Aber Monsignore, was wird aus der Überprüfung des Prozesses?«, versuchte Uberto Zeit zu gewinnen.

»Diese Überprüfung ist jetzt zweitrangig angesichts der

Morde, die Bologna in den letzten Wochen erschüttert haben. Sollten die Tempelritter tatsächlich darin verwickelt sein, ist es unsere vordringlichste Aufgabe, dies nachzuweisen. Ich bin sicher, dass wir auf die bedingungslose Zusammenarbeit des Podestà zählen können.«

Uberto wusste sich im Moment keinen Rat mehr. Sollte Rinaldo sich zum Palazzo des Podestà begeben, würde er dort herausfinden, dass der Inquisitor bereits gestern mit dem Verhör des Templers begonnen und ihm dies verschwiegen hatte. Außerdem würde der Prälat erfahren, dass man dabei die Folter angewandt hatte, und er würde ihn wohl kaum überzeugen können, dass er nichts damit zu tun hatte. Es war sogar möglich, dass dieser Ghibelline, der Capitano del Popolo, ihn offen beschuldigen würde, er habe dahingehend gewirkt, dass die Stadt die Verantwortung für die Folter des Gefangenen übernahm, während die Kirche davon profitierte. Immerhin hatte er dies dem Podestà gestern in deutlichen Worten gesagt.

Uberto begriff nun, dass er schnell handeln musste, ohne sich von moralischen Skrupeln hindern zu lassen, wenn er nicht als Seelsorger in irgendeiner abgelegenen Berggemeinde enden wollte.

»Euer Wunsch sei mir Befehl, Monsignore«, sagte er und verneigte sich. »Habt die Güte und geduldet Euch hier, während ich die Anweisungen erteile.«

Guido hatte im Flur vor dem Arbeitszimmer auf ihn gewartet. Als sie weit genug entfernt waren, dass man sie nicht mehr belauschen konnte, sagte er leise: »Was soll ich tun?«

Uberto erklärte es ihm in wenigen Worten. Er sollte das Gerücht verbreiten, ein Tempelritter namens Gerardo, der sich unter dem falschen Namen Francesco Salimbene aus Imola verbarg, hätte auf grauenvolle Weise drei Menschen getötet, um einen Pakt mit dem Teufel zu erfüllen. Und er sollte die Menge gegen ihn aufhetzen.

»Das wird nicht schwer sein«, meinte Guido. »Die Unzufriedenheit wegen des gestiegenen Brotpreises will sich gar nicht mehr legen, und ein Funke kann genügen, um einen Aufstand loszutreten.«

Es konnte sogar sein, deutete Arlotti an, dass es dem wütenden Volk gelang, den Palazzo des Podestà zu stürmen und den Gefangenen in Stücke zu reißen. Oder wie es in der Vergangenheit schon vorgekommen war, dass der Podestà sich entschloss, Gerardo vom Balkon in die Menge zu werfen, um größeren Schaden von sich und der Stadt abzuwenden. So oder so würden die Tumulte für die Ablenkung sorgen, die Uberto benötigte, um den Erzbischof davon zu überzeugen, dass es zu gefährlich wäre, den Konvent zu verlassen, und selbst für den unwahrscheinlichen Fall, dass Gerardo überleben sollte, hätte er Zeit gewonnen, um sich einen neuen Plan auszudenken.

»Das wird Euch viel Geld kosten«, sagte Guido. »Ich habe so etwas schon einmal gemacht und weiß, dass man für ein gutes Ergebnis wenigstens sechs oder sieben Leute braucht, die man auf Märkte und Tavernen ansetzt.«

Uberto konnte dafür nicht das Geld des Klosters benutzen. Dem Verwalter wäre dies aufgefallen, und er hätte es sofort dem Prior berichtet. Andererseits konnte Uberto jedoch auch nicht auf die Sondervermögen der Inquisition zurückgreifen, da Rinaldo da Concorezzo jeden Posten bis zum letzten Soldo nachprüfen würde. Also blieb ihm nichts anderes übrig, als diese Ausgaben aus seinem eigenen Vermögen zu bestreiten.

»Streck du das Nötige vor«, sagte er deshalb zu Guido. »Ich werde dich bezahlen, sobald der Erzbischof abgereist ist.«

Als der ehemalige Mönch auf diese Worte hin das Gesicht verzog, schnürte es ihm vor Zorn die Eingeweide zusammen. Er wusste genau, was sein Gegenüber sagen wollte.

»Vater, leider verfüge ich nicht über so viel Geld«, jammerte

Guido dann auch prompt. »Wenn es nur um mich ginge, würde ich ja gern warten, aber die anderen Männer, die das Volk aufhetzen sollen, müssen sofort bezahlt werden. Außerdem müssen sie mit genügend Geld ausgestattet werden, damit sie eine Lokalrunde ausgeben können, um eine günstige Stimmung zu schaffen für das, was sie sagen.«

Während Uberto die Lippen zu einem schmalen Strich zusammenpresste, starrte er Guido lange an, doch der hielt seinem Blick stand. Der Inquisitor war empört. Dieser Mann, der von Intrigen lebte, unter Mördern und Dirnen, wagte es, ihn herauszufordern. Er hatte gespürt, dass Uberto beim Erzbischof in Ungnade gefallen war, und war deshalb nicht mehr bereit, ein Risiko einzugehen, falls er nicht sofort dafür bezahlt wurde. Der Inquisitor spürte plötzlich einen unbändigen Drang nach Rache, aber es gelang ihm, sich zu beherrschen. Nicht Guido war sein Feind, sondern die anderen, seine Vorgesetzten und seine Untergebenen, die sich gegen ihn verschworen hatten. Sie mussten aufgehalten werden, und Guido war der Einzige, auf den er dafür zurückgreifen konnte.

»Komm mit«, sagte er schließlich und machte sich auf den Weg zu seiner Zelle.

Als sie an der Tür waren, ließ er ihn eintreten, holte eine mit Münzen prall gefüllte Börse aus weichem Leder unter dem Strohlager hervor und warf sie ihm verächtlich hin. Arlotti fing sie im Flug auf, wog sie kurz in den Händen und ließ sie dann unter seiner Tunika verschwinden.

»Dort drinnen sind ausreichend florentinische Gulden und Bolognini, um alles zu bezahlen« sagte Uberto. »Sieh nur zu, dass du gute Arbeit machst.«

»Ihr werdet zufrieden sein, Vater«, antwortete der ehemalige Mönch mit einem verschlagenen Lächeln. Dann fügte er beinahe besorgt hinzu: »Bei solchen Gelegenheiten gibt es aber immer ein paar Tote. Frauen werden in den Gassen vergewaltigt und getötet, Kinder zertrampelt, es kommt zu Messerstechereien ... Ist die Meute erst einmal losgelassen, ist sie nicht mehr zu kontrollieren. Das solltet Ihr wissen, bevor Ihr eine Entscheidung trefft.«

»Ich weiß, und ich bedaure es«, erwiderte Uberto. Ein Schauder lief ihm über den Rücken bei dem Gedanken an das, was er gerade in die Wege leitete. »Doch hier geht es darum, den christlichen Glauben gegen einen Mörder zu verteidigen, der nicht gezögert hat, seine Seele im Tausch für irgendwelche schändlichen Vergünstigungen zu verkaufen, und gegen einen Prälaten, der zu schwach für das Amt ist, das er bekleidet. Leider ist dieses Opfer notwendig.«

»Wenn es ein Opfer für den Glauben ist, bin ich einverstanden«, sagte Guido. »Aber wenn alles vorbei ist, will ich unverzüglich den Generalablass, den Ihr mir versprochen habt. Ich muss von allen Sünden freigesprochen werden, die ich beim Erfüllen Eurer Befehle begangen habe.«

»Keine Sorge, du wirst ihn schon erhalten«, antwortete Uberto. »Jetzt geh, lass uns keine Zeit verschwenden.«

Guido Arlotti verließ ohne eine Antwort den Raum. Uberto wollte ihm schon folgen, aber aus einem plötzlichen Impuls heraus warf er sich auf die Knie und begann inbrünstig zu beten. Guido würde seinen Ablass bekommen, aber wer würde ihn lossprechen? Er bat Gott mehrmals um Verzeihung für das, was er plante, für die Menschen, die seinetwegen sterben würden und für die Lügen, die er aussprechen müsste. Nur die Gewissheit, auf der Seite des Rechts zu stehen, gab ihm die Kraft, diesen Weg weiterzuverfolgen. Sicher, er wollte damit auch sich selbst retten, aber einzig und allein, weil er wusste, dass er der Kirche bei der Verteidigung des Glaubens noch viel zu geben vermochte. Ihm fiel die Aufgabe zu, für sie zu kämpfen, da der Erzbischof ein Feigling war. Und wenn er Erfolg hätte, wenn letzten Endes seine Handlungen zu einer Verurteilung der Tempelritter führen würden, wie es zweifellos der Wille Seiner Heiligkeit, Papst Clemens V., war, zweifelte er nicht daran, dass jemand an höchster Stelle seine Loyalität zu lohnen wusste.

Gestärkt durch diese Gedanken verließ Uberto seine Zelle und befahl dem ersten Mönch, dem er auf dem Flur begegnete, sofort zum Podestà zu gehen und ihn über den unmittelbar bevorstehenden Besuch des Erzbischofs zu unterrichten. Danach kehrte er in sein Arbeitszimmer zurück, wo er Rinaldo da Concorezzo mitteilte, er hätte die gewünschten Anordnungen gegeben und man müsse dem Podestà ein paar Stunden Zeit lassen, um sich auf ihren Empfang vorzubereiten.

»Dann lasst uns mit unserer Arbeit fortfahren«, sagte der Erzbischof. »Wir werden das Kloster eben später verlassen.«

»Wie Ihr wünscht, Monsignore.«

Wenn Guido seine Aufgabe gut erfüllte, würde die Stadtmitte in zwei oder drei Stunden bereits unpassierbar sein. Uberto rüstete sich mit Geduld und Sanftmut und holte die Prozessakten aus einem mächtigen, verschlossenen Schrank im Hintergrund des Raumes.

Gerardo öffnete die Augen in der Dunkelheit und wusste nicht, wie viel Zeit inzwischen vergangen war. Der Gedanke an Fiammas Tagebuch drängte sich in seinen Kopf und ließ keinen Raum für anderes, doch weil sein Körper von der Folter geschwächt und von der Kälte steif geworden war, konnte er sich nicht einmal aufsetzen. Er musste sich also in Geduld üben, ganz langsam zunächst nur Hände und Füße bewegen, sich vorsichtig auf die eine Seite, dann auf die andere rollen, um schließlich den Nacken zu beugen und die Schultern zu heben. Erst nach einer endlosen Zeit, in der er seinen Körper wieder die einfachsten Bewegungen gelehrt hatte, wie ein Toter, der aus dem Grab auferstehet, gelang es ihm, sich auf alle viere aufzurichten, sich die Lampe zu holen und den Ziegelsteinsplitter so kräftig über den Boden zu ziehen, dass der einen kleinen Funkenregen erzeugte.

Nichts.

Um den Docht anzuzünden, reichte der Funke nicht aus, man brauchte eine Lunte dazu, und das Stroh war zu feucht.

Gerardo packte den Saum seines Gewandes mit der unversehrten Hand und führte ihn an den Mund. Er zerrte mit den Zähnen daran, bis er etwas abgerissen hatte. Geduldig machte er sich daran, den Stoff auszufransen, so dass er auf dem Boden ein kleines Häufchen Fasern erhielt. Er verteilte sie über einige der trockensten Strohhalme und zog wieder den Splitter über den Boden. Beim vierten oder fünften Versuch entzündete sich die Lunte und glomm. Gerardo blies zart darauf, überaus vorsichtig, um sie nicht auszupusten, und endlich erhob sich aus dem Haufen ein Flämmchen. Rasch nahm er einen Strohhalm und führte ihn an den Docht. Kurz darauf breitete sich in der Zelle ein flackerndes Licht aus. In der Lampe war nur noch wenig Öl, deshalb beeilte sich Gerardo mit dem Lesen des Tagebuchs. Es war auf Latein geschrieben, und über jeder Seite stand ein Datum.

18. Januar A.D. 1305

Heute bin ich seit einer Woche in der Höhle oder vielleicht sogar noch länger. Der Schmerz im Gesicht hat ein wenig nachgelassen, doch die Haut spannt, als gehörte sie nicht zu mir. Ich weiß nicht, wie ich hierhergekommen bin. Ich bin lange gelaufen, unter Tränen und mit zusammengebissenen Zähnen, dann habe ich geschlafen. Meine Erinnerungen an jene Tage sind verschwommen. Doch von dem, was vorher geschehen ist, erinnere ich jede Einzelheit, als würde ich es gerade vor mir sehen. Eigentlich habe ich anfangs gar nichts gesehen, sondern nur gehört, von dem Versteck unter dem Boden aus, wo ich mich auf Befehl meines Vaters verborgen hatte, als die drei Männer ihre Pferde vor unserem Haus anhielten.

Es waren drei Tempelritter. Sie sind ins Haus gekommen, haben ihn gefesselt und ihn mit glühenden Eisen gefoltert, wobei sie von ihm forderten, er solle das Geheimnis des Elixiers offenbaren. Er sagte immer wieder, er kenne es nicht, aber sie haben ihm nicht geglaubt. Sie haben etwas von einem türkischen Alchimisten erzählt, den man ermordet und ohne Herz vor den Toren Gharnatas gefunden hatte. Und sie beschuldigten meinen Vater, ihn getötet zu haben. Vater hat weiter alles abgestritten, doch ich spürte deutlich, dass er log. Und zwar, weil er im letzten Jahr die alchimistischen Versuche aufgegeben hatte, weil er mich nicht mehr die Tugend des Einfachen lehrte und darauf bestanden hatte, dass ich lernte, Fleisch und Knochen zu zerteilen wie ein Medicus, zuerst an toten Hunden und Katzen, dann an menschlichen Leichen, die er sich irgendwie beschaffte.

Doch eigentlich wusste ich da noch nicht, dass ich es begriffen hatte. Erst später, als ich hierherkam, machte ich mir einen Reim auf alles. Doch in diesem Moment, verborgen in meinem Versteck, zitterte ich vor Angst und flehte zu Jesus, dass diese Männer aufhörten, meinen Vater zu quälen, und dass sie mich nicht fänden.

Schließlich fanden sie mich aber doch. Ohne es zu merken muss ich ein Geräusch gemacht haben, denn ganz plötzlich wurde es still im Raum. Dann hat einer der Männer unvermittelt den Teppich hochgerissen, die Luke geöffnet und mich gewaltsam herausgezogen. Ich schrie und weinte – genau wie mein Vater. Doch sie kannten keine Gnade. Sie haben mich gefesselt vor ihn geschleppt und haben ihm gesagt, sie würden mich töten, wenn er nicht redete. Weinend beteuerte Vater erneut, dass er kein Geheimnis zu enthüllen hätte. Sein ganzes Leben lang hätte er versucht, das Elixier zu erschaffen, sagte er, aber es wäre ihm nie gelungen. Der älteste und der jüngste

Tempelritter zweifelten kurz und sahen denjenigen fragend an, der ihr Anführer zu sein schien: einen großen, kräftigen Mann mit lockigen blonden Haaren und behaarten Armen. Doch dieser zeigte nur auf das Kohlebecken mit den glühenden Eisen, die sie benutzt hatten, um meinen Vater zu foltern.

»Sehen wir mal, ob dein Geheimnis die Qualen deiner Tochter wert ist«, sagte er höhnisch.

Der Jüngste, der dem Gesicht nach beinahe wie ein guter Mensch wirkte, stellte sich vor das Kohlebecken und meinte: »Kommandant, das Mädchen hat nichts damit zu tun! Wir können uns eine solche Schuld nicht aufladen!«

Der andere, der Latein mit französischem Akzent sprach, erwiderte: »Es ist zu spät, es dir anders zu überlegen, Angelo. Er muss reden. Und wenn der Schmerz am eigenen Leib nicht ausreicht, wird ihn vielleicht der seiner Tochter dazu bringen.«

Ich hoffte so sehr, dass der junge Mann sich ihm weiter widersetzen und mich beschützen würde – immerhin hatte ich doch nichts getan! Aber er senkte nur noch demütig den Kopf und gab den Weg frei. Daraufhin nahm der älteste Templer, die andern nannten ihn Wilhelm, ein glühendes Eisen aus dem Becken und näherte es meinem Gesicht. Vater schrie, er solle mir nichts tun und dass er ihnen sagen würde, was sie wissen wollten. Darauf zog der alte Mann seine Hand zurück, und Vater fing an zu reden. Er sagte, das Geheimnis des Elixiers wäre zu bedeutend, um es zu Hause aufzubewahren und dass es sich in einer großen Höhle unterhalb der Hügel befände. Er hätte nur die Karte hier im Haus, wie man zu der Höhle gelangte. Dabei deutete er mit dem Kopf auf das höhere Regal. Die drei warfen es einfach um und entdeckten dahinter tatsächlich die Nische in der Mauer mit der Landkarte.

Der Anführer bedeutete dem alten Mann, dass dieser mit den Eisen wieder zu mir kommen sollte.

»Aber Hugues«, erwiderte dieser und wandte den Kopf in Richtung meines Vaters. »Er hat doch schon alles gesagt.«

»Wir haben wenig Zeit«, beharrte ihr Anführer. »Er muss begreifen, dass er lieber nicht versuchen sollte, uns zu hintergehen und uns auf die Suche nach dem Elixier einfach irgendwohin schicken darf. Verunstalte ihr Gesicht. Und wenn er uns nicht gleich alles sagt, blenden wir sie. Zuerst ein Auge, dann das andere.«

»Bitte nicht!«, flehte Vater. »Ich habe Euch doch die Wahrheit gesagt!«

Doch diesmal machte der alte Mann weiter. Ich habe noch gesehen, wie sich das rotglühende Eisen meinem Gesicht näherte, ich habe geschrien. Zuerst habe ich nur einen heißen Hauch an meiner Wange gespürt, wie wenn man einen Ofen öffnet, um nachzusehen, ob das Brot schon fertig ist, aber dann kam ein Schmerz, der jede Vorstellungskraft überstieg, und es stank nach verbranntem Fleisch. Ich weiß nur noch, dass ich einen schrecklichen Schrei ausstieß, dann verschwamm alles vor meinen Augen.

Von diesem Augenblick an weiß ich nicht mehr genau, was geschehen ist. Plötzlich, als ich die Augen wieder öffnete, stand unser Haus in Flammen.

Gerardo hob schwer atmend den Kopf. Das konnte nicht wahr sein. Tempelritter, Männer, die geschworen hatten, den Ungläubigen das Heilige Land zu entreißen und um jeden Preis den wahren Glauben Christi zu bewahren, konnten sich nicht mit einer derartig schändlichen Tat befleckt haben. Folter, Mord, Gewalt an einem Kind … Und doch bezeugte das Tagebuch das Gegenteil. Die Narbe in Fiammas Gesicht war also auf so grausame Weise entstanden.

Und die Namen der drei Tempelritter, die für diese schreckliche Tat verantwortlich waren, kannte er genau.

Wieder beugte er den Kopf über das Buch und las weiter:

6.Februar, A.D. 1305

Ich habe einen Menschen getötet, und das vollkommen umsonst.

Einen Hirten, der fünf Ziegen hütete. Ich habe ihn durch einen Hilferuf angelockt und ihm den Kopf mit einem Stein zerschmettert. Dann habe ich auch noch eine Ziege getötet, um ihr Fleisch zu essen; eine zweite habe ich lebend mitgenommen und den Rest der Herde freigelassen.

Ich habe das Brustbein des Schäfers aufgeschnitten, wie es mich mein Vater gelehrt hat, das Herz herausgenommen und dabei sorgfältig Venen und Arterien abgetrennt. Dann bin ich Schritt für Schritt den Anweisungen gefolgt, die ich in der Höhle gefunden hatte, indem ich die Zutaten unter einer Kotschicht aus meinen eigene Exkrementen aufweichen ließ.

Als ich die Mischung drei Tage später überprüfte, sah ich, dass sie sich in eine graue, gleichmäßige Masse verwandelt hatte und nicht in eine rote, wie es in den Anweisungen stand. Trotzdem unternahm ich die weiteren Schritte, fügte die anderen Zutaten hinzu und zermahlte alles zu einem sehr feinen Pulver. Dann flehte ich Gott in einem Gebet stumm um Verzeihung an für das, was ich getan hatte, befeuchtete ein Stück Stoff und trug ein wenig von dem Pulver auf meine Narbe auf.

Nichts geschah.

Von namenloser Furcht erfüllt, versuchte ich, der lebenden Ziege das Elixier aus dem in Wasser gelösten Pulver zu trinken zu geben, um zu sehen, was geschehen würde, bevor ich riskierte, es selbst zu trinken.

Doch nichts geschah.

Weinend beschloss ich, mich zu töten. Ich hatte dies alles in der Hoffnung getan, die Wunde heilen zu können, die mein Gesicht verunstaltete und die aussah wie ein von Wasser aufgequollenes Seil. Aber mein Vater muss das dem türkischen Al-

chimisten entrissene Geheimnis falsch abgeschrieben haben. Oder das gesamte Dokument war von Anfang eine Fälschung. Seit ich das Büchlein mit den geheimen Anweisungen gefunden habe, weiß ich, warum der Mann, nachdem er aus unserem Haus verschwunden war, ohne Herz vor den Toren Gharnatas gefunden wurde. Mein Vater hat ihn getötet, um das Elixier zu erzeugen. Doch auch ihm ist es anscheinend nicht gelungen. Sonst hätte er es den drei Templern, die ihn folterten, sicher verraten. Besonders als sich deren Grausamkeit gegen mich richtete.

Ich kann nicht glauben, dass er dieses Geheimnis um den Preis seines Lebens schützen wollte. Und um den des meinigen.

Als ich begriff, dass ich für nichts einen Menschen getötet hatte, habe ich verstanden, dass ich nicht besser war als die drei, die meinen Vater umgebracht haben. Und ich beschloss zu sterben.

Bevor ich mir die Kehle mit dem Messer durchschnitt, wollte ich es jedoch ausprobieren, damit mir nicht die Hand dabei zitterte und ich mir eine Wunde zufügte, die mich vor meinem Tod noch stundenlang leiden ließe. Ich schleppte die Ziege ins Innere der Höhle und schlitzte ihren Hals mit einem sicheren Schnitt auf, doch sie wehrte sich und biss mir in die Hand. Mit einer unkontrollierten Bewegung ließ ich die Schale mit dem falschen Elixier fallen. Ein wenig davon legte sich auf die Kehle der Ziege, die noch im Todeskampf zuckte.

Dann geschah etwas, das schwer zu begreifen ist: Vor meinen Augen begann sich das Blut der Ziege in ein dem Eisen ähnliches Metall zu verwandeln. Ich sah, wie ihre Adern anschwollen und die Haut aufplatzte, während sie zu einem metallenen Geflecht wurden Diese Verwandlung schritt so lange voran, bis das Tier starb. Mit dem letzten Herzschlag hörte auch die Verwandlung auf, da das Blut nicht mehr die Körnchen des grauen Pulvers durch den Organismus transportierte.

Und genau in diesem Moment begann in mir der bittersüße Plan meiner Rache aufzukeimen. Ich wusste noch nicht, wo oder wie ich es tun würde, aber ich begriff, dass ich mich nicht umbringen durfte, bevor ich die Mörder meines Vaters und Urheber meiner Verstümmelung aus der Welt geschafft hatte.

Gerardo saß auf dem Boden der Zelle, doch seine Gedanken waren ganz woanders. Es kam ihm beinahe so vor, als sähe er das Grauen jenes Mädchens vor sich, das gerade aus dem brennenden Haus entkommen war, verunstaltet und von Schmerzen an Körper und Seele gequält, und das dann mehr aus einem Instinkt heraus als einer bewussten Entscheidung folgend das geheime Versteck ihres Vaters in den Bergen um Granada aufgesucht hatte. Dies musste derselbe Ort sein wie der auf der Landkarte vermerkte. Derselben Landkarte, die Mondino der Leiche des Deutschen abgenommen hatte. Doch warum hatten die drei Tempelritter, die dem Vater diese Karte unter Folter entrissen hatten, das Mädchen nicht entdeckt?

Vielleicht würde er die Antwort darauf auf den nächsten Seiten des Tagebuchs finden, doch ihm blieb jetzt keine Zeit, um weiterzulesen. Nun stand fest, dass Fiamma die gesuchte Mörderin war, und sie musste so schnell wie möglich aufgehalten werden. Bestimmt hatte sie inzwischen Hugues de Narbonne getötet. Trotz der Schuld, die der Franzose auf sich geladen hatte, zog es Gerardo das Herz zusammen bei dem Gedanken, dass ausgerechnet er ihn gefesselt und mit einem Knebel im Mund den Händen der jungen Frau überantwortet hatte.

Auf einmal kamen ihm die letzten Worte von Fiammas Brief in den Sinn: *Bald werde ich in meinem Grab liegen*. Gerardo konnte an nichts anderes mehr denken; er hämmerte mit den Fäusten gegen die Tür seiner Zelle und rief laut nach der Wache.

Mondino erwachte abrupt und mit einem unterdrückten Schrei aus dem Schlaf. Erst als sich sein Atem wieder beruhigt hatte, nahm er wahr, dass er sich in seinem Schlafzimmer befand und nicht in einem schlammigen Sumpf, wo ihn mit scharfen Piken bewaffnete Feinde verfolgten.

Er setzte sich auf, und als seine nackten Füße den kalten Boden berührten, wurde er endgültig wach. Er war zurückgekommen, während alle im Haus noch schliefen. Hatte nachgesehen, ob sein Vater in seinem Bett lag, war dann hinauf in sein Zimmer gegangen, wo er sich gerade noch die Schuhe ausziehen konnte, bevor er in seinen Kleidern eingeschlafen war.

Das Licht, das durch das Fenster hereinfiel, zeigte ihm an, dass der Morgen bereits fortgeschritten war. Ihn erwartete wieder ein langer Tag. Er würde Gerardo aufsuchen und ihm mitteilen, dass er ihm den ganzen Tag Zeit gab, um die Stadt zu verlassen, dann wollte er noch am selben Abend zum Dominikanerkloster gehen und mit dem Inquisitor reden. Es war sinnlos, darauf zu hoffen, dass sie den Mörder von Angelo da Piczano und Wilhelm von Trier fassen würden. Mondino war überzeugt, dass Gerardo nichts Brauchbares herausgefunden hatte. Er bereute nichts von dem, was er getan hatte, angefangen bei dem Abend, an dem er ihm geholfen hatte, die Leiche seines Freundes verschwinden zu lassen, bis zu seinem Kampf mit Guido Arlotti – bei dem er, wären Adias Mastinos nicht gewesen, auch sein Leben hätte verlieren können. Der Traum, eine vollständige Karte des menschlichen Gefäßsystems zu zeichnen, wog diese Risiken auf. Doch dieser Weg war hier zu Ende.

Er holte den Nachttopf unter dem Bett hervor und entleerte ihn aus dem Fenster, das auf den Garten hinausging, dann stellte er ihn an seinen Platz zurück. Diese Aufgabe kam sonst Lorenza zu, doch die Frau hatte schon zu viel mit seinem Vater zu tun.

Mondino ging zur Kommode, goss aus dem Krug Wasser in die Zinnschüssel und wusch sich das Gesicht, wobei er das Gefühl des kühlen Wassers auf der Haut genoss. Dann nahm er das Rasiermesser, seifte sich sorgfältig ein und begann sich zu rasieren, während er sich in dem Silberspiegel an der Wand betrachtete. Das Gesicht, das ihm aus dem Spiegel entgegenstarrte, sah nicht so aus, als gehöre es zu einem bedeutenden, in Italien und Frankreich bekannten Anatom. Er sah viel eher aus wie ein Beutelschneider vom Schlag eines Guido Arlotti und seiner Kumpane: Seine Augen waren gerötet, der Bart war lang, das Haar schmutzig.

Doch von morgen an würde sich alles ändern. Sein Leben würde wieder eine geordnete Folge aus Forschung, Lehre und Alltagsleben sein, ohne Fluchten, Verfolgungsjagden und Kämpfe. Ohne lebensbedrohliche Schwierigkeiten. Er würde sich bei Liuzzo entschuldigen und ihn bitten, seine Entscheidung, ihre Partnerschaft in der Medizinschule aufzulösen, zurückzunehmen. Und er würde versuchen, Gerardo aus seinem Kopf zu verbannen, der sich irgendwo in der Fremde sein Leben aus dem Nichts würde neu aufbauen müssen.

Als er mit dem Rasieren fertig war, zog Mondino sich ein sauberes Hemd und Hosen an und einen neuen feuerroten Talar, den er für besondere Anlässe aufbewahrt hatte. Er hatte nicht die Absicht, erschöpft und niedergeschlagen vor dem Inquisitor zu erscheinen. Es war ihm wichtig, wenigstens den Anstand zu wahren. Deshalb legte er, bevor er die Treppe hinunterging, auch noch den mit Eichhörnchenfell verbrämten Umhang um.

So sorgfältig gekleidet, betrat Mondino das Zimmer seines Vaters. Rainerio war wach, und es schien ihm ein wenig besser zu gehen. Doch statt des üblichen müden Lächelns zeigte sein Gesicht Beunruhigung, ja geradezu Angst.

»Mondino! Wo kommst du her?«

»Ich bin bei Tagesanbruch zurückgekehrt, Vater. Niemand hat mich gesehen.«

»Gott sei Dank. Du musst sofort fliehen.«

Mondino stockte der Atem. »Fliehen? Warum?«

»Gestern Abend war ein Richter der Stadt hier, ein Toskaner, mit dem ich schon lange befreundet bin, er wollte mich warnen, dass heute die Sbirren kommen, um dich zu verhaften.«

»Und wessen beschuldigt man mich?«

Rainerio richtete den Oberkörper auf und stützte sich auf seine Ellenbogen. Mondino lief zum Betthaupt und half ihm, sich ganz aufzurichten. Als der alte Mann saß, ein dickes Federkissen im Rücken, sah er ihn lange schweigend an. »Mondino, du musst aufrichtig zu mir sein«, sagte er dann. »Ein Vater kann alles verstehen. Aber ich muss die Wahrheit wissen.« Er hielt kurz inne, bevor er kaum vernehmbar hinzufügte: »Hast du jemanden getötet?«

Als Erstes ging Mondino durch den Kopf, Guido Arlotti könnte an den Folgen seiner Schläge gestorben sein. Aber nein, das war unmöglich. Er war übel zugerichtet gewesen, aber nicht schlimmer als er selbst. Dann musste es um die alte Frau gehen. Aber sie konnten unmöglich auf ihn gekommen sein.

Er wollte seinen Vater nicht belügen, konnte jedoch nicht einmal sich selbst gegenüber eingestehen, dass er Filomena getötet hatte.

»Werde ich denn beschuldigt, jemanden umgebracht zu haben?«, fragte er vorsichtig.

Rainerio nickte. »Ja, einen Franzosen, Hugues de …, ich erinnere mich nicht genau. Man hat ihn in seiner Wohnung an das Bett gefesselt gefunden, den Kopf aufgesägt und voller Würmer. Und das Herz …«

»… in einen Block aus Eisen verwandelt«, flüsterte Mondino.

Er traute seinen Ohren nicht. Als sein Vater Hugues' Namen erwähnte, hatte er für einen Augenblick geglaubt, dass dieser an den Folgen seiner Operation gestorben war und dass sich die Mordanklage darauf bezöge. Stattdessen musste er nun annehmen, dass der Mörder den Franzosen gefunden und umgebracht hatte. Und dass man jetzt ihn dieses Verbrechens beschuldigte.

»Also weißt du davon«, sagte Rainerio und sah seinem Sohn fest in die Augen. »Warst du es?«

»Nein, das schwöre ich Euch«, erwiderte Mondino, glücklich darüber, dass er wenigstens in diesem Punkt die Wahrheit sagen konnte. »Aber ich habe dessen Haus betreten, und dabei muss mich jemand gesehen haben.«

»Hast du keine Möglichkeit, deine Unschuld zu beweisen?«

Mondino schüttelte betrübt den Kopf. Einzig Gerardo hätte für ihn aussagen können, wenn der nicht selbst gesucht würde.

»Dann musst du fliehen«, sagte Rainerio entschieden. »Ich werde Liuzzo bitten, einen seiner Freunde unter den Anwälten zu beauftragen, und wir werden unser Möglichstes tun, dass du nicht verurteilt wirst. Wenn uns das gelingt, kannst du zurückkehren.«

»Ich bin überzeugt, dass sich alles aufklären wird«, log Mondino, aber er konnte seinem Vater dabei nicht in die Augen sehen. »Wenn Ihr Liuzzo seht, sagt ihm bitte, dass ich mich so bald wie möglich für mein unmögliches Verhalten ihm gegenüber entschuldigen werde.«

Bei diesen Worten fühlte Mondino sich gleich besser. Der Gedanke, dass er Gelegenheit haben würde, seinen Onkel um Verzeihung zu bitten, half ihm dabei, sich zu überzeugen, dass es tatsächlich eine Zukunft für ihn gab.

»Das werde ich tun. Aber jetzt geh. Die Sbirren können jeden Moment hier sein.«

Mondino küsste seinen Vater zum Abschied auf die Stirn, dann verließ er den Raum und eilte zur Küche. Er wäre beinahe mit Lorenza zusammengeprallt, die bei seinem Anblick versuchte, wie ein kleines Kind die Holztasse in ihrer Hand hinter dem Rücken zu verbergen.

»Erwische ich dich wieder!«, rief Mondino wütend aus.

»Verzeiht«, sagte Lorenza erschrocken und blickte zu Boden. »Ich bitte Euch …«

In einem Anflug von Wut streckte Mondino die Hand nach der Tasse aus, die hinunterfiel. Ihr Inhalt ergoss sich über den Boden.

»Ich wische das sofort auf«, sagte die Frau leise, drehte sich um und ging in die Küche zurück.

Der Geruch, der vom Boden aufstieg, erinnerte ihn an etwas. Einem inneren Drang folgend, bückte sich Mondino, tauchte einen Finger in die Reste der verschütteten Milch und führte ihn zum Mund. Der angenehme, unverwechselbare Geschmack löste in seinem Kopf einen Sturm verwirrter Gefühle und Erinnerungen aus, von denen er noch nicht einmal gewusst hatte.

Auf einmal begriff er Lorenzas Absichten und als sie mit einem Lappen in der Hand wiederkam, sprach er sie an: »Du gibst meinem Vater von deiner Muttermilch anstatt Kuhmilch.«

Die Frau versuchte dies durch ein Kopfschütteln zu leugnen. Sie war so verängstigt, dass sie beinahe kein Wort herausbrachte.

»Nein, nein, das ist nicht wahr …«

»Du darfst nicht lügen. Nicht mir gegenüber.«

Lorenza gab Rainerio ihre Muttermilch in der unter dem einfachen Volk verbreiteten Überzeugung, die Milch einer Frau besäße Wunderkräfte und könne jedes Übel heilen.

»Ich bitte Euch«, sagte sie und brach in Tränen aus. »Jagt

uns nicht fort … Wir wüssten doch nicht, wohin wir gehen sollten …«

Sie zitterte vor Angst. Obwohl sie nur aus Aberglauben handelte, verdiente sie, die ihrer eigenen Tochter die Milch entzog, um sie Rainerio zu geben, für ihr Handeln Anerkennung und gewiss keine Vorwürfe. Um sie zu beruhigen, tat Mondino etwas, von dem er nie geglaubt hätte, dass er dazu fähig sein würde: Er umarmte sie und drückte sie fest an seine Brust.

»Verzeih mir, Lorenza«, sagte er leise. »Tu ruhig mit meinem Vater, was dir richtig erscheint. Alles wird gut werden.«

Dann ließ er sie erstaunt und immer noch weinend mit dem Lappen in der Hand stehen, durchmaß mit schnellen Schritten die Küche und öffnete kurz darauf die Tür zur Straße.

Im gleichen Moment bog eine Abordnung Wachen unter dem Befehl ihres Hauptmanns um die Ecke. Mondino wich einen Schritt zurück, um nicht bemerkt zu werden, schloss die Tür hastig wieder und wusste nicht, was er tun sollte. Zum Fliehen war es zu spät. Seine einzige Rettung war, sich im Haus zu verbergen. Also wandte er sich um und rannte zurück durch die Küche.

Lorenza kniete im Flur und wischte die Milch auf. Mondino beugte sich über sie und berührte sie an der Schulter. »Die Sbirren kommen, um mich zu verhaften«, flüsterte er. »Verrate mich nicht.«

Er rannte ins obere Stockwerk hinauf, während die Soldaten bereits ins Haus kamen und laut nach ihm fragten, betrat sein Arbeitszimmer und sah sich verzweifelt nach einem Versteck um. Einen Moment überlegte Mondino, ob er aus dem Fenster klettern und über die Dächer fliehen sollte, wie Gerardo in der Nacht, als jener Albtraum begonnen hatte. Doch die Mauer war zu hoch, und er lief Gefahr, dass man ihn fand, wenn er wie eine Salami an der Mauer baumelte, ohne sich auf das Dach hochziehen zu können. Außerdem würde er sich bei dem Versuch, in den Hof hinunterzuspringen, ein Bein brechen. Auf den Treppen ertönten Schritte und Stimmen. Kurzentschlossen kletterte der Arzt auf das Fensterbrett und kauerte sich auf dem schmalen Gesims zusammen, das um das Haus lief.

Gerade noch rechtzeitig. Einen Augenblick später wurde die Tür aufgerissen und jemand sagte: »Ihr beiden seht im Schlafzimmer nach. Ich übernehme das hier.«

Mondino meinte, die Stimme zu kennen. Er blieb unbeweglich in seinem improvisierten Versteck hocken, hielt den Atem an und hoffte, dass ihn niemand aus den Nachbarhäusern bemerkte. Er zwang sich, nicht an das zu denken, was ihn erwarten würde, wenn man ihn fasste – schändliche Beschuldigungen, ein Prozess, in dem er unmöglich seine Unschuld beweisen konnte, und beinahe sicher ein Todesurteil. Während die Wache das ganze Arbeitszimmer durchsuchte, dachte Mondino an die Aufzeichnungen zu seinem Anatomielehrbuch. Es konnte sein, dass der Mann den Packen öffnete, die Blätter mit den Notizen und Zeichnungen sah und sie als Beweise gegen ihn beschlagnahmte. Wo sie dann wohl enden mochten?

Doch all diese Überlegungen lösten sich in Luft auf, als er hörte, wie Schritte sich dem Fenster näherten.

Trügerische Hoffnung keimte in ihm auf, als der Mann stehen blieb. Mondino betete inbrünstig, er möge nicht ans Fenster treten. Er duckte sich auf das Sims, auf allen vieren, mit gesenktem Kopf, um sich besser im Gleichgewicht zu halten. Von draußen musste er wie einer dieser Wasserspeier wirken, wie man sie an Kirchenfassaden fand. Er hörte den Atem und roch sogar den Geruch des Mannes, eine Mischung aus Schweiß und Zwiebeln, stark, aber nicht unangenehm. Plötzlich bemerkte er, dass der Geruch intensiver geworden war und begriff. Er hob langsam den Kopf, und sie sahen einander an.

Mondino erkannte ihn sogleich, auch der Narbe wegen, die

seinen Mund verunstaltete. Der Mann war vor einem Jahr zu ihm gekommen, verzweifelt, mit einem Tumor an der Unterlippe, den der Wundarzt, an den er sich gewandt hatte, nicht zu entfernen gewagt hatte. Mondino hatte ihn operiert, und als er geheilt war, hatte der Mann verkündet, er würde ihm auf ewig dankbar sein. Während der wenigen Momente, die sie einander schweigend ansahen, fiel Mondino ein, dass er Luca hieß, wie der Schutzpatron der Ärzte.

»Man hat mich geschickt, weil sie wissen, dass ich Euch kenne«, sagte die Wache leise.

Dann schwieg er. Man konnte seinem Gesicht ganz deutlich ansehen, dass er unentschlossen war. Mondino schöpfte Hoffnung.

Dann erlosch dieses Fünkchen Hoffnung genauso plötzlich wieder, wie es aufgeflammt war.

»Ich habe ihn gefunden!«, rief der Mann. »Kommt hierher!«

Er packte Mondino am Nacken, zog ihn hoch und half ihm, über das Fensterbrett zu steigen. Über sein Gesicht hatte sich eine eiserne Maske gelegt.

Resigniert gab sich Mondino in die Hände der beiden Sbirren, die inzwischen in das Arbeitszimmer geeilt waren.

»Mondino de' Liuzzi«, sagte Luca. »Im Namen des Podestà, Ihr seid verhaftet!«

SECHZEHN

Uberto da Rimini arbeitete leichten Herzens. Der Erzbischof hatte es sich in den Kopf gesetzt, jedes einzelne Blatt der den Prozess betreffenden Akten zu lesen. Dies war ein deutliches Zeichen, dass er ihm misstraute, dennoch berührte den Inquisitor dies nicht mehr sehr. Vor einer Stunde war Guido Arlotti bei ihm erschienen, um ihm mitzuteilen, dass sein Plan aufgegangen war. Die auf dem Platz versammelte Menschenmenge würde sich kaum zerstreuen, bevor sie nicht die Leiche des falschen Studenten gesehen hätte, und der Capitano del Popolo hatte eine Schar Sbirren geschickt, um Mondino de' Liuzzi zu verhaften.

Der Mönch, den Uberto zum Podestà geschickt hatte, um ihn über ihr Kommen zu unterrichten, war mit der Nachricht zurückgekehrt, dass es auf dem Platz nur so von aufgebrachten Leuten wimmelte und es ihm nicht gelungen war, den Palazzo des Podestà zu erreichen. Der Erzbischof hatte zwar erklärt, er ließe sich davon nicht einschüchtern, doch Uberto hielt diesen Wagemut für vorgetäuscht. Er war überzeugt, dass Rinaldo da Concorezzo auf das Verhör verzichten und innerhalb der sicheren Mauern des Konvents bleiben würde. Und am folgenden Tag würde es zu spät sein.

Alles war geregelt. Nun galt es nur noch abzuwarten.

»Hier heißt es, der Befragte hätte in Bezug auf die Beschuldigung, dass er den Ritus *l'osculum sub cauda* praktiziert habe, gelogen und seine Unschuld erklärt«, sagte Rinaldo da Concorezzo und sah von den Verhörprotokollen auf.

»Das stimmt«, bestätigte Uberto abwesend. »Sie erklären ständig, dass sie in allem unschuldig sind.«

»Das habe ich nicht gemeint«, erwiderte der Erzbischof trocken. »Ich wollte Eure Aufmerksamkeit vielmehr auf die Worte lenken, die Ihr gebraucht habt. Ihr habt nicht gesagt: ›Er hat sich für unschuldig erklärt‹, sondern: ›Er hat *gelogen* und seine Unschuld erklärt.‹ Wie könnt Ihr so sicher sein, dass er gelogen hat?«

»Verzeiht mir, Monsignore«, antwortete Uberto, dessen Geduld nun endgültig aufgebraucht war. »Das war eine Leichtfertigkeit von mir. Ich habe mir nur gedacht, dass das Offizium des Heiligen Vaters keine so obszöne Beschuldigung in die Liste aufgenommen hätte, wie jene, von den Novizen zu fordern, sie sollten den Anus ihrer älteren Mitbrüder küssen, wenn man sich vorher nicht vergewissert hätte, dass es sich um eine begründete Anschuldigung handelte. Deshalb habe ich daraus geschlossen, dass die Unschuldserklärung des Angeklagten eine Lüge sei. Es ging darum, an ihm zu zweifeln oder am Offizium des Heiligen Vaters.«

Der Erzbischof nickte. »Ich sehe, dass wir unterschiedliche Sprachen sprechen, Pater Uberto«, sagte er. »Für Euch geht es immer darum, jemandem aufgrund seiner angenommenen Zuverlässigkeit zu glauben oder nicht. Eurer Denkweise ist die Frage von Beweisen völlig fremd.«

»Ich gebe zu, dass ich darin meine Grenzen habe.« Nachdem er Rinaldos Vorwürfe all die Zeit stumm ertragen hatte, ließen Ubertos Worte nun seine Wut erkennen, ohne dass er etwas dagegen tun konnte. »Ich bin nun mal ein Mönch, und seit meiner Kindheit hat man mich gelehrt, dass der Glaube keiner Beweise bedarf.«

»Dann erscheint es Euch also logisch, für ein Urteil über menschliche Verfehlungen und die christliche Lehre ein und dasselbe System anzuwenden, als seien diese gleichzusetzen?«

»Das habe ich nicht gesagt, Monsignore.«

»Gesagt habt Ihr es tatsächlich nicht, aber Eure Taten sprechen für Euch. Seid ehrlich, Pater Uberto. Mir kommen ernsthafte Zweifel, ob Ihr der Richtige seid, um diese Aufgabe zu erfüllen.«

Dieser Schlag traf Uberto unvorbereitet. Er öffnete ein paarmal stumm den Mund, bis er schließlich hervorbrachte: »Wollt Ihr mich etwa meines Amtes entheben? Aber das geht nicht. Es sind nur noch wenige Wochen bis zum Ende des Prozesses. Hinsichtlich der vom Pontifex veranschlagten Zeiten sind wir bereits im Verzug, und ...«

»Beruhigt Euch, ich weiß auch, dass es zu spät für einen Austausch ist. Ich habe nur vor, Euch zwei Franziskanermönche meines Vertrauens zur Seite zu stellen, damit Ihr durch eine konstruktive Gegenüberstellung gemeinsam die gerechtesten Entscheidungen treffen könnt.«

Diesmal verschlug es Uberto tatsächlich die Sprache. In jeder seiner Entscheidungen dem Urteil der Franziskaner unterworfen zu sein, bedeutete eine schlimmere Demütigung als eine Amtsenthebung. Nun gab es keinen Zweifel mehr: Der Erzbischof hatte ihm den Krieg erklärt.

»Wenn dies Euer Entschluss ist, respektiere ich ihn und nehme ihn widerspruchslos an«, sagte er, sichtlich bemüht, ruhig zu bleiben. »Sollte es dennoch etwas geben, was ich tun kann, um Euer Vertrauen zurückzugewinnen, so sagt es mir bitte.«

Der Erzbischof seufzte. »Das wird sich zeigen. Es hängt viel davon ab, was uns der Gefangene während des Verhörs gleich sagen wird. Sollte es sich herausstellen, dass er eindeutig der Morde schuldig ist, die ihm zur Last gelegt werden, und sollte man auch sehen, dass er nicht allein dafür verantwortlich ist, sondern noch andere Mitglieder seines Ordens, wie Ihr anzunehmen scheint, wird der Prozess zu einem schnellen Ende kommen und niemand sein Amt aufgeben müssen.«

»Ich danke Euch, Monsignore, und vertraue darauf, dass alles so verlaufen wird, wie Ihr es gerade geschildert habt.«

Rinaldo machte eine Handbewegung, als wollte er sagen, es sei noch zu früh für Dankesbezeugungen, dann sah er aus dem Fenster und meinte schließlich: »Ich glaube, jetzt ist der Moment gekommen, um unsere Arbeit im Konvent zu unterbrechen und uns zum Palazzo des Podestà zu begeben.«

Auf diesen Moment hatte Uberto gewartet. Er hatte überlegt, ob er versuchen sollte, den Kirchenfürsten von seiner Meinung abzubringen, und war eigentlich sicher, dass Rinaldo nach einem eher formellen Protest nachgeben würde. Aber nun war seine Wut zu groß. Soll er doch die Folgen seiner Sturheit zu spüren bekommen, dachte er.

»Natürlich, Monsignore. Ich werde sofort Anweisung geben, dass man uns eine kleine Eskorte zusammenstellt.«

»Keine Eskorte und kein Pomp«, erwiderte Rinaldo. »Damit erregen wir nur weiter den Unwillen des Volks. Nur wir beide werden gehen, begleitet von zwei Mönchen mit Weihrauchfass und Schiffchen und einem Kruzifixträger.«

Uberto nickte, als sei dieser dumme Vorschlag ein vernünftiger Gedanke. »Wie Ihr wünscht«, sagte er nur und verließ sein Studierzimmer.

Während er die Treppe hinunterging, ahnte er bereits, welche Mönche sie begleiten würden. Einer von ihnen war höchstwahrscheinlich der Spion, der dem Erzbischof alles hinterbracht hatte. Im Laufe des vergangenen Tages hatte er ihn zweimal im Gespräch mit Rinaldo überrascht. Er würde ihm anordnen, das Kreuz zu tragen. Es war nur gerecht, dass er die Gefahren einer Lage teilte, die auch durch sein Zutun entstanden war. Die anderen waren zwei junge kräftige Männer, die sie im Notfall verteidigen konnten.

Vor der geschlossenen Tür des Priors blieb Uberto stehen. Er hatte bereits die Hand gehoben, um anzuklopfen, als ihn plötzlich ein Gedanke durchzuckte. In einem so entscheidenden Augenblick seines Lebens musste er beten, bevor er irgendetwas tat. Er ging eilig davon und begab sich in die kleine Kapelle, die man in der Zelle eingerichtet hatte, in der der heilige Dominikus sein Leben ausgehaucht hatte.

Kaum war er über die Schwelle getreten, fiel er auf die Knie, rief den Heiligen an und bat ihn, sich für ihn bei Gott zu verwenden. Uberto wusste, dass seine Laufbahn nun zu Ende war. Sollten sie den Gefangenen nicht verhören können, würde ihn der Erzbischof der Demütigung unterziehen, dass er sich zwei Franziskanern gegenüber verantworten musste, was beinahe schlimmer war als eine Amtsenthebung. Sollten sie dagegen heil und unversehrt im Palazzo des Podestà ankommen, würde Rinaldo erfahren, dass man den Templer in Ubertos Anwesenheit unter Folter befragt hatte, und ihn *a divinis* von seinem Amt suspendieren.

Jetzt konnte ihn nur noch ein Wunder retten.

Uberto befragte sein Gewissen und kam zu dem Schluss, dass er seine Pflicht getan hatte, um die Ketzerei auszurotten. Nun lag die Verantwortung nicht mehr in seinen Händen. Wenn es Gottes Wille war, dass er weiterhin den Glauben verteidigte, sollte er ihm ein Zeichen schicken, indem er die Hindernisse aus dem Weg räumte.

Genau in diesem Augenblick entstand in seinem Kopf ein Bild, wie der Erzbischof von der aufgebrachten Menge getötet wurde.

Uberto legte entsetzt die Hände vor die Augen. Konnte es wirklich sein, dass der heilige Dominikus, der gesegnete Prediger und Gründer seines Ordens, ihm eine so abscheuliche Tat nahe legte? Ohne sich selbst gegenüber einzugestehen, dass er den Mord an einem Diener der Kirche als Möglichkeit ins Auge fasste, machte er sich daran, die möglichen Folgen unbefangen wie in einem Gedankenspiel durchzugehen.

Sollte Rinaldo da Concorezzo verschwinden, würde die Kirche davon profitieren, und er selbst würde auf seinem Weg nach oben nicht länger aufgehalten werden. Im Gegenteil: Er würde schlagartig aufsteigen. Wenn der Erzbischof nicht mehr war, konnte es sehr gut sein, dass Papst Clemens V. ihm die Leitung des Prozesses übertrug. Und selbst wenn man in aller Eile einen neuen Erzbischof ernannte, würde er, Uberto, der eigentliche Leiter dieses Prozesses bleiben, weil er ihn bereits seit seinen Anfängen verfolgt hatte und ihn besser als jeder andere kannte.

Immer noch als abstrakte Überlegung erwägte der Inquisitor, wie ein gedungener Mörder den Anschlag verüben könnte, und seine Miene verfinsterte sich. Im Prinzip konnte er bei einem solchen Auftrag nur auf Guido Arlotti zählen, aber eines war sicher: Der ehemalige Mönch würde sich niemals dazu bereit erklären, einen Erzbischof der heiligen Mutter Kirche zu ermorden, sollte es ihm nicht der Papst persönlich befehlen.

Die einzige andere Möglichkeit bestand darin, dass er selbst den Willen des Heiligen vollstreckte. Doch auch dies würde sich als problematisch gestalten: Der Erzbischof musste gleich verschwinden, das stand außer Frage, und selbst wenn er es gewollt hätte, hätte Uberto ihn sicher nicht in seinem Studierzimmer oder draußen vor aller Augen erdolchen können.

Stumm beichtete er dem heiligen Dominikus, dass er seine Botschaft nicht zu deuten wusste, bekreuzigte sich und öffnete die Augen.

Und plötzlich sah er alles klar vor sich.

Das, was einst das Bett des Heiligen gewesen war, der genaue Ort, an dem er seine Seele ausgehaucht hatte, wurde von einem Sonnenstrahl beleuchtet, der durch die angelehnten Fensterläden hereindrang. Das übrige Zimmer lag im Schatten, aber dieses armselige Strohlager auf einigen rohen Holzbrettern glänzte wie ein Königsthron. Uberto begriff, dass er die Sünde des Hochmuts begangen hatte, und bat den Heiligen mit Tränen der Rührung in den Augen hastig um Verzeihung.

Er hatte geglaubt, er selbst müsse die Botschaft deuten, er selbst müsse handeln. In seinem Hochmut hatte er, wenn auch nur in Gedanken, die Möglichkeit erwogen, einen Mord zu begehen und seine Seele zu ewiger Verdammnis zu verurteilen. Stattdessen war das Bild des Erzbischofs, der von der aufgebrachten Menge getötet wurde, nur eine Weissagung, die der heilige Dominikus ihm gesandt hatte, um ihn zu beruhigen. Gott und seine Heiligen waren selbst in der Lage, alle Hindernisse aus dem Weg zu räumen; sie brauchten ihn gar nicht. Wie hatte er nur glauben können, dass er für sie handeln müsse? Uberto nahm sich vor, dass er sich eine harte Strafe auferlegen und sowohl Körper als auch Geist demütigen würde, um für diese Sünde des Hochmuts zu büßen. Und gleich darauf dankte er Gott und allen Heiligen für die gewährte Gnade: die Gelegenheit, im Schoß der Kirche aufzusteigen, damit er die Ketzerei in Zukunft noch wirksamer bekämpfen konnte.

Wie als Antwort auf seine Überlegungen verlosch der leuchtende Sonnenstrahl allmählich, und das Zimmer lag wieder im Halbdunkel. Uberto erhob sich mit leichtem Herzen und verließ gestärkt die Kapelle. Er ging in das Amtszimmer des Priors und bat um die Erlaubnis, drei Mönche und das Kreuz mitnehmen zu dürfen. Als der große Mann protestierte, erklärte er, es handle sich um einen ausdrücklichen Wunsch des Erzbischofs. Sobald er die Genehmigung erhalten hatte, benachrichtigte er die ausgewählten Mönche und ließ ihnen ausrichten, dass sie sich bereit halten sollten. Dann stieg er die Stufen hinauf und kehrte in sein Studierzimmer zurück. Er war sicher, dass Rinaldo Concorezzos Stunden gezählt waren. Gelenkt von göttlicher Hand würde ihn noch an diesem Morgen ein Stein oder ein Stockhieb töten.

Sein Herz war leicht: Er würde sich nicht die Hände mit Blut beflecken müssen, und darüber war er sehr froh. Dennoch würde er die Augen offen halten, beschloss Uberto, und wenn sich eine Gelegenheit ergab, der göttlichen Vorsehung nachzuhelfen, würde er sie nicht ungenutzt verstreichen lassen.

Die Wachen machten einen langen Umweg, um Mondino zum Palazzo des Podestà zu bringen, und mieden die Piazza Maggiore, wo immer mehr Leute zusammenliefen. Schon von weitem hörte man von dort Geschrei und Lärm, obwohl der Markt, der sonst dort abgehalten wurde, heute am Sonntag geschlossen war.

»Was ist los?«, fragte der Arzt an niemand Bestimmten gerichtet.

Man hatte ihn nicht gefesselt. Um ihn an einer Flucht zu hindern, hatten ihn die beiden, denen er übergeben worden war, schlicht in ihre Mitte genommen, während Luca, ihr Anführer, ein paar Schritte vorausging.

Dieser antwortete ihm, ohne sich nach ihm umzudrehen: »In der Stadt hat sich das Gerücht verbreitet, man hätte den Hexer verhaftet, der diese Männer getötet und ihre Herzen in Eisen verwandelt hat. Er soll ein Tempelritter sein. Man sagt auch, dass der Podestà daran denken würde, ihn freizulassen und alles zu vertuschen, um sich nicht mit der Kirche anzulegen. Die Menge will nun die Gerechtigkeit selbst in die Hand nehmen, ohne erst den Prozess abzuwarten.«

Mondino setzte einen Moment lang das Herz aus. Bei diesen Worten ging seine letzte Hoffnung auf Rettung dahin.

»Wie heißt der Mann, den ihr verhaftet habt?«, fragte er, nur um sicherzugehen.

»Francesco Salimbene. Aber man sagt, das sei ein falscher Name. Ich würde ja meinen, Ihr solltet ihn kennen.«

»Und der Podestà will ihn wirklich frei lassen?«

»Macht Ihr Witze? Ich weiß nicht, wer dieses Gerücht in die Welt gesetzt hat.«

Sie kamen an der Rückseite des Palazzo di Accursio vorüber, den die Stadt erworben und dann zum Sitz des Ältestenrates gemacht hatte. Die Messe war gerade vorüber; die Leute verließen die Kirche und gingen dann einzeln oder in kleinen Gruppen auf den Platz zu. Niemand schenkte der Schar Sbirren besondere Beachtung.

»Ihr solltet lieber ruhig sein und keine Schwierigkeiten machen«, sagte Luca und blieb unvermittelt stehen. Er drehte sich um und sah den Gefangenen an. »Wenn die wüssten, dass Ihr ebenfalls in diese Morde verwickelt seid, würden sie Euch auf der Stelle in Stücke reißen, und wir könnten nichts tun, um Euch zu beschützen.«

»Ich bin unschuldig«, sagte Mondino und sah ihm direkt in die Augen.

»Dann habt Ihr ja gleich doppelt Grund zu schweigen«, erwiderte Luca mit einem Funken Sarkasmus in der Stimme.

Sie setzten ihren Weg fort und kamen kurz darauf auf dem an die Piazza Maggiore angrenzenden Platz heraus, wo die Kesselschmiede an Werktagen ihre Stände aufstellten. Der gesamte Raum zwischen dem Palazzo des Ältestenrats und dem alten Gebäude der Stadtverwaltung, in dem man König Enzo gefangen gehalten hatte, war mit Leuten gefüllt. Der Platz war so bevölkert wie am Tag des heiligen Bartholomäus während des Porchetta-Festes. Doch die Menge, welche sich dort versammelt hatte, verströmte nichts von der heiteren Vorfreude, die sonst an diesem Tag vorherrschte, wenn sie darauf wartete, dass vom Balkon des Rathauses die traditionellen Lebensmittel und Münzen geworfen wurden. Die Schreie und durcheinanderhallenden Rufe waren die einer wütenden Meute, die Blut sehen wollte.

Mondino senkte den Kopf und lief weiter.

Die wenigen Dutzend Schritte bis zum rückwärtigen Eingang am Palazzo des Podestà kamen ihm wie Meilen vor. Um nicht erkannt zu werden, hob er den Kopf nicht einmal, als sie unter das große Kreuzgewölbe traten, das den Torre dell'Arengo trug. Bis auf die Portalwachen der drei nebeneinanderliegenden Gebäude – dem Palazzo des Podestà, dem Sitz des Capitano del Popolo und dem Palast von König Enzo, waren die beiden Straßen, die sich unter dem Gewölbe kreuzten, menschenleer. Alles Geschehen spielte sich auf der Piazza ab.

Es war schon lange her, seit Mondino zum letzten Mal einer öffentlichen Hinrichtung beigewohnt hatte, doch er erinnerte sich genau an die nüchterne Zeremonie. Der Verurteilte erschien mit den Mönchen, den Sbirren und dem Henker auf dem Balkon. Einer der Mönche hielt ihm bemalte Holztafeln vors Gesicht, damit er die wüst schreienden Leute aus dem Volk nicht sehen musste. Dann legte man ihm das Seil um den Hals, und der Henker stieß ihn über die Brüstung. Es war auch vorgekommen, dass das Seil riss, dann hatte das Volk den Unglückseligen getötet.

Der Gedanke, ihm könne auch ein solches Schicksal zuteilwerden, schien Mondino wie ein Alptraum.

Die Wachen ließen sie passieren, und schweigend stiegen sie die Stufen hinauf; begleitet von Sprechchören, die laut die sofortige Herausgabe des Schuldigen forderten. Im ersten Stock, wo sich gewöhnlich die Richter aufhielten, waren die Holzscheiben mit den Wappen des Einhorns, des Adlers, des Hirsches und der anderen Tiere genauso leer wie die Stühle der Notare. Dieses sonst so mit Leben erfüllte Gebäude war am Sonntag wie ausgestorben.

Die Sbirren blieben stehen und redeten mit einem Mann, der einen Talar trug und sie zu einer hohen Tür schickte, deren Flügel in Spitzbögen ausliefen. Luca klopfte, wartete auf die Aufforderung einzutreten, doch als niemand antwortete, ging er trotzdem hinein.

Schließlich schaute Mondino auf. Sie befanden sich in einem großen Raum, in dem hinten an der Ecke eines langen Tisches Enrico Bernadazzi aus Lucca und Pantaleone Buzacarini aus Padua saßen, also der Podestà und der Capitano del Popolo. Vor ihnen stand Gerardo und redete lebhaft auf sie ein.

Mondino nahm all diese Einzelheiten mit einer gewissen Distanz auf. Seit seiner Verhaftung glitt alles an ihm ab, ohne Spuren in seiner Seele zu hinterlassen. Sogar die Schreie der Menge, die der im Wind wehende Leinenvorhang in der Fensteröffnung nicht zu dämpfen vermochte, waren zu einem Hintergrundgeräusch geworden, das nicht das Geringste mit ihm zu tun hatte. Der Lärm klang für Mondino wie das Rauschen eines Flusses, der Hochwasser führte. Ein Detail riss ihn jedoch aus diesem Zustand der Teilnahmslosigkeit: Gerardo hätte gefesselt sein müssen, stattdessen war er frei. Einer seiner Arme hing kraftlos an der Seite hinab, ein Anzeichen dafür, dass man ihn einige Male der Seilfolter unterzogen hatte. Alles in allem aber verhielt er sich nicht wie ein Gefangener beim Verhör. Er schien vielmehr eine viel versprechende Sache zu vertreten, die ihm ein sicheres Auftreten verschaffte.

Mondino konnte sich keinen Reim darauf machen. In jedem Fall würde er bald eine Erklärung dafür bekommen, was hier vor sich ging. Bei ihrer Ankunft hatten seine drei Häscher ihr Gespräch unterbrochen und sich gleichzeitig zur Tür umgedreht. Mondino hoffte, Gerardo würde so geistesgegenwärtig sein, sich gleichgültig zu zeigen, aber er wurde enttäuscht.

»Magister!«, rief der junge Mann aus. »Euch schickt der Himmel!«

»Mich schickt niemand, man hat mich verhaftet«, antwortete der Arzt.

Die Sbirren blieben drei Schritte vor dem Podestà stehen. Nur ihr Anführer trat vor, um weitere Anweisungen zu erhalten.

»Lasst uns allein«, befahl Enrico Bernadazzi.

Die drei gehorchten wortlos, und als sie den Raum verlassen und die Tür hinter sich geschlossen hatten, begrüßte der Capitano del Popolo Mondino förmlich. Dann setzte er ihn über die aktuelle Lage in Kenntnis, wobei er seine Stimme erheben musste, um den Lärm von draußen zu übertönen. Mondino verschlug es die Sprache, als er hörte, was der Capitano ihm zu sagen hatte. Er konnte kaum glauben, dass die junge Tochter des Bankiers und der teuflische Mörder, den sie suchten, ein und dieselbe Person sein sollten. Sein Verstand war wie gelähmt, er reagierte nur langsam auf jede weitere Neuigkeit. Innerhalb einer knappen Stunde hatte er schließlich erfahren, dass er wegen Mordes gesucht wurde und aus diesem Grunde auch verhaftet worden war, und hörte, dass er nun jedoch wieder frei war. Einen Augenblick lang fürchtete Mondino, dass es sich um eine Falle handeln könnte, um ihn mit Gerardos Hilfe in Widersprüche zu verwickeln und dazu zu bringen, etwas zu gestehen, was er nicht getan hatte. Er wagte erst zu glauben, als Pantaleone Buzacarini ihn auf Fiammas Tagebuch und den Brief hinwies, die offen auf dem Tisch lagen. Mondino ergriff sie, blätterte in dem Buch und las hier und da ein paar Sätze; dann löste sich die Anspannung endlich etwas.

»O mein Gott«, sagte er leise.

Der Podestà und der Capitano del Popolo nickten beide. »Das haben wir ebenfalls gesagt, als der junge Mann uns diese Papiere gezeigt hat«, meinte Enrico Bernadazzi. »Wir haben ihm auf seine Anfrage hin diese Unterredung gewährt, weil wir glaubten, er wolle ein Geständnis ablegen. Ihr könnt Euch nicht vorstellen, wie ungläubig und überrascht wir waren, als wir erfuhren, was wirklich geschehen war.«

»Das kann ich mir hingegen sehr gut vorstellen«, sagte Mondino, der noch vollkommen durcheinander war. Nachdem er sich ein wenig gefasst hatte, fügte er hinzu: »Das heißt also, dass ich nach Hause gehen kann?«

»Wir müssen Fiamma aufhalten!«, schrie Gerardo, der bis zu diesem Augenblick kein Wort gesagt hatte. »Sie wird sich umbringen!«

Der junge Mann war offensichtlich aufs Höchste erregt. Seine Augen glühten, und ständig zuckte er, als müsste er krampfhaft den Drang unterdrücken, aufzuspringen oder wegzulaufen. Nur sein linker Arm hing schlaff an seinem Körper herab.

»Warum glaubst du, dass sie sich umbringen will?«, fragte Mondino. »In dem Brief schreibt sie: ›Bald werde ich in meinem Grab liegen‹, aber sie sagt nicht, wo und auf welche Weise sie sterben wird.«

»Ich glaube, dass Gerardo aus Castelbretone Recht hat«, mischte sich der Capitano del Popolo ein. Mondino bemerkte, dass Gerardo ihm seinen wahren Namen genannt hatte, und war froh darüber. Eine Lüge weniger, die man aufrechterhalten musste. »Inzwischen hat die junge Frau ihre Rache vollzogen und die Beweise für ihre Schuld übergeben. Das kann nur heißen, dass sie bereits alles für ihre Flucht in die Wege geleitet hat, um sich der Strafe zu entziehen, entweder in ein anderes Land oder ins Jenseits.«

»Dann soll sie sich doch umbringen«, meinte Mondino kalt. Er empfand nicht das geringste Mitleid für diese Frau, die beinahe sein Leben zerstört hätte.

»Magister!«, rief Gerardo vorwurfsvoll aus. Anscheinend konnte er nur noch schreien.

Der Podestà hob eine Hand, um Mondino von einer verärgerten Antwort abzuhalten. »Das Tagebuch und der Brief sind ein schwerer Schuldbeweis«, sagte er laut über den Lärm hinweg. »Doch wenn Fiamma Sensi sich das Leben nimmt, bevor sie gesteht, wird es wesentlich länger dauern, bis ich Euch freilassen kann.«

Mondino schwieg. Vom Platz hörte man den rhythmisch skandierten Schlachtruf: »Gebt-ihn-uns! Gebt-ihn-uns!«

»Dann holt sie eben«, sagte Mondino darauf. »Ich verstehe nicht, wo das Problem liegt.«

»Das versteht Ihr nicht?«, meinte der Capitano del Popolo, ging zum Fenster und schob den Vorhang beiseite. »Hier liegt das Problem.«

Mondino warf einen Blick aus dem Fenster und erschauderte. Von hier oben wirkte der Anblick der Massen beeindruckend. Die städtische Miliz stand in voller Rüstung vor dem Palazzo, aber sie wirkte ziemlich unerheblich im Verhältnis zu der Menge, die sich auf dem Platz zusammendrängte. Sicher hatte es bereits die ersten Verwundeten gegeben, und möglicherweise war schon jemand von der Menge erdrückt worden.

»Sie drohen, den Palazzo zu stürmen«, sagte Pantaleone Buzacarini und ließ den Leinenvorhang fallen. »Ich kann keinen einzigen Mann entbehren, um diese Frau zu holen. Außerdem wissen wir nicht einmal, wo sie sich aufhält.«

»Und was gedenkt Ihr zu tun, um die Menge zu zerstreuen?«, fragte Mondino.

»Um ernsthafte Zwischenfälle zu vermeiden, wäre es das Einfachste, diesen jungen Mann am Geländer des Balkons aufzuknüpfen«, sagte der Podestà. »Ein Unrecht, das leugne ich nicht, aber zum Wohle der Stadt.«

»Das meint Ihr doch nicht ernst!«, protestierte Mondino. Gerardo hatte sich ruckartig umgewandt, aber er sagte kein Wort, als missfiele ihm der Gedanke gar nicht so sehr. »Ein solcher Akt wäre nicht nur ein schweres Unrecht, sondern auch ein Rückschritt in der Verteidigung der Bürgerrechte.«

»Natürlich habe ich das nicht ernst gemeint«, erwiderte Enrico Bernadazzi, doch sein Blick strafte seine Worte Lügen.

»Allerdings bleibt das Problem bestehen. Jeden Augenblick kann man über uns herfallen, und wir können niemanden schicken, um Fiamma Sensi gefangen zu nehmen. Außerdem würde es den Wachen derzeit kaum gelingen, unversehrt durch die Menge zu kommen.«

»Dann werden wir gehen!«, rief Gerardo.

»Und wohin?«

»Um Fiamma zu holen. Wir dürfen keine Zeit verlieren. Ich glaube, dass ich weiß, wo ich sie finden kann.«

Darauf herrschte einen Augenblick Stille, und alle überdachten diesen Vorschlag.

»Als Verantwortlicher für die Gerichtsbarkeit der Stadt«, sagte der Capitano del Popolo, »kann ich das nicht gestatten. Es ist zu gefährlich. Außerdem können normale Bürger niemanden verhaften. Abgesehen davon, dass ihr beide zwar von der Anklage wegen Mordes entlastet seid, aber euch immer noch der Brandstiftung und des Verbergens einer Leiche schuldig gemacht habt.«

Da hatte Mondino sich endlich entschieden. Er konnte sich zwar keineswegs mit dem Gedanken anfreunden, in dieses Chaos hinauszugehen und sein Leben zu riskieren, aber es war die einzige Möglichkeit, schnell von einer Anklage freigesprochen zu werden, die ihm die Todesstrafe einbringen oder zumindest seine berufliche Laufbahn unwiderruflich zerstören konnte. Außerdem spukte ihm schon wieder der Traum durch den Kopf, mit dem alles seinen Anfang genommen hatte. Sobald Fiamma in den Händen der Justiz war, würde sie unerreichbar für ihn sein. Wenn er ihr Geheimnis doch noch erfahren wollte, musste er jetzt handeln. Er hatte so viel riskiert – wie sollte er sich da im letzten Moment zurückziehen?

»Dies sind Beschuldigungen, die wir mit der Hilfe eines guten Anwalts leicht entkräften werden«, sagte er zu den beiden Amtsträgern. »Und das wisst ihr auch. Ich werde euch mein

Haus verpfänden als Sicherheit, dass wir unsere Freiheit nicht zu einem Fluchtversuch nutzen. Ich kann euch auch sofort einen Schuldschein unterschreiben.«

Bei diesen Worten warf ihm Gerardo einen dankbaren Blick zu, den Mondino lieber nicht beachtete. »Ihr müsst nur einen als Mann aus dem Volk gekleideten Sbirren mit uns schicken«, fügte er hinzu. »Er wird Fiamma Sensi verhaften, womit die Förmlichkeiten gewahrt bleiben.«

Der Podestà und der Capitano del Popolo sahen einander unentschlossen an.

»Abgesehen von allen Überlegungen«, schloss Mondino, »wäre es besser, dass die Menge uns hier nicht vorfindet, wenn es ihr tatsächlich gelingt, in das Gebäude einzudringen.«

»Wisst Ihr auch wirklich, wo sie ist?«, fragte der Podestà, an Gerardo gewandt. »Es würde mich sehr wundern, wenn sie nach allem, was sie getan hat, einfach zu Hause säße und auf uns wartete.«

»Inzwischen ist ihr alles egal«, mutmaßte Gerardo und fuhr ernst fort: »Ihr nehmt jedoch zu Recht an, dass sie nicht zu Hause ist. Ich werde Euch jedoch erst sagen, wo ich sie suchen will, wenn Ihr mir Euer Wort gegeben habt, dass ich die Sbirren begleiten darf, die sie verhaften werden. Unter meiner Führung werden sie den Ort viel schneller finden.«

»Gut«, sagte der Podestà und schritt zur Tat. »Ich werde Euch drei Männer mitschicken, keinen mehr. Und jetzt verfassen wir den Brief.«

Er ließ Pergament, Tinte und Feder bringen, doch im ganzen Gebäude war kein einziger Notar aufzutreiben. So verfasste er eigenhändig das Dokument und unterschrieb es eilig. Dann rief er die drei Sbirren herein, die vor der Tür gewartet hatten. Der Capitano del Popolo ließ sie in seine Privaträume bringen und lieh ihnen unauffällige Gewänder, die weit genug waren, um die schmalen Schwerter zu verbergen, die sie an der

Seite an einem Gürtel zwischen Hemd und Übergewand trugen.

»Wir sollten auch eine Waffe tragen«, sagte Mondino.

»Das Gesetz ist da eindeutig, und ich werde es bestimmt nicht brechen«, erwiderte Pantaleone. »Bürgern ist es verboten, innerhalb der Stadtmauern Waffen zu tragen. Haltet euch immer dicht bei meinen Wachen, dann wird euch nichts geschehen.«

Kurz darauf verließen die fünf Männer einer nach dem anderen das Gebäude durch den Hintereingang. Die Menge, die sich am vorderen Portal versammelt hatte, bemerkte sie nicht. Aber sie hatten erst ein Dutzend Schritte zwischen den verlassenen Ständen des Mercato di Mezzo zurückgelegt, als sich hinter ihnen ein Schrei erhob: »Der Mörder flieht!«

Sie wandten sich geschlossen um, und zu seinem Entsetzen erkannte Mondino die stämmige Gestalt von Guido Arlotti, der anklagend mit dem Finger auf sie zeigte.

Der äußere Rand der Menge wogte hin und her wie ein Weizenfeld im Wind. Viele drehten sich zu der kleinen Gruppe um, und der Schrei: »Der Mörder flieht!« wurde von Dutzenden Mündern wiederholt. Gerardo sah, wie zahlreiche Menschen sich aus der Menge lösten und zunächst langsam auf sie zukamen, als wüssten sie nicht recht, was zu tun sei, dann wurden sie jedoch immer schneller.

»Los, rennen wir!«, schrie Mondino vor ihm. Gerardo folgte ihm ohne zu zögern, so schnell es ihm sein von der Haft und der Folter geschwächter Körper erlaubte. Die drei Sbirren hingegen, die eine instinktive Furcht trieb, begingen den Fehler, ihre schmalen Schwerter zu ziehen. Darauf erhob sich aus der Menge ein undeutlicher Schrei, und einen Augenblick später hatten sich die wütenden Menschen bereits auf sie gestürzt. Gerardo hörte die Schmerzensrufe, während die Sbirren im wahrsten Sinne des Wortes in Stücke gerissen wurden, und ballte die Fäuste, wandte sich jedoch nicht um. Selbst mit zwei gesunden Armen hätte er ihnen nicht helfen können, geschweige denn jetzt, wo sein linker ausgerenkt war. Mondino rannte in einigem Abstand und mit bis zu den Knöcheln gerafftem Talar vor ihm her. Bevor sie die Brücke über die Aposa erreichten, sahen sie zwei Gruppen von festlich gekleideten Leuten, die feierlich aufeinander zukamen. Gerardo erkannte, dass es sich um einen Hochzeitszug handelte. Die Braut kam von der linken Seite, zu Pferde, neben ihr die Eltern, dahinter ihre Verwandten. Der Bräutigam näherte sich von links; er ging zu Fuß, trug einen Falken auf dem Arm und wurde ebenfalls von Freunden und Verwandten begleitet. Wahrscheinlich sollte das Paar in der Kathedrale San Pietro heiraten und hatte geplant, sich auf dem Weg zum Mercato di Mezzo zu treffen und das letzte Stück Weges gemeinsam zurückzulegen. Bei aller Hast konnte Gerardo nicht umhin, die Schönheit der Braut zu bewundern: Sie war blond, in Weiß und Gold gekleidet und trug einen bestickten Schleier, der im leichten Wind flatterte. Das Zaumzeug ihres Pferdes war mit den gleichen Motiven verziert wie ihr Kleid.

Er sah, wie die Überraschung auf den Gesichtern der Leute in Furcht überging. Der Bräutigam ließ den Falken fliegen, der schnell in den blauen Himmel aufstieg, und zog sein Zierschwert; alle Männer des Zuges taten es ihm gleich. Mondino wich nach rechts aus, und Gerardo folgte ihm. Die Menge stürmte ohne zu zögern gegen die Schwerter, sei es, weil die Menschen auf ihre Überzahl vertrauten, oder aus selbstmörderischer Wut. Die beiden Gruppen prallten unter Schreien und dem Klirren von Metall gegen Metall aufeinander, ein Zeichen dafür, dass auch viele ihrer Verfolger ungeachtet des Verbotes bewaffnet waren. Gerardo hoffte nur, dass die Braut es noch rechtzeitig geschafft hatte, ihr Pferd zu wenden und im Galopp zu fliehen.

Selbst in der Eile ihrer Flucht hatte Mondino nicht vergessen, wohin sie unterwegs waren, und versuchte zweimal, die Richtung nach Santo Stefano einzuschlagen, aber bei beiden Gelegenheiten versperrten ihnen mit Stöcken bewaffnete Nachzügler den Weg, die noch zur Piazza unterwegs waren, weil sie das Spektakel dort nicht versäumen wollten. Schließlich wurden sie nach Süden, zur Kirche des heiligen Dominikus abgedrängt, dem letzten Ort, den Gerardo jetzt sehen wollte. Schon bei der Erinnerung an Uberto da Riminis fanatischen Blick krampfte sich ihm der Magen zusammen.

Auf einmal blieb Mondino stehen und drehte sich keuchend, eine Hand gegen die Seite gepresst, zu ihm um.

»Sind sie immer noch hinter uns her?«, fragte er atemlos.

Gerardo nickte stumm, er brachte kein Wort heraus. Ihre Verfolger waren zwar weniger geworden, da der Hauptteil wohl immer noch in die Auseinandersetzung mit dem Hochzeitszug verwickelt war, aber die Schreie kamen deutlich näher. Dem Lärm nach mussten es mindestens sechs oder sieben sein – zu viele für zwei unbewaffnete Männer.

Außerdem zogen noch weitere brüllende und mit Knüppeln bewaffnete Gruppen durch die Straßen. Anscheinend hatte die Menge sich aufgeteilt und, anstatt auf der Piazza zu bleiben, hatte der Mob begonnen, seinen Zorn in der Stadt auszutoben. Von Zeit zu Zeit hörte man aus den Seitenstraßen Kampfgeräusche oder dass ein Edelmann beschimpft wurde, der es wagte, sich am Fenster zu zeigen. Hier und da erklang der Schrei: »Brot! Brot!« Alle Tore waren mittlerweile fest verrammelt.

Gerardo und Mondino befanden sich an einer hohen Einfassungsmauer ohne Toröffnungen. Dort konnten sie nicht stehen bleiben. Erschöpft nahmen sie ihren Weg wieder auf, bis sie die Rückseite der Basilika des heiligen Dominikus erreicht hatten. Dort schlüpften sie in eine dunkle Gasse zwischen zwei Häuserreihen und konnten endlich ein wenig zu Atem kommen. Im gleichen Moment sah Gerardo eine seltsame Prozession vom Vorplatz der Kirche her auftauchen. Zwei kräftige Dominikanermönche in weißer Kutte und schwarzen Umhängen liefen Weihrauchfässchen schwenkend voran, gefolgt von einem weiteren Mönch, der ein vergoldetes Kreuz trug, und hinter ihm der Erzbischof höchstpersönlich in vollem Ornat: die Mitra auf dem Haupt, die weiße Dalmatika mit den beiden roten Streifen vorn und hinten, den versilberten Hirtenstab in der Hand. Hinter ihm schritt Uberto da Rimini ohne Kapuze über seinem kahlen Kopf und wie immer mit hochmütigem Blick.

Gerardo fragte sich, wohin sie unterwegs waren und ob sie wussten, welcher Gefahr sie sich aussetzten. Die Männer der Kirche wurden zwar gefürchtet und geachtet, aber sie waren beim Volk verhasst und blieben daher in einem Moment des Aufruhrs wie diesem besser im Schutz ihrer Kirchen und Klöster. Wäre der Inquisitor nicht dabei gewesen, hätte Gerardo sogar das Risiko auf sich genommen, sie zu warnen. Doch Uberto da Rimini wusste nichts über die jüngste Entwicklung der Ereignisse und hätte unüberlegt reagieren können, wenn er ihn in Freiheit sah. Auch Mondino beobachtete verwundert die kleine Mönchsschar, die direkt in ihr Verderben marschierte.

Ohne Vorwarnung tauchte aus einer Seitenstraße ein Pulk schreiender Leute auf, die mit ihren Stöcken an die Türen der Häuser schlugen. Als sie die Kirchenmänner und den Erzbischof in vollem Ornat bemerkten, zögerten sie eingeschüchtert. Doch es genügte, dass einer von ihnen einen Stein aufhob und ihn mit einem Aufschrei auf die Prozession schleuderte, und schon stürzten sich die anderen mit erhobenen Stöcken auf die Mönche.

Es entbrannte ein wütender Kampf. Die beiden Mönche schwangen ihre Weihrauchfässchen wie eisenbeschlagene Knüppel, dass die Funken nur so flogen. Einem gelang es, seinen Angreifer am Kopf zu treffen und ihn so in die Flucht zu schlagen. Einem anderen rutschte ein Stück glühende Kohle in den Kragen, woraufhin der Mann brüllend seinen Stock losließ und wild hüpfte, um sich von der Glut zu befreien. Doch diese Geschehnisse trugen nur dazu bei, die anderen anzustacheln, die sich geschlossen auf die Mönche warfen. Der Erzbischof und der Inquisitor standen reglos daneben, als ginge das Ganze sie nichts an. Doch als einer der Mönche, von einem Stockhieb getroffen, zu Boden ging, stürzten sich drei Männer, die inzwischen so von Wut erfüllt waren, dass sie sich auch nicht mehr vom heiligen Ornat einschüchtern ließen, auf den Erzbischof.

In den Häusern erhob sich hinter den geschlossenen Fenstern ein Chor entsetzter Frauenschreie. Gerardo, der bis jetzt alles nur tatenlos beobachtet hatte, hielt es nicht mehr aus und stürmte los. Mondinos Rufe verhallten ungehört – der junge Mann war nicht mehr zu bremsen. Uberto da Rimini überließ Gerardo sich selbst, aber dass die Menge einen Erzbischof der römischen Kirche in Stücke riss, besonders einen, der den Ruf eines gerechten Mannes hatte wie Rinaldo da Concorezzo, wollte er nicht dulden. Während Gerardo den Schutz der Gasse verließ und sich in die Menge stürzte, brannte sich ein Bild in seinem Kopf ein, nämlich das geradezu verzückte Gesicht des Inquisitors, mit der dieser die Szene beobachtete. Er sah aus, als werde er gerade Zeuge eines Wunders und nicht einer schrecklichen Gewalttat. Gerardo nahm wahr, wie zwei Männer ihre Stöcke hoben, um auf den Erzbischof einzuschlagen, ohne dass Uberto eine Hand zu seiner Verteidigung rührte. Ganz im Gegenteil: Der Inquisitor betrachtete Rinaldo mit ekstatischer Freude, und als er sich dem Bischof zuwandte, meinte Gerardo zu sehen, dass er ihn seinen Angreifern sogar entgegenstieß. Rinaldo da Concorezzo knickten unter den Schlägen die Beine weg, er verlor seine Mitra und fiel auf die Knie.

Die beiden Männer aus dem Volk wechselten einen Blick; sie schienen plötzlich vor ihrer eigenen Courage erschrocken, und diesen Moment nutzte Gerardo, um sich auf sie zu stürzen. Er verteilte Fußtritte und schlug mit der gesunden Hand zu, wohin er traf. Aus dem Augenwinkel sah er, dass Mondino, der ihm gefolgt war, einen Stock vom Boden aufhob, den einer der Angreifer verloren hatte, und ihn herumwirbelte, um die anderen fernzuhalten.

Gerardo half dem Erzbischof auf, doch im gleichen Augenblick warf sich Uberto da Rimini auf ihn und würgte ihn. In den dunklen Augen des Inquisitors sah Gerardo eine Mordlust, die ihn erschreckte. Da Uberto jedoch nicht nur kleiner und schwächer war als der junge Tempelritter, sondern auch ungeübt im Kämpfen, hatte er keine Chance: Zwei schnell aufeinanderfolgende Faustschläge in sein Gesicht genügten, und der Inquisitor ging zu Boden. Dort blieb er benommen und verwirrt liegen. In diesem Moment nahte eine Schar Mönche, die aus dem nahen Konvent herbeigelaufen kamen. Sie waren zwar unbewaffnet, aber bereit, mit bloßen Händen zu kämpfen. Auch aus den umliegenden Häusern eilten jetzt Leute herbei, um den Kirchenmännern zu helfen; dennoch machten die Angreifer keine Anstalten sich zurückzuziehen. Angelockt von dem Kampfeslärm, hatte eine neue Gruppe Aufständischer ihre Reihen verstärkt: Männer und Frauen in Gewändern aus grobem Leinen, barfuß oder mit besohlten Beinlingen, die an den Knöcheln heruntergerollt waren, nahmen die Mönche von hinten unter Beschuss und feuerten einen dichten Steinhagel auf die Ordensleute.

»Gehen wir, hier werden wir nicht mehr gebraucht«, sagte Mondino und trat neben seinen ehemaligen Schüler.

Gerardo nickte. Der Kampf ging zwar unvermindert weiter, doch die Mönche und die Leute, die ihnen aus den Häusern zu Hilfe geeilt waren, gewannen nun die Oberhand. Dies war nicht der richtige Moment, um Zeit zu vergeuden und vielleicht noch Erklärungen geben zu müssen, denen ohnehin niemand glauben würde.

Plötzlich packte jemand seinen ausgerenkten Arm. Gerardo durchzuckte ein ungeheurer Schmerz, während der Inquisitor aus Leibeskräften schrie: »Er ist der Hexer! Er ist der Mörder!« und ihn mit einer Kraft festhielt, die er diesen kleinen Händen niemals zugetraut hatte. Gerardo sprang herum und traf ihn mit dem Knie voll im Gesicht. Mit beachtlicher Geistesgegenwart half Mondino durch einen Stockschlag auf den kahlen Kopf von Uberto nach, und davon wurde dieser erneut und endgültig zu Boden geschickt.

»Los, laufen wir!«, schrie der Arzt und schaute sich nach einem Fluchtweg um.

Zum Glück waren die Schreie des Inquisitors im allgemeinen Lärm untergegangen. Niemand hatte sie beachtet. Instinktiv kniete Gerardo vor dem Erzbischof nieder und küsste dessen Ring. »Wir sind unschuldig, Monsignore«, sagte er. »Der Podestà hat uns freigelassen. Erklärt das bitte dem Inquisitor, wenn er sich erholt hat.«

Rinaldo da Concorezzo schenkte ihm ein wohlwollendes Lächeln und musterte ihn aufmerksam und mit einer Ruhe, als würde nicht rings um sie gekämpft.

»Ich glaube dir, mein Sohn, selbst wenn ich nicht weiß, wer du bist«, sagte er und hob die rechte Hand. »Und ich segne dich.«

Gerardo neigte kurz den Kopf, dann sprang er auf und rannte Mondino hinterher, der schon etliche Schritte vor ihm in Richtung Santo Stefano lief.

Guido Arlotti hatte sich von dem Zusammenstoß mit dem Hochzeitszug nicht ablenken lassen, aber seine Männer hatte die allgemeine Stimmung von Erregung und Gewalt erfasst, die sich inzwischen in der ganzen Stadt verbreitet hatte: Sie hatten sich in den Angriff auf die Verwandten der Braut gestürzt und hieben mit ihren Dolchen auf die Sprunggelenke der Pferde ein. Diese stürzten in einem Durcheinander aus Schreien und Wiehern zu Boden. Die Braut hatte geistesgegenwärtig ihr Pferd gewendet, ihm die Absätze ihrer zierlichen bestickten Schuhe in die Flanken gerammt und sich in Sicherheit gebracht. Ihre Eltern hatten jedoch nicht so viel Glück gehabt; sie lagen verletzt, vielleicht auch bereits tot, auf dem Boden in einer Blutlache. Die Geldbörsen und den Schmuck hatte man ihnen bereits abgenommen.

Die Aussicht auf Beute war verlockender als der Lockruf der Gewalt, und Guido musste sich anstrengen, um wenigstens fünf der Männer, die er eingesetzt hatte, um die Menge aufzuhetzen, zurück an seine Seite zu beordern. Erst als er ihnen das Doppelte des ausgemachten Lohns versprach, konnte er sie überzeugen, ihm zu folgen. Im Gehen versteckten die Männer die gestohlenen Sachen hastig unter ihren Kleidern und folgten ihrem Dienstherrn eifrig.

Sie rannten eilig auf die Straße zu, in die Arlotti Gerardo und Mondino hatte einbiegen sehen. Die beiden waren zwar aus ihrem Blickfeld verschwunden, Guido ließ sich jedoch von den Stimmen ihrer Verfolger leiten. Er durfte sie nicht entkommen lassen. Dass sie freigelassen worden waren, konnte nur eines bedeuten: Der Podestà war von ihrer Unschuld überzeugt. Und genau aus diesem Grund mussten sie zum Schweigen gebracht werden.

Guido freute sich, die beiden mit eigenen Händen zu richten, immerhin würde der Generalablass ihn ja von jeder Schuld lossprechen.

Doch zunächst musste er sie einholen.

Er versetzte einem der Männer einen Stoß, der gerade in die Gasse der Dirnen schlüpfen wollte, um dort sofort einen Teil seiner Beute auszugeben. »Keine Huren, bevor wir nicht den

Auftrag erfüllt haben«, rief er streng. »Schnell, wir haben bereits zu viel Zeit verloren.«

Mit gezogenen Dolchen, um mögliche Angreifer abzuschrecken, durcheilten sie das chaotische Schlachtfeld, in das sich die Stadtmitte von Bologna verwandelt hatte. Sie kamen in der Nähe der Basilika San Domenico heraus, wo ein dichtes Häuflein Dominikanermönche die letzten Gewalttätigen verjagte.

Guido sah dort den Erzbischof mit der Mitra auf dem Haupt und dem Hirtenstab in der Hand stehen. Uberto da Rimini richtete sich gerade wieder auf, einen scharlachroten Blutfleck auf dem kahlen Schädel. Als ihre Blicke sich begegneten, wies der Inquisitor mit einer herrischen Handbewegung auf eine Straße zu seiner Rechten, die in Richtung Santo Stefano und Sancta Hierusalem führte. Dort entlang mussten Mondino und Gerardo verschwunden sein.

Guido sah sich um. Einige seiner Leute waren nicht mehr zu sehen, sie hatten sich wohl endgültig davongemacht. Doch die drei Männer neben ihm waren mehr als genug für sein Vorhaben. Obwohl ihm langsam die Luft wegblieb, machte er sich erneut an die Verfolgung.

»Ist das der Ort?«, fragte Mondino und sah zweifelnd auf die Öffnung, die sich in dem eingestürzten Haus am Ende der Gasse auftat. »Weißt du genau, dass es hier ist?«

»Nein, aber wenn ich darauf wetten müsste, würde ich es sofort tun.«

Gerardo schien sich seiner Sache sicher zu sein, obgleich es Mondino schwer fiel zu glauben, die Tochter des Bankiers könnte durch diese geöffnete Tür getreten sein, die sich dunkel, unheimlich und leer wie ein zahnloser Mund vor ihnen auftat. Dass sie dann auch noch durch die Trümmer in ein unterirdisches Gewölbe hinabgestiegen war, das nach Gerardos Beschreibung wie die Mischung aus einer altrömischen Kanalisation und einer Katakombe wirkte, schien ihm ganz und gar unmöglich.

Als Mondino jedoch andererseits bedachte, dass Fiamma für die schlimmsten Morde, die er je erlebt hatte, verantwortlich war, wurde er unschlüssig. Wessen sie fähig war oder nicht, war schwer einzuschätzen.

Ohne auf die Steine und den Unrat zu achten, die den Weg durch die Gasse behinderten, gingen die beiden Männer auf das Haus zu, aber sie waren erst einige Schritt weit gekommen, als eine Stimme hinter ihnen rief:

»Befehlt eure Seele Gott an.«

Mondino erkannte sie sofort und war deshalb keineswegs erstaunt, als er sich umwandte und Guidos untersetzte kräftige Gestalt vor sich sah. Er war in Begleitung eines Mannes, dessen lange Haare nicht verbergen konnten, dass man ihm die Ohren abgeschnitten hatte. Angst und bange wurde ihm erst, als er zwei weitere Männer entdeckt, die ihnen am anderen Ende der Gasse den Rückweg abschnitten.

Gerardo und Mondino stellten sich wortlos Rücken an Rücken, entschlossen sich zu verteidigen, obwohl ihre Lage hoffnungslos war: zwei unbewaffnete Männer gegen vier Galgenstricke mit Dolchen. Das war wirklich das Ende.

»Ich bin gespannt, wie ihr euch schlagt, wenn euch weder Hexen noch Hunde beistehen«, sagte Guido höhnisch und kam auf sie zu.

»Wir müssen wenigstens einen entwaffnen«, flüsterte Gerardo.

Mondino zuckte mit den Schultern. Es war sinnlos geworden, einen Plan aufzustellen. Jetzt ging es nur noch darum, in Würde zu sterben und möglichst viele von den anderen in den Tod mitzunehmen.

»Auf mein Zeichen stürzen wir uns beide auf den mit den abgeschnittenen Ohren«, flüsterte Gerardo weiter. »Wenn es mir gelingt, ihm den Dolch abzunehmen, könnten wir es schaffen.« Er wartete gar nicht erst auf Mondinos Zustimmung, sondern schrie: »Jetzt!« und warf sich nach vorn.

Mondino folgte ihm, wild entschlossen, sein Leben so teuer wie möglich zu verkaufen. Beide hatten in dem Handgemenge zur Verteidigung des Erzbischofs ihre Kopfbedeckungen verloren, so dass Gerardos lange Haare ihm ins Gesicht peitschten und er einen Moment nichts sehen konnte. Das erwies sich als verhängnisvoll. Während der junge Templer ohne zu zögern den Mann mit den abgeschnittenen Ohren angriff, einem Dolchstoß auswich und in seine Deckung eindrang, fühlte Mondino plötzlich einen heftigen Schmerz an der rechten Schulter. Erst als er wie vom Blitz gefällt auf den Boden zwischen Unrat und Kot fiel, bemerkte er, dass er den für Gerardo bestimmten Hieb abbekommen hatte.

Ihm ging kurz Adia durch den Kopf und das, was vielleicht zwischen ihnen hätte werden können. Dann dachte er an seine Abhandlung, die unvollendet bleiben würde und an das Geheimnis, das zu enthüllen ihm nun doch nicht gelungen war.

Wie in Trance sah er, dass etwas auf ihn fiel, und konnte gerade noch rechtzeitig wegrollen. Es war der Mann mit den abgeschnittenen Ohren, der sich beide Hände auf eine Wunde am Unterleib presste. Gerardo war es anscheinend gelungen, ihn zu entwaffnen und ihn mit seinem eigenen Dolch zu verwunden, doch es blieben immer noch drei Gegner, und allein würde er sie nicht besiegen können.

Mit ungeheurer Anstrengung zwang sich Mondino, den Kopf zu heben.

Gerardo hatte jetzt eine Waffe und schlug sich mit den anderen beiden Helfern Guidos herum. Er nutzte den engen Raum und brachte sie dazu, dass sie einander gegenseitig in den Bewegungen hinderten und er einen nach dem anderen angreifen konnte. Was er in seinem Eifer nicht bemerkte, war, dass Guido Arlotti sich gerade von hinten anschickte, ihn niederzustechen.

Mondino rollte wieder auf eine Seite, bis er mit den Füßen zwischen Guidos Beine kam, der durch diesen überraschenden Angriff das Gleichgewicht verlor. Gerardo schlug ihm mit dem Dolchgriff ins Gesicht, wobei er die Gegner vor ihm keinen Moment aus den Augen ließ. Guido sackte mit einem Schrei über Mondino zusammen.

Gerardos Schlag war hart gewesen, doch der Mann war kräftig und versuchte, sofort wieder auf die Beine zu kommen. Mondino war zwar nicht in der Lage, seinen rechten Arm zu bewegen, aber Fußtritte austeilen konnte er zumindest noch. Er stützte sich auf den unversehrten Ellbogen und trat seinem Gegner mit dem Schuh so fest ins Gesicht, dass dieser erneut zu Boden ging. Dann nahm er all seine verbliebene Kraft zusammen, trat noch einmal zu und traf ihn an der Kehle.

Während er über sich die Schreie und Geräusche des Kampfes, in den Gerardo verwickelt war, wie durch einen Nebel wahrnahm, warf sich Mondino auf Guido und versetzte ihm mit dem linken Arm eine Reihe von Schlägen immer wieder auf dieselbe Stelle im Gesicht, bis er spürte, dass dieser sich nicht mehr wehrte. Erst dann schaute er auf und konnte gerade noch beobachten, wie ihr letzter Gegner floh, nachdem Gerardo seinem Kumpan das Herz durchbohrt hatte.

»Wie geht es Euch, Magister?«, fragte der junge Mann und beugte sich über ihn.

»Schlecht, aber die Wunde ist nicht schlimm«, antwortete Mondino. »Lass mich hier und geh Fiamma suchen.«

»Seid Ihr sicher?«, fragte Gerardo zweifelnd.

»Ich habe genug Wunden gesehen, um zu wissen, dass diese hier nicht tödlich ist, obwohl sie sehr schmerzt. Hilf mir, das Blut zu stillen, und dann geh. Es gilt, keine Zeit zu verlieren.«

Gerardo griff mit den Händen unter das Gewand des immer

noch bewusstlosen Guido, bis er dessen Leinenhemd hervorgezogen hatte. Er schnitt mit dem Dolch ein Stück davon ab und reichte es Mondino, der es auf seine Wunde presste. Dann nahm er Guido den Gürtel ab und fesselte ihm damit die Hände auf dem Rücken. Das Gleiche wiederholte er bei dem Mann mit den abgeschnittenen Ohren, der noch am Leben war. Ihm band er allerdings die Füße zusammen. Als er Mondino noch einen Dolch in die Hand gedrückt hatte, um damit die Gefangenen in Schach zu halten, ging er festen Schrittes zu dem eingestürzten Haus und verschwand zwischen den Steinen in seinem Inneren.

Im Palazzo des Podestà herrschte hektisches Treiben. Die Menge auf der Piazza Maggiore hatte zwar angefangen, sich zu zerstreuen, kurz nachdem Gerardo und Mondino mit den Wachen das Gebäude verlassen hatten, aber der Podestà und der Capitano del Popolo wussten genau, dass auch danach keine Ruhe einkehren würde. Ganz im Gegenteil. Immer noch bekamen sie Nachricht über Horden von Bürgern mit Stöcken oder irgendwelchen behelfsmäßigen Waffen, die jeden angriffen, der sich ihnen in den Weg stellte – insbesondere Edelleute oder Vertreter der bestehenden Ordnung. Sogar der Erzbischof schien nur durch ein Wunder überlebt zu haben, doch das mochte Enrico Bernadazzi nicht glauben. Was tat der Erzbischof an einem solchen Tag auf den Straßen? Dies musste irgendein leeres Gerücht sein, das jeder, der es verbreitete, noch einmal ausschmückte.

Doch auf jeden Fall musste man diesem verheerenden Durcheinander Einhalt gebieten.

»Sind wir bereit?«, fragte er den Capitano del Popolo, der beunruhigt aus dem Fenster sah.

»Es fehlt nicht mehr viel. Die Leute stellen sich bereits auf. Sobald sie fertig sind, gehe ich ebenfalls hinunter.«

Pantaleone Buzacarini hatte den Befehl erteilt, die gesamte städtische Miliz vor dem Palazzo zu versammeln und dazu alle Freiwilligen, die sich auftreiben ließen. Er würde sie aufteilen; die größte Gruppe würde unter seinem Befehl durch die Stadt patrouillieren, um die Ordnung wiederherzustellen. Sie sollten sich allerdings nicht zu weit verstreuen, wies er sie an, und sich durch Boten in Kontakt halten. Enrico setzte volles Vertrauen in den Capitano del Popolo, der vor einigen Monaten kurz nach ihrer Ernennung schon einmal eine ähnliche Unternehmung geleitet hatte und äußerst erfolgreich gewesen war. Dennoch fragte er sich, warum er ausgerechnet am Ende seiner sechsmonatigen Amtszeit solche Schwierigkeiten bekommen musste. Er bedauerte aus tiefstem Herzen, dass er den jungen Tempelritter nicht der Menge geopfert hatte. Das hatte er einzig aus dem Grund nicht getan, weil solch eine Entscheidung nur im allgemeinen Einverständnis getroffen werden konnte, Mondino jedoch nicht einverstanden gewesen war. Einen Augenblick lang hatte Enrico überlegt, sie beide der Menge zu überantworten, aber das hätte zu Schwierigkeiten führen können. Mondino war zu bekannt. Es hätte danach bestimmt Untersuchungen und Verhöre gegeben, bei denen er Rechenschaft hätte ablegen müssen, und das hätte sehr übel für ihn ausgehen können.

Wenn ihm zu diesem Zeitpunkt aber klar gewesen wäre, dass es zu einem Aufstand dieser Größenordnung kommen würde, hätte er es vielleicht trotzdem getan. Nun würde er sich auf jeden Fall vor dem Ältestenrat verantworten müssen und lief Gefahr, den ganzen letzten Monat seiner Amtszeit damit zu verbringen, sich gegen die Vorwürfe seiner Unfähigkeit mit viel Aufwand von Zeit und Geld zu verteidigen.

Es gab nur einen ehrenhaften Ausweg aus der schwierigen Situation: Er musste die Unruhen mit fester Hand niederschlagen und die beiden Angeklagten wieder in seine Gewalt bringen. Er hoffte nur, dass es ihnen in der Zwischenzeit gelungen war, Remigio Sensis Tochter gefangen zu nehmen. In diesem Fall würde alles ein gutes Ende finden, und die Ältesten würden seinen Entschluss, die Gefangenen gehen zu lassen, nachträglich billigen. Doch wenn beide durch die Meute draußen umkamen, würde er sich auch noch für ihren Tod verantworten müssen.

»Ich komme mit Euch«, erklärte er dem Capitano del Popolo.

»Wir können nicht beide den Palazzo verlassen. Einer von uns muss hier bleiben, um Neuigkeiten entgegenzunehmen und sämtliche Handlungen aufeinander abzustimmen«, gab dieser zu bedenken.

Das stimmte. Den Palazzo ohne einen Anführer zurückzulassen, an den man sich wenden und der die nötigen Befehle geben konnte, hieß dem Aufstand Tür und Tor zu öffnen. Enrico nickte widerwillig. Leider gab es keine Garantie, dass sich die Angelegenheit schnell lösen ließ, und niemand wusste genau, wo man nach Gerardo da Castelbretone und Mondino de' Liuzzi suchen sollte. Nach den Ereignissen der letzten Tage war der Podestà bereit, an die seltsamsten Dinge zu glauben; dennoch konnte es sein, dass das unterirdische Gewölbe, von dem der junge Mann gesprochen hatte, nur eine Ausgeburt seines verwirrten Geistes war.

»Ja, gut. Aber Ihr müsst mir alle halbe Stunde einen Boten schicken«, erklärte er dem Capitano.

Das sagte ihm Pantaleone zu und verließ dann eilig den Raum. Der Podestà stellte sich auf ein längeres Warten ein.

In einer oder höchstens zwei Stunden würde sein Schicksal entschieden sein.

Als Gerardo unten im Gang des unterirdischen Gewölbes stand, wandte er sich nach rechts, wo der Weg nach Aussagen des armen Bonaga unter den sieben Kirchen der Basilika Santo Stefano in Santo Sepolcro endete. Fiamma konnte nicht wissen, dass Gerardo das unterirdische Gewölbe bekannt war. Deshalb hatte sie auch angenommen, dass sie Andeutungen über den Ort ihres Freitodes machen könnte, ohne entdeckt zu werden. *Geschützt von dem, der Bologna beschützt*, stand in dem Brief. Und in der Grabeskirche wurden die Überreste des heiligen Petronius aufbewahrt, dem wichtigsten Schutzheiligen der Stadt.

Andererseits hieß, den Ort zu kennen, noch lange nicht, dass er sie auch retten konnte. Gerardo war unschlüssig. Einerseits musste Fiamma vor Gericht befragt werden, damit sein Orden und er von allen Anklagen freigesprochen wurden. Dennoch konnte er den Gedanken nicht ertragen, dass sie eventuell gefoltert würde, selbst wenn sie eine Mörderin war.

Gerardo hatte die Folter am eigenen Leib erfahren. Dieses Gefühl ohnmächtiger Angst, das er selbst durchlebt hatte, als er in den Händen des Henkers gewesen war, war furchtbarer als die Erinnerung an den körperlichen Schmerz.

Selbst in ihrem mörderischen Wahn war Fiamma nichts als ein Opfer.

Er ging auf das Licht zu, das er am Ende des Ganges sah, und kurz darauf betrat er auf Zehenspitzen einen kleinen Saal, der mit von der Feuchtigkeit beinahe vernichteten Fresken ausgeschmückt war. Fiamma, ganz in Schwarz gekleidet, stand mit dem Rücken zu ihm vor einer rechteckigen Platte auf der anderen Seite des Raumes.

Im Licht der beiden hohen Kerzen, die auf Steinblöcken aufgestellt waren, erkannte Gerardo Remigio Sensi, der auf dieser Platte in einem weißen Leinenhemd wie auf einem Opferaltar lag. In ihrer Umgebung konnte man im Halbschatten die Überreste von drei oder vier menschlichen Körpern in unterschiedlichen Stadien der Verwesung erkennen. Allen waren die Brustbeine aufgesägt und die Rippen aufgebogen worden. Das mussten die Bettler sein, von denen Bonaga gesprochen hatte. Fiamma hatte sie benutzt, um an ihnen zu üben.

»Fiamma«, sagte Gerardo so leise, als befände er sich in einer Kirche.

Sie drehte sich langsam um und starrte ihn überrascht an. Ihr Gewand aus schwarzem, golddurchwirktem Brokat fiel ihr bis auf die Füße und wurde an der Schulter von einer goldenen Brosche zusammengehalten. Auch ihr Mieder und die Schuhe waren aus schwarzem Stoff. Ein dunkler Schleier bedeckte ihre blonden Haare, die ihr offen auf die Schulter fielen. Aus dem ganzen Schwarz hob sich ihr blasses Gesicht wie ein heller Fleck ab.

»Gerardo. Wie hast du mich gefunden?«, fragte sie ebenso leise.

»Ein gelähmter Junge hat mir das unterirdische Gewölbe gezeigt. Als ich deinen Brief las, wusste ich, dass du diesen Ort meintest.«

Fiamma nickte. »Bonaga. Er hat ihn auch mir vor anderthalb Jahren gezeigt. Als ich ihn zum ersten Mal sah, wusste ich: Jetzt war der Moment gekommen.«

In ihrem Tagebuch hatte Fiamma Bonaga und das unterirdische Gewölbe nicht erwähnt, aber den Tag, an dem sie begonnen hatte, ihren Racheplan umzusetzen. Sie hatte Zugang zu allen Dokumenten ihres Adoptivvaters gehabt und wusste deshalb seit langem, wo sie ihre Peiniger erreichen konnte. Sie hatte ihnen den Brief geschrieben, der sie in die Falle gelockt hatte, und um sie zu überzeugen, hatte sie jedem Schreiben einen in Eisen verwandelten Finger von den Bettlerleichen, an denen sie experimentiert hatte, geschickt. Gleichzeitig hatte sie diejenigen Templer, die der Verhaftung entkommen und in Remigios Wechselstube vorstellig geworden waren, mit anonymen Schreiben bei der Inquisition angezeigt.

»Sag doch bitte nicht so etwas«, sagte Gerardo. »Es ist immer noch Zeit, um …«

»Wofür? Um bei lebendigem Leib als Hexe und Mörderin verbrannt zu werden? Ich habe Jahre gebraucht, um alles vorzubereiten, und es wird so enden, wie ich es beschlossen habe. Komm nicht näher!«, rief Fiamma.

Gerardo hatte einen Schritt auf sie zugemacht, blieb jedoch unverzüglich stehen. Fiamma umklammerte einen merkwürdigen Pfriem mit dreieckiger Klinge. Dieser lag auf der Steinplatte neben einem Glas, das im Licht der Kerzen bunt schimmerte.

»Der Griff dieses Stiletts ist mit dem Pulver gefüllt, das Blut in Eisen verwandelt«, sagte Fiamma. »Und die Klinge ist hohl. Ein Kratzer genügt, und du wirst eines schrecklichen Todes sterben. Ich bitte dich, zwing mich nicht dazu!«

Gerardo blieb regungslos stehen, doch ein unsäglicher innerer Schmerz quälte ihn. Er wusste, was Fiamma vorhatte, und wollte sie aufhalten, doch er hatte keine Idee wie. Sie ging um die Steinplatte herum, so dass sie ihm nicht mehr den Rücken zuwandte, und mit einer plötzlichen Handbewegung bohrte sie das Stilett in rascher Folge zweimal in Remigios Füße. Der Bankier zuckte kaum auf und ließ nicht einmal ein Stöhnen vernehmen.

»Sein Körper ist gelähmt, er kann jedoch den Schmerz spüren. Jeden einzelnen, und jeden einzelnen hat er verdient«, meinte Fiamma.

Gerardo hatte in ihrem Tagebuch auch die Seiten über Remigio gelesen, der Fiamma als Tochter adoptiert hatte, sie aber seit ihrem dreizehnten Lebensjahr wie eine Ehefrau missbrauchte. Er hatte sich darüber empört und den Wunsch verspürt, dem Bankier eigenhändig etwas anzutun. Dennoch fühlte er jetzt, als er die unmenschliche Strafe beobachtete, die die junge Frau für ihren Peiniger vorgesehen hatte, gegen seinen Willen Mitleid mit ihm.

Man konnte zusehen, wie Remigio Sensis Adern aufquollen und sich verhärteten. An mehreren Stellen brachen sie durch die Haut wie knotige Wurzeln. Ihre Spur zog langsam seine Beine hinauf. Die Augen, das Einzige, was der Bankier noch bewegen konnte, zuckten fieberhaft hin und her, aber vielleicht nahmen sie auch gar nichts mehr wahr und verloren sich in diesem Meer aus Schmerz und Angst.

»Pilatus, Longinus und Kaiphas sind schnell gestorben«, sagte Fiamma. »Er aber hat mich sechs qualvoll lange Jahre missbraucht. Deshalb verdient er einen langsameren Tod.«

Als Gerardo hörte, dass sie die ermordeten Tempelritter mit diesen biblischen sprechenen Namen belegte, wurde ihm das ganze Ausmaß ihres Wahnsinns bewusst: Fiamma war in diesem Moment nicht bei ihm, ja, nicht einmal bei sich selbst: Ihre Seele war in dieser Grotte in Spanien geblieben, wo sie einen Kampf mit der Verzweiflung über den gleichzeitigen Verlust von Familie, Haus und Schönheit ausgefochten und verloren hatte. Sie verglich sich mit niemand Geringerem als Jesus Christus, dem reinen Lamm Gottes, das für die Sünden der Menschen geopfert worden war. Aber im Unterschied zu Christus verzieh die junge Frau ihren Peinigern nicht. Sie sann geduldig auf ihre Rache, ließ sich von Remigio anstellen und dann adoptieren, um über seine Beziehungen zu den Tempelrittern die Mörder ihres Vaters ausfindig zu machen. Zur Umsetzung ihres Plans ertrug sie sogar die Vergewaltigungen. All die Qualen hatten zwar ihren Körper nicht töten können, wohl aber Fiammas Seele.

Gerardo bezweifelte nicht, dass sie ihn tatsächlich mit dem Stilett verletzen würde, falls er versuchte, sie zu entwaffnen.

Beschämt musste er sich eingestehen, dass er nicht genug Mut hatte, sich demselben Tod wie Remigio auszusetzen.

Die Beine des Bankiers waren jetzt starr wie Baumstämme, und unter der Haut zeichnete sich ein eisernes Geflecht ab. Auf seinem unerbittlichen Weg zum Herzen hatte das Gift nun den Saum des Hemdes erreicht, aber Remigio lebte immer noch. Fiamma starrte ihm in die Augen und beobachtete aufmerksam jedes Aufbäumen seines gequälten Körpers.

»Wie hast du ihn dazu gebracht, dir bis hierher zu folgen?«, fragte Gerardo.

Ohne den Blick von den Augen ihres Stiefvaters abzuwenden, antwortete sie ihm: »Ich wollte meine körperlichen Reize einsetzen, wie schon bei den Bettlern, die du hier liegen siehst.«

Gerardo schaute zu den gemarterten Körpern hinüber, die achtlos an den Wänden des Raumes abgelegt waren.

»Du hast sie benutzt, um dich im Umgang mit der Säge und dem Messer zu üben«, sagte er fassungslos. »Du hast für deine Rache unschuldige Menschen geopfert.«

»Sie waren nicht unschuldig!«, schrie Fiamma auf. »Sie fürchteten diesen Ort, aber ihre Lüsternheit war stärker als ihre Angst. Und sie haben für ihre Sünde mit dem Tod bezahlt.«

»Und Remigio? Wie hast du es angestellt, dass er dir hierhergefolgt ist?«

Fiamma verzog ihre Lippen zu einer Grimasse, die nichts mit einem Lächeln gemein hatte.

»Eigentlich wollte ich ihn zu Hause töten und hier nur meinen Plan vollenden«, sagte sie nachdenklich. »Aber er hat mir dann meine Aufgabe sehr erleichtert.«

Spöttisch erklärte Fiamma – und damit wollte sie wahrscheinlich mehr den Bankier an seinen Fehler erinnern als Gerardo alles erklären –, dass Remigio die Unterredung zwischen ihm, Mondino und Hugues de Narbonne heimlich belauscht und daraufhin beschlossen hatte, die Gelegenheit zu nutzen, um einen alten Feind loszuwerden. Er hatte einen jungen Adligen zu sich gerufen, der sich bei ihm tief verschuldet hatte, und diesem im Gegenzug für die Ermordung seines Feindes versprochen, seine Schuld zu erlassen. Ein paar Tage darauf hatte er beobachtet, wie Gerardo mit Bonaga redete. Dem verkrüppelten Jungen hatte er dann Geld gegeben, um zu erfahren, was sie besprochen hatten. Dadurch hatte Remigio alles über das unterirdische Gewölbe herausgefunden und den Jungen schließlich beauftragt, den Eingang zu überwachen. Eines Abends hatte ihm Bonaga hinterbracht, dass Gerardo und ein anderer großer, älterer Mann dort hinabgestiegen seien. Remigio war sofort klar gewesen, dass es sich bei Gerardos Begleitung nur um Hugues de Narbonne handeln konnte. Sogleich hatte er nach seinem Schuldner schicken lassen. Dieser hatte dann mit zwei Armbrustschützen am Ausgang des Tunnels Stellung bezogen, um seinen Auftrag auszuführen. Es kam jedoch alles anders: Die Opfer hatten sämtliche ihrer Angreifer getötet und waren entkommen. Als Remigio erfuhr, wie die Begegnung abgelaufen war, war er äußerst erschrocken.

»Er befürchtete, dass der Vater des jungen Mannes ihn aufsuchen würde, um Rache für seinen Sohn einzufordern«, berichtete Fiamma spöttisch. »Er war völlig aufgelöst. Ich habe ihm geraten, sich einige Tage in diesem unterirdischen Gewölbe zu verstecken, an einem geheimen Ort, wo niemand ihn je aufspüren würde. In der Zwischenzeit würde ich zum Vater des Toten gehen und versuchen, die Angelegenheit wieder einzurenken. Dieser Dummkopf hat mir sogar noch gedankt.«

Gerardo schüttelte den Kopf. »Aber sobald er hier die Leichen gesehen hat, musste er doch seinen Fehler bemerken.«

Fiamma zuckte mit den Schultern. »Da war es schon zu spät«, sagte sie düster.

Über das unterirdische Gewölbe legte sich ein Schweigen, in dem nur das leise Rauschen des Baches und Remigios Keuchen zu vernehmen waren, während sein Körper sich immer mehr in eine reglose Statue verwandelte. Gerardo hatte nichts mehr zu sagen. Was er nicht wusste, konnte er sich denken. Fiamma hatte ihren Adoptivvater irgendwie in diesem unterirdischen Gewölbe eingesperrt, war nach Hause zurückgekehrt und hatte allen erzählt, dass er verschwunden sei. Dann war er selbst verhaftet worden, und sie hatte ihn im Kerker besucht. Vielleicht, weil sie nicht wollte, dass ein Unschuldiger starb oder um öffentlich bekannt zu machen, was er getan hatte. Sie hatte zu diesem Zeitpunkt bestimmt schon einen Plan erdacht, wie sie Hugues de Narbonne umbringen würde, aber Gerardo hatte ihr die Angelegenheit durch seine Angaben erleichtert.

Gerardo graute vor dem, wozu diese junge Frau fähig war. Und doch war seine Zuneigung größer als seine Angst. Fiamma hatte Schuld auf sich geladen, weil sie sich von ihrem Wunsch nach Rache beherrschen ließ, aber wie viel hatte sie erdulden müssen, ehe sie ihrem Wahnsinn zum Opfer gefallen war! Als er sie betrachtete, wie sie aufrecht vor ihm stand, das blasse, von den blonden Haaren umgebene Gesicht, die Narbe, die ihren Reiz eher noch betonte als ihn zu schmälern, hatte Gerardo nur einen Wunsch: Er wollte sie in seine Arme nehmen und sie mit Küssen bedecken, statt sie zu fesseln und vor den Podestà zu schleppen, wie es eigentlich seine Pflicht gewesen wäre.

Die junge Frau erlöste Gerardo schließlich aus dieser schwierigen Situation. Fiamma stieß Remigio in dem Moment vom Altar, als der Bankier mit einem unterdrückten Seufzer und einem Krampf, der sein Gesicht trotz des betäubenden Trankes zu einer schmerzlichen Fratze verzerrte, starb. Der tote Körper fiel plump wie ein Baumstamm herunter. Dann ergriff die junge Frau mit der freien Hand das bunte Glas, das neben dem Kopf des Bankiers gestanden hatte, leerte es in einem Zug und legte sich dann selbst auf die Steinplatte.

Die Bedeutung dieser Geste war eindeutig. Gerardo rannte zu ihr, obwohl sie noch den Dolch in der Hand hielt. Er hob ihren Kopf an, wollte sie aufrichten, um sie dazu zu bringen, das Gift wieder zu erbrechen, doch die junge Frau flüsterte so traurig, dass es ihm schier das Herz zerriss: »Es ist zu spät, küss mich bitte.«

Sie schauten einander erst tief in die Augen, dann beugte Gerardo sich über Fiamma und presste seine Lippen auf ihren Mund.

Ursprünglich hatte er es aus purem Mitleid für die Sterbende getan und erwartet, dass es ihn ekeln würde, wenn er eine Mörderin küsste, die so viele schändliche Verbrechen begangen hatte. Doch stattdessen setzte dieser Kuss all die Liebe frei, die beide in sich trugen und die nur darauf gewartet hatte, sich offen zu zeigen. Die Zeit schien stehen zu bleiben; ihre Lippen blieben vereint, ihre Zungen suchten sich, sie umarmten einander leidenschaftlich im Angesicht des Todes. Dann wurde Fiammas Atem unregelmäßig, ihre Hände fielen herab, und das Stilett glitt aus ihrer Hand. Gerardo löste sich unter Tränen von ihr, er murmelte unzusammenhängende Worte, doch sie öffnete ihren Mund zu einem schwachen Lächeln. »Danke«, flüsterte sie und schaute ihm in die Augen.

Dann stöhnte sie, und gelblicher Schaum füllte ihren Mund. Sie wurde von Krämpfen geschüttelt, und es würgte sie, doch Fiamma zwang sich, sich nicht zu übergeben. Kalter Schweiß überzog ihren Körper, während Gerardo ihr Gesicht mit Tränen bedeckte. Das Leben wich rasch aus ihr, und sie lag still in ihrem schwarzen Gewand da. Der junge Mann hielt sie noch lange umklammert und machte seinem Schmerz mit Tränen Luft. Dann bettete er sie vorsichtig auf dem alten Altar, den sie sich zum Grab gewählt hatte, und wischte ihr mit einem Rockzipfel den Speichel und alle anderen Flüssigkeiten ab, mit denen ihr Körper versucht hatte, sich von dem Gift zu befreien. Erst als Gerardo ihr zumindest einen Teil der Schönheit, die sie im Leben ausgezeichnet hatte, zurückgegeben hatte, nahm er sie in den Arm und verließ das Gewölbe, um Mondino zu Hilfe zu eilen. Natürlich hätte er den Capitano del Popolo benachrichtigen können, dass er die beiden Leichen abholen ließ, doch im Augenblick handelte er nicht vernünftig.

Mondino drückte ein Stück Stoff auf die Schulterwunde, um die Blutung zu stoppen, und achtete nicht auf die Proteste und Drohungen von Guido Arlotti, der an Händen und Füßen gefesselt am Boden saß.

»Mein Freund wird sterben«, sagte Guido plötzlich und deutete auf den Mann ohne Ohren, der eine große Wunde am Bauch hatte. »Und auch Ihr lebt nicht mehr lange, wenn Ihr mich nicht Hilfe holen lasst.« Als seine Drohungen erschöpft waren, versuchte Arlotti es mit einem Appell an Mondinos Mitgefühl.

»Lieber verblute ich, als dass ich Euch helfe«, sagte der Arzt. »Daher spart Euch Eure Worte. Seht« – er wies mit dem Kinn in eine Richtung –, »da kommen die Männer des Podestà.«

Am anderen Ende der Gasse waren tatsächlich zwei Häscher in Kriegsuniform erschienen, gefolgt von Pantaleone Buzacarini in Soldatentunika und Lederwams. Hinter ihnen marschierten noch weitere bewaffnete Soldaten. Mondino unterrichtete den Capitano über das, was vorgefallen war, und Pantaleone übernahm sofort das Kommando.

Er warf einen flüchtigen Blick auf die Bauchwunde des Mannes mit den abgeschnittenen Ohren und setzte dessen Leiden mit einem Schwertstreich ein Ende. »Er wäre ohnehin unterwegs gestorben«, erklärte er schulterzuckend. Dann baute er sich vor Guido Arlotti auf.

»Du hast gehört, was Mondino gesagt hat«, meinte er ganz gelassen. »Er beschuldigt dich, du hättest die Gerüchte in die Welt gesetzt, die zu diesem Aufstand geführt haben, und ich sehe keinen Grund, ihm nicht zu glauben.« Guido protestierte, doch der Capitano del Popolo unterbrach ihn mit einer Handbewegung. »Mich interessieren deine Ausreden nicht«, sagte er barsch. »Wenn du jetzt und hier gestehst, wie, aus welchem Grund und für wen du das getan hast, erreichst du das Gefängnis unversehrt. Andernfalls werde ich dir beide Hände abschlagen, ehe ich dich meinen Männern überlasse.«

Ohne Guidos Antwort abzuwarten, gab er einem Häscher ein Zeichen und hob das Schwert, während der Mann diesen an der Schulter packte und der Länge nach zu Boden warf.

»Wartet!«, schrie Arlotti. Es war das erste Mal, dass Mondino Angst in seinen Augen entdeckte. »Ich stehe im Dienst des Inquisitors Uberto da Rimini. Wagt es nicht, mich anzurühren, oder ihr werdet es teuer bezahlen!«

Ehe der Capitano del Popolo etwas erwidern konnte, drehten sich die Soldaten um, und auf einmal herrschte in der Gasse bedrückendes Schweigen. Mondino folgte ihrem Blick und sah Gerardo aus dem eingestürzten Haus hervorkommen. Sein Gesicht wirkte genauso verwirrt wie in der Nacht, als er an sein Arbeitszimmer geklopft hatte. Und wie damals hatte er eine Leiche im Arm.

Gerardo schritt durch die schweigende Menge und trug Fiamma Sensi wie eine Braut. Der Kopf mit den blonden Locken, welche die Narbe verdeckten, ruhte auf seiner Brust, und das schwarze Gewand fiel in weichen Falten zu Boden. In dieser düsteren Umgebung stach ihre Schönheit nur noch deutlicher hervor.

»Ist das die gesuchte Mörderin?«, fragte ein Soldat ungläubig.

»Das ist sie«, bestätigte Gerardo erschöpft. »In dem unterirdischen Gewölbe hinter mir findet Ihr ihr letztes Opfer, Remigio Sensi, den Adoptivvater.«

Der Capitano del Popolo ließ das Schwert sinken, löste sich aus der Erstarrung, die alle Anwesenden befallen zu haben schien, und begann, laute Befehle zu rufen. Er beauftragte drei Männer damit, Guido Arlotti zum Palazzo des Podestà zu bringen, doch erst, nachdem man ihn geknebelt hatte, damit er nicht um Hilfe schrie und noch einmal versuchte, das Volk aufzuwiegeln. Pantaleone warf jedem von ihnen einen strengen Blick zu und drohte, dass sie es mit ihrem Leben bezahlen würden, falls ihnen der Gefangene entkäme. Dann nahm er Gerardo sanft die Leiche aus dem Arm und übergab sie zwei weiteren Häschern, die er ebenfalls zum Palazzo schickte. Schließlich ließ er zwei Männer als Wache vor dem Eingang des eingestürzten Hauses zurück und stieg selbst in das unterirdische Gewölbe hinab, nachdem er sich von Gerardo den Weg hatte beschreiben lassen.

Als Pantaleone außer Sichtweite war, wandte sich der junge Tempelritter an Mondino: »Meister, wie geht es Euch?«

»Schlecht. Ich brauche Liuzzo.«

»Wollt Ihr, dass ich schnell zu ihm laufe und ihn hierherhole?«

»Nein, die Straßen sind immer noch unsicher«, antwortete Mondino. »Gehen wir besser zu ihm. Wenn du mir hilfst, kann ich laufen.«

Gerardo stellte sich neben ihn. Mondino legte ihm den gesunden Arm um die Schultern und presste mit der anderen Hand den Stofffetzen fest auf die Wunde. So machten sie sich auf den Weg. Gerardo schwieg und bewegte sich, als wäre seine Seele vom Körper losgelöst. Es war offensichtlich, dass er für Fiamma Sensi viel mehr als nur schlichte Sympathie empfunden hatte, und Mondino wollte seine Trauer nicht stören.

Aber als sie den Platz vor Santo Stefano erreichten, konnte er sich nicht mehr zurückhalten.

»Und das Geheimnis des Eisens?«, fragte er gespannt.

»Ist verloren«, antwortete Gerardo abwesend. »Fiamma applizierte das Präparat in das Herz ihrer Opfer mit Hilfe eines hohlen Stiletts. Nachdem sie das Gift selbst getrunken hatte, ist ihr die Waffe aus der Hand geglitten, und das Pulver hat sich auf dem Boden verteilt.«

Für Mondino war diese Nachricht ein weiterer schmerzhafter Schlag; er empfand sie wie einen Hieb. Adia hatte Recht gehabt mit dem Stilett, aber letzten Endes war das Geheimnis doch verloren gegangen und alles vergeblich gewesen.

»Fiamma hat Remigio das Gift in den Fuß injiziert«, fuhr Gerardo nach einer Weile fort. »Das Blut des Bankiers hat sich vor meinen Augen in Eisen verwandelt. Wenn Ihr der Meinung seid, dass etwas so Grauenhaftes dem Wohl der Wissenschaft dienen sollte, dann könnt Ihr seinen Leichnam studieren.«

Mondino hörte seine Worte, doch er brachte keine Antwort heraus. Er spürte, wie seine Kräfte schwanden, und musste all seine Konzentration aufwenden, um einen Fuß vor den anderen zu setzen und darauf, dass ihn diese Schritte in Sicherheit bringen würden. Alles andere hatte Zeit.

Sie schwankten weiter Richtung Via San Vitale und hielten einander umklammert wie zwei Betrunkene nach einer durchzechten Nacht.

EPILOG

Im Hafen von Porticella pulsierte unter der Junisonne das Leben. Alles war wie immer. Mondino verließ vorsichtig das Boot, sorgsam darauf bedacht, den rechten Arm nicht ruckartig zu bewegen. Die Wunde an der Schulter hatte sich geschlossen und war dabei, vollends zu heilen, aber Liuzzo hatte ihn ermahnt, sie einen weiteren Monat nicht zu belasten.

Er öffnete die Gürteltasche, holte eine Münze heraus und bezahlte den Bootsführer. Dann machte er sich auf den Weg zu dem Gasthaus, in dem Adia lebte, und bemühte sich, nicht zu schnell zu gehen.

Er konnte es kaum erwarten, sie wieder in die Arme zu schließen. Während des Prozesses wegen der Eisenherzmorde, wie das Volk sie jetzt nannte, hatte er sie aus seinem Leben ausgeschlossen, um sie nicht zu verraten. Er und Gerardo hatten ihre Aussagen abgestimmt und nur von einer Kräuterhexe gesprochen, die ihnen jedoch nichts Wichtiges enthüllt hatte und nach dem Angriff von Guido Arlotti und seinen Spießgesellen irgendwohin geflohen war. Niemand hatte ihren Behauptungen widersprochen, weil das Rätsel um die Mörderin enthüllt worden war. Was sich als Makel auf den Amtszeiten des Podestà und des Capitano del Popolo hätte erweisen können, hatte sich als größter Erfolg ihrer Laufbahn erwiesen, und vor diesem Hintergrund hatten beide kein Interesse, den Dingen tiefer auf den Grund zu gehen. Umso mehr, da der Prozess wegen Fiamma Sensis Verbrechen von einem noch bedeutenderen überschattet wurde: dem gegen die Templer in der Provinz Ravenna, der am 21. Juni mit einer Anerkennung ihrer absoluten Schuldlosigkeit und damit im Sinne der Anklagen geendet hatte. Rinaldo da Concorezzo hatte die Ritter zu einer einfachen »Reinigung« verpflichtet, was bedeutete, dass sie vor ihren Bischöfen erscheinen und sich zum katholischen Glauben bekennen mussten, von mindestens sieben glaubensfesten Zeugen unterstützt. Danach, so lautete das Urteil, würden sie frei sein.

Es war noch nicht klar, wie Philipp der Schöne und Papst Clemens V. auf dieses Urteil reagieren würden, doch die Nachricht hatte sich bereits in ganz Europa verbreitet. Mondino kümmerte das Schicksal der Templer nicht sonderlich, und soweit er begriffen hatte, wollte auch Gerardo sein Gelübde aufgeben. Sein ehemaliger Schüler hatte am eigenen Leib erfahren, auf welche Abwege selbst der reinste und demütigste Orden geraten konnte, und sich deshalb entschlossen, Gott in einem weltlichen Leben zu dienen.

Beide hatten es als Genugtuung empfunden, dass Uberto da Rimini vom Amt eines Inquisitors abberufen wurde.

Als er Kenntnis von den Verfehlungen, den Umtrieben und den Erpressungen des Inquisitors aus dem Dominikanerorden erhalten hatte, hatte der Erzbischof ihn verurteilt, ohne Begleiter und ohne Geld zu Fuß nach Rom zu pilgern. Danach würde er in eine einsame Gemeinde in den Bergen an der Via Francigena geschickt, um sich um das Seelenheil der dortigen Bewohner zu kümmern.

In all dieser Zeit, in Wahrheit waren es wenige Wochen gewesen, die Mondino wie eine Ewigkeit erschienen waren, hatte der Arzt Adia nur ein einziges Mal gesehen, als sie ihn besucht hatte, weil sie erfahren hatte, dass er verwundet war. Zwei Tage zuvor hatte Rainerios Begräbnis stattgefunden, und die Trauer, die wie eine Glocke über dem Haus lag, hatte sie wie zwei Fremde miteinander sprechen lassen. Doch jetzt, da sein Leben wieder von sämtlichen Hindernissen befreit war, konnte Mondino es kaum erwarten, sie wiederzusehen. Im Gehen kostete er die Vorfreude auf den Duft und die Wärme ihrer Haut aus.

Zunächst hatte er überlegt, erst zu ihr zu gehen, wenn er vollständig genesen war, aber Adia hatte ihm am gestrigen Tag eine Nachricht geschickt, dass sie ihm etwas Wichtiges mitzuteilen habe. Während er sich langsam zwischen Karren, Waren, Bootsführern und Bauern seinen Weg bahnte, fragte Mondino sich, was genau sie ihm sagen wollte. Es konnte sein, dass sie endlich jemanden gefunden hatte, der sie nach Venedig mitnahm, und zwar auf einem Boot, das groß genug war, um sie und ihre Bücher, die Hunde und den Esel aufzunehmen, und dass sie sich vor ihrer Abreise von ihm verabschieden wollte. Doch er hoffte und fürchtete gleichzeitig, dass die Nachricht eine andere wäre, und er wusste noch nicht, wie er darauf reagieren würde.

Er fand sie im Garten hinter dem Gasthaus; Adia fütterte gerade ihre Mastinos, die beide an derselben Kette lagen. Sie trug ein weißes, ärmelloses Gewand, ein Leibchen aus blassgrünem Brokat und Ledersandalen. Auf ihrem Kopf saß eine schlichte Haube aus Leinen, die aussah wie die einer Magd und unter der ihre dunklen Locken hervorquollen.

Sobald sie ihn bemerkte, stellte Adia den Eimer mit Eingeweiden und trockenem Brot ab und rannte ihm entgegen, um ihn zu umarmen.

Mondino versuchte, sie auf den Mund zu küssen, aber sie entzog sich ihm, und ihre Miene verdüsterte sich ein wenig.

»Was ist los?«, fragte er besorgt. »Bist du denn nicht froh, mich zu sehen?«

»Darum geht es nicht«, erwiderte Adia.

Als sie ihr Fressen sahen, hatten die Hunde begonnen, an ihrer Kette zu zerren und zu sabbern, doch sie jaulten oder bellten nicht, wie viele ihrer Artgenossen es getan hätten. Mondino trat einen Schritt vom Eimer zurück.

»Dann erzähl mir bitte sofort, was du mir mitzuteilen hast. Ich habe heute Nacht im Gedanken an diesen Moment kein Auge zugetan.«

Adia wich einen Schritt zurück und senkte den Blick. Die Freude, mit der sie ihm entgegengelaufen war, schien echt gewesen zu sein, aber jetzt war sie unruhig. Verwirrt. Mondino sprach den Gedanken aus, der ihn seit dem vergangenen Abend quälte.

»Bist du schwanger? Ist es das, was du mir sagen willst? Wenn es so ist, mach dir keine Gedanken, ich …«

Ihn unterbrach Adias helles Lachen und er verharrte erstaunt und verärgert, mit offenem Mund.

»Du bist ein wahrer Kavalier, aber von dir hätte ich mir nichts anderes erwartet«, sagte sie, und in ihren Augen lag noch ein Lächeln. »Doch darum geht es nicht.«

»Worum denn dann?« Mondino war erleichtert, dass er sich nicht um ein uneheliches Kind kümmern musste, und dennoch konnte er eine gewisse Enttäuschung in seiner Stimme nicht verbergen.

»Warte, ich versorge erst die Hunde«, sagte Adia, nahm den Eimer, ging zu den Mastinos und kippte den Inhalt auf den Boden. Die beiden Hunde konnten sich kaum beherrschen, aber sie warteten, bis ihre Herrin sich entfernt hatte, bevor sie sich mit zufriedenem Knurren auf ihr Fressen stürzten.

»Lass uns hinaufgehen«, sagte Adia. »Ich muss dir etwas zeigen.«

Sie gingen in den ersten Stock. Dort führte sie ihn in ihr Zimmer und ließ ihn auf dem einzigen Stuhl vor dem Schreibtisch Platz nehmen, auf dem sich ein dickes geöffnetes Buch und eine Kerze in einem Leuchter aus Ton befanden. Mondino wusste sofort, um welches Buch es sich handelte.

»Wie überzeugst du eigentlich die Leute, dass du nur eine einfache Kräuterhexe bist?«, sagte er im Spaß. »Wenn dann auf deinem Tisch die *Destructio Destructionis Philosophorum* von Averroës liegt?«

»Es könnte jedes Buch sein, es würde keinen Unterschied machen«, antwortete sie, nahm ihren geschwärzten Kessel von dem Kohlebecken und goss ihrem Gast eine Tasse *atay* ein. »Keiner von denen, die meine Dienste in Anspruch nehmen, kann lesen.«

Während Mondino die bernsteinfarbene Flüssigkeit in kleinen Schlucken trank, holte Adia eine Stofftasche aus dem wohlgefüllten Strohsack, der ihr Bett war. Sie ging zum Tisch, schloss das Buch und legte die beiden Landkarten mit der Ortsangabe der geheimen Grotte in Spanien vor Mondino hin.

»Die Neuigkeit betrifft also diese Pergamente?«, fragte Mondino. »Aber inzwischen ist doch offensichtlich, dass sie gefälscht sind.«

Als Adia zu ihm nach Hause gekommen war, hatte der Arzt ihr auch die zweite Karte überlassen, die Fiamma Gerardo im Kerker gegeben hatte. Doch da Fiamma selbst gesagt hatte, sie sei nutzlos, erwartete er sich keine großen Enthüllungen.

»Man sagt, zwei falsche Dinge machen noch lange kein richtiges«, erwiderte Adia. »Aber das stimmt nicht immer.«

»Was meinst du damit?«

Sie beugte sich vor, um ihm den roten Punkt auf der ersten Karte zu zeigen.

»Das ist nicht der Ausgangspunkt, wie ich gemeint habe, sondern der Endpunkt«, sagte sie. »Fiammas Vater hat sein Geheimnis gut verborgen.«

Sie erklärte ihm, dass die Worte *al-hamra* in diesem Fall nicht die Alhambra, die rote Festung der arabischen Stadt Granada, meinten, sondern die letzte Stufe der Opera magna der Alchimie, die »Rötung« hieße.

»Das verstehe ich nicht«, sagte Mondino. »Was willst du damit sagen?«

»Dass der angezeigte Weg keine Entfernung ist, die man zu Fuß oder zu Pferde zurücklegen muss, sondern dass er die verschiedenen Schritte beschreibt, um das alchimistische Gold zu erhalten.«

»Wie kannst du dir da so sicher sein?«

»Weil die beiden Karten zusammenhängen. Keine von ihnen ergibt einen Sinn, wenn man sie ohne die andere betrachtet. Erinnerst du dich an die unvollständigen Sätze auf dem ersten Pergament? Die fehlenden Worte finden sich auf dem zweiten. Dazu verwirrt noch, dass die Informationen so gut verborgen sind, dass man beim Studieren der beiden Karten wirklich den Eindruck hat, es handle sich um reale Orte.«

»Also willst du mir sagen«, fasste Mondino zusammen, »dass du das Geheimnis des alchimistischen Goldes entschlüsselt hast, nach dem so viele Wissenschaftler seit Jahrhunderten suchen?«

»Ich will sagen, dass ich beim Untersuchen dieser Pergamente einen möglichen Weg gefunden habe, um es zu gewinnen.«

In Erinnerung an das Beispiel mit dem Berg, das sie ihm bei ihrer zweiten Begegnung erzählt hatte, nickte Mondino. »Aber das ist nicht der richtige, denke ich mir.«

»Nein.«

»Dennoch ist das Ergebnis dasselbe.«

»Ja. Wenn man haargenau diesem Weg folgt, gewinnt man mühelos alchimistisches Gold, das, wie du genau weißt, etwas ganz anderes ist als normales Gold.«

»Wenn es wirklich existiert«, flüsterte Mondino, »wäre es unendlich viel kostbarer als normales Gold: ein Elixier, mit dem man jede Wunde heilen kann, jede Krankheit und das Leben sogar um Jahrhunderte verlängern kann … Das ist unmöglich. Es muss sich um eine Legende handeln.«

Adia schüttelte nur stumm den Kopf. Sie war wie immer wunderschön, doch in diesem Augenblick dachte Mondino nur an das offenbarte Geheimnis, den Hauptgrund, weswegen er sich auf die Jagd nach dem Mörder gemacht und sein Leben und seine berufliche Laufbahn aufs Spiel gesetzt hatte. In Fiammas Tagebuch war nicht die Rede davon gewesen, auf welche Weise sie das Pulver erzeugt hatte, um Adern und Blut in Eisen zu verwandeln, und mittlerweile hatte Mondino seinen Traum aufgegeben, eine vollständige Karte des menschlichen Gefäßsystems zu erstellen. Niemand hatte Remigio Sensis Leiche berühren wollen, aus Furcht vor irgendeinem Unheil, und so hatte man den Bankier an dem Ort gelassen, wo er gestorben war. Die städtische Justiz hatte bestimmt, dass der Zugang zu dem unterirdischen Gewölbe verschlossen werden sollte, und nachdem man alle Bettler fortgejagt hatte, die es bevölkerten, hatte man das Haus, in dem sich der Zugang dazu verbarg, vollends zum Einsturz gebracht. Damit war der Spalt zur Gruft mit Tonnen von Steinen und Ziegeln versperrt. Mondino, der zunächst einmal froh darüber war, dass er mit dem Leben davongekommen war und wieder gemeinsam mit Liuzzo die Medizinschule führte, hatte den Bogen nicht überspannen wollen und deshalb nicht gebeten, Remigios Leiche untersuchen zu dürfen. Er hatte sich vielmehr gezwungen, nur an seine Arbeit und seine familiären Pflichten zu denken, vor allem jetzt, da sein Vater verstorben war.

Und nun reizte Adia plötzlich wieder diesen Teil seiner Seele, der doch eigentlich besser ruhen sollte.

»Hast du es ausprobiert?«, fragte Mondino mit einem Zittern in der Stimme.

Er war beinahe glücklich, als sie das verneinte.

»Du kannst also nicht wissen, ob es tatsächlich funktioniert?«

»Nein. Und ich will es auch gar nicht wissen. An dem Geheimnis klebt zu viel Blut.«

»Ich möchte es trotzdem wissen.«

Adia starrte ihn entsetzt an. »Du weißt nicht, was du da sagst.«

»Da irrst du dich. Ich verstehe deine Worte und dass es auf die Art und Weise ankommt, auf die man etwas tut, aber denk doch daran, welch unglaubliches Geschenk dieses Elixier für die Menschheit bedeutet.«

Während er sprach, hatte Adia den Kopf geschüttelt. »Überleg doch bitte«, sagte sie dann traurig. »Fiammas Vater hat den Mann getötet, der ihm das Geheimnis enthüllt hat, diesen Türken, den man vor den Toren Gharnatas ohne Herz gefunden hat. Dann ist er selbst umgebracht und seine Tochter im Angesicht und in der Seele gezeichnet worden. All das nur wegen dieses unseligen Geheimnisses. Die Tempelritter, die es in ihren Besitz bringen wollten, haben unerdenkliche Schändlichkeiten begangen, um dann ein schreckliches Ende zu finden. Fiamma selbst hat gemordet und sich nach einem qualvollen Leben umgebracht. Möchtest du wirklich enden wie sie?«

»Nein, aber …«

»Aber was? Verstehst du nicht, was du in Gang setzen würdest, wenn du dich dem alchimistischen Geheimnis verschriebest? Auch du würdest getötet. Gierige und mächtige Männer würden einander zerfleischen, um in den Besitz der Formel zu kommen, damit kein anderer darüber verfügen kann. Denn die Gierigen wollen die Macht in den Händen weniger wissen. Und wenn sich die Nachricht verbreitete, dass man das Elixier gefunden hat, würde es noch mehr Tote geben. Stell dir vor, es könnte sogar ein Krieg ausbrechen. Ein Krieg, an dem sich zweifellos auch die Kirche beteiligen würde. Willst du das wirklich?«

Fiamma sah ihn so durchdringend an, dass Mondino sich beinahe vor ihr fürchtete. Er ahnte, dass von seiner Antwort abhing, welchen Wert sie ihm als Mensch zumaß, und er wünschte sich nichts mehr, als sie zufrieden zu stellen. Sein wissenschaftlicher Verstand ließ es jedoch nicht zu, sich so kurz vor dem Ziel geschlagen zu geben. Adias Beispiel mit dem Berg war eindringlich, aber wenig glaubhaft. Wenn ein Arzt einen Patienten operierte, zählte nur, wie die Operation durchgeführt wurde. Hatte man sie gut durchgeführt, wurde der Patient auch wieder gesund, selbst wenn der Arzt ein Mörder oder ein verabscheuungswürdiger Mensch war.

»Was möchtest du also tun?«, sagte er schließlich und zog es vor, auf ihre Frage mit einer Gegenfrage zu antworten.

»Ich möchte diese Karten vernichten«, antwortete die Alchimistin. »Aber da sie nicht mir gehören, brauche ich deine Zustimmung dazu.«

Mondino schwieg lange. Er war sich sehr wohl bewusst, welche Folgen seine Worte haben würden, aber er musste es sagen.

»Ich möchte das alchimistische Gold sehen, zumindest einmal«, sagte er schließlich leise. »Wenn du mir nicht helfen willst, sag mir wenigstens, wie es geht. Dann werde ich es allein versuchen.«

Adia sah ihn rätselhaft an. »Nur du kannst über dein Schicksal entscheiden«, sagte sie und zeigte auf Feder und Tintenfass auf dem Tisch. »Schreib.«

Mondino bemerkte den feindseligen Ton in ihrer Stimme; trotzdem nahm er die Gänsefeder zur Hand, tauchte sie in die Tinte und begann, auf der Rückseite einer der beiden Karten alle Schritte zu notieren, die ihm Adia diktierte. Als der Platz aufgebraucht war, beschrieb er die Rückseite der zweiten Karte bis zur Hälfte.

»Ist das alles?«, fragte er schließlich.

»Es fehlt noch etwas. Das Wichtigste.«

»Was?«

Adia wandte sich dem Glutbecken zu, in dem die Kohlen unter einem feinen Ascheschleier rötlich glommen. Sie seufzte, und als sie sich wieder zu ihm umdrehte, hielt sie einen kleinen Dolch mit einem mit Intarsien versehenen Holzgriff in der Hand, den sie aus ihrem Gewand gezogen haben musste. Mondino starrte sie ungläubig an, zu überrascht, um irgendwie reagieren zu können. Adia kam mit dem Messer in der Hand auf ihn zu, drehte es um und hielt ihm den Griff hin. Tränen schimmerten in ihren Augen, aber ihr Blick wirkte entschlossen.

»Beweis es mir.«

»Was?«

»Dass du bereit bist, es allein zu tun.«

Die Überraschung ließ Mondino die Lippen zu einem nervösen Lächeln verziehen. »Bitte, leg das Messer weg.«

»Wenn du das Elixier auf dem Weg gewinnen willst, den ich dir eben diktiert habe«, sagte Adia sehr ernst, »brauchst du ein noch schlagendes menschliches Herz. Nimm meines.«

Mondino wusste nicht, was er denken sollte. Er redete sich ein, dass sie es nicht ernst meinte, aber ohne Erfolg. Sie starrte ihn weiter an, die Klinge fest in der Hand.

»Adia, ich könnte dir nie etwas antun …«

»Aber jemand anderem schon?«, bedrängte sie ihn angriffslustig. »Wenn jetzt eine fremde Frau hier vor dir stünde, würdest du sie töten, nur um deinen Traum zu erfüllen?«

»Du willst sagen, um das Elixier zu gewinnen, muss man einen Mord begehen?«

»Um es auf ›diese‹ Weise zu gewinnen, ja«, erwiderte Adia und starrte ihn weiterhin an. »Das sage ich dir doch die ganze Zeit, aber du willst nicht zuhören.«

»Das hatte ich nicht begriffen«, sagte Mondino leise.

»Lügner.« Adias Blick war unbarmherzig. »Du hattest es sehr gut verstanden, aber du wolltest nicht darüber nachdenken. Auf diese Weise kann man die schlimmsten Schändlichkeiten begehen: indem man vermeidet, darüber nachzudenken. Und nun triff deine Entscheidung.«

Mondino ließ den Kopf sinken. Jede weitere Erwiderung war sinnlos. Jetzt konnte er nur noch entschlossen handeln, um Adia und vor allem sich selbst zu beweisen, was für ein Mensch er war. Wie viel er im Namen der Wissenschaft bereit war aufs Spiel zu setzen.

Ohne zu zögern nahm er den Dolch, den sie ihm hinhielt, und legte ihn auf den Tisch neben das Buch von Averroës. Dann legte er ihr einen Arm um die Schultern. Mit der freien Hand warf er die Karten in das Glutbecken.

Er beugte sich zu ihr, um sie zu küssen, während sich die Pergamente, die das Geheimnis der Unsterblichkeit bargen, an den Rändern einrollten und zu Asche verbrannten. Dass keine einzige Flamme aufstieg, wunderte Mondino kurz, doch dann beschloss er, nicht weiter darüber nachzudenken. Nun zählte nur noch Adia.

DANKSAGUNGEN

Ich möchte all denen danken, die mir in den verschiedenen Phasen der Vorbereitung und Niederschrift dieses Romans eine Hilfe waren. Meinen Autorenfreunden Silvia Torrealta und Matteo Bortolotti danke ich fürs Lesen und ihre Ratschläge, Piero P. Giorgi, Associated Professor an der University of Queensland für alles, was die Beschreibung des Lebens und der Arbeit von Mondino betrifft; Professor Rolando Dondarini, Mediävist der geschichtlichen Fakultät der Universität Bologna, für das Lektorieren meines Buches im Hinblick auf die historische und städtebauliche Rekonstruktion. Dann danke ich allen bei Piemme, die die Gabe haben, jedes Arbeitsgespräch in eine angenehme Unterhaltung zu verwandeln, ganz besonders der Verlegerin Maria Giulia Castagnone dafür, dass sie seit dem ersten Exposé an die Geschichte geglaubt hat, und meiner Lektorin Francesca Lang. An dieser Stelle dürfen auch ein Dank an meine Agentin Roberta Oliva und an Giancarlo Narciso nicht fehlen, ohne den ich vielleicht nicht Schriftsteller geworden wäre.

GLOSSAR

Akkon: alte Hafenstadt im Norden des heutigen Israel, auch St. Jean d'Acre genannt, im 12./13. Jahrhundert bedeutender Sitz der Tempelritter, ging 1291 als letzter Stützpunkt der Kreuzfahrer verloren.

Albertus Magnus: (ca. 1200–1280), bedeutender Gelehrter und Philosoph, Bischof von Regensburg, wegen seines vielseitigen Wissens mit dem Ehrentitel *doctor universalis* belegt, beschäftigte sich im Zuge seiner wissenschaftlichen Studien neben der Philosophie des Aristoteles auch mit Magie und Alchimie.

Atay: arabisch für Tee

Averroës: (1126 –1196), auch Ibn Ruschd genannt, arabisch-spanischer Arzt und Philosoph.

Avicenna: (980 –1037), eigentlich Abū Alī al-Husayn ibn Abdullāh ibn Sīnā, Arzt, Gelehrter und Alchimist aus Persien; sein »Kanon der Medizin« war in seiner lateinischen Übersetzung ein grundlegendes Werk für die mittelalterliche Medizin.

Bolognini: Münzwährung in Bologna vom 12. bis zum 17. Jahrhundert.

Borgo: hier: Häusergruppe rund um einen Platz oder eine Kirche, in der sich oft Angehörige einer bestimmten Berufsgruppe, z. B. Schmiede oder Papierhändler, niederließen. Sonst: Dorf/Viertel außerhalb der Stadtmauern.

Capitano del Popolo: Vertreter des Bürgertums in der mittelalterlichen Stadtverwaltung, Gegengewicht zu der Macht der Adelsfamilien, überwachte die Arbeit des Podestà.

Circla: volkstümliche Bezeichnung für den provisorischen, aus Holz errichteten dritten Stadtbefestigungsring um Bologna.

Complexio: das Temperament eines Menschen, das laut Galen durch die vier Säfte des Körpers (»*humores*«) und deren spezifischer Zusammensetzung bestimmt wird. Je nachdem, welche Flüssigkeit vorherrscht, ist das damit verbundene Temperament entweder sanguinisch (heiter, aktiv), phlegmatisch (passiv, schwerfällig), melancholisch (traurig, nachdenklich) oder cholerisch (reizbar, erregbar).

Galen: (129–216), Wundarzt von Gladiatoren und Leibarzt des römischen Kaisers Marc Aurel; nach Hippokrates der bedeutendste Arzt der Antike, der mit seiner Weiterentwicklung der Viersäftelehre (siehe Galle) und zahlreichen Anatomiestudien, aber auch philosophischen Schriften das medizinische Denken und Handeln der Menschen über Jahrhunderte bestimmte.

Galle: Nach Galen sind für den menschlichen Körper analog zu den vier Elementen Wasser, Feuer, Luft und Erde die vier Säfte bestimmend (die Viersäftelehre = Humoralpathologie): Blut, Schleim, gelbe Galle und schwarze Galle. Galen ordnete den Säften vier Temperamente zu (siehe *complexio*). Diese sind in einer für jeden Menschen spezifischen Mischung im Gleichgewicht (Eukrasie); sind sie im Ungleichgewicht (Dyskrasie), wird der Mensch krank. Aufgabe des Arztes ist es dann, die natürliche Heilkraft zur Überwindung einer Krankheit durch Diätetik, Pharmakotherapie und/oder durch Chirurgie anzuregen.

Geber: (8. Jahrhundert) lateinische Form für Dschābir ibn Hayyān, persischer Naturphilosoph, dessen übersetzte Schriften im Mittelalter als Standardwerke der Alchimie galten. Im 13. Jahrhundert gaben einige Autoren eigene Werke als seine Schriften aus, um ihnen mehr Bedeutung zu verleihen.

Ghibellinen: auch Waiblinger genannt; im mittelalterlichen Italien Anhänger des staufischen Kaisers, in Rivalität zu den Anhängern des Papstes, den Welfen. In den Städten lieferten sich die beiden Parteien erbitterte Fehden, die über Jahrhunderte andauerten und im Verlauf derer die jeweils unterlegene Gruppe der Stadt verwiesen oder ins Exil geschickt werden konnte.

Hadernpapier: seit dem 13. Jahrhundert aus Lumpen und Textilabfällen hergestellte, sehr langlebige Papiersorte.

Komplet: Die mittelalterliche Zeitrechnung richtete sich nach den Gebetszeiten; der Tag wurde von Sonnenaufgang bis Sonnenuntergang in zwölf gleiche Stunden eingeteilt, deren Länge nach Region und Jahreszeit variierte. Man unterscheidet zwischen den Hauptgebeten Matutin (ca. 3 Uhr), Laudes (6–8 Uhr, bei Sonnenaufgang), Vesper (ca. 18 Uhr) und Komplet (ca. 21 Uhr) und den kürzeren »kleinen Horen« Prim (Tagesanbruch), Terz (ca. 9 Uhr), Sext (ca. 12 Uhr) und Non (ca. 15 Uhr).

Komturei: Herrschaftssitz der Tempelritter. Oft handelt es sich dabei um Burgen z. B. Akkon in Galiläa und Tortosa in Spanien.

Laudes: 6–8 Uhr (siehe Komplet)
Licentia docendi: Befugnis, Vorlesungen an einer Universität abzuhalten.
Madonna: (deutsch: Herrin) gebräuchliche Anrede im Mittelalter für eine Dame.
Magister: (deutsch: Meister) auch Doctor, Titel und Anrede für Lehrer der Universität.
Materia prima: Urzustand der Materie, erste Phase der Transmutation (siehe Transmutation) als »Schwärze«.
Matutin: ca. 3 Uhr (siehe Komplet).
Medizinschule: Bologna gilt als der Ort, an dem die erste Universität Italiens gegründet wurde (1088). Eigentlich bestand die Universität jedoch aus mehreren Hochschulen, z. B. der des Rechts und der Freien Künste. In den Fakultäten schlossen sich verschiedene Schulen in einer Art Genossenschaft zusammen. Gerade im naturwissenschaftlichen Bereich waren die einzelnen Medizinschulen stark an die Professoren gebunden, die sie gegründet hatten und die von ihren Schülern direkt bezahlt wurden.
Mercato di Mezzo: Viertel im Zentrum Bolognas mit Markständen und Läden.
Messere: (deutsch: Herr) bis ins 17. Jahrhundert respektvolle Anrede für Männer gehobenen Standes.
Nationes: erste Form von studentischen Zusammenschlüssen, in Bologna z. B. seit der Gründung der Universität im Jahr 1088. Dort wurden die Studenten in die einheimischen (»*citramontanorum*«) und fremden Nationes (»*ultramontanorum*«) unterschieden, denen jeweils ein Rektor vorstand.
Non: ca. 15 Uhr (siehe Komplet).
Offizium: auch Heiliges Offizium genannt; bis ins 16. Jahrhundert dem Papst unterstehende Einrichtung zur Kontrolle der Inquisition, danach offizielle Bezeichnung für die Inquisition selbst.
Opus Magnum: in der Alchimie die Verwandlung eines unedlen Stoffes in Gold oder die Schaffung des Steins der Weisen durch Transmutation (siehe Transmutation).
Podestà: Stadtvogt, Bürgermeister.
Prim: Tagesanbruch (siehe Komplet).
Sancta Hierusalem (Bononiensis): seit dem 9. Jahrhundert Bezeichnung für die aus den fünf Kirchen bestehende, im Volksmund aber »Sette chiese«, sieben Kirchen, genannte Basilika Santo Stefano in

Bologna, welche die heiligen Stätten von Jerusalem mehr oder weniger maßstabsgetreu nachbildet. Vermutlich im Zusammenhang mit der Begeisterung für die ersten Kreuzzüge entstanden, beinhaltet der Komplex u.a. ein Heiliges Grab, Golgatha und die Grabeskirche.

Sbirren: militärisch organisierte, bewaffnete Diener von Polizei und Justiz.

Soldo: historische Währungseinheit, seit dem 12. Jahrhundert in Italien verbreitet, erst als Silber-, dann als Kupfermünze.

Studium: bezeichnet im Mittelalter die Universität als Lehranstalt und Institution.

Transmutation: alchimistische Verwandlung von unedlen Stoffen in vier Phasen zu Gold. Die vier Phasen sind die »Schwärze«, die »Weißung«, »Gelbung« und schließlich die »Rötung«.

Trebbo dei Banchi: mittelalterliche Bezeichnung für die Gegend, in der sich die Geldverleiher und Bankiers zu ihren Geschäften trafen oder ihre eigenen Büros hatten, deren *banco*, eine Art Luke, tagsüber ausgeklappt war und an der sie dann ihre Verhandlungen führten.

Vesper: ca. 18 Uhr (siehe Komplet).

Volgare: regional geprägte, vom einfachen Volk benutzte Umgangssprache.

Welfen: auch Guelfen; im mittelalterlichen Italien Unterstützer des Papstes, die sich erbitterte Machtkämpfe mit den Ghibellinen lieferten (siehe Ghibellinen).